MAGIE D'HIVER

NORA ROBERTS

Un cadeau très spécial

Titre original :
ALL I WANT FOR CHRISTMAS

Traduction française de KARINE XARAGAI

Jade® est une marque déposée par le groupe Harlequin

Photo de couverture
Etoile des neiges : © KEN REID / GETTY IMAGES

© 1994, Nora Roberts.
© 2007, Harlequin S.A.
83-85, boulevard Vincent-Auriol 75646 PARIS CEDEX 13.
ISBN 978-2-2808-3547-3 — ISSN 1773-7192

Prologue

Zeke et Zack étaient tapis dans leur cachette perchée dans un arbre. C'est là, dans la solide cabane dissimulée par les branches d'un vénérable sycomore que se réglaient les affaires importantes : c'était l'endroit idéal pour conspirer, élaborer toutes sortes de plans ou discuter des diverses punitions pour infraction aux règlements.

Aujourd'hui, une pluie fine jouait des claquettes sur le toit de tôle et mouillait le feuillage vert sombre de l'arbre. La douceur régnait encore en ce début du mois de septembre et les deux garçons étaient en T-shirt. Rouge pour Zeke, bleu pour Zack.

Ils étaient jumeaux et se ressemblaient comme deux gouttes d'eau. Leur père se servait de ce code de couleur depuis leur naissance afin d'éviter qu'on les confonde.

Quand, par espièglerie, ils échangeaient leurs couleurs — autrement dit fréquemment — les habitants de Taylor's Grove s'y trompaient tous. Tous, sauf leur père.

C'est d'ailleurs lui qui, en ce moment, était au centre de leurs préoccupations. Ils avaient déjà discuté à n'en plus finir des joies et des peurs que leur réserverait leur premier jour à la grande école : ils étaient sur le point d'entrer au CP.

Ils prendraient le bus comme l'année précédente, quand ils allaient encore à la maternelle. Mais dorénavant, ils passeraient la journée entière à la Taylor's Grove Elementary, comme les grands. D'ailleurs, leur cousine Kim les avait prévenus : à la grande école, fini de jouer, les choses sérieuses allaient commencer.

Cet avertissement avait causé beaucoup de souci à Zack, le

plus introverti des deux frères, qui avait passé des semaines à réfléchir au problème en l'analysant sous tous ses angles. Il y avait par exemple ces expressions décourageantes que lançait Kim à la cantonade : « devoirs » mais aussi « participation en classe »… Les jumeaux n'ignoraient pas que leur cousine, élève de première au lycée, croulait sous le poids des livres. De lourds volumes rébarbatifs et sans images.

Sans parler des soirs où elle leur servait de baby-sitter. Kim passait alors des heures absorbée dans ses manuels scolaires, sans lever la tête. Un peu comme lorsqu'elle restait pendue au téléphone avec ses copines, c'est pour dire…

Tout ceci était loin de rassurer Zack, perpétuel angoissé.

Certes, leur père allait les aider ; Zeke, grand optimiste devant l'éternel, n'avait pas manqué de le lui faire remarquer. Ne savaient-ils pas déjà lire des petits livres, comme *Green Eggs and Ham* ou *The Cat in the Hat*, grâce à leur père qui les aidait à reconnaître les mots et leur sonorité ? Et puis, ils savaient tous deux écrire toutes les lettres de l'alphabet, leurs prénoms, ainsi que des mots courts que leur père leur avait enseignés.

Le problème, c'est que ce dernier avait son travail et que de surcroît, il devait s'occuper de la maison et du Commandant Zark, le grand chien qu'ils avaient sauvé du refuge deux ans auparavant, en le prenant chez eux. Bref, comme Zack l'avait souligné, leur père avait des tonnes de choses à faire. Et maintenant qu'ils allaient devoir aller à l'école, avec tout ce que cela impliquait de devoirs à rendre, d'exposés et de véritables bulletins scolaires, leur père allait avoir besoin d'aide pour arriver à tout assumer.

— Mme Hollis vient une fois par semaine, elle se charge de pleins de trucs dans la maison.

Zeke fit emprunter à sa Corvette miniature une piste de course imaginaire sur le plancher de la cabane.

— Ce n'est pas assez.

Zack fronça les sourcils et son regard d'un bleu limpide se voila d'inquiétude. Il exhala un profond soupir empreint de résignation, qui fit voler la mèche de cheveux sombres qui retombait sur son front.

— Papa a besoin de la compagnie d'une gentille petite femme et nous, de l'amour d'une mère. C'est Mme Hollis qui l'a dit à M. Perkins, au bureau de poste.

— Il va chez tante Mira, des fois. C'est une gentille petite femme...

— Mais elle ne vit pas chez nous. Et puis elle n'a pas le temps de nous aider à faire nos exposés de sciences.

Les exposés de sciences étaient la hantise de Zack.

— Il faut qu'on se trouve une maman.

Zeke se contenta d'émettre un grognement dubitatif mais Zack porta le coup de grâce en plissant les yeux :

— Au CP, on va avoir des dictées...

Zeke se mordit la lèvre inférieure. L'orthographe était sa bête noire.

— Comment on va faire pour trouver une maman ?

Zack eut alors un sourire. Sous ses dehors calmes et posés, il avait déjà tout manigancé dans sa tête.

— Nous allons la commander au Père Noël.

— Mais le Père Noël n'apporte pas de mamans ! objecta Zeke avec l'incommensurable mépris que l'on éprouve parfois envers ses frères et sœurs. Et de toute façon, Noël, c'est dans très longtemps !

— Non, ce n'est pas vrai. Mme Hollis s'est vantée devant M. Perkins d'avoir déjà fait la moitié de ses courses de Noël. Elle dit que prévoir les choses à l'avance permet de bien profiter de ses vacances.

— Tout le monde s'éclate à Noël. C'est vraiment des super-vacances.

— Mouais... Il y a quand même des tas de gens que ça rend dingues. Tu te souviens quand on est allés au centre commercial avec tante Mira, l'an dernier ? Elle n'a pas arrêté de râler : il y avait trop de monde, tout était trop cher, on ne pouvait pas se garer...

Zeke haussa les épaules d'un air vague. Le passé ne l'inspirait guère ou, en tout cas, il s'y référait moins que son jumeau. Mais il faisait confiance à la mémoire de Zack.

— Oui, peut-être.

— Donc, si nous la lui demandons dès maintenant, Papa Noël aura tout le temps de trouver la maman qu'il nous faut.

— Et moi, je te dis que le Père Noël n'apporte pas de mamans.

— Pourquoi pas ? Si nous en avons vraiment besoin et que nous ne demandons pas trop de cadeaux à côté ?

— On avait dit qu'on commanderait des vélos, lui rappela Zeke.

— On peut toujours les lui demander, décida Zack. Mais c'est tout, après on laisse tomber tout le reste. Rien qu'une maman et des vélos.

Ce fut au tour de Zack de pousser un profond soupir. L'idée de renoncer à son interminable liste de jouets ne l'enchantait guère. Mais la perspective d'avoir une maman avait éveillé son intérêt. Ils n'avaient jamais eu de mère et l'éventualité de ce mystère l'attirait.

— Bon, quel genre de maman tu veux qu'on commande ?

— Il faut qu'on l'écrive.

Zack s'empara du carnet et du bout de crayon à papier posés sur la table, contre le mur de la cabane. Ils s'assirent par terre et commencèrent à rédiger leur lettre en se chamaillant.

« Cher Papa Noël,
» Nous avons été sages. »

Zeke voulut rectifier par « très sages » mais Zack, la voix de la conscience, rejeta cette proposition.

« Nous avons donné à mangé à Zark et nous avons aidé papa. Nous voulons une maman pour Noël. Une qui soit jentille et pas méchante. Ce serai bien si elle sourié beaucou et si elle avait des cheuveux jaune. Il faudré qu'elle aime les petits garçons et les gros chiens. Et qu'elle ais rien contre la boue et qu'elle sache faire des gateau. Nous voulons une maman jolie et aussi intéligente pour nous aidé dans nos devoirs. Nous nous ocupe-rons bien d'elle. Nous voulons aussi des vélos : un bleu et un rouge. Tu as plein de temps devan toi pour trouver cet maman et fabriqué les vélos, alors comme ça tu peux proffiter de tes vacances. Merci. Bisous. Zeke et Zack. »

1

Taylor's Grove, deux mille trois cent quarante habitants. Non, quarante et un, rectifia Nell d'un air suffisant en arpentant l'auditorium du lycée. Deux mois seulement après son arrivée dans la petite ville, elle s'y sentait déjà comme chez elle. Elle en appréciait le rythme lent, les jardins tirés au cordeau et les petites boutiques. Elle aimait papoter avec les voisins et craquait pour les fauteuils à bascule installés sur les vérandas et les trottoirs fissurés par le gel.

Il y a seulement un an, si quelqu'un lui avait prédit qu'elle troquerait gaiement Manhattan contre un bled perdu dans l'ouest du Maryland, elle aurait éclaté de rire. Et pourtant ! Elle occupait désormais le poste de professeur de musique au lycée de Taylor's Grove, et s'y sentait aussi confortablement installée qu'un chien couché devant un bon feu de cheminée.

Certes, le changement s'était avéré nécessaire. L'année précédente, suite au mariage de sa colocataire, elle s'était retrouvée le bec dans l'eau, face à un loyer exorbitant qu'elle était absolument incapable d'assumer seule. Sa nouvelle colocataire, qu'elle avait pourtant choisie elle-même après l'avoir soumise à un interrogatoire minutieux, avait également rapidement déserté l'appartement. En emportant tous les objets de valeur qu'il contenait. Cette fâcheuse aventure avait entraîné une ultime explication tout aussi déplaisante avec Bob, l'homme avec lequel elle était sur le point de se fiancer. Lorsque celui-ci s'était mis à la réprimander en lui reprochant pêle-mêle sa naïveté, sa sottise et son insouciance, Nell en avait conclu qu'il était temps d'arrêter les frais.

A peine avait-elle flanqué Bob à la porte qu'elle recevait les papiers lui annonçant son propre licenciement. Le lycée où elle enseignait depuis trois ans avait entamé un processus de restructuration, pour reprendre la formule consacrée. Un bel euphémisme ! Dans les faits, le poste de professeur de musique était passé à la trappe, et Nell avec.

Un appartement mis à sac et désormais au-dessus de ses moyens, un fiancé qui apparentait son naturel optimiste à une tare, la perspective du chômage, tout cela mis bout à bout avait considérablement terni l'image dorée qu'elle se faisait de New York.

Il fallait déménager. Une fois sa résolution prise, Nell avait décidé que ce départ serait l'occasion d'un changement radical. L'idée d'enseigner dans une petite ville avait immédiatement jailli dans son esprit et s'était imposée comme une évidence. Une inspiration de génie, songeait-elle à présent, car elle avait l'impression d'habiter là depuis quatre ans.

Son loyer était assez modéré pour qu'elle puisse se permettre de vivre seule, ce qu'elle appréciait. Son appartement, qui occupait le dernier étage d'une ancienne maison rénovée, se situait non loin du campus regroupant une école primaire, un collège et un lycée. Le trajet qui la séparait de son lieu de travail était donc prétexte à une promenade agréable.

Deux semaines à peine après avoir affronté la rentrée non sans une certaine nervosité, elle s'était rapidement approprié ses élèves et avait hâte de commencer les répétitions avec la chorale.

Pour Noël, elle était bien décidée à organiser un concert dont le programme en mettrait plein la vue aux habitants.

Un piano qui avait connu des jours meilleurs trônait au milieu de la scène. Elle alla s'y asseoir. Ses élèves n'allaient pas tarder à entrer dans l'auditorium, mais il lui restait encore un petit moment de répit.

Elle s'échauffa les doigts et se mit dans l'ambiance en interprêtant un vieil air de Muddy Waters. Les vieux pianos qui avaient beaucoup vécu se prêtaient admirablement au blues, songea-t-elle. Un véritable plaisir !

— Waou ! Elle est vraiment trop cool, murmura Holly Linstrom à Kim tandis que les deux adolescentes se faufilaient par l'arrière de l'auditorium.

— Oui, répondit Kim sans lâcher ses cousins jumeaux qu'elle tenait chacun par l'épaule, d'une poigne ferme qui leur intimait le silence et menaçait de représailles immédiates en cas de désobéissance. Ce n'est pas le vieux Stryker qui aurait joué ce genre de morceau.

— Et tu as vu comment elle est habillée ? Trop top... Holly se mit à détailler la tenue de Nell d'un regard où se mêlait l'admiration et l'envie : pantalon cigarette, longue surchemise et veste courte. Que quelqu'un de New York puisse avoir envie de venir s'enterrer ici, ça me dépasse. Tu as vu les boucles d'oreilles qu'elle porte aujourd'hui ? Je te parie qu'elles viennent d'une boutique ultrachic de la Cinquième Avenue.

Les bijoux de Nell faisaient l'admiration des filles du lycée. Tout ce qu'elle portait était à la fois unique et original. Ses goûts vestimentaires, ses cheveux couleur de blé mûr qui lui arrivaient aux épaules, savamment décoiffés, son rire de gorge toujours prompt à jaillir et sa décontraction naturelle lui avaient rapidement attiré la sympathie de ses élèves.

— C'est vrai qu'elle a de la classe.

Mais pour l'heure, Kim s'intéressait davantage à la musique qu'à la garde-robe de l'interprète.

— Bon sang, si seulement je savais jouer comme elle !

— Bon sang, si seulement je pouvais être habillée comme elle ! ironisa Holly en pouffant.

Sentant une présence, Nell lança un coup d'œil par-dessus son épaule et leur adressa un large sourire.

— Approchez, les filles ! Le concert est gratuit.

— J'adore ce que vous jouez, miss Davis.

Tenant toujours fermement ses cousins par l'épaule, Kim entreprit de descendre l'allée centrale vers la scène.

— Qu'est-ce que c'est ?

— Muddy Waters. Il va nous falloir inclure un petit cours consacré au blues dans notre programme. Se reculant sur la banquette, Nell se mit à étudier les deux petits garçons au doux visage qui encadraient Kim. Il y eut entre eux comme un étrange éclair de reconnaissance mutuelle qu'elle n'aurait su expliquer.

— Eh, salut, les garçons !

Ils lui rendirent son sourire et une fossette identique se creusa au coin de leur bouche, du côté gauche.

— Vous savez jouer *Chopsticks* ? s'enquit Zeke.

Avant que Kim ait pu laisser libre cours à son indignation face à une question aussi humiliante, Nell se lança dans une interprétation endiablée de la valse pour débutant.

— Alors, qu'en dis-tu ? demanda-t-elle à la fin.

— C'était super !

— Je suis désolée, miss Davis. Je suis obligée de m'occuper d'eux pendant une heure. Ce sont mes cousins. Zeke et Zack Taylor.

— Les Taylor de Taylor's Grove. Nell pivota sur sa banquette pour se tourner vers eux. Je parie que vous êtes frères, tous les deux. Je crois avoir repéré comme un air de famille entre vous.

Le visage des deux garçons s'illumina et ils se mirent à pouffer de rire.

— Nous sommes jumeaux, l'informa Zack.

— C'est vrai ? Alors, maintenant, je parie que je suis censée deviner qui est qui ?

Elle alla jusqu'au bord de la scène, s'assit et se mit à dévisager attentivement les garçonnets qui la regardaient, hilares. Chacun avait récemment perdu une incisive gauche.

— Toi, tu es Zeke, dit-elle en désignant l'un des jumeaux, et voilà Zack.

Impressionnés et ravis, les deux frères hochèrent la tête.

— Comment vous avez fait ?

Leur expliquer qu'elle avait une chance sur deux de tomber juste n'aurait fait qu'ôter l'aspect merveilleux de la chose.

— C'est de la magie. Vous aimez chanter, les garçons ?

— Oui. Enfin, on se débrouille…

— Eh, bien ! Aujourd'hui, vous allez écouter. Vous n'avez qu'à vous asseoir au premier rang, comme ça vous pourrez nous donner votre opinion sur le programme.

— Merci, miss Davis, murmura Kim, qui poussa gentiment les deux garçons vers les sièges. D'habitude, ils sont plutôt sages. Et surtout, restez tranquille, ordonna-t-elle avec toute l'autorité d'une grande cousine.

Nell se leva en adressant un clin d'œil aux garçons, puis fit signe aux autres élèves d'entrer.

— Allez, on commence !

Ce qui se déroula ensuite sur la scène parut fort ennuyeux aux jumeaux. Au début, il y eut beaucoup de discours, puis la confusion s'installa au fur et à mesure que l'on distribuait les partitions et que garçons et filles prenaient chacun la place qui leur était attribuée.

Mais Zack mit ce laps de temps à profit pour observer Nell. Sa splendide chevelure rehaussait l'éclat de ses immenses yeux bruns, empreints d'une grande douceur. Exactement comme ceux de Zark, songea-t-il avec une grande tendresse. Elle avait une drôle de voix, profonde et légèrement voilée, mais néanmoins agréable. De temps en temps, elle lui jetait un regard en souriant. Alors, son cœur réagissait de manière étrange et se mettait à cogner dans sa poitrine comme s'il venait de faire la course.

Nell se tourna vers un groupe de filles et se mit à chanter. C'était un air de Noël ; Zack ouvrit de grands yeux en l'entendant. Il n'était pas sûr du titre — quelque chose comme *Minuit au clair de lune* — mais il le reconnut tout de suite : il figurait sur l'un des disques que leur passait papa pendant les vacances.

Un chant de Noël. Un cadeau de Noël.

— C'est elle, souffla-t-il à l'oreille de Zeke, en enfonçant son coude dans les côtes de son frère.

— Qui ?

— La maman.

Zeke cessa de jouer avec la figurine qui dépassait de sa poche et leva les yeux vers la scène où Nell faisait répéter le pupitre des alti.

— C'est le professeur de Kim, notre maman ?

— Sûrement. Soucieux de ne pas laisser transparaître sa surexcitation dans sa voix, Zack poursuivit sur un ton de conspirateur. Papa Noël a eu le temps de recevoir notre lettre : elle a chanté un air de Noël, elle a des cheveux jaunes et un gentil sourire. Et puis, elle aime les petits garçons, aussi. Ça se voit.

— Peut-être.

Encore un peu sceptique, Zeke examina Nell. C'est pourtant vrai qu'elle était jolie. Et puis elle riait beaucoup, même lorsque certains grands élèves commettaient des fautes. En revanche, cela ne signifiait pas pour autant qu'elle aimait les chiens ni qu'elle savait faire des gâteaux.

— Je n'en suis pas encore tout à fait sûr.

Zack souffla d'un air exaspéré.

— Elle nous connaît déjà : elle a réussi à savoir qui était qui sans se tromper. C'est de la magie. Il regarda son frère d'un air solennel. C'est notre maman.

— De la magie, fit Zeke en écho avant de fixer Nell avec des yeux ronds. Est-ce qu'on doit attendre Noël pour la prendre à la maison ?

— Je crois. Sûrement.

En tout cas, songea Zack, cela méritait réflexion.

Mac Taylor gara son pick-up devant le lycée, l'esprit accaparé par une dizaine de problèmes divers. Que faire à manger aux enfants ? Quel revêtement de sol choisir pour la maison de Meadow Street ? Comment trouver un moment pour se rendre au centre commercial et acheter de nouveaux sous-vêtements aux enfants ? La dernière fois qu'il avait rangé leur linge, il avait remarqué que la plupart de leurs dessous étaient tout juste bons à faire des chiffons. Ah, et surtout, se rappeler de commander du bois de chauffage demain matin sans faute, et s'occuper de toute cette paperasse ce soir.

Sans oublier de rassurer Zeke, tout angoissé à l'idée d'affronter sa toute première dictée dans quelques jours.

Fourrant ses clés dans sa poche, Mac effectua quelques mouvements d'assouplissement pour se décontracter les épaules : il venait de manier le marteau pendant près de huit heures. Les courbatures lui importaient peu. C'était une saine fatigue, qui lui rappelait qu'il avait accompli quelque chose de ses mains. Les travaux de rénovation de la maison de Meadow Street étaient désormais planifiés, budget à l'appui. Quand tout serait terminé, il ne lui resterait plus qu'à décider de la mettre en vente ou de la louer.

Son comptable tenterait de l'influencer mais Mac savait qu'au final, la décision lui reviendrait de toute façon. C'est ainsi qu'il aimait mener ses affaires.

Sortant du parking, il se dirigea vers le lycée en regardant autour de lui. Son arrière-arrière-grand-père avait fondé Taylor's Grove — un simple bourg, à l'époque —, aujourd'hui une petite ville longeant le cours de Taylor's Creek et s'étendant au-delà des collines arrondies jusqu'à Taylor's Meadow.

Le moins que l'on puisse dire, c'est que le vieux Macauley Taylor ne souffrait pas d'excès de modestie…

Mac, pour sa part, avait habité Washington pendant plus de douze ans. Cela faisait désormais six ans qu'il était revenu vivre à Taylor's Grove avec une joie et une fierté intactes. Il aimait toujours autant contempler les collines, les arbres et l'ombre des montagnes qui se découpait dans le lointain.

C'était un spectacle dont il ne pourrait jamais se lasser.

Ces derniers jours, l'air s'était imperceptiblement rafraîchi et une puissante brise se levait à l'ouest. Mais il n'avait pas encore gelé et les arbres arboraient toujours leur feuillage d'été vert foncé. Cette météo clémente lui facilitait la vie à plus d'un titre. Tant que le beau temps se maintiendrait, il pourrait achever les travaux extérieurs de la maison dans des conditions agréables.

Et les garçons pourraient passer leurs après-midi et leurs soirées à jouer dans le jardin.

Une pointe de culpabilité l'effleura tandis qu'il poussait les lourdes portes de l'école. Son travail avait obligé ses fils à rester enfermés tout l'après-midi. L'arrivée de l'automne signifiait que sa sœur allait se lancer à corps perdu dans ses diverses activités municipales. Il ne pouvait décemment pas lui demander de s'occuper des enfants. D'un autre côté, le temps libre de Kim après les cours se réduisait comme peau de chagrin. Toujours est-il qu'il n'admettait pas l'idée que ses enfants soient livrés à eux-mêmes après l'école.

Contre toute attente, la solution trouvée avait fait l'unanimité. Kim emmènerait les enfants aux répétitions de sa chorale, et il épargnerait à sa sœur un trajet en voiture en allant les chercher tous les trois à l'école pour les ramener à la maison.

Kim allait passer son permis de conduire dans quelques mois. Elle ne cessait de le clamer à qui voulait l'entendre. Cependant, il n'envisageait pas de confier ses fils à une toute jeune conductrice de seize ans, malgré toute l'affection et la confiance qu'il éprouvait pour sa nièce.

« Tu les couves trop. » Mac roula des yeux en se remémorant le refrain que lui serinait sa sœur. « Tu ne pourras pas continuer à assumer seul le rôle du père et de la mère, Mac. Alors, si tu n'as pas envie de te remarier, tu ferais bien d'apprendre à leur lâcher un peu la bride. »

Tu parles ! songea Mac.

En approchant de l'auditorium, il entendit s'élever un chœur de voix jeunes chantant dans une subtile harmonie. C'était un air agréable, chargé d'émotion, et qui amena un sourire sur ses lèvres avant même qu'il ait reconnu la mélodie. Un cantique de Noël… En cette saison, ce genre de chant avait quelque chose d'étrange : Mac sentait la transpiration de la journée qui commençait à peine à s'évaporer sur son dos.

Il poussa les portes de l'auditorium et fut accueilli par un flot de musique. Sous le charme, il resta au fond de la salle pour admirer les choristes. L'une des élèves était au piano. Un beau brin de fille, songea Mac. Elle relevait la tête de temps à autre, en faisant signe à ses camarades de classe comme pour les inciter à participer davantage.

Il était en train de se demander où était le professeur de musique, lorsqu'il repéra ses fils, assis au premier rang. Il descendit l'allée à pas feutrés et, voyant le regard de Kim croiser le sien, lui fit un signe de la main. Il prit place derrière les garçons et se pencha en avant.

— C'est beau, hein ?

— Papa ! Zack faillit pousser un cri aigu mais se souvint juste à temps que le chuchotement était de rigueur. C'est Noël !

— En effet, ça m'en a tout l'air. Comment Kim se débrouille-t-elle ?

— Elle s'en sort superbien, déclara Zeke qui se targuait désormais d'être un expert en arrangements polyphoniques. Elle va chanter un solo.

— Sans blague ?

— Elle est devenue toute rouge quand miss Davis lui a demandé de chanter seule, mais elle l'a fait quand même. Mais Zeke s'intéressait davantage à Nell. Elle est jolie, hein ?

Quelque peu surpris par cette remarque — les jumeaux avaient beaucoup d'affection pour Kim mais en faisaient rarement l'éloge — il opina du chef.

— Tout à fait. C'est la plus jolie fille de l'école.

— On pourrait l'inviter à dîner un de ces jours, suggéra Zack d'un air entendu. Hein ?

Déconcerté, Mac ébouriffa les cheveux de son fils.

— Tu sais, Kim peut venir à la maison quand elle veut…

— Mais non, pas elle ! Imitant son père, Zack roula des yeux. Miss Davis ! Enfin, papa…

— Qui est miss Davis ?

— La mam… Zeke fut arrêté net par un coup de coude de son frère jumeau.

— Le professeur, le coupa Zack en jetant un coup d'œil assassin en direction de son frère. Celle qui est jolie. Il tendit le doigt et le regard de son père alla vers le piano.

20

— C'est elle, le professeur ? Avant que Mac ait pu corriger sa première impression, le flot de musique se tut brusquement et Nell se leva.

— C'était vraiment formidable. Vous l'avez bien filé pour une première fois et votre chant était soutenu jusqu'au bout. Elle balaya en arrière sa coiffure ébouriffée. Mais il y a encore beaucoup de travail. J'aimerais que nous programmions la prochaine répétition pour mardi prochain après les cours. A 15 h 45.

Les élèves s'agitaient déjà en marmonnant et Nell dut hausser le ton pour arriver à se faire entendre par-dessus le brouhaha et leur donner la suite de ses instructions. Satisfaite, elle se tourna ensuite pour adresser un sourire aux jumeaux et se retrouva en train de fixer d'un air béat une version plus âgée et beaucoup plus troublante des fils Taylor.

Leur père, sans l'ombre d'un doute, songea Nell. Les mêmes boucles sombres et épaisses moussaient sur le col de son T-shirt crasseux. Les mêmes yeux bleus et limpides bordés de longs cils foncés lui renvoyèrent son regard. Son visage avait perdu les traits poupins qui faisaient le charme de ses fils, mais ce spécimen adulte, plus buriné, était tout aussi séduisant. Grand, svelte, sans une once de graisse, et des bras puissants qui ne devaient rien à la salle de musculation. Il était bronzé et manifestement sale. Avait-il lui aussi une fossette au coin de la bouche quand il souriait ?

— Monsieur Taylor.

Nell ne prit pas la peine de descendre les marches et sauta au bas de la scène avec une agilité qui n'avait rien à envier à celle de ses élèves. Elle lui tendit une main ornée de bagues.

— Miss Davis. Il prit sa main dans la sienne, calleuse, en se souvenant un peu tard qu'elle était loin d'être propre. C'est très gentil à vous d'accepter la présence de mes enfants pendant que Kim répète.

— Aucun problème. De toute façon, je travaille mieux devant un public, c'est stimulant. Inclinant légèrement la tête sur le côté, elle regarda les jumeaux. Alors, les gars, c'était comment ?

21

— C'était vraiment super, commenta Zeke. Nous, ce qu'on préfère, c'est les chants de Noël.

— Moi aussi.

Encore tout émue et flattée qu'on lui ait demandé d'interpréter un solo, Kim les rejoignit.

— Salut, oncle Mac. Je vois que tu as fait la connaissance de miss Davis.

— Oui.

Que dire d'autre ? Encore une fois, il lui trouvait l'air trop jeune pour un professeur. Certes, elle n'avait rien d'une adolescente, mais… son teint crémeux, sa peau sans défaut et sa silhouette gracile étaient trompeurs. Et extrêmement séduisants.

— Votre nièce est très douée. Spontanément, Nell passa son bras autour des épaules de Kim. Elle possède une voix magnifique et une perception intuitive de la musique. Je suis ravie de l'avoir parmi mes choristes.

— Oui, nous aussi, on l'aime bien, renchérit Mac tandis que Kim devenait écarlate.

Zack se dandinait d'un pied sur l'autre. Ce n'était pas de cette grande idiote de Kim qu'ils étaient censés parler…

— Vous pourriez venir chez nous un de ces jours, miss Davis, suggéra-t-il d'une voix aiguë. On habite la grande maison marron, sur Mountain View Road.

— Avec grand plaisir.

Cependant, Nell nota que le père de Zack ne relayait pas l'invitation. D'ailleurs, l'idée ne semblait guère l'enthousiasmer.

— Quant à vous, les petits gars, vous serez toujours les bienvenus à nos répétitions. Kim, il faut que tu travailles ton solo.

— Je le ferai sans faute, miss Davis. Merci.

— Ravie d'avoir fait votre connaissance, monsieur Taylor.

Le temps qu'il marmonne une réponse, Nell était déjà remontée d'un bond sur la scène pour rassembler ses partitions.

Quel dommage que le père soit dépourvu de la spontanéité et de la gentillesse de ses fils, songea-t-elle…

2

Quoi de plus agréable qu'une balade dans la campagne par un doux après-midi d'automne ? Nell se remémora ses samedis de liberté à New York : quelques emplettes — le shopping était bien la seule chose qu'elle regrettait depuis qu'elle avait quitté Manhattan —, et parfois une promenade dans le parc. Jamais de jogging. Nell ne voyait pas l'intérêt de courir si l'on pouvait atteindre son but en marchant.

Et si l'on pouvait s'y rendre en voiture, alors c'était vraiment l'idéal. Jusqu'à ce jour, elle n'avait pas vraiment pris conscience du plaisir qu'il y avait à posséder sa propre voiture pour parcourir les petites routes serpentant dans la campagne, toutes vitres baissées, avec la radio à fond.

Maintenant que le mois de septembre était bien avancé, les feuilles commençaient à perdre leur couleur verte et les arbres se paraient de diverses nuances rivalisant de couleur entre elles. Mue par une subite impulsion, Nell bifurqua pour s'engager sur une autre route. Les arbres immenses étendaient leurs branches pour former une spectaculaire voûte de verdure au-dessus de l'asphalte. Les quelques rayons qui parvenaient à traverser le feuillage épais faisaient danser des taches de soleil sur la route. La voiture longeait le cours sinueux d'un torrent aux eaux bouillonnantes.

Nell roulait au hasard quand tout à coup, elle vit un panneau lui indiquant qu'elle se trouvait sur Mountain View.

Elle se souvint que Zack avait fait allusion à une grande maison marron. Rares étaient les maisons à cet endroit, à trois kilomètres des abords de la ville, mais elle entraperçut toutefois quelques habitations à travers les arbres qui ombrageaient la route. Des maisons marron, blanches, bleues, certaines situées près du lit du torrent, d'autres plus haut, au bout d'un sentier étroit et défoncé faisant office d'allée.

Qu'il devait faire bon vivre ici ! Et y élever des enfants… Mac Taylor avait beau être froid et taciturne, ses fils étaient une véritable réussite.

Elle n'ignorait déjà plus que le mérite en revenait à lui seul. Nell avait rapidement compris comment circulaient les informations au cœur d'une petite ville. Sans avoir l'air d'y toucher, à coup d'une remarque par-ci et d'une question par-là, elle s'était vite retrouvée à la tête d'une véritable mine de renseignements concernant la dynastie des Taylor.

Alors que Mac était encore tout jeune adolescent, ses parents avaient déménagé de Taylor's Grove pour aller s'installer à Washington. Il y a six ans, il était rentré au pays, flanqué de deux nourrissons. Sa sœur aînée, quant à elle, avait fréquenté les bancs de l'université avant d'épouser un garçon du coin. Cela faisait des années qu'ils vivaient là. Tout le monde s'accordait à dire que c'était elle qui avait insisté auprès de son frère pour qu'il revienne s'installer à Taylor's Grove pour y élever ses enfants après le départ de son épouse.

Cette dernière avait abandonné ces malheureux petits bébés du jour au lendemain, lui avait confié Mme Hollis par-dessus le comptoir de l'épicerie. Elle était partie sans dire au revoir et ne s'était plus jamais manifestée. Depuis, le jeune Macauley Taylor élevait seul ses jumeaux en cumulant les rôles de père et de mère.

Peut-être, pensa Nell avec un certain cynisme, que s'il avait adressé la parole à son épouse ne serait-ce que de temps en temps, elle serait restée à ses côtés…

Je suis injuste, se reprit-elle. Rien ne pouvait justifier qu'une mère abandonne ses enfants en bas âge, sans jamais chercher à reprendre contact avec eux en six ans. Quel qu'ait été le comportement de Mac Taylor en tant qu'époux, il n'en demeurait pas moins que ces enfants méritaient mieux.

C'est à eux qu'elle songeait à présent, ces deux reflets identiques d'une seule image espiègle. Elle avait toujours aimé les enfants et les jumeaux Taylor lui apportaient une double dose de bonheur. Elle n'avait pas mis longtemps à s'attacher à leur présence dans le public au cours des séances de répétition qui avaient lieu une ou deux fois par semaine. Zeke lui avait même montré sa toute première dictée, annotée d'une grosse étoile argentée. A une faute près, il avait failli obtenir l'étoile dorée.

Les regards que lui lançait Zack ne lui avaient pas non plus échappés, même s'il se hâtait toujours de baisser les yeux en rougissant. C'était si attendrissant d'être l'objet de son premier émoi d'enfant.

Elle soupira de plaisir tandis que la voiture émergeait de la voûte de verdure pour se retrouver en pleine lumière. Devant elle, apparurent soudain les montagnes qui donnaient son nom à la route, leurs crêtes zébrant le bleu vif du ciel. La chaussée avait beau décrire des courbes, les sommets se dressaient toujours au détour d'un virage, sombres et lointains, conférant au cadre un décor dramatique.

La route traversait un paysage de reliefs alternant collines en pente douce et affleurements rocheux. Nell ralentit en apercevant une maison perchée en haut d'une colline. Marron. Construite en bois de cèdre, très probablement, avec des fondations en pierre, d'immenses baies vitrées qui étincelaient dans le soleil et une terrasse au second étage. La maison était nichée dans un écrin de verdure, à l'ombre de grands arbres. A l'une des branches était suspendu un vieux pneu en guise de balançoire.

Se pouvait-il que ce soit la maison des Taylor ? Elle pria pour que cette solide demeure si admirablement agencée soit bel et bien le foyer de ses nouveaux petits amis. En passant devant la boîte aux lettres plantée au bord de la route, au départ d'un long sentier, elle ralentit et lut : M. Taylor et fils.

Elle sourit. Satisfaite, elle écrasa la pédale de l'accélérateur et resta interdite : le moteur eut quelques ratés et la voiture se mit à avancer en hoquetant.

— Allons bon, que se passe-t-il à présent ? marmonna-t-elle. Elle relâcha la pédale de l'accélérateur puis l'enfonça de nouveau. Cette fois, la voiture émit une secousse avant de caler net. Oh, flûte ! Vaguement contrariée, elle tenta de remettre le contact tout en jetant un œil au tableau de bord. La pompe miniature représentée à côté de la jauge à essence était allumée.

— Quelle idiote ! se morigéna-t-elle à voix haute. Tu ne devais pas faire le plein avant de partir ? Elle se renfonça dans son siège et poussa un soupir. Elle avait pourtant bien prévu de passer prendre de l'essence. Comme elle en avait déjà eu l'intention la veille, en sortant de son dernier cours…

Et voilà, elle se retrouvait maintenant en panne à trois kilomètres de Taylor's Grove, le réservoir à sec. Soufflant pour chasser les mèches qui lui tombaient sur les yeux, elle jeta un regard dans la direction de la maison de « M. Taylor et fils » et évalua la distance à parcourir : cinq cents mètres, tout au plus. C'était toujours mieux que de marcher pendant trois kilomètres. Et puis, après tout, n'avait-elle pas plus ou moins été invitée à passer chez eux ?

Elle prit ses clés et s'engagea sur le sentier.

Elle n'était pas à mi-chemin que les garçons la repérèrent. Ils dégringolèrent à toute vitesse le chemin pierreux et rempli de nids-de-poule. Nell resta saisie de crainte devant leur course folle. Mais, avec l'agilité d'un cabri, ils furent près d'elle en un éclair. Derrière eux gambadait un énorme chien jaune.

— Miss Davis, bonjour ! Vous êtes venue nous voir ?

— C'est un peu ça, oui.

En riant, elle s'accroupit et perçut une légère odeur de chocolat en les serrant contre elle. Avant qu'elle puisse leur donner davantage d'explications, le chien décida qu'il voulait lui aussi sa part de caresses. Par bonheur, il se retint poliment de lui mettre ses grosses pattes sur les épaules et se contenta de les lui poser sur les cuisses.

Consterné, Zack retint son souffle puis se détendit en voyant

Nell éclater de rire et se pencher pour gratter Zark sur la tête et entre les omoplates.

— Toi, tu es un vrai costaud, hein ? Un grand et beau chien.

Zark lui lécha la main en signe de totale approbation. Nell surprit le bref regard qu'échangèrent les jumeaux. A la fois excité et satisfait.

— Vous aimez les chiens ? s'enquit Zack.

— Bien sûr ! J'aimerais bien en avoir un, maintenant. Je n'ai jamais eu le cœur d'en prendre un à New York pour le tenir enfermé toute la journée dans mon appartement. Elle rit de nouveau lorsque Zark s'assit et lui tendit poliment la patte. C'est un peu tard pour les politesses, mon bonhomme, lança-t-elle tout en lui prenant néanmoins la patte. Je roulais tranquillement quand je suis tombée en panne d'essence juste à côté de chez vous. C'est amusant, non ?

Le visage de Zack se fendit d'un immense sourire. Elle aimait les chiens. Elle s'était arrêtée pile devant chez eux. Aucun doute, il y avait là autre chose que de la magie.

— Papa va vous arranger ça. Il peut tout arranger. Plein d'assurance maintenant qu'elle était sur son territoire, Zack lui prit la main. Pour ne pas être en reste, Zeke lui saisit l'autre.

— Papa est dans l'atelier derrière la maison, il fabrique un « fauteuil rondak ».

— Un fauteuil en rondins ? suggéra Nell.

— Non, non. Un fauteuil rondak. Venez voir.

Ils lui firent faire le tour de la maison en passant devant une serre arrondie qui recevait la lumière du sud. A l'arrière, il y avait une autre terrasse dont les marches descendaient vers un patio au sol recouvert de pavés. L'atelier, qui se trouvait dans le jardin de derrière, était lui aussi bâti de bois de cèdre et suffisamment vaste pour pouvoir accueillir une famille de quatre personnes. Nell entendit des coups de marteau.

Débordant d'enthousiasme, Zeke fit irruption comme une fusée dans l'atelier.

— Papa ! Papa ! Devine qui est là !

— Tout ce que je sais, c'est qu'un jour je vais avoir une crise cardiaque.

Nell reconnut la voix grave de Mac aux accents amusés et pleins de bienveillance. Elle perdit un peu de son aplomb et hésita.

— Je ne voudrais pas le déranger en plein travail, dit-elle à Zack. Je pourrais peut-être simplement me contenter d'appeler la station-service ?

— Non, il n'y a pas de problème, venez ! Zack la tira jusqu'au seuil de la porte.

— Tu vois bien qu'elle est venue ! fit Zeke d'un air important.

Pris au dépourvu par cette visite impromptue, Mac posa son marteau sur l'établi. Il releva la visière de sa casquette et fronça machinalement les sourcils.

— Bonjour, miss Davis.

— Je suis navrée de vous déranger, monsieur Taylor, commença-t-elle, puis ses yeux se posèrent sur l'objet qu'il était en train de fabriquer. Un fauteuil Adirondack... murmura-t-elle avant de sourire. C'était donc cela le fauteuil « rondak ». C'est magnifique.

— Il n'est pas encore fini, mais j'espère qu'il sera réussi. Etait-il censé lui offrir un café ? Lui proposer de faire le tour de la maison ? Ou bien quoi ? D'ailleurs qu'avait-elle de si séduisant ? se demanda-t-il en passant du coq à l'âne. Elle n'avait rien d'exceptionnel. Sauf peut-être ses yeux. Bruns et immenses. Mais le reste était tout à fait ordinaire. Ce devait être la combinaison de ses traits qui la rendait si merveilleuse.

A la fois gênée et amusée d'être dévisagée ainsi, Nell se lança dans son explication.

— J'ai pris ma voiture pour le plaisir de conduire ainsi que pour me familiariser avec les environs. Je n'habite ici que depuis deux mois.

— Ah oui ?

— Miss Davis vient de New York, papa, lui rappela Zack. Kim te l'a déjà dit.

— En effet, je m'en souviens maintenant. Il reprit son marteau, puis le reposa. Belle journée pour une balade.

— C'est aussi ce que je me suis dit. Il fait si beau que j'en ai oublié de faire le plein avant de quitter la ville. Je suis tombée en panne d'essence en bas de chez vous.

Un voile de méfiance vint assombrir le regard de Mac.

— Tiens donc... Comme c'est drôle...

— Pas tant que ça, non.

Sans se départir de son ton amical, la voix de Nell se durcit légèrement.

— Vous me rendriez un grand service en me permettant de téléphoner de chez vous à la station-service.

— J'ai de l'essence ici, marmonna-t-il.

— Vous voyez, je vous avez bien dit que papa pourrait tout arranger, remarqua Zack avec fierté. On a des brownies, ajouta-t-il, s'efforçant par tous les moyens de la retenir encore un peu. C'est papa qui les a faits. Vous pouvez en manger un si vous voulez.

— Il me semblait bien avoir senti une odeur de chocolat. Elle souleva Zack et huma son visage. Mon flair ne me trompe jamais.

Instinctivement, Mac lui enleva Zack des bras.

— Allez lui chercher des brownies, les garçons. Moi, je m'occupe de l'essence.

— D'accord !

Ils partirent en courant.

— Je n'avais pas l'intention de le kidnapper, monsieur Taylor.

— Je n'ai jamais dit ça.

Il alla vers le seuil de la porte, puis lui jeta un coup d'œil par-dessus son épaule.

— L'essence se trouve dans la remise.

Vexée, elle le suivit dehors.

— Que se passe-t-il, monsieur Taylor ? Une institutrice vous aurait-elle traumatisé dans votre petite enfance ?

— Mac. Appelez-moi Mac tout court. Non, pourquoi ?

— Pour rien. Je me demandais juste si votre problème était d'ordre personnel ou professionnel.

— Je n'ai aucun problème. Il s'arrêta devant la petite remise où il rangeait sa tondeuse à gazon ainsi que ses outils de jardin avant de lancer :

— C'est drôle, non ? Les enfants vous donnent notre adresse et voilà que vous tombez en panne d'essence juste devant chez nous...

Elle inspira profondément et l'observa tandis qu'il se baissait pour prendre un bidon d'essence. Puis il se redressa et fit demi-tour.

— Ecoutez, cette situation ne m'amuse pas plus que vous et après un tel accueil, j'ai encore moins envie de rire. Il se trouve que c'est ma première voiture et que j'ai encore quelques petits réflexes à acquérir. Le mois dernier, je me suis retrouvée à court d'essence devant l'épicerie. Vous pouvez vérifier si ça vous chante.

Il haussa les épaules, se sentant idiot et ridiculement susceptible.

— Je vous prie de m'excuser.

— Oublions cela. Si vous voulez bien me confier votre bidon, je prendrai l'essence nécessaire pour arriver jusqu'en ville et là, je demanderai qu'on me le remplisse avant de vous le rapporter.

— Je m'en chargerai, marmonna-t-il.

— Je ne voudrais surtout pas vous importuner. Elle saisit l'anse du bidon et ils se mirent chacun à tirer de leur côté. Au bout d'un moment, une fossette se creusa à la commissure des lèvres de Mac.

— Je suis plus fort que vous.

Elle recula et écarta les mèches qui lui tombaient devant les yeux.

— Très bien. Alors, prouvez-le. Furieuse, elle contourna la maison à sa suite, puis s'efforça de surmonter sa mauvaise humeur en voyant les jumeaux accourir vers elle. Ils tenaient chacun des brownies enveloppés dans une serviette en papier.

— Papa fait les meilleurs brownies du monde, affirma Zack en lui présentant son offrande.

Nell en prit un et mordit dedans.

— Je crois que tu as raison, dut-elle admettre, la bouche pleine. Et je m'y connais en brownies.

— Vous savez les faire ? s'enquit Zeke.

— Je suis réputée dans le monde entier pour mes cookies aux pépites de chocolat. Son sourire se figea à la vue du regard qu'échangèrent les deux frères avant de hocher la tête. Si vous passez me voir un de ces quatre, je vous en ferai pour le goûter.

— Où habitez-vous ? Profitant d'un moment d'inattention de son père, Zeke enfourna un brownie tout entier dans sa bouche.

— Dans Market Street, sur la place. L'ancienne maison en briques avec les trois vérandas. Je loue le dernier étage.

— Cette maison est à papa, lui apprit Zack. Il l'a achetée, réparée et maintenant, il la loue. Nous sommes dans l'immobilier.

— Ah, je vois, c'est donc ça… Elle expira profondément. Elle envoyait ses chèques pour le loyer à Taylor Management… Mountain View Road.

— Donc, vous habitez chez nous, conclut Zack.

— D'une certaine façon, oui.

— L'appartement vous plaît ? lui demanda Mac.

— Oui, il est très agréable. Je m'y sens très bien. Et puis il est près du lycée, c'est pratique.

— Papa passe son temps à acheter des maisons pour les retaper.

Zeke se demanda s'il pouvait prendre un autre brownie sans se faire gronder.

— Il aime réparer les trucs.

Il suffisait de voir le soin minutieux apporté à la rénovation du vieil immeuble où elle résidait pour comprendre que leur père excellait dans les travaux de remise à neuf.

— Ainsi donc, vous êtes menuisier ? s'enquit-elle, s'adressant à Mac à contrecœur.

— Entre autres. Ils avaient rejoint sa voiture. Mac n'eut qu'un geste à faire pour ordonner aux jumeaux et au chien de ne pas s'approcher de la route. Il dévissa le bouchon du réservoir et lança sans même lever les yeux :

— Zeke, si tu en manges encore un, tu es bon pour un lavage d'estomac.

Penaud, Zeke remit le brownie dans la serviette en papier.

— Vous avez des antennes, commenta Nell en s'appuyant contre la voiture pendant que Mac versait l'essence dans le réservoir.

— Ça fait partie du jeu.

Il la dévisagea. Le vent faisait voler ses cheveux, qui brillaient d'un éclat doré dans les rayons du soleil. La marche et la brise avaient rosi son visage. En la regardant, il sentit son pouls s'accélérer et en fut contrarié.

— Et pourquoi Taylor's Grove ? C'est si différent de New York.

— Justement. Je voulais du changement.

Elle inspira profondément en embrassant du regard le paysage environnant : des rochers, des arbres, des collines.

— Je dois avouer que j'ai été gâtée.

— La vie ici doit vous paraître bien calme comparée à celle que vous meniez.

— Le calme me convient parfaitement.

Il se contenta de hausser les épaules. Il ne lui donnait pas plus de six mois pour repartir, vaincue par l'ennui.

— Kim se passionne pour votre cours. Elle ne parle que de ça et de son permis de conduire.

— Je prends cela comme un compliment, alors. Il y a une bonne ambiance dans ce lycée. Les élèves ne s'impliquent pas tous autant que Kim mais c'est le défi qui me plaît. C'est pourquoi je vais la recommander pour faire partie du chœur national.

Mac vida le bidon.

— Elle chante si bien que ça ?

— Ça a l'air de vous surprendre…

De nouveau, il haussa les épaules.

— J'ai toujours pensé qu'elle avait une jolie voix mais son ancien professeur de musique ne l'a jamais remarquée parmi les autres élèves.

— A ce qu'on dit, il ne s'est jamais intéressé à aucun de ses élèves, ni en cours, ni pendant les activités extracolaires.

— Ça, c'est vrai. Stryker était un vieux… Il se reprit et jeta un coup d'œil à ses fils qui se tenaient tout près de lui, attentifs à ne pas en perdre une miette. Il était vieux, répéta Mac. Et prisonnier de ses habitudes. Il proposait invariablement le même programme pour Noël et pour Pâques.

— Oui, j'ai parcouru ses notes. Je crois que vous allez tous avoir une belle surprise, cette année. On m'a dit qu'aucun élève de Taylor's Grove ne s'était jamais présenté à une audition pour faire partie du chœur national.

— Pas que je me souvienne, du moins.

— Eh, bien ! Cela va changer. Constatant avec satisfaction qu'ils étaient parvenus à nouer une conversation normale, elle rejeta sa chevelure en arrière. Et vous, vous chantez ?

— Seulement sous la douche. De nouveau, sa fossette se creusa brièvement et ses fils se mirent à pouffer de rire. Attention, les gars, pas de commentaires !

— Il chante vraiment très, très fort, observa Zeke, ignorant la menace de son père. Et Zark se met à hurler.

— Je suis sûre que le spectacle en vaut la peine. Nell gratta le chien, ravi, entre les oreilles. Il fit cogner sa queue contre le sol, puis obéissant soudain à un appel de son horloge interne, fit demi-tour et remonta la colline.

— Tenez, miss Davis, vous pouvez les emporter. Les deux garçons lui fourrèrent dans les mains les brownies enveloppés dans les serviettes en papier et filèrent à la suite du chien.

— A mon avis, ils ne doivent pas tenir en place bien longtemps, murmura-t-elle en les regardant poursuivre le chien jusqu'en haut de la colline.

— Ils se sont surpassés, aujourd'hui. Ils vous aiment beaucoup.

— Oui, les gens m'aiment bien, d'habitude. Elle sourit en lui jetant un regard par-dessus l'épaule. Enfin, la plupart.

Elle remarqua qu'il la fixait une fois de plus d'un air vaguement contrarié.

— Vous n'avez qu'à poser le bidon sur la banquette arrière, je vous le ramènerai une fois que je l'aurai rempli.

— C'est sans importance.

Mac remit en place le bouchon du réservoir et garda le bidon à la main.

— Les habitants de Taylor's Grove sont sympathiques, vous savez. Enfin, la plupart.

— Prévenez-moi quand vous me jugerez digne d'en faire partie.

Elle se pencha dans la voiture pour déposer les brownies sur le siège passager. Mac put profiter ainsi d'une vue imprenable sur sa croupe tendue de jean. C'était à la fois excitant et embarrassant. Il sentit également son parfum, une senteur légère et épicée qui l'enivrait plus sûrement que les vapeurs d'essence.

— Ce n'est pas ce que j'ai voulu dire.

La tête de Nell émergea de la voiture. Elle lécha une trace de brownie sur son doigt et se redressa.

— Peut-être. En ce cas, merci pour votre aide.

Elle lui adressa un sourire lumineux en ouvrant la portière de la voiture.

— Et pour les brownies, aussi.

— Revenez quand vous voulez, s'entendit-il dire à sa grande consternation.

Elle s'installa au volant et lui jeta un petit sourire malicieux.

— Je n'y manquerai pas !

Puis, elle éclata de rire et démarra dans un rugissement de moteur qui fit grimacer Mac.

— Vous devriez passer de temps en temps pendant les répétitions, Mac, au lieu de rester à attendre sur le parking. Vous pourriez découvrir des tas de choses.

Il n'était pas sûr d'en avoir envie.

— Attachez votre ceinture, ordonna-t-il.

Elle s'exécuta docilement.

— Je n'en ai pas encore l'habitude. Dites au revoir de ma part aux jumeaux.

Elle démarra en trombe, à la limite de l'imprudence, en agitant par la fenêtre une main scintillante de bagues avec insouciance.

Mac la regarda partir jusqu'à ce que la voiture ait disparu derrière le tournant, puis se massa le plexus solaire, à l'endroit où ses muscles formaient une boule de tension. Cette fille avait quelque chose de spécial, songea-t-il. Quelque chose capable de faire fondre l'épaisse couche de givre qui enserrait son cœur depuis des années. C'était comme la promesse du dégel à la sortie d'un long hiver.

3

Encore une demi-heure, et il aurait fini de poser l'adhésif sur la cloison sèche de la chambre principale. Il pourrait peut-être même passer la première couche de composé à joint. Mac jeta un coup d'œil à sa montre et calcula que les enfants devaient être rentrés de l'école. Mais c'était le jour de Mme Hollis d'aller les chercher et elle les garderait jusqu'à 5 heures. Cela lui laissait largement le temps de terminer la cloison et de tout nettoyer avant de rentrer chez lui.

Peut-être même qu'il se paierait le luxe d'acheter une pizza, histoire de faire plaisir aux enfants et de s'éviter la corvée du repas.

Il avait l'habitude de faire la cuisine, mais il trouvait que cela prenait beaucoup de temps entre l'élaboration du menu, la préparation proprement dite et le nettoyage de la cuisine après le repas. Six ans passés à élever seul ses enfants lui avaient ouvert les yeux sur la charge de travail qu'avait dû assumer sa mère — véritable fée du logis à l'ancienne — en tant que femme au foyer.

Il s'arrêta quelques instants pour souffler et promena son regard tout autour de la chambre. Il avait abattu des cloisons, en avait monté d'autres et remplacé les anciens carreaux des fenêtres par du double vitrage. Deux lanterneaux laissaient passer les rayons déclinants d'un soleil de début octobre.

Désormais, l'ancienne bâtisse comportait trois grandes chambres à coucher au second étage à la place des quatre pièces glaciales et du couloir démesuré qu'il s'était empressé de transformer. La chambre principale posséderait même une salle de bains suffisamment spacieuse pour y loger une baignoire et une cabine de douche. Il caressait l'idée d'utiliser des pavés de verre pour réaliser ce projet. Cela faisait un petit moment qu'il avait envie de travailler avec ce genre de matériau.

S'il arrivait à respecter le calendrier qu'il s'était fixé pour les travaux, tout serait rénové d'ici Noël et il pourrait mettre la maison en vente ou en location pour le premier de l'an.

Il faut vraiment que je me décide à la vendre, songea Mac en passant la main sur la cloison sèche qu'il avait fixée dans l'après-midi. Il lui fallait surmonter l'instinct de propriétaire qui l'envahissait lorsqu'il entreprenait de retaper une maison.

Il devait avoir ça dans le sang. Son père s'était fait une belle situation en rachetant des immeubles délabrés ou vétustes en vue de les réhabiliter pour les louer. Mac avait découvert la satisfaction de posséder un bien que l'on a soi-même embelli de ses propres mains.

A l'exemple de la vieille maison en briques que Nell habitait désormais. Savait-elle seulement qu'elle avait été construite plus de cent cinquante ans auparavant et qu'elle vivait dans un immeuble qui faisait pour ainsi dire partie du patrimoine historique ?

Il se demanda si elle était de nouveau tombée en panne d'essence...

Décidément, Nell Davis l'intriguait.

A tort, se morigéna-t-il intérieurement en se tournant pour attraper ses outils et le rouleau d'adhésif. Les femmes n'étaient bonnes qu'à vous attirer des problèmes. D'une façon ou d'une autre, elles compliquaient tout. Et Nell ne faisait pas exception à la règle, cela sautait aux yeux...

Il n'avait pas donné suite à sa proposition de venir les écouter à l'auditorium pendant les répétitions. Il avait d'abord commencé par venir une ou deux fois, mais son bon sens l'avait dissuadé de continuer. Nell était la première femme à éveiller en lui des sentiments qu'il croyait endormis depuis bien longtemps.

Je refuse de me laisser troubler par cette femme, songea-t-il en fronçant les sourcils tout en appliquant de l'adhésif sur une jointure. *Je ne peux pas me le permettre. J'ai trop de responsabilités, pas assez de temps et surtout, deux fils qui constituent ma priorité absolue dans la vie.*

A quoi bon se perdre en rêveries à propos d'une femme ? On négligeait son travail, on oubliait tout et… on s'énervait pour un rien. Mais passer à l'action était pire. Parce qu'après avoir fait le premier pas, il fallait encore trouver des sujets de conversation et organiser des distractions pour l'objet de vos pensées. Les femmes voulaient toujours qu'on les emmène quelque part, qu'on les dorlote… Et quand vous tombiez amoureux d'elle — amoureux pour de bon — elles étaient capables de vous déchirer le cœur.

Mac n'avait pas l'intention de prendre ce risque : pas question de souffrir de nouveau et encore moins de faire souffrir ses fils.

Il ne croyait pas à cette théorie absurde selon laquelle les enfants auraient besoin d'une présence féminine et de l'amour d'une mère. Celle des jumeaux avait fait preuve de moins d'affection pour eux qu'une chatte envers ses chatons. L'amour maternel n'était pas inné. Etre une femme signifiait simplement posséder les caractéristiques physiologiques permettant de porter un bébé. Mais élever son enfant dans l'amour, c'était une autre affaire, qui n'avait rien à voir avec la féminité.

Mac s'arrêta de poser l'adhésif et poussa un juron. Cela faisait des années qu'il n'avait pas pensé à Angie. Enfin, pas sérieusement. La blessure qu'elle lui avait infligée était encore prompte à se réveiller, comme une plaie mal refermée. Voilà ce qui arrivait lorsqu'on se laissait tourner la tête par une jolie blonde.

Mécontent, il arracha le dernier morceau d'adhésif du rouleau. Il lui fallait se concentrer sur son travail et ne pas se laisser distraire par une femme. Bien déterminé à finir ce qu'il avait commencé, il descendit résolument l'escalier. Il avait d'autres rouleaux d'adhésif dans sa camionnette.

Dehors, la lumière diminuait à l'approche du crépuscule.

Les jours raccourcissent, songea-t-il. Raison de plus pour ne pas perdre de temps.

Arrivé en bas, il était sur le point de s'engager dans l'allée lorsqu'il l'aperçut. Elle se tenait à l'entrée du jardin et contemplait la maison, un léger sourire aux lèvres. Elle était vêtue d'une veste en daim roux et d'un jean délavé. A ses oreilles dansaient des pierres scintillantes. Elle portait une sacoche souple et passablement usée en bandoulière. Nell l'aperçut soudain :

— Tiens, bonjour ! La surprise éclaira son regard, ce qui eut pour effet d'éveiller instantanément la méfiance de Mac. Est-ce une des maisons que vous rénovez ?

— Oui.

Il passa devant elle pour rejoindre sa camionnette et s'en voulut de ne pas avoir retenu sa respiration : il émanait d'elle un parfum tout à la fois subtil et envoûtant.

— J'étais en train d'admirer cette maison. La maçonnerie en pierre est remarquable. Elle a l'air si solide et si rassurante, nichée au milieu de tous ces arbres.

Elle prit une profonde inspiration. L'air était rendu plus vif par la brise d'automne.

— La nuit va être belle.

— C'est possible, oui.

Après avoir trouvé son ruban adhésif, il resta planté là à faire tourner le rouleau entre ses mains.

— Etes-vous de nouveau tombée en panne d'essence ?

— Non.

Elle rit, visiblement amusée par le souvenir de sa mésaventure.

— J'aime bien me promener à pied à cette heure-ci de la journée. En fait, je me rendais chez votre sœur. Elle habite à quelques maisons d'ici, n'est-ce pas ?

Il plissa les yeux. Que diable allait-elle fabriquer chez sa sœur ?

— En effet, oui. Pourquoi ?

— Pourquoi ?

Troublée, Nell était comme hypnotisée par les mains de

Mac. Des mains rudes, calleuses… Larges. Elle sentit un léger frémissement très agréable au plus profond d'elle-même.

— Pourquoi quoi ?

— Pourquoi allez-vous chez Mira ?

— Oh… J'apporte des partitions à Kim. Je me suis dit que ça lui ferait plaisir.

— Vraiment ?

Il s'appuya contre sa camionnette, la jaugeant du regard. Décidément, son sourire était bien trop chaleureux. Bien trop attirant.

— Cela fait donc partie de votre travail d'apporter des partitions à domicile à vos élèves ?

— Cela fait surtout partie du plaisir.

La brise légère ébouriffa ses cheveux. Elle les ramena en arrière.

— Si votre travail ne vous procure pas de plaisir, alors à quoi bon continuer à se tuer à la tâche ?

Elle se tourna pour admirer la maison.

— Vous aussi, vous y prenez du plaisir, non ? Vous partez d'une vieille maison que vous vous appropriez en la retapant…

Il était sur le point de rétorquer par un sarcasme quelconque, quand il réalisa qu'elle avait vu juste.

— Ouais… On ne peut pas dire que ce soit très amusant de défoncer un plafond quand l'isolation vous dégringole dans les yeux.

Il eut un petit sourire.

— Et pourtant, vous avez raison.

— Alors, allez-vous vous décider à me faire visiter ?

Elle inclina légèrement la tête sur le côté.

— Ou bien êtes-vous comme ces artistes qui refusent de montrer leur œuvre avant d'y avoir appliqué l'ultime coup de pinceau ?

— Il n'y a pas grand-chose à voir. Il haussa les épaules. Mais pas de problème, vous pouvez entrer si ça vous intéresse.

— Merci.

Elle s'engagea dans l'allée et lui lança un coup d'œil par-dessus l'épaule ; il ne semblait pas vouloir bouger.

— Vous ne me faites pas visiter ?

Il haussa de nouveau les épaules et la rejoignit.

— C'est vous qui avez réalisé l'habillage de mon appartement ?

— Oui, c'est moi.

— C'est un travail magnifique. On dirait du cerisier.

Il fronça les sourcils, surpris.

— En effet, c'est du cerisier.

— J'aime beaucoup ces contours arrondis. Ils adoucissent toutes les lignes. Faites-vous appel à un décorateur pour les coloris ou bien les choisissez-vous vous-même ?

— C'est moi qui les choisis. Il lui ouvrit la porte. Pourquoi, il y a un problème ?

— Non, aucun. J'aime vraiment beaucoup l'association de couleurs de la cuisine : les plans de travail bleu ardoise, le plancher mauve… Oh, quel splendide escalier ! Elle traversa rapidement la pièce à vivre encore en chantier pour aller l'examiner de plus près.

La construction de cet escalier avait été un travail de longue haleine pour lequel il n'avait pas ménagé ses efforts. Il lui avait d'abord fallu arracher l'ancien escalier pour le remplacer par celui-ci, en châtaignier foncé, puis incurver et élargir le palier du bas afin que les marches s'évasent largement dans la pièce à vivre.

Cet escalier faisait sa fierté.

— Est-ce vous qui l'avez fabriqué ? murmura-t-elle en caressant la courbe de la rampe.

— Les anciennes marches s'étaient effondrées, elles étaient fragilisées par la pourriture sèche. J'ai dû tout remplacer.

— Il faut que je l'essaie. Elle monta les marches quatre à quatre. Arrivée en haut de l'escalier, elle se retourna vers lui avec un sourire radieux : il ne craque même pas. C'est du beau travail, même si cela manque un peu de romantisme.

— De romantisme ?

— Souvenez-vous de la maison de votre enfance, quand vous descendiez l'escalier en douce… Je suis sûre que vous connaissiez par cœur les marches à éviter, celles qui en craquant auraient réveillé votre mère.

Brusquement, il éprouva une sensation d'oppression.

— Celles-ci sont en chêne, lança-t-il, à court d'inspiration.

— Quoi qu'il en soit, c'est un magnifique escalier. Cette maison est vraiment faite pour accueillir des enfants.

Sa bouche était intolérablement sèche.

— Pourquoi ?

— Parce que ! Prise d'une subite impulsion, elle s'installa à califourchon sur la rampe, prit son élan et se laissa glisser jusqu'en bas. Par réflexe, Mac ouvrit les bras pour la rattraper à l'arrivée.

— On dirait que cette rampe a été conçue exprès pour faire des glissades, constata-t-elle, le souffle court. En riant, elle inclina la tête en arrière pour rencontrer son regard.

Leurs yeux se croisèrent et elle ressentit comme un déclic en elle. De nouveau, elle eut ce même frémissement, moins agréable cette fois. Troublée, elle s'éclaircit la voix et chercha quelque chose à dire.

— Je vous retrouve sans arrêt sur ma route, marmonna Mac. Il aurait fallu qu'il la libère de son étreinte mais ses mains semblaient refuser d'obéir à son esprit.

— Taylor's Grove est une petite ville…

Il se contenta de secouer la tête. Ses mains lui enserraient désormais la taille et semblaient déterminées à glisser pour aller lui caresser le dos. Il crut la sentir trembler sous ses doigts — mais c'était peut-être lui.

— Je n'ai pas de temps à consacrer à une femme, la prévint-il en tentant de s'en convaincre lui-même.

— Eh bien…

La voix de Nell s'étrangla d'émotion.

— Je suis moi-même assez occupée. Elle poussa un long soupir. Elle se sentait faiblir sous la caresse de ses mains qui parcouraient maintenant son dos. Et d'ailleurs, cela ne m'intéresse pas. Je sors d'une année extrêmement pénible sur le plan sentimental. Je pense que…

Mais il devenait très difficile de penser. Les yeux de Mac étaient d'un bleu si profond, son regard la transperçait de façon si intense… Elle ignorait ce qu'il lisait dans ses yeux, ou ce qu'il espérait y découvrir, mais elle se sentit défaillir, submergée par le trouble qu'il provoquait en elle.

— Je pense, reprit-elle, que tout serait plus simple si vous vous décidiez une bonne fois pour toutes : allez-vous m'embrasser oui ou non ? Je n'y tiens plus.

Pour lui aussi, l'attente devenait intolérable. Toutefois, cela ne l'empêcha pas de prendre son temps. Comme en toutes choses, c'était un homme méthodique et réfléchi. Il pencha son visage au-dessus du sien et, sans cesser de la regarder, promena lentement sa bouche sur ses lèvres en les effleurant à peine.

Un petit gémissement monta de la gorge de Nell ; elle fut prise d'un vertige lorsque la bouche de Mac effleura la sienne. Ses lèvres étaient douces, fermes et d'une redoutable patience. Elle vacilla sous l'ébauche de son baiser. Il s'attardait au-dessus de sa bouche, goûtant aux délices de ses lèvres avec gourmandise, approfondissant toujours plus son baiser. Eperdue de plaisir, elle s'agrippa passionnément à lui.

On ne l'avait encore jamais embrassée ainsi. Elle ignorait même qu'un tel baiser puisse exister. Langoureux, sensuel et profond. Quand il se mit à lui sucer doucement la lèvre inférieure, elle sentit le sol se dérober sous elle.

Elle frissonna et, gémissante, se laissa emporter par la passion.

Cette femme était décidément envoûtante. Tout en elle attisait ses sens : son parfum, sa peau, le goût de ses baisers… Il courait le risque de succomber à ses charmes le temps de quelques heures ou même pour le restant de sa vie, et il le savait. Son corps ferme et menu plaqué contre le sien, elle enfouissait ses mains dans ses cheveux. Mais cette attitude farouche ne l'empêchait pas de laisser sa tête partir mollement en arrière dans un soupir d'abandon qui faisait monter en lui un désir fou.

Il avait envie de la toucher. Ses doigts brûlaient d'impatience de lui ôter ses vêtements l'un après l'autre pour découvrir enfin la douceur de sa peau d'albâtre. Par défi — tant pour lui que pour elle — il glissa ses doigts sous son pull et caressa son dos, jouissant du contact de sa peau brûlante et satinée tandis que sa bouche continuait d'assaillir ses lèvres de baisers alanguis.

Il se prit à fantasmer : il la faisait s'allonger nue sur une couverture, dans l'herbe. Il s'imagina en train d'observer le plaisir transfigurer son visage, il croyait la sentir s'arquer contre son corps, ouverte, parfaitement abandonnée.

Cela faisait trop longtemps, pensa-t-il en sentant ses muscles se contracter et son souffle s'accélérer. Oui, bien trop long-temps.

Mais il n'y croyait plus. Il avait peur.

Encore sous le coup de l'émotion, il releva la tête et s'écarta d'elle. Bien qu'il ait commencé à reculer, elle restait abandonnée contre lui, la tête appuyée contre son torse. Incapable de résister, il passa sa main dans ses cheveux en la caressant doucement.

— J'ai la tête qui tourne, murmura-t-elle. Mais que m'avez-vous fait ?

— Je vous ai embrassée, c'est tout.

Il avait besoin de se convaincre qu'il n'y avait rien d'autre. Cela l'aiderait à combattre le désir qui embrasait son cœur et son bas-ventre.

— Je crois que j'ai vu des étoiles. Encore chancelante, elle se dégagea de façon à le regarder droit dans les yeux. Ses lèvres ébauchèrent un sourire mais ses yeux ne reflétaient aucune ironie. C'est la première fois que cela m'arrive.

S'il ne se reprenait pas très rapidement, il allait céder à la tentation de l'embrasser de nouveau. Il s'éloigna d'elle et la força à se tenir seule.

— Cela ne change rien.

— Oh, mais continuez à ne rien changer, surtout…

A présent, le jour était tombé. Il la distinguait à peine dans l'obscurité et cela lui facilitait la tâche.

— Je n'ai pas de temps à consacrer à une femme. Et je n'ai pas envie de commencer une relation quelconque.

— Je vois…

D'où venait la douleur qui la transperçait ? Elle dut lutter pour ne pas porter la main à son cœur. Elle souffrait.

— C'était un baiser bien passionné pour un homme aussi indifférent.

Se baissant, elle ramassa la sacoche qu'elle avait jetée au bas de l'escalier avant de s'élancer vers les marches.

— Eh bien, je ne vais pas vous encombrer plus longtemps. Je ne voudrais pas vous faire perdre un temps aussi précieux.

— Ce n'est pas la peine de monter sur vos grands chevaux.

— Qui, moi ? Furieuse, elle pointa l'index sur la poitrine de Mac. Je suis bien au-dessus de tout ça, mon pauvre ami, et je n'ai nulle envie de me mettre en colère pour si peu. Vous êtes d'une prétention incroyable, Mac. Quoi, vous croyez peut-être que je suis venue vous voir dans l'intention de vous séduire ?

— J'ignore ce qui vous a poussée à venir ici.

— Eh bien ! Croyez-moi, on ne m'y prendra plus. Elle mit sa sacoche en bandoulière d'un air hautain. Personne ne vous a forcé.

Mac était tiraillé entre le désir et la culpabilité, une sensation fort désagréable.

— Vous non plus.

— Je n'ai pas l'intention de m'excuser. Vous savez, je n'arrive pas à comprendre comment un type aussi stupide et insensible que vous puisse élever deux enfants aussi adorables.

— Laissez mes fils en dehors de tout ça.

Son ton impérieux lui fit plisser les yeux de colère.

— Oh, vous croyez peut-être que j'ai des vues sur eux également ? Quel idiot vous faites !

Elle se hâta vers la porte mais au moment de passer le seuil, elle se retourna vivement pour lui lancer une dernière pique :

— J'espère pour eux qu'ils n'auront pas hérité de votre misogynie !

Elle sortit en claquant la porte avec tellement de rage que

l'écho se répercuta dans la maison déserte. Le regard sombre, Mac serra les poings dans ses poches. Il n'était pas misogyne, bon sang ! Quant à l'éducation de ses fils, elle ne regardait que lui.

4

Debout au milieu de la scène, Nell leva les mains. Elle attendit d'avoir toute l'attention des élèves, puis donna le signal du départ.

Le plaisir qu'elle éprouvait à entendre s'élever un chœur de voix jeunes était sans égal. Tout en dirigeant, elle se laissa envahir par leur chant, sans pour autant relâcher sa vigilance. Elle ne put retenir un sourire de bonheur. Les enfants se donnaient à fond sur cet air-là. Interpréter *Santa Claus is coming to town* dans la version de Bruce Springsteen accompagné par le E. Street Band les changeaient radicalement des traditionnels chants de Noël et autres cantiques que leur ancien chef de chœur leur infligeait chaque année.

Les yeux des adolescents s'illuminaient au fur et à mesure qu'ils s'abandonnaient au rythme de la musique. *Allez, et maintenant, de l'énergie*, songea-t-elle en faisant signe aux basses d'entrer. *Donnez-vous à fond. Maintenant, le pupitre des sopranos, léger et cristallin... Puis les alti... Les ténors... Les basses...*

Elle leur adressa un sourire lumineux pour leur indiquer sa satisfaction tandis que la voix du chœur enflait de nouveau sous sa direction.

— Beau travail, les félicita-t-elle. La prochaine fois, les ténors, essayez de soutenir davantage. Vous ne voulez tout de même pas que vos voix soient noyées sous celles des basses ! Holly, tiens-toi droite et lève la tête quand tu chantes. Bon, nous avons le temps de filer une nouvelle fois *I'll be home for Christmas*. Kim ?

47

Kim tenta de faire abstraction des battements effrénés de son cœur et du coup de coude que lui lança Holly. Elle avança du second rang et alla se placer devant le micro du soliste comme un condamné face au peloton d'exécution.

— Tu as le droit de sourire, tu sais, lui fit gentiment remarquer Nell. Et surtout, sois attentive à ta respiration. Chante pour le dernier rang de la salle, et n'oublie pas de penser au sens des paroles. Tracy ?

Elle fit signe du doigt à l'élève d'une autre classe qu'elle avait réquisitionnée pour leur servir d'accompagnatrice.

L'introduction commença dans un tempo tranquille. Par ses gestes, ses expressions et son regard, Nell indiqua aux élèves le début de la mélodie douce et harmonieuse que le chœur devait fredonner bouche fermée en accompagnement de la soliste. Puis, Kim commença à chanter. Timidement, au début. Nell savait qu'il leur faudrait travailler ensemble pour atténuer son trac sur les attaques.

Malgré tout, Kim avait du talent et une voix vibrante d'émotion. Elle restait bien en mesure, constata Nell avec satisfaction. En quelques semaines, Kim avait nettement amélioré son style. La mélodie romantique convenait parfaitement à sa tessiture ainsi qu'à son allure.

Nell fit entrer le chœur tout en retenue. Il accompagnait désormais la voix de Kim aux accents passionnés. Nell, sentant le picotement des larmes à ses paupières, songea que s'ils chantaient ainsi le soir du concert, la salle entière allait sortir son mouchoir.

— Magnifique, commenta-t-elle lorsque s'évanouirent les dernières notes. Vraiment très bien. Vous avez fait de sacrés progrès en très peu de temps. Je suis extrêmement fière de vous. Allez, filez maintenant, et passez un bon week-end.

Elle s'approcha du piano pour rassembler ses partitions ; dans son dos les bavardages allaient bon train.

— Tu as vraiment été formidable, dit Holly à Kim.

— C'est vrai ?

— Juré. C'est aussi l'avis de Brad.

Holly jeta un coup d'œil furtif en direction du bourreau des cœurs du lycée qui était en train d'enfiler sa veste d'uniforme aux couleurs de l'école.

— Il ne sait même pas que j'existe.

— Eh bien, maintenant il ne peut plus l'ignorer ! Il ne t'a pas quittée des yeux un seul instant. Je le sais, parce que je l'observais. Holly poussa un soupir. Si seulement je pouvais ressembler à miss Davis, c'est moi qui serais la cible de tous ses regards.

Kim éclata de rire mais sous ses longs cils, coula un bref regard en direction de Brad.

— Miss Davis est vraiment géniale. Tu as vu sa façon de nous parler et tout ça ? M. Stryker était toujours en train de râler.

— M. Stryker était un vieux ronchon. A tout à l'heure, d'accord ?

— Oui.

La gorge de Kim se noua brusquement car, en effet, il semblait bien que Brad se dirigeait vers elle. Et c'était elle, l'objet de son attention !

— Salut !

Il lui adressa un sourire éblouissant, révélant des dents parfaites à l'exception d'une incisive un peu de travers qui la fit complètement craquer.

— Tu t'en es superbien sortie.

— Merci.

Elle avait du mal à trouver ses mots. *Brad est là, devant moi*, n'arrêtait-elle pas de penser. *Un élève de terminale. Le capitaine de l'équipe de football. Le porte-parole des délégués de classe. Avec ses cheveux blonds et ses yeux verts.*

— Miss Davis est vraiment géniale, tu ne trouves pas ?

— Si.

Trouve une repartie intelligente, s'ordonna-t-elle intérieurement.

— Elle vient à la réception chez mes parents. Ma mère a invité des gens, ce soir.

— Je suppose qu'il n'y aura que des adultes ?

— Non, Holly sera là ainsi que quelques autres.

Le cœur battant la chamade, elle rassembla tout son courage pour lancer :

— Tu peux passer si tu veux.

— Ça serait sympa. A quelle heure ?

Médusée, elle tenta de rassembler ses pensées.

— Oh, vers 20 heures, suggéra-t-elle en s'efforçant de prendre l'air décontracté. J'habite à…

— Je sais où tu vis. Il lui décocha de nouveau son fameux sourire, ce qui ne fit qu'affoler son cœur davantage. Au fait, tu ne sors plus avec Chuck, n'est-ce pas ?

— Chuck ?

Qui était Chuck ?

— Oh, non ! On est sortis ensemble pendant quelque temps mais on a cassé cet été.

— Super. A tout à l'heure.

Il alla en coulisse rejoindre un groupe de garçons.

— Il est très séduisant, remarqua Nell dans le dos de Kim.

— Oui, soupira-t-elle. Elle avait des étoiles au fond des yeux.

— Kimmy est amoureuse ! se mit à scander Zeke de son insupportable voix haut perchée qu'il réservait habituellement à des enfants plus petits que lui — et à ses cousines.

— Ferme-la, espèce d'idiot.

Il pouffa et se mit à danser tout autour de la scène en chantonnant son refrain. Nell, apercevant le regard meurtrier de Kim, tenta de faire diversion.

— Eh bien, je vois qu'aujourd'hui, vous n'avez pas envie de chanter *Jingle Bells*, les garçons.

— Si ! Zack cessa de virevolter autour de la scène avec son frère et fonça vers le piano. Je sais laquelle c'est, dit-il en fouillant dans les partitions que Nell avait soigneusement classées. Je vais la trouver tout seul.

— Non, c'est moi qui vais la trouver, répliqua Zeke, mais déjà son frère brandissait la partition d'un air triomphal.

— C'est un bon début. Nell s'installa sur la banquette, encadrée par les deux garçonnets. Elle entama le morceau en plaquant un accord dramatique qui les fit glousser tous deux. S'il vous plaît, la musique est une chose sérieuse ! Et un, et deux et...

Désormais, les jumeaux arrivaient à chanter l'air correctement au lieu de s'égosiller comme la première fois qu'elle les avait invités à essayer. Par ailleurs, ils compensaient leur absence de style par un enthousiasme débordant.

Ils parvinrent même à arracher un grand sourire à Kim avant la fin de leur chanson.

— A vous, maintenant, miss Davis. Zack lui fit ses yeux implorants. S'il vous plaît.

— Votre père doit vous attendre.

— Juste une chanson.

— Oui, juste une, fit Zeke en écho.

En quelques semaines, elle était devenue incapable de leur résister.

— Rien qu'une alors, dit-elle en tendant la main vers la pile de partitions que les jumeaux avaient mis sens dessus dessous. J'en ai déniché une au centre commercial qui devrait vous plaire. Je parie que vous avez vu *La petite sirène*.

— Des tas de fois, se vanta Zeke. On a la cassette et tout.

— Alors, tu vas pouvoir reconnaître cet air.

Et elle se mit à jouer l'introduction de *Part of your world*.

Mac rentra la tête dans les épaules pour se protéger du vent en entrant dans l'école. Il en avait plus que ras le bol d'attendre indéfiniment sur le parking. Il y avait déjà plus de dix minutes que les autres élèves étaient sortis.

Il avait autre chose à faire, bon sang ! D'autant plus qu'il s'était laissé embringuer dans cette soirée chez Mira.

Il détestait aller à des réceptions.

Il entra d'un pas lourd dans le couloir. Puis il entendit sa voix. Il ne pouvait pas saisir les paroles. C'était impossible car les mots lui parvenaient étouffés par les portes de l'auditorium.

Mais son chant arriva jusqu'à lui, chaud et profond. Une voix envoûtante, pensa-t-il de nouveau. Sensuelle, attirante. Sexy.

Il ouvrit la porte. Il le fallait. Et les chaudes vibrations de sa voix le submergèrent.

C'était une chanson pour enfants. Il la reconnaissait à présent, elle était extraite de la bande originale de ce dessin animé avec une sirène que les garçons adoraient. Il fallait être fou pour se laisser ainsi subjuguer par une femme chantant une simple mélodie enfantine.

Mais à vrai dire, il avait l'impression d'avoir perdu la tête depuis qu'il avait commis l'énorme erreur de l'embrasser.

Si elle avait été seule, il serait allé tout droit au piano et l'aurait embrassée de nouveau.

Mais elle n'était pas seule. Kim se tenait derrière elle et ses fils l'encadraient de chaque côté. De temps en temps, elle leur jetait un regard en chantant et souriait. Zack était appuyé contre elle, la tête inclinée comme lorsqu'il se préparait à monter sur les genoux de quelqu'un.

Son cœur se serra étrangement à la vue de ce spectacle. C'était un sentiment où se mêlait douleur et angoisse. Mais aussi une immense douceur.

Bouleversé, Mac fourra les mains dans ses poches et serra les poings. Il fallait mettre un terme à tout cela. Quels que soient ses sentiments, il fallait mettre un terme à tout cela.

La musique prit fin et il inspira profondément. L'instant de silence qui suivit lui parut comme auréolé de magie — ridicule, vraiment !

— On va être en retard, lança-t-il, bien résolu à briser le charme de l'ambiance.

Quatre têtes se tournèrent en même temps dans sa direction. Les jumeaux se mirent à se trémousser sur la banquette.

— Papa ! Hé, papa ! On sait drôlement bien chanter *Jingle Bells* ! Tu veux écouter ?

— Je ne peux pas. Il tenta de sourire pour atténuer leur déception mais Zack avança sa lèvre inférieure, l'air boudeur. Je vais vraiment être en retard, les enfants.

— Désolé, oncle Mac. Kim se baissa pour ramasser son manteau. On n'a pas vu le temps passer.

Tandis que Mac se dandinait d'un air gêné, Nell se pencha pour chuchoter quelque chose aux jumeaux. Instantanément, Zack retrouva le sourire et Zeke quitta son air frondeur. Puis ils se jetèrent au cou de Nell pour l'embrasser avant de foncer chercher leurs manteaux en coulisse.

— Au revoir, miss Davis ! A bientôt !

— Merci, miss Davis, ajouta Kim. A tout à l'heure.

Nell se leva et alla ranger sa pile de partitions en fredonnant.

Elle le battait froid ; du fond de l'auditorium Mac sentait peser sur lui le poids de son hostilité.

— Oh ! Et merci pour tout ce que vous faites pour eux, lança-t-il.

Nell leva la tête. Il distinguait parfaitement ses traits sous les lumières de la scène. Assez pour saisir son sourcil hautain et sa bouche sévère avant qu'elle ne baisse de nouveau la tête.

Très bien, pensa-t-il en interceptant les deux garçons dans leur course. De toute façon, lui non plus n'avait pas envie de lui parler.

5

Elle exagérait ! Ce n'était pas la peine de l'ignorer à ce point, tout de même. Tout en sirotant le verre de cidre que son beau-frère lui avait proposé d'office, Mac, bouillant de rage contenue, s'absorba dans la contemplation du dos de Nell.

En une heure, elle n'avait pas une seule fois tourné la tête dans sa direction.

Ceci dit, elle était tout aussi séduisante de dos, songea-t-il en écoutant d'une oreille distraite le bavardage incessant du maire.

Il admira son port de tête élégant, sa cambrure fluide et la courbe harmonieuse de ses épaules. Même de dos, elle était terriblement attirante dans la légère veste prune qu'elle portait sur une robe courte de couleur assortie.

Elle avait des jambes de déesse. Il ne se rappelait pas les avoir déjà vues. Sinon, nul doute qu'il s'en serait souvenu… A chacune de leurs rencontres, elle devait porter un pantalon.

Elle avait probablement choisi de porter une robe ce soir à seule fin de le tourmenter…

Mac s'excusa auprès du maire, interrompant ainsi le flot de son discours et marcha résolument vers elle.

— Ecoutez, tout cela est ridicule.

Nell lui jeta un regard bref. Elle était en train de s'entretenir agréablement avec un groupe d'amis de Mira tout en s'appliquant à ignorer délibérément le frère de celle-ci — elle s'amusait beaucoup.

— Je vous demande pardon ?

— C'est vraiment ridicule, répéta-t-il.

— Collecter des fonds pour promouvoir l'enseignement des matières artistiques, vous trouvez cela ridicule ? demanda-t-elle, tout en sachant pertinemment que la remarque de Mac ne concernait en rien la question dont elle discutait.

— Quoi ? Mais non ! Oh, bon Dieu, vous savez très bien de quoi je veux parler.

— Désolée.

Elle fit mine de se retourner vers le groupe de personnes avec lesquelles elle bavardait et qui les regardaient désormais avec l'expression du plus vif intérêt, mais la prenant par le bras, il l'entraîna à l'écart du petit cercle.

— Tenez-vous vraiment à ce que je fasse un scandale dans la maison de votre sœur ? lui siffla-t-elle à l'oreille.

— Non.

Sans la lâcher, il se fraya un chemin parmi les invités, contourna la table de la salle à manger et entra dans la cuisine, où sa sœur s'affairait à regarnir un plateau de canapés.

— Laisse-nous seuls une minute, veux-tu ? demanda-t-il à Mira d'un ton autoritaire.

— Mac, tu vois bien que je suis occupée. D'une main distraite, Mira lissa ses cheveux bruns coupés court. Veux-tu bien aller trouver Dave pour lui dire que nous allons manquer de cidre ? Elle adressa à Nell un sourire où se lisait l'épuisement. Et moi qui croyais être une femme organisée…

— Laisse-nous seuls une minute, insista Mac.

Mira poussa un soupir d'impatience avant de hausser les sourcils, intriguée.

— Très bien, murmura-t-elle d'un air amusé et manifestement ravi. Je vous laisse tranquille. J'ai bien envie d'aller voir de plus près ce garçon dont Kim s'est entichée.

S'emparant du plateau de canapés, elle se glissa par la porte.

Un silence oppressant se fit alors.

— Bien… D'un geste désinvolte, Nell piocha un bâtonnet

de carotte dans un saladier. Quelque chose vous tracasse, Macauley ?

— Je ne comprends pas votre attitude qui…

— Oui ? Elle croqua son bâtonnet de carotte. Quoi ?

— Vous faites exprès de ne pas m'adresser la parole.

Elle sourit.

— C'est vrai.

— Eh bien, c'est ridicule.

Elle aperçut une bouteille de vin blanc et s'en versa un verre. Après y avoir trempé les lèvres, elle lui sourit de nouveau.

— Ce n'est pas mon avis. Pour une raison qui m'échappe, j'ai l'impression de vous agacer prodigieusement. Etant donné que j'apprécie beaucoup votre famille, il me semble logique et courtois de me tenir à l'écart de vous pour éviter de vous contrarier. Elle prit une autre gorgée de vin blanc. Bon, est-ce que c'est tout ? Parce que je m'amuse beaucoup à cette soirée.

— Vous ne m'agacez pas. Enfin, pas vraiment. Ne sachant que faire de ses mains, il prit lui aussi un bâtonnet de carotte et le brisa en deux. Je suis désolé… pour ce qui s'est passé.

— Désolé de m'avoir embrassée ou de vous être conduit comme un idiot par la suite ?

Il jeta les morceaux de carotte sur la table.

— Vous n'êtes vraiment pas commode, Nell.

— Oh, une minute… Feignant la surprise, elle ouvrit de grands yeux et porta la main à son oreille. Je dois souffrir d'un léger trouble de l'audition. Pendant un instant, il m'a semblé vous avoir entendu m'appeler par mon prénom.

— Ça suffit ! lança-t-il. Avant d'ajouter à dessein : Nell.

— Alors là, ça se fête ! déclara-t-elle en levant son verre. Macauley Taylor a non seulement daigné m'adresser la parole, mais en plus il a réussi à prononcer mon prénom. J'en suis toute retournée…

— Ecoutez…

Excédé, il fit le tour du comptoir. Il était sur le point de la saisir brutalement par le bras mais parvint à contenir sa colère. Je voulais simplement que les choses soient claires entre nous.

Fascinée, elle étudia ses traits qui avaient retrouvé leur impassibilité.

— Vous êtes très doué pour contrôler vos émotions, Mac. Tout à fait remarquable. Néanmoins, je me demande ce qui se passerait si vous vous laissiez parfois aller à ce que vous ressentez vraiment.

— Il faut garder la tête froide lorsqu'on a la responsabilité de deux enfants.

— J'imagine, murmura-t-elle. Eh bien, s'il n'y a rien d'autre...

— Je suis désolé, répéta-t-il.

Cette fois-ci, elle se sentit mollir. De toute façon, elle n'était pas de tempérament rancunier.

— D'accord. Oublions cela. On fait la paix ? proposa-t-elle en lui tendant la main.

Il la prit dans la sienne. La main de Nell était si douce et si menue qu'il ne put se résoudre à la lâcher. Et le regard de la jeune femme n'exprimait désormais plus que de la tendresse. Ses yeux étaient immenses, liquides : des yeux de biche, l'expression lui convenait à merveille.

— Vous... vous êtes ravissante ce soir.

— Merci. Vous n'êtes pas mal non plus.

— Vous vous amusez bien à cette soirée ?

— Oui, tout le monde est très sympathique.

Elle sentit son cœur s'emballer brusquement. *Qu'il aille au diable !* Elle se reprit :

— Votre sœur est formidable. Elle déborde d'idées et d'énergie, un véritable volcan.

— Prenez garde. Ses lèvres esquissèrent lentement un sourire. Ou bien vous vous retrouverez embrigadée dans l'une ou l'autre de ses activités.

— Trop tard. Elle vient de me nommer membre du comité du centre culturel. Qui plus est, elle m'a désignée d'office comme volontaire pour lui prêter main-forte dans sa campagne en faveur du recyclage des déchets.

— L'astuce avec elle, c'est de toujours rester évasif dans ses réponses.

— Ça ne m'ennuie pas, à vrai dire. Cela risque même de me plaire.

Il lui caressait légèrement le poignet de son pouce.

— Mac, ne commencez rien que vous n'ayez l'intention de mener à bout.

Les sourcils froncés, il baissa les yeux vers leurs mains entrelacées.

— J'ai beaucoup pensé à vous. Pourtant, je ne peux pas me le permettre. Seulement, je ne peux pas m'en empêcher.

Voilà que cela recommençait. Les frémissements et les tremblements qui la parcouraient de façon incontrôlable.

— Que voulez-vous vraiment ?

Il leva les yeux et plongea son regard dans le sien.

— C'est bien là le problème.

La porte s'ouvrit brusquement et une horde d'adolescents s'engouffra dans la cuisine avant que Kim, qui était à leur tête, ne les arrête en pilant net à leur vue.

Stupéfaite, elle ouvrit de grands yeux en voyant son oncle lâcher vivement la main de son professeur. Nell et Mac firent un bond et s'écartèrent l'un de l'autre comme un couple d'adolescents surpris en train de flirter sur le canapé du salon.

— Excusez-moi. Oh, je suis désolée, vraiment, poursuivit-elle en pouffant. On voulait juste…

Elle tourna les talons et poussa ses amis vers la sortie. Ils disparurent en gloussant.

— Eh bien, ils vont pouvoir en faire des gorges chaudes, constata Nell d'un ton ironique.

Elle vivait depuis suffisamment longtemps à Taylor's Grove pour savoir que leur relation éventuelle serait dès le lendemain au cœur de tous les commérages. A présent remise de son émoi, elle se tourna vers lui.

— Ecoutez, que diriez-vous de progresser gentiment, étape par étape ? Voulez-vous que nous allions dîner ensemble demain ? Nous pourrions aller au cinéma ou ailleurs ?

Ce fut le tour de Mac de la dévisager, abasourdi.

— Un rendez-vous ? Vous êtes en train de me proposer un rendez-vous, c'est bien ça ?

Elle se sentit de nouveau gagnée par l'impatience.

— Oui, je vous invite. Cela ne vous engage pas à vie avec moi ! A la réflexion, mieux vaut nous quitter maintenant et laisser l'idée faire son chemin.

— J'ai envie de vous toucher.

Mac s'entendit prononcer ces mots avec stupeur. Mais il était trop tard.

Nell saisit son verre de vin blanc pour se donner une contenance.

— Eh bien, c'est simple.

— Non, ça ne l'est pas. Bien au contraire.

Rassembla tout son courage, elle leva de nouveau les yeux vers lui.

— C'est vrai, admit-elle calmement en le regardant. Ces dernières semaines, le visage de Mac s'était si souvent imposé à elle qu'elle avait renoncé à en tenir le compte. Vous avez raison, ce n'est pas si simple.

Néanmoins, ils ne pouvaient pas en rester là, décida-t-il. Il hésita, incapable de se résoudre à faire le premier pas. *Jette-toi à l'eau*, s'ordonna-t-il à lui-même. *Tu verras bien.*

— Cela fait bien longtemps que je ne suis pas allé au cinéma sans les enfants… C'est si loin que je ne m'en souviens même pas. Je dois pouvoir m'arranger pour trouver une baby-sitter.

— Parfait. Elle le dévisageait à présent aussi intensément que lui. Appelez-moi si vous arrivez à vous libérer. Demain, je serai chez moi presque toute la journée, j'ai des copies à corriger.

Renouer avec le marivaudage n'était pas chose aisée — il n'y avait pourtant qu'une seule intéressée et la perspective de leur rendez-vous était tout sauf déplaisante. Ce qui l'irritait le plus, c'était la nervosité dont il ne pouvait se départir, sans parler de l'agacement qu'il avait ressenti lorsque sa nièce avait accepté avec force sourires entendus de jouer la baby-sitter auprès des jumeaux.

A présent, tandis qu'il gravissait le solide escalier extérieur menant au troisième étage qu'occupait Nell, Mac se demandait s'il ne valait pas mieux mettre un terme dès maintenant à toute cette histoire.

En entrant dans sa véranda, il nota qu'elle l'avait ornée de deux pots de chrysanthèmes disposés de part et d'autre de la porte. Cela conférait une élégante touche finale à l'ensemble, songea-t-il. Il était sensible aux efforts de décoration que faisaient certains de ses locataires pour agrémenter leur logement.

Pas de panique, ils allaient simplement voir un film, se répétat-t-il avant de frapper à sa porte. Quand elle lui ouvrit, il constata avec soulagement qu'elle était vêtue de manière décontractée : elle portait un long pull sur ces espèces de leggings confortables que Kim affectionnait également.

Elle lui sourit et sa bouche devint brusquement sèche.

— Salut ! Vous êtes pile à l'heure. Voulez-vous entrer pour voir comment j'ai arrangé l'appartement ?

— Vous êtes ici chez vous, vous pouvez faire ce que bon vous chante, à condition que vous payiez le loyer, évidemment, répliqua-t-il.

Mais elle l'avait déjà pris par la main et entraîné à l'intérieur.

Mac avait abattu toutes les cloisons, transformant ainsi les minuscules chambres de bonne en une immense pièce à vivre qui regroupait le salon, la salle à manger et la cuisine. Et Nell avait su merveilleusement tirer parti de cet espace.

Elle avait installé un canapé d'angle recouvert d'un tissu à fleurs, dont les coloris hardis aurait dû détonner, mais qui au contraire convenait parfaitement à la pièce, en lui apportant une touche de gaieté. Un pot-pourri était posé sur une petite table sous la fenêtre. L'un des murs était occupé par une bibliothèque dont les étagères supportaient des livres, une chaîne hi-fi et un petit téléviseur. Le meuble abritait également une multitude de bibelots, typiques, selon Mac, d'un appartement féminin.

Elle avait transformé l'espace salle à manger en une sorte de salon de musique où se trouvait son épinette mais également son bureau. Sur un pupitre était posée une flûte.

— Je n'ai pas emporté grand-chose en quittant New York, expliqua-t-elle en enfilant son blouson. Seulement les choses auxquelles je tenais vraiment. Je suis en train de meubler l'appartement en chinant chez les antiquaires, j'écume aussi les marchés aux puces.

— Ce n'est pas cela qui manque, murmura-t-il. En tout cas, c'est charmant.

Il était sincère — le tapis ancien aux couleurs fanées qui recouvrait le plancher, les rideaux bonne femme à froufrous... Il ajouta :

— Très confortable.

— J'attache beaucoup d'importance au confort. Vous êtes prêt ?

— Bien sûr.

Ce n'était pas si compliqué, après tout.

Il lui avait laissé le choix du film et elle s'était décidée en faveur d'une comédie. Il se sentait étonnamment détendu, assis près d'elle dans la salle obscure, riant des mêmes choses tout en partageant un paquet de pop-corn.

Et il parvint même à faire abstraction de son désir pour elle — enfin presque. Elle était si séduisante...

Il lui proposa ensuite d'aller manger une pizza, ce qui semblait être une suite logique. Ils arrivèrent à dénicher une table dans le restaurant bondé d'adolescents qui s'étaient donné rendez-vous ce soir-là.

— Eh bien... Nell s'étira sur la banquette. Zeke se débat-il toujours avec les pièges de l'orthographe ?

— C'est loin d'être facile pour lui, mais je dois dire qu'il travaille d'arrache-pied. C'est drôle, Zack peut orthographier n'importe quel mot du premier coup alors que Zeke doit plancher sur son vocabulaire mot à mot. On dirait qu'il déchiffre les manuscrits de la mer morte !

— Mais il se rattrape en mathématiques.

— C'est exact. Mac était perplexe : elle semblait tout savoir de ses enfants. En tout cas, ils vous adorent.

— C'est réciproque. Elle se passa la main dans les cheveux. Cela va vous paraître étrange, mais... Elle hésita, ne sachant trop comment formuler sa pensée. Vous savez, la première fois que je les ai vus, à la répétition, j'ai ressenti une sensation étrange... Comment dire ? Une impression de déjà-vu... Comme si je les retrouvais après une longue absence. Maintenant, quand Kim vient seule à la répétition, ils me manquent.

— Vous vous êtes habituée à leur présence.

C'était bien plus que cela, mais elle n'aurait su l'expliquer mieux. En effet, comment faire comprendre à Mac qu'elle avait tout bonnement eu le coup de foudre pour ses fils ?

— Ce que je préfère, c'est quand ils me racontent leur journée d'école et qu'ils me montrent leurs devoirs.

— Les premiers bulletins ne vont pas tarder à arriver. Il eut un sourire rayonnant. Je suis plus angoissé qu'eux à cette idée.

— Je trouve que l'on accorde beaucoup trop d'importance aux notes.

Il haussa les sourcils.

— Venant d'un professeur, voilà qui me paraît plutôt étonnant !

— A mon avis, les compétences individuelles, la concentration, la persévérance ou la mémoire sont des qualités bien plus importantes que le seul fait d'obtenir un A, un B ou un C. Mais, pour vous faire une confidence, je peux d'ores et déjà vous annoncer que Kim va avoir un A en chant choral et en histoire de la musique.

— Sans blague ?

Il se sentit envahi par un sentiment de fierté.

— C'est la première fois qu'elle obtient de telles notes. Elle s'est presque toujours contentée d'avoir des B.

— M. Stryker et moi avons une approche pédagogique radicalement opposée.

— Je n'en doute pas ! Le bruit court que la chorale va frapper un grand coup cette année avec votre nouveau programme. Quel est votre secret ?

— Oh, je n'y suis pour rien, tout le mérite revient aux enfants, lui assura-t-elle.

Elle se redressa en voyant leurs pizzas arriver.

— Mon travail consiste à leur inculquer l'esprit d'équipe pour pouvoir chanter ensemble comme un groupe cohérent. Sans vouloir critiquer M. Stryker, ajouta-t-elle en mordant à pleines dents dans sa pizza, j'ai tout de même l'impression qu'il se contentait de passer le temps en comptant les jours qui le séparaient de l'heure de la retraite. Pour enseigner, il faut aimer les enfants et les respecter. Ils portent en eux un potentiel énorme, même si chez certains, le talent est encore à l'état brut !

Elle rit, ce qui colora ses joues encore davantage.

— Cela dit, certains de ces enfants ne dépasseront jamais le stade de chanteur de salle de bains — et l'on ne peut d'ailleurs que s'en féliciter !

— Ah, vous avez donc quelques voix de casserole dans la chorale...

— Eh bien... Elle rit de nouveau. Oui, nous en avons quelques unes... Mais les élèves prennent du plaisir à chanter et c'est bien là l'essentiel. Par ailleurs, il y en a de plus doués, comme Kim. La semaine prochaine, je l'envoie passer des auditions en compagnie de deux autres élèves en vue d'intégrer le chœur national. Et après le concert de Noël, je vais faire passer des auditions pour la comédie musicale que je compte monter au printemps.

— Cela fait bien trois ans que le lycée n'a pas donné de comédie musicale.

— Eh bien, vous pouvez d'ores et déjà réserver vos places, car il y en aura une cette année, cher ami. Et ça va être du tonnerre !

— Cela doit représenter une somme de travail énorme pour vous.

— Oui, mais j'aime ça. Et puis c'est pour cela qu'on me paie.

Mac chipotait avec sa deuxième part de pizza.

— Ça vous plaît vraiment, n'est-ce pas ? Je veux dire, l'école, la ville, tout quoi ?

— Comment pourrais-je ne pas m'y plaire ? L'école est agréable, la ville aussi…

— Ce n'est pas Manhattan.

— Justement.

— Pourquoi en êtes-vous partie ? Excusez-moi, ça ne me regarde pas.

— Ce n'est pas un mystère. J'ai traversé une année difficile. J'avais déjà des velléités de changement mais la dernière année a vraiment été la goutte d'eau qui a fait déborder le vase. Ils ont supprimé mon poste à l'école où j'enseignais. Motif : restrictions budgétaires. D'où restructuration… Et vous savez bien comment ça se passe, on sacrifie toujours les matières artistiques en premier. Elle haussa les épaules. De toute façon, ma colocataire venait de convoler en justes noces. Je ne pouvais plus assumer seule la charge du loyer, enfin, à moins de jeûner un jour sur deux… Alors, j'ai passé une petite annonce pour trouver quelqu'un d'autre. J'ai exigé des références, passé au crible leur personnalité…

Le coude sur la table, elle appuya sa tête dans sa main et soupira.

— Je croyais avoir pris toutes les précautions. Mais environ trois semaines après que la colocataire que j'avais choisie a emménagé, je suis rentrée pour découvrir qu'elle était partie en vidant l'appartement.

Mac resta la fourchette en l'air.

— Elle vous a volée ?

— Elle m'a littéralement dépouillée de tous mes biens. Télévision, chaîne hi-fi, bijoux de valeur, argent, sans compter les porcelaines de Limoges que je collectionnais depuis la fac. Sur le moment, j'étais vraiment hors de moi, ensuite je me suis rendu compte que j'étais en état de choc. Je ne me sentais plus en sécurité après cette mésaventure. Et puis le type avec qui je sortais depuis environ un an s'est mis à me faire la morale en me reprochant ma sottise et ma naïveté. Selon lui, c'était bien fait pour moi.

— Charmant bonhomme, marmonna Mac. On peut dire qu'il vous a bien soutenue.

— Oui, c'est le cas de le dire. Enfin, cela m'a permis de reconsidérer notre relation sous un nouveau jour et j'ai compris que sur un point au moins, il avait raison. C'était bien fait pour moi : en restant avec lui, je ne pouvais pas m'attendre à autre chose. J'ai donc décidé de sortir de cette impasse et je l'ai laissé se débrouiller tout seul.

— C'était la meilleure chose à faire.

— C'est également mon avis.

Oui, songea-t-elle en étudiant les traits de Mac, c'était vraiment une excellente idée de l'inviter ce soir.

— Et si vous me parliez de vos projets pour la maison que vous êtes en train de rénover ?

— Je ne pense pas que vous vous intéressiez à la plomberie…

Elle se contenta de sourire.

— J'apprends vite, vous savez…

Il était près de minuit lorsqu'il gara sa voiture en bas de son appartement. Il n'avait pas eu l'intention de rentrer si tard. Jamais il n'aurait cru qu'ils pourraient passer des heures à parler de travaux d'électricité, de plomberie et de murs porteurs ! Ou à griffonner des petits croquis sur des serviettes en papier.

Et pourtant, de toute la soirée il ne s'était pas senti un seul instant ridicule, piégé ou en désaccord avec elle. Une seule chose le tracassait. Il avait envie de la revoir.

— Il me semble que nous avons franchi cette première étape avec succès. Elle posa sa main sur la sienne et l'embrassa sur la joue. Merci pour cette soirée.

— Je vous raccompagne chez vous.

Elle avait déjà la main sur la poignée de la portière. Il valait mieux pour eux deux que les choses en restent là pour ce soir, pensa-t-elle.

— Ce n'est pas la peine, je connais le chemin.

— Je vous raccompagne, insista-t-il.

Il descendit de voiture et fit le tour pour aller lui ouvrir la portière. Ils gravirent l'escalier ensemble. Le locataire du rez-de-chaussée ne dormait pas. La lumière bleutée d'une télévision allumée filtrait par la fenêtre.

La brise était tombée et en dehors du murmure du téléviseur, un silence total régnait dans la nuit. Au-dessus de leur tête, le ciel dégagé était éclairé d'un scintillement sidéral profus.

— Si nous nous revoyons, commença Mac, les gens vont jaser, ils vont s'imaginer que nous sommes...

Il ne savait trop comment finir sa phrase.

— Ensemble ? suggéra Nell. C'est cela qui vous gêne.

— Je ne veux pas que les enfants se fassent des idées, qu'ils s'inquiètent ou que sais-je encore...

Lorsqu'ils arrivèrent sur le palier de son appartement, il baissa les yeux vers elle et se sentit de nouveau comme envoûté par son charme.

— Ce doit être votre beauté, murmura-t-il.

— Que dites-vous ?

— Ce doit être votre beauté qui m'obsède.

Et si tout cela n'était qu'une question d'attirance physique ? C'était une explication sensée, décida-t-il. Après tout, il n'était pas insensible aux charmes féminins. Tout au plus, prudent. Il reprit :

— Voilà ce que je rêve de faire.

Il prit délicatement son visage entre ses mains d'un geste empreint d'une telle tendresse qu'elle sentit tout son corps fondre sous ses doigts. Leur baiser fut divin, aussi langoureux et passionné que la première fois. Le seul contact de ses lèvres, sa patience frémissante de désir, tout en lui la bouleversait.

Etait-ce donc cela qu'elle attendait ? Etait-ce lui, l'homme de ses rêves ?

Il l'entendit soupirer profondément d'un air alangui tandis qu'il s'écartait lentement de sa bouche. S'attarder sur ses lèvres aurait été une erreur, il en était conscient, et il laissa ses mains retomber le long de son corps, se privant ainsi du plaisir d'aller plus loin dans ses caresses.

Comme pour conserver l'ultime saveur de leur baiser, Nell passa sa langue sur ses lèvres.

— Vous êtes très fort, Macauley. Et vous embrassez à merveille.

— On dit bien que qui trop embrasse, mal étreint. Personnellement, je m'économise...

Mais il savait qu'il ne s'en tirerait pas à si bon compte. Il y avait autre chose et cela ne laissait pas de le tourmenter.

Elle hocha faiblement la tête en le regardant redescendre l'escalier. Elle se tenait encore lascivement appuyée contre la porte quand elle entendit sa voiture s'éloigner.

Pendant une fraction de seconde, elle aurait juré que l'air vibrait du tintement lointain des clochettes d'un traîneau...

6

La fin du mois d'octobre annonçait immanquablement les réunions parents/professeurs, mais aussi pour les élèves, l'arrivée tant attendue des vacances. Cette période était également synonyme de migraine pour Mac. Il avait dû jongler avec son emploi du temps et confier les jumeaux tour à tour à sa sœur, à Kim et à Mme Hollis, pour pouvoir aller commander des matériaux et demander un agrément pour l'installation électrique de la maison qu'il rénovait.

Au volant de sa camionnette, il tourna pour aller se garer sur le parking du groupe scolaire ; il avait les nerfs à fleur de peau. Dieu sait ce qu'on allait lui annoncer à propos de ses enfants ! Comment se comportaient-ils hors de sa vue et de son autorité ? Il se faisait également du souci pour leurs résultats : leur avait-il consacré suffisamment de temps pour les aider dans leurs devoirs ? Ou avait-il failli à son rôle de père dans ses efforts pour préparer ses fils aux exigences du CP tant au niveau scolaire que psychologique et social ?

Ses fils finiraient probablement tous deux névrosés, asociaux et analphabètes, et c'est lui qui en porterait l'entière responsabilité.

Il se montait la tête, il le savait, mais il ne pouvait s'empêcher de ressasser ses craintes dans son esprit.

— Mac !

Le coup de klaxon suivi de son nom le ramena à la réalité. En se tournant, il reconnut la voiture de sa sœur. Elle passa la tête par la vitre et leva les yeux au ciel.

— Mais où étais-tu ? Je t'ai appelé trois fois.

— Je négociais le montant de la caution pour libérer mes fils délinquants, marmonna-t-il avant d'aller vers sa sœur. Je dois rencontrer l'institutrice des jumeaux dans une minute.

— Je sais. J'arrive d'une réunion au lycée. Tu te souviens, on a comparé nos emplois du temps.

— C'est vrai. Je ne veux pas être en retard.

— Tu as passé l'âge de te faire taper sur les doigts... Ma réunion concernait la collecte de fonds destinés à acheter de nouveaux uniformes pour la chorale. Les enfants portent les mêmes tenues de choristes depuis douze ans. Nous espérons arriver à récolter suffisamment d'argent pour pouvoir les habiller de façon un peu plus actuelle.

— Très bien, vous pouvez compter sur ma participation mais maintenant, il faut vraiment que j'y aille.

Il imaginait déjà le visage plein de fraîcheur de la jeune institutrice du CP notant son retard, ajoutant ainsi le manque de ponctualité à la liste grandissante des tares accablant les représentants masculins de la famille Taylor.

— Je voulais simplement te dire que Nell m'avait paru contrariée par quelque chose.

— Quoi ?

— Oui, bouleversée, insista Mira, satisfaite d'avoir enfin retenu son attention. Elle a proposé deux ou trois idées tout à fait intéressantes pour récolter des fonds, mais elle avait visiblement la tête ailleurs.

Mira prit un air soupçonneux et coula un regard en douce à son frère.

— Tu n'as rien fait qui pourrait lui avoir fait de la peine, n'est-ce pas ?

— Non. Mac réfléchit avant de se dandiner d'un pied sur l'autre, l'air fautif. Pourquoi ?

— Je n'en sais rien. Mais étant donné que vous sortez ensemble...

— Nous sommes allés une fois au cinéma.

— Et vous êtes allés manger une pizza aussi, ajouta Mira. Des amis de Kim vous ont vus.

Ah, les petites villes et leurs commérages ! On ne pouvait rien faire sans que tout se sache… Mac fourra ses mains dans ses poches.

— Oui, et alors ?

— Alors rien. C'est très bien. J'aime beaucoup Nell. Kim aussi. Je m'inquiète sûrement pour rien, mais je me sens un peu responsable d'elle. Elle avait vraiment l'air bouleversée, Mac, même si elle s'efforçait de le dissimuler. Peut-être qu'à toi, elle se confierait plus facilement ?

— Il est hors de question que j'aille mettre mon nez dans sa vie privée.

— A mon avis, tu en fais déjà partie. A tout à l'heure.

Elle démarra sans lui laisser la possibilité de répliquer.

Grommelant dans sa barbe, Mac marcha d'un pas décidé vers l'école primaire. Il en ressortit vingt minutes plus tard, le cœur léger. Finalement, ses enfants n'avaient rien de psychopathes à tendances homicides, après tout. En fait, leur institutrice s'était même répandue en compliments sur eux.

Evidemment…

Certes, Zeke avait tendance à prendre quelques libertés avec le règlement et discutait avec son voisin… Et Zack était un peu timide et n'osait pas toujours lever le doigt pour répondre lorsqu'il connaissait la réponse. Mais ils s'adaptaient petit à petit.

Libéré du poids de son angoisse, Mac se dirigea d'un pas nonchalant vers le lycée, se laissant guider par une subite impulsion. Il savait que la rencontre à laquelle il avait assisté était l'une des dernières de la journée. Il ignorait comment fonctionnait le système des réunions au lycée, mais le parking était presque désert. Il repéra néanmoins la voiture de Nell et se dit qu'il n'y avait pas de mal à passer la voir.

Ce n'est qu'à l'intérieur qu'il réalisa qu'il n'avait pas la moindre idée de l'endroit où la trouver.

Mac passa la tête dans l'auditorium, mais il était vide. Tant qu'il y était, il rebroussa chemin jusqu'à l'administration et attrapa au vol une des secrétaires qui était sur le point de rentrer chez elle. Se fiant à ses instructions, il prit un couloir, s'engagea dans un escalier et tourna à droite.

La classe de Nell était ouverte. Dans ses souvenirs d'école, les portes étaient toujours fermées. Dans celle-ci se trouvaient un piano, des pupitres, des instruments de musique et un magnétophone. Sans oublier le traditionnel tableau noir, parfaitement nettoyé, et un bureau auquel Nell était assise, en train de travailler.

Il l'observa pendant un long moment, étudiant le mouvement de ses cheveux retombant sur ses épaules, sa manière de tenir le stylo, la façon dont son cou émergeait gracieusement de l'encolure de son pull. Il songea que s'il avait eu la chance d'avoir un professeur aussi séduisant qu'elle, il se serait certainement davantage intéressé à la musique.

— Salut.

Elle releva brusquement la tête. A sa grande surprise, il remarqua son front buté et la lueur d'agressivité qui couvait au fond de ses yeux. Tandis qu'il la fixait, elle expira lentement et esquissa un sourire forcé.

— Salut, Mac. Bienvenue dans la cage aux fauves.

— On dirait que vous croulez sous le travail.

Il entra dans la classe et alla jusqu'à son bureau. Celui-ci disparaissait sous des piles bien organisées de papiers, de livres, de listings et de partitions ; l'ensemble donnait une impression d'ordre.

— Je termine les corvées du premier trimestre : les appréciations, les moyennes, le programme, la stratégie de financement, les dernières mises au point pour la comédie musicale du printemps...

S'efforçant de dissimuler sa mauvaise humeur, elle se renfonça dans son siège.

— Et vous, comment s'est passée votre journée ?

— Plutôt bien. Je sors d'une réunion avec l'institutrice des jumeaux. Ils s'en sortent bien. Il me tarde de recevoir leurs bulletins.

71

— Ce sont des enfants merveilleux. Ne vous faites aucun souci à leur sujet.

— On se fait toujours du souci pour ses enfants. Et vous, qu'est-ce qui vous préoccupe ? s'enquit-il avant de se rappeler qu'il ne souhaitait pas s'immiscer dans sa vie privée.

— De combien de temps disposez-vous pour écouter mes lamentations ? répondit-elle du tac au tac.

— Je peux prendre le temps qu'il faut.

Intrigué, il s'assit sur son bureau. Il réalisa qu'il avait envie de la réconforter, d'effacer le léger pli de contrariété entre ses sourcils.

— Rude journée ?

Elle haussa les épaules, puis repoussa sa chaise du bureau. Quand elle était de mauvaise humeur, elle était incapable de rester en place.

— Disons que j'en en ai connu des meilleures. Connaissez-vous le montant des subventions que reçoit l'équipe de football de la part de l'école et de la municipalité ? Cela concerne tous les sports, d'ailleurs.

Elle se mit à empiler des cassettes vidéo dans un carton en faisant le plus de bruit possible, il fallait qu'elle s'occupe les mains.

— Même la fanfare de l'équipe a droit à une subvention ! Alors qu'à la chorale, nous devons mendier pour obtenir le moindre sou.

— C'est la question du budget qui vous contrarie à ce point ?

— Quoi d'étonnant à cela ? Elle se tourna vers lui, les yeux étincelant de colère. Ah, tant que c'est pour financer des équipements sportifs pour permettre à une bande de garçons de courir et de se faire des passes sur un terrain de foot, les subventions pleuvent ! Alors que moi, je suis obligée de me traîner aux pieds des responsables pour me voir allouer les quatre-vingts dollars nécessaires à l'accord du piano. Elle se reprit et soupira. Je n'ai rien contre le football, je suis la première à aimer ça et à reconnaître que le sport universitaire a une importance capitale.

— Je connais un type qui sait accorder les pianos, proposa Mac. Je pense qu'il accepterait de s'en charger gratuitement.

Nell se passa la main sur le visage puis se massa la nuque pour essayer de soulager sa tension. *Papa va tout arranger,* pensa-t-elle, les jumeaux l'avaient bien dit. Un problème ? Faites appel à Mac.

— Ce serait formidable, répondit-elle en lui adressant un vrai sourire. A condition de remplir toute la paperasse nécessaire et d'obtenir l'autorisation de le faire. On ne peut pas lever le petit doigt sans le feu vert du conseil d'administration.

Cet état de choses avait le don de l'énerver.

— La bureaucratie est certainement l'un des pires aspects de l'enseignement. Peut-être aurait-il mieux valu que je continue à me produire dans des clubs.

— Vous vous produisiez dans des clubs ?

— Dans une autre vie, murmura-t-elle en balayant ce souvenir de la main. J'ai chanté pendant quelque temps pour payer mes études. C'était mieux que serveuse. Et puis de toute façon, ce ne sont pas ces histoires de budget qui me contrarient. Ni même l'absence d'intérêt de la part de la municipalité. J'en ai l'habitude.

— Voulez-vous qu'on en parle ou préférez-vous que je vous laisse remâcher votre colère ?

— Je m'amusais bien à râler toute seule dans mon coin. Elle poussa un nouveau soupir et leva les yeux vers lui. J'ai peut-être trop l'habitude des grandes villes. Je viens de me heurter pour la première fois à une réaction typiquement provinciale et je bous d'impuissance face à ce genre de mentalité complètement dépassée. Connaissez-vous Hank Rohrer ?

— Bien sûr. Il possède une laiterie sur Old Oak Road. Je crois que son fils aîné est en classe avec Kim.

— Hank Jr. Oui, Junior est l'un de mes élèves — il possède une magnifique voix de baryton. Il se passionne pour la musique. Il va même jusqu'à composer.

— Sans blague ? C'est fantastique.

— Ah, c'est également votre avis, n'est-ce pas ? Nell rejeta sa chevelure en arrière et retourna à son bureau pour mettre de l'ordre dans ses papiers qui étaient pourtant parfaitement classés. Eh bien, j'ai demandé à M. et Mme Rohrer de passer ce matin car Junior a refusé au dernier moment d'aller passer des auditions ce week-end en vue d'intégrer le chœur national. Je suis persuadée qu'il a de bonnes chances de réussir et je voulais discuter avec ses parents de la possibilité de demander une bourse pour qu'il entreprenne des études de musique. Quand je leur ai parlé du talent de Junior en leur disant que je comptais sur leur soutien pour le faire changer d'avis au sujet des auditions, Hank senior a réagi comme si je l'avais insulté. Il était horrifié.

Sa voix vibrait de colère et d'amertume. Elle imita le père de Junior :

— « Pas question qu'un de mes fils perde son temps à pousser la chansonnette comme un... »

Elle ne finit pas sa phrase, trop indignée pour répéter l'opinion que l'homme avait des musiciens.

— Ses parents n'étaient même pas au courant que Junior était dans ma classe. Ils croyaient qu'il avait choisi l'option « atelier technique », cette année. J'ai bien essayé d'arrondir les angles en prétendant que Junior avait besoin d'une note dans une matière artistique pour passer en terminale, mais ça n'a pas marché. M. Rohrer peut à peine supporter l'idée que Junior fasse partie de mes élèves. Il a persisté à me dire que Junior n'avait pas besoin de savoir chanter pour s'occuper d'une exploitation agricole. Et il refusera à coup sûr de laisser son fils passer une audition un samedi si jamais il a des corvées à faire à la ferme. Quant à moi, on m'a priée d'arrêter de lui bourrer le crâne avec mes histoires de fac et de musicologie.

— Ils ont quatre enfants, fit remarquer lentement Mac. Il se peut que payer leurs études soit problématique pour eux.

— Si c'était le seul obstacle, ils devraient alors se réjouir de la possibilité pour Junior d'accéder à une bourse d'études.

Elle referma son cahier de notes dans un claquement sec.

— Je vois là un garçon doué, intelligent, et qui n'aura jamais la possibilité de réaliser son rêve parce ses parents s'y opposent. Ou plutôt son père, devrais-je dire. Sa mère n'a pas dit trois mots de tout l'entretien.

— Peut-être va-t-elle essayer de raisonner Hank une fois de retour chez eux.

— Mais peut-être aussi qu'il passera sa colère sur tous les deux !

— Hank n'est pas comme ça. Il a une mentalité un peu rigide et s'imagine tout savoir, mais il n'est pas méchant.

— J'ai un peu de mal à apprécier ses qualités vu la façon dont il m'a traitée... Il me voit certainement sous les traits d'une intrigante venue dilapider l'argent des contribuables durement gagné à la sueur de leur front. Alors que j'aurais pu changer la vie de ce gosse, murmura Nell en se rasseyant. J'en suis convaincue.

— Alors, faites-vous à l'idée que vous ne pourrez peut-être pas changer le cours du destin de Junior. Mais il reste tous les autres. Vous avez déjà transformé la vie de Kim.

— Merci. Nell lui adressa un sourire éclair. Ça me console un peu.

— Je suis sincère.

Il n'aimait pas la voir abattue, son énergie et son bel optimisme vaincus.

— Elle a énormément gagné en confiance. Jusqu'alors, elle se laissait freiner en tout par sa timidité et n'osait pas chanter. Alors que maintenant, sa véritable personnalité s'est enfin épanouie.

Les propos de Mac lui mettaient du baume au cœur. Cette fois, le sourire de Nell illumina son visage.

— Si je comprends bien, je devrais cesser de ruminer ma mauvaise humeur.

— Ce n'est pas dans votre caractère.

Il se surprit à caresser sa joue du bout des doigts. Nell frémit. Il ajouta :

— Le sourire vous convient mieux.

— De toute façon, je suis incapable de rester en colère bien longtemps. D'après Bob, c'était la preuve de mon caractère superficiel.

— Qui donc est ce Bob ?

— Le type que j'ai laissé tomber à New York.

— Un fin psychologue à ce que je vois !

Elle rit.

— Je suis contente que vous soyez passé me voir. Sans vous, je serais probablement encore en train de faire la tête.

— Une bien jolie tête, murmura-t-il avant de s'éloigner. Il faut que j'y aille. Je dois encore confectionner des déguisements pour Halloween.

— Vous avez besoin d'un coup de main ?

— Je... C'était tentant. Mais il prendrait de gros risques en commençant à l'inviter à leurs fêtes de familles. Non merci, je vais m'en charger.

Nell ravala sa déception et réussit presque à donner le change.

— Vous sortez avec eux samedi soir, n'est-ce pas ? Pour la traditionnelle rançon de bonbons des petits monstres ?

— Bien sûr ! A bientôt.

Il alla vers la porte mais s'arrêta sur le seuil avant de se retourner.

— Nell ?

— Oui ?

— Les choses mettent parfois du temps à évoluer. Le changement peut faire peur à certaines personnes.

Elle inclina la tête sur le côté.

— Faites-vous allusion aux Rohrer, Mac ?

— Entre autres. A samedi soir.

Nell continua de fixer la porte par laquelle il venait de sortir en entendant l'écho de ses pas s'atténuer dans le lointain. Mac s'imaginait-il qu'elle essayait de le faire changer ? Et d'ailleurs, était-ce vraiment son but ? Elle se rassit et repoussa les papiers qui encombraient son bureau. Impossible de travailler correctement à présent.

Macauley Taylor lui ôtait toute faculté de concentration,

76

c'était systématique. A quel moment cet homme calme et posé avait-il commencé à semer un tel trouble dans son cœur et dans son esprit ? Probablement dès le jour de leur rencontre, lorsque Mac était entré dans l'auditorium pour venir chercher Kim et les jumeaux.

Un coup de foudre ? Non, elle était trop sophistiquée, trop fine pour croire à ce genre de clichés. Sans compter qu'elle avait trop de bon sens pour se mettre en position de faiblesse en tombant amoureuse d'un homme qui ne partageait pas ses sentiments.

Ou plutôt qui refusait de s'abandonner à ses sentiments, rectifia-t-elle. C'était bien pire.

Après tout, que lui importait qu'il soit un père aimant et dévoué envers ses fils ? Certes, il était séduisant, sexy et large d'épaules. Et quand bien même ? Ce n'était pas une raison pour se laisser aller à rêver quand il était près d'elle ou lorsqu'elle pensait à lui. A rêver d'un foyer, d'une famille, d'une cuisine pleine de rires, et d'étreintes passionnées la nuit.

Elle laissa échapper un long soupir. A quoi bon se leurrer ? Elle était sur le point de succomber à l'amour.

7

On était déjà à la mi-novembre et les arbres avaient depuis longtemps perdu leurs feuilles. Nell trouvait cependant une beauté particulière à ce spectacle. Les branchages sombres et dépouillés, le craquement des feuilles mortes accumulées le long des trottoirs et le givre qui recouvrait l'herbe du matin d'une poudre de diamant.

Elle se surprenait à guetter à la fenêtre dans l'attente des premiers flocons, comme un enfant espère l'arrivée des vacances.

Cette ambiance était merveilleuse. Attendre l'hiver en se souvenant de l'automne. Elle repensait souvent à cette nuit d'Halloween, aux enfants qui étaient venus frapper à sa porte déguisés en pirates ou en princesses. Elle se rappelait Zeke et Zack pouffant de rire lorsqu'elle avait fait semblant de ne pas les reconnaître dans les splendides uniformes d'astronautes que leur père leur avait confectionnés.

Elle se remémora le concert de musique folk auquel Mac l'avait emmenée. Et la semaine dernière, quand ils s'étaient rencontrés par hasard au centre commercial, chacun fonçant vers les magasins, une liste interminable à la main, bien déterminés à boucler le plus tôt possible leurs emplettes de Noël.

En passant devant la maison que Mac était en train de restaurer, ses pensées s'orientèrent de nouveau vers lui. Il était tellement attendrissant l'autre jour dans ses efforts pour choisir la tenue qu'il voulait offrir à Kim pour Noël. Macauley Taylor ne plaisantait pas avec les cadeaux destinés à ceux qu'il aimait. Il fallait que tout soit parfait : la couleur et le style.

C'était vraiment l'homme idéal…

Elle dépassa la maison, respirant l'air glacé de la soirée, l'esprit en ébullition. Cet après-midi, elle avait pu annoncer avec fierté que deux de ses élèves avaient été retenus pour faire partie du chœur national.

Elle avait réussi à forcer le destin, songea-t-elle, fermant les yeux pour mieux savourer sa satisfaction. Ce n'était pas une question de prestige, et encore moins pour le plaisir de recevoir les félicitations du proviseur. Non, ce qui comptait avant tout, c'était l'expression des élèves. La fierté qui se lisait sur le visage de Kim mais aussi dans les yeux du ténor qui chanterait avec elle dans le chœur national. C'était la joie qui transfigurait la chorale tout entière. Tous partageaient un même sentiment de triomphe, car au cours des dernières semaines, ils étaient devenus une équipe soudée.

Son équipe. Ses élèves.

— Il fait un peu frais pour se promener à cette heure-ci.

Nell sursauta, nerveuse, puis rit de sa réaction en apercevant Mac émerger de l'ombre d'un arbre dans le jardin de sa sœur.

— Mon Dieu, vous m'avez fait peur ! J'ai failli sortir ma bombe lacrymogène.

— Les rues de Taylor's Grove n'ont pourtant rien d'un coupe-gorge. Vous alliez rendre visite à Mira ?

— Non. En fait, j'étais simplement sortie me promener. J'ai besoin de me défouler en marchant. Un sourire illumina son visage. Vous êtes au courant pour la bonne nouvelle ?

— Félicitations.

— Oh, je n'y suis pour rien…

— Au contraire, vous y êtes pour beaucoup. C'était sa manière à lui de lui avouer à quel point il était fier de sa réussite. Il jeta un coup d'œil en direction de la maison à l'intérieur de laquelle régnait une douce lueur. Mira et Kim sont en train de pleurer.

— En train de pleurer ? Mais…

— Ce n'est pas ce que je veux dire… Les larmes des femmes

le mettaient toujours dans l'embarras. Vous savez bien, enfin, pas de chagrin.

— Oh, je vois. En réaction, Nell sentit elle-même monter le picotement des larmes. C'est merveilleux.

— Dave se pavane dans toute la maison, le sourire aux lèvres. Il était en train de l'annoncer à son père quand je me suis éclipsé. Mira a déjà prévenu nos parents ainsi que toutes nos connaissances.

— Ma foi, c'est un grand événement.

— Je sais bien. Il eut un sourire éblouissant. J'ai moi-même passé deux ou trois coups de fil. Vous devez être sacrément fière de vous.

— Ça, vous pouvez le dire. Si vous aviez vu la réaction de ces enfants aujourd'hui quand je leur ai annoncé la nouvelle… C'était incroyable. Et cela va faciliter les choses pour la personne chargée de récolter des fonds pour la chorale.

Le vent soufflant à travers les arbres la fit frissonner.

— Vous avez froid. Je vais vous raccompagner chez vous.

— C'est gentil. Il me tarde que la neige arrive.

En bon campagnard qui se respecte, il huma l'air et étudia le ciel.

— Ça ne devrait pas tarder, à mon avis. Il lui ouvrit la portière de sa camionnette. Les gosses ont déjà sorti leurs traîneaux.

— Je pourrais m'en acheter un, moi aussi. Elle s'installa confortablement dans la voiture, détendue. Où sont les garçons ?

— Un de leurs amis organise une soirée pyjama. Il fit un geste en direction d'une maison en face de la rue où habitait Mira. Je viens juste de les déposer.

— Ils doivent être surexcités par l'approche de Noël, surtout avec cette atmosphère de neige imminente.

— C'est étrange. D'habitude, passé Halloween, ils commencent à m'assaillir de listes, de photos de jouets qu'ils découpent dans des catalogues, ou de trucs qu'ils ont vus à la télévision. Il tourna et la camionnette se dirigea vers la place. Cette année, ils m'ont annoncé que le Père Noël s'occupait de tout. Je sais qu'ils veulent des vélos. Il fronça les sourcils. C'est la seule chose que j'ai pu tirer d'eux. Ils passent leur temps à faire des messes basses à propos d'un mystérieux cadeau, mais se referment comme des huîtres sitôt qu'ils me voient.

— C'est ça, Noël, remarqua Nell avec douceur. C'est la période des secrets chuchotés tout bas. Et vous ? Que souhaitez-vous pour Noël ?

— Pouvoir faire la grasse matinée, pour changer.

— On doit pouvoir trouver mieux, tout de même.

— Mon plus beau cadeau, c'est de descendre le matin de Noël et voir le visage de mes gosses s'illuminer de joie. Il se gara en bas de son appartement. Vous retournez à New York pour les fêtes ?

— Non, je n'ai personne là-bas.

— Et votre famille ?

— Je suis fille unique. Mes parents ont l'habitude de passer les fêtes aux Caraïbes. Voulez-vous entrer quelques instants pour prendre un café ?

L'idée le tentait davantage que la perspective de retourner dans une maison où personne ne l'attendait.

— Je veux bien, merci.

Tout en montant l'escalier, il s'efforça avec tact de ramener la conversation sur le sujet des vacances et de la famille.

— C'est donc là-bas que vous passiez Noël quand vous étiez petite ? Aux Caraïbes ?

— Non. Nous fêtions Noël à Philadelphie dans un décor tout à fait traditionnel. Ensuite, je suis partie étudier à New York et mes parents ont déménagé en Floride. Elle ouvrit la porte et ôta son manteau. Nous ne sommes pas très proches, à vrai dire. Mes parents n'étaient pas tellement ravis de me voir m'engager dans des études de musique.

— Je vois. Il posa négligemment son blouson par-dessus son manteau tandis qu'elle se dirigeait vers la cuisine pour faire du café. Ceci explique que vous ayez réagi si violemment au refus des parents de Junior.

— Peut-être. Mes parents n'ont pas réellement désapprouvé ma décision mais le moins qu'on puisse dire c'est qu'elle les a déconcertés. En fait, je crois que l'éloignement géographique facilite nos rapports. Elle lui jeta un coup d'œil par-dessus l'épaule. Je crois que c'est pour cela que j'éprouve autant d'admiration pour vous.

Perdu dans la contemplation d'une boîte à musique de bois de rose, il releva la tête et la dévisagea avec stupéfaction :

— De l'admiration pour moi ?

— Oui, pour l'importance que vous attachez à votre famille, sans parler de votre implication auprès de vos enfants. Votre attitude est si rassurante, elle semble si naturelle de votre part. Rejetant ses cheveux en arrière, elle prit une boîte contenant des cookies et commença à en disposer quelques-uns sur une assiette. Ce n'est pas donné à tout le monde d'avoir la capacité ou l'envie d'en faire autant pour sa famille en lui consacrant autant de temps. Il est rare de rencontrer un homme capable d'autant d'amour et de dévouement. Elle sourit. Vous voilà tout embarrassé par ma faute…

— Non. Enfin, si, avoua-t-il en prenant un biscuit. Vous ne m'avez jamais posé de questions sur la mère des jumeaux. Encouragé par le silence de Nell, Mac sentit qu'il pouvait se confier à elle :

— Je sortais de l'université quand nous nous sommes rencontrés. Elle était la secrétaire de mon père, qui possédait une agence immobilière. Elle était belle. D'une beauté absolument renversante. Après deux ou trois rendez-vous, nous avons couché ensemble et elle s'est retrouvée enceinte.

Son ton dénué d'expression fit lever la tête à Nell. Mac, sentant monter en lui l'amertume, mordit dans son cookie.

— Je sais, à m'entendre on pourrait croire que tout est de sa faute. J'étais jeune, mais cependant assez mûr pour avoir conscience de ce que je faisais et assumer les conséquences de mes actes.

Il n'était pas homme à fuir ses responsabilités, songea Nell, ce n'était pas dans son caractère. A l'évidence, Mac était quelqu'un de droit.

— A aucun moment vous n'avez parlé d'amour.

— Non, c'est vrai.

Pour lui, l'amour n'était pas un sentiment à prendre à la légère.

— J'étais attiré par elle et c'était réciproque. Du moins, c'est ce que je croyais. Car ce que j'ignorais, c'est qu'elle m'avait menti en prétendant qu'elle prenait ses précautions. C'est après notre mariage que j'ai découvert qu'elle avait tout manigancé pour « se faire épouser par le fils du patron », selon sa propre expression. Pour Angie, ce mariage était l'occasion rêvée d'améliorer son train de vie.

Il constata avec étonnement que la simple évocation de son passé avait été prompte à faire resurgir une souffrance qu'il croyait pourtant enfouie tout au fond de lui. Il avait été profondément meurtri dans ses sentiments — et dans son amour-propre — d'avoir été manipulé avec autant de désinvolture.

— Toujours est-il, poursuivit-il de son ton monocorde, qu'elle n'avait pas prévu d'avoir des jumeaux et avait quelque peu sous-estimé les tracas de la maternité. Et donc, environ un mois après la naissance des garçons, elle s'est envolée après avoir vidé mon compte en banque.

— Je suis tellement désolée pour vous, Mac, murmura Nell. Elle aurait voulu pouvoir trouver les mots, les gestes, pour adoucir la froideur glacée qu'elle lisait dans ses yeux. Vous avez dû passer par des moments terriblement douloureux.

— Cela aurait pu être pire. Son regard rencontra brièvement celui de Nell, puis il haussa les épaules. C'est vrai, j'aurais pu être amoureux d'elle. Elle a cherché à me joindre, une fois, pour me demander de régler la facture du divorce. En échange, je pouvais avoir la garde des jumeaux sans autres frais. Sans autres frais, répéta-t-il. Comme s'il s'agissait de marchandises et non d'enfants. J'ai accepté sa proposition. Point final.

— Vraiment ? Nell s'approcha de lui et lui prit les mains. Même si vous ne l'aimiez pas, elle vous a fait souffrir.

Elle se mit sur la pointe des pieds et déposa un baiser sur sa joue pour tenter de le consoler, de lui apporter un peu de réconfort. Elle vit son expression se transformer et lut la souffrance au fond de son regard. Maintenant qu'il lui avait raconté son histoire, elle ne s'étonnait plus de son attitude. Elle avait vu la douleur crisper son visage. Mac avait été trompé, brisé. Et au lieu de s'apitoyer sur son sort ou de se décharger de son fardeau sur ses parents, il avait emmené ses fils et recommencé une nouvelle vie avec eux. Pour eux.

— Elle ne vous méritait pas, ni vous, ni les garçons.

— Je ne les ai jamais considérés comme un poids. Il ne pouvait détacher son regard de celui de Nell, envoûté par ce qu'il lisait au fond de ses yeux. De la compassion, certes, mais par-dessus tout une compréhension qui n'avait pas besoin de mots pour s'exprimer. Mes enfants sont ma plus belle réussite. En aucun cas je ne voudrais donner l'impression que je me suis sacrifié pour eux.

— Je ne l'ai pas compris ainsi. Et ce n'est pas l'image que vous donnez. Elle sentit son cœur fondre et glissa les bras autour de son cou. Ce geste aussi se voulait une tentative de réconfort. Mais quelque chose d'autre, un sentiment plus profond monta alors en elle. Vous donnez seulement l'image d'un père très aimant. C'est très touchant d'entendre un homme évoquer ses enfants comme un cadeau de la vie. Surtout en sachant qu'il est sincère.

Il l'enlaça sans trop comprendre comment il en était arrivé là. C'était si simple, si naturel, de la sentir lovée au creux de ses bras.

— Lorsqu'on vous fait un cadeau, un cadeau précieux, il faut en prendre soin.

Sa voix s'enroua, il était submergé par une multitude d'émotions. Ses enfants. Les sentiments qu'il éprouvait pour Nell. La façon dont elle levait ses yeux vers lui, ses lèvres sensuelles… Il esquissa le geste de lui caresser les cheveux mais se souvint juste à temps de sa résolution et se retint d'aller plus loin.

— Il faut que je rentre.

— Restez.

C'était si simple de le lui demander, s'aperçut-elle. Si facile après tout, d'avouer qu'elle avait besoin de lui.

— Vous savez que j'ai envie que vous restiez. Vous savez que j'ai envie de vous.

Il était subjugué par son regard. Alors, un désir fou s'empara de lui, enveloppé toutefois d'une immense douceur.

— Cela ne ferait que compliquer les choses, Nell. Je traîne encore beaucoup de valises, même si je suis aujourd'hui en paix avec la plupart de mes souvenirs.

— Ça m'est égal. Tremblante, elle poursuivit : j'ai dépassé tout sentiment d'orgueil mal placé. J'ai envie de faire l'amour avec vous, Mac. Dans un soupir, elle attira la tête de Mac à elle et posa ses lèvres sur les siennes. Aimez-moi cette nuit.

Comment lui résister ? Depuis leur première rencontre, il luttait contre ce désir qui enflammait son cœur et son corps. Nell irradiait la douceur et la tendresse. Mac reconnaissait en elle l'essence même de la féminité, ce miracle dont il avait été privé depuis si longtemps...

Les bras de Nell autour de son cou, sa bouche qui se pressait avidement contre la sienne lui firent réaliser qu'il la désirait de toute son âme.

Le romantisme n'était pas son fort : une femme comme elle aurait peut-être préféré une ambiance aux bougies, de la musique douce et un air vibrant de parfums. Mais le décor était déjà installé, alors il la souleva et la porta dans ses bras jusqu'à la chambre.

Il alluma une lampe. A son grand étonnement, son trac s'évanouit en voyant le regard angoissé de Nell se poser sur lui.

— Je rêve de ce moment depuis si longtemps, lui avoua-t-il. Je veux te contempler à chacune de mes caresses. Je veux pouvoir admirer ton corps.

— D'accord. Levant les yeux vers lui, elle vit qu'il la regardait en souriant, ce qui atténua quelque peu son appréhension. Moi aussi, j'ai envie de te voir.

Il la coucha sur le lit et s'allongea près d'elle, puis enfouit sa main dans ses cheveux avant d'aller caresser ses épaules. Il se pencha pour l'embrasser.

Leur intimité semblait si naturelle, comme née d'innombrables nuits passées ensemble. Et en même temps si excitante, comme s'ils faisaient chacun l'amour pour la première fois.

Une caresse, un baiser, long et passionné. Un murmure, un soupir, doux et léger. Sans céder à l'impatience, les mains de Mac s'attardèrent au plaisir des caresses, défaisant un à un les boutons de ses vêtements, s'arrêtant de temps à autre pour explorer sa nudité.

Nell frissonna sous ses caresses alors même que tout son corps s'embrasait de désir. Elle sentit sa peau vibrer d'une multitude de points sensibles qui se mirent à palpiter sous la pression de ses doigts et l'effleurement de sa langue. Ses propres mains tremblaient ; un rire lascif monta de sa gorge pour se briser dans un gémissement lorsque ses mains rencontrèrent enfin la chaleur de sa peau.

Faire l'amour. Cette expression lui semblait prendre tout son sens en cette nuit. Une exquise tendresse mêlée de curiosité érotique qui enivrait leurs sens et unissait leurs deux corps dans une étreinte passionnée. Chacun des baisers de Mac la submergeait d'un profond émoi, si puissant qu'il la laissait au bord de l'extase. Plus rien n'existait pour elle en dehors de cet homme. L'amour qu'elle ressentait pour lui balayait tout le reste.

Elle s'abandonna avec une générosité qui le bouleversa. Leurs deux corps s'accordaient à la perfection, exacerbant la passion que Mac éprouvait pour elle. Dès qu'il craignait de céder à la puissance impérieuse de son désir, il reprenait le cours harmonieux de leur caresses.

Un rythme lent et subtil qui leur permettait de goûter à toutes les sensations de leurs corps.

Elle avait un corps menu aux attaches délicates. La découverte de sa fragilité rendait les caresses de Mac encore plus tendres. Même lorsque son corps s'arqua lascivement contre le sien et qu'elle laissa échapper un premier cri de plaisir, il ne céda pas à la hâte. Le visage de Nell reflétait la moindre de ses émotions et il éprouvait une excitation incroyable à simplement la contempler.

Il lutta contre le désir de s'enfoncer profondément en elle et parvint à maîtriser sa fougue suffisamment longtemps afin de préserver pour tous les deux le plaisir de l'attente. Les yeux rivés aux siens, il la pénétra enfin. Le souffle court, elle haleta de plaisir et poussa un profond soupir en esquissant un léger sourire.

Dehors, le vent faisait vibrer les fenêtres d'une musique qui n'était pas sans rappeler le tintement des clochettes d'un traîneau. Les premiers flocons de l'hiver se mirent à tomber avec la douceur d'un souhait qui se réalise.

8

Il ne pouvait se rassasier d'elle. Un coup de folie sans doute… ou pire, une espèce d'obsession, songeait-il sombrement. Il avait beau s'occuper les mains, le cœur et l'esprit, il trouvait malgré tout le moyen de penser à Nell jour et nuit.

Tout en reconnaissant qu'il faisait preuve de cynisme, il aurait préféré que leur passion soit purement physique. S'il n'y avait eu que le sexe, il aurait pu mettre tout cela sur le compte des hormones et reprendre le cours normal de sa vie. Mais ses fantasmes ne se limitaient pas à leurs étreintes, à la simple envie de se perdre une heure encore dans son corps mince et fragile.

Quelquefois, lorsqu'elle s'immisçait dans ses pensées, il la voyait debout devant un chœur d'enfants, en train de les diriger par des gestes amples et gracieux, canalisant leurs voix par les mouvements de son corps tout entier. Ou bien, il l'imaginait au piano, encadrée par ses deux fils, et riant aux éclats. Ou bien encore, en train se balader en ville, les mains dans les poches, le visage tourné vers le ciel.

Il était terrifié par le désir fou qu'il éprouvait pour elle.

Nell, au contraire, prenait les choses avec une telle aisance, songea-t-il en mesurant une plinthe avant de la scier. C'était la femme idéale, décida-t-il. Leur relation était basée sur la spontanéité et le naturel. Il leur suffisait d'être ensemble pour être heureux. Bref, il y avait de quoi faire perdre la raison à un homme.

Et il ne pouvait pas se le permettre. Il avait des enfants à élever, une affaire à gérer. Bon sang ! Et les tonnes de linge sale qui l'attendaient à la maison, à condition bien sûr qu'il trouve un moment pour y passer. Et flûte ! Il avait une fois de plus oublié de sortir le poulet du congélateur.

Je m'arrêterai pour acheter des hamburgers en allant au concert, se dit-il. Il avait bien trop de choses en tête sans avoir en plus à préparer le dîner. Noël approchait à grands pas et les enfants se comportaient d'une manière étrange.

« On veut juste des vélos, papa, lui avaient-ils déclaré. Papa Noël est en train de les fabriquer et il s'occupe aussi du super-cadeau. »

Quel supercadeau ? Impossible d'en savoir davantage : pour une fois, ses questions et ses ruses s'étaient heurtées à un mur de mutisme. Cela ne laissait pas de l'inquiéter. Il savait que dans un an — peut-être deux, avec de la chance —, ses fils commenceraient à mettre en doute l'existence du Père Noël et son mystère. Cela sonnerait la fin de l'innocence. Il ignorait ce que les jumeaux comptaient découvrir au pied de l'arbre au matin de Noël, mais il était bien décidé à tout mettre en œuvre pour que ce fameux cadeau s'y trouve.

Toutefois, à chacune de ses tentatives pour percer leur secret, les garçons répondaient par un large sourire, se contentant d'affirmer que ce serait une belle surprise pour tous les trois.

Il fallait qu'il s'en occupe sérieusement. Mac cloua la plinthe. Au moins, ils avaient décoré l'arbre, confectionné des cookies de Noël et accroché les traditionnelles guirlandes de pop-corn. Il ressentit soudain une pointe de culpabilité : il s'était esquivé lorsque Nell lui avait proposé de venir participer aux préparatifs de Noël. Et il avait ignoré les questions des enfants qui voulaient savoir si elle viendrait les aider à décorer le sapin de Noël.

Etait-il donc le seul à comprendre à quel point il pouvait s'avérer néfaste que ses enfants s'attachent si rapidement à elle ? Après tout, elle n'était ici que depuis quelques mois. Elle pouvait repartir n'importe quand. Nell avait beau trouver ses fils mignons, adorables, ils ne représentaient aucun investissement pour elle.

Bon sang ! Voilà que c'était son tour à présent de parler de ses fils comme s'il s'agissait de placements en bourse.

Il s'exprimait mal, bien sûr... Simplement, personne ne referait le coup de l'abandon à ses enfants, jamais.

Pour rien au monde, il ne voulait prendre ce risque.

Après avoir fixé le dernier morceau de plinthe, il hocha la tête, satisfait. La maison prenait forme de belle manière. Il connaissait son travail. Et il savait ce qui était bon pour ses enfants.

Si seulement c'était si simple avec Nell...

— C'est peut-être pour ce soir.

Zeke observa la fumée blanche qui sortait de sa bouche. Lui et son frère jumeau étaient assis dans leur cabane, bien emmitouflés dans leur manteau et leur écharpe pour lutter contre le froid glacial de décembre.

— Ce n'est pas encore Noël.

— Mais c'est le concert de Noël, objecta Zeke d'un air buté. Il en avait assez d'attendre l'arrivée de la maman. C'est à l'endroit où on l'a vue pour la première fois. Et puis il y aura la musique, le sapin, et tout le reste, alors ce sera comme si c'était Noël.

— Je ne sais pas. Cette idée n'était pas pour déplaire à Zack, au contraire, mais il restait plus mesuré que son frère. Peut-être, mais nous ne recevons jamais les cadeaux avant Noël.

— Mais si ! Quand M. Perkins fait le Père Noël des pompiers à la caserne. C'est des semaines avant Noël et il distribue quand même des cadeaux aux enfants !

— Ce ne sont pas des vrais cadeaux. Pas ceux qu'on a commandés. Pourtant, Zack se mit à réfléchir à cette éventualité. Peut-être que si on le souhaite de toutes nos forces, ça peut marcher. Papa l'aime beaucoup. Tante Mira a dit à oncle Dave que c'était la femme qu'il lui fallait même si papa ne voyait pas ce qu'il avait sous les yeux. Zack plissa le front, perplexe :

— Comment c'est possible puisqu'il l'a sous les yeux ?

— Tante Mira dit tout le temps des trucs qui ne veulent rien dire, affirma Zeke avec le mépris souverain de la jeunesse. Papa va se marier avec elle, elle va venir vivre chez nous et ce sera notre maman. C'est obligé que ce soit elle. On a été sages, pas vrai ?

— Mouais. Zack jouait avec le lacet de sa chaussure. Tu crois qu'elle nous aimera vraiment et tout ça ?

— Sûrement. Zeke lança un regard à son frère jumeau. Moi, je l'aime déjà.

— Moi aussi.

Le visage de Zack se détendit dans un sourire de soulagement. Tout allait bien se passer, finalement.

— Parfait.

Nell haussa le ton pour se faire entendre par-dessus le vacarme de la salle. L'auditorium faisait également office de salle de répétition pour les soirs de concert et les élèves allaient et venaient dans la cohue, vérifiant leur tenue, leur maquillage et leur coiffure, trompant l'angoisse d'affronter le public en parlant à bâtons rompus.

— Installez-vous.

Un de ses élèves était assis, la tête entre les genoux, anéanti par le trac. Nell lui adressa un sourire compatissant tandis que le groupe parvenait peu à peu à faire silence.

— Vous avez tous travaillé dur pour arriver au concert. Je sais que vous êtes nombreux à avoir le trac ce soir car vous avez des amis et des parents dans le public. Servez-vous du stress pour aiguiser votre interprétation. Et s'il vous plaît, tâchez de vous rappeler de sortir de manière organisée, dignement, comme nous l'avons fait aux répétitions.

Sa demande fut accueillie par quelques ricanements. Nell se contenta de hausser un sourcil.

— Pardon, j'aurais dû dire : souvenez-vous de sortir plus dignement qu'aux répétitions, et en ordre pour une fois. Pensez à sentir votre diaphragme et à projeter votre voix. Soyez attentifs à votre posture. Souriez. Elle s'interrompit en levant la main. Et surtout, n'oubliez pas le plus important pour le concert de ce

soir. Amusez-vous ! lança-t-elle avant de sourire. C'est Noël…
Et maintenant, on va leur en mettre plein les oreilles.

Elle sentit son cœur se mettre à battre la chamade en observant les enfants s'avancer sur la scène pour prendre chacun leur place sur les estrades, tandis que du public s'élevaient des murmures. Puis, le silence se fit. Nell avait conscience que ce concert constituait pour elle son premier vrai test et qu'une partie du public était là pour la juger. Ce soir, la municipalité rendrait son avis et déterminerait si le conseil d'administration de l'école avait eu raison ou non de la nommer à ce poste de professeur de musique.

Elle prit une profonde inspiration, ajusta sa veste de velours et fit son entrée sur scène.

Elle s'approcha du micro sous des applaudissements polis.

— Bienvenue au concert de Noël de la Taylor's Grove High School, commença-t-elle.

— Waou ! T'as vu, papa ? Miss Davis est drôlement jolie, hein ?

— Oui, c'est vrai, Zack.

Ravissante aurait été un terme plus approprié à la circonstance, corrigea-t-il en son for intérieur. Un sourire nerveux aux lèvres, Nell resplendissait dans son ensemble en velours vert foncé.

Elle était magnifique dans la lumière des projecteurs, le savait-elle ?

A ce moment-là, Nell était uniquement en proie au trac. Si seulement elle arrivait à mieux distinguer les visages ! Elle préférait voir le public quand elle était sur scène. C'était plus intime, plus agréable. Après son annonce, elle se tourna vers le chœur, vit le regard de ses élèves braqué sur elle et sourit pour les rassurer.

— Allez-y, murmura-t-elle, si bas que seuls les choristes l'entendirent. Mettez toute la gomme.

Elle les fit commencer très fort avec la chanson de Springsteen. Le public les écouta, médusé. C'était loin du programme soporifique auquel la plupart s'attendait…

Quand les applaudissements retentirent, Nell sentit sa tension s'envoler. Ils avaient franchi le premier obstacle. Après cette introduction divertissante, elle les fit enchaîner avec des chants de Noël plus traditionnels. Alors, vibrante d'émotion, elle écouta l'harmonie du *Cantate Domine* s'élever dans l'auditorium, avant de se laisser transporter par la montée des sopranos sur l'hymne *Adeste Fideles*. Puis, les choristes se lâchèrent sur *Jingle Bell Rock* et Nell s'illumina en voyant ses élèves se balancer en tapant dans leurs mains au rythme de la musique, selon la petite mise en scène qu'ils avaient travaillée.

Enfin, elle sentit son cœur se gonfler lorsque Kim s'approcha du micro et que les premières notes de son solo s'élevèrent de sa voix cristalline.

— Oh, Dave ! La voix nouée par l'émotion, Mira agrippa la main de son mari, puis celle de Mac. Regarde, c'est notre bébé.

L'objectif de Nell était en train de se réaliser : quand Kim retourna à sa place dans le chœur, la salle entière avait les yeux humides. Ils achevèrent le concert en interprétant *Douce nuit* a capella, sans piano. C'est ainsi qu'il convenait de le chanter, leur avait expliqué Nell. La partition avait été écrite en ce sens.

Lorsque la dernière note mourut dans l'air, elle se tourna pour faire signe au chœur de saluer, mais le public était déjà debout. Elle tressaillit de joie et vit l'air abasourdi de ses élèves, qui écarquillaient les yeux en souriant d'un air emprunté.

Ravalant ses larmes, elle attendit que les applaudissements se calment avant de traverser la scène pour aller de nouveau au micro. Elle savait y faire.

— Ils ont été fantastiques, n'est-ce pas ?

Ainsi qu'elle l'espérait, son intervention déclencha un nouveau tonnerre d'applaudissements. Elle attendit qu'ils prennent fin.

— Je voudrais tous vous remercier d'être venus nous écouter ce soir. En disant cela, je m'adresse tout particulièrement aux parents des choristes car c'est grâce à leur patience, leur compréhension et leur confiance que j'ai réussi à travailler tous les jours avec leurs enfants. Tous les choristes ont accompli un travail remarquable pour réussir ce concert et c'est avec une grande joie que je constate à quel point vous avez apprécié leur talent et leurs efforts. Je voudrais ajouter que les poinsettias qui décorent la scène nous ont été gracieusement fournis par Hill Florists et qu'ils vous seront proposés au prix de trois dollars le pot. Les recettes iront au budget qui nous permettra de financer de nouvelles tenues pour les choristes. Joyeux Noël à tous et à bientôt pour un prochain concert.

Avant que Nell ait pu s'éloigner du micro, Kim et Brad vinrent l'entourer.

— Je voudrais encore ajouter quelque chose. Brad s'éclaircit la voix tandis que le brouhaha retombait dans la salle. La chorale souhaite vraiment remercier miss Davis pour tout son travail et ses encouragements. Euh...

Kim avait rédigé le petit discours, mais c'est Brad qui avait été désigné pour le lire. Il chercha ses mots puis regarda Kim avec un sourire gêné.

— C'est le premier concert de miss Davis à Taylor High et euh...

Impossible de se rappeler les gentilles phrases que Kim avait si élégamment tournées ! Il décida de laisser parler son cœur :

— C'est vraiment un prof formidable. Merci, miss Davis !

— Nous espérons que cela vous fera plaisir, murmura Kim sous les applaudissements en tendant à Nell une petite boîte emballée de papier brillant. Tous les élèves se sont cotisés pour vous l'offrir.

— Je suis...

Bouleversée, elle renonça à aller plus loin. Elle ouvrit la boîte, le regard embué, et découvrit une broche en forme de clé de sol.

— Nous savons que vous aimez les bijoux, commença Kim. Alors, nous avons pensé que...

— Elle est magnifique. C'est exactement ce qu'il me faut. Elle inspira profondément pour essayer de contenir son émotion et se tourna vers le chœur. Merci. Ce cadeau compte presque autant que vous à mes yeux. Joyeux Noël à tous.

— Elle a eu un cadeau, fit remarquer Zack.

Ils attendaient Kim pour la féliciter, dans le couloir bondé, à l'extérieur de l'auditorium.

— Ça veut dire que nous aussi, on peut en avoir un, ce soir. On pourrait l'avoir, elle, en cadeau.

— Pas si elle rentre chez elle tout de suite après.

Zack avait déjà réfléchi à la question. Il attendait le bon moment pour intervenir. Lorsqu'il vit Nell, il fonça vers elle.

— Miss Davis ! Par ici, miss Davis !

Mac ne bougea pas. Il était incapable de faire le moindre geste. Il s'était produit quelque chose pendant le concert. Assis au troisième rang, il l'avait vue sur scène. Il avait vu son sourire, ses yeux brillants de larmes. Il l'avait vue, elle.

Il était amoureux d'elle. C'était la première fois qu'il ressentait un amour d'une telle intensité. Comment gérer ce sentiment nouveau pour lui ? La fuite lui semblait l'option la plus raisonnable, mais il était pétrifié.

— Salut ! Elle s'accroupit pour prendre les jumeaux dans ses bras, les serra très fort contre elle et les embrassa sur les deux joues. Le concert vous a plu ?

— C'était vraiment bien. Kim a été super.

Nell s'approcha de l'oreille de Zeke pour lui murmurer :

— Je suis d'accord avec toi mais cela doit rester un secret entre nous.

— On est très forts pour garder les secrets. Il sourit en direction de son frère d'un air faraud. Nous, on en a un depuis des semaines et des semaines.

— Vous pouvez venir à la maison, maintenant, miss Davis ? Zack s'agrippa à sa main en lui lançant son regard le plus charmeur. S'il vous plaît… Venez voir notre arbre et les décorations lumineuses. On a mis des lumières partout pour qu'on les voie depuis la route.

— Cela me ferait très plaisir. Elle lança un regard interrogateur vers Mac. Mais votre papa est peut-être fatigué.

Fatigué, lui ? Non, il était juste complètement sonné… Les

cils de Nell étaient encore humides et la petite broche que lui avaient offerte ses élèves brillait sur sa veste en velours.

— Tu es la bienvenue, si cela ne te dérange pas de conduire après le concert.

— Au contraire, cela me fera le plus grand bien. Je suis encore tout excitée. Elle se redressa, cherchant un signe d'approbation ou de rejet sur le visage de Mac. Si cela ne vous dérange pas, bien sûr.

— Non. Il avait du mal à articuler. Un peu comme s'il avait bu. Il faut que je te parle.

— Je viendrai dès que j'aurai terminé ici, alors.

Elle fit un clin d'œil aux enfants et se fondit dans la foule.

— Elle a fait des merveilles avec ces enfants, déclara Mme Hollis en hochant la tête. Quel dommage pour nous si elle venait à partir.

— Partir ? Mac baissa furtivement les yeux sur ses fils, mais ils complotaient déjà entre eux en chuchotant. Que voulez-vous dire ?

— Je le sais par M. Perkins qui le tient de Addie McVie qui est employée administrative au lycée : l'ancienne école de Nell Davis lui a proposé de reprendre son poste à la rentrée à New York. Nell et le proviseur ont eu une réunion à ce sujet ce matin même.

Mme Hollis continua son bavardage mais Mac n'écoutait plus. Le regard vide, il regardait loin derrière elle.

— Je n'ai vraiment pas envie qu'elle nous quitte. La chorale n'a plus rien à voir avec ce qu'elle était.

Puis, repérant une de ses copines de commérages, elle joua des coudes pour se frayer un chemin jusqu'à elle.

9

Mac avait une parfaite maîtrise de ses nerfs — une qualité qui s'était avérée indispensable ces dernières années. Il usa de tout son sang-froid pour dissimuler son mécontentement à ses fils, mais intérieurement, il bouillait de colère.

Les jumeaux étaient si excités à l'idée qu'elle vienne chez eux, pensa-t-il avec amertume. Ils voulaient vérifier que toutes les lumières étaient bien allumées, que les cookies étaient sortis, et que Zark portait toujours le grelot qu'ils avaient accroché à son collier.

Eux aussi étaient sous le charme, comprit-il soudain. Quel gâchis !

Il aurait dû s'en douter. D'ailleurs, il le savait depuis le début. Mais il avait laissé les choses en arriver là. Il avait relâché sa garde et avait succombé. Entraînant ses enfants dans sa folie.

Soit, il ne lui restait donc plus qu'à réparer son erreur. Mac se servit une bière et commença à la boire à la bouteille. Il savait toujours tout arranger, pas vrai ?

— Les dames boivent du vin, l'informa Zack. Comme tante Mira.

Mac se souvint que Nell avait pris du vin blanc à la soirée de sa sœur.

— Je n'en ai pas, marmonna-t-il.

Se méprenant sur l'air contrarié de son père, Zack lui serra la jambe :

— Tu pourras toujours en acheter pour la prochaine fois.

Mac s'accroupit et prit le visage levé de son fils entre ses mains. Son amour pour lui était si fort, si viscéral, qu'il lui broyait les entrailles.

— Tu as toujours réponse à tout, hein ?

— Tu l'aimes bien, hein, papa ?

— Ouais, elle est sympa.

— Et nous aussi, elle nous aime bien, pas vrai ?

— Mais qui pourrait résister à mes petites canailles ?

Il s'assit à la table de la cuisine et fit grimper Zack sur ses genoux. Il n'y avait rien de plus merveilleux au monde que de serrer son enfant dans ses bras, il l'avait découvert quand ses fils n'étaient encore que de tout petits bébés.

— Même moi, je vous adore la plupart du temps…

Zack se mit à glousser de rire et se blottit encore davantage contre lui avant de remarquer :

— Mais elle vit seule, la pauvre…

Zack commença à jouer avec les boutons de la chemise de son père, signe infaillible qu'il manigançait quelque chose.

— C'est le lot de beaucoup de gens, répondit Mac.

— Nous, on a une grande maison, avec deux chambres qui ne servent à personne, sauf quand papi et mamie viennent nous voir.

La sonnette d'alarme retentit dans l'esprit de Mac. Il tira gentiment sur l'oreille de son fils.

— Zack, où veux-tu en venir ?

— Nulle part. La moue boudeuse, Zack s'attaqua à un autre bouton. Je me demandais juste comment ça serait si elle venait vivre chez nous. Il lui coula un regard en douce sous ses longs cils. Comme ça, elle ne se sentirait plus toute seule.

— Mais personne n'a jamais dit qu'elle souffrait de solitude, objecta Mac. Et je crois que tu devrais…

La sonnette de la porte d'entrée retentit tout à coup, déclenchant un concert d'aboiements de la part de Zark qui, tout excité, fit tinter frénétiquement le grelot qu'il portait au cou. Zeke déboula dans la cuisine et se mit à sautiller d'un pied sur l'autre.

— Elle est arrivée ! Elle est arrivée !

— Je crois que j'ai compris.

Mac ébouriffa les cheveux de Zack et le remit debout.

— Eh bien, faisons-la entrer, il fait froid dehors.

— J'y vais !

— Non, moi !

Les jumeaux firent la course pour atteindre le premier la porte d'entrée. Ils y arrivèrent ensemble, s'acharnèrent sur la poignée, puis traînèrent littéralement Nell à l'intérieur après avoir enfin réussi à ouvrir la porte en grand.

— Vous en avez mis du temps ! se lamenta Zeke. On vous attendait. J'ai mis des chants de Noël, vous entendez ? Et on a allumé le sapin et tout et tout.

— C'est ce que je vois.

La pièce était accueillante et elle lutta pour ne pas se laisser gagner par le ressentiment. Mac aurait quand même pu l'inviter plus tôt !

Elle savait qu'il avait presque entièrement bâti la maison de ses mains. Mais sur le reste, il était resté discret. Il avait créé un espace vaste mais chaleureux, dominé par le bois, avec une cheminée à insert où étaient déjà suspendus les traditionnels bas de Noël. L'arbre, un épicéa de deux mètres, croulait sous les décorations et trônait fièrement devant la large baie vitrée qui donnait sur le chemin.

— Il est fantastique ! Nell se laissa entraîner par les garçons et alla admirer l'arbre de plus près. Absolument magnifique. Par comparaison, le sapin que j'ai mis dans mon appartement me paraît bien chétif.

— On peut le partager avec vous, si vous voulez, proposa Zack. Il leva les yeux vers elle, éperdu d'amour. On peut vous donner un bas de Noël et tout le reste, avec votre nom écrit dessus.

— Ils le font au centre commercial, renchérit Zeke. On peut vous en acheter un gros.

Ils avaient touché la corde sensible. Profondément émue, elle s'accroupit pour les serrer dans ses bras.

— Vous êtes vraiment des amours, les garçons. Elle rit en

sentant Zark essayer de s'immiscer entre eux pour avoir sa part de caresses. Mais oui, toi aussi, tu es gentil…

Prise d'assaut par les enfants et le chien, elle leva les yeux pour sourire à Mac qui entrait dans la pièce.

— Salut ! Désolée d'avoir mis autant de temps. Certains enfants se sont attardés, ils voulaient me parler des endroits où ils s'étaient trompés et revenir sur le triomphe du concert.

Pourquoi fallait-il que sa présence semble si naturelle dans la maison ? Elle semblait tellement à sa place à câliner ses fils sous l'arbre de Noël ! Une véritable image d'Epinal.

— Je n'ai entendu aucune erreur.

— Il y en avait, pourtant. Mais nous allons travailler tout cela.

Elle s'assit sur un coussin et attira les deux garçons contre elle. *Comme si elle voulait les garder*, songea Mac.

— Nous n'avons pas de vin, annonça solennellement Zack. Mais nous avons du lait, des jus de fruit, des sodas et de la bière. Et plein d'autres choses. Ou alors… Il lança un regard appuyé à son père. Quelqu'un pourrait peut-être nous faire du chocolat chaud ?

— C'est l'une de mes spécialités, déclara Nell. Elle se leva pour ôter son manteau. Où est la cuisine ?

— Non, je m'en charge, marmonna Mac.

— Je vais te donner un coup de main. Décontenancée par sa soudaine froideur, elle alla vers lui. A moins que les femmes ne soient pas les bienvenues dans la cuisine ?

— Nous n'avons pas souvent l'occasion d'en voir chez nous. Tu étais très bien sur scène.

— Merci. Je me suis vraiment fait plaisir.

Mac baissa les yeux et rencontra le regard de ses fils, immense, rempli de joie et d'impatience.

— Allez donc vous mettre en pyjama, tous les deux. Pendant ce temps, je m'occupe du chocolat.

— On sera redescendus avant que tu aies fini, affirma Zeke en fonçant vers l'escalier.

— Seulement si vous jetez vos vêtements par terre. Et je vous l'interdis formellement.

Il retourna dans la cuisine.

— Vont-ils les suspendre ou les cacher sous leur lit ? demanda Nell.

— Zack va suspendre les siens, mais ils vont glisser par terre. Zeke, lui, les aura fourrés sous son lit.

Elle éclata de rire tout en le regardant sortir le lait et le cacao en poudre.

— J'ai oublié de te dire qu'ils ont accompagné Kim à la répétition, il y a quelques jours. Ils avaient échangé leurs pulls — tu sais, leur code de couleur. Je les ai épatés en les reconnaissant malgré tout.

Il s'interrompit, la cuillère en l'air.

— Comment as-tu fait ?

— Je n'y ai même pas réfléchi. Ils ont chacun leur personnalité bien distincte. Des expressions qui leur sont propres. Tu sais bien, quand quelque chose leur fait plaisir, Zeke plisse les yeux et Zack coule un regard par-dessous ses cils. Ils ont aussi des inflexions différentes. Elle ouvrit un placard au hasard, à la recherche de tasses. Des attitudes. En fait, il y a mille et un petits détails à condition d'être attentif à eux et de bien les regarder. Ah, les voilà !

Elle inclina la tête sur le côté en s'apercevant qu'il la dévisageait. Froidement. Comme s'il examinait un objet.

— Quelque chose ne va pas ? demanda-t-elle.

— Il faut que je te parle, répondit-il tout en faisant cuire le chocolat.

— C'est ce que tu m'as dit. Inquiète, elle éprouva soudain le besoin de s'appuyer d'une main sur le comptoir. Mac, est-ce une idée de ma part ou bien as-tu l'intention de rompre ?

— Ce n'est pas ainsi que je l'aurais formulé.

La confrontation s'annonçait pénible. Nell s'arma de courage.

— Et quelle expression emploierais-tu, alors ? demanda-t-elle en s'efforçant de conserver un ton calme.

— Je me fais un peu de souci pour les garçons. Je m'inquiète des conséquences que risque d'avoir ton déménagement sur eux. Ils se sont beaucoup trop attachés à toi.

Mac pesta intérieurement en s'entendant prononcer ces mots : ce n'était pas ce qu'il voulait dire. Il se sentit ridicule.

— Comment ? Et que dire de moi, alors ?

— Ecoute, je pense que nous leur avons donné une fausse idée de la situation, voilà pourquoi il vaudrait mieux pour eux que nous n'allions pas plus loin.

Il fit mine de se concentrer sur la préparation du chocolat chaud comme s'il s'agissait d'une expérience nucléaire.

— Nous sommes sortis deux ou trois fois ensemble, nous avons...

— Couché ensemble, termina-t-elle d'un ton glacial. Il la poussait dans ses derniers retranchements.

Mac se retourna vivement, de crainte que ses fils aient saisi les dernières paroles de Nell. Mais non, on entendait toujours les petits pieds des jumeaux courir à l'étage.

— Oui... On a couché ensemble et c'était vraiment bien. Seulement, les enfants sont plus fins que ce qu'on croit. Alors, ils se font des idées. Ils s'attachent.

— Et tu ne veux pas qu'ils s'attachent à moi.

Effectivement, songea-t-elle, il allait la faire souffrir. Elle persista néanmoins :

— En fait, c'est toi qui ne veux pas t'investir.

— Je pense seulement que ce serait une erreur de continuer.

— C'est très clair. Tu te sens pris au piège, alors tu te débarrasses de moi.

— Ne le prends pas comme ça, Nell.

Il posa la cuillère et fit un pas vers elle. Mais il y avait une limite à ne pas franchir. Une limite qu'il s'était imposée lui-même. Si l'un d'eux s'aventurait au-delà de cette ligne à ne pas dépasser, la vie qu'il s'était si patiemment construite s'écroulerait comme un château de cartes. Il reprit :

— J'ai réussi à créer un équilibre que je dois préserver pour mes enfants. Ils n'ont que moi au monde. Et ils sont tout pour moi. Je ne peux pas risquer de tout détruire.

— Tu n'as pas besoin de te justifier, répliqua Nell d'un ton étranglé. Sa voix allait bientôt se mettre à trembler. Tu as été clair dès le début. Extrêmement clair, même. C'est drôle, non ? Tu m'invites chez toi pour la première fois et c'est pour me mettre à la porte.

— Je ne te mets pas à la porte, j'essaie de remettre de l'ordre dans la situation.

— Oh, va au diable ! Et contente-toi de remettre de l'ordre dans tes baraques !

Elle s'enfuit de la cuisine en courant.

— Nell, ne pars pas comme ça !

Mais à peine avait-il atteint le salon qu'elle enfilait déjà son manteau tandis que les garçons dégringolaient l'escalier.

— Où allez-vous, miss Davis ? Vous n'avez pas...

Choqués, les deux garçons s'interrompirent brusquement, à la vue du visage de Nell, inondé de larmes.

— Je suis désolée.

Inutile de tenter de dissimuler son chagrin, c'était trop tard. Elle se dirigea vers la porte.

— J'ai quelque chose à faire. Je suis navrée.

L'instant d'après, elle était partie, laissant Mac planté dans le salon, les bras ballants, impuissant face aux deux petits garçons qui le dévisageaient. Mille excuses vinrent se bousculer dans sa tête. Avant qu'il ait pu se décider pour l'une d'elles, Zack fondit en larmes.

— Elle est partie. Tu l'as fait pleurer et elle est partie.

— Ce n'était pas mon intention. Elle...

Il avança pour enlacer ses fils mais se heurta à un mur de farouche résistance.

— Tu as tout gâché. Une larme roula sur le visage rouge d'indignation de Zeke. On a fait tout ce qu'il fallait et toi, tu as tout gâché !

— Elle ne reviendra jamais. Zack se laissa tomber sur la

103

première marche de l'escalier et se mit à sangloter. C'est fini maintenant, elle ne voudra jamais être notre maman.

— Quoi ? Complètement désarçonné, Mac se passa la main dans les cheveux. Mais de quoi parlez-vous ?

— Tu as tout gâché, répéta Zeke.

— Ecoute, miss Davis et moi avons eu... un petit différend. Cela arrive parfois entre les gens sans que ce soit la fin du monde pour autant.

C'était pourtant manifestement le cas, songea Mac.

— Papa Noël nous l'avait envoyée. Zack se frotta rageusement les yeux de ses poings. Il l'a envoyée parce qu'on la lui avait commandée. Et voilà, elle est partie, maintenant.

— Qu'est-ce que c'est que cette histoire de maman envoyée par le Papa Noël ?

Mac s'assit résolument sur une marche. Il batailla pour arriver à prendre Zack sur ses genoux et attira Zeke contre lui.

— Miss Davis est venue ici pour enseigner la musique. Elle vient de New York, pas du pôle Nord.

— Ça, on le sait.

Sa colère un peu calmée, Zeke était en quête de réconfort. Il enfouit son visage dans la chemise de son père.

— Elle est venue ici parce qu'on a envoyé une lettre à Papa Noël, il y a des mois et des mois, pour être en avance et pour qu'il ait assez de temps.

— Assez de temps pour quoi ?

— Pour trouver la maman. Tout tremblant, Zeke poussa un soupir et leva les yeux vers son père. On voulait quelqu'un de gentil, qui sente bon, qui aime les chiens et qui ait les cheveux jaunes. Alors, on l'a commandée au Père Noël et elle est arrivée. Et normalement, tu aurais dû te marier avec elle pour qu'elle soit notre maman.

Mac poussa un long soupir et s'arma de patience.

— Pourquoi ne m'avez-vous pas dit que vous vouliez avoir une maman ?

— Pas une maman, notre maman, rectifia Zeke. C'est miss Davis notre maman, mais maintenant, elle est partie. Nous, on l'aimait mais elle ne va plus vouloir de nous parce que tu l'as fait pleurer.

— Mais bien sûr que si, elle vous aimera toujours !

Elle allait le détester, lui, mais ses sentiments envers les garçons n'en seraient pas affectés.

— Mais quand même, vous êtes assez grands pour savoir qu'on ne commande pas une maman au Père Noël.

— Il nous l'a envoyée, comme on le lui avait demandé. On a juste commandé une maman et des vélos, rien d'autre. Zack se blottit sur ses genoux. On n'a pas demandé de jouets ou de jeux. Seulement la maman. Fais-la revenir, papa. Il faut que tu arranges tout ça. Toi qui sais toujours tout arranger.

— Ça ne marche pas comme ça, mon gars. Les gens ne sont pas des jouets qu'on répare ou des maisons qu'on retape. Papa Noël n'a pas envoyé miss Davis, elle est venue ici pour son travail.

— Si ! C'est lui qui l'a envoyée. Zack se laissa glisser des genoux de son père avant d'ajouter avec une étonnante dignité :

— Tu ne veux peut-être pas d'elle, mais nous, si.

Les jumeaux remontèrent à leur chambre, unis dans une détermination farouche qui l'excluait.

Mac resta seul, avec une immense sensation de vide à l'intérieur de lui. Une odeur de chocolat brûlé flottait dans la cuisine.

10

Il faut que je m'éloigne pendant quelques jours, songea Nell. Que j'aille quelque part. N'importe où. Rien de plus triste que de rester seul le soir de Noël à regarder par la fenêtre les gens se bousculer dans la rue, vaquant fébrilement à leurs derniers préparatifs.

Elle avait décliné toutes les invitations à réveillonner, inventant des prétextes qui sonnaient tous horriblement faux, il fallait bien l'admettre. C'est vrai, elle préférait rester seule à broyer du noir, alors que cela ne lui ressemblait pas. Mais après tout, c'était son premier véritable chagrin d'amour. Mac lui avait brisé le cœur. Elle avait besoin de temps pour panser ses plaies.

Avec Bob, seul son amour-propre avait souffert. Et la douleur s'était estompée avec une rapidité assez déconcertante.

Mais à présent, elle se retrouvait seule, le cœur en miettes, à l'époque de l'année qui réunissait d'habitude les êtres qui s'aimaient.

Mac lui manquait. C'était une vérité douloureuse à admettre, et pourtant… Son sourire lent et hésitant, sa voix calme, sa douceur, tout lui manquait. Au moins, si elle avait été à New York, elle aurait pu se perdre dans la foule, se noyer dans la cohue générale de Noël. Mais ici, tout réveillait en elle les souvenirs de son bonheur perdu.

Allez, Nell, bouge-toi ! Monte dans la voiture et pars loin d'ici.

Elle mourait d'envie de voir les enfants. Avaient-ils fait du traîneau dans la neige qui était tombée hier ? Comptaient-ils les heures qui les séparaient de Noël en complotant de rester éveillés pour entendre les rennes passer au-dessus de leur maison ?

Les cadeaux qu'elle comptait leur offrir attendaient toujours sous son arbre de Noël. Elle les leur ferait passer par Kim ou par Mira. De nouveau, une vague de tristesse déferla en elle : elle ne serait pas là pour voir l'expression de leur visage pendant qu'ils déchireraient le papier cadeau.

Ce ne sont pas tes enfants, se morigéna-t-elle. Sur ce point, Mac avait toujours été on ne peut plus clair. Donner un peu de lui-même avait été une épreuve suffisamment difficile pour lui. Mais l'idée même de partager ses enfants avec quelqu'un d'autre avait sonné le glas de leur relation.

Partir, il fallait partir. Elle s'exhorta à l'action. Elle allait remplir un sac de voyage, le fourrer dans la malle et rouler jusqu'à ce qu'elle décide de s'arrêter. Elle allait prendre deux ou trois jours. Et puis, flûte ! Elle pouvait bien s'octroyer une semaine. La perspective de passer les vacances de Noël seule était insupportable.

En dix minutes, elle jeta quelques affaires au hasard dans une valise sans réfléchir à quoi que ce soit. Maintenant que sa décision était prise, elle ne pouvait plus attendre. Elle boucla sa valise, la porta jusque dans le salon et alla chercher son manteau.

Elle suspendit son geste, exaspérée, en entendant qu'on frappait à la porte. Oh, non ! A coup sûr, ce devait encore être un voisin qui venait, plein de sollicitude, lui souhaiter un joyeux Noël et l'inviter à réveillonner chez lui. Elle sentit qu'elle allait piquer une crise de nerfs.

Elle ouvrit la porte ; aussitôt la douleur se raviva dans son cœur fraîchement meurtri.

— Tiens, Macauley… On vient souhaiter un joyeux Noël à ses heureux locataires ?

— Puis-je entrer ?

— Pour quoi faire ?

— Nell… Sa voix était empreinte d'une patience infinie. S'il te plaît, laisse-moi entrer.

— Très bien, tu es le propriétaire des lieux, après tout. Elle lui tourna le dos. Désolée pour l'accueil, mais je n'ai rien à boire et je ne suis pas d'humeur à faire la fête.

— Il faut que je te parle.

Cela faisait des jours qu'il tournait les mots dans sa tête pour trouver la formule adéquate et le ton juste.

— Vraiment ? Excuse-moi si je ne montre pas davantage d'enthousiasme, mais je garde un souvenir amer de la dernière fois que tu as voulu me parler.

— Je ne voulais pas te faire pleurer.

— J'ai la larme facile. Tu devrais me voir pleurer au cinéma... Incapable de continuer sur ce ton qui ne lui était pas naturel, elle renonça aux sarcasmes et lui posa la seule question qui importait à ses yeux. Comment vont les enfants ?

— Ils ne m'adressent pratiquement plus la parole.

Devant son air indifférent, il fit un geste vers le canapé.

— Tu ne veux pas t'asseoir ? C'est une histoire un peu compliquée.

— Je préfère rester debout. En fait, j'ai très peu de temps. J'étais sur le point de partir.

Le regard de Mac suivit le sien et se posa sur la valise. Son visage se contracta.

— Eh bien, au moins tu n'auras pas perdu de temps.

— Que veux-tu insinuer ?

— J'imagine que tu as accepté de reprendre ton poste à New York ?

— Je vois que les nouvelles vont vite. Eh bien, non ! Je n'ai pas accepté leur offre. Mon travail me plaît, j'aime les gens de Taylor's Grove et j'ai bien l'intention de rester ici. Je pars simplement en vacances.

— Tu pars en vacances ? A 5 heures de l'après-midi, la veille de Noël ?

— Je suis libre d'aller et venir comme bon me semble. Non, ce n'est pas la peine d'enlever ton manteau, lança-t-elle sèchement. Elle était au bord des larmes. Dis ce que tu as à dire et va-t'en. J'ai payé mon loyer, je suis donc encore chez moi, ici. Et puis non, tout compte fait, pars tout de suite. Bon sang ! Tu ne vas pas me faire pleurer une fois de plus !

— Les garçons croient que c'est le Père Noël qui t'a envoyée.

— Pardon ?

Il alla vers elle et du pouce, essuya la larme qui venait de rouler sur sa joue.

— Ne pleure pas, Nell. Je ne supporte pas l'idée que tu sois malheureuse à cause de moi.

— Ne me touche pas.

Elle s'esquiva prestement et, le dos tourné, sortit fébrilement un mouchoir en papier d'une boîte.

Mac était au supplice.

— Je suis désolé. Lentement, il laissa retomber sa main. Je me rends compte à présent à quel point je t'ai fait souffrir.

— Tu es encore très loin du compte. Elle se moucha et s'efforça de reprendre ses esprits. Qu'est-ce que c'est que cette histoire à propos des garçons et du Père Noël ?

— Ils ont écrit une lettre au Père Noël cet automne, peu avant qu'ils ne fassent ta connaissance. Ils ont décidé qu'ils voulaient une maman pour Noël.

Elle se tourna vers lui, interdite.

— Pas une maman, expliqua Mac, leur maman. Ils n'arrêtent pas de me corriger. Ils savent précisément ce qu'ils veulent. Elle était censée avoir des cheveux jaunes, sourire tout le temps, aimer les enfants et savoir faire des cookies. Ils voulaient aussi des vélos, mais en second choix. Ce à quoi ils tenaient vraiment, c'était la maman.

— Ah !

Il lui fallut tout de même s'asseoir sur un accoudoir du canapé.

— Je comprends mieux, maintenant.

Désormais remise de son émotion, elle tourna les yeux vers lui.

— Ils t'ont mis dans une situation bien peu confortable, n'est-ce pas ? Je sais à quel point tu les aimes, Mac, mais entreprendre une liaison avec moi dans le seul but de faire plaisir à tes enfants, c'est pousser un peu loin le dévouement paternel.

— Mais je n'étais pas au courant ! Bon Dieu ! Crois-tu vraiment que j'aurais pu jouer avec leurs sentiments ou les tiens avec une telle désinvolture ?

— Pas avec ceux de tes fils, non, répliqua-t-elle d'une voix lasse. Sûrement pas.

Il se souvint comme elle lui avait paru délicate lorsqu'ils avaient fait l'amour. Sa fragilité s'était désormais envolée. Ses joues avaient perdu leur éclat rose et ses yeux ne brillaient plus, constata-t-il avec un pincement de cœur.

— J'ai connu la douleur de l'abandon, Nell. Jamais je ne t'aurais rendue malheureuse de façon intentionnelle. Ils ne m'ont fait part de cette lettre que le soir où… Tu n'as pas été la seule à pleurer à cause de moi, cette nuit-là. J'ai bien tenté de leur expliquer que ça ne fonctionnait pas ainsi, mais ils n'ont rien voulu entendre. Ils sont persuadés que c'est le Père Noël qui t'a envoyée.

— J'irai leur parler si tu le souhaites.

— Je ne mérite pas…

— Ce n'est pas à toi que je pense, le coupa-t-elle, mais à eux.

Il hocha la tête.

— Je me demandais ce que tu éprouverais en apprenant quels étaient leurs plans te concernant.

— N'insiste pas, Mac.

Mais il ne pouvait se résoudre à renoncer et s'approcha d'elle sans la quitter des yeux.

— C'est aussi en pensant à moi qu'ils ont agi ainsi. C'est la raison pour laquelle je n'étais pas dans la confidence. Tu étais censée être notre cadeau de Noël à tous les trois. Il se pencha vers elle et lui effleura les cheveux. Cela ne te touche donc pas ?

— Comment peux-tu dire cela ? Écartant sa main, Nell se leva et alla à la fenêtre. Cela me fait une peine immense. Je vous ai aimés tous les trois, dès le premier regard. Comment pourrais-je rester insensible à ce que tu me dis ? Va-t'en, laisse-moi seule.

Mac était tellement oppressé qu'il pouvait à peine respirer.

— Je croyais que tu partirais. Qu'un jour, tu nous laisserais tomber. Je n'arrivais pas à me persuader que tu nous aimais assez pour vouloir rester avec nous.

— C'était vraiment stupide de ta part, murmura-t-elle.

— Je reconnais que j'ai été maladroit.

Il contempla les petites lumières de l'arbre de Noël qui se reflétaient dans ses cheveux et faisant fi de toute prudence, décida de se jeter à l'eau.

— Très bien, je l'admets, j'ai agi comme un imbécile. Je n'ai aucune excuse parce que j'ai fermé les yeux sur la réalité de tes sentiments comme des miens. Je ne suis pas tombé amoureux de toi immédiatement. Du moins, je n'en avais pas conscience. Jusqu'au soir du concert. C'est ce que je voulais te dire. Je ne savais pas comment m'y prendre. Et puis, j'ai entendu des rumeurs concernant cette proposition de travail à New York et sans réfléchir, j'ai sauté sur le premier prétexte pour te quitter. Je croyais protéger mes enfants, je ne voulais pas qu'ils puissent souffrir.

Non, songea-t-il, écœuré, jamais il ne se servirait de ses fils, fût-ce pour la faire revenir vers lui par un quelconque chantage sentimental. Il poursuivit :

— Mais cela n'explique pas tout. Je tentais aussi de me protéger. Je n'arrivais pas à contrôler mes sentiments envers toi. Cela me faisait peur.

— Les choses n'ont pas évolué depuis, Mac.

— Mais il ne tient qu'à nous de les faire changer. Il décida de tenter le tout pour le tout. Posant les mains sur ses épaules, il la fit pivoter pour lui faire face. Ce sont mes fils qui m'ont fait comprendre que parfois, il suffit de vouloir quelque chose de toutes ses forces pour qu'un souhait se réalise. Ne me laisse pas, Nell. Ne nous abandonne pas.

— Je n'ai jamais eu l'intention d'aller où que ce soit.

— Pardonne-moi.

Elle fit mine de détourner la tête mais il prit délicatement son visage entre ses mains.

— Je t'en prie. Je ne suis peut-être pas capable de réparer le mal que je t'ai fait, mais laisse-moi au moins une chance d'essayer. J'ai besoin de toi. Nous avons tous besoin de toi.

Il y avait une telle patience dans sa voix, une force tranquille émanait de la main qui caressait sa joue. Elle sentait sa douleur s'apaiser rien qu'en le regardant.

— Je t'aime. Je vous aime, tous les trois. C'est plus fort que moi.

Il posa ses lèvres sur les siennes dans un baiser empreint de soulagement et de reconnaissance.

— Moi aussi, je t'aime. Et je ne veux surtout pas lutter contre cet amour. L'attirant contre lui, il amena sa tête contre sa poitrine. Cela fait si longtemps que nous sommes seuls, tous les trois, que je ne savais pas comment te faire une place dans notre famille. Mais je crois que j'ai trouvé le moyen de tout résoudre.

Il s'écarta d'elle de nouveau et fouilla dans la poche de son manteau.

— J'ai un cadeau pour toi.

— Mac… Encore chancelante sous le coup du tourbillon de toutes ces émotions, elle essuya ses dernières larmes du revers de la main. Ce n'est pas encore Noël !

— Nous n'en sommes pas loin. Et je crois que si tu acceptais d'ouvrir ton cadeau dès maintenant, je pourrais peut-être enfin me remettre à respirer normalement.

— Très bien. Elle chassa une autre larme. Considérons cela comme un gage de réconciliation. Je pourrais même envisager de…

Sa phrase resta en suspens lorsqu'elle découvrit ce que recélait la petite boîte. Une bague. Le traditionnel anneau d'or surmonté d'un diamant.

— Epouse-moi, Nell, demanda-t-il doucement. Sois la maman de mes enfants.

Eblouie, elle leva les yeux vers lui.

— Tu changes bien rapidement d'avis pour quelqu'un d'aussi posé que toi.

— C'est le soir de Noël. Il plongea les yeux dans les siens tout en sortant le solitaire de son écrin. Je me suis dit que c'était la nuit ou jamais pour tenter ma chance.

— Tu as très bien fait. En souriant, elle lui tendit la main. C'est un excellent choix. Quand il eut passé la bague à son doigt, elle lui caressa la joue et demanda :

— Quand ?

Il aurait dû se douter que ce serait tout simple, en fait. Avec elle, rien ne serait jamais compliqué.

— Nous ne sommes qu'à une semaine du premier de l'an. Ce serait une bonne façon de commencer l'année. Une nouvelle année pour une nouvelle vie.

— Oui.

— Veux-tu venir à la maison ce soir ? J'ai confié les enfants à Mira. Nous pourrions aller les chercher et ainsi, tu pourrais passer Noël avec ta famille, celle qui n'attend que toi.

Avant qu'elle ait pu répondre, il sourit et lui embrassa la main.

— Ta valise est déjà prête…

— C'est vrai. C'est sûrement ça, la magie de Noël.

— Je commence à me demander s'il n'y a pas du vrai dans tout ça.

Et prenant son visage entre ses mains, il se pencha vers elle pour déposer sur ses lèvres un long et profond baiser.

— Nell, je ne t'espérais plus, mais tu es sans nul doute mon plus beau cadeau de Noël.

Il enfouit son visage dans sa chevelure et contempla par la fenêtre les lumières multicolores qui décoraient les maisons, en bas, dans la rue.

— Tu n'as rien entendu ? murmura-t-il.

— Oh, si… Elle se serra contre lui et sourit. Les clochettes d'un traîneau…

EMILIE RICHARDS

La promesse de Noël

Titre original :
NAUGHTY OR NICE

Traduction française de ROSELYNE AULIAC

1

Lorsque Chloé Palmer, directrice du foyer du Dernier Refuge, sortit de l'établissement pour faire une course, un sapin artificiel sans la moindre décoration — déjà vieux et fatigué à l'époque lointaine où il fut récupéré dans une poubelle — penchait sa triste silhouette en direction du bow-window donnant sur la rue.

Au retour de Chloé, ce même espace était occupé par un épicéa bleu si remarquable qu'un passant s'arrêta pour demander où il avait bien pu être acheté.

Si Chloé l'ignorait, elle savait en revanche à qui poser la question.

Elle grimpa deux par deux les marches récemment déneigées et, dans sa hâte, glissa sur une plaque de glace. La lourde porte de la demeure victorienne claqua derrière elle, dans un tintement de clochettes installées en prévision de Noël.

— Egan !

Elle n'eut pour toute réponse que la musique de Bing Crosby au rez-de-chaussée et celle de Michael Jackson à l'étage.

— Egan, où es-tu ?

Un homme apparut à la porte du salon. Une véritable apparition, au sens propre du mot. La pièce était éclairée par des bougies ; il y en avait des dizaines, elle avait du mal à en croire ses yeux. Des bougies, dans une maison dont l'une des pensionnaires avait été retirée de sa dernière famille d'accueil pour avoir incendié un matelas ! Lorsque ses yeux se furent accoutumés à la pénombre, Chloé reconnut Egan, son corps magnifique se mouvant au rythme des flammes vacillantes.

— C'est toi qui as acheté un sapin pour les enfants ? demanda-t-elle.

— Non.

Elle ôta ses bottes, même si cela la faisait paraître plus petite face à Egan. Les bottes étaient interdites dans l'établissement, pour éviter d'y laisser des traces de neige ou de boue, et la règle s'appliquait à tous, y compris à la directrice.

Le regard de Chloé restait fixé sur le visage d'Egan, ou du moins sur ce qu'elle en distinguait. Elle ôta ensuite ses gants, son foulard et son bonnet. Alors qu'elle rejetait en arrière sa longue chevelure brune, il s'avança pour l'aider à retirer son manteau, mais elle le repoussa.

— D'accord, tu ne l'as pas acheté, lui dit-elle. Tu as tordu le bras à quelqu'un pour qu'il te le donne ?

Elle vit les commissures de ses lèvres se retrousser.

Il avait vraiment une bouche admirable, grande, expressive et rieuse. Comme toujours, elle fascinait Chloé qui ne pouvait s'empêcher de se demander quelles merveilles cette bouche était capable d'accomplir.

— Alors, tu l'as volé ou loué ? A moins que tu ne l'aies coupé toi-même ?

Elle aperçut une petite lueur dans son regard vert, des yeux de la même teinte que la couronne de pin et de houx, flambant neuve, suspendue aux pieds de l'escalier.

— Dis-moi où tu l'as coupé, insista-t-elle. Et d'où vient cette couronne ?

— Quelle couronne ?

— Egan !

— Viens voir ce qu'on est en train de préparer.

Il tourna les talons ; elle n'avait plus qu'à le suivre, à pas feutrés, dans ses épaisses chaussettes de laine.

Le salon faisait penser à une carte postale représentant le Père Noël entouré de ses lutins. Mais la ressemblance s'arrêtait là. Le Père Noël n'était pas un gros bonhomme barbu, coiffé d'un

118

bonnet. Il était, au contraire, grand, large d'épaules et souple, avec une chevelure blonde et bouclée, coupée court. Les quatre lutins, quant à eux, correspondaient encore moins à l'imagerie traditionnelle.

Mona chantait *Noël blanc* avec Bing Crosby. En temps normal, elle aurait fait fuir son auditoire, mais ce soir personne ne s'en souciait. De même, personne ne remarquait que la fillette de onze ans, au corps précocement développé, ne portait qu'un short et un pull-over sans manches, alors que la température extérieure avoisinait moins douze degrés.

Jenny se tenait sur la pointe des pieds pour tenter d'accrocher un oiseau en papier sur une branche située bien au-dessus d'elle. Tout paraissait toujours trop haut pour elle. Chloé et nombre de spécialistes espéraient encore que l'enfant pourrait atteindre une taille normale, mais elle avait subi huit années de malnutrition avant d'être placée sous la tutelle de l'Etat de Pennsylvanie.

Il y avait également Roxanne, assise en tailleur sur le plancher, regardant fixement, comme hypnotisée, les lumières clignotantes accrochées dans l'arbre. Quant à Bunny, elle avait déjà changé quatre fois de place une décoration en pâte à sel depuis l'entrée de Chloé dans la pièce. Comme toujours, son souci de la perfection épuisait son entourage.

Les quatre lutins faisaient partie des douze fillettes vivant dans la résidence Alma Benjamin. Elles succédaient à une longue lignée d'enfants qui avaient surnommé ce foyer Le Dernier Refuge, certaines d'entre elles n'ayant plus d'autre endroit où aller, à l'exclusion du centre de détention pour mineurs qui, avec ses barreaux aux fenêtres, ne ressemblait en rien à un refuge.

Cet établissement représentait à la fois un lieu de vie et un havre de paix. En arrivant ici, les jeunes filles y apportaient leurs lots de soucis et d'espoirs.

— Chloé !

Bunny accourut vers elle dès qu'elle l'aperçut.

— Je sais pas où le mettre !

Les mains tremblantes, elle lui tendit un Père Noël. Chloé

le saisit et le retourna, en caressant sa surface brillante et colorée.

— Où que tu choisisses de le mettre, ce sera bien.

Bunny ne semblait pas convaincue. Chloé lui rendit l'objet et l'encouragea.

— Essaie et tu verras. Place-le où tu veux, de toute façon, ce sera bien. Je te le promets.

Bunny retourna vers l'arbre. En relevant les yeux, Chloé s'aperçut qu'Egan avait observé la scène. Sous son regard chaleureux, elle ressentit une émotion particulière.

— Egan O'Brien, vas-tu enfin me dire d'où vient cet arbre ?

— Il l'a coupé dans la propriété de ses parents !

Mona sauta d'un petit escabeau sans prendre le temps d'en descendre les quelques marches. Le vieux plancher de chêne absorba le choc, comme il l'avait déjà fait des milliers de fois.

— Ses parents ont une ferme, Chloé. Avec des animaux. Des vrais !

— Seulement des chiens, précisa Egan. Ça fait des années qu'ils ont cessé d'élever des animaux plus gros qu'un berger allemand.

— Même pas des chevaux ?

La moue écœurée de Mona était aussi comique que sa prestation musicale.

— Mona veut apprendre à monter, expliqua Chloé. N'est-ce pas, Mona ?

— Je sais monter à cheval. Mais je n'en ai plus l'occasion, maintenant. Avant, quand je vivais encore avec ma famille, je montais tout le temps.

Les parents de Mona, qui habitaient un vrai taudis, s'étaient montrés criminellement négligents envers leur fille. Pendant ses dix premières années, Mona avait réussi à survivre en se réfugiant dans le rêve. Mais, pour Chloé, cette époque était révolue.

— Non, ce n'est pas vrai, répliqua-t-elle.

— Comment tu le sais ? Tu connais tout de moi ? demanda Mona.

— Tout ce que je sais, c'est que je t'aime. Et je me moque de savoir si tu avais des chevaux, de belles voitures ou une grande maison avant de venir ici.

— Tu dis toujours ce genre de choses !

— Oui, c'est vrai, renchérit Egan.

Son sourire réchauffait Chloé.

— Des choses gentilles.

Les épaules de Mona s'affaissèrent. Egan était devenu un véritable héros pour les filles depuis son arrivée au Refuge, trois mois auparavant. Lui et ses frères, avait-il alors annoncé, allaient s'occuper des travaux de rénovation de la vieille demeure.

S'il y avait d'autres hommes dans la vie de ces enfants — conseillers, enseignants ou membres de la famille en visite — aucun n'égalait Egan. Personne ne possédait sa grâce masculine insouciante, son sourire engageant et moqueur, son talent pour calmer les disputes et distribuer les compliments. Lorsqu'il parlait, même la plus récalcitrante s'arrêtait pour l'écouter.

Parfois cependant, elles feignaient de ne pas vouloir lui prêter attention.

— Ça m'intéresse pas ! Je vais me préparer un chocolat, riposta Mona.

Chloé lui caressa l'épaule. L'expression de Mona demeurait méfiante.

— Mona, tu veux bien emmener Roxanne avec toi ? demanda-t-elle doucement.

— Non !

— S'il te plaît.

— Tu m'obliges toujours à faire des choses !

— Parce que je sais que tu peux y arriver.

— Viens, Roxanne ! Mona se dirigea vers l'enfant, toujours plongée dans la contemplation des lumières, et lui prit le coude.

— Allons boire un chocolat.

— Un chocolat ?

— Oui.

Roxanne se leva et suivit docilement Mona hors de la pièce. Bunny suspendit trois autres objets, puis sortit, épuisée par ses tergiversations. Jenny, qui avait décoré les basses branches, la rejoignit quelques minutes plus tard. C'est ainsi qu'Egan et Chloé se retrouvèrent seuls.

— Tu es contente que j'aie coupé cet arbre et que je l'aie apporté ici, avoue-le, demanda Egan.

— Il faut que tu cesses d'offrir des cadeaux à ces enfants, Egan. Elles risquent de s'y habituer, alors que leur situation ne leur permet pas d'espérer quoi que ce soit de l'avenir.

Il s'avança vers Chloé, qui s'efforça de ne pas admirer sa démarche assurée. Il posa ses mains sur ses épaules, une pression à la fois douce et ferme, mais qui ne la réconfortait pas pour autant.

— Et qu'en est-il de la femme qui habite ici ? demanda-t-il. Puis-je lui offrir un cadeau ?

— Elle non plus n'attend rien et ne désire rien.

Egan scruta son visage. Sa méfiance, devina-t-il, dissimulait des sentiments qu'elle ne souhaitait pas lui laisser entrevoir. Elle était aussi intrigante qu'un cadeau de Noël magnifiquement emballé, aussi envoûtante que le cantique *Douce Nuit* chanté à la lueur des bougies, aussi vulnérable qu'un enfant à qui l'on vient de dire que le Père Noël ne pourra pas descendre dans la cheminée.

— Chloé… Il murmura son prénom comme une caresse. Noël n'a-t-il aucune signification pour toi ?

Elle tenta d'endurcir son cœur.

— Si. Noël est le seul jour de l'année où les personnes croyantes s'efforcent d'oublier leurs différends et de s'aimer les unes les autres. Lorsque les autres jours de l'année auront la même signification, alors moi aussi je croirai en Noël.

— Tu ne crois donc pas au Père Noël ni aux miracles ?

Elle se contenta de le regarder. Il finit par ôter ses mains de ses épaules.

122

— Eh bien, je te souhaite néanmoins un joyeux Noël, ajouta-t-il, avec un sourire chaleureux.

— Mais c'est dans quatre semaines.

— Tant mieux. Il nous reste quatre semaines pour savourer cette attente.

Inexplicablement troublée par son regard caressant, elle se retourna et aperçut les chandelles.

— Ne me dis pas que tu as aussi trouvé les chandelles, la couronne et les clochettes chez tes parents.

— Quelle que soit ton opinion sur Noël, ne penses-tu pas que les filles méritent qu'on leur offre cette journée ?

— Bien sûr que si. Elles le méritent autant que les autres enfants. Mais, une fois sorties de cette maison, il n'y aura personne pour leur offrir des cadeaux pour Noël, les inscrire à l'université ou leur procurer un emploi. Elles doivent apprendre qu'elles n'obtiendront ce qu'elles veulent qu'à condition de travailler dur pour l'avoir.

— Il n'y aura donc pas de Père Noël ? Il frôla son épaule du bout des doigts.

Elle tenta d'ignorer son geste.

— Ces enfants ne recevront jamais de cadeau, Egan. Je m'efforce de leur enseigner que c'est sans importance. Elles peuvent réussir et être heureuses, mais elles ne devront rien attendre des autres.

— Comme toi.

Elle se raidit. S'il réalisa qu'il était allé trop loin en faisant allusion à un passé dont elle ne parlait jamais, il n'en laissa rien paraître. Il continua sa caresse, à la fois légère et rassurante.

— On peut dire ça, admit-elle.

— Tu as en face de toi un homme qui possède un déguisement de Père Noël.

— Laisse-le au placard.

Doucement, il l'obligea à le regarder de nouveau.

— Tu sais que toutes les filles préparent leur liste ?

— Si le Père Noël existait vraiment, elles ne trouveraient que du charbon au pied du sapin.

— Ce sont de braves gosses.

Elle s'attendrit un peu mais ne voulut pas le lui montrer. Les fillettes du Refuge méritaient effectivement d'être aimées ; elles étaient sa passion, sa raison d'être. Elle était contente qu'il les trouve lui aussi adorables et prometteuses, mais elle se garderait bien de le lui dire.

— Evidemment, répliqua-t-elle. Si l'une d'entre elles braquait un fusil sur toi, tu lui dirais qu'il est assorti à ses yeux.

— Ce ne sont que des gamines qui font leur liste de Noël.

— Ne t'inquiète pas. Nous avons un système de points. Celles qui en ont obtenu recevront un supplément d'argent de poche pour s'acheter ce qu'elles veulent. De toute façon, qu'elles se soient bien ou mal comportées, notre équipe veillera à ce que chacune d'elles reçoive un présent pour Noël.

— Quels cadeaux ? Des chaussettes ? De la lingerie ? Des sweat-shirts ?

— Nous ne sommes plus au temps d'*Oliver Twist*. Chaque membre du personnel et du conseil d'administration prend soin de ces enfants et le fait consciencieusement.

— Des baskets neuves ?

— Tu rêves ! Ça doit faire longtemps que tu n'en n'as pas acheté.

Il ne put s'empêcher de sourire. Les yeux mordorés de Chloé restaient fixés sur lui, aussi soupçonneux que ceux de Mona — sauf que cette méfiance-ci était feinte.

— Les filles veulent des lecteurs de cassettes, des guitares électriques et des skis, précisa-t-il. Mona veut prendre des leçons d'équitation. Bunny veut se faire percer les oreilles pour pouvoir mettre des boucles porte-bonheur.

— Bunny ? Bunny sait déjà ce qu'elle veut pour Noël ?

Il observa sa prétendue méfiance fondre dans l'excitation de la nouvelle.

— Elle est sûre à cent pour cent.

— C'est génial !

Il savait comment faire durer le plaisir.

— Roxanne demande un pull-over angora bleu, des patins

à glace et une poupée Barbie avec sa garde-robe. Elle a dit que sa sœur en avait une.

— Roxanne t'a parlé de sa sœur ?

— C'est tout ce qu'elle m'en a dit.

— Sa sœur est morte et Roxanne fait encore des cauchemars.

Il ne voulut pas en savoir davantage sur la vie de cette fillette, petit fantôme blond au regard absent. Il ne faisait pas partie du personnel de l'établissement et savait qu'il devait respecter les règles de confidentialité. Mais il avait un autre motif. Il ne souhaitait pas vraiment connaître le passé de ces enfants. Il lui arrivait de le deviner dans leurs yeux, dans leurs aspirations ou dans les blessures de leur cœur. Il aimait toutes les pensionnaires du Dernier Refuge et il était sur le point de tomber dangereusement amoureux de sa directrice. Désormais, il avait fait sienne leur souffrance, mais ce sentiment était encore trop fragile et trop récent pour être exploré à fond.

Il préférait prendre du recul.

— Je peux leur donner tout ce qu'elles désirent, dit-il. Ça ne représente pas grand-chose, Chloé. Mes frères et moi avons de l'argent de côté pour faire face à ce genre de situation. Ce serait si important pour moi, pour nous tous, si tu nous permettais de jouer les Pères Noël. Joe pourrait…

— Tu n'as pas écouté un mot de ce que j'ai dit.

— Si, j'ai entendu, mais je ne suis pas d'accord.

— Tu n'es qu'un grand sentimental. Tu le sais, n'est-ce pas ?

— Non, je suis un homme dur et impitoyable.

— Ton grand cœur te perdra.

Ces paroles ne trahissaient aucun reproche, mais il savait quand un changement de sujet s'imposait.

— Et si tu venais dîner chez mes parents dimanche ?

Pendant un instant, Chloé ne sut pas quoi dire. Tous deux avaient effectivement envisagé l'idée d'un véritable rendez-vous. Durant ces derniers mois, après sa journée de travail, il avait réussi à l'inviter occasionnellement à des séances de cinéma, tous frais partagés, à l'emmener dans des restaurants pour discuter tranquillement des travaux de rénovation, à lui offrir des billets de concert — et à l'accompagner lorsqu'elle lui faisait remarquer qu'il était trop tard pour trouver quelqu'un qui accepterait de venir avec elle.

Mais il ne lui avait encore jamais proposé un rendez-vous aussi intime qu'une soirée dans sa famille.

Elle bredouilla une excuse.

— Il me reste beaucoup de travail et je...

— Chloé ! Il céda à la tentation, approcha sa main de son visage et enroula une longue mèche de ses cheveux autour de ses doigts. S'il te plaît ?

Elle ressentait les signes avertisseurs du danger.

— Egan, je...

— Je ne mords pas et mes parents non plus.

— Je ne saurais pas quoi leur dire.

— Pourtant, vous avez un point commun.

— Lequel ?

— Vous pensez que je suis un type formidable.

Il ne lui laissa pas le temps de répondre. Il lui adressa son sourire en coin irrésistible et se pencha vers elle. Les pieds de Chloé semblaient cloués au sol ; elle ferma les yeux malgré elle et sentit un léger baiser sur le bout de son nez. Lorsqu'elle ouvrit les yeux, Egan O'Brien avait disparu.

Peut-être pensait-elle effectivement qu'il était un type formidable. Quelques heures plus tard, elle était assise devant sa coiffeuse au troisième étage du Refuge et brossait sa chevelure soyeuse jusqu'à ce qu'elle forme une cape de satin recouvrant sa chemise de nuit en flanelle, toute simple. Son image dans le miroir la fixait, à la fois désorientée, soupçonneuse et beaucoup trop vulnérable.

Pourquoi Egan paraissait-il si différent des autres hommes qui avaient tenté, sans succès, de l'impressionner ? Il était scandaleusement beau, mais, à vingt-sept ans, elle avait déjà connu d'autres hommes presque aussi attirants. Il pouvait se montrer drôle et gentil, fonceur ou délicat. Il était suffisamment intelligent pour se mesurer à elle et suffisamment modeste pour ne pas être imbu de sa personne. Mais il était bien davantage que toutes ses qualités réunies, il était Egan, tout simplement. Et au cours de ces derniers mois, alors qu'elle résistait, se torturait et luttait désespérément contre...

Elle n'acheva pas sa pensée et coupa court aux désirs qu'elle sentait monter en elle, de la même façon qu'elle avait mis fin à la discussion avec Egan à propos du Père Noël.

Ses bras devenant douloureux, elle rassembla ses cheveux en arrière pour les natter. Ils formaient ainsi une tresse impeccable lui arrivant à la taille. Elle n'avait plus coupé ses cheveux depuis l'âge de dix-huit ans, après son départ du dernier foyer d'accueil où l'Etat de Pennsylvanie l'avait placée.

Sa chevelure faisait la fierté de sa mère. Lorsqu'elle était enfant, elle portait les cheveux longs et sa mère les nattait avec des rubans ou les retenait en arrière à l'aide de barrettes en couleur. A l'âge de sept ans, elle perdit ses parents dans l'incendie de leur maison et n'eut plus personne pour s'occuper d'elle. Quand elle arriva dans sa première famille d'accueil, la mère jeta un regard horrifié à sa nouvelle recrue et l'installa sur une chaise de la cuisine avant de procéder à une méticuleuse coupe au carré, au grand désespoir de Chloé.

Par la suite, dans les quatre autres familles où elle fut placée, elle dut se résoudre à porter les cheveux courts, dans un souci d'économie d'eau chaude, de shampoing et de temps. Ses parents de substitution n'avaient aucunement l'intention de se montrer cruels envers elle, ils étaient simplement surchargés de travail et sous-payés. Par ailleurs, Chloé, l'enfant sage, n'avait jamais réussi à extérioriser son désir ardent de rétablir le lien affectif qui l'unissait à une mère dont le souvenir s'estompait peu à peu. Elle avait donc subi docilement les coupes de cheveux, de la même façon qu'elle s'était pliée au rituel des douches et des repas. Mais, à partir du moment où elle se lança seule dans la vie, plus personne ne s'approcha d'elle avec des ciseaux.

Les expériences de son enfance l'avaient marquée de différentes façons, elle le savait. Ses sentiments au sujet de Noël étaient la conséquence de onze fêtes de fin d'année passées dans des familles épuisées et au budget très serré. Une de ces familles pratiquait une foi si rigide qu'elle ne tolérait ni cadeau ni décoration. Dans une autre, le nombre d'enfants était tel que la notion même d'individualité était une utopie et le seul espoir de Chloé était que l'éternel jean reçu en cadeau chaque année serait bien à sa taille.

Elle avait cependant tracé son chemin au milieu de ces rudes Noëls et de ces familles d'emprunt. Au fil du temps, elle s'était fait des amis et continuait à échanger des vœux avec sa seconde mère d'accueil. Une jeune femme, élevée dans le même foyer qu'elle, lui avait récemment rendu visite alors qu'elle passait par Pittsburgh. Tous les membres de sa dernière famille avaient tenu à assister à la cérémonie de remise de son diplôme universitaire pour ne pas la laisser seule à cette occasion.

Elle avait appris tout ce dont elle avait besoin pour survivre. La discipline et la fermeté qui régnaient dans ses meilleures familles d'accueil lui avaient inculqué la valeur du travail et le respect des objectifs que l'on s'est fixés. De même, à sa sortie de l'Assistance publique, elle avait pris la ferme décision de ne plus jamais dépendre de quelqu'un. Et c'est grâce à cette détermination qu'elle occupait aujourd'hui le poste de directrice du Dernier Refuge.

A ce jour, elle était en charge de douze jeunes filles qui dépendaient d'elle à tous points de vue. En devenant adulte, elle avait pris conscience qu'elle avait beaucoup à offrir et que sa propre expérience l'aiderait à s'occuper d'enfants se trouvant dans la situation qui avait été la sienne.

Pour autant, les fillettes du Dernier Refuge ne ressemblaient pas à la sage préadolescente qu'avait été Chloé Palmer. A la fois trop perturbées et trop difficiles pour pouvoir vivre dans un environnement familial, elles avaient été renvoyées de leur famille d'accueil.

Compte tenu des nombreux délits dont elles se rendaient coupables mais aussi des épreuves douloureuses qu'elles traversaient, seuls un encadrement strict et un suivi psychologique rigoureux leur permettraient de revenir dans le droit chemin. Elles faisaient des cauchemars, piquaient des colères et se battaient comme des chiffonnières. Sur leurs bulletins scolaires, les notes oscillaient entre A (excellent) et F (échec). Elles refusaient d'assister aux réunions des scouts féminins ou au catéchisme.

Cela ne les empêchait pas de se moquer des garçons en classe et de pleurer en visionnant la cassette de *Fidèle vagabond*, de s'entraider lorsque personne ne les observait et de faire une liste de Noël en demandant des poupées Barbie et des leçons d'équitation.

Les listes de Noël… Chloé se leva et fit le tour de son appartement, agréablement aménagé par Egan dans l'espace occupé autrefois par les chambres des domestiques, étroites et basses de plafond, à l'époque où la résidence du quartier chic de Shadyside était encore la propriété d'Alma Benjamin.

Les listes de Noël. Elle n'avait pas attendu Egan pour savoir que toutes les filles du Refuge avaient préparé leur liste. Elle aussi avait la sienne, même si elle n'y pensait plus depuis longtemps. C'était la même liste qu'elle ressortait à chaque Noël. Pragmatique, elle y avait mentionné en premier ce qui était possible : d'abord un chaton, un petit animal sans défense et bien à elle, doux et câlin ; puis une maison de poupées de bois dotée d'un éclairage électrique.

Loin derrière — car, même si elle n'était qu'une enfant, elle savait ce vœu utopique — elle avait demandé au Père Noël, en qui elle avait passé l'âge de croire, de lui donner une vraie maman qui lui préparerait des gâteaux, ferait les boutiques avec elle et partagerait ses rêves. Et aussi un papa qui la considérerait comme la plus merveilleuse petite fille au monde. Et des frères et sœurs qui ne changeraient pas d'une année à l'autre.

Pour son dernier vœu — pratiquement irréalisable — elle souhaitait que le Père Noël ou l'Etat de Pennsylvanie retrouve la famille de son père en Grèce ; une famille dont sa mère lui avait parlé avant de mourir et avec laquelle son père avait coupé tout lien à la suite d'un différend ; une famille qui l'aurait accueillie en tant que membre à part entière.

Bref, une véritable liste de Noël.

Elle n'arrivait pas encore à en sourire. Cette liste entière restait de l'ordre du rêve. Il n'y avait jamais eu de chaton ni de maison de poupées, encore moins de parents adoptifs ou de retrouvailles familiales. En revanche, elle avait connu la désillusion et avait fini par comprendre que personne ne pourrait concrétiser ses rêves à sa place.

Les filles du Refuge devaient également apprendre cette leçon, mais elle voulait la leur inculquer avec douceur et amour. Elle désirait les convaincre qu'elles pouvaient réaliser leurs rêves, sans pour autant dépendre de quelqu'un. Elle avait à cœur de les aider à affronter l'avenir avec courage, espoir et confiance.

Cela supposait qu'Egan n'accède pas à toutes leurs demandes. En effet, une fois Egan parti, qui prendrait sa place ? Le Père Noël ?

De retour dans sa chambre, elle ouvrit le tiroir de sa table de nuit et en sortit un livret d'épargne. Un jour viendrait où elle raconterait aux filles comment elle avait réussi à mettre de l'argent de côté pendant trois ans. Malgré son maigre salaire d'assistante sociale et le remboursement des prêts contractés pour financer ses études, elle avait de l'argent sur son compte, une somme qui grossissait lentement chaque mois et qui allait lui permettre de s'offrir un des cadeaux figurant sur sa liste depuis l'enfance. Elle avait déjà contacté un détective privé et lorsqu'elle aurait suffisamment d'argent, elle louerait ses services pour retrouver sa famille paternelle.

Elle le ferait pour elle et si sa détermination demeurait intacte, les filles comprendraient qu'il leur serait également possible de réaliser leurs rêves. Au matin de Noël, même sans faire de folies, il y aurait alors autre chose que des jeans sous le sapin bleu d'Egan.

Les filles se sentiraient aimées et désirées. Chacune d'elles recevrait des présents individuels, personnalisés et choisis avec soin. Une fois Noël passé, Chloé aurait alors la certitude de leur avoir offert les plus beaux cadeaux qui soient : le courage, l'esprit d'initiative et la détermination.

Elle replaça son livret dans le tiroir et se coucha après avoir éteint la lumière. Elle avait raison, elle en était persuadée. Elle savait ce qu'il y avait de mieux pour ces enfants. Quelle que soit l'opinion d'Egan, elle suivrait son instinct.

En fermant les yeux, elle vit un Père Noël blond aux mains douces et au cœur aussi grand que le pôle Nord. Elle se tourna sur un côté et sentit des lèvres chaudes sur le bout de son nez. En se tournant de l'autre côté, elle entendit une voix mélodieuse de baryton la supplier d'offrir aux enfants du Refuge, blessés par la vie, tous les présents qu'ils désiraient.

Elle eut du mal à s'endormir et finit par rêver de chatons.

2

— Bunny a obtenu deux bons points, Heidi quatre, Mona...

Chloé regarda Martha, la conseillère en chef, d'un air narquois.

— Aucun.

Martha fit la moue.

— Exactement. Et elle a déclaré que si on essayait de la changer de chambre, elle nous le ferait regretter.

— Nous sommes plus grandes qu'elle... enfin, presque, corrigea-t-elle après avoir jaugé sa propre silhouette de femme élancée d'un mètre soixante.

— Quoi qu'il en soit, si elle continue ainsi, elle perdra le privilège de loger dans l'aile Est.

— Oui, je sais.

Au Refuge, l'attribution des chambres dépendait de l'ancienneté et des bons points. Le privilège de vivre dans les chambres individuelles, plus spacieuses, de l'aile Est devait se mériter en effectuant quelques travaux ménagers et en travaillant bien à l'école. Comme cet espace supplémentaire et cette intimité étaient convoités par toutes les filles, de nombreuses occasions leur étaient offertes pour les encourager à faire de leur mieux.

Elles pouvaient aussi gagner un peu d'argent de poche ou bénéficier d'avantages particuliers, comme des séances de cinéma ou de patinage, grâce à leur bonne conduite et à leur travail acharné. Cependant, il n'en n'avait pas toujours été ainsi.

Deux ans auparavant, alors que Chloé n'était pas encore

directrice du Refuge, le règlement était réduit à sa plus simple expression et les encouragements quasi inexistants. L'Etat de Pennsylvanie envisageait même de fermer l'établissement. La demeure était mal entretenue, le personnel désenchanté et les pensionnaires rebelles. Lorsque Chloé arriva, sous le regard méfiant des membres du conseil d'administration, de l'équipe pédagogique et des enfants, elle dut nettoyer, réorganiser et plaider sa cause pour obtenir des fonds, au point que dormir quatre heures par nuit était devenu un luxe inaccessible.

Depuis, on lui avait souvent dit qu'elle avait accompli des miracles. Mais elle savait bien que les miracles n'existent pas.

— Est-ce vous qui parlerez à Mona ou dois-je m'en charger ? demanda Martha.

Cette dernière était une femme d'âge mûr, qui avait repris ses études après avoir élevé ses quatre enfants. Elle expliquait volontiers que rien de ce que pourraient dire les filles ne la surprendrait car elle avait déjà tout entendu de la part de ses propres enfants. Aussi, cela faisait belle lurette que les pensionnaires avaient renoncé à la choquer.

— Je lui parlerai.

Chloé se leva et s'étira. Elle avait encore des courbatures de la veille, où elle avait passé l'après-midi à construire des fortifications de neige avec Egan et six fillettes.

— Lorsque je reviendrai ce soir.

— Vous sortez ?

Chloé répondit en fixant ostensiblement son bureau.

— J'ai promis à Egan de l'accompagner chez ses parents.

— Oh ! Ça m'a l'air sérieux…

— Voyons, Martha… répliqua Chloé, en tentant de le prendre de haut.

Martha se cala sur sa chaise en répartissant les vingt-sept kilos qu'elle n'avait jamais réussi à perdre malgré ses régimes et la fixa droit dans les yeux.

— Il est fou de vous.

— C'est juste un dîner.

— Et vous êtes folle de lui.

— Comment pouvez-vous dire ça ?

— Vous fondez littéralement lorsque vous le regardez. Un vrai sucre d'orge.

— C'est ridicule !

— Vous feriez mieux d'y réfléchir avant qu'il ne vous offre une bague pour Noël.

Chloé songeait à l'avertissement de Martha tandis qu'elle attendait Egan dehors. Elle lui avait demandé de ne pas venir la chercher au Refuge pour qu'ils ne soient pas retardés par les filles, qui ne manquaient jamais une occasion de frimer devant lui. Il était le père qu'elles n'avaient jamais eu et l'homme qu'elles prendraient comme modèle le jour où elles se mettraient en quête d'un mari.

Peut-être même ressemblait-il à l'homme qu'*elle* rechercherait un jour. Lorsque, au fil des années, elle perdit tout espoir de trouver un nouveau père, elle se mit à rêver d'un homme qui l'aimerait plus que tout ; pour qui elle serait la plus belle ; un homme au sourire facile et au cœur tendre, qui ressemblerait à… Egan.

Pourtant, cette pensée la terrifiait. Egan la terrifiait. Lorsqu'elle n'était plus sur ses gardes, il s'insinuait en elle et réveillait des sentiments et des désirs qu'elle avait enfouis au plus profond d'elle-même bien des années auparavant.

Elle ne se sentait pas prête à les affronter ; elle ne le voulait pas. Un jour viendrait où elle envisagerait de vivre une relation calme et raisonnable avec un homme, mais elle était effrayée par la profondeur et la démesure de l'engagement qu'Egan attendrait d'elle en contrepartie de son amour. Il se montrerait si exigeant que, s'il l'abandonnait un jour — ce qui pouvait arriver —, elle ne savait pas ce qu'il adviendrait d'elle.

C'est pourquoi, décida-t-elle, elle ferait tout pour lui dissimuler ses sentiments. Ils n'avaient jamais échangé de vrais baisers ni fait l'amour, mais elle était certaine que s'ils franchissaient le pas, elle ne pourrait plus jamais lui refuser quoi que ce soit.

Alors qu'elle se faisait cette promesse, elle le vit arriver puis garer sa Chevrolet Blazer dans la cour. Son appréhension s'envola lorsqu'il se pencha pour lui ouvrir la portière.

— Tu es magnifique, dit-il.

— Ta mère ne va trouver ce pull trop voyant ?

Il lui sourit.

— Elle s'habille en rouge, elle aussi.

Une de ses familles d'accueil — celle qui ne fêtait pas Noël — avait inculqué à Chloé la peur d'exprimer sa personnalité en portant des couleurs vives. Il lui avait fallu attendre l'âge de vingt-trois ans et faire preuve de beaucoup de courage pour se décider à acheter deux jupes et un chemisier aux tons lumineux. Aujourd'hui, même si son armoire était pleine de beaux vêtements aux couleurs gaies, elle ne pouvait pas s'empêcher d'éprouver un vague sentiment de culpabilité.

— Je ne porte pas trop de bijoux ? demanda-t-elle en désignant les anneaux à ses oreilles. Je n'ai pas l'air d'une bohémienne ?

— J'aime beaucoup les bohémiennes…

— Alors, je comprends mieux ce qui te séduit chez moi.

— Ce qui me plaît, c'est ton intelligence, ton sens de l'humour, ta loyauté et ton intégrité.

Il s'inséra dans la circulation.

— Sans oublier ton corps superbe.

Elle éclata de rire, mais en même temps son compliment lui réchauffait le cœur.

Dick et Dottie O'Brien, les parents d'Egan, habitaient à proximité de Slippery Rock, au nord de la ville, à une petite heure de voiture. La Chevrolet s'engagea bientôt sur une route enneigée et sinueuse bordée de sycomores et de peupliers, avec en arrière-plan des collines aux formes arrondies.

Tout en conduisant, Egan lui parlait de lui et de sa famille. Il n'avait pas grandi dans la propriété où ils se rendaient mais il venait y passer les vacances d'été. Ses parents avaient emménagé définitivement dans la maison de deux étages qui se dressait maintenant devant eux lorsque son père avait réduit son activité dans l'entreprise familiale de construction.

Il avait passé de bons moments ici : les courses à travers champs avec ses frères, les parties de pêche dans l'étang aujourd'hui gelé, à environ un kilomètre de la route... Chloé l'imaginait bien : petit garçon, entouré d'une famille aimante et vivant des expériences qui deviendraient de merveilleux souvenirs d'enfance. Savoir qu'il existait des lieux aussi magiques et que des enfants en profitaient la rendait heureuse.

— Mes parents vivent très simplement, précisa Egan. Nous formons une vraie famille. C'est de là que je viens, c'est cet environnement qui a fait de moi celui que je suis aujourd'hui.

— Eh bien, le résultat n'est pas si mal. Si cet endroit t'a aidé à te construire, alors il me plaît.

Surpris, il coupa le moteur et la regarda.

— C'est une citadine qui parle ?

— Je n'ai pas eu le choix. Chaque fois que la Protection de l'Enfance devait me chercher une nouvelle famille d'accueil, je leur demandais en vain de m'envoyer dans une ferme.

Il lui caressa doucement la joue, heureux de l'entendre enfin évoquer son passé.

— On t'a donc si souvent changée de famille ? Tu étais une enfant difficile ?

— Non. Je n'ai pas eu de chance, tout simplement. Les parents étaient malades, ou bien ils déménageaient. Une des mères qui m'a élevée refusait de garder les enfants devenus adolescents ; en fait, elle craignait que je ne lui attire des ennuis une fois en âge de m'intéresser aux garçons.

Il maudit en silence la femme qui avait rejeté Chloé à un moment aussi crucial de sa vie. Toutefois, il préféra cacher sa colère pour ne pas lui laisser croire qu'il avait pitié d'elle.

Il lui prit négligemment la main.

— Mes parents avaient fait une demande pour accueillir des enfants. Ils voulaient une fille, mais l'agence a estimé qu'ils avaient suffisamment à faire avec quatre garçons.

Son sourire réchauffait le cœur de la jeune femme.

— Tu imagines que tu aurais pu être ma sœur ?

Curieusement, cette idée déplut fortement à Chloé. Elle lui rendit son sourire pour lui montrer qu'elle n'était pas vraiment mécontente de cette incursion dans son propre passé. Puis elle ouvrit la portière pour lui faire comprendre que le sujet était clos.

Il se tenait à côté d'elle, cherchant à reprendre sa main avant de s'engager dans l'allée menant à la maison. A l'évidence, il avait deviné son appréhension et désirait la rassurer. Mais il ne connaissait probablement pas la véritable raison de son inquiétude. En fait, elle redoutait de rencontrer ses parents car elle craignait de leur montrer son ignorance à propos de la vie que pouvait mener une famille normale. Le peu qu'elle en savait, elle l'avait appris dans les livres ou en observant les familles dans le cadre de son travail. Et, bien souvent, elles ne ressemblaient pas du tout à celle d'Egan.

— Fais attention aux chiens, prévint-il lorsqu'ils arrivèrent à la porte d'entrée. Ils risquent de te renverser si tu n'y prends pas garde.

Elle tint compte de l'avertissement et eut juste le temps de se préparer à l'assaut.

Une seconde plus tard, la porte s'ouvrit, laissant passer trois bergers allemands et un colley, qui se précipitèrent vers eux ou, plus exactement, vers Egan. En un instant, l'homme solidement campé sur ses deux jambes — et qui prétendait la protéger —, se retrouva agenouillé dans la neige, quatre chiens sautant joyeusement sur lui et le couvrant de coups de langue.

— Eh bien, si Egan ne juge pas bon de nous présenter, je le ferai moi-même.

Une petite femme à la chevelure blonde et aux yeux verts expressifs descendit les marches du perron et tendit la main à Chloé.

— Je suis Dottie O'Brien et personne ne m'appelle « Madame ».

Chloé ôta ses gants et serra la main de Dottie, surprise par la poigne de ce petit bout de femme.

— Et vous êtes Chloé, poursuivit Dottie, sans lui laisser le temps de répondre. Vous ne pouvez pas savoir combien je suis heureuse de vous connaître. Aujourd'hui, nous serons les seules femmes à la maison. Juste vous et moi, soit une de plus qu'habituellement. Vous supporterez la pression ?

Chloé éclata de rire et se sentit soulagée.

— Nous serons donc à égalité avec les hommes ?

— Loin de là ! Vous ne savez pas ? Egan ne vous a rien dit ?

— Me dire quoi ?

— Il a invité tous ses frères et aucun de ces vauriens n'est marié.

Bien entendu, ils n'avaient rien d'une bande de vauriens. A l'instar de Dick, leur père, ils étaient beaux, exubérants et se comportaient avec Chloé et Dottie comme ils le faisaient entre eux.

Chloé avait déjà rencontré les frères d'Egan, à l'exception de Rich, qui ne travaillait pas dans l'entreprise familiale. Plusieurs mois auparavant, ils avaient visité le Refuge de fond en comble pour évaluer les réparations et, depuis lors, elle les avait souvent vus aller et venir. Ils avaient consenti un important rabais au Refuge pour pouvoir exécuter les travaux de rénovation entre deux chantiers. Ils n'avaient donc pas d'horaires fixes, chacun s'occupant de sa spécialité. Mais tous débordaient de talent et d'énergie.

Une heure passée en leur compagnie avait épuisé Chloé. Au bout de deux heures, Dottie embarqua la jeune femme dans sa voiture pour aller faire un tour en ville.

— Vous voyez ce que j'ai enduré toutes ces années, lança Dottie, dont la voix ne recelait aucune trace d'apitoiement sur elle-même.

— Ils sont… infatigables.

— Nous avons bien fait de partir avant qu'ils ne s'occupent du sapin de Noël. Ils vont se chamailler pour savoir quel arbre il faut couper, même s'ils sont d'accord. Ensuite, ils se disputeront le privilège d'abattre le sapin, même si personne n'a vraiment envie de le faire.

Dottie se gara dans une rue aux boutiques pimpantes.

— Puis, ils rentreront à l'intérieur pour décorer le sapin. Joe s'occupera de l'éclairage, c'est la tradition. Gary ouvrira les cartons et sortira les décorations. Egan et Rich se chargeront de les installer et rivaliseront pour savoir qui est le plus rapide des deux. Dick préparera un lait de poule carabiné et tout sera prêt lorsque nous rentrerons. Ils termineront l'après-midi par une partie de ping-pong ou devant la télé. Quant à moi, en arrivant, je changerai tout et referai la décoration à mon goût.

— Rien que d'y penser, j'en ai des sueurs froides.

Chloé suivit Dottie dans un petit supermarché. Elles s'engagèrent dans la première allée.

— Ce dont ils ont besoin, c'est de se marier. Tous les quatre. De nous quitter, Dick et moi, pour s'établir et fonder leur propre famille. Excusez-moi, vous voulez bien vérifier quel est le produit le moins cher ?

Consciencieusement, Chloé compara les prix des paquets de pépites de chocolat. Elle en tendit un à Dottie, qui le mit dans le chariot.

— A votre avis, il vaut mieux acheter des noix écrasées ou des cerneaux de noix qu'on écrasera nous-mêmes ?

Une heure plus tard, elles rentrèrent à la maison, les bras chargés de quatre paquets. Puis, Dottie enseigna à Chloé la recette du dessert préféré de la famille, un gâteau aux dattes et aux cerises confites, généreusement parsemé de pépites de chocolat. Pour finir, les deux femmes s'installèrent confortablement dans la cuisine, tout en sirotant un verre de liqueur et en échangeant des confidences.

— J'aurais aimé avoir une fille, avoua Dottie, mais pas moyen : à chaque naissance, un garçon. J'ai fini par les aimer.

Chloé éclata de rire. Les yeux de Dottie pétillaient lorsqu'elle évoquait ses fils, qu'elle adorait visiblement.

— A votre avis, qu'est-ce qu'ils mijotent en ce moment ?

Une bêtise impardonnable : Rich avait décidé qu'un train

électrique, remisé au grenier, serait du plus bel effet sous le sapin fièrement dressé. Lorsque Dottie découvrit ce qu'ils préparaient, le salon n'était déjà plus qu'un chantier poussiéreux.

Ce n'est qu'une fois installée dans la voiture pour le trajet du retour vers Pittsburgh, après un succulent dîner, que Chloé eut le temps de réfléchir aux événements qui s'étaient succédé tout au long de la journée.

— Tu as aimé ma famille, n'est-ce pas ? demanda Egan.

— Comment pourrait-il en être autrement ?

— J'en étais sûr.

— Oui, je sais.

Il la regarda du coin de l'œil.

Elle semblait sonnée, comme si elle avait failli se faire renverser par une voiture. Au cours de l'après-midi, elle avait transformé son impeccable et imposant chignon en une simple queue-de-cheval. Il se demanda à quel moment cette métamorphose avait eu lieu et si la bouteille de liqueur de mûre de sa mère y était pour quelque chose.

— Ils t'aiment bien aussi.

— C'est vrai ?

— Oui. Figure-toi que mon père m'a pris à part pour me dire que si je ne t'épousais pas, c'est lui qui demanderait ta main.

Ravie, elle prit cependant un ton léger, devinant qu'il cherchait à provoquer sa réaction.

— J'adore ton père, répliqua-t-elle. Il doit dire la même chose à toutes les femmes que vous amenez à la maison.

— Uniquement aux plus jolies.

— Ta mère m'a appris à faire le gâteau aux fruits et m'a donné un tas de recettes de pâtisserie.

— La prochaine fois, elle t'emmènera faire des courses et te fera faire des paquets-cadeaux. Elle pourrait même t'embaucher pour coudre des housses.

— Des housses ?

— Pour ses maisons de poupées.

— Quoi ? Chloé le regardait, interloquée.

— Elle fabrique des maisons de poupées, des reproductions d'anciennes demeures de Pennsylvanie. Papa l'aide un peu pour la menuiserie, mais c'est elle qui s'occupe de tout le reste. Elle meuble même ses maisons. Il y a une boutique chic en ville qui lui achète toute sa production et la demande est très forte à cette période de l'année. Ça lui rapporte un peu d'argent, mais c'est avant tout un passe-temps qu'elle adore.

— Tu plaisantes ?

— Non. Je suis surpris qu'elle ne te les ait pas montrées. Elle le fera certainement la prochaine fois.

Chloé fixa la route devant elle. Des maisons de poupées. Quelle coïncidence ! Il était une fois une petite fille qui espérait et priait... Cela faisait si longtemps qu'elle avait oublié ses espoirs et cessé de prier, jusqu'à ce qu'Egan fasse allusion aux listes des filles.

— J'ai justement une de ces maisons dans mon appartement.

Chloé revint à la conversation.

— Toi, une maison de poupées ?

— Pas exactement. Viens chez moi et tu verras.

Elle s'efforça de nouveau de prendre un ton léger, mais elle avait la gorge serrée.

— C'est le prétexte que tu as trouvé pour m'emmener voir tes estampes japonaises ?

— D'habitude, ça marche toujours.

Elle bredouilla des excuses.

— Désolée, je ne peux pas m'attarder. Il faut que je parle à Mona ce soir et, comme demain il y a catéchisme, elle doit se coucher tôt.

— Fais-moi confiance. Tu seras rentrée à temps.

Elle n'était jamais rentrée dans l'appartement d'Egan. Ce n'était pas la première fois qu'il l'invitait mais elle avait toujours refusé cette intimité. Aller au cinéma avec lui ou participer à des batailles de boules de neige était une chose. Mais la seule idée d'aller chez lui la terrifiait.

Cette fois, au demeurant, elle était à court d'excuses. Il connaissait sans doute depuis longtemps les raisons de son refus. Toutefois, en homme patient et sûr de lui, il devait attendre le moment propice en guettant la moindre faille dans son armure.

Une demi-heure plus tard, ils arrivaient sur Murray Hill Avenue. Egan se gara en haut d'une côte. Il habitait près de Shadyside, dans le quartier pittoresque de Squirrel Hill, où l'on trouvait de jolies boutiques et de nombreuses épiceries casher. Chloé le suivit prudemment dans un petit immeuble. Son appartement occupait le dernier étage et elle comprit aussitôt la raison de son choix.

Elle en oublia momentanément sa vigilance.

— C'est fantastique ! Tu as une vue imprenable d'ici. Elle se dirigea vers une fenêtre sans rideau et admira les lumières de la ville.

— Oui, c'est pas mal, mais ça ne vaut pas une vue sur le mont Washington.

— Je me contenterai volontiers de celle-là.

Elle dénombra pas moins de neuf boutiques de Noël illuminées. Egan s'avança derrière elle. Sans même y songer, elle s'appuya contre lui et ses bras l'encerclèrent.

— Je suis heureux que tu sois venue, murmura-t-il à son oreille.

— Moi aussi.

Il rit et le son de sa voix fit écho en elle.

— Chloé, si je t'ai invitée, c'est pour visiter mon appartement, pas pour te faire l'amour passionnément.

— Oui, bien sûr, bafouilla-t-elle, déconcertée.

— Je te ferai l'amour... uniquement lorsque tu seras prête.

A ces mots, la déception la submergea, puis elle se ressaisit en comprenant qu'il attendait une réponse. Que pouvait-elle bien lui dire ?

— Excuse-moi. Je ne sais pas quoi penser de tout ça. Je ne veux même pas y réfléchir. Tu es si différent... Je veux dire, je suis différente lorsque je suis avec...

— Tu ressens quelque chose de spécial, d'important, traduisit-il, que rien ne doit gâcher.

Tout allait trop vite pour Chloé, il avait une longueur d'avance sur elle.

— Tu es quelqu'un de spécial, Egan. La façon dont tu te comportes avec les filles est spé…

— Faire l'amour ne gâchera pas ce que nous ressentons l'un pour l'autre, poursuivit-il, ignorant son interruption. Avec douceur, il l'obligea à le regarder.

— Cet acte nous rapprochera dès lors que tu ne te dissimuleras plus la vérité. Et quand tu l'auras compris, tu sauras que j'ai raison.

Elle était incapable de prononcer une parole. Il la regardait d'une façon qui mettait son cœur à nu tout en la rassurant.

Alors, dans un soupir, elle abandonna toute réserve et se laissa emporter par un baiser, inévitable depuis leur première rencontre. Elle respirait sur son corps l'odeur de la forêt et goûtait sur ses lèvres la saveur des bonbons de Noël.

Egan avait l'impression d'accomplir un miracle.

Il tenait ce miracle dans ses bras, ses mains posées sur les hanches de Chloé pour mieux la serrer contre lui. Ses lèvres se promenaient sur les siennes, attirantes, sûres et convaincantes.

Il était certain d'avoir raison. Il avait rêvé de ce moment jusqu'à la torture. Lorsqu'il s'était promis de ne pas la brusquer et de se montrer prudent, seule une petite partie de son cerveau avait admis cette nécessaire patience. Mais quant au danger de tomber amoureux d'une femme visiblement effrayée de s'engager, son cerveau tout entier en avait rejeté l'idée. Parce qu'il s'agissait de Chloé et qu'au fond de lui, il avait toujours su que la tenir dans ses bras le dédommagerait au centuple de tout ce qu'il avait enduré.

Elle soupira et se blottit contre lui pour mieux savourer ce baiser. Son corps épousait le sien. Le parfum de sa chevelure et de sa peau s'insinuait dans sa chair et son sang. Il resserra son étreinte et il lui sembla qu'en dépit de ses vêtements, sa peau se réchauffait au contact de ses doigts.

Après un long moment, il décida qu'il valait mieux en rester là et ne pas prolonger cet instant d'intimité. La méfiance de Chloé finirait par resurgir et la jeune femme, tendre et docile un instant auparavant, se transformerait en statue de pierre.

Pourtant, il aurait tant voulu faire durer ce bonheur, promener ses doigts dans sa chevelure sombre et soyeuse, presser ses lèvres contre le velours rose de ses joues et l'ivoire de son cou, sentir contre lui la douce pression de sa poitrine généreuse.

Il comprit à cet instant qu'il l'avait désirée depuis leur première rencontre. Et mieux il apprenait à la connaître, plus cette soif d'elle grandissait. Il en serait toujours ainsi.

Chloé saisit le visage d'Egan dans ses mains et le contempla. Au moment où le désir annihilait son bon sens et apaisait sa peur, elle prenait conscience qu'il s'éloignait d'elle.

— Je ne t'ai pas montré ma maison de poupées.

Elle le dévisagea, cherchant à comprendre son revirement.

— Non, balbutia-t-elle, haletante.

De son pouce, il lui effleura les lèvres.

— C'est pour cette raison que je t'ai invitée, tu te souviens ?

— Oui.

Il se força à sourire lorsqu'il vit peu à peu disparaître la perplexité de son regard. Puis, ne pouvant plus supporter la vue de ses lèvres rouges et de ses yeux brillants, il lui prit la main et la conduisit jusqu'à sa chambre.

Elle tenta d'ignorer l'immense lit surmonté d'un dosseret finement sculpté, le peignoir négligemment jeté sur une chaise et le charmant désordre qui révélait la présence d'un homme rêvant de s'éveiller aux côtés de sa bien-aimée. Elle concentra son attention sur le tronc d'arbre posé sur une petite table d'angle.

Cette vision la subjugua à tel point que leur baiser fut relégué au second plan.

— Egan, c'est fabuleux !

— Ma mère m'a raconté qu'elle avait réfléchi pendant des semaines à l'objet qu'elle allait fabriquer pour moi. Joe avait déjà sa cabane en rondins abritant une famille de pionniers ; Rich, une étable avec des chevaux, des vaches et de la vraie paille. Elle savait d'ores et déjà qu'elle construirait une caserne de pompiers pour Gary quand il serait plus grand, car depuis l'âge de deux ans, il ne se séparait jamais de son casque de pompier.

— Et toi, tu as eu la maison dans les arbres. Chloé se pencha vers l'intérieur et en retira le plus minuscule et le plus duveteux des écureuils qu'elle eût jamais vu.

— Il est adorable.

— Celui-ci, c'est Chatters. Il lui en tendit un deuxième. Et celui-là s'appelle Merlin.

Quatre autres écureuils nichaient dans le tronc évidé. Ils vivaient dans quatre pièces délicieuses dotées de meubles et d'ustensiles à leur taille. Ils avaient une histoire familiale compliquée et des personnalités très différentes. Ils mangeaient sur une table recouverte d'une nappe à carreaux, se lavaient dans une baignoire minuscule et dormaient dans de confortables lits à couchettes.

Tandis qu'elle tenait Chatters dans la paume de sa main, elle imaginait Egan à l'âge de cinq ans, grondant, cajolant et promenant ses petits compagnons poilus. Elle se tourna vers l'homme de vingt-neuf ans qui se tenait près d'elle et son regard se noya dans le sien.

— Je ne montre pas ma maison dans les arbres à n'importe qui, déclara Egan d'un ton solennel.

Elle sourit, incapable de prononcer une parole. Son sourire semblait n'avoir pas de fin. Tout comme le baiser qu'ils ne purent s'empêcher d'échanger.

Sur le chemin du retour, une sorte de vide envahit Chloé. Egan lui avait fait partager tant de choses aujourd'hui : ses parents et leurs traditions familiales, son enfance, sa patience et une partie de son cœur. Et elle, que lui avait-elle offert en retour ?

Rien, si ce n'est sa méfiance et sa peur. Elle avait repoussé ses tentatives de rapprochement au point de le blesser. Elle conservait jalousement ses secrets au fond de son cœur, de peur des railleries. Mais, finalement, qu'avait-elle obtenu en agissant ainsi ?

Qu'avait-elle gagné en tenant Egan à distance ?

En revanche, quel bonheur elle avait ressenti aujourd'hui en le laissant entrer dans sa vie !

Elle tenait à lui faire partager quelque chose qui ne l'attristerait pas. Finalement, elle sut ce qu'elle allait lui dire.

— Egan ?

— Si tu veux me demander de faire demi-tour et de te ramener chez moi, je le fais aussitôt.

Elle posa sa main sur son genou et sentit ses muscles se contracter.

— Je ne t'ai jamais dit que j'avais une famille quelque part ?

Il comprit qu'elle s'efforçait de paraître naturelle. Lui avait-elle jamais parlé d'elle ? Lui avait-elle seulement mentionné son deuxième prénom ?

— Non, répliqua-t-il en essayant de se mettre à son diapason. Il posa sa main sur la sienne. Tu ne m'en as rien dit.

Il attendit la suite.

— En Grèce.

— Si loin ?

Elle demeura silencieuse un moment. Pensant qu'elle allait en rester là, il se sentit submergé par la frustration. Toutefois, il n'en laissa rien paraître.

Il fut surprit lorsqu'elle poursuivit.

— Mon père était originaire d'une petite île grecque dont j'ignore le nom. Ma mère m'en a parlé un jour que je lui demandais pourquoi je n'avais pas de grands-parents, comme mes amis. Elle m'a expliqué que j'avais une famille en Grèce, avec laquelle mon père s'était fâché. Il est venu vivre aux Etats-Unis sans même leur dire où il allait.

— Tu n'en sais pas plus ?

— Non.

— Palmer n'est pas un nom grec.

— Je ne pense pas que John Palmer soit son vrai nom. Il a dû en changer.

— Personne n'a recherché des membres de ta famille après la mort de tes parents ?

— L'assistante sociale qui s'occupait de moi a essayé, sans plus. Elle était en charge de douzaines d'enfants et c'était plus facile de m'expédier dans un foyer d'accueil. Si j'avais eu une famille quelque part, la procédure d'adoption aurait été trop compliquée. Je suis donc restée une pupille de la nation.

— Et toi, tu as tenté de retrouver la trace ta famille ?

Elle demeura silencieuse si longtemps qu'il eut peur de la voir se replier sur elle-même. Il se sentit de nouveau frustré à l'idée de continuer ce jeu du chat et de la souris. Le baiser qu'ils avaient échangé l'avait comblé, toutefois sa patience ne tenait plus qu'à un fil.

— Je mets de l'argent de côté, finit-elle pas dire. Pour louer les services d'un détective. Dans quelques mois, j'en aurai suffisamment pour débuter les recherches. Mais ce ne sera pas facile. Tous les biens de mes parents ont été détruits dans l'incendie de leur maison. Il ne me reste aucun indice, à part la nationalité de mon père.

— Et ta mère ?

— Elle n'avait pas de famille. L'Etat n'a eu aucune difficulté à le vérifier.

Il fut à la fois surpris et très heureux de ses confidences.

— Tu la retrouveras, promit-il.

— Tu le crois vraiment ?

— Tu as une famille quelque part. Elle aussi sera heureuse de te connaître.

Elle poussa un profond soupir. Elle avait réussi, sans trop de difficulté, à lui confier le secret qu'elle gardait jalousement depuis l'enfance, de peur qu'on ne cherche à la décourager ou à lui faire admettre la folie d'une telle entreprise. Désormais, il ne s'agissait plus d'un secret mais d'une réalité. Egan avait su la comprendre. Il pensait qu'elle allait réussir.

— Merci, Egan.

A son tour, il soupira. Il aurait voulu lui dire qu'il n'avait rien fait. Il aurait voulu retrouver les personnes irresponsables qui avaient si négligemment repoussé Chloé et son besoin d'avoir une vraie famille. Il aurait voulu arrêter la voiture, serrer Chloé dans ses bras et lui dire que désormais elle n'était plus seule, qu'il était là avec sa famille. Pour toujours. Mais il se contenta de conduire.

— De rien.

Elle ferma les yeux et s'installa confortablement sur le siège.

3

— Quinze dollars, trois plaques de chocolat, un ticket-restaurant pour un fast-food et deux livres de poche pour chaque fille. Un nouveau manteau pour celles qui en ont besoin. Des pulls et quoi d'autre ? Des jeans ?

— Surtout pas !

En levant la tête, Chloé aperçut l'expression de surprise sur le visage de Martha.

— Désolée, je ne voulais pas me montrer si véhémente.

— Un problème avec les jeans ?

Elle n'avait rien contre les jeans, juste un mauvais souvenir. Elle fit la grimace.

— Essayons de trouver quelque chose d'un peu plus féminin.

Martha revint à sa liste, prête à écrire.

— Par exemple ?

La discussion durait depuis le début de la matinée. Si un jour elle avait des enfants, songea Chloé, elle n'aurait aucune difficulté à leur choisir des cadeaux. Au Refuge, presque toutes les décisions se prenaient d'un commun accord entre les membres du personnel, ce qui contribuait en partie à la réussite du programme. En revanche, le moindre des choix s'avérait épuisant.

— Pourquoi pas des bijoux ? suggéra-t-elle. Des bracelets avec leur prénom ? Des chaînes ou des médaillons ? Des boucles pour les filles qui ont les oreilles percées ?

— Bunny veut justement se les faire percer et demande des boucles en rubis.

— Beaucoup trop cher, protesta Chloé.

— Tout est trop cher.

— On peut faire une bonne affaire avec les manteaux. Deux commerçants ont promis d'importants rabais.

— Il doit s'agir de manteaux de la saison dernière.

— Les modes ne changent guère d'une année sur l'autre. Les filles ne s'en rendront pas compte.

Soudain, elles entendirent un coup frappé à la porte du bureau et un petit rire de l'autre côté.

— Entrez, ordonna Chloé.

Mona passa la tête dans l'entrebâillement de la porte.

— J'ai droit à un bon point pour une commission que je dois faire.

Chloé s'efforça de ne pas sourire.

— Fais-la d'abord, Mona, après on verra.

— Il y a quelqu'un qui t'attend en bas, lança-t-elle en direction de Chloé. Mme O'Brien. Elle dit qu'elle est la mère d'Egan. Il est pas trop vieux pour avoir une mère ?

— Moi aussi j'ai une mère, riposta Martha.

Mona ouvrit de grands yeux, mais, à la surprise générale, elle sut se maîtriser et éviter tout commentaire. Chloé décida en son for intérieur de lui accorder deux points.

— Dis-lui que j'arrive tout de suite.

— Oui. En plus, elle distribue des gâteaux de Noël et je veux pas manquer ça.

Chloé devina que Mona avait déjà dû prendre plus que sa part.

— Assure-toi que Jenny en ait un.

— C'est fait, annonça Mona en roulant des yeux.

Chloé ne put s'empêcher de se lever et de serrer spontanément la fillette dans ses bras.

— Je t'adore, s'écria-t-elle.

— Tu dis toujours ça !

— Elle vous le rend bien, ajouta Martha après le départ de

Mona. Elle fait beaucoup d'efforts depuis que vous lui avez parlé dimanche.

— Je lui ai dit que je veillerais personnellement à la loger dans la plus petite chambre de l'établissement si elle ne se ressaisissait pas.

— Bravo !

— Enfin, quelque chose dans ce genre.

— Allez voir votre visiteuse. Je terminerai seule et je passerai quelques coups de fil pour obtenir des prix.

En descendant le large escalier, Chloé fut arrêtée à trois reprises. Lorsqu'elle rejoignit Dottie dans la cuisine, celle-ci venait de distribuer les derniers gâteaux et arrosait une plante posée sur le rebord de la fenêtre, comme si elle avait toujours vécu ici.

— Quelle bonne surprise, lança Chloé qui le pensait sincèrement.

Dottie la serra chaleureusement dans ses bras et Chloé répondit instinctivement à son étreinte.

— Je voulais savoir si vous pouviez m'accompagner pour faire des courses, précisa Dottie.

— Tout de suite ?

— Vous devez être très occupée...

Le mercredi après-midi était son jour de congé officiel, mais Chloé en profitait rarement. Aujourd'hui, elle était ravie de cette aubaine.

— J'accepte avec joie. Je n'ai pas encore eu le temps de faire les boutiques.

— Parfait. Je suis heureuse d'être venue et d'avoir vu cette maison. C'est spectaculaire.

Chloé sourit fièrement.

— Venez, je vais vous faire visiter.

Elle lui en montra tous les recoins. Quelques mois auparavant, il lui aurait fallu s'excuser pour le chauffage défectueux, le plâtre qui s'effritait sur les murs et au plafond, les lattes de parquet disjointes, la vétusté des salles de bains. Aujourd'hui, elle était heureuse d'attirer l'attention de sa visiteuse sur toutes ces réparations, sans oublier les finitions soignées des boiseries, les peintures et papiers peints flambant neufs et les pièces judicieusement divisées ou agrandies de façon à respecter l'intégrité architecturale du bâtiment. Les travaux étaient loin d'être achevés mais, même ainsi, la maison était une source de fierté pour sa directrice.

— C'est l'entreprise O'Brien qui a tout réalisé, précisa Chloé en se dirigeant vers le troisième étage. Si nous n'avions pas eu vos fils, je ne sais pas ce que nous serions devenus.

— Ça ne vous fait rien de monter ces escaliers tous les jours ? demanda Dottie en s'arrêtant pour souffler un instant.

— Non, et je vais vous montrer pourquoi. Elle déverrouilla sa porte et fit entrer Dottie.

— C'est magnifique ! Dottie admirait les pièces en enfilade.

— C'est l'idée d'Egan et le résultat de son travail acharné. Les membres du conseil ne voulaient pas dépenser un centime pour aménager une suite destinée à loger la directrice. Selon eux, il valait mieux augmenter mon salaire pour que je trouve un appartement à proximité. Quand j'en ai parlé à Egan, il a trouvé une solution si avantageuse que le conseil n'a pas pu refuser. Il a travaillé ici pendant deux week-ends pour tout finir. Les filles m'ont aidée à peindre l'appartement.

— Pourquoi était-ce si important pour vous de rester sur place ? J'aurais plutôt pensé que, le soir, vous auriez eu envie de vous éloigner de cette maison.

— Les filles ont besoin de stabilité dans leur vie. Il leur faut une personne de confiance qui ne change pas avec les équipes.

— Un peu comme une mère ?

— En quelque sorte.

Dottie lui tapota affectueusement le bras, pour lui montrer qu'elle comprenait.

— Allons déjeuner. Vous êtes mon invitée.

Elles passèrent un excellent moment à discuter de tout et de rien, des vêtements qu'elles aimaient, de leurs goûts en matière de musique et de cinéma. Chloé raconta des anecdotes sur ses années d'université et Dottie narra les exploits d'Egan alors qu'il n'était qu'un bambin. Trois heures après le déjeuner, les bras chargés des cadeaux de Noël de Dottie, elles entrèrent dans un salon de thé où elles commandèrent un café et une pâtisserie.

— Je n'ai jamais vu quelqu'un dévaliser les boutiques comme vous, reconnut Chloé. Jamais !

— Ce n'est qu'un début ! Dottie s'assit et ôta ses chaussures. Par contre, vous, vous manquez d'entraînement.

A l'intérieur, l'ambiance musicale était assurée par la voix mélodieuse de Perry Como, tandis qu'au dehors, un Père Noël fluet agitait joyeusement une clochette au-dessus d'une bouilloire en fer pour inciter les passants à se montrer plus généreux.

— Je suppose que j'ai l'air d'être en état de choc, avoua Chloé. Noël m'a toujours fait cet effet.

— Vous n'aimez pas Noël ?

— Si… mais pas autant que quand j'étais petite.

— Qu'est-ce qui vous faisait plaisir à cette époque-là ?

Chloé tenta de rassembler ses souvenirs. Après la mort de ses parents, elle s'interdisait de penser aux vacances passées en leur compagnie. La blessure était trop vive. Aujourd'hui, même si les souvenirs s'étaient un peu estompés, ils demeuraient toujours présents au fond de son cœur. Toutefois, la douleur s'était apaisée.

Elle eut un faible sourire.

— C'était toujours moi qui accrochais l'étoile au sommet de l'arbre. Mon père me hissait sur ses épaules pour que je puisse atteindre la plus haute branche. Ma mère préparait un baklava. Bien sûr, à l'époque, je ne savais pas ce que c'était. J'ai eu l'occasion d'en manger lorsque j'étais étudiante et les souvenirs ont afflué à ma mémoire.

— Vous savez le préparer ?

Chloé secoua la tête en signe de dénégation.

— Je vous apprendrai.

— Ne me dites pas que ce gâteau fait aussi partie de vos traditions familiales pour Noël !

— Oh non, c'est trop bon pour n'en manger qu'à cette occasion.

Chloé termina son café et lorsque Dottie se tut, elle continua d'égrener ses souvenirs.

— Chaque année, nous achetions un vrai sapin. Nous choisissions le plus beau. Une fois l'étoile accrochée au sommet, nous chantions des cantiques. Mon père chantait dans une langue que je ne comprenais pas. Un jour, ma mère m'a dit que c'était du grec et qu'il avait appris ces chants de son propre père.

— Je dois dire que ce sont de beaux souvenirs.

— Oui, de merveilleux souvenirs... comme mes parents.

— Et ils vous manquent toujours ?

— Oui.

Chloé n'éprouva aucune difficulté à l'admettre devant Dottie. Celle-ci, à l'instar d'Egan, semblait trouver normal qu'elle exprime sincèrement ses sentiments, comme s'ils étaient importants et tout à fait naturels.

— Dottie... Egan m'a dit que vous fabriquiez des maisons de poupées, de purs chefs-d'œuvre.

En voyant l'enthousiasme de Chloé, Dottie lui proposa de venir voir ses réalisations l'après-midi même, une fois leur collation achevée. C'est ainsi qu'elles se lancèrent de nouveau dans les rues animées.

La boutique où Dottie vendait sa production n'était située qu'à quelques blocs du parking. Lorsqu'elles entrèrent, la porte du magasin fit entendre son joyeux carillon. A l'intérieur, on avait reconstitué un village de maisons miniatures, décorées de lumières clignotantes et de minuscules arbres de Noël.

Le propriétaire se montra très prévenant envers Dottie et Chloé. Puis il les quitta pour s'occuper d'une cliente.

— Je vais d'abord vous montrer les miennes. Ce sont les plus belles.

Chloé n'en croyait pas ses yeux. Lorsqu'elle était enfant, elle rêvait d'une maisonnette toute simple, dotée d'un éclairage en état de marche et d'un mobilier solide, de façon à pouvoir la déplacer d'une pièce à l'autre. Mais les maisons de Dottie étaient dignes d'un musée. Leur sol était recouvert d'un parquet de bois aux lattes posées une par une avec un soin méticuleux. Elles comportaient également des escaliers ornés d'une rampe sculptée, des cheminées imitant la pierre, des baignoires et des éviers en porcelaine véritable.

Chloé prit délicatement un berceau dans une chambre d'enfants à l'ancienne, veillée par une nurse en uniforme. Les bords du petit lit étaient décorés de perles à peine plus grandes que des graines de pavot, imitant à la perfection les perles véritables.

— Je n'aurais jamais pu imaginer quelque chose d'aussi merveilleux. Mais est-ce que les enfants peuvent jouer avec ces objets ?

— Ces maisons sont construites pour eux. Je veille toujours à ce qu'il en soit ainsi, quitte à sacrifier un petit détail. Il se peut qu'une partie du mobilier ne soit pas adapté à de jeunes enfants ; dans ce cas, nous suggérons aux parents d'acheter des jouets plus fonctionnels et moins chers jusqu'à ce que leurs enfants soient en âge de débuter leur collection.

Chloé dressa l'oreille.

— Leur collection ?

— Beaucoup d'adultes achètent ces maisons pour eux. Vous ne le saviez pas ?

— Non, à dire vrai je n'y avais jamais songé.

— En fait, la collection n'est qu'un prétexte. Dans chaque femme, il y a une petite fille qui sommeille.

Chloé paraissait surprise.

— Vous le pensez vraiment ?

— Absolument. Sinon, pourquoi passerais-je mon temps à fabriquer ces objets, alors que je pourrais gagner deux fois plus d'argent en faisant autre chose ?

En fin d'après-midi, de retour au Refuge, Chloé songeait à la petite fille qui sommeillait en elle, lorsque Egan vint lui proposer à son tour d'aller faire les magasins.

— Pitié, plus de courses de Noël !

Elle secoua la tête en signe de refus, mais au même moment, la petite fille en elle, qui avait été enchantée par l'animation

155

enfiévrée des rues, par les chants et la magie insidieuse de Noël, criait « oui ».

Et encore « oui » pour le plaisir de sortir avec Egan.

— Chloé ? Egan lui adressa son sourire enjôleur. Ma mère m'a dit que vous aviez fait les boutiques tout l'après-midi. Mais, tu verras, avec moi ce sera différent. Il me reste juste une ou deux babioles à acheter.

Il saisit une longue mèche de ses cheveux et regarda, fasciné, la façon dont elle retombait en ondulant sur son épaule.

Elle sentit des frissons parcourir son corps.

— Tu as bien le temps, d'ici trois semaines.

— Pardon ? Il l'enlaça. Je ne veux pas sortir sans toi.

Où donc avaient bien pu passer les défenses qu'elle avait si soigneusement érigées ? se demanda Chloé. Elle s'efforça de prendre un air sévère.

— Une seule boutique, tu m'entends, une seule.

A voir l'expression du visage d'Egan, il avait deviné le cheminement de sa pensée.

Il opta pour le plus grand magasin du principal centre commercial de la ville. Tandis qu'ils se frayaient lentement un chemin dans les allées, elle savourait les instants où les mouvements de la foule la rejetaient contre lui et ceux où elle tentait de repérer sa chevelure blonde et sa solide carrure lorsque cette même foule les séparait. Elle adorait contempler ses mains grandes et fortes caresser le satin lisse d'une nuisette exposée ostensiblement aux regards des badauds ou les doux châles en laine mohair.

Et ce sourire charmeur, rien que pour elle, lui procurait également un pur bonheur. En revanche, elle ne comprenait pas pourquoi il avait tant insisté pour qu'elle l'accompagne et lui apporte son soutien moral si c'était pour acheter une simple cassette vidéo à Rich. Après avoir écumé quatre boutiques pour hommes sans qu'il n'ait rien acheté, elle finit par comprendre.

— Regarde, elles sont belles, non ? demanda Egan en désignant des boucles porte-bonheur exposées dans une vitrine au rayon bijouterie. Le prix est raisonnable.

A la vue du montant, elle sursauta.

— Raisonnable, à quarante-cinq dollars ? Dis plutôt que c'est extravagant.

— Ici, on peut se faire percer les oreilles gratuitement. En général, ça coûte cher et si ce n'est pas bien fait, il y a un risque d'infection.

— Ça t'irait bien, ironisa Chloé. Ta pierre préférée, c'est bien le diamant ? Elle lui jeta un coup d'œil et le vit rougir. Pour les hommes, c'est l'oreille droite ou gauche ? Finalement, tu devrais peut-être te faire percer les deux. Le jour où tu en auras assez des diamants, je te prêterai un de mes anneaux. J'ai toujours été attirée par les pirates.

Il la prit par le coude et l'entraîna vivement hors du rayon.

— Tu ne veux vraiment pas de boucles d'oreilles ? poursuivit-elle innocemment.

— Allons voir les jouets.

— Pour qui ? riposta-t-elle, connaissant pertinemment la réponse.

Ils regardèrent les camions, puis les cassettes de football et les consoles de jeux vidéo de poche. Lentement mais sûrement, il l'entraînait vers le rayon des poupées.

— Des poupées, des boucles d'oreilles et des pulls angora. Décidément, tu as des goûts très éclectiques, lui lança Chloé.

— Regarde, elles sont tellement ressemblantes ! On jurerait que le baigneur assis dans le coin a mal au ventre.

Ils s'arrêtèrent devant une étagère couverte de poupées mannequins.

Soudain, elle lui fit face, les bras croisés.

— Je te parle, Egan.

— A moi ?

Elle s'appuya contre une étagère supportant une garde-robe digne de Lady Di.

— Oui. C'est à toi que je m'adresse.

— J'espère avoir des enfants un jour. Je veux juste regarder. Et toi, tu n'en veux pas ?

— Tu fais les boutiques pour mes filles ! Tu essaies de m'insuffler l'esprit de Noël et de m'amadouer pour que je te laisse faire.

— Ça marche ?

— Pffff ! ! ! Que vais-je faire de toi ?

Il cessa de faire semblant.

— Laisse-moi jouer au Père Noël.

Elle refusa d'un signe de tête, même si cette décision lui parut plus difficile à prendre qu'elle ne pensait.

— Nous en avons déjà discuté.

— Mais tu as eu le temps d'y réfléchir depuis.

— Je n'ai pas changé d'opinion.

Elle nota un subtil changement dans son expression. Ce n'était pas de la colère qu'il ressentait en voyant ses plans contrecarrés mais plutôt de la tristesse, comme si les souhaits des fillettes étaient un peu devenus les siens.

— Ce n'est pas que…, commença Chloé.

D'un geste, il écarta son explication.

— Tu n'as toujours pas compris la signification de Noël. Selon toi, il faut travailler dur pour mériter des cadeaux, alors que Noël est synonyme de rêves, de miracles et d'événements qui peuvent se produire quand on s'y attend le moins.

Elle demeura silencieuse et observa Egan, profondément attristé à l'idée de ne pas jouer au Père Noël et de constater que le monde était ainsi fait et qu'il n'y pouvait rien changer.

Pendant qu'elle le dévisageait, il fit une dernière tentative pour la faire changer d'avis. Il lui caressa la joue.

— Chloé, Noël c'est la confiance et l'espoir de voir quelque chose de merveilleux surgir de nulle part, rien que pour soi.

Ce miracle ne venait-il pas de se produire juste pour elle ? Egan se tenait là, dans cet endroit ridicule entre tous, un grand magasin aux rayonnages remplis de vêtements de poupées. Son cœur débordait d'amour pour cet homme si différent des autres, unique en son genre. De cela, elle en était convaincue.

Pendant un bref instant, elle oublia sa prudence et s'approcha de lui pour l'embrasser. Elle se moquait bien de savoir si des clients les dévisageaient ou si ce baiser bouleversait Egan. Peu importaient les conclusions qu'il pût en tirer. Sauf une.

— Je ne peux pas te laisser faire, finit-elle par dire à regret, en se rendant compte que deux bambins les observaient à quelques mètres de là, leurs petits mentons reposant sur le col en velours de leur manteau.

— Tu ne peux pas ? La voix d'Egan semblait étrangement rauque.

— Non. Je maintiens tout ce que t'ai dit auparavant. Il est de mon devoir d'apprendre aux filles du Refuge qu'elles n'ont rien à attendre d'un personnage légendaire soi-disant philanthrope qui, une année, les comblerait de cadeaux en descendant par la cheminée et, l'année suivante, n'aurait rien à leur offrir. Qui jouera au Père Noël lorsque tu ne seras plus là, Egan ? Je ne veux pas leur donner de faux espoirs.

— Et si ce rêve ne s'arrêtait pas ?

— Ne comprends-tu pas combien leur vie est précaire ? Je me bats pour elle, mais en réalité, je ne peux pas les garder au Refuge si l'Etat décide de les changer de foyer. Lorsqu'elles retourneront chez elles auprès de parents à peine compétents, ou qu'elles iront au centre de détention ou dans une famille d'accueil semblable à celles où j'ai vécu, qui jouera au Père Noël ? Toi ? Tu ne sauras même pas où elles sont parties !

— Elles garderont au moins le souvenir d'un Noël merveilleux où leurs rêves se seront réalisés.

Elle le dévisagea un long moment. C'était si tentant. Au fond, elle était séduite par son idée, il n'avait pas l'air de s'en rendre compte. Puis, elle se remémora tous ces Noëls passés à attendre, à espérer. Jusqu'à ce qu'elle finisse par comprendre la leçon.

Elle secoua la tête, à regret.

— Non, ce ne serait pas suffisant. Elles doivent apprendre à ne compter que sur elles-mêmes pour réaliser leurs rêves. Et il faut qu'elles le comprennent maintenant, avant que la leçon ne soit trop douloureuse.

Il soupira avec lassitude en constatant son échec.

— D'accord.

Chloé ressentit un pincement au cœur.

— D'accord ?

— Je n'ai pas le droit de t'importuner plus longtemps sur ce sujet. Je te fais confiance. Je ne veux pas te rendre malheureuse, je tiens trop à toi.

— C'est vrai ? ne put-elle s'empêcher de demander.

— Qu'est-ce que tu croyais ?

A cet instant, elle se sentit la femme la plus heureuse du monde. C'était étrange d'en prendre conscience ici, sur l'air de *Jingle Bells*, avec deux bambins fascinés à leurs pieds, alors qu'elle venait de dire à Egan qu'il ne pourrait pas réaliser ce qu'il avait tant désiré.

— Je pense que tu es... différent, murmura-t-elle d'une voix rauque.

— Je le prends comme un compliment. Et je suppose que je vais devoir m'en contenter. Pour l'instant.

Il lui donna le bras.

— Viens, il est temps de rentrer.

Elle aurait aimé en dire davantage, mais qu'aurait-elle pu ajouter ? Elle passa son bras sous le sien, puis ils traversèrent le magasin, toujours sous le regard des enfants, et se retrouvèrent dans le centre commercial.

4

Egan trouva le chaton une semaine avant Noël. Il venait de pénétrer dans une ruelle pour observer la façade latérale d'un immeuble qu'il envisageait de restaurer. Occupé à scruter trois étages au-dessus de lui, c'est à peine s'il remarqua la petite boule de poils noire ressemblant à un bonnet d'enfant usé, dont on se serait débarrassé. Lorsque l'animal se mit à trembler et à miauler pitoyablement, Egan, sans plus réfléchir, le saisit et le mit à l'abri sous sa veste, contre sa poitrine.

Il passa dix minutes à chercher le reste de la portée ou la mère, peut-être trop effrayée par sa présence pour secourir son rejeton. Mais, d'où qu'il vienne, le chaton, en l'occurrence une petite chatte, était seul et à moitié gelé.

De retour dans l'immeuble, il examina sa trouvaille qui s'était un peu réchauffée et remuait doucement. Il l'avait probablement secourue à temps. Le chaton était minuscule et maigre, mais il avait suffisamment de chair sur les os pour résister au froid. Il était entièrement noir, à l'exception de ses toutes petites pattes blanches et d'une tache de même couleur en forme de cœur sous le menton. Une fois lavé et brossé, il serait sûrement mignon ; mais tel quel, il ressemblait à un chat errant.

Egan pensa immédiatement à Chloé.

Puis il hésita, car elle ne lui avait jamais fait part de son désir d'adopter un animal de compagnie. Après leur expédition manquée, alors qu'ils se dirigeaient vers la sortie du centre commercial pour accéder au parking, ils étaient passés devant une animalerie. Il s'était arrêté — c'était plus fort que lui, il adorait les animaux — et elle avait été forcée d'en faire autant. Tandis qu'il riait en observant les ébats de deux petits chats siamois, elle attendait patiemment à côté de lui, d'un air absent.

— Ils vont sûrement être adoptés d'ici ce soir, avait-il déclaré. Tu veux qu'on entre pour demander si on peut les caresser ?

Elle avait consulté sa montre.

— Une autre fois, peut-être.

— Une femme qui n'aime pas les chatons ?

Elle lui avait jeté un regard étrange, le visage fermé.

— Je ne peux vraiment pas rester. Nous avons une réunion du personnel, ce soir.

Ils étaient partis en laissant les chats à leurs jeux.

Celui qu'il tenait dans ses mains n'avait rien en commun avec les spécimens parfaits de l'animalerie. C'était un petit bâtard mal nourri, sale, triste et transi de froid.

Il repensa à Chloé.

Peut-être réagissait-elle ainsi en raison de son passé d'orpheline. Certes, elle n'avait pas été jetée dehors dans le froid ; ses besoins élémentaires avaient été assurés. Mais personne ne s'était soucié de sa solitude morale ni de sa nostalgie d'un foyer véritable, qui lui aurait apporté chaleur et amour, au lieu d'être ballottée d'une famille à l'autre.

Le chaton miaula puis se blottit au creux de la main d'Egan en ronronnant. Il l'approcha de sa joue et le chaton ouvrit ses yeux minuscules, semblables à ceux de Chloé lorsqu'elle paraissait le plus vulnérable.

— Tu veux un foyer ? demanda-t-il doucement. Je crois que je t'en ai trouvé un.

Le chaton ferma les yeux et s'endormit.

La semaine précédente, Gary O'Brien était passé prendre les mesures des fenêtres à remplacer et avait demandé conseil à Chloé au sujet d'un parfum qu'il comptait offrir à son amie. Joe, qui rénovait un bureau en sous-sol, l'avait informée du cadeau que Dick avait acheté pour Dottie. Même Rich, qui ne travaillait pas dans l'entreprise familiale, avait tenu à l'appeler un soir pour lui proposer six billets pour un dîner grec organisé par une église orthodoxe le mois suivant.

— Comment as-tu obtenu ces places ? avait-elle demandé.

— J'ai aidé un membre de l'église à obtenir la nationalité américaine. Je pensais que toi et quelques filles pourriez en profiter.

Chloé accepta avec joie. Elle avait affiché une note sur le tableau des récompenses et envisageait d'accompagner les heureuses gagnantes. Egan avait-il parlé à Rich de sa famille grecque ? Cela expliquerait sa proposition.

Elle tentait de comprendre pourquoi tous se montraient aussi prévenants envers elle. Même Dick était passé quelques jours auparavant pour inspecter les travaux et l'avait invitée à boire un café. Quant à Dottie, à trois reprises au cours des dernières semaines, elle était venue la chercher en voiture, sur les routes enneigées, pour la conduire dans la demeure familiale où elles avaient cuisiné, ri et même cousu des housses miniatures pour une commande urgente.

Si elle avait décelé la moindre trace de compassion dans l'attitude de la famille O'Brien, elle en aurait été mortifiée. Cependant, absolument rien ne laissait supposer que les parents et les frères d'Egan passaient du temps avec elle uniquement parce qu'elle n'avait plus de famille. Malgré sa petite voix intérieure, qui continuait à s'interroger, elle acceptait l'évidence : les O'Brien l'aimaient bien. Elle comblait probablement un vide, déjà ancien, dans leur existence. Elle était la sœur que les garçons n'avaient jamais eue et la fille que Dottie — et probablement Dick — avaient toujours désirée. Elle partageait volontiers leurs petits secrets et leurs traditions de Noël, et ils lui en étaient reconnaissants.

A première vue, cette idée de reconnaissance lui parut comique.

Mais à bien y réfléchir, il n'y avait là rien de risible, bien au contraire. L'attention dont elle était entourée et l'accueil chaleureux que lui réservait la famille O'Brien commençaient à beaucoup compter pour elle. C'était une expérience merveilleuse, qu'elle savourait pleinement.

Et puis, il y avait Egan, avec son regard du même vert que le houx de Noël et ses épaules suffisamment puissantes pour encaisser les coups durs. Egan, qui n'avait pas pu passer l'après-midi de samedi dernier avec elle car il tenait le rôle du Père Noël auprès d'enfants hospitalisés. Egan, qui ne ferait pas fortune avec les travaux exécutés au Refuge, comme elle avait pu le constater en contrôlant minutieusement ses factures.

Tandis qu'elle était assise en haut du grand escalier du Refuge, les mains prêtes à saisir la longue guirlande en papier que Roxanne avait préparée pour décorer la rampe, elle s'efforçait, en vain, de bannir Egan de ses pensées.

La fillette lui lança la guirlande. Son comportement était très encourageant depuis quelque temps : non seulement elle savait que c'était Noël mais elle s'était sentie obligée de faire quelque chose à l'occasion des vacances. Répétitive, apaisante et simple, la tâche que lui avait confiée Chloé lui convenait parfaitement, à ce stade de son développement émotionnel.

— Avant, ma sœur et moi, on faisait une guirlande comme celle-là, expliqua Roxanne. On l'enroulait autour d'un arbre, en bas de l'immeuble. Autour de l'arbre. Tout autour de l'arbre. Elle dessinait en l'air une volute avec son doigt.

Chloé retint son souffle. Elle s'obligea à parler d'une voix neutre, dépourvue d'émotion.

— Ta sœur te manque ?

— Oui, surtout à Noël. Roxanne eut un petit sourire mélancolique.

C'était le premier sourire, le premier signe d'émotion qu'elle voyait naître sur le visage de l'enfant. Elle avait envie de la serrer dans ses bras, de crier sa joie, mais aussi de pleurer.

— C'est très dur de perdre une personne qu'on aime, poursuivit Chloé avec la même retenue.

— Comment tu le sais ? Roxanne avait l'air très intéressé. Un lien ténu et fragile était en train de se créer.

Chloé récita mentalement une courte prière.

— J'ai perdu mon père et ma mère quand j'avais sept ans, précisa-t-elle.

— C'est vrai ?

— Pendant très longtemps, je ne voulais éprouver aucun sentiment.

— Mes parents sont toujours vivants.

— Je sais.

— Ils me battaient. Et Mary Jane aussi.

— Oui, je sais.

— Pourquoi ?

Chloé réfléchit à la réponse qu'elle allait lui donner.

— Parce que personne ne leur a appris à être de bons parents, Roxanne. On a dû les battre aussi quand ils étaient enfants.

— Je les déteste.

— Oui, je m'en doute.

— C'est mal ?

— Non, je ne pense pas. Les sentiments que l'on éprouve ne sont jamais mauvais.

— Moi, je bats pas les gens, même quand je les déteste.

— C'est bien, ça prouve que tu es plus adulte que tes parents.

— Je veux pas les revoir, jamais.

— Tu ne les reverras jamais.

— T'es sûre ?

— Absolument sûre.

La tête baissée, Roxanne tripotait la guirlande.

— Vraiment ?

— Vraiment. Tu peux me poser la question tous les jours, si tu veux, ma réponse sera toujours la même.

— La couleur préférée de Mary Jane, c'était le rouge. J'ai mis beaucoup de rouge dans ma guirlande.

— Tu devrais lui en faire une à chaque Noël, pour te souvenir d'elle.

— Tu te souviens encore de tes parents ?

— Oh, oui.

La réponse parut satisfaire Roxanne. Tandis que Chloé tenait une extrémité de la guirlande, la fillette enroulait délicatement l'autre autour de la rampe, de façon à former une bannière colorée et brillante flottant le long de l'escalier en acajou. Lorsqu'elle eut pratiquement fini, elle détacha la dernière bande de la guirlande, de couleur rouge, et la mit dans sa poche.

— Je la garde avec moi, expliqua-t-elle.

Puis elle disparut dans le couloir.

Quand il aperçut Chloé assise sur les marches, Egan la trouva immobile, pâle, et visiblement en état de choc. Il ne l'avait jamais vue ainsi.

Il s'assit près d'elle et passa son bras autour de ses épaules. Elle s'appuya contre lui et cacha son visage contre son cou.

— Je peux t'aider ? demanda-t-il.

Il sentit qu'elle faisait non de la tête.

— Tu veux qu'on annule la sortie musicale de ce soir ?

Elle secoua de nouveau la tête en signe de refus.

— Tu pourrais en avoir envie, après m'avoir entendu chanter. Tu n'as pas encore eu ce privilège, n'est-ce pas ?

— Garde-moi dans tes bras, juste une minute.

Le son de sa voix lui parvenait assourdi.

— Toute l'éternité, si tu veux.

— Ce ne sera pas nécessaire.

Il agita la main en direction de Bunny et de Jennifer qui passaient dans le couloir, en bas des escaliers.

— J'ai grandi de deux centimètres, lui lança Jennifer. Deux bons centimètres ! Le docteur dit que je fais une poussée de croissance.

Il tenait à la féliciter.

— Génial ! Mange encore quelques hamburgers et tu prendras deux autres centimètres.

— Qu'est-ce qu'elle a, Chloé ?

— Elle doit être fatiguée.

Il sentit Chloé acquiescer de la tête.

— Elle dit que oui.

— Elle peut pas être fatiguée. On sort bien chanter ce soir, dis ? balbutia Bunny.

— Je la porterai sur mon dos, promit Egan.

Les filles s'éloignèrent en riant.

Egan sentit une humidité anormale imprégner son cou.

— Deux centimètres, dit-il doucement. C'est bon signe, n'est-ce pas ? Chloé, mon cœur, je ferai n'importe quoi pour toi, mais si tu remues encore la tête pour dire oui ou non, je sens que je vais attraper un torticolis.

Elle émit un petit rire étranglé, puis leva vers lui son visage baigné de larmes.

— Nous sommes seuls ?

— Pour l'instant.

— Tant mieux.

Leurs lèvres se joignirent. Celles de Chloé avaient un goût de sel et de tendresse, et cette combinaison lui plaisait infiniment. Une douce chaleur l'envahit, se transformant rapidement en désir. Ces jours-ci, il suffisait d'un rien pour attiser sa soif d'elle. Le son de sa voix au téléphone, l'effluve subtil de son parfum ou l'éclat de sa chevelure le rendaient fou.

— Me porter sur ton dos ? finit-elle par demander avec un reste de sanglot dans la voix.

— J'ai dit ça pour rassurer les filles. Je te laisserai marcher.

— Je me ferai lyncher si je disais non. Neuf filles se sont proposées pour la soirée. C'est un record absolu.

— Je suis surpris que trois d'entre elles aient pu résister à mon charme.

— Shandra a une angine. Vicky et Liane se rendent à un concert organisé par leur école.

— Je m'incline. Leurs excuses sont valables.

Il se leva, résistant à l'envie de l'embrasser de nouveau. La tentation redoubla à la vue de sa taille dénudée tandis qu'elle soulevait le bord de son col roulé pour s'essuyer les yeux. Il préféra s'éloigner.

— Allons chercher les filles.

L'air nocturne était mordant et froid, et la neige récemment tombée crissait sous deux douzaines de pieds bottés. A proximité de la rue où se dressait la résidence Alma Benjamin, bâtie il y a une centaine d'années, le quartier de Shadyside comptait encore quelques anciennes demeures majestueuses, aux plafonds élevés, construites selon le style architectural de l'Age d'Or américain. Les exploits des filles du Refuge n'étaient guère appréciés des riverains qui faisaient, néanmoins, preuve d'indulgence à leur égard. Ce soir, Chloé espérait redorer un peu leur image ternie par leurs bêtises passées. Les fenêtres de la première demeure, décorées de couronnes élégantes retenues par des rubans rouges, laissaient filtrer une lumière douce et dorée. Une bougie disposée sur chaque rebord complétait le raffinement du décor.

— Cette maison est le cadre idéal pour chanter *Douce Nuit*, s'écria Egan.

— C'est un drôle de cantique. Je comprends pas toutes les paroles. Ils vont où, les bergers ? demanda une des fillettes. Ça veut dire quoi « Gloire au sein maternel » ?

— Ils vont offrir des gâteaux à Jésus, répondit Egan.

Il fredonna une note.

— Tout le monde est prêt ?

— J'espère qu'ils sont pas radins et qu'il y en aura pour tout le monde.

— Chantons. La voix de baryton d'Egan s'éleva, claire et mélodieuse. A son tour, Chloé se mit à chanter et, peu à peu, les filles s'enhardirent.

— De vrais petits anges, murmura Egan à l'oreille de Chloé.

— Ainsi, les bergers apportent des gâteaux ? ironisa-t-elle doucement.

— Tu voulais que je me lance dans l'histoire de la Nativité ?

— Il ne faut jamais mentir aux enfants, Egan. Ils pourraient te le reprocher un jour.

— Alors, je te laisse le soin de leur expliquer le mystère de l'Immaculée Conception.

En voyant le vestibule de la demeure s'éclairer et la porte d'entrée s'ouvrir, les filles entonnèrent un autre cantique sous la direction d'Egan.

Les pensionnaires du Refuge s'étaient mises d'accord pour remettre à Martha l'argent récolté et en faire don à l'UNICEF. En voyant l'expression sur le visage de Martha après que les fillettes eurent chanté devant trois autres maisons, Chloé comprit qu'elles avaient engrangé une somme suffisante pour nourrir pendant plusieurs mois un petit Africain ou un petit Asiatique victime de la famine.

Il avait été convenu que la dernière maison où ils se produiraient serait celle de la présidente du conseil d'administration du Refuge. A leur arrivée, du chocolat chaud ainsi que des guimauves et autres friandises de Noël les attendaient. Chloé surveillait les tapis persans et Martha la porcelaine chinoise. Egan charma la présidente en chantant un florilège de cantiques avec les enfants, rassemblées autour d'un Steinway à queue, qui n'occupait qu'une petite partie de l'immense salon. Au moment du départ, la présidente promit de donner des leçons de piano à trois fillettes visiblement intéressées.

— Quel dommage qu'elle n'ait pas de chevaux, persifla Chloé sur le chemin du retour. Tu aurais pu aussi lui soutirer des leçons d'équitation pour Mona.

— Inutile. Mes parents envisagent d'acheter un ou deux chevaux faciles à monter.

Elle s'arrêta.

— Tu plaisantes ?

Il lui prit la main et l'attira vers lui.

— Pas du tout.

— Je croyais qu'ils ne voulaient pas s'embêter avec des animaux de grande taille ?

— C'est vrai, mais ils sont prêts à changer d'avis si ça permet aux filles de venir régulièrement à la maison. Il n'est pas question d'élever des pur-sang, mais simplement d'avoir un ou deux chevaux doux et costauds.

— Tu es incorrigible.

— Réfléchis à ma proposition. Tu n'as qu'un mot à dire.

— Que vais-je faire de toi ?

Il se posa la même question en songeant à la surprise qu'il lui avait réservée en rentrant. Ils firent le reste du trajet en silence, en écoutant les filles inventer des couplets sur l'air de *Jingle Bells*.

— Tu peux rester un moment ? demanda Chloé.

— Pas longtemps.

Chloé s'engagea dans l'escalier. Elle se sentait requinquée par cette soirée.

— Allons chez moi, nous serons plus tranquilles.

— Bonne idée. Ce faisant, il attrapa deux fillettes par le cou et les entraîna avec lui.

— Hé, qu'est-ce que tu fais ? s'insurgea Mona en tentant d'échapper à la poigne d'Egan.

— C'est vrai, quoi ! ajouta Heidi, une jeune beauté à la chevelure et au teint sombres.

— Ça fait un moment que je n'ai pas eu l'occasion de vous parler. Venez, vous me raconterez ce que vous faites à l'école.

Chloé se retourna et lui lança un regard interrogateur.

— D'accord ? jeta-t-il.

— Eh bien…

Il entraîna Mona vers le palier suivant.

— Parle-moi du spectacle que tu prépares.

— Je t'en ai déjà parlé hier !

— Mais tu ne m'as pas dit ce que tu as fait aujourd'hui, n'est-ce pas ? La pièce est bien pour demain ? C'était donc la répétition générale.

Il bavardait à bâtons rompus sans leur laisser le temps de placer un mot. Devant lui, la démarche raide de Chloé en disait long sur ses sentiments à propos de l'intrusion involontaire des deux fillettes dans leur intimité.

Cependant, il ne tenait pas du tout à se retrouver seul avec elle au moment où elle ouvrirait la porte de son appartement.

Cette porte était verrouillée pour décourager la curiosité indiscrète des fillettes. Tout en mettant sa clé dans la serrure,

Chloé écoutait le monologue d'Egan et s'interrogeait sur les raisons qui l'avaient poussé à amener Mona et Heidi. Tous deux n'avaient jamais réussi à passer beaucoup de temps ensemble. Et maintenant qu'elle lui proposait de la rejoindre, malgré sa prudence habituelle, il se comportait comme s'il préférait la compagnie des enfants. La douleur qui s'insinuait en elle lui rappelait opportunément qu'il ne fallait pas baisser la garde.

Elle appuya sur l'interrupteur à côté de la porte et se sentit aussitôt apaisée par la vision de la pièce aux tons pastel. Des tissus imprimés aux motifs floraux habillaient le mobilier, rustique et fonctionnel. Son regard fit le tour de la pièce, s'arrêtant sur le canapé confortable garni de coussins bleus et verts, le rocking-chair recouvert d'un plaid et d'un chat noir roulé en boule, la bergère...

— Un chat ! ?

— Où ça ? Egan regarda nonchalamment autour de lui tout en resserrant sa pression sur le cou de Mona et sur celui de Heidi. Elles n'avaient ainsi aucune chance de s'enfuir.

Chloé traversa lentement la pièce. Un chaton minuscule au pelage duveteux dormait sur le plaid, au beau milieu d'un arrangement floral. Il arborait un nœud de velours rouge et ses longs poils noirs avaient visiblement été brossés et peignés.

— D'où peut-il venir ? demanda Chloé.

— Je ne vois pas de chat. Vous en voyez un, les filles ?

— Egan, je te pose une question.

Heidi et Mona réussirent à se libérer pour aller voir ce qui se passait. C'est à ce moment précis que le chaton se mit à bâiller et à s'étirer. Ses petits yeux s'ouvrirent et se fixèrent sur Chloé.

Egan n'arrivait pas à décider s'il devait filer en douce ou confesser son crime et subir son châtiment. Au lieu de cela, il se contenta de fixer le plafond, très occupé à vérifier si une deuxième couche de peinture s'imposait.

— Regarde, il a une minuscule tache blanche sous le menton.

Mona s'agenouilla de façon à être à la hauteur du petit animal et l'examina à loisir.

— Tu pourrais l'appeler Valentine.

— Sans doute, si c'était mon chat, murmura Chloé.

Sans la regarder, Egan tentait, à sa voix, de mesurer son émotion. Encore incertain de sa réaction, il poursuivit son estimation de l'état du plafond.

— Il a aussi les pattes blanches, constata Heidi. Pourquoi tu l'appellerais pas Chat Botté ou Mouflette ?

— Prends-le, renchérit Mona. C'est ce qu'il veut.

Chloé se saisit du chat parce que les filles le lui demandaient. Elle était en état de choc, incapable de leur résister. L'animal était aussi doux et léger qu'une plume. Il émit un faible miaulement lorsqu'elle le serra contre son pull. Il se blottit alors sur sa poitrine.

— Tu vois, il aime bien quand tu le prends, affirma Mona d'un air entendu.

— Tu as déjà eu un chat ? demanda Heidi en s'adressant à Chloé.

— Non.

— Moi si, affirma Mona, j'en ai eu des tas.

Chloé chercha le regard de Mona.

— Non, c'est pas vrai, admit Mona, mais j'en voudrais bien un.

Chloé tenta de parler. Elle aurait voulu dire à Mona qu'elle aussi en avait désiré un. C'étaient les paroles qu'elle aurait dû prononcer, en qualité de directrice et d'assistante sociale. Pourtant, malgré ses efforts, les mots ne parvenaient pas à sortir de sa gorge et se transformaient en sanglots.

Elle s'effondra sur une chaise en étreignant le chaton. Les larmes roulaient sur son visage.

— Chloé pleure, s'écria Mona. Egan, viens vite, Chloé pleure !

Le cœur battant, il se tenait agenouillé aux pieds de la jeune femme. Il se fit l'impression d'être un monstre et un parfait salaud. Tout était de sa faute. Comment avait-il pu lui causer un tel chagrin ?

— Ma liste de Noël, sanglotait-elle. Je l'avais mis en tête de ma

172

liste… Je voulais… Je n'ai jamais pu m'en offrir un plus tard…
Ce n'était plus la même chose… Comment as-tu…

Il l'entoura de ses bras et la tint serrée contre lui. Il avait
envie de pleurer mais, en jetant un coup d'œil aux filles, il vit
leur détresse.

— Elle est heureuse, leur dit-il d'un ton réconfortant. Très,
très heureuse.

Il aurait bien aimé qu'on le rassure à son tour.

— Elle a pas l'air, constata Mona, l'air dubitatif.

— Le chat respire ? s'inquiéta Heidi.

— Oui, j'entends son souffle, répondit Egan d'un ton apaisant.
Il est l'heure de dormir, les filles, au lit !

— Au lit, répéta Mona. Elle se tourna vers Heidi et l'entraîna.
Au lit !

— Bonne nuit, on va se coucher, confirma Heidi, qui la
suivit docilement.

— Elles sont parties, murmura Egan lorsque la porte se fut
refermée doucement derrière elles.

— Ma liste de Noël, balbutiait Chloé, qui pleurait de plus
belle.

— Chloé, mon cœur… Excuse moi. Je ne sais pas ce que j'ai
fait de si grave, mais je suis sincèrement désolé. J'ai simplement
trouvé ce chaton dans une ruelle. Je ne pouvais pas le laisser là,
il était si misérable. Je l'ai emmené chez le vétérinaire.

Il ne comprenait pas pourquoi il continuait à parler, mais il
éprouvait le besoin de se justifier.

— Le vétérinaire ?

— D'après lui, il doit avoir six semaines. A cet âge, il peut
vivre sans sa mère. Le véto l'a examiné et lui a fait une piqûre.
Il pense qu'il s'en sortira. Bien sûr, le chaton a dû avoir un choc
quand je l'ai baigné, mais après, je l'ai bien séché…

— Tu l'as baigné ?

— Il le fallait. Dans l'état où il était, tu n'en n'aurais même
pas voulu.

Elle serra plus fort le petit animal.

— Pas voulu de lui ?

— Tu répètes tout ce que je dis. Il lui caressa la joue et sécha ses larmes. Alors essaie ça : « Je t'aimerai toujours, Egan. Pour te le prouver, je t'accompagnerai chez toi ce soir et nous ferons l'amour jusqu'au petit matin. »

Il attendit, rempli d'espoir.

— Tu es un vrai psy, tu sais.

— Ce n'est pas exactement ce que j'ai dit.

Avec un sourire tendre, il releva son visage vers lui.

— Tu veux bien le garder, Chloé ? Sinon, je lui trouverai un autre foyer. J'avais pensé que... peut-être tu aimerais avoir un chat.

Elle avait la gorge nouée.

— Oui.

— Qu'est-ce que tu disais à propos d'une liste de Noël ? Il séchait ses larmes, les dernières, espérait-il.

— Une liste ?

— Oui.

— Tu as dû mal comprendre.

— Tu crois ?

Elle l'enlaça et le serra contre elle, très fort, comme si elle ne voulait pas le laisser partir.

Pendant ce temps, le chaton, ronronnant de plaisir, se pelotonna sur ses genoux et s'endormit de nouveau.

174

5

Le dimanche avant Noël, Chloé s'éveilla, Angel blotti sous son menton. La chambre était silencieuse. On n'entendait que le carillon d'une église, au loin. Elle s'étira tandis qu'Angel ouvrait les yeux et se jetait sur une longue mèche de cheveux serpentant sur l'oreiller.

— Drôle de cadeau de Noël. Chloé souleva le chaton et l'embrassa sur le nez. Comment as-tu pu arriver jusqu'ici ?

Angel bondit de nouveau sur elle dès qu'elle reposa la tête sur l'oreiller. Chloé démêla le chat de sa chevelure et sortit du lit.

Un soleil d'hiver baignait la pièce. Depuis le troisième étage, elle apercevait les toits d'ardoise enneigés ainsi que les branches dénudées et tordues d'arbres centenaires. La flèche de l'église qui abritait le carillon, annonciateur de la Nativité, était à peine visible.

Noël approchait et elle n'avait toujours pas trouvé de présent pour Egan. Elle ne manquait pas d'idées ; encore fallait-il trouver la bonne. Qu'est-ce qu'une femme peut bien offrir à l'homme dont elle est en train de tomber amoureuse ? Certainement pas une vulgaire cravate ou une lotion après-rasage. Impossible d'acheter un cadeau aussi intime que le boxer de soie aperçu dans un magasin de lingerie ou le volume d'œuvres d'art érotiques, doré sur tranche, vendu dans la boutique d'un musée du centre-ville.

Que faire ? Elle se retourna et aperçut Angel s'agripper à l'édredon pour descendre du lit et sauter par terre.

— Alors, voilà comment tu t'y prends ! Elle installa le chaton dans le creux de sa main et l'emmena dans la cuisine, où il attaqua sans façon le petit déjeuner de Chloé.

Rien de ce qu'elle pourrait offrir à Egan ne serait à la hauteur du cadeau qu'il lui avait fait : Angel signifiait tellement pour elle ! Comment avait-il su ? Elle secoua la tête. Bien sûr, il l'ignorait et avait trouvé le chaton par hasard. Il n'était pas homme à laisser souffrir un animal et il lui avait semblé évident de le lui confier, sans se douter de l'importance de sa décision.

Quoi qu'il en soit, à ses yeux, ce cadeau avait la même valeur aujourd'hui qu'il en aurait eu jadis. A l'évidence, il y avait en elle une petite fille qui aspirait encore à réaliser ses rêves d'enfant, mais aussi une femme amoureuse de l'homme qui avait su éveiller son cœur à l'amour et à la joie — et qui lui avait offert un petit ange noir.

Elle prit son petit déjeuner et s'habilla. Il ne lui restait que cette seule journée pour faire ses achats de Noël, celle du lendemain étant consacrée au choix des cadeaux des filles en compagnie de Martha. Chaque minute comptait. Elle était décidée à faire tous les magasins de Pittsburgh pour dénicher le présent idéal.

Au bout de plusieurs heures, elle trouva ce qu'elle cherchait, dans un quartier où elle ne s'était jamais aventurée : au fond d'une boutique poussiéreuse vendant des objets d'importation. Le jeu d'échecs traînait dans le bric-à-brac environnant, véritable trésor parmi la pacotille. L'échiquier se composait de cases alternées blanches et noires en pierre polie. Les pièces étaient sculptées à la main et personnalisées avec beaucoup de style.

Une dame, ciselée dans une pierre noire et lisse, et portant des cheveux longs lui arrivant à la taille, était représentée de manière si réaliste que Chloé s'attendait presque à la voir s'agripper à ses doigts.

Cette dame noire lui ressemblait.

Le commerçant leva la tête et sourit en flairant une bonne affaire.

Elle serra son porte-monnaie un peu plus fort.

— Je ne sais pas, hésita-t-elle. Cet échiquier me semble un

peu austère à mon goût. Mais j'ai un ami qui joue aux échecs. Je pourrais le lui offrir, s'il n'est pas trop cher.

Lorsqu'elle arriva au pied de l'immeuble d'Egan, une demi-heure après être sortie du magasin, les fenêtres de son appartement n'étaient pas éclairées. Le jeu d'échecs, lourd et encombrant, était superbement emballé dans un papier marbré entouré d'un ruban de soie véritable. C'était probablement une façon pour le commerçant de se faire pardonner le gros profit qu'il venait de réaliser.

Une fois à la porte de l'appartement, Chloé hésita. Elle avait accepté une invitation à venir passer le réveillon de Noël chez les parents d'Egan. Celui-ci lui avait affirmé que l'échange de cadeaux avait lieu le 24 au soir, selon la coutume familiale. Toutefois, comme elle ne pouvait pas se joindre à eux le lendemain matin, elle doutait fortement de l'ancienneté de cette tradition, qu'elle soupçonnait de ne dater que de cette année.

De toute façon, mensonge ou vérité, elle comptait bien se rendre chez les O'Brien la veille de Noël, moment idéal pour offrir son cadeau à Egan. Alors, pourquoi se tenait-elle là, à tambouriner énergiquement à sa porte, au risque de réveiller tout le quartier ?

— Chloé ? Egan se tenait devant elle, une serviette de toilette à la main, des gouttes d'eau perlant sur son torse nu.

— Tu ne m'attendais pas, je sais.

En réalité, il s'obligeait à ne rien attendre d'elle. Elle n'était pas le genre de fille qu'un homme peut séduire facilement avec trois mots d'amour. Il fallait la courtiser, la mériter, il fallait… qu'elle tombe dans ses bras.

Chloé se sentait fondre sous le baiser d'Egan et n'avait qu'une envie, celle de demeurer dans ses bras pour l'éternité. Sa peau chaude fleurait bon le savon. Ses mains souples l'apaisaient, soulageant habilement les points de tension le long de sa colonne vertébrale. Juste au moment où elle pensait que ce baiser ne s'arrêterait jamais, il l'entraîna dans son appartement et ferma la porte derrière eux.

— C'est pour moi ?

177

Elle en avait presque oublié le cadeau, malgré ses bras douloureux. Elle le lui tendit.

— Oui.

— La présentation est superbe.

— C'est vrai.

— Rassure-moi, le paquet ne contient rien de vivant ?

— Ni chiots, ni chatons.

Profondément ému, il s'empara du cadeau et posa la bonne question.

— Veux-tu que je l'ouvre maintenant ?

— Comme tu veux. Tu peux attendre le soir de Noël, si tu préfères.

— Ce n'est pas une réponse !

— D'accord. Alors, ouvre-le tout de suite.

— C'est bien ce que je pensais.

Il lui adressa son irrésistible sourire en coin.

— Laisse moi le temps d'enfiler une chemise.

Elle aurait voulu protester. La vue du torse nu d'Egan surpassait ses fantasmes les plus fous. Le duvet recouvrant sa poitrine semblait léger et soyeux. Il avait le corps hâlé et musclé d'un homme qui entretient sa forme physique.

A cette pensée, Chloé se sentit rougir.

— Sauf si tu y vois un inconvénient, ajouta-t-il.

Le regard de la jeune femme glissa sur ses hanches, moulées dans un jean taille basse qui avait connu de meilleurs jours. Elle devina qu'il portait son jean à même la peau humide.

— Je vais d'abord ouvrir mon cadeau, décida-t-il.

Elle se ressaisit et détourna son regard de sa peau nue.

— J'ignore si ça te plaira. C'est probablement stupide. Je ne sais même pas si tu…

— Quoi donc ?

— Ouvre-le et tu me diras.

Il l'entraîna vers le canapé et s'assit tout près d'elle. Il sentait contre son flanc la douce caresse de son blazer en laine. Il s'enivrait de son parfum épicé, qui ajoutait à son charme. Sa chevelure douce glissait sensuellement le long de son bras posé

178

autour de ses épaules. Quelle que soit la beauté du présent, ce qu'il désirait le plus au monde pour Noël, c'était la jeune femme à ses côtés. Il la voulait corps et âme.

— Il vaut mieux que tu le déballes, dit-il, la gorge nouée.

— D'accord. Je sais ce que tu ressens. Ce paquet est trop beau pour être abîmé.

A dire vrai, il avait peur qu'elle voie ses mains trembler en détachant le ruban. Ses doigts fins opéraient trop lentement à son gré. Il la regardait saisir le ruban avec ses ongles et imaginait ces mêmes ongles lui griffer le dos.

Il se répéta qu'il devait brider son imagination et faire preuve de patience.

En vain. Il avait besoin de Chloé.

Une fois le ruban ôté, il écarta le papier et souleva le couvercle de la boîte. Les pierres noires et blanches miroitaient dans la douce lumière de son appartement. Il déballa une par une les pièces finement ciselées, les maniant avec précaution, puis il découvrit l'échiquier.

— C'est splendide. Sa voix résonnait étrangement, même à ses propres oreilles. C'est vraiment un cadeau somptueux.

Elle s'assit au bord du canapé et posa l'échiquier sur la table basse.

— Regarde, il a sa place toute trouvée.

Il l'observait en train de disposer les différentes pièces. Elle était, à l'évidence, contente de son choix, et semblait aussi excitée qu'une enfant. Il ne l'avait jamais autant désirée.

— Elle me ressemble, tu ne trouves pas ? Elle lui tendit la dame noire.

A l'instar de Chloé, elle reflétait la grâce féminine avec ses hanches minces et sa poitrine généreuse. Sa longue chevelure, sa fière allure et son expression à la fois poignante et ardente complétaient la ressemblance.

— Et le roi blanc a un petit air de famille avec toi. Elle soulevait la pièce pour la lui montrer. En moins beau.

Elle lui prit la dame des mains et la posa à côté du roi blanc.

— Il y a un problème, dit-elle, sans vraiment le regarder. La dame veut être avec ce roi. Pourtant, ils sont séparés et ne peuvent pas se rejoindre.

— Qu'est-ce qui les en empêche ?

— Peut-être ont-ils peur.

— Ils ?

— Non, tu as raison. C'est la reine qui est effrayée.

Le cœur d'Egan battait la chamade.

— De quoi a-t-elle peur ?

— Peut-être l'aime-t-elle comme elle n'a jamais aimé personne d'autre avant lui. Elle ignore ce qu'il va arriver.

Chloé était incapable de regarder Egan et de voir s'il comprenait son message.

Une main posée sur la taille de la jeune femme, il saisit la dame noire de l'autre.

— Il doit donc lui prouver qu'elle n'a rien à craindre de lui.

Il souleva la dame.

— La voilà sur un tapis magique. Voyons ce qui va arriver.

Chloé se blottit contre lui et ferma les yeux. De son corps émanait une douce chaleur. Sa peau était aussi ferme et lisse que les pièces du jeu.

— Egan…, murmura-t-elle.

Il frissonna en percevant la promesse contenue dans sa voix.

— Le roi blanc combat le roi noir pour conquérir sa dame. Il subit les attaques des cavaliers, des fous intrigants et des fantassins qui tentent, en vain, de le capturer.

— Leur amour est donc voué à l'échec ?

— Non. Lorsque tout espoir semble perdu, la dame réalise qu'elle a le choix. Elle saute sur le tapis volant du roi blanc et ils partent très loin, là où rien ni personne ne pourra les atteindre ou les blesser. Là où le roi blanc passera le restant de sa vie à dire à sa merveilleuse dame combien il l'aime et qu'elle n'a rien à craindre.

Il posa les deux pièces côte à côte à l'extrémité de l'échiquier.

— Est-ce que la dame dit au roi qu'elle l'aime ?

— Tous les jours.

— L'aime-t-il vraiment ?

— De tout son cœur.

— Alors, elle est la plus heureuse des femmes, murmura-t-elle.

Il resserra son étreinte. Elle ouvrit les yeux et son regard lui fit comprendre qu'il avait correctement interprété son message. Elle le désirait ; elle s'offrirait à lui. Ses lèvres douces, généreuses et pleines de promesses, se posèrent sur les siennes. Elle s'abandonna tout entière, comme si les barrières invisibles qui les avaient séparés avaient disparu et que les murs du château retenant la dame prisonnière étaient tombés.

Les mains de Chloé se posèrent sur le premier bouton de son chemisier.

— J'ai un autre cadeau pour toi, murmura-t-elle, ses lèvres suivant la courbe de sa mâchoire.

— Dis-moi que je ne rêve pas.

— Je suis ton rêve éveillé.

— Tu ne crois pas si bien dire.

Elle défit les deux premiers boutons. Les lèvres d'Egan remontaient le long de ses mains et s'arrêtaient au creux de sa gorge pour y savourer l'affolement de son pouls, à l'unisson du sien. Encore deux boutons, et ses lèvres effleuraient la dentelle blanche recouvrant ses seins lourds. Deux autres boutons, et il l'emportait vers sa chambre.

Il ne la quitta pas pendant qu'il abaissait la fermeture Eclair de son jean. Il la déposa sur le lit et l'attira contre lui, tout en caressant sa hanche de son genou.

— C'est meilleur que faire l'amour, soupira-t-il. Bien meilleur.

— Jusqu'à quel point ?

Il ne devait surtout pas la brusquer.

— C'est à toi de décider.

— Ce n'est pas suffisant, loin de là.

Il crut défaillir de bonheur. Sous la banalité des mots se

cachait une promesse infinie. Lorsque la dentelle blanche céda sous ses doigts, il sut que ses rêves devenaient réalité et lorsqu'elle se blottit nue contre lui, il découvrit que la passion habitait également les rêves de Chloé.

Elle était sa dame noire, et davantage encore. Son corps souple et parfait exigeait tout de lui et lui donnait tout en retour. Même dans ses rêves les plus fous, il n'aurait jamais imaginé une telle intensité dans sa passion. Son hésitation s'était envolée dans l'ardeur de leur union et il savourait pleinement sa nudité offerte.

Elle recélait une capacité infinie d'amour et tenait toutes les promesses que son esprit enfiévré avait imaginées en découvrant les secrets de son corps. Sa peau douce contre la sienne et sa longue chevelure enveloppante l'envoûtaient. Elle se révélait aussi généreuse qu'il l'avait espéré, s'abandonnant sans réserve, avec une grâce innocente. Elle était à la fois femme, amante et compagne. Et lorsqu'ils eurent achevé la découverte de leurs corps et qu'ils ne purent plus contrôler leur désir, elle lui appartint. Désormais, elle faisait partie intégrante de sa vie, elle en représentait la meilleure part, celle dont il avait toujours rêvé.

— Tu ne m'as jamais dit si tu jouais aux échecs.

Sa propre voix surprit Chloé. A l'exception de leur respiration, le silence régnait dans la chambre depuis un long moment. Elle était étonnée de pouvoir parler et de constater que le son de sa voix demeurait inchangé.

— Et toi, tu ne m'as jamais dit que tu monterais sur mon tapis magique pour partir avec moi.

— Tu ne me l'as pas vraiment demandé.

Il l'attira plus près de lui.

— Me répondras-tu si je te le demande ?

— Tu ne joues pas aux échecs, n'est-ce pas ?

Il embrassa le lobe de son oreille, comprenant qu'elle éludait sa question.

— Si, j'aime ce jeu. Je suis même très doué. Presque aussi bon aux échecs que…

Il laissa la phrase en suspens, et le silence régna de nouveau dans la pièce.

— Puisque tu joues si bien, tu devrais participer à des tournois, finit par dire Chloé.

— Sais-tu depuis combien de temps je te désire ?

— Depuis aussi longtemps que moi ?

— Je veux t'épouser.

Elle faillit se détourner, mais elle se retint car elle n'avait pas l'intention de le blesser. Alors, sans le regarder, elle l'enlaça et l'enveloppa dans sa chevelure comme dans un cocon, à l'abri du monde extérieur.

— Je suis éblouie, Egan, murmura-t-elle.

— Chloé, depuis le premier jour de notre rencontre, j'ai su que je voulais me marier avec toi. Tu étais la femme la plus splendide que j'avais jamais vue, tu rayonnais d'une beauté intérieure. La première fois que je t'ai aperçue, tu étais avec une des filles. Tu l'écoutais si intensément que rien au monde n'aurait pu détourner ton attention de sa conversation. Ton regard reflétait exactement ta personnalité. Je suis sorti de la pièce et j'ai demandé à un des conseillers si tu étais mariée.

Elle se sentait si émue qu'elle pouvait à peine parler. Cependant elle soutint son regard et murmura.

— Et si je l'avais été ?

— Je n'aurais pas pu rester. Tu aurais dû chercher un autre entrepreneur.

— Qui aurait facturé les travaux à leur juste valeur ?

Il demeura silencieux.

— Je sais que tu ne fais aucun bénéfice au Refuge, Egan. J'ai vérifié tes factures.

— Je n'ai pas pris seul la décision de faire une offre très compétitive. Ma famille était d'accord.

— Tu l'as fait parce que… tu m'aimais ?

Il se rendit compte qu'il n'avait jamais prononcé ces mots et qu'elle avait besoin de les entendre. Il n'hésita pas.

— Je t'aime.

Ces paroles résonnaient comme une victoire sur la peur.

Elles évoquaient le moment magique où l'ombre cède la place à la lumière.

— Je t'aime.

— Tu m'as déjà tant donné. Que pourrais-je t'apporter en retour ?

Il posa sa main sur sa joue pour l'obliger à lui faire face.

— Que veux-tu dire par là ?

— Parfois, j'ai l'impression que tu lis en moi. Tu devines toutes les choses dont j'ai toujours rêvé et tu me les donnes, les unes après les autres.

Malgré l'incompréhension qu'elle lisait dans son regard, elle ne pouvait toujours pas se résoudre à lui parler de sa liste de Noël.

Il eut un petit rire.

— Je te gâte trop.

— Oui.

— Mais c'est réciproque.

— Vraiment ?

— Au cours de mon enfance et de mon adolescence, j'ai été témoin de l'amour que mes parents éprouvaient l'un pour l'autre. Je savais que, plus tard, je rechercherais une femme que je pourrais aimer autant que mes parents se sont aimés. J'ai vingt-neuf ans et, avant toi, je n'avais jamais rencontré cette femme. Parfois, il m'arrivait même de me dire qu'elle n'existait pas.

Elle avait suffisamment observé la manière dont les femmes regardaient Egan pour savoir que nombre d'entre elles auraient aimé tenter leur chance auprès de lui. Mais il avait attendu et c'est elle qu'il avait choisie.

— Tu ne m'as pas dit oui, remarqua-t-il doucement.

Elle avait besoin de réfléchir et de démêler les sentiments qu'elle éprouvait. C'était une tâche d'autant plus ardue qu'elle n'était pas très habile à cet exercice.

— Tu n'es pas obligée de répondre tout de suite, mais tu pourrais me dire que, toi aussi, tu m'aimes.

Elle pensa à l'homme dont elle avait rêvé en secret, qui l'aimerait plus que tout et pour lequel elle serait la plus belle, l'unique femme au monde. A cet instant, elle eut la certitude que cet homme était celui qui reposait dans ses bras.

— Je t'aime, Egan, dit-elle. C'est toi que j'aime.

Il resserra encore son étreinte et elle ferma les yeux.

Sans raison apparente, elle songea aux filles du Refuge, aux listes de Noël et aux cadeaux inespérés ; à la détermination, au travail acharné et... aux miracles.

— Qu'ai-je fait pour te mériter ? murmura-t-elle.

— Tu mérites tout ce que tu as. Mais l'amour n'a rien à voir avec le mérite.

Il l'embrassa avec passion.

— L'amour est à part, ne le comprends-tu pas ? L'amour n'est rien d'autre qu'un miracle.

6

La veille de Noël, le clair de lune se reflétait sur les flocons de neige, semblables à des millions d'étoiles tombées du ciel pour éclairer le trajet de Chloé et d'Egan vers la maison des O'Brien. L'autoradio diffusait des chants de Noël, qui meublaient agréablement les silences de la conversation. Chloé n'avait jamais connu une nuit aussi parfaite.

— A ton avis, que font les filles en ce moment ? demanda Egan.

En qualité de directrice, Chloé avait décidé que l'établissement devait respecter scrupuleusement les traditions de Noël, sur lesquelles les filles pourraient compter chaque année, quels que soient les aléas de leur vie familiale. C'est pourquoi, elle savait exactement ce qu'elles étaient en train de faire.

— Elles sont à table pour le dîner qu'elles ont choisi.

Chloé avait elle-même dépouillé les bulletins de vote. Le jambon et le rosbif avaient obtenu le même nombre de voix. En revanche, il y avait eu unanimité à l'encontre de tout aliment vaguement vert susceptible d'être servi en accompagnement.

— Elles feront également tout leur possible pour se comporter comme des jeunes filles distinguées.

— Pas de juron ni de pincement ?

— Non, pas ce soir. Lorsque je suis partie, elles choisissaient leurs vêtements. Après dîner, ce sera l'échange de cadeaux. Il peut s'agir d'un objet qu'elles ont fabriqué ou d'une promesse, par exemple, aider une fille à faire ses devoirs ou prendre son tour de corvée hebdomadaire de vaisselle.

— C'est une bonne idée.

— Ensuite, elles présenteront un petit spectacle.

— Je les ai entendues parler de saint Nicolas. Mona voulait descendre par la cheminée mais tu t'y es opposée.

— Elle doit se cacher derrière l'écran de cheminée et faire son apparition en sautant. Elles jouent *It was the Night before Christmas*. Jenny tient le rôle de Rudolph.

— Je ne me souviens pas de ce personnage.

— En fait, il s'agit de leur propre adaptation du poème. Dans le spectacle, Heidi a un bouton et Bunny une verrue.

Il émit un léger sifflement.

— J'aurais bien aimé voir ça !

— Elles m'ont fait promettre que tu viendrais les voir demain.

— Bien sûr que j'y serai.

— Les mains remplies de cadeaux ?

— Juste quelques babioles.

— Vraiment ?

— Sauf si tu changes d'avis avant la fermeture des magasins dans environ — il regarda sa montre — quinze minutes.

— Tu serais capable d'acheter tout ce que tu souhaites leur offrir en si peu de temps ?

— J'ai des vendeurs dans toute la ville qui n'attendent que mon signal.

— Tu paries ?

— J'ai un téléphone dans le coffre de la voiture.

— C'est ça !

— Si, si, fonctionnant par télécommande.

— Je ne voudrais pas te décourager, mon cher, mais nous ne sommes pas à Pittsburgh.

— Bon, bon, c'était juste une idée.

Il prit la route conduisant à la maison de ses parents.

— Tu as préparé un agréable Noël aux filles, Chloé, elles semblent heureuses.

— Aussi heureuses qu'elles peuvent l'être loin de leur famille.

— Aucune d'entre elles ne rentre chez ses parents ?

— Quelques-unes partiront demain matin pour vingt-quatre heures. D'autres auront de la visite. C'est bien insuffisant.

— Ce que tu fais pour elles n'en a que plus de valeur.

Elle lui adressa un sourire reconnaissant.

— J'ai fait en sorte que demain soit une bonne journée pour elles.

— Feras-tu de même pour moi ?

Pendant un instant, elle crut qu'il faisait allusion à sa demande en mariage. Elle venait de passer une semaine merveilleuse, intime, chaleureuse et sans pression d'aucune sorte. Toutefois, elle savait que la patience d'Egan avait ses limites. Il lui avait demandé de l'épouser et il faudrait bien qu'elle lui donne une réponse sans tarder.

Il leva les sourcils d'un air suggestif et, à son grand soulagement, elle comprit sa question.

— Je ne vois pas de quoi tu parles, répondit-elle d'un air innocent.

— S'il te plaît, Père Noël, tout ce que je désire c'est un petit moment de solitude en compagnie de ma bien-aimée.

Elle éclata de rire.

— As-tu été sage, mon enfant ?

Il sourit, mais il semblait inquiet. Quel jugement porterait-elle sur sa conduite d'ici la fin de la soirée ? Leur relation ne risquait-elle pas de se ressentir de la nouvelle surprise qu'il lui avait réservée ?

— Le Père Noël va y réfléchir, conclut-elle.

La maison des O'Brien était illuminée par une profusion de lumières rouges et vertes, qui clignotaient si rapidement que Chloé, éblouie, dut fermer les yeux.

— Ça fait très… atmosphère de Noël, reconnut-elle quand Egan vint lui ouvrir la portière.

Au moment où elle s'apprêtait à descendre de voiture, il se pencha pour l'embrasser avec une fougue d'autant plus surprenante que toute la famille les observait.

— Suis bien le chemin, je vais te guider, lui recommandat-il après l'avoir libérée. Nous serons à la maison en un rien de temps.

Les chiens se précipitèrent pour les accueillir, suivis de près par la famille O'Brien au grand complet.

Sur le perron, Dick offrit à Chloé un verre de vin chaud. De son côté, Dottie insista auprès des garçons pour qu'ils règlent l'éclairage. Enfin, après s'être assurée que la maison ne ressemblait plus à une taverne en bordure de route, elle entraîna tout le monde à l'intérieur.

Un feu brûlait dans la cheminée et des châtaignes grillaient sous la cendre. La demeure sentait bon le pain d'épice et la dinde cuisinée au beurre. Quand elles se retrouvèrent seules dans la cuisine, Dottie passa son bras autour des épaules de Chloé.

— J'ai bien peur que nous ne soyons pas très conventionnels. Pour le réveillon de Noël, j'ai toujours exigé des garçons qu'ils restent à table pendant tout le repas et qu'ils portent des chaussures, mais c'est tout ce que j'ai pu obtenir d'eux.

— Je préfère largement que les choses soient informelles. J'aime votre naturel. Vous...

Chloé se tut.

— Oui, mon petit ?

— Eh bien, vous formez un vrai foyer. Vous êtes une famille merveilleuse.

— Vous en faites désormais partie, vous le savez. Tout le monde vous aime, ici.

Chloé sentait les larmes lui monter aux yeux. D'où venait cette soudaine émotion, elle l'ignorait. Un instant auparavant, elle prenait part à une conversation banale et maintenant sa vue se brouillait et sa gorge se nouait. Elle se tourna vers Dottie et l'étreignit.

— Merci. Moi aussi... je vous aime.

— C'est drôle. J'ai toujours désiré une fille. Oh, je n'ai jamais regretté d'avoir eu mes garçons. Je les ai adorés à la minute même où je les ai vus. Pourtant, je sentais qu'il me manquait quelque chose. Je disais toujours à Dick que je voulais une fille pour Noël. Il riait et répondait qu'il ferait ce qu'il pourrait, mais ce diable d'homme n'a jamais été fichu de m'en faire une. Aujourd'hui, ça n'a plus d'importance. C'est comme si, cette année, Egan m'avait offert ma petite fille pour Noël.

Incapable de répondre, Chloé étouffa un sanglot.

— Oups ! J'en ai trop dit.

Inquiète, Dottie tapota l'épaule de la jeune femme.

— Je n'ai pas l'intention de mettre la pression sur vous, mon petit. Prenez votre temps tous les deux. Je ne vous demande pas de vous marier demain. Je veux dire que, même si vous ne souhaitez pas épouser Egan, j'espère que nous resterons...

Chloé leva la tête.

— Vous vouliez vraiment une fille pour Noël ?

— Oui, même si je savais que les cigognes ne déposaient pas les bébés dans les berceaux et que j'avais passé l'âge de croire au Père Noël.

— Je rêvais d'avoir une famille.

Dottie sécha une larme sur sa joue et sur celle de Chloé.

— Maintenant, vous en avez une.

Egan passa la tête dans l'entrebâillement de la porte.

— Que se passe-t-il ici ?

Dottie sourit à Chloé.

— Oh, une discussion entre femmes. A propos de sentiments.

— De quoi ?

Chloé se jeta dans les bras d'Egan.

— De secrets de Noël.

Il la tint serré contre lui. Il aurait pu rester ainsi toute la soirée.

— Eh bien, je ne sais pas ce que j'ai fait pour mériter ça, mais je devrais en profiter.

— Et si tu apportais le plat de dinde dans la salle à manger, au lieu de faire le joli cœur, répliqua Dottie.

Le repas, succulent au demeurant, évoquait davantage Thanksgiving que Noël, à l'exception d'un gâteau au chocolat et à la menthe et d'un baklava en l'honneur de Chloé. Après dîner, tous sortirent faire une promenade en suivant les sentiers enneigés menant à l'étang gelé à l'arrière de la propriété. Tandis qu'Egan signalait à Chloé la présence d'une clairière aux dimensions idéales pour la transformer en manège, Dick lui décrivait deux chevaux de race *Quarter Horse* que son voisin envisageait de vendre. Prenant alors les deux hommes par les épaules, Chloé leur répondit fermement qu'elle y réfléchirait.

Ils déposèrent du maïs et des graines pour les oiseaux, puis organisèrent une bataille de boules de neige avant de regagner la maison.

Enfin, le moment d'ouvrir les cadeaux arriva.

Chloé ressentait une plénitude et une sérénité qu'elle n'avait jamais éprouvées auparavant. Le feu réchauffait agréablement ses pieds et ses mains gelés. Les bras d'Egan autour d'elle complétaient cette sensation de bien-être. Appuyée contre lui, elle songeait aux années à venir et aux futurs Noëls qu'ils pourraient passer ensemble. Un jour, leurs enfants feraient partie intégrante de cette famille, au même titre que leurs tantes et leurs cousins, dès que les frères d'Egan auraient trouvé leur propre compagne.

Si elle acceptait la proposition d'Egan, elle vivrait avec l'homme qu'elle aimait et qui l'adorait, au sein d'une vraie famille qui l'avait adoptée. Elle avait déjà Angel. Elle en arrivait presque à se dire que si le Père Noël s'était fait attendre toutes ces années, c'était pour réaliser d'un seul coup tous ses rêves de petite fille.

Le cadeau suivant la renforça dans cette conviction. La plupart des présents avaient été distribués lorsque Dottie et Dick posèrent devant elle un des plus grands paquets placés sous le sapin. Gary, Rich et Joe, très gourmands, avaient déjà entamé les paquets de pralines et de truffes au chocolat et aux amandes confectionnées par Chloé. Il avait fallu arracher Dick à la lecture du nouveau roman d'aventure écrit par son auteur favori et Dottie à la contemplation du pull-over brodé main qu'elle avait admiré, un jour qu'elle faisait les boutiques en compagnie de Chloé.

Celle-ci n'imaginait pas de plus beau cadeau que le flacon de parfum et le foulard choisis avec un soin laborieux par les frères d'Egan. Pendant des mois, elle sourirait en imaginant les efforts de chacun pour lui dénicher un présent si typiquement féminin.

Tout le monde s'arrêta pour observer Chloé défaire le ruban. C'était un cadeau de Dick et Dottie et, compte tenu de la taille imposante du paquet, elle en déduisit qu'il s'agissait d'un griffoir pour Angel.

En ôtant le couvercle du carton, elle découvrit une maison de poupées, reproduisant à la perfection Le Dernier Refuge.

— Elle n'est pas complètement terminée, s'excusa Dottie. Dick et moi y avons travaillé aussi souvent que possible. Dick s'est chargé de la conception et de presque toute la menuiserie. Mais nous n'avons pas eu le temps de terminer l'intérieur et les finitions. Certains manteaux de cheminée…

— Une maison de poupées ! s'exclama Chloé abasourdie. Et pas n'importe laquelle. Une véritable œuvre d'art qu'elle conserverait précieusement toute sa vie. Une maison, symbole de son passé d'enfant placé, de son existence présente de directrice du foyer, et probablement d'une grande partie de son avenir. La maison de poupées dont elle avait toujours rêvé, qu'elle était encore en âge d'apprécier — et qu'elle apprécierait toute sa vie.

— Une maison de poupées ! Elle secoua la tête, émerveillée.

— Je vais t'aider à la sortir, proposa Egan.

Elle regarda Egan et Dick la soulever et la poser à terre devant elle.

— L'éclairage fonctionne ! s'exclama-t-elle.

— Oui, confirma Dottie. J'ai fait des recherches. Alma Benjamin avait été une des premières à faire installer l'électricité dans sa maison. C'était une femme moderne. Pour autant que je sache, voilà à quoi devait ressembler la demeure au début des années 1900. Avant que des crétins ne la défigurent en y apportant de prétendues améliorations.

— Ce que maman veut dire, c'est mettre la maison aux normes, précisa Egan.

— Ça vous plaît ? demanda Dottie.

Chloé observait tour à tour les membres de la famille O'Brien qui n'attendaient d'elle qu'une simple réponse, oui ou non, alors qu'elle avait tant de choses à leur dire. Elle sut à cet instant qu'elle réussirait à leur parler de la petite fille qui sommeillait en elle, parce qu'ils l'aimaient telle qu'elle était et que cette petite fille faisait partie d'elle.

— Quand j'étais enfant, commença-t-elle doucement, j'avais une liste de Noël. Chaque année, je demandais les mêmes cadeaux, mais je ne les ai jamais obtenus. Je n'étais pas vraiment malheureuse. On prenait soin de moi et, au fil des années, je me suis fait des amis. Je suis fière de l'adulte que je suis devenue.

Elle regarda Egan pour qu'il lui insuffle un peu de sa force. Il lui prit la main et la garda serrée dans la sienne.

— Avec le temps, j'ai cessé de croire à la signification de cette fête et au mythe du Père Noël qui m'apporterait des présents uniquement parce que je le désirais. Et puis, je vous ai rencontrés.

Elle s'écarta d'Egan afin de pouvoir tous les regarder. Elle lut sur leurs visages de la compréhension et de l'affection. Des larmes perlaient dans les yeux de Dottie.

— Je n'en ai jamais parlé auparavant, mais je tiens à vous dire ce que ma liste comportait. Je désirais un chaton, une maison de poupées avec un éclairage qui fonctionne, une vraie famille avec une maman qui me préparerait des gâteaux et m'emmènerait faire les boutiques pour Noël, un papa qui penserait que je suis unique au monde et des frères ou des sœurs qui resteraient pour toujours dans ma vie.

Elle sentit la pression de la main d'Egan et serra la sienne en retour.

— Lorsque j'ai été en âge de comprendre l'amour, j'ai rêvé d'un homme qui m'aimerait infiniment et que je pourrais aimer de toutes mes forces.

193

Elle sourit, l'air radieux. Les larmes qu'elle avait versées dans la cuisine étaient oubliées.

Oubliées également, les larmes qu'une petite fille n'était jamais parvenue à verser.

— Je vous remercie tous d'avoir exaucé mes vœux. Surtout toi, Egan.

Elle se tourna de nouveau vers lui, rayonnante de bonheur. Elle avait compris qu'au fond de son cœur elle n'avait jamais douté de lui ni de la perfection de leur union. Elle avait laissé la peur paralyser son esprit, sa peur de petite fille qui n'avait jamais obtenu ce qu'elle désirait le plus au monde.

Aujourd'hui, cette enfant était devenue une adulte qui croyait désormais aux miracles et à l'amour.

— Chloé. Il prit son visage dans ses mains, le regard soupçonneux.

— Plus jamais je ne dirais que je ne crois pas au Père Noël, murmura-t-elle.

Lorsque Egan finit par libérer Chloé, les embrassades familiales reprirent de plus belle. La jeune femme riait et les étreignait à son tour, acceptant tout naturellement leur affection. Une fois le rituel accompli, elle se blottit de nouveau dans les bras d'Egan. C'était l'endroit où elle voulait demeurer pour toujours... elle trouverait bien le moyen de le lui dire dès qu'ils se retrouveraient seuls.

Le silence régna dans la pièce, comme dans l'attente d'un événement.

— J'ai aussi un présent pour Chloé, annonça Egan d'une voix tranquille. En fait, c'est de la part de Rich et de moi.

Surprise, elle tenta de se dégager pour le regarder.

— Mais tu m'as déjà donné Angel, et Rich m'a offert des boucles d'oreilles.

— Cette fois, c'est un peu différent.

L'effort qu'elle sentait dans la voix d'Egan la dégrisa légèrement, la faisant passer de la joie ineffable au simple bonheur. Elle lut de l'appréhension dans son regard et crut en comprendre la raison : il allait de nouveau lui proposer de l'épouser, ici, devant toute sa famille, mais il ignorait combien elle serait heureuse d'accepter sa proposition. En revanche, elle n'arrivait pas à comprendre le rôle de Rich dans cette demande en mariage.

Egan mit la main dans la poche intérieure de sa veste. Au lieu d'en retirer une boîte contenant un bijou, sans un mot, il lui tendit une enveloppe. Elle fronça le sourcil en lisant le nom d'Egan sur le papier à lettres portant de curieux timbres étrangers.

— C'est à toi qu'elle est adressée, fit-elle remarquer.

— Ouvre-la.

Tandis qu'elle fixait l'enveloppe, sa vue se brouilla et, pendant un instant, les mots n'eurent plus aucun sens pour elle.

— Ça vient de Grèce, finit-elle par dire.

— Ouvre-la.

Bizarrement, ses mains semblaient plus rapides que son cerveau. Elles tremblaient légèrement en retirant deux feuillets de l'enveloppe. Des photos tombèrent sur ses genoux, mais elle les ignora et concentra son attention sur chaque mot de la lettre. Ce n'est qu'au deuxième paragraphe qu'elle en comprit le sens. Elle releva la tête.

— Ma tante ?

Egan fit un signe de tête affirmatif.

— Helena Pavalos. Pavalos est ton nom de famille, celui que ton père a fait changer en arrivant aux Etats-Unis avec ta mère.

— Je m'appelle Chloé Pavalos ?

— Oui, si tu vas au tribunal pour reprendre ton nom.

— Est-ce qu'elle explique pourquoi mon père l'a fait changer ?

Egan était capable de reconnaître une personne en état de choc quand il en voyait une. Il savait que, plus tard, Chloé lirait la lettre et la mémoriserait probablement. Mais, pour l'instant, elle avait besoin de temps pour assimiler la nouvelle et de réponses rapides à ses questions.

— Il a rencontré ta mère alors qu'elle était en vacances en Grèce et il en est tombé amoureux. Sa famille ne voulait pas qu'il épouse une Américaine. Elle craignait qu'il oublie ses racines. Mais il a refusé d'abandonner ta mère. Quand son père — ton grand-père — lui a dit qu'il ne lui adresserait plus jamais la parole s'il se mariait contre sa volonté, ton père l'a pris au mot. Un beau jour, il a disparu. Il est parti aux Etats-Unis avec ta mère et n'a jamais repris contact avec sa famille. Si son père ne voulait plus rien savoir de lui, en revanche, ses frères souhaitaient le retrouver...

— Ses frères ?

— Oui, tu as une grande famille, précisa Egan.

— Où vit-elle ?

— La plupart de ses membres vivent sur l'île de Zante, à proximité de la ville de Zakynthos. Ils sont fermiers. D'après ta tante, ils possèdent une oliveraie. Peut-être que s'ils avaient vécu dans une grande ville, l'Etat de Pennsylvanie aurait pu les localiser plus facilement après la mort de tes parents. Mais sans l'ancien nom de famille de ton père...

— Comment l'as-tu... ? Sa voix devint inaudible.

— Découvert ? C'est Rich qui s'en est chargé. Il travaille au service de l'Immigration et des Naturalisations.

— Je n'avais pas vraiment réalisé.

Rich prit le relais.

— Je savais comment rechercher dans les fichiers. Il ne m'a fallu que quelques heures pour trouver la trace de ton père inscrit sous son nouveau nom, découvrir son ancien nom et remonter la piste jusqu'à Zante.

— Quelques heures ?

Egan comprit ce qu'elle ressentait. Il aurait jadis suffi de quelques heures et de quelques questions posées aux bonnes personnes pour permettre à Chloé de grandir en Grèce, entourée de sa famille.

— Ils veulent te connaître, ajouta-t-il. Grâce au nom et au lieu de naissance de ton père, il a été facile de les retrouver. J'ai pu joindre ta tante par téléphone.

Elle ne répondit pas. Elle tentait d'imaginer ce que sa tante avait ressenti.

— Elle était… triste, poursuivit-il au bout d'un moment, quand je lui ai annoncé le décès de tes parents. Elle s'était toujours doutée qu'il leur était arrivé quelque chose. Elle était persuadée que, s'il avait vécu, ton père aurait fini par se réconcilier avec sa famille. En ne le voyant pas revenir en Grèce, elle a deviné.

— Est-ce qu'ils ont essayé de le retrouver ?

— Oui. Ton grand-père est finalement revenu sur sa décision et a autorisé tes oncles à entamer des recherches. Mais elles sont restées aussi infructueuses que celles de l'Etat de Pennsylvanie, car ils n'avaient pas les ressources financières suffisantes.

— Et mon grand-père ?

— Il est décédé il y a dix ans. Egan caressa sa joue. Ta grand-mère, qui a quatre-vingts ans, déclare qu'elle ne veut pas mourir avant de t'avoir vue. Ils veulent venir ici dès que possible.

Elle pensa à l'argent qu'elle avait mis de côté depuis si long-temps en vue de payer les services d'un détective privé.

Or cet argent n'était plus sur son compte.

— En Grèce, murmura-t-elle.

— Ils ont envoyé des photos. Celle-ci devrait beaucoup t'intéresser. Il en prit une sur ses genoux.

Elle la regarda. Le visage de ses parents, qu'elle n'avait pas revu depuis vingt ans, la fixait. Aucune photo n'avait pu être sauvée après l'incendie et le souvenir de leurs visages, comme tout le reste, avait disparu de sa mémoire.

Egan observait l'avidité avec laquelle elle enregistrait chaque détail.

— Cette photo a été prise juste avant leur départ de Grèce. Ta tante l'avait cachée et conservée pendant toutes ces années.

Chloé ne pouvait pas détacher son regard des photos. Elle voyait pour la première fois sa famille, qu'elle n'avait jamais connue. Quand elle eut fini, elle soupira.

— Que puis-je dire ?

— Tu n'es pas fâchée ?

Elle rencontra le regard d'Egan et constata qu'il parlait sérieusement.

— Fâchée ?

— Ça fait longtemps que tu économises pour retrouver ta famille et je sais également combien tu désires faire les choses par toi-même.

— Il m'aurait fallu des années avant de la retrouver.

— Des années ?

Elle fit un signe affirmatif, sans donner d'explication.

— Ma grand-mère serait certainement morte, alors que maintenant j'ai la possibilité de la connaître.

— Tu n'es vraiment pas fâchée ?

— Je t'aime. Elle se leva et l'embrassa. Je vous aime tous.

Ils poussèrent un profond soupir de soulagement puis se congratulèrent de nouveau en se souhaitant un joyeux Noël, et le tohu-bohu habituel reprit ses droits. Chloé conserva la lettre de sa tante dans la poche de son blazer pour la savourer à loisir quand elle serait seule. Par la suite, elle aurait tout le temps de lui écrire, de découvrir ce que signifiait être membre à part entière de la famille Pavalos et de réaliser qu'elle n'était plus orpheline puisque des personnes de son sang l'attendaient sur une île lointaine, appelée Zante.

Pour l'instant, elle partageait la vie de son autre famille, avec laquelle elle n'avait aucun lien de sang. Une famille qui l'aimait tout simplement et qui, elle le devinait, tiendrait toujours la meilleure place dans son cœur.

Pendant le voyage de retour, ils demeurèrent silencieux. Il y avait peu de circulation sur la route et les chants de Noël, à la radio, devenaient plus mélodieux. Chloé ferma les yeux en songeant aux cadeaux fabuleux qu'elle avait reçus depuis l'arrivée d'Egan dans sa vie. Il la regardait de temps en temps et lisait le bonheur sur son visage.

— J'aimerais que tu viennes chez moi, ce soir, dit-il en se garant devant le Refuge.

Elle lui lança un adorable sourire ensommeillé.

— Ce serait avec joie, mais j'ai promis à Martha de revérifier la répartition des cadeaux dans les souliers des filles, sous le sapin. D'ailleurs, telles que je les connais, les gamines seront certainement debout peu après minuit en prétextant que c'est déjà le matin de Noël.

— Je comprends, je n'ai pas pu m'empêcher d'espérer.

— Oh, je le désire également. Tu ne sais pas à quel point. Mais nous serons ensemble demain soir.

Sur le seuil de la porte, ils échangèrent un baiser plein de promesses. Chloé n'avait aucune envie de rentrer. La nuit était parfaitement calme, à l'exception du souffle léger des flocons tourbillonnant autour d'eux. L'homme dans ses bras était le compagnon idéal qui saurait la protéger et la rendre heureuse pour la vie. Elle se blottit contre lui, espérant que ce moment durerait toute l'éternité. Mais le carillon de l'église sonnant les douze coups de minuit mit fin à cet instant magique.

— Joyeux Noël, murmura Egan.

Elle l'embrassa de nouveau, sa langue se mêlant à la sienne, dans son désir de lui faire comprendre que c'était le plus beau Noël de sa vie. Puis, à regret, elle ouvrit la porte.

Il la suivit à l'intérieur. Il faisait sombre dans l'entrée, uniquement éclairée par la faible clarté du plafonnier de la cage d'escalier.

— A quoi pensais-tu sur le chemin du retour ? demanda-t-il.

Elle avait réfléchi à la façon de lui dire qu'elle acceptait de l'épouser, mais n'avait pas réussi à trouver les mots qu'il fallait. Elle n'y parvenait toujours pas.

— Aux vœux de Noël et aux cadeaux inespérés. Les retrouvailles avec ma famille paternelle étaient le dernier vœu sur ma liste.

— Et le seul dont tu m'aies parlé.

Elle caressa son menton imberbe.

— Je peux bien garder un secret. Serais-tu le Père Noël, par hasard ?

— Je voudrais passer ma vie à te rendre heureuse. Ça ne fait pas de moi le Père Noël ?

— Ça ferait de toi l'homme le plus merveilleux du monde, si tu ne l'étais pas déjà.

— Chloé. Il saisit son visage dans ses mains.

Elle se pressa contre lui et rassembla son courage.

— J'ai un cadeau pour toi. J'attendais que nous soyons seuls pour te l'offrir.

— Tu m'en as déjà donné un !

— A mon avis, ce n'est pas celui que tu désirais le plus.

Il leva les sourcils, l'air surpris.

— Tu m'as bien dit que c'est moi que tu voulais.

— Et bien, il me semble que, dimanche, j'ai été comblé.

Le sourire de Chloé était dangereusement séduisant.

— Ah bon, si c'est ce que tu entendais par là.

— Tu sais bien que ce n'est pas ce que je voulais dire !

Soudain, elle se sentit libérée de sa peur, probablement de façon définitive. Elle regarda Egan droit dans les yeux.

— Veux-tu toujours m'épouser ?

— Plus que jamais.

— Alors, marions-nous.

Il la dévisagea, stupéfait.

— Comme ça ?

— Nous avons accompli le plus difficile, tomber amoureux l'un de l'autre. Le reste ira tout seul, tu ne crois pas ?

Malgré son excitation, il s'efforça de parler à voix basse.

— Oui, tu as raison. Ce sera tellement simple.

— Nous nous marions bientôt ?

— Demain si tu veux.

— Tu n'y songes pas. Ta mère aurait une attaque. D'ailleurs, nous avons beaucoup de choses à régler. Je dois aussi prévoir des congés si nous voulons partir en voyage de noces.

A ces mots, il sortit une enveloppe de la poche de sa veste.

— Je la gardais pour le matin de Noël, mais comme on y est presque, tu peux l'ouvrir.

— Ne me dis pas que tu as déjà le contrat de mariage ?

— Ouvre.

Elle s'exécuta. A la faible lueur du plafonnier, elle eut du mal à en saisir le contenu. Il s'agissait de deux billets d'avion aller-retour pour la Grèce.

— Je pensais que ce serait l'occasion de me présenter à ta famille.

— Nous allons en Grèce ?

— Ce sera notre lune de miel, si tu veux bien.

— Je songeais…

— A quoi ?

— Eh bien, qu'il faudrait des années avant…

— Je ne voulais pas que tu dépenses en billets d'avion tout l'argent que tu avais économisé pour payer ton détective.

— Le détective ?

— Oui, celui pour qui tu mettais de l'argent de côté.

Comme elle le regardait sans comprendre, il fronça les sourcils.

— Le détective que tu voulais engager pour retrouver ta famille.

— Celui-là ! Elle ferma les yeux. Oh, Egan…

— Bien sûr, si tu préfères y aller seule, je comprendrai. Nous pouvons choisir une autre destination pour notre lune de miel.

— Seule ? Tu n'y songes pas ! Ce sera un voyage de noces merveilleux !

— J'en suis heureux.

Il l'enlaça et le silence régna de nouveau dans la pièce pendant un long moment.

— Viens, finit-il par dire. Je vais t'aider à vérifier les cadeaux.

Soudain, elle parut hésitante.

— Non, enfin, je veux dire, ça ira. Tu dois être fatigué à force de conduire. Je m'en occuperai toute seule.

Il l'entraîna vers le salon où se trouvait l'épicéa.

— Ne sois pas bête. Ce sera un bon entraînement en prévision des Noëls que nous préparerons pour nos enfants.

Elle tenta de l'arrêter.

— Nous aurons tout le temps. La date du mariage n'est même pas fixée.

— Je veux juste voir... Il appuya sur l'interrupteur et un flot de lumière dorée envahit la pièce. Il se figea sur place.

De son côté, Chloé évitait de le regarder.

— Je n'ai jamais rien vu de semblable, dit-il enfin.

— Semblable à quoi ?

Il en avait le souffle coupé. Le salon regorgeait littéralement de cadeaux, la plupart emballés et les autres posés tels quels. Des skis étaient appuyés contre le mur, entourés d'un énorme ruban rouge. Une chaîne stéréo, semblable à celle qu'Heidi avait demandée, trônait dans un coin. De tous côtés, il ne voyait que des cadeaux et encore des cadeaux. A n'en pas douter, les filles du Refuge verraient tous leurs vœux exaucés.

— Ce n'est pas moi, dit-il enfin. Crois-moi, Chloé, je n'y suis pour rien.

Il lui fit face, ses mains posées sur les épaules de la jeune femme.

— Je tiens mes promesses. Je n'aurais jamais agi contre ta volonté.

— Ma volonté ?

— C'est vrai, je ne sais pas d'où viennent ces cadeaux. Je n'en ai pas la moindre idée. En tout cas, ils ne proviennent ni de moi ni de ma famille.

Elle leva la tête et fit semblant d'évaluer sa sincérité.

— Je te crois.

— Mais qui a acheté tout ça ?

— Probablement le Père Noël.

Il l'écoutait à peine.

— Le conseil d'administration ? Le personnel ?

Elle mit les mains dans ses poches. Vides, à l'instar de son livret d'épargne qu'elle avait fermé lundi, ou de son compte bancaire quand ses achats seraient débités en janvier.

— Un voisin ? Un bienfaiteur anonyme ? poursuivit-il.

— Le Père Noël, répéta-t-elle.

Elle repoussa ses questions d'un baiser et songea aux vœux de

Noël et aux cadeaux inespérés, à la peur qu'elle avait surmontée et à l'amour qu'elle avait rencontré, mais aussi au bonheur de donner, à la fois si simple et si absolu.

Plus tard, elle lui raconterait tout ce qu'elle avait appris sur le Père Noël.

Elle aurait la vie entière pour le lui dire.

SUSAN WIGGS

L'inconnu du réveillon

Titre original :
CINDERFELLA

Traduction française de AGNÈS PIGANIOL

1

— Alors, Riley ! Tu y vas, à cette soirée ?

— Tu rigoles, Brad ! Ce n'est pas assez chic pour Riley, ironisa Derek.

Assis face à son bureau, les pieds posés sur une pile de dossiers, Jack Riley semblait en contemplation devant ses vieilles baskets. Il leva les yeux vers le minuscule arbre de Noël qui trônait au sommet de son ordinateur, un sapin décoré par les enfants du foyer dont il s'occupait.

Ils pouvaient bien aller au diable ces deux blancs-becs, et toute la salle de rédaction avec eux, les sonneries de téléphone, les néons blafards et tout le bazar... Pour ce qu'il en avait à faire...

— Regarde-le, Brad. On croirait que ce pauvre Riley n'a rien à se mettre.

Derek Crenshaw, lui, se pavanait dans des pulls en cachemire de chez Brooks Brothers offerts par papa-maman.

— Fichez-moi la paix, dit Riley en grattant son sweat-shirt gris de la City University of New York. J'ai des affaires propres dans mon sac de gym.

Ses compagnons s'esclaffèrent. Il faut peu de chose pour les amuser, ces deux-là, songea-t-il, repliant ses longues jambes. Et ça veut jouer au grand reporter ! Il attrapa un crayon derrière son oreille et rajusta ses épaisses lunettes.

Son regard s'arrêta un instant sur le carton d'invitation posé au milieu du monceau de paperasses qui encombrait son bureau. Sous cette tonne de papiers, quelque part, se cachait un sous-main tout neuf acheté par un jeune garçon reconnaissant avec ses maigres économies.

Jack lut rapidement les quelques lignes de l'invitation.

« Mlle Madeleine Langston vous prie de bien vouloir assister… 9 heures… au Dakota… tenue de soirée… »

— Tenue de soirée, marmonna-t-il, abaissant la visière de sa casquette.

En réalité, Mlle Langston n'avait sûrement aucune envie de voir M. Jack Riley. Mais pourquoi l'avait-elle invité, bon sang ? Par pitié ? Poussée par un sentiment de culpabilité ? Ou par simple curiosité ? Après tout, la jeune héritière souhaitait peut-être pimenter sa soirée avec des énergumènes de son genre, histoire de s'encanailler un peu avec le menu fretin de Brooklyn.

Derek s'approcha de Jack, un marqueur à la main.

— Hé, Riley ! Si je dessinais une cravate noire sur ta chemise ?

— Hé, Derek ! Si je te cassais la gueule ? rétorqua Jack en imitant l'accent californien de son collègue.

Brad et quelques garçons du bureau s'esclaffèrent de nouveau.

— En plein travail, messieurs ? interrompit soudain une voix tranchante.

Les rires cessèrent aussitôt.

Jack regarda vers l'autre bout de la pièce et la reconnut tout de suite. C'était elle, justement… La beauté froide et hautaine qui lui empoisonnait la vie.

Sa directrice.

Derek rengaina son marqueur et jeta en hâte un dossier sur le bureau de Jack pour cacher l'invitation.

— Euh, Jack finissait juste, expliqua-t-il précipitamment.

Madeleine Langston se faufila entre les bureaux avec une aisance étonnante, comme si le plan de la salle de rédaction avait été gravé dans son cerveau.

Elle avait hérité du *Courrier* à la mort de son père, six mois auparavant. Au début, tout le monde avait cru qu'elle se retirerait discrètement aux Hamptons pour y vivre de ses rentes. Pendant quelque temps, en effet, on ne l'avait plus vue. Puis — il y avait de cela trois semaines — elle avait renvoyé le directeur de la rédaction, jugé incompétent, et s'était nommée elle-même directrice. Apparemment, elle avait de la peine à trouver quelqu'un qui réponde à ses exigences de perfection pour ce poste, si bien qu'en attendant, au grand désespoir de tout le personnel, elle en assumait les fonctions.

Jusqu'à la semaine précédente, elle s'était tenue à l'écart de la salle de rédaction, préférant son austère bureau situé à l'étage du dessus. C'était seulement la deuxième fois que Jack la voyait de près. Il la trouvait vraiment superbe mais, d'une certaine façon, elle lui faisait peur... et il préférait nettement l'avoir au bout du fil plutôt que sous les yeux.

En sachant pertinemment qu'il allait l'agacer, il reposa les pieds sur son bureau, croisa les jambes et, les mains derrière la tête, l'observa par-dessous la visière de sa casquette.

Tout de blanc vêtue, Madeleine Langston avançait telle un missile téléguidé. Elle devait être la seule femme de Manhattan capable de porter un tailleur de lainage ivoire une journée entière sans y faire le moindre pli. Un phénomène sans doute lié à la raideur glaciale du personnage.

Cela dit, elle possédait d'autres atouts : beauté, intelligence, richesse... Tout un arsenal de dangereuse séductrice qui donnait envie à Jack de croiser les doigts comme pour conjurer le mauvais sort. Pire encore, de lui faire l'amour jusqu'à ce qu'elle crie grâce... ou qu'elle en redemande.

Elle s'arrêta devant son bureau et il eut tout loisir d'admirer son visage : des pommettes délicates, un nez qui devait servir de modèle dans les congrès de chirurgie esthétique, une bouche charnue, des yeux aussi bleus que le fond d'une piscine et des cheveux blond pâle artistement tressés.

Elle posa un ongle parfaitement manucuré sur sa lèvre inférieure et resta ainsi un instant pour le cas — fort peu vraisemblable — où il ne l'aurait pas remarquée. Elle contempla longuement le petit arbre de Noël comme s'il s'agissait d'un objet venu d'une autre planète.

Qu'attendait-elle donc ? Qu'il se lève et retire sa casquette ? Dans ce cas, elle risquait de manquer sa soirée.

— Vous avez le dossier sur le scandale du traitement des déchets ? demanda-t-elle.

Son accent aristocratique de la côte Est portait la marque d'une éducation raffinée transmise de génération en génération et peaufinée par la fréquentation des collèges les plus huppés.

Tout en caressant son menton mal rasé, Jack la regarda avec un petit sourire narquois au coin des lèvres.

— Pourquoi ne cherchez-vous pas un nouveau directeur pour surveiller les journalistes indisciplinés que nous sommes ?

— Le journal m'appartient, monsieur Riley, et je surveille qui bon me semble.

— Quelle drôle d'idée ! marmonna-t-il.

Il se pencha en avant, tira un dossier de la pile sur laquelle étaient posés ses pieds et le lui tendit. Quand elle ouvrit le dossier, des bagues de platine et de perles scintillèrent à ses doigts. Un paquet de chips vide tomba par terre, mais elle feignit de ne pas le remarquer et parcourut le document à toute vitesse sans sourciller.

Après un bref hochement de tête, elle reprit :

— Et la controverse sur ce, euh, ce problème sanitaire à l'école ?

— Vous voulez dire la polémique sur la mise à disposition de préservatifs pour les lycéens ? dit-il en riant.

Il observa avec délice la délicate rougeur qui colorait les joues de sa ravissante directrice.

— Oui, c'est prêt.

Sans la quitter des yeux, il tapota sur son clavier. L'imprimante à côté de son bureau cracha une copie du texte.

Les fines narines de la jeune femme frémirent légèrement.

— Monsieur Riley, comment un homme aussi charmant que vous a-t-il réussi à vivre si longtemps sans être victime de graves blessures ?

Il sourit en tripotant la courte queue-de-cheval qui frisait sur sa nuque.

— C'est que je cours vite, ma chère.

— Je vois, fit-elle avec une expression dédaigneuse digne de Katharine Hepburn.

Elle saisit la copie encore chaude et l'ajouta à sa pile de documents.

Puis, au grand soulagement de Jack, son regard glacé se tourna vers Brad et Derek.

— Et vous, messieurs ? Avez-vous terminé votre travail dans les temps, pour une fois ?

Ils la dévoraient des yeux, comme deux gourmands au régime lorgnant une boîte de chocolats. Ces idiots avaient parié à qui réussirait à coucher avec elle en premier. Comme s'ils avaient la moindre chance ! Il fallait vraiment être taré pour en avoir envie... ou alors avoir du goût pour les explorations polaires. Qui d'autre pouvait nourrir de tels fantasmes ?

Jack Riley lui-même, hélas ! s'avoua Jack, écœuré. Elle représentait tout ce qu'il aurait dû mépriser chez une femme, mais paradoxalement, il la trouvait plus sexy qu'aucune autre. Il la désirait. Terriblement. Il voulait faire fondre la glace autour d'elle.

— Oui, bien sûr, mademoiselle Langston, dit Brad, l'air soudain très affairé.

— Oui, confirma Derek.

— Parfait, dit Madeleine, pivotant sur ses talons.

Avant même que Jack ait repris sa confortable position, elle se retourna — ses chaussures à trois cents dollars firent un petit claquement sec sur le linoléum.

— Ah, j'oubliais, messieurs, vous verrai-je au Dakota, ce soir ?

— Naturellement, répondirent en chœur Derek et Brad.

Déjà pourvus de pulls en cachemire et de chaussures bateau, il ne leur manquait plus que le smoking pour compléter la panoplie du parfait rédacteur.

Le regard de Madeleine Langston s'arrêta sur Jack. Bon sang, qu'elle était belle !…

— Alors ? Vous venez ?

Formulée ainsi, la question pouvait passer pour une invitation immédiate. Mais, si tentant que ce fût, Jack décida de ne pas la prendre au mot. C'était trop facile.

— Non, dit-il, souriant de la voir soudain si soulagée. J'ai rendez-vous avec mes potes.

Elle arqua un sourcil soigneusement épilé.

— Vos potes ?

— Oui, une bande de patineurs de Central Park.

— Eh bien, on vous regrettera.

Cette fois, Jack ne put s'empêcher de rire. Quelle plaie, cette femme ! Ils n'en étaient qu'à leur deuxième rencontre et ça tournait déjà au vinaigre. Avec un malin plaisir, il ajouta, goguenard :

— Vous savez, j'arriverai peut-être à me libérer…

Les yeux de la belle lancèrent un message de détresse. Malgré ses airs de déesse altière, elle mentait bien mal et cette façon qu'elle avait de rougir la rendait presque humaine.

Laissant tomber l'invitation dans la corbeille à papier pleine à ras bord, il la rassura :

— Ne vous inquiétez pas, princesse, le prince charmant a d'autres projets.

2

Madeleine Langston avait tout lieu d'être satisfaite : sa robe, l'appartement du Dakota, l'arbre de Noël très design au centre de la pièce, la musique de l'orchestre, le choix des invités et le délicieux canapé qu'elle tenait entre ses doigts... Tout lui semblait parfait.

— Madeleine, mon ange ! s'écria William Wornich, l'échotier du *Courrier*.

Il se pencha et la gratifia d'un baiser aérien.

— Quelle merveilleuse soirée ! poursuivit-il, un cigare à la main. Un vrai bal de conte de fées !

— Merci, William. C'est tout à fait ça.

La fumée âcre du cigare lui piqua les yeux. Zut ! Elle allait être obligée d'enlever ses lentilles de contact, sans lesquelles elle n'y voyait plus rien.

Sans même s'excuser, Wornich recula et, la tenant à bout de bras, continua à s'extasier.

— Et cette robe ! Quelle trouvaille ! Où as-tu déniché ça ?

— Tu ne le croirais pas si je te le disais, répondit-elle avec un sourire convenu.

C'était une robe de sa mère : un modèle de 1940 en taffetas noir rehaussé de verroterie aux épaules et sur l'ourlet. Idéal pour danser. Le problème, c'est qu'elle ne voyait personne, dans cette élégante assemblée, avec qui elle avait envie danser.

Papa, songea-t-elle soudain avec émotion. Le souvenir de son père lui revint brusquement à la mémoire, aussi vif que les images parfois évoquées par la bière épicée que l'on boit à Noël

213

ou que l'odeur du sapin. Le somptueux appartement du Dakota où se tenait la réception, et dont il avait été le propriétaire, serait vendu la semaine suivante. C'était étrange de se retrouver dans ces lieux, avec les gens qu'il avait connus. Cette réception, il l'avait lui-même planifiée des mois à l'avance, sans se douter le moins du monde qu'il ne serait pas là pour accueillir ses hôtes.

Le retour dans cet appartement rempli de doux souvenirs était, certes, douloureux, mais elle y voyait quand même un avantage : là, au moins, elle était libre de partir et de rentrer chez elle quand elle voulait.

— Madeleine, mon ange, dit Wornich avec un clin d'œil narquois, dans un nouveau nuage de fumée, je voulais te demander… Je sais que tu donnes cette soirée en souvenir de ton père, mais quel en est le véritable motif ? La chasse au mari ?

Habituée à cette question, Madeleine ne songea pas à s'en offusquer. Après la mort de son père, tout le monde supposait qu'elle chercherait un mari capable de reprendre la direction du *Courrier*. Ou un riche homme d'affaires prêt à racheter le journal.

Or la jeune héritière avait choisi une voie complètement différente. Elle avait d'abord demandé au conseil d'administration de la nommer présidente et, ces derniers temps, avait assumé la charge épuisante de directrice de la rédaction. Personne ne comprenait pourquoi.

Mais elle, elle savait bien pourquoi. Elle se cherchait ; il lui fallait trouver un moyen de s'accomplir et de s'épanouir. Dans le reflet que lui renvoyait son miroir, elle voulait voir une femme active, responsable. Une femme humaine, occupée à des choses utiles.

— Ne dis pas de bêtises, William, répondit-elle d'un ton jovial en clignant des yeux pour chasser la fumée. Tous les hommes que je rencontre me courtisent pour mon argent, ma position, ou bien ont peur de moi.

— Tous, mon ange ?

— Oui, tous.

Là-dessus, William rejoignit un groupe de critiques de

livres et Madeleine fila aux toilettes pour retirer ses lentilles que la fumée du cigare avait rendues intolérables. Tant pis. Elle ne perdrait rien à voir flou étant donné le peu d'intérêt de la compagnie.

Face au miroir, elle repensa à sa conversation avec William Wornich.

— *Tous, mon ange ?*

— *Oui, tous.*

Il y avait pourtant une exception : Jack Riley.

Un frisson de dégoût la parcourut. Elle le connaissait à peine, et elle savait déjà que Jack Riley était tout ce qu'elle détestait chez un homme : grossier, négligé, irrévérencieux et arrogant.

En même temps, il était le rédacteur le plus fiable et le plus talentueux de toute l'équipe.

Bien sûr, elle avait tort d'attacher autant d'importance à ses mauvaises manières, mais tout son comportement sentait la provocation : cette horrible barbe mal rasée et cette queue-de-cheval, ce regard narquois et ces sarcasmes visant à lui montrer qu'il n'était pas dupe de ses grands airs, sans parler de cette attitude insolente, qui semblait toujours dire « allez vous faire voir »… Manifestement, c'était le genre d'homme qui mordait la vie à pleines dents et ne supportait pas les timorés.

Les timorés comme elle…

Sa visite à la salle de rédaction dans l'après-midi avait été une catastrophe. Elle était descendue pour discuter avec les rédacteurs, dans le vague espoir de se faire adopter par l'équipe. Quelle naïveté ! Comment avait-elle pu s'illusionner à ce point ? A aucun moment elle n'avait réussi à se départir de sa froideur, et personne dans ce bureau n'avait paru comprendre qu'elle était simplement timide. Notamment l'insupportable M. Riley, qui, lui, était tout sauf timide. Il avait apparemment une dent contre elle, mais pourquoi ? Il ne la connaissait même pas. Ils ne s'étaient rencontrés qu'une seule fois auparavant.

Faute de trouver une explication, elle s'efforça de ne plus penser à lui. Elle retira ses lentilles, les rangea dans son sac brodé de perles, puis se pencha en avant pour regarder son image un peu floue dans le miroir. Elle aurait mieux fait de mettre son rouge à lèvres avant d'enlever ses lentilles.

Tant pis, se dit-elle en soupirant, les gens devront accepter Madeleine Langston sans rouge à lèvres. La lumière blanche d'un flash l'accueillit à la sortie des toilettes. Elle sourit automatiquement, comme chaque fois que quelqu'un la prenait en photo pour les pages mondaines. Son comportement ne trahissait en rien ses états d'âme. Elle s'exprimait avec aisance dans les conversations sur son père et personne, dans cette élégante assemblée, ne pouvait deviner à quel point elle se sentait gauche et mal à l'aise.

Et aussi terriblement seule. Noël approchait et elle s'apprêtait à passer les vacances avec son chat. C'était pathétique.

Alors, elle se remit à penser à Jack Riley. Il ne s'ennuyait pas, lui. Elle l'imaginait sillonnant la patinoire de Central Park en pantalon de cuir noir hypermoulant...

Jack jeta un regard furieux sur les dossiers qui encombraient son bureau. Derek et Brad pourraient le remercier : il avait fini de corriger les épreuves de leurs articles. Des articles ennuyeux, dépourvus d'imagination. Lui-même n'avait pas eu d'histoire croustillante à raconter depuis des semaines. Que se passait-il donc à Manhattan, ces temps-ci ? Pas le moindre crime, pas la moindre petite bagarre à se mettre sous la dent...

Il ferma son bureau à clé, éteignit son ordinateur et quitta la salle de rédaction. Dans le long couloir étincelant de propreté, il rencontra une femme de ménage.

— Encore une longue journée, Jack ? lui lança-t-elle.

Il sourit et baissa les yeux sur son sweat-shirt défraîchi.

— Ce n'est pas ce soir qu'on me verra transformé en citrouille, Cora.

— Oui, mais avez-vous vérifié si votre voiture était toujours là ?

— Une voiture ? Avec mon salaire ?

Il avait vendu depuis longtemps sa vieille Mercury qui l'avait transporté, six ans plus tôt, de Muleshoe, dans le Texas, jusqu'à Manhattan. Il n'avait alors qu'un diplôme de journaliste en poche... et des rêves plein la tête.

— Je prends le métro, mon ange.

— Soyez prudent, Jack.

Il se rappela ce conseil lorsque, cinq minutes plus tard, dans Lexington, il aperçut deux grandes brutes en train de tabasser un passant. Le malheureux — un petit bonhomme ventripotent — se trouvait visiblement en très mauvaise posture.

Instinctivement, Jack se mit à courir vers les trois silhouettes, tout en se disant : *Tu es new-yorkais, maintenant, mon pote. Normalement, tu devrais regarder ailleurs.* Mais dans sa poitrine battait le cœur d'un Texan qui méprisait la violence et l'injustice.

Ses longues jambes l'amenèrent rapidement sur le lieu de la scène. Un des agresseurs maintenait le petit homme contre un mur de brique, pendant que l'autre lui fouillait les poches.

Jack se jeta dans la bagarre. De longs cheveux gras lui fouettèrent le visage. Il donna un grand coup à l'un des deux types, puis, l'attrapant par son col de cuir, l'envoya rouler dans un tas de neige fondue. Le voyou tomba facilement — vraisemblablement affaibli par la drogue — et s'écrasa sur un amas de cartons mouillés.

Là-dessus, un poing frappa Jack à l'estomac. Ses muscles bien entraînés se contractèrent sous le choc. Avec un grognement de rage plus que de douleur, il décocha à son adversaire un uppercut foudroyant dans la mâchoire. L'homme hurla et s'enfuit en se tenant le visage tandis que son compagnon aux cheveux gras se relevait avec peine.

Prêt à parer une nouvelle attaque, Jack se mit en garde, les pieds plantés au sol, nerfs et muscles tendus. Son agresseur le jaugea pendant environ trois secondes, puis fila à son tour sans demander son reste.

Jack allait se lancer à la poursuite des deux voyous lorsqu'il aperçut le visage pâle et couvert de sueur de la victime. L'homme était vraiment tout petit. Vêtu d'un pardessus impeccable, il portait une moustache et un bouc taillés avec soin. Ses mains tremblaient, crispées sur une canne à pommeau de cuivre.

— Etes-vous blessé ? demanda Jack.

Il se baissa pour ramasser le chapeau du rescapé — un chapeau de belle qualité — et le lui tendit.

— N-non. Juste secoué.

L'homme sortit un mouchoir de soie pour s'essuyer le front et remit son couvre-chef.

— Merci, dit-il.

Sous la pâle lumière d'un réverbère, Jack l'examina plus attentivement.

— Vous êtes sûr ? Voulez-vous que j'appelle un médecin ?

— Non. Je vais retourner à la boutique et appeler un taxi. J'ai un camion, mais je n'ai pas envie de conduire, ce soir.

L'homme regarda Jack et parut soudain se ressaisir.

— Non, mais... où ai-je la tête ?... Un homme me sauve la vie et je ne me présente même pas... Harry Fodgother, dit-il, tendant sa main gantée.

— John Patrick Riley. Appelez-moi Jack.

Il situa immédiatement le petit homme. A ses débuts au journal, il avait travaillé un temps comme secrétaire de rédaction. Le nom de Fodgother apparaissait alors fréquemment dans la chronique mondaine.

— Vous êtes tailleur, n'est-ce pas ?

Harry fit une moue faussement dédaigneuse.

— Créateur de vêtements pour hommes, s'il vous plaît, rectifia-t-il en riant. Avec ce titre, je peux doubler les prix.

Il tira un trousseau de clés de sa poche et ouvrit une lourde porte métallique sur laquelle on lisait « Livraisons ». Jack le suivit à travers une grande pièce remplie de rouleaux de tissu, de machines à coudre, de mannequins et de tables à dessin. Sur les murs, des photos de personnalités habillées par Fodgother figuraient en bonne place.

En entrant dans la boutique, les pieds de Jack s'enfoncèrent dans une moquette de cinq centimètres d'épaisseur. Le show-room ressemblait à un bar de club anglais avec les éléments décoratifs habituels : cuir et cuivre sur fond vert et scènes de chasse aux murs. Mais on n'y voyait pas l'ombre d'un vêtement. Le prêt-à-porter devait être rangé dans les armoires et les commodes anciennes.

— Belle pièce, fit remarquer Jack.

— N'est-ce pas !

Harry alluma une lampe de bureau, qui émit une lumière verte et décrocha le téléphone.

— Il y a une glacière avec de la bière, là, sous le comptoir. Servez-vous.

Jack ouvrit deux bières pendant que Fodgother appelait un taxi. Quand il eut raccroché, Jack s'étonna :

— Vous n'avertissez pas la police ?

Fodgother secoua la tête.

— Non. C'étaient juste deux drogués. Je ne les ai pas bien vus, et, grâce à votre intervention providentielle, ils n'ont rien pu me prendre… Seule ma fierté en a souffert. Que peut faire la police ? Elle y passerait la nuit et…

La suite, Jack ne l'entendit pas. Il venait de retrouver un carton dans sa poche… l'invitation !

— Ça alors ! fit-il. Je croyais l'avoir jetée.

Il l'avait bien jetée, en effet, mais au dernier moment il l'avait récupérée machinalement, sans trop savoir pourquoi… Peut-être pour la montrer à sa mère, qui lui demandait toujours des nouvelles de ses amis de la bonne société new-yorkaise. Elle n'avait pas encore compris que John F. Kennedy Jr. ne faisait pas partie de ses fréquentations quotidiennes.

Il repassa devant le comptoir et tendit une bière à Harry.

— Vous travaillez tard, à ce que je vois, lui fit-il remarquer. A la vôtre !

— C'est comme ça pendant toute la période de fêtes, répondit-il en levant sa bouteille de bière. Tous mes vœux !

Jack sourit et but une gorgée.

— Idem pour vous.

— Vous n'êtes pas d'ici.

— Non, je viens du Texas, mais l'accent se perd vite si on n'y prête pas attention.

Harry prit le carton d'invitation que Jack avait posé sur le comptoir et le lut rapidement.

— Une invitation de Madeleine Langston ! s'exclama-t-il. Comment l'avez-vous eue ?

Jack reprit une gorgée de bière.

— C'est mon boss. Une déesse dans une peau de vache.

— Mais une vraie beauté. Pendant un temps, elle sortait avec un de mes modèles.

Jack rit en imaginant Madeleine Langston accompagnée d'un costume vide. L'idée cessa de l'amuser quand il se vit lui-même à la place du costume vide. Décidément, cette femme lui faisait perdre la tête.

— Ne me dites pas que vous n'êtes pas amoureux d'elle, dit Harry en pointant sa canne vers Jack. Moi aussi, j'ai été jeune.

— Une femme aussi froide ? Non merci ! protesta Jack. J'aurais plus de chance avec une statue de glace.

— Voilà un monsieur qui proteste trop, à mon avis.

— Je ne la connais même pas. Je l'ai rencontrée une fois, peut-être deux. Et croyez-moi, ça n'a pas été le grand frisson.

— Le Dakota, murmura Harry. C'est la soirée annuelle de son regretté père.

Il secoua la tête tristement.

— Pour elle, c'est la première année sans lui, et la dernière de ces soirées. Imaginez ce qu'elle doit ressentir.

Jack faillit s'étrangler avec sa bière. Harry réussissait à lui faire voir Madeleine comme une vraie personne... une femme avec des sentiments, capable de souffrir. Il n'aurait pas dû se sentir concerné et, pourtant, ces paroles ne le laissaient pas indifférent.

— Elle est sans doute en train de danser à en faire des trous dans le tapis, dit-il.

— Oui. Peut-être aussi qu'elle boit trop, sourit trop et attend que quelqu'un vienne à son secours.

— Qu'en savez-vous ? demanda Jack en avalant une gorgée de bière.

Harry pointa l'extrémité de sa canne vers la poitrine de Jack.

— Je le sais, faites-moi confiance.

Pour qui se prend-il, ce nabot ? songeait Jack. Harry ne le quittait pas des yeux et, sous son regard insistant, Jack sentait la chaleur lui monter aux visage.

— Je suppose que je ne ressemble pas beaucoup à vos clients habituels, n'est-ce pas ?

— Ça me change, j'aime bien. Qui sait ? Peut-être y a-t-il un prince sous ces guenilles…

Harry se mit à tourner lentement autour de Jack en décrivant des moulinets avec sa canne et en marmonnant des chiffres.

— Jack Riley, je vais vous habiller comme jamais vous n'en avez rêvé. Ce sera magique. Vous ne vous reconnaîtrez pas.

— Vous savez, Harry, les vêtements m'intéressent peu.

— Allons, n'avez-vous jamais eu envie d'entrer dans une pièce bondée et d'en mettre plein la vue à tout le monde ?

— Seulement s'il s'agit de républicains.

— Bah ! Vous êtes là, à plaisanter, alors que vous pourriez aller à ce bal et rencontrer la femme de vos rêves.

Cette fois, Jack ne put se retenir de rire.

— Laissez-moi faire ça pour vous, reprit Harry, sa canne de nouveau pointée sur Jack. Vous m'avez sauvé la vie.

— A vrai dire, Harry, je suis un type du sud, plutôt le style bière-télé, si vous voyez ce que je veux dire. Un père peinard, quoi.

— Les miracles, ça existe, mon garçon.

Les mains enfoncées dans les poches de sa veste, Jack résistait.

— Ce n'est pas mon type de femme…

— Moi, je vois en vous quelqu'un qui aime s'amuser. Qui ne supporte pas l'idée d'une pauvre femme seule au milieu d'une nuée de vils flatteurs.

Harry regarda une dernière fois le carton d'invitation, puis, allongeant le bras vers Jack, il lui retira ses lunettes.

— Finissez votre bière, cow-boy. On va se mettre au travail… et vite.

Jack capitula avec le sourire, comprenant que toute résistance était vaine face à ce tailleur — pardon, ce « créateur de vêtements pour hommes » — qui cherchait désespérément une occasion de lui prouver sa gratitude.

3

Madeleine se surprit à lorgner de nouveau vers la pendule. Dix heures et demie. Deux minutes entières s'étaient écoulées depuis qu'elle avait vérifié l'heure… Deux minutes de plus passées à sourire, à distribuer des compliments minables, à siroter du Dom Pérignon, à présent tiède. Déjà le champagne commençait à produire son effet.

Comme toujours quand elle avait un peu trop bu, elle devenait bienveillante et circonspecte. Les objets prenaient une apparence agréablement floue, parfois un peu bizarre. Elle faillit prendre un fou rire devant un mannequin dont la robe semblait entièrement constituée de languettes de canettes de soda.

Mais cette envie lui passa quand elle vit Britt Beckworth traverser la pièce et venir dans sa direction. Il ressemblait à une poupée Ken avec sa mâchoire carrée, ses cheveux trop bien peignés et sa tête creuse…

Pour l'éviter, Madeleine se réfugia dans le vestibule, derrière une sculpture de Thorleifsson. Pourquoi donc attirait-elle immanquablement les carriéristes sans intérêt et les ambitieux sans scrupules ? Devrait-elle toute sa vie fréquenter ce genre de personnes et renoncer à trouver simplement un ami ?

Ce soir, en tout cas, elle ne voyait guère de candidats susceptibles de remplir cette fonction. Les deux rédacteurs du journal, Derek et Brad, la reluquaient avec des lueurs dans le regard ne laissant aucun doute sur leurs intentions. Elle attendait autre chose des hommes.

Prise d'une soudaine envie de quitter la pièce, elle se dirigea vers la porte, pensant à la petite voiture italienne rouge qui l'attendait au garage, toute rutilante. Elle regrettait d'avoir bu tant de champagne et retiré ses lentilles de contact, car elle rêvait de se mettre au volant, de rouler à toute allure dans la nuit noire, de fuir le plus loin possible, là où le nom de Madeleine Langston ne signifierait rien pour personne.

Une sorte d'ivresse la poussait à prendre des risques, elle se sentait prête à quelque coup d'éclat ou à quelque folie. Pour une fois dans sa vie, elle voulait lâcher prise, perdre le contrôle de soi. Ou, mieux encore — et bien plus excitant — confier les rênes de son existence à quelqu'un d'autre... un homme qui lui ferait perdre la tête.

Je voudrais, songeait-elle. *Je voudrais...* Elle ferma les yeux et essaya vainement de chasser ces rêves extravagants. Elle savait bien que la vraie vie ne réservait jamais de telles surprises, et pourtant...

Au moment où sa main se refermait sur la poignée de la porte, Madeleine s'étonna de la sentir tourner de l'extérieur. Elle fit un pas en arrière, préparant déjà des excuses — du genre « Ravie de te voir, mon chou, mais je dois filer... On déjeunera ensemble un de ces... »

La porte s'ouvrit... et les excuses restèrent coincées dans la gorge de Madeleine. Elle recula, abasourdie, croyant à une apparition céleste.

Il mesurait au moins un mètre quatre-vingts, même après avoir retiré son stetson noir.

— Bonsoir, beauté, dit-il, très à l'aise, en lui tendant la carte d'invitation. Le concierge m'a laissé passer avec cette carte. En ferez-vous autant ?

— Sûrement pas, murmura Madeleine instinctivement.

Il avait des cheveux bruns superbes dont les ondulations, teintées de reflets roux par la lumière des bougies, recouvraient en partie son col amidonné. Sa veste noire, à la coupe impeccable, soulignait la forme sculpturale de ses épaules. Il la portait ouverte sur une chemise blanche à petits plis ornée de boutons de nacre. Le pantalon, également noir, moulait sa taille et ses hanches minces et retombait sur des santiags fines et pointues impeccablement cirées.

En examinant les traits virils de cet invité inattendu et son visage rasé de près, elle lui trouva un je-ne-sais-quoi de familier. Mais lorsqu'il lui sourit, d'un sourire franc et décontracté, cette première impression s'effaça. Non, elle n'avait jamais vu cet homme auparavant... sauf en rêve peut-être.

— Si nous restons ici plus longtemps, les gens vont se poser des questions.

— Oh, bien sûr, dit-elle, confuse, posant l'invitation sur la table de l'entrée. Entrez, monsieur...

— Euh... Patrick, John... Patrick. Mais appelez-moi John, mademoiselle...

— Madeleine, répondit-elle hâtivement.

Elle aurait préféré qu'il l'appelle de nouveau « beauté ».

— Allons danser, beauté, dit-il alors, comme s'il avait deviné ses pensées.

Il déposa son chapeau sur la table et l'entraîna vers la piste de danse.

L'orchestre jouait un air langoureux des années quarante. Incapable de résister au rythme du blues, elle se laissa porter par la musique et quand le bel inconnu lui prit la main, elle le suivit sans hésiter. Elle se sentait soudain légère comme les bulles de champagne, et prête à s'envoler avec lui pour le paradis.

Jack Riley n'en revenait pas de se trouver au milieu d'une piste de danse, en train de tanguer doucement au son d'une vieille mélodie avec Madeleine Langston dans ses bras.

Cela paraissait vraiment incroyable. De deux choses l'une : soit elle l'avait reconnu et continuait à faire comme si de rien n'était, soit elle ne l'avait pas reconnu... La magie de Harry Fodgother l'avait-elle réellement métamorphosé à ce point ?

En s'apercevant dans un miroir, il commença à croire la chose possible. Effectivement, il n'était plus le même homme. Ses lunettes d'écaille avaient disparu. Son smoking, ses santiags, sa coiffure et son menton rasé de frais avaient transformé le rustre de Brooklyn en un élégant cow-boy. L'accent du Texas qu'il exagérait volontairement, achevait de le rendre méconnaissable.

Du moins l'espérait-il.

Presque inconsciemment, il resserra son étreinte autour de la taille de sa partenaire et la sentit tressaillir à son contact. Là encore, quelle surprise ! La princesse froide et hautaine se révélait bien différente de près. Elle était chaude, douce, et se laissait toucher.

Avec elle, pour la première fois de sa vie, il mettait en pratique les cours de danse qu'il avait pris à la fac dans le cadre d'une UV d'éducation physique. Il sentait la main de sa cavalière s'appuyer légèrement sur son bras. Froide et hautaine, cette femme ? A d'autres ! Il la sentait souple et câline comme un chaton. Et ce parfum ! C'était comme s'il tenait un bouquet de lys dans les bras.

— Contente de la soirée ? lui demanda-t-il.

A chacun des mots qu'il prononçait, les cheveux de sa cavalière frémissaient sous son souffle. De fines mèches retombaient sur ses tempes et sa nuque. Un rang de perles de cristal retenait le reste de sa chevelure.

— Mmm, maintenant, oui. Mais pendant des semaines, j'ai vécu dans l'angoisse.

Elle lui sourit un peu tristement, et un frisson d'émotion le parcourut jusqu'au bout des doigts.

— C'était l'appartement de mon père. Il est mort, mais je me sens obligée d'organiser sa réception annuelle une dernière fois.

— Je comprends. C'est une perte cruelle pour vous et j'en suis désolé…

— Je fais front, dit Madeleine.

Sa cuisse effleura celle de Jack à la faveur d'un changement de direction sur la piste de danse et une lueur malicieuse brilla dans son regard.

— C'est un bon moyen d'attraper les hommes, ajouta-t-elle en souriant.

— Vous le faites souvent ? s'inquiéta-t-il.

— Vous êtes mon premier, dit-elle en riant. Et je crois que pour vous, ça valait la peine d'attendre.

Cet aveu si spontané éveilla la suspicion de Jack. Il eut soudain le sentiment qu'elle n'était pas dupe de son jeu et prenait plaisir à le faire marcher. Pourtant, le doute persistait dans son esprit. Madeleine Langston ne savait pas mentir. Jack s'en était rendu compte lorsqu'elle avait tenté de lui faire croire qu'elle souhaitait le voir à sa soirée. Il avait vu sa gracieuse silhouette se raidir et son visage s'empourprer jusqu'à la racine de ses cheveux blonds. Elle mentait très mal.

En se déplaçant vers le bord de la piste, il la fit reculer jusqu'à un pilier de marbre, s'arrêta et, la main appuyée contre le mur, il la dévisagea. Dieu, qu'elle était belle ! Un vrai Botticelli ! Une nymphe au teint d'ivoire, les yeux remplis d'admiration… Et ce regard était pour lui !

— Madeleine.

— J'aime la façon dont vous prononcez mon nom, dit-elle en taquinant son nœud papillon de soie.

Jack se sentit subitement à l'étroit dans son col. Tout cela lui paraissait complètement fou.

— Nous… nous sommes-nous déjà rencontrés ?

Il observa attentivement sa réaction. Leurs visages étaient tout proches. Elle leva un doigt délicat et, comme une enfant curieuse, lui effleura le menton — son menton bien rasé, que Harry Fodgother avait aspergé d'un parfum de luxe.

— Impossible, murmura-t-elle, tout en laissant doucement descendre sa main le long de son torse. Si je vous avais rencontré, je ne l'aurais jamais oublié.

Il était trop tard maintenant pour lui avouer la vérité. Si elle l'apprenait, elle le tuerait.

Pris de panique, il la saisit par le poignet et repoussa sa main.

— Madeleine, dit-il, je vous en prie, ne faites pas semblant de ne pas savoir…

— Oh, mon Dieu ! s'écria-t-elle tout à coup. Les voilà qui arrivent !

Dressée sur la pointe des pieds, elle regardait derrière lui avec des yeux de gibier traqué.

Jack se retourna et aperçut William Wornich entouré d'un troupeau de paparazzi qui se dirigeait vers eux. Il comprit aussitôt. Madeleine vivait sous les projecteurs comme un insecte sous une loupe. Ses moindres faits et gestes étaient soumis au regard du public. Il imaginait déjà les titres des journaux du lendemain : l'héritière et le mystérieux cow-boy.

— Venez, dit-il.

Enfonçant son chapeau sur sa tête, il prit Madeleine par l'épaule et lui souffla à l'oreille :

— Sortons d'ici.

Un flash l'aveugla. Il entendit le ronron d'une caméra et aperçut Brad et Derek à l'autre bout de la pièce. Sans hésiter une seconde, il entraîna Madeleine vers la porte et, insensibles aux appels de leurs poursuivants, tous deux se précipitèrent dans l'ascenseur. Pendant quelques secondes qui leur parurent une éternité, les portes restèrent ouvertes et ils virent le moment où les chasseurs de scoops allaient les rattraper.

Alors Jack abaissa le bord de son chapeau, pressa le bouton de fermeture d'un geste énergique et les portes se refermèrent doucement. Il était temps.

Madeleine s'appuya contre la paroi de l'ascenseur avec un soupir de soulagement.

— Merci.

— De rien, madame.

— J'ai oublié mon manteau.

— Voulez-vous que je retourne le chercher ?

— Non, surtout pas !

Alors, en galant homme, il retira sa veste et la déposa sur les épaules de Madeleine. Perdue dans les gigantesques plis noirs, elle lui parut plus séduisante que jamais et quand elle le regarda en souriant, un frisson délicieux parcourut tout son être.

— Où allons-nous ? s'enquit-elle.

— Au parking ?

— Je veux dire *après*, répondit-elle avec un rire argentin.

— Euh… où voulez-vous aller ?

Les portes de l'ascenseur s'ouvrirent et, en sortant, elle lui demanda :

— Vous conduisez ?

— Oui.

Harry Fodgother lui avait prêté son camion pour la soirée. Sans tenir compte des protestations de Jack, Harry lui avait tendu un trousseau de clés et une carte d'accès à un garage — où une simple place de parking coûtait plus cher que l'appartement de Jack à Brooklyn. Ce camion était un énorme joujou noir, équipé de tous les gadgets imaginables, dont un klaxon qui glougloutait et meuglait.

— Et vous ? demanda Jack.

Elle regarda le camion en se mordillant la lèvre d'un air hésitant.

— Pas ce soir. J'ai bu un peu trop de champagne. Où habitez-vous ?

— Où j'habite ? dit-il tout en lui ouvrant la portière.

La question le prenait au dépourvu. Il se mit à transpirer. Il n'avait pas prévu d'aller jusque-là…

— Euh, chez… chez des amis à White Plains.

— Oh !

Elle grimpa sur le siège du passager. Le frottement de ses bas soyeux quand elle replia ses jambes attirèrent le regard de Jack. La couture longeant la partie galbée de la jambe soulignait la plus belle paire de mollets qu'il eût jamais vus. Et il se targuait d'être un fin connaisseur.

Jack Riley, en effet, avait un vice secret — enfin, pas si secret que ça. Le corps des femmes était pour lui l'objet d'un véritable culte. Il en aimait la douceur, les courbes, les textures, les parfums… Bref, il les adorait.

Des jambes son regard remonta jusqu'au visage de sa séduisante passagère. Devant l'évidente déception de Madeleine, il émit une nouvelle suggestion.

— Je pourrais vous emmener dans un club ou un endroit de ce genre.

Elle le regarda longuement.

— Allons chez moi, murmura-t-elle, en posant la main sur sa manche.

4

D'une main un peu tremblante, Madeleine appuya sur le bouton de l'ascenseur menant à son appartement de Park Avenue. Ils montèrent en silence, entourés de lumières orangées et de miroirs teintés. Elle avait décidé de faire quelque chose d'extravagant... Eh bien, le moment était venu !

La dernière fois qu'elle avait ramené un homme chez elle, l'aventure s'était mal terminée. Le goujat avait passé une heure à cataloguer les tableaux de Monet, les mobiles de Calder et les lustres en baccarat ; puis une autre heure à essayer de l'entraîner dans la chambre à coucher, et enfin une troisième à tenter de comprendre pourquoi, invoquant un soudain mal de tête, elle l'avait prié de s'en aller.

Elle jeta un coup d'œil furtif sur l'homme qui l'accompagnait ce soir. Sa posture décontractée, son regard chaleureux et amical lui inspiraient confiance. Cette fois, elle voulait y croire.

Pourvu que je ne me trompe pas, se disait-elle. Et elle le suppliait secrètement : *S'il vous plaît, soyez différent ! Il le faut absolument, c'est vital pour moi.*

Les portes de l'ascenseur s'ouvrirent. Sa main tremblait déjà un peu moins lorsqu'elle inséra la carte magnétique dans la serrure et poussa la porte de l'appartement.

Quelques lampes diffusaient un éclairage discret dans les angles de l'entrée et du salon. Tandis qu'il retirait son chapeau et le posait sur le porte-parapluies, elle enleva la veste de smoking et la laissa sur une chaise. Il contempla un instant le tableau éclairé au-dessus de la table d'entrée : une scène de jardin peinte par Monet.

Madeleine retint son souffle. Avec la crainte d'être déçue une fois de plus, elle attendit l'inévitable discours sur la valeur de l'art impressionniste.

— Joli, dit-il simplement.

Elle poussa un soupir de soulagement.

— Puis-je vous servir quelque chose à boire ?

Il hésita.

— Une bière, peut-être ?

— Pas de chance ! C'est la seule chose que je n'ai pas, dit-elle en riant.

Elle se dirigea vers le bar où s'alignait tout un choix de bouteilles : Rémy Martin, Glenmorangie, Frangelico...

— Aucune importance, dit-il. Vous avez du champagne ? Un mauvais champagne, ça ressemble à de la bière.

— Je n'ai jamais de mauvais champagne.

Accoudé au bar, il avisa alors la machine à café.

— On n'a qu'à se faire un café.

Dans l'état de nerfs où elle se trouvait, le café ne la tentait pas trop.

— Je fais un café exécrable, prétexta-t-elle.

— Moi, je fais un irish coffee sublime. Vous allez voir !

Il desserra son nœud papillon et déboutonna son col. Par sa chemise entrouverte, Madeleine aperçut la fine toison rousse de sa poitrine. Une agréable chaleur dont l'intensité la surprit se répandit dans tout son être.

— Madame, regardez le maître à l'œuvre, dit-il tandis que ses mains maniaient avec dextérité le filtre et le café. Ce qu'il faut, c'est deux fois plus de café et deux fois plus de whisky.

— Ah ! Comme ça, on sera trop soûls pour faire attention au goût.

Madeleine ouvrit une bouteille d'Evian, remplit le réservoir de la machine et partit chercher une petite brique de crème dans la cuisine pendant que le café passait. En revenant au bar, elle s'arrêta pour observer son hôte occupé à ouvrir une bouteille de whisky irlandais. Son appartement, jusque-là si vide et austère, lui parut tout à coup beaucoup plus confortable et chaleureux.

Il leva les yeux et sourit en lui prenant la crème des mains.

— Vous vivez seule ici ?

— Je vis avec Blake.

Avec un certain plaisir, elle crut voir passer dans son regard une lueur d'inquiétude. Toutefois, sans ses lentilles de contact, elle ne pouvait l'affirmer.

— William Blake, c'est mon chat, lui avoua-t-elle en riant. Parfois, ma mère vient me voir, mais depuis la mort de mon père, elle préfère les longues croisières.

Il la regarda un moment puis leva la main. Un instant, elle s'imagina qu'il allait la toucher — elle n'attendait que cela — mais il laissa retomber sa main et se concentra sur la préparation du café.

Ils passèrent dans le salon. Madeleine tendait le bras vers un interrupteur quand, cette fois, elle sentit une main se poser doucement sur son poignet.

— N'allumez pas, dit-il tranquillement. J'aime bien cette obscurité. Ainsi on peut voir les lumières de la ville.

Elle jeta un coup d'œil vers la fenêtre. En cette belle nuit d'hiver, l'air était d'une clarté exceptionnelle et New York City brillait de tous ses feux.

— C'est vrai, admit-elle en souriant. J'oublie que vous êtes un touriste.

Ils s'assirent côte à côte sur un canapé de cuir blanc face à la grande baie vitrée. Le doigt sur le talon de son escarpin de satin noir, elle demanda :

— Je peux ?

— Oui, bien sûr, Madeleine. Ne vous gênez pas.

Le léger trouble qu'elle crut percevoir dans sa réponse la charmait. Elle rit de nouveau et se déchaussa avec un ouf de soulagement.

— Vous avez trop dansé, n'est-ce pas ? dit-il.

— Oui, je crois.

Avant même qu'elle ait compris ce qui lui arrivait, il lui prit les pieds, les posa sur ses genoux et se mit à les masser. Elle laissa échapper un petit cri.

Le massage s'interrompit aussitôt.

— Vous me trouvez audacieux ?

— Oui.

— Dois-je arrêter ?

— Non.

Il sourit. Son sourire se déployait lentement, langoureusement, accompagnant le mouvement de ses mains qui massaient délicatement la cambrure du pied. Madeleine suivait avec délice l'onde de chaleur et de bien-être qui remontait le long de ses jambes et se propageait progressivement à travers tout son être. Peu habituée à tant de délicatesse chez les hommes, elle en était toute chavirée.

Elle se demandait déjà jusqu'où iraient ces premiers contacts, combien de temps il faudrait pour qu'il révèle sa vraie nature : ami ou chasseur de dot, amoureux ou menteur.

— Oh, non, pas ça, murmura-t-il, se penchant pour approcher sa bouche de son oreille.

Elle en frémit de plaisir.

— Pas quoi ?

— Ne commencez pas à penser, Madeleine. Vous allez tout gâcher.

— Gâcher quoi ?

— Ça, dit-il.

Et, lui enveloppant doucement la joue de sa main large et chaude, il posa ses lèvres sur les siennes.

Elle retint son souffle, surprise par la douceur de sa bouche. Jamais auparavant aucun homme... *Non, ne pense pas,* se souvint-elle. Il avait raison. Elle avait trop tendance à se laisser distraire par ses pensées.

Appuyée contre lui, ses lèvres épousèrent les siennes. Le goût, la texture de sa bouche l'enivraient. Elle se sentait gagnée par un étrange envoûtement qui laissait comme une traînée de feu sur son passage. Mais, alors même que de secrètes flammes

234

l'embrasaient, lui, en revanche, semblait rester sur la réserve, presque distant… comme en attente. Pourquoi cette surprenante attitude ? Il ne pouvait certes pas lui reprocher de s'être jetée à son cou.

Une idée lui traversa soudain l'esprit. Comme frappée par une gifle glacée, elle s'écarta brusquement de lui et recula à l'autre bout du canapé.

— Imposteur !

Jack se sentit pâlir. Elle l'avait découvert. Elle savait sans doute qui il était depuis le début et s'était simplement servie de lui pour fuir une soirée ennuyeuse. Maintenant que la situation devenait un peu dangereuse, son côté glacial reprenait le dessus.

— Madeleine, je peux vous expliquer. Je…

— C'est ça, et vous vous figurez que je vais vous croire…

Elle tendit le bras pour attraper sa tasse, but une gorgée de café et tressaillit comme si elle s'était brûlée.

— Ecoutez, Madeleine, je n'avais jamais pensé laisser les choses aller aussi loin, mais vous…

— Vous êtes marié !

— Absolument pas ! protesta-t-il, à la fois soulagé et amusé — même si sa situation n'avait rien de drôle. Est-ce donc ça que vous imaginiez ? Maddy, je vous jure qu'il n'en est rien.

— Alors vous avez… une maladie ou quelque chose.

— Rien de tout cela non plus, je vous assure.

Elle essaya de deviner.

— Vous êtes en cavale ?

— Oui, c'est ça, avoua-t-il, encore surpris de s'en sortir aussi bien. Je me suis enfui du Texas… pour me trouver.

— Et vous êtes-vous trouvé ? lui demanda-t-elle, toujours méfiante.

— Peut-être. En tout cas, je vous ai trouvée, c'est déjà quelque chose.

Il parcourut du regard l'appartement, qui semblait sorti tout droit d'une revue de décoration. Se rendait-elle seulement compte qu'elle habitait dans un décor sans vie ? Cette froide élégance avait quelque chose de triste, de vide. Un grand sapin tout nu, sans autre décoration qu'un nœud rouge à la base du pot, se dressait dans le coin de la pièce.

Madeleine vit son regard s'attarder sur l'arbre.

— Je ne suis pas douée pour les trucs de Noël, avoua-t-elle, un peu honteuse.

— Moi, si. Où sont les lumières et les décorations ?

Il regretta aussitôt ses paroles. Quel idiot ! Il avait presque réussi à séduire Madeleine Langston et voilà qu'il lui proposait de décorer l'arbre de Noël !

Elle prit une nouvelle gorgée de café. Ses yeux bleus si profonds l'observaient par-dessus le bord de sa tasse.

— Je risque de pleurer, dit-elle doucement.

— Pourquoi ?

— Papa attachait beaucoup d'importance à la fête de Noël.

— Je comprends, dit-il en prenant les mains de Madeleine dans les siennes. Si vous préférez que je ne fasse rien…

— Je n'ai pas dit ça, coupa-t-elle. Je vous disais juste que… si on décore l'arbre, je risque de pleurer. Je voulais voir si ça vous ennuyait.

— Si ça m'ennuyait !

Avec cette femme, il allait de surprise en surprise.

— Croyez-moi, mon ange, il y a des choses pires dans la vie pour un homme que de voir une ravissante femme légèrement pompette pleurer sur son épaule.

Elle pencha la tête de côté.

— Vous avez de belles épaules. Peut-être que je ne pleurerai pas, après tout.

Mais, comme ils s'y attendaient tous les deux, elle finit par pleurer. A la suite d'un fou rire, juste après avoir démêlé la guirlande lumineuse et l'avoir enroulée artistiquement autour du maigre sapin.

Jack avait appuyé sur un interrupteur et les petites lumières ainsi que l'étoile au sommet s'étaient mises à scintiller. Madeleine se tenait devant l'arbre. Les lumières colorées se reflétaient dans les perles de sa robe noire. Parfaitement immobile, elle semblait étrangement lointaine. Des larmes brillaient dans ses grands yeux. De nouvelles mèches blondes échappées de sa chevelure joliment décoiffée auréolaient son visage et bouclaient sur son cou.

— Maddy ? dit-il doucement, comme si en parlant plus fort il craignait de la faire craquer.

Elle pleurait en silence, et de grosses larmes roulaient sur ses joues lisses. Finalement, elle murmura :

— Vos épaules sont trop loin.

Submergé par un flot de tendresse, il la prit dans ses bras et attira sa tête contre sa poitrine. Les larmes de Madeleine inondèrent sa chemise.

— Allons, allons, dit-il. Ce n'est rien.

Il grimaça, un peu honteux. Pour quelqu'un qui travaillait avec les mots toute la journée, il ne se montrait guère éloquent.

Au bout d'un moment, elle s'écarta et dit :

— Non, vous avez raison, ce n'est rien. Enfin, papa me manque, bien sûr. Parfois, j'ai même l'impression de ne plus avoir la force de respirer. Alors, vaille que vaille, je réussis à respirer une fois, et puis deux… et puis trois… La terre continue de tourner et je sais que je continuerai.

Jack ne put s'empêcher de l'embrasser sur le front. Il y avait presque du respect dans la façon dont ses lèvres la touchaient, sentaient la chaleur et l'odeur de sa peau. Jamais il ne s'était imaginé qu'il découvrirait, ce soir, chez Madeleine Langston tant de douceur, de vulnérabilité et de sagesse.

Un des enfants du foyer où il passait presque tout son temps libre venait de perdre sa mère. Il lui rapporterait les paroles de Madeleine sur la respiration. Cela pourrait l'aider.

Il prit un Kleenex dans une boîte sur la table, le tendit à la jeune femme et la laissa s'essuyer le visage. Encore secouée par l'émotion, elle déclara avec un rire un peu forcé :

— Je ferais mieux de renoncer à l'irish coffee.

Tandis qu'il allait chercher deux bouteilles d'eau minérale dans le bar, Blake le chat apparut, très digne, le poil lustré, et commença à jouer avec les décorations de Noël. Madeleine et

Jack rirent de ses galipettes et, tout fiers de leur chef-d'œuvre, trinquèrent avec les bouteilles d'eau.

Madeleine, rassérénée, s'appuya contre Jack qui, de sa main libre, caressait doucement son bras nu. Jugeant les deux bouteilles encombrantes, elle les mit de côté pour mieux s'occuper de son compagnon. Elle fit alors glisser ses deux bras le long de son torse, les passa autour de son cou et attira doucement sa tête vers la sienne.

— Merci, murmura-t-elle. Merci d'être avec moi ce soir.

Quoi ? Elle le remerciait, *lui*, d'être avec *elle* ?

— Oui, c'est vrai, dit-il avec un petit rire, c'était une abominable corvée de tenir une belle femme dans mes bras.

Elle rit avec lui et se dressa sur la pointe des pieds. Leurs bouches se frôlèrent avant de se mêler et de se fondre l'une dans l'autre avec une telle ardeur que Jack, enivré par le goût subtil du désir, faillit perdre le contrôle de soi.

Laissant doucement redescendre ses mains sur sa poitrine, elle déboutonna sa chemise, encore humide des larmes qu'elle y avait versées. Les boutons de col en argent tombèrent par terre, ainsi que la belle ceinture.

Une horloge, quelque part, sonna les douze coups de minuit. Jack, pris de remords, s'attendait presque à voir son smoking se changer en tenue de jogging et le camion de Harry transformé en citrouille. Mais il n'y pensa pas très longtemps… Les caresses de Madeleine ne lui en laissèrent pas le loisir.

Il sentait la douceur de ses paumes contre sa poitrine nue. Plusieurs fois, il fut tenté de lui révéler son identité. *Dis-lui*, lui soufflait la fée du bon sens. *Dépêche-toi, dis-lui la vérité.*

— Maddy, murmura-t-il tout contre sa bouche.

— Mmm ? fit-elle, lui mordillant la lèvre inférieure.

Oubliant ce qu'il allait dire, il la laissa poursuivre :

— Je crois que cette soirée devait arriver, murmura-t-elle.

Et lui pensait : *Vous ignorez la moitié de l'histoire, madame.* Mais il n'osait passer aux aveux.

— Que voulez-vous dire ? lui demanda-t-il en parcourant du bout de la langue ses lèvres pulpeuses.

— Juste avant de vous rencontrer, je m'étais promis de faire quelque chose d'inhabituel, d'extravagant. Là-dessus, vous êtes arrivé. Alors...

Elle le prit par la main et l'entraîna dans un couloir sombre.

Arrivée dans sa chambre, dominée par un lit à baldaquin digne de Napoléon — un fantasme de décorateur, sans aucun doute —, Madeleine souleva les pans de sa chemise et se mit à caresser sa peau nue. Sous ses doigts affairés, Jack sentit tous ses muscles se tendre.

Dis-lui. Dépêche-toi, lui soufflait une petite voix.

D'accord, je veux bien lui dire, mais quoi exactement ? Qu'elle est en train de séduire Jack Riley ? Qu'elle vient d'avouer tous ses secrets personnels à un type qu'elle méprise ? Que le malotru qui lui pourrit la vie au travail est sur le point de l'emmener au septième ciel ?

Il est encore temps. Dis-lui.

— Maddy, articula-t-il avec effort.

— Mmm, fit-elle de nouveau, effleurant sa clavicule du bout des lèvres.

— Madeleine... pourquoi faites-vous ça ?

Ses cheveux d'un blond pâle tombèrent en cascade dans son dos. Il ne les avait jamais vus dénoués ainsi.

— C'est vital pour moi, dit-elle. N'avez-vous jamais éprouvé le besoin de toucher une personne pour retrouver le goût de la vie à son contact ?

Seigneur ! Si elle apprenait que c'est à Jack Riley qu'elle se confiait ainsi, elle tomberait raide.

— Oui, ça m'arrive parfois, reconnut-il, tandis que ses mains, échappant à tout contrôle, descendaient dans le dos de sa partenaire, le long de sa fermeture Eclair.

La découverte qu'il fit alors faillit avoir raison de ses derniers scrupules... Les bas à couture, déjà admirés plus tôt, étaient assortis d'un porte-jarretelles noir.

Un porte-jarretelles.

Les porte-jarretelles le rendaient fou.

Il essaya une fois de plus de lui dire la vérité, mais aucun mot ne sortit de sa bouche… pas même le nom de la femme qu'il tenait dans les bras.

— C'est insensé, murmura Madeleine. J'ignore qui vous êtes et d'où vous venez, mais je crois que je suis en train de tomber amoureuse de vous.

En entendant ces mots, John Patrick Riley de Muleshoe, Texas, comprit deux choses : un, qu'il vivait la soirée la plus incroyable de sa vie ; deux, qu'elle ne se reproduirait jamais.

5

— Ma chère Madeleine, je crois vraiment que vous avez trop bu, dit-il en laissant tomber sa chemise sur le sol.

Etonnée par sa propre audace, elle retira sa robe.

— L'alcool me rend simplement plus honnête. Je n'ai jamais parlé à aucun homme comme je viens de le faire. Je ne sais pas pourquoi, mais vous m'inspirez confiance. Appelez ça instinct ou ce que vous voulez. Avec vous, je ne crains pas d'exprimer ce que je ressens.

Il baissa la tête d'un air presque timide et commença à se déchausser. Cet homme penché dans la pénombre en train de retirer ses santiags avait un côté attendrissant. Elle remarqua avec un certain amusement qu'il portait des chaussettes de sport blanches.

Mais, quand il eut retiré son pantalon, l'amusement fit place chez elle à un tout autre sentiment... Muette d'admiration, elle contempla le corps d'athlète qui venait d'apparaître à la lueur de la veilleuse : c'était Apollon en personne.

— Vous semblez songeuse, madame, dit-il.

La gorge sèche, elle avala sa salive avant de répondre :

— La dernière fois que j'ai vu un corps comme celui-ci, c'était dans un musée en Italie.

Il rit et l'attira contre lui. Elle put alors sentir sa peau chaude et soyeuse et la fermeté de ses muscles. Elle huma avec volupté le subtil parfum de son eau de toilette et surtout son odeur à lui, un parfum à nul autre pareil et bien plus suggestif que n'importe quelle eau de toilette.

— Vous n'êtes pas mal du tout non plus, madame, lui confia-t-il en dégrafant son soutien-gorge.

Suivit un tendre grognement — un compliment bien plus éloquent que des paroles — puis ses doigts caressants descendirent doucement et elle s'abandonna entre ses mains, avec une confiance que jamais aucun homme n'avait su lui inspirer. L'intérêt particulier qu'il semblait prendre à son porte-jarretelles l'étonna un peu car elle avait acheté cet accessoire en harmonie avec sa robe sur un coup de tête, sans imaginer une seconde que quelqu'un le verrait sur elle.

Attentif au moindre détail, il ne se contentait pas de la regarder : il la dévorait des yeux comme pour s'imprégner d'elle. Son être tout entier semblait concentré sur elle... sur son plaisir, ses sensibilités, ses besoins, ses désirs... Et cette attention dont elle était l'unique objet la comblait de bonheur.

Elle savait qu'elle allait aimer cet homme qui anticipait ses besoins, sans se préoccuper de savoir qui elle était, où elle vivait, ce qu'elle possédait ; qui savait exactement où elle brûlait de sentir sa main et quelle sorte de caresses elle attendait.

Après le porte-jarretelles, il s'attarda sur ses bas. Il mit un genou à terre, tel un prince charmant, et les lui retira en les roulant délicatement l'un après l'autre le long de la jambe. Puis il se leva pour l'embrasser, de sa bouche aussi tendre et douce que ses mains se révélaient hardies. Enfin vint le moment où il l'allongea délicatement sur le lit, un moment quasi irréel, semblable à ceux qu'elle avait vécus en rêve sans oser imaginer qu'ils puissent un jour se réaliser.

Avec un soupir langoureux, elle se cambra vers lui, enroula ses bras autour de son cou et l'embrassa sans retenue, mêlant sa langue à la sienne, tandis que ses mains, sensuelles et curieuses, s'aventuraient à la découverte de son corps. Un beau corps racé, naturellement musclé, qui ne devait rien aux appareils de musculation.

Du moins le pensait-elle, car, à vrai dire, elle n'en savait rien. Elle savait si peu de choses sur lui. Mais ce côté mystérieux ne faisait qu'aiguiser le plaisir. Avec lui, elle alla de surprise en surprise, comme dans un kaléidoscope aux couleurs toujours changeantes. Il lui donna la sensation de s'envoler, de planer. Leurs corps s'unirent dans une superbe danse, aux rythmes aussi francs et naturels que les battements du cœur. Et elle se laissa emporter, toute à la joie de sentir ce long corps sur le sien, d'entendre son nom sur ses lèvres, de s'abandonner dans un cri, avant de se laisser aller avec volupté au doux repos qui succède à l'amour.

Le calme retomba sur eux comme des flocons de neige. Allongés côte à côte, l'un contre l'autre, ils s'écoutaient respirer, étonnés de la soudaineté et de l'intensité de ce qu'ils venaient de vivre.

Au bout d'un long moment, Madeleine se souleva légèrement, appuya son menton sur la poitrine de son compagnon et leva les yeux vers son visage dont les traits se fondaient dans l'ombre.

— Je veux que tu saches une chose.

— Quoi donc, chérie ? dit-il en repoussant une mèche sur sa joue.

— Je ne fais pas ça très souvent.

Elle bénit l'obscurité de cacher son embarras car elle s'était mise à rougir affreusement.

— Tu ne fais pas quoi ? demanda-t-il.

A sa voix, elle devina qu'il souriait.

— Ça… tout ça.

Elle se sentait gauche et intimidée, mais aussi euphorique et, pour la première fois de sa vie, capable de rire d'elle-même.

— Je n'ai jamais fait ça lors d'un premier rendez-vous.

— Désolé te ramener à la réalité, chérie, mais nous n'avons jamais eu de rendez-vous à proprement parler. Tu m'as dragué au cours d'une soirée, rappelle-toi.

— Oh, quelle honte !

Par jeu, elle lui caressa le torse avec sa langue et sourit en l'entendant grogner de plaisir.

— Je veux dire que je n'ai jamais couché avec un homme juste une nuit, précisa-t-elle. Sache que je ne suis pas du tout ce genre de femme.

— Bon, d'accord. Alors, qu'y a-t-il de si différent ce soir ?

On sentait encore le sourire dans sa voix.

— Toi, répondit-elle sans hésiter. La différence, elle vient de toi. Tu me donnes envie de…

Sans achever sa phrase, elle fit lentement glisser sa main le long de son corps.

— Envie de quoi ? demanda-t-il d'une voix étranglée.

Cette fois, toute trace de sourire avait disparu.

— De passer plus d'une nuit, murmura-t-elle. Beaucoup plus.

Il marmonna quelque chose qui ressemblait à un juron et se redressa. D'un geste rapide, il la retourna sur le dos et la prit avec une passion si fougueuse qu'elle en eut le souffle coupé.

Quand, enfin, épuisée et prête à s'endormir dans la béatitude, elle posa la tête sur son épaule, elle comprit qu'elle venait de faire une grande découverte : contrairement à tout ce qu'elle avait pu croire, il arrivait parfois que les rêves se réalisent.

La sonnerie électronique d'un téléphone high-tech le sortit d'un sommeil profond, comme il n'en avait pas connu depuis des mois.

Entre la première et la seconde sonnerie, il se rappela où il était : dans la chambre de Madeleine Langston… Avec Mlle Maddy elle-même, nue et échevelée, dans ses bras.

Bon Dieu !

Entre la seconde et la troisième sonnerie, il réussit à s'extraire du lit. Elle gémit, soupira et tira un oreiller moelleux sur sa tête.

Parfait, se dit-il en enfilant rapidement son pantalon, sa chemise et sa veste. *Dors, mon ange,* pria-t-il en secret. *Permets à l'amant de tes rêves de disparaître.*

A la quatrième sonnerie, enfin habillé, il se trouvait à quatre pattes par terre à la recherche de sa deuxième santiag. Où diable était passée cette maudite botte ?

— Bonjour, c'est Madeleine…

Il faillit sauter au plafond, mais comprit vite que la voix venait du répondeur.

— Dis-moi, Maddy — cette fois c'était la voix de William Wornich —, je n'en peux plus de curiosité : qui était ce type ? John Wayne, ou quoi ?

Madeleine marmonna quelque chose sous son oreiller.

Oh, zut, elle se réveillait.

Jack se trouvait devant un choix cornélien : filer à l'anglaise et la laisser avec le beau souvenir de son amant mystérieux, ou bien se comporter en gentleman et tout lui expliquer, quitte à en supporter ensuite les conséquences.

Il lui fallut une demi-seconde exactement pour choisir entre le héros et le lâche.

Abandonnant la santiag perdue, John Patrick Riley sortit en courant de l'appartement de Madeleine... et de sa vie de conte de fées.

6

— Tu appelles ça un Père Noël ? s'étonna Jack devant l'accoutrement de Derek.

Ils étaient tous deux au Santiago Youth Center de Brooklyn, dans le réduit encombré qui servait de bureau à Jack. Dehors, des adolescents s'amusaient sur le terrain de basket-ball bordé de neige. Dans la pièce voisine, où des filles tenaient régulièrement un atelier, on entendait vaguement des voix féminines parlant espagnol.

Derek tira d'un air désabusé sur sa veste rouge mitée.

— Quoi ? grogna-t-il. Tu t'attendais à un miracle ? Je me demande bien pourquoi je me suis laissé entraîner là-dedans…

— Peut-être est-ce ton sens inné du respect de la personne humaine, suggéra Jack. Ta ferme conviction qu'il faut absolument aider ces pauvres gamins, ajouta-t-il avant de fourrer un chewing-gum dans sa bouche.

— Ou peut-être simplement parce que tu me menaces toujours de me casser la gueule, rétorqua Derek. Pourquoi perds-tu ton temps dans ce trou à rats ?

Jack savait pourquoi : à cause d'Annie. Ce nom suffisait à réveiller en lui une douleur vieille de six ans. Il avait aimée cette fille de toute son âme, mais l'amour n'avait pas suffi à la sauver. Tout ce qu'il faisait maintenant pour les gamins du centre, il le faisait en souvenir d'elle. D'une certaine façon, ce centre était un monument à son premier amour.

— Alors ? insista Derek.

— La drogue et les guerres de gangs ont tué une de mes amies.

— Oh, je suis désolé…

— C'était il y a longtemps.

Derek ramassa le chapeau de Père Noël, qui perdit son pompon.

— Je ne tromperai personne dans ce déguisement.

— Mais si… Les gens voient ce qu'ils ont envie de voir.

En prononçant ces mots, Jack sentit un désagréable frisson courir sur sa peau. Il enleva sa casquette et se passa la main dans les cheveux comme pour effacer le sentiment de malaise qui l'avait envahi.

Le coude appuyé sur un meuble, Derek l'observait en tripotant une suspension en macramé. Une œuvre de Maria. Jack se rappela soudain qu'il n'avait pas vu cette fille depuis un certain temps et se demanda où elle était passée.

— C'est bizarre, s'étonna Derek, il y a quelque chose de changé en toi…

Jack se sentit rougir. Il remit sa casquette et en rabattit la visière.

— Que veux-tu dire ?

— Je ne sais pas… Ah, mais tu t'es rasé ! Quel miracle !

Jack retint son souffle et s'efforça de prendre un air désinvolte.

— Même si ça ne se voit pas, j'ai le sens des convenances.

— Ah, bon… Alors, comment ça s'est passé, hier soir ?

Jack, cette fois, se sentit blêmir. Derek savait-il quelque chose ?

— Alors ? insista son compagnon en retirant son costume miteux. Raconte !

Du coup, Jack faillit s'étouffer avec son chewing-gum.

— Qu'est-ce que tu veux que je raconte ?

— Je sais pas, moi… Comment était-elle ? Tendre et sauvage ?… Du genre « qui aime bien châtie bien » ?

— Bon Dieu, Derek, arrête avec tes plaisanteries stupides !

Derek prit un air nostalgique.

— J'ai toujours eu envie de faire ça avec une fille de la haute.

Jack eut du mal à dissimuler son soulagement.

— Si tu n'essaies pas de temps en temps, ça n'arrivera jamais.

— Oui, tu as sans doute raison.

Derek se débarrassa de la veste rouge vif et, la levant devant ses yeux, avisa un trou qui ressemblait à un trou de balle.

— Regarde ça ! A croire que le Père Noël vit dans la zone !

— Pour revenir à ce que tu disais, c'est peut-être toi qui es bizarre... Tu as sans doute trop bu hier soir, suggéra Jack.

— Moi ? ricana-t-il. Tu parles, personne ne prend ce risque dans ces soirées. C'est trop dangereux, avec tous ces gens à l'affût des potins... Pourtant..., ajouta-t-il après un silence.

Jack le regarda soudain avec intérêt.

— Quoi, pourtant ?

— Il y a une personne qui a trop bu, hier soir, répondit-il en rangeant son costume dans un vieux sac de Macy's. La dernière à laquelle on aurait pu penser.

— Ah, oui ? Et qui donc ? fit Jack feignant un intérêt bien-veillant.

— Madeleine Langston. Peu de gens s'en sont aperçus, mais Brad et moi l'avons bien vu. Tu n'as pas lu le journal, ce matin ? L'article de Wornich ?

— Je ne lis jamais ses articles. Que dit-il ?

Jack frémit en se rappelant la voix insinuante et moqueuse sur le répondeur de Madeleine. Il redoutait le pire.

Derek attrapa le journal plié sur une table à côté d'une bouilloire cabossée, l'ouvrit à la page des chroniques mondaines et le lui fourra sous le nez.

— Tiens, regarde !

Jack regarda et sentit le sang lui monter lentement au visage. C'était bien eux, Madeleine Langston et son prince charmant, que le photographe avait immortalisés dans leur tenue de soirée. On aurait dit qu'ils posaient pour une couverture de roman à l'eau de rose : elle levait vers lui des yeux langoureux, son profil de Grace Kelly souligné par la lumière des bougies, tandis que lui, le visage dans la pénombre, se penchait vers elle pour lui susurrer quelque chose à l'oreille.

Cette image avait un côté très figé et, pourtant, la photo elle-même dégageait une impression de chaleur. La main fine de la jeune femme, posée au creux du bras de son partenaire, l'attention de l'homme totalement concentrée sur elle… Tous ces détails montraient un homme et une femme fascinés l'un par l'autre. On y devinait le désir, l'hésitation, le caractère inévitable du sentiment qui les poussait l'un vers l'autre, avec ce mélange de timidité et de passion qui précède le coup de foudre réciproque.

— Cette photo vaut tous les articles, non ? commenta Derek.

— Oui, tu as raison…

Jack déposa négligemment le journal sur le bureau et ramassa le sac de Macy's.

— Je sais qui va nous arranger ce costume, dit-il pour changer de sujet. Le meilleur tailleur de Manhattan… Un créateur de vêtements pour homme, plus exactement, ajouta-t-il en entraînant Derek. Il te fera un costume superbe.

— Tu parles…

— Je t'assure, insista Jack, qui pensait avec nostalgie à la photo du journal. Ce type est un vrai magicien.

Avant d'aller en ville, Jack fit visiter le centre à Derek. L'endroit ne payait pas de mine, mais le cœur du bâtiment était aussi grand que le Dakota. Cet ancien immeuble de rapport réaménagé abritait le Santiago Center depuis cinq ans.

Cinq ans de victoires et d'échecs. Jack ne se montrait guère optimiste. Pour un gamin qu'on réussissait à arracher à la rue et à garder à l'école, un autre filait entre les mailles.

— Je n'ai pas assez de temps à leur consacrer, avoua-t-il à Derek en ouvrant la porte métallique sur la cour.

— Je ne te comprends pas, Riley.

Derek alla aussitôt rejoindre les jeunes qui jouaient sur le terrain de basket. Jack, qui l'avait suivi, prit adroitement le ballon des mains d'un grand maigre appelé André et le passa à Derek qui marqua un panier du premier coup. Ils s'amusèrent ainsi comme des gamins pendant quelques minutes en oubliant le froid.

— Vous avez affaire à des professionnels, les gars, déclara Derek.

A peine avait-il dit cela qu'un garçon lui piqua la balle.

Jack en riait encore quand, les laissant à leur jeu et à leurs chamailleries, il se rendit chez la directrice. Mais en entrant dans le bureau, son rire s'arrêta net.

Une fille était là, toute seule, assise sur une chaise de métal, un mouchoir froissé dans la main. Le regard vide, elle fixait un plan du quartier accroché au mur. Elle avait la lèvre inférieure enflée et un énorme bleu sur la joue droite.

Enceinte jusqu'au cou, elle donnait l'impression d'être à deux doigts d'accoucher.

Jack s'éclaircit la voix.

— Euh, on s'occupe de vous ? demanda-t-il.

La fille tourna son regard vers lui et cligna lentement des paupières, deux fois.

— Bonjour, monsieur Riley.

Il sentit son cœur se serrer. Elle avait les yeux les plus grands, les plus bruns qu'il ait jamais vus… et il ne les avait pas vus depuis des mois.

— Maria !

Il s'agenouilla près d'elle et lui prit les mains.

— Où étais-tu, ma fille ?

— Je n'aurais jamais dû cesser de venir ici. Je suis dans le pétrin, monsieur Riley.

— Ne t'inquiète pas, Maria ! On va s'occuper de toi. Tout ira bien, je te promets. Raconte-moi ce qui t'est arrivé.

— Rien n'ira plus jamais bien, dit-elle doucement, avec un sens du drame que Jack avait remarqué chez elle dès le début. Je croyais pourtant que tout irait bien. José m'avait dit qu'il trouverait du travail, un logement… et puis il est parti et n'est jamais revenu.

Jack connaissait le garçon. Il l'aimait bien, même. José avait été un élève studieux, travailleur. Il avait les pieds sur terre, plus que la plupart. Il avait fini sa scolarité l'été précédent. Jack caressa tout doucement la joue bleuie de Maria.

— Et ta famille ?

Une lueur de colère brilla dans le regard de la jeune femme.

— Je ne retourne plus là-bas, déclara-t-elle d'un ton catégorique. Ce n'est plus ma maison.

Jack ne voulait pas se montrer indiscret. Il savait que sa mère s'était remariée.

— Quand as-tu vu José pour la dernière fois ?

En entendant ce nom, les yeux de Maria s'emplirent de larmes.

— Il y a quelques semaines.

— Ecoute-moi, Maria. Tu vas aller dans la cuisine te préparer une tasse de thé, et je vais faire des recherches pour retrouver José.

— D'accord.

Elle se leva en reniflant et se dirigea vers la cuisine d'un pas lourd.

— Merci, monsieur Riley.

— On va arranger ça, Maria, rassure-toi.

Il la regarda partir avec envie. Cette jeune femme — presque encore une enfant — allait avoir un bébé. *Un bébé.* Jack adorait les bébés.

— Tu verras, tout se passera bien, ajouta-t-il, alors qu'elle avait déjà quitté la pièce.

— On peut toujours espérer, enchaîna une voix féminine derrière lui.

Il se retourna et vit sœur Doyle, la directrice, debout sur le seuil de son bureau. Elle avait une expression grave qui ne lui était pas habituelle. Les épaules larges, le visage ouvert, ses cheveux roux coupés ras, elle portait des jeans, une chemise dans le même tissu, et une paire de lunettes en équilibre sur le nez. Rien n'indiquait qu'elle était religieuse si ce n'est un gros crucifix accroché à une chaîne autour de son cou.

Elle tenait une lettre à la main.

— Les subventions sont coupées, Jack. Il nous manque cinquante mille dollars. Le groupe Langston réduit ses aides, et la mesure entre en vigueur dès maintenant. Tout est fichu, Jack. Le centre n'a plus qu'à fermer.

Le lundi matin, assise à son bureau, Madeleine posa discrètement sa main droite sur son cœur. Bizarre. A première vue, il battait normalement. Pourtant, la fêlure était bien là. Peut-être irréparable.

Ce n'était pas à son père qu'elle pensait en l'occurrence. Certes sa mort l'avait profondément affectée, et il lui manquait toujours. Mais, avec le temps, la douleur s'était adoucie. D'une certaine façon la page était tournée. Elle l'avait aimé autant qu'une fille peut aimer son père, et il l'avait aimée aussi de toute son affection paternelle. Ces précieux et chers souvenirs resteraient à tout jamais au fond de son cœur, personne ne pourrait rien changer à cela.

L'abandon de John, au contraire, sa disparition si mystérieuse et si inattendue, avait ébranlé les fondations mêmes de ses convictions. Elle se rendait compte après coup qu'elle avait été stupide de fonder tous ses espoirs et ses rêves sur une seule nuit passée avec un homme qu'elle venait de rencontrer. Jamais elle n'aurait dû donner à un homme un tel pouvoir sur elle.

Pour la millième fois depuis samedi matin, elle regarda la photo en couleur d'elle et de John parue dans la chronique mondaine. Quel homme, tout de même ! Qui pourrait lui reprocher d'être tombée folle amoureuse de ce type ?

« L'héritière capturée par un mystérieux cow-boy », disait la légende.

Oui, l'image était juste. Il s'était emparé de son cœur, de son âme et de son corps. Maintenant encore, le désir était là en elle, toujours ardent. Avec cet homme, elle s'était permis des caresses qu'elle n'avait osées avec aucun autre. Pour la première fois, elle avait éprouvé une véritable passion... C'était une véritable renaissance, comme la découverte d'un monde en Technicolor après une vie en noir et blanc.

Mais cette unique incursion de Madeleine dans le domaine des amours d'un soir l'avait laissée vulnérable. Les bases mêmes de son existence bien réglée s'en trouvaient fragilisées. Non, décidément, elle n'était pas taillée pour ce type d'aventure.

Elle y attachait beaucoup trop d'importance.

Malgré ses efforts pour ne plus y penser, elle ne put s'empêcher de fermer les yeux et de se remémorer les meilleurs moments de la soirée, à commencer par celui où, d'un geste galant, il l'avait enveloppée dans sa veste de smoking. Puis la tendre et sensuelle séance de massage pour soulager ses pieds endoloris, accompagnée du délicieux irish coffee. Ensuite, la décoration de l'arbre de Noël et, juste après, ses bras autour d'elle lorsqu'elle avait pleuré... Enfin ces étreintes si passionnées qu'elle en avait versé des larmes de bonheur.

Cette nuit-là, elle avait vécu plus intensément que dans tout le reste de sa vie. Et tout ce qu'il en restait, c'était un cœur brisé... et une santiag pointure 45 en peau de chèvre d'Europe fabriquée par Lucchese — d'après l'étiquette qui se trouvait à l'intérieur.

En peau de chèvre..., se répéta-t-elle. Ce n'était pas tout à fait aussi délicat qu'une pantoufle de vair mais tout aussi absurde... Et cette chaussure était le seul indice qu'il avait laissé. La femme de ménage l'avait trouvée sous le lit, samedi, et en riait encore quand Madeleine était partie pour le bureau, ce matin.

Elle regarda de nouveau la photo et ne put réprimer un sourire. Oui, c'était drôle, en effet, de l'imaginer courant au garage avec une seule chaussure en plein hiver.

Elle espérait qu'il en était mort de froid.

Et, en même temps, elle priait pour qu'il lui revienne.

— En plein travail, mademoiselle Langston ? dit une voix sarcastique.

Cette voix lui rappelait... Elle leva les yeux et le rêve s'envola

253

dès qu'elle aperçut Jack Riley coiffé de son éternelle casquette, le menton mal rasé, avec ce regard perçant derrière ses épaisses lunettes. Sur son sweat-shirt s'étalait le slogan : « Make LOVE not WAR ».

Sans aucune raison apparente, elle se sentit rougir.

— Je ne vous ai pas entendu frapper, monsieur Riley.

— Je n'ai pas frappé... J'ignorais que vous étiez occupée, dit-il avec un petit sourire railleur en regardant le journal sur le bureau.

Honteuse, elle s'apprêtait à ranger l'article et la photo dans un tiroir quand il plaqua sa main sur la page.

Il se tenait debout, près du bureau. Madeleine, dont le regard s'était arrêté malgré elle sur le jean râpé qui lui barrait l'horizon, s'efforça de lever les yeux et de prendre un air contrarié. Elle ne put, toutefois, réprimer un frémissement d'émoi devant le charme étrange que dégageait cet homme... Un charme sauvage, primitif. Il dut sentir qu'elle n'y était pas insensible.

— Madeleine, dit-il d'une voix chaude et sensuelle.

— Oui ?

Elle était troublée. Il l'avait taquinée, vendredi, mais aujourd'hui on aurait dit qu'il la draguait. Pour la première fois, il l'appelait Madeleine.

Il se pencha en avant, dans une posture à la fois agressive et suggestive. Elle rassembla ses forces, décidée à ne pas laisser apparaître la moindre émotion.

— Qu'y a-t-il, monsieur Riley ?

— J'aimerais...

Il s'humecta les lèvres et elle retint son souffle.

— ... que vous me déchargiez de l'affaire de corruption pour la confier à Derek ou Brad.

Ces paroles la firent aussitôt redescendre sur terre. Décidément, cet homme avait des manières insupportables.

— Il n'en est pas question, répondit-elle, exaspérée. Vous êtes le meilleur journaliste pour cette affaire.

Posant alors son autre main sur le bureau, il se pencha vers elle.

— Désolé, insista-t-il. Je crois que je me suis mal fait comprendre. Je ne m'occuperai pas de cette affaire d'égouts.

— Et peut-être que je ne me suis pas bien fait comprendre non plus, répliqua-t-elle sèchement. Vous vous occuperez de cette affaire, vous n'avez pas le choix.

— On parie ?

— Vous perdriez.

— Oh, là, là, je tremble, dit-il. Quoi, vous allez me virer ?

Elle hésita. Elle savait que, s'il partait, le *Trib* ou le *Times* le récupéreraient aussitôt. Elle se demanda d'ailleurs pourquoi il n'avait pas quitté le *Courrier* depuis longtemps pour un journal plus important.

Tout en s'en voulant de jouer son jeu, elle reprit :

— Et si vous me disiez exactement pourquoi vous refusez cette affaire.

— Je n'ai pas le temps. J'ai un autre article à écrire. Ça concerne le Santiago Youth Center de Brooklyn. Il va fermer parce qu'on lui a coupé les fonds.

Les bras croisés sur la poitrine, il s'était raidi et son regard s'était durci. Il observait Madeleine avec une telle attention qu'elle se demanda si cette nouvelle était censée signifier quelque chose pour elle.

— Nous sommes un journal de Manhattan, lui fit-elle remarquer bêtement.

— Décidément, mademoiselle Langston, vous ne comprenez rien à rien, dit-il avec une tranquille conviction. Mais que peut-on attendre d'une femme qui s'entiche d'un type en smoking et santiags ? ajouta-t-il en lorgnant la photo du journal.

Elle se leva d'un bond.

— Cela ne vous ferait pas de mal d'en apprendre un peu plus sur la tenue et les bonnes manières, monsieur Riley.

Il rejeta la tête en arrière et s'esclaffa si fort que les gens des bureaux voisins tendirent le cou pour voir ce qui se passait. Puis il s'en alla sans un mot.

7

La journée de travail touchait à sa fin quand, prenant son courage à deux mains, Madeleine décida de descendre à la salle de rédaction. Auparavant, elle passa aux toilettes et, seule devant la glace, resta un long moment à contempler son image.

C'était bien elle, cette petite femme mince en tailleur Armani et pull angora, avec ses perles de bon ton, sa coiffure impeccable, son maquillage discret... Elle n'avait pas changé.

Et, comme d'habitude, il manquait quelque chose.

Voilà pourquoi la photo d'elle et de John lui plaisait tant. Lorsqu'elle était avec lui, il y avait davantage de vie, de passion en elle. Une sorte de feu intérieur qui illuminait son visage.

A présent, seule la colère l'animait. Quand elle entra dans la salle de rédaction, une bonne partie du personnel avait déjà quitté les lieux. Derek, Brad et Jack étaient encore là et bavardaient en buvant des sodas.

En s'approchant d'eux, elle se surprit à regarder leurs pieds et à vérifier si l'un d'eux chaussait du 45...

L'un d'eux, en effet, chaussait du 45.

Jack Riley, qui avait suivi son regard, fit mine de s'étonner.

— Vous vous intéressez aux pieds, maintenant ? Un nouveau fétichisme ?

Elle lui lança un regard noir. Oui, il avait de grands pieds, mais il ne portait que des vieilles baskets, sans doute achetées à l'Armée du Salut.

— Vous avez terminé ? demanda-t-elle, ignorant ostensiblement sa remarque.

Un téléphone sonna. Derek se jeta dessus comme si sa vie en dépendait et Brad en profita pour s'éclipser.

Jack attrapa deux dossiers sur son bureau et en tendit un à Madeleine.

— Tenez, le voilà, votre foutu scandale des égouts.

Derek raccrocha et fila à son tour.

— Et ça, ajouta Jack en jetant un autre dossier sur le premier, c'est l'affaire du Santiago Center.

— Mais je n'ai pas autorisé…

— Oh, ça, je le sais, ma chère, coupa-t-il d'un ton venimeux. Maintenant écoutez-moi : tout est raconté là-dedans, vous entendez, en première page de la rubrique locale. Avec les images et tout.

— Et si j'en empêche la publication ?

Il se baissa et prit un sac de sport sous son bureau.

— Je démissionne, princesse.

Là-dessus, il se dirigea en sifflotant vers l'ascenseur.

Madeleine resta un moment clouée sur place. Impossible de dire combien de temps. Elle se sentait piquée au vif par son attaque. Comme d'habitude, il semblait prendre plaisir à la provoquer, mais aujourd'hui, le ton était particulièrement tranchant et glacial.

Ebranlée par cet incident, elle parcourut le dossier des égouts. Un travail de professionnel, il fallait bien l'admettre. Ce type savait faire parler les gens et obtenir des renseignements confidentiels. Il réussissait même à rendre le problème des égouts passionnant.

Sans enthousiasme, elle passa ensuite à l'affaire du Santiago Center. Contre toute attente, l'histoire la captiva dès les premiers mots. Depuis cinq ans, ce centre soutenu par des fonds privés accueillait des jeunes en difficulté.

Et on voulait couper les vivres à cette généreuse entreprise ? Mais c'était insensé ! Pourquoi Riley ne lui avait-il pas tout expliqué ? Pour qui la prenait-il ? Pour la dernière des radines ? Il fallait absolument publier cette histoire. Elle se mit à lire plus en détail.

Elle avait à peine lu trois mots qu'une voix l'interrompit :

— Mademoiselle ?

Qu'est-ce encore ? En levant les yeux, elle vit venir vers elle un fringant petit bonhomme.

— Oui ? fit-elle avec un vague sourire.

Il souleva son chapeau, esquissa une aimable révérence, puis, ponctuant sa question d'un petit coup de canne sur le sol, demanda :

— Vous êtes bien Madeleine Langston, n'est-ce pas ?

— En effet.

— Harry Fodgother.

Il posa son chapeau et un gros paquet, avant de lui tendre la main.

— Créateur de vêtements pour hommes.

Madeleine serra la main qu'il lui tendait.

— Enchantée. Nous sommes-nous déjà rencontrés ?

— Pas directement, dit-il avec un charmant sourire — son crâne chauve et son visage poupin lui donnaient un air de chérubin. Je vous ai vue en photo, poursuivit-il. Il y en avait une belle dans le journal de samedi.

Seigneur ! Le monde entier l'avait donc vue ?

— Il vous plaisait, le smoking ? demanda-t-il, avec juste ce qu'il faut de fausse modestie. C'est moi qui l'ai fait.

— Oui, il était très...

Elle s'interrompit brusquement, les doigts crispés sur le dossier qu'elle tenait dans ses mains.

— Vous avez fait le smoking ? balbutia-t-elle.

— Oui, oui. C'est du travail, vous pouvez me croire.

— Alors, qui est-ce ? demanda-t-elle.

— Comment « qui est-ce » ?

— John... le type au smoking, dit-elle en rougissant. Il... il m'intrigue beaucoup.

— Eh bien, interrogez-le.

— Il... il ne m'en a guère laissé le temps. Il a en quelque sorte... disparu sans laisser de traces.

Elle n'avait ni son adresse, ni son numéro de téléphone,

songeait-elle, écœurée. Elle ne savait même pas dans quelle branche il travaillait.

— Il n'a fait que passer, dit Harry, navré de ne pouvoir lui en apprendre davantage. Le smoking était prêt à porter. J'ai fait seulement quelques retouches.

Visiblement, il ne révélerait rien de plus. Secret professionnel, probablement.

Sans s'intéresser davantage aux langueurs amoureuses de Madeleine, il changea de sujet de conversation.

— Dites, j'ai une livraison pour Jack Riley. Il est là ?

Elle ouvrit des yeux ronds. Que pouvait bien avoir à faire Jack Riley avec un fabricant de vêtements pour hommes ?

— Je crois qu'il est déjà parti, répondit-elle avec un sourire désolé.

Harry plissa le front.

— Sapristi ! Il lui faut ces articles pour ce soir.

Elle examina le paquet.

— C'est urgent ?

— Sans doute, dit Fodgother. Il en a besoin pour une fête de Noël.

Il souleva le couvercle de la grande boîte rectangulaire pour lui montrer le contenu : un somptueux costume de Père Noël comme Madeleine n'en avait jamais vu.

— Je pourrais peut-être vous aider, proposa-t-elle sans réfléchir.

Harry prit un air étonné.

— Petite et mince comme vous êtes, mademoiselle, je ne pense pas que vous puissiez vous faire passer pour notre bedonnant Père Noël.

— Rassurez-vous, je n'en ai pas l'intention. Je voulais simplement dire que je pourrais le porter à Ja... euh, à M. Riley, si nécessaire.

— C'est une excellente idée, déclara Harry.

Là-dessus, il referma la boîte et griffonna une adresse sur le paquet.

— C'est très aimable à vous, mademoiselle Langston. Vous ne le regretterez pas. Croyez-moi.

Jack était attablé avec sœur Doyle dans la salle de jeux. Les enfants jouaient au billard ou aux échecs, ou bien faisaient leurs devoirs scolaires ; Jack et la directrice vérifiaient les finances du centre, y cherchant une lueur d'espoir.

Hélas, ils n'en trouvaient aucune. Le Santiago Youth Center était gravement endetté et toutes les liquidités étaient épuisées.

— Dans trois ou quatre jours, nous serons complètement à sec, expliqua Jack à sœur Doyle. A moins que la charmante directrice du journal publie mon article et que les donations se mettent à affluer.

— Et pourquoi ne le ferait-elle pas ?

— « Nous sommes un journal de Manhattan », dit Jack en imitant l'accent snob de Madeleine.

— Lui avez-vous expliqué pourquoi il fallait le publier ?

— Allez donc la convaincre de publier un article sur la cupidité de son conseil d'administration !

Jack but une gorgée de thé chaud — sœur Doyle lui en offrait toujours.

Il souffrait plus qu'il ne l'aurait cru de découvrir la vraie personnalité de Madeleine. Elle finissait par le rendre fou. Il voulait voir en elle une femme fragile qui, derrière ses yeux tristes, cachait une hardiesse étonnante, mais le bon sens lui disait qu'elle était trop riche et gâtée pour se contenter longtemps du même homme.

— Au fait, comment va Maria ?

— Très bien, vu les circonstances.

Sœur Doyle jeta un coup d'œil vers la jeune fille. Assise avec une couverture sur les genoux, elle feuilletait un manuel sur les bébés.

— Je ne comprends pas José. Je l'ai toujours considéré comme un jeune homme responsable, une de nos réussites. Et pourtant il est parti, comme ça…

— Où ira-t-elle avec le bébé ? dit Jack, soucieux.

— Si le centre ferme et si José ne revient pas, impossible de le prévoir.

Jack referma le livre de comptes d'un geste brusque, retira ses lunettes et se frotta les yeux d'un air las.

— Ne nous décourageons pas, ma sœur. On trouvera une solution, j'en suis sûr. Je me traînerai aux genoux de Madeleine Langston s'il le faut.

Là-dessus, il se dirigea vers deux garçons dont le travail de géométrie avait dégénéré en un duel à coups de crayons. Oubliant ses soucis, il s'installa tranquillement près d'eux et, avec bonne humeur, les remit au travail. C'était un vrai bonheur pour lui de réussir à capter l'attention des enfants. Leur expression concentrée dans ces moments-là n'avait pas de prix.

Et dire que son travail au centre touchait à sa fin…

Soudain Marco, au billard, siffla doucement.

— ¡ *Ay, mujer !* s'écria Raul.

Les deux garçons regardaient vers la porte, béats d'admiration.

Vêtue de fourrure blanche, de bottes et de gants blancs, Madeleine Langston entra comme un flocon de neige de *Casse-Noisette*. Le vent froid avait coloré ses joues et ses lèvres d'un joli rouge corail. Tandis que ses yeux bleus parcouraient la pièce du regard, Jack pensait qu'il n'avait jamais rien vu de plus beau. Pourquoi fallait-il qu'elle eût un cœur si froid ? A quoi lui servait sa beauté ?

Manifestement, elle ne se sentait pas très à l'aise. Elle détonnait franchement dans ce décor. Jack se leva pour aller la saluer.

— Bonjour, dit-il.

Elle le regarda fixement sans un mot. Il se sentit devenir nerveux. Avait-elle enfin vu clair dans son jeu ? Connaissait-elle la vérité à propos de la soirée de vendredi ?

— Bonjour, finit-elle par répondre.

Elle semblait beaucoup moins sûre d'elle qu'au journal.

— Euh, je vous ai apporté quelque chose, dit-elle en lui

tendant une grande boîte. De la part d'un de vos amis. Harry Fodgother.

Jack retint son souffle. Harry lui avait-il tout raconté ? Impossible. Sinon elle ne lui parlerait pas.

— Ah, oui, c'est le costume de Père Noël, dit Jack en prenant la boîte. Merci.

— Il... Harry a dit que vous en aviez besoin pour ce soir.

— Ah, bon ?

Jack sourit. Le rusé petit bonhomme... Il devait chercher un moyen de lui envoyer Madeleine. Cette maudite photo devait avoir un pouvoir magique : elle réussissait à convaincre même les plus sceptiques qu'ils étaient amoureux l'un de l'autre.

— A vrai dire, je n'en ai pas besoin avant la veille de Noël. Mais merci de me l'avoir apporté.

— Il n'y a pas de quoi. Alors vous allez jouer le rôle du Père Noël ?

— Derek veut bien s'en charger. Il sera parfait là-dedans.

— Oui, oui... Alors, c'est donc ça le Santiago Youth Center, dit-elle en promenant de nouveau son regard sur la pièce.

— Oui. Vous voulez visiter ?

Elle hésita, et ce moment d'hésitation provoqua en lui un mouvement de colère.

— Je comprends qu'il est beaucoup plus agréable de rester dans votre bureau et d'envoyer un chèque de temps en temps que de travailler sur le terrain, lui marmonna-t-il à l'oreille. Mais par égard pour les gosses, ayez au moins l'air de vous intéresser à eux.

— Vous êtes minable, Jack Riley, murmura-t-elle entre ses dents.

Et puis, comme par enchantement, elle retrouva le sourire pour saluer sœur Doyle et les enfants. Au début, elle était un peu guindée avec eux, mais elle insista pour que Marco lui apprenne à jouer au billard et, au bout de quelques minutes, elle riait de sa maladresse. Elle n'arrivait pas à mettre une seule boule dans le trou. Aux échecs, en revanche, elle se montra imbattable et gagna une partie contre André, le meilleur joueur du centre, en un rien de temps.

Cette femme était réellement stupéfiante. Les gamins l'adoraient. Jack l'observa pendant la partie d'échecs. Elle parlait avec animation. Son pull d'angora blanc, orné d'un simple rang de perles, lui donnait un air doux et gentil, presque angélique. Il avait décidément beaucoup de mal à la cerner. Tantôt Marilyn Monroe, tantôt Joan Crawford, et tantôt Doris Day, elle changeait sans arrêt. D'ici peu, elle allait se mettre à chanter *Que sera sera* !

Au bout d'un moment, elle s'excusa et alla s'asseoir avec Maria. Jack fit mine de ne pas écouter leur conversation, mais tendit l'oreille. De quoi Madeleine pouvait-elle parler avec une Latino ?

— Je vois que vous vous préparez à un grand événement, dit-elle.

— Oui. Il y a tant à faire. Je ne sais pas comment je m'en sortirai. Vous avez des enfants ?

— Non, mais j'aime les bébés et j'espère en avoir un jour. Il faut d'abord que je me trouve un amoureux, dit-elle en plaisantant. Et je ne suis pas très rapide dans ce domaine.

Maria lissa la couverture sur son ventre.

— Moi, c'est plutôt le contraire, je suis beaucoup trop rapide. Enfin, je l'étais. *Madre de Dios.*

Sa voix tremblait.

Madeleine lui prit la main et essaya de la rassurer.

— Il est normal que tu t'inquiètes. Toutes les mères passent par là, crois-moi, et il y a de quoi. Ce sera certainement le plus grand défi de ta vie. Mais si tu t'y accroches et si tu aimes ton enfant de toute ton âme, tu y arriveras.

— C'est ce que me dit toujours sœur Doyle.

— Sœur Doyle a raison. Tu es...

Madeleine s'interrompit, cherchant ses mots.

— ... tu es toute seule ?

— Oui, répondit Maria en reniflant. J'aime vraiment José, et je pensais qu'il m'aimait ainsi que le bébé, mais maintenant il est parti. Jack a dit qu'il essaierait de le retrouver mais j'ai peu d'espoir. Alors, je suis seule avec mon gros ventre. Pour l'instant, j'habite ici, mais après Noël, ça va changer.

Madeleine hocha la tête.

— Oui, je suis au courant du problème.

Ah, elle a au moins lu mon rapport, se dit Jack.

— Ensuite, je ne sais pas ce qui se passera, reprit Maria d'un air sombre. Je crois qu'il faudrait un miracle.

Madeleine rit doucement.

— Les miracles, ça arrive… Tiens, ajouta-t-elle en lui donnant une carte de visite. C'est mon numéro de portable. Tu peux m'appeler quand tu veux, même la nuit. D'accord ?

— Merci, répondit Maria, glissant la carte dans son livre.

Lorsque Jack aida Madeleine à remettre son manteau dans l'entrée, un moment plus tard, elle lui dit d'un ton grave :

— Je ne comprends pas que vous laissiez ce centre fermer.

Le rire amer de Jack résonna entre les murs carrelés.

— Je n'y suis pour rien, chère madame. C'est vous qui avez coupé les fonds.

Il descendit l'étroit escalier d'un air digne et ouvrit d'un coup sec la porte sur la rue. Un souffle d'air froid et une rafale de neige lui cingla le visage.

Madeleine s'était arrêtée derrière lui. Le froid et la neige semblaient la laisser indifférente.

— Quoi, qu'avez-vous dit ? demanda-t-elle.

— Les fonds, répéta-t-il. Oui, la décision de votre conseil d'administration me pose un petit problème.

A sa stupéfaction, Madeleine Langston s'assit tout à coup sur l'avant-dernière marche de l'escalier.

— Attendez, Riley, dit-elle, je ne vous suis plus, là. Qu'est-ce que mon conseil d'administration a à voir avec votre centre ?

Il réfléchit un moment. Etait-il possible qu'elle ne sache pas ?

— Ils ont coupé les fonds. Je croyais que vous étiez au courant. Vous n'avez pas lu l'article ?

— Harry m'a interrompue avant que je l'aie fini. De toute façon, j'avais déjà décidé de le publier.

Elle avait l'air plus confuse et plus jolie que jamais.

— Venez, Riley, dit-elle en se relevant.

Il la suivit jusqu'à sa voiture, une superbe voiture de sport italienne rouge vermillon, autour de laquelle était déjà agglutinée toute une bande d'enfants du quartier.

— Où allons-nous ? demanda-t-il.

Elle déverrouilla les portières à l'aide d'une télécommande et lui lança son trousseau de clés.

— Chez vous. Il faut que vous m'expliquiez.

Dès qu'il entendit ronronner le moteur, il en éprouva un plaisir presque sensuel.

— Pas de chance, marmonna-t-il. Pour une fois que j'ai l'occasion de conduire une Maserati, j'aurais aimé aller un peu plus loin. J'habite tout près d'ici.

— Eh bien, au moins, vous serez chez vous en un temps record.

Effectivement, le trajet ne lui avait jamais semblé aussi court, mais il eut quand même le temps d'apprécier la souplesse du bolide et d'en tomber amoureux comme un adolescent. Devant son immeuble, la couche de neige s'était épaissie. Avec regret, Il gara le bel engin sur une place de stationnement.

— Elle ne risque rien ici, dit-il. M. Costello la surveillera, on peut lui faire confiance. Rien n'échappe à son regard.

Un homme d'un certain âge était assis derrière une fenêtre de l'appartement du rez-de-chaussée. Jack sortit de la voiture et le salua d'un signe de la main. M. Costello lui répondit par un hochement de tête approbateur en pointant la télécommande de sa télévision vers la Maserati.

Puis Jack ouvrit la portière à Madeleine.

— Et maintenant, mademoiselle Langston, je suppose que nous allons passer aux choses sérieuses.

8

Madeleine avait essayé toute la soirée de ne pas laisser retomber sa colère contre Jack Riley, mais plus elle passait de temps avec lui, plus cela devenait difficile.

Certes, il était toujours l'exaspérant monsieur je-sais-tout qu'elle connaissait depuis longtemps. Mais ce soir, elle lui avait découvert une qualité insoupçonnée.

Jack Riley avait un grand cœur.

Elle l'avait vu à l'œuvre au Santiago Youth Center. Au moment où elle arrivait, il aidait deux garçons pour leurs devoirs de maths avec une gentillesse et une patience dont peu d'adultes auraient été capables. Jamais elle n'oublierait cette image.

— Nous voici chez moi, dit-il, poussant la porte de son appartement, au deuxième étage. Entrez, vous allez découvrir un autre style de vie.

— Qu'insinuez-vous donc ? demanda-t-elle, irritée par cette remarque.

— Oh, je ne sais pas, répondit-il en allumant la lumière. Quelque chose me dit que vous vivez dans un plus bel appartement que moi.

Elle retira son manteau et regarda autour d'elle. C'était un vieil appartement, petit, encombré, et plutôt accueillant. Des rayonnages couverts de livres occupaient tout un mur. Dans le coin travail, encore plus en désordre que son bureau au journal, un ordinateur, une chaîne hi-fi et des montagnes de dossiers se partageaient l'espace. Une image obscène flottait sur son écran d'ordinateur.

— C'est du joli, observa-t-elle.

— Je n'ai jamais dit que je n'étais pas un affreux sexiste.

Il se dirigea vers la minuscule cuisine, séparée du séjour par un comptoir avec deux tabourets.

— Qu'est-ce que je vous sers ? Thé ? Café ? Je fais un très bon...

La phrase resta en suspens et il reprit :

— Que diriez-vous d'un thé ?

— Parfait ! acquiesça-t-elle.

Il mit l'eau à chauffer et tout en s'activant à grand bruit dans la cuisine, il lui cria :

— Installez-vous, faites comme chez vous.

— Merci.

Elle fit lentement le tour de la pièce. Les objets personnels l'intriguaient, notamment les photos. Elle examina avec intérêt une photo de Jack enfant, assis sur le hayon d'un pick-up à côté d'un sympathique bâtard qu'il tenait par le cou. Ses longues jambes nues touchaient presque le sol.

Un très joli garçon.

Il y avait aussi une photo de ses parents devant un paysage de collines, un beau couple, visiblement heureux, et puis celle d'une fille brune, un portrait sans prétention dont le papier avait jauni, mais où apparaissait, intacte, la beauté juvénile du modèle.

Pour une raison inexplicable, ce portrait mit Madeleine mal à l'aise et elle passa rapidement au cadre suivant — un diplôme de l'université du Texas obtenu avec la mention très bien.

— Vous ne m'aviez jamais dit que vous veniez du Texas, cria-t-elle à Jack.

— Et pas non plus que je n'en venais pas, répliqua-t-il depuis la cuisine.

— Et qui est la fille ?

La réponse se fit attendre un moment.

— Elle s'appelait Annie.

— Elle « s'appelait » ?

— Oui... elle est morte jeune. Il y a six ans.

Madeleine ferma les yeux et inspira lentement, un peu émue. Elle songeait à la mort de son père.

— Dites-moi que les choses s'arrangent avec le temps.

Il passa la tête à l'entrée de la kitchenette.

— Oui, elles s'arrangent.

— Merci.

Elle regarda ensuite quelques certificats d'appréciation mal accrochés. Apparemment, Jack Riley était une bonne âme de profession. Son travail avec les jeunes en difficulté était devenu une deuxième carrière.

Il posa une tasse sur le comptoir, la remplit de thé, y ajouta d'office une cuillerée de sucre et lui tendit la tasse.

— Comment saviez-vous que je prenais du thé sucré ? demanda-t-elle.

— « Un sucre, pas de lait, Benny ! » dit-il, imitant malicieusement le ton qu'elle prenait lors du passage du chariot dans les bureaux du journal.

Elle rit et s'assit sur un confortable canapé écossais.

— D'accord, Riley. De toute évidence, vous vous êtes déjà fait une opinion sur moi. Si vous m'expliquiez tout depuis le début ?

Il s'assit sur le canapé à côté d'elle. A la lumière du salon, plus douce que celle des bureaux, il lui sembla un peu plus présentable que d'habitude. Sans sa tenue négligée et son attitude arrogante, elle l'aurait presque trouvé beau.

— J'ai encore des doutes à votre sujet, chère madame. De deux choses l'une : soit vous êtes une excellente comédienne et faites semblant de ne rien savoir, soit vous ignorez vraiment tout de l'histoire.

— M'avez-vous déjà vue mentir ?

— Seulement pour me ménager, admit-il. Je vais donc faire comme si vous ne saviez rien. Tout a commencé il y a des années quand votre père dirigeait encore le journal. Je lui avais soumis un article en free-lance qui lui a plu et il a voulu me rencontrer. Nous nous sommes bien entendus et c'est ainsi que je suis venu travailler au journal.

— J'ignorais que mon père vous connaissait.

Le visage de Madeleine s'assombrit. Elle savait que son père avait toujours eu un don pour découvrir des talents, mais elle ne s'était jamais vraiment intéressée au journal avant sa mort. A présent, elle le regrettait.

— Nous avions un arrangement particulier, votre père et moi, poursuivit Jack.

— Quel genre d'arrangement ?

— Je n'ai jamais été très exigeant sur le salaire.

— Ça, je l'ai remarqué. Je me demandais d'ailleurs pour quelle raison.

— J'ai accepté un petit salaire et le Santiago Youth Center a eu une énorme subvention.

Elle jeta un coup d'œil à la photo d'Annie.

— Ce choix a-t-il quelque chose à voir avec elle, Jack ?

— D'une certaine façon, oui.

Il repoussa ses lunettes sur son nez avant d'ajouter :

— Vous êtes très perspicace, Madeleine.

— Que s'est-il passé ?

Il regarda la photo et Madeleine aperçut dans ses yeux les traces d'une ancienne blessure.

— Elle était droguée et n'arrivait pas à se sevrer. Après de multiples tentatives pour arrêter, elle a fini par ne même plus essayer.

— Mais vous, vous ne vous découragez jamais, n'est-ce pas ? dit Madeleine d'une voix douce.

— Non. Enfin, c'est votre père qui a pratiquement financé le projet. Il n'en a pas fait toute une histoire… Simplement, chaque année, il participait pour moitié au budget d'exploitation.

Madeleine sentit comme une bouffée de chaleur envahir son cœur.

— Ah, papa ! dit-elle en soupirant.

Elle se tourna vers Jack.

— Je crois que je vais pleurer.

— Quoi ?

Elle n'en revenait pas de lui avoir dit ça, mais elle répéta :

— Je crois que je vais pleurer. Ça lui ressemble tellement !...
Je... je crois...

Les larmes jaillirent alors comme un torrent silencieux, et aussitôt elle sentit les bras de Jack Riley l'envelopper. D'un seul coup, elle oublia que c'était un malotru qui disait des choses odieuses sur elle et méprisait son style de vie. Il lui offrait la chaleur de son épaule pour pleurer, et en ce moment précis, elle ne demandait rien d'autre. Il sentait bon le linge propre et aussi ce qu'elle avait envie d'appeler une odeur d'homme. Ses bras étaient fermes, solides, ses mains apaisantes... et d'une certaine façon, étrangement familières.

Que lui arrivait-il ? Etait-elle vraiment attirée par lui ou avait-elle seulement besoin de réconfort ? Pourtant, il lui semblait qu'il y avait plus que cela. Malgré la peine que lui avait causée John Patrick, elle éprouvait auprès de Jack un sentiment de plénitude.

Après quelques instants, il fouilla sous la petite table à côté du canapé et sortit une boîte de Kleenex. Il avait l'air tout troublé.

— Ça va, Madeleine ?

Elle hocha la tête, émue de le voir si attentionné, et prit un mouchoir.

— Juste au moment où je croyais vous avoir comprise, vous me surprenez.

— Je pourrais en dire autant de vous, dit-elle avec un sourire las. Bon, alors ces fonds...

— Votre père était un type formidable, dit Jack. Mais il semble que le conseil d'administration souhaitait en finir avec cette œuvre de charité.

Elle se tamponna les yeux.

— J'ai assisté au dernier conseil d'administration, et personne n'en a soufflé mot...

Brusquement, elle s'interrompit et claqua des doigts.

— Attendez, dit-elle, j'ai eu une note de service l'autre jour...
Elle concernait une décision du comité exécutif, mais je n'ai pas eu le temps de la regarder.

— Alors, quelqu'un l'a fait passer sans votre signature parce que, dès le lendemain de Noël, le centre doit fermer ses portes.

— Je comprends votre colère, Jack, mais rassurez-vous. Je ferai en sorte que le centre obtienne tous les fonds dont il a besoin pour rester ouvert. On gardera l'arrangement que mon père avait conclu avec vous. A perpétuité.

Il la regarda, stupéfait. Puis un sourire radieux comme un soleil levant illumina son visage.

— Ça alors, mademoiselle Langston ! dit-il d'un ton moqueur et pour une fois bienvenu. Je vous trouve tout à coup particulièrement séduisante.

Elle éclata de rire et lui lança un coussin.

— Vous n'avez pas honte, monsieur Riley ?

— Non, j'ai ce que je veux, répliqua-t-il en lui renvoyant le coussin.

— Et que voulez-vous donc, Riley ? demanda-t-elle, toujours en riant.

— En plus de votre argent ? Eh bien…

Il se pencha en avant et lui murmura quelques mots à l'oreille… Un sensation brûlante se répandit dans tout son corps comme une traînée de poudre.

— Je crois que vous m'avez brûlé l'oreille, dit-elle dans un souffle.

— Je vais arranger ça.

Il lui embrassa l'oreille et, sans lui laisser le temps de réagir, s'empara de sa bouche dans un baiser long et profond, aussi franc et direct que Jack Riley lui-même.

Elle s'aperçut, horrifiée, qu'elle y répondait, se cambrait vers lui, et lui ouvrait sa bouche. Le goût de lui, le contact brûlant annihila toutes ses facultés… Elle n'essaya même plus de penser ou de résister. Il la plaqua contre le canapé jusqu'à ce qu'ils se trouvent presque allongés. Ses mains expertes parcouraient son pull angora avec un art consommé de la caresse.

Haletante de plaisir, il lui fallut un grand effort de volonté pour émettre un semblant de protestation et détourner la tête.

Ses mains tremblaient contre sa poitrine en essayant de le repousser.

Les joues en feu, elle réussit à dire :

— Non, Riley.

Il fit courir un doigt le long de sa gorge.

— Oh, allons, Madeleine. On en a tous les deux envie. C'est si bon...

— Je... je ne peux pas.

— Vous ne pouvez pas quoi ?

— Je ne peux pas faire ça.

Elle ne savait plus où elle en était. N'avait-elle pas le cœur brisé ? Comment pouvait-elle désirer cet homme ? D'abord une nuit avec un inconnu, et maintenant *Jack Riley* ? A croire qu'elle prenait goût au dévergondage... Quel beau titre pour la chronique mondaine : « L'héritière d'un journal se paie un rédacteur ! »

— Pourquoi donc ?

Il continuait à suivre du doigt les contours de sa gorge, de ses épaules, à travers son pull.

— Les aventures, ce n'est pas mon genre, dit-elle en se redressant. Je...

— Qui a parlé d'aventure ?

— Qu'est-ce que ça pourrait être d'autre ?

Il rit et se pencha en avant.

— Cela peut être...

Il lui fit une autre suggestion dans le creux de l'oreille.

Elle se leva d'un bond et recula en trébuchant.

— Cette fois, c'en est trop, Jack Riley. Je... Où est la salle de bains ?

— Vous ai-je rendue malade ?

— Seulement nerveuse.

Avec un sourire nonchalant qui provoqua en elle une étrange sensation au niveau de l'estomac, il pointa le doigt vers le fond du couloir et elle courut se réfugier dans la salle de bains. Et là, tremblant de la tête aux pieds, elle s'appuya contre la porte et ferma les yeux.

Mon Dieu ! Qu'était-elle en train de faire ? Elle était sur le point de lui céder, à lui, Jack Riley ! Quelle folie !

Le pire, c'est qu'elle le désirait, malgré sa grossièreté, son allure négligée et son insolence. Il y avait quelque chose en lui dont elle avait besoin. C'était totalement ridicule, se disait-elle, et immoral, en plus. Rêver d'intimité avec un homme qu'elle connaissait à peine et qui était censé lui déplaire…

Un homme si différent de l'inconnu de vendredi soir !

Sa santé mentale était en danger. Elle pensait bien que le premier Noël sans son père serait dur, mais là, elle touchait le fond. Jack Riley ! Lui !…

Elle ouvrit le robinet et laissa couler l'eau sur ses mains un moment, puis se lava le visage. La salle de bains était aussi en désordre que le reste de l'appartement. En se tournant pour attraper une serviette propre sur le porte-serviette, elle fit tomber un verre en plastique et, alors qu'elle s'apprêtait à le ramasser, elle aperçut, juste à côté de l'endroit où il avait atterri, une santiag noire…

Elle n'aurait pas dû s'étonner de la voir là puisqu'elle venait d'apprendre que Jack était du Texas et pourtant cette découverte la stupéfia. Elle s'essuya lentement les mains et le visage sans la quitter des yeux, puis se baissa de nouveau pour l'examiner de plus près.

C'était une botte en peau de chèvre d'Europe, fabriquée par Lucchese de San Antonio, pointure 45…

Son esprit essayait de saisir le sens de tout cela, mais pendant quelques instants, Madeleine resta hébétée, vide. Comme en état de choc.

— Hé, Madeleine ! appela Jack. Tout va bien ?

— Euh, oui, répondit-elle d'une voix mal assurée, avant de reposer délicatement la botte.

Mais ça pourrait aller mieux, songeait-elle en son for intérieur. Elle s'efforça de mettre de l'ordre dans ses pensées. Elle avait tellement envie de se tromper !

« Que puis-je attendre d'une femme qui s'entiche d'un type

en smoking et santiag ? » Ces mots sarcastiques résonnaient encore à son oreille.

La photo du journal ne montrait le couple d'amoureux qu'au-dessus de la taille. On ne voyait pas leurs pieds. Donc Jack ne pouvait pas savoir que l'homme portait des bottes.

Sauf si... c'était lui qui les portait.

Elle sentit sa gorge se serrer, mais se garda bien de laisser voir son émotion. Elle n'allait tout de même pas pleurer pour cet homme. En tout cas, pas devant lui. Si elle pleurait, cela prouverait qu'elle s'intéressait à lui. Il ne fallait surtout pas lui laisser croire ça.

Elle sortit de la salle de bains et referma doucement la porte. Jack, qui l'attendait, debout au milieu du séjour, la regarda d'un air interrogateur.

D'un seul coup, la ressemblance lui sauta aux yeux. Comment ne s'en était-elle pas rendu compte plus tôt ? La mâchoire forte, les belles mains, les yeux enfoncés couleur chocolat, la longue silhouette, les hanches minces...

Ses yeux avaient été aussi aveugles que son cœur.

— Il faut que je parte, dit-elle, articulant chaque mot. Je ne peux pas rester.

— Madeleine, vous êtes malade ? Parlez, qu'y a-t-il ?

En dehors de l'odieuse comédie que vous m'avez jouée ? avait-elle envie de crier. *Tout va super bien !*

— Il est tard, dit-elle d'une voix parfaitement calme. Je dois rentrer.

— Mais...

Elle attrapa son manteau.

— J'ai eu tort de venir ici avec vous. Cela n'aurait jamais dû arriver. Au revoir, Jack.

Et tout en enfilant son manteau, elle dévala les escaliers et sortit dans la rue. Il lui courut après en l'appelant par son nom. En vain. Elle sauta dans sa voiture, enfonça la clé de contact et démarra en trombe, faisant déraper l'arrière du véhicule sur la neige.

Elle regarda une fois dans le rétroviseur, pas plus. Il était debout sur le trottoir, sa longue silhouette dégingandée éclairée par la lumière des réverbères et la guirlande de lampes multicolores de M. Costello. Cette image déclencha un nouveau flot de larmes incontrôlé. Mais elle se promit que ce seraient les dernières. Plus jamais elle ne pleurerait pour Jack Riley.

9

Le lendemain matin, Jack prit le métro pour se rendre au journal. Le bruit et le mouvement abrutissant du train, les regards vides des banlieusards et les piétinements de la foule dans les couloirs convenaient à son humeur.

Il aurait presque oublié qu'on était en pleine période de Noël sans les chanteurs qu'il croisait ici et là dans la rue et les trottoirs encombrés d'acheteurs en quête du dernier cadeau.

L'esprit préoccupé par les souvenirs de la veille, il essayait de se préparer à la rencontre avec Madeleine. Toute sa vie, il avait travaillé avec des mots : les choisir, les assembler, les combiner pour leur donner le sens voulu, constituait l'essentiel de son métier. Aujourd'hui, pourtant, il séchait complètement.

Avec quels mots pouvait-il expliquer son comportement à Madeleine ? Il n'en trouvait pas pour s'expliquer à lui-même le bouleversement qui s'était produit en lui la veille au soir, quand elle avait dit en le regardant : « Je crois que je vais pleurer. »

C'est à ce moment précis qu'il avait eu la certitude d'être amoureux.

— Bravo pour le timing, Riley, maugréa-t-il en enjambant un monticule de neige fraîchement retournée.

Il entra dans l'immeuble et pressa le bouton de l'ascenseur avec une hâte et une détermination inhabituelles. Sans même s'arrêter à son bureau, il se rendit directement au bureau de Madeleine.

Lorsqu'il pénétra dans la pièce, elle leva les yeux, calme et sereine. Dieu, qu'elle était belle ! La voyant dans un tel état de quiétude, il se sentit encouragé. Peut-être, après tout, ne lui en voulait-elle pas de ce qui s'était passé entre eux. Peut-être avait-elle pris cela comme un jeu, une blague, une plaisanterie... Une façon de s'encanailler avec un employé. Peut-être verrait-elle l'humour de la situation...

On pouvait toujours espérer un miracle...

— Euh, Madeleine...

Son discours s'arrêta là, ou plutôt se perdit dans une suite de sons inarticulés. Jamais il n'avait imaginé que l'amour, le vrai, pouvait rendre débile à ce point.

Elle lui montra un dossier ouvert sur le bureau.

— Voilà votre dossier personnel, expliqua-t-elle. Je reconnais que vous êtes resté aussi près que possible de la vérité : votre vrai nom est bien John... John Patrick Riley, et vous n'avez pas menti sur vos origines texanes.

Elle le regarda bien en face. Ses yeux bleus étaient vides de reproche.

— Dites-moi, aviez-vous tout manigancé à l'avance ? Ou était-ce une sorte de blague improvisée ?

— Voyons, Madeleine, vous ne pensez tout de même pas que j'avais l'intention de vous faire du mal...

— A moins qu'il y ait un autre motif, poursuivit-elle calmement, comme si elle ne l'avait pas entendu. Peut-être que les types de la rédaction avaient fait un pari. Par exemple un billet gratuit pour le prochain match de base-ball au premier qui réussit à mettre la patronne dans son lit...

— Madeleine ! protesta-t-il avec énergie, refermant la porte derrière lui d'un coup sec.

Madeleine cilla mais ne broncha pas. Elle était effrayante ainsi : froide, impassible... Une étrangère.

Deux détails cependant démentaient ce calme apparent : tous les ongles d'une de ses mains étaient rongés, et son chemisier semblait boutonné de travers.

Comment lui faire comprendre qu'il était désolé ?

— Ecoutez, commença-t-il, je n'avais pas prévu que ça irait si loin.

277

Il n'osa pas dire : « Je n'avais pas prévu de tomber amoureux de vous. »

Elle lui adressa un sourire pincé, contrôlé.

— Qui a dit que ça m'ennuyait ? Qui sait si ce n'est pas moi qui l'ai voulu ?

Cette réponse le sidéra. Savait-elle depuis le début ? Etait-elle entrée dans son jeu simplement parce qu'elle cherchait un prétexte pour avoir un homme mais sans engagement ?

— Si vous vous inquiétez pour les fonds, ajouta-t-elle, soyez rassuré. Je m'en suis occupée. Le Santiago Center restera ouvert. Ces enfants ne vont pas payer pour vos goujateries.

Le ton acerbe de ces paroles le fit sortir de l'état de choc où il était encore et réveilla sa colère.

— Vous êtes vraiment incroyable, Madeleine, dit-il. Alors, si je comprends bien, vous signez les chèques mais sans vous salir les mains. C'est super comme arrangement…

— Oui, approuva-t-elle froidement.

Il en resta ébahi.

— Eh bien, vous ne manquez pas de culot !

— Je suppose que vous êtes habitué à voir les femmes ramper à vos pieds — vos grands pieds pointure 45 — et pleurer en criant que vous leur avez brisé le cœur. C'est cela ?

— Non, Madeleine, lâcha-t-il, excédé. Non, je ne suis pas du tout ce que vous croyez.

— Bon, écoutez, j'en ai assez dit maintenant. Le style mauvaise ballade sentimentale — très peu pour moi ! Si vous voulez bien m'excuser, j'ai du travail.

Sans perdre une minute de plus, elle saisit un gros tampon et l'appliqua d'un geste ferme et déterminé sur le dossier personnel de Jack.

Il avait déjà tourné les talons quand elle le rappela.

— Oh, Jack…

— Quoi ?

— Vous êtes licencié. Vous pouvez faire vos bagages.

Fax et e-mails fonctionnèrent à plein régime et, à 10 heures du matin, tout le monde était au courant du licenciement de

Jack Riley. Madeleine se débrouilla pour écrire l'éditorial du jour. Un commentaire bien senti sur l'amour dans nos sociétés modernes, où elle tentait de démontrer, exemples à l'appui, que l'amour éternel n'était qu'un mythe. La réalité, aujourd'hui, c'était une fille comme Maria abandonnée par son amant, qui sans l'aide de quelques bonnes âmes se serait retrouvée dans la rue. La réalité, c'était le vide stérile d'une aventure d'une nuit.

Afin de donner plus de poids à cet éditorial de Noël, elle terminait par un appel à la générosité des lecteurs pour que des établissements comme le Santiago Youth Center puissent continuer à vivre.

Son article était fort et dense. Elle savait d'instinct qu'il était bon.

A l'heure du déjeuner, le téléphone se mit à sonner. Plusieurs annonceurs, furieux du renvoi du rédacteur le plus populaire du journal, appelaient pour retirer leurs annonces en signe de protestation.

Cette journée qui avait déjà mal commencé finit par devenir carrément insupportable.

Madeleine réussit à passer l'après-midi vaille que vaille et laissa tout le personnel sortir de bonne heure. C'était la veille de Noël, après tout. Tandis que les presses se mettaient en route au sous-sol, elle se rendit dans la salle de rédaction. Le bureau abandonné de Jack l'attira comme un aimant.

Mon Dieu, se dit-elle, j'ai viré un homme la veille de Noël. Qu'est-ce qui m'arrive ?

Débarrassé de son fouillis habituel, et privé de son occupant à la personnalité si exubérante, le bureau de Jack Riley avait l'air d'un squelette. Madeleine s'étonna des détails qui lui revenaient à la mémoire, en particulier certains objets fabriqués par les enfants du Santiago Center : une tasse biscornue, un sous-main en cuir à son nom avec une inscription gravée au fer rouge : « Pour M. Riley, un chic type »... Tous ces objets qui lui avaient paru insignifiants avant de mieux le connaître.

Cet homme sortait de l'ordinaire.

Et elle l'avait chassé de sa vie... la veille de Noël. C'était vraiment minable.

Elle laissa échapper un soupir et se dit qu'il fallait l'oublier. Au moment de quitter la pièce, elle fut surprise de découvrir qu'elle n'était pas seule.

— Que faites-vous ici ? demanda-t-elle sèchement.

Harry Fodgother lui répondit avec un sourire radieux :

— Je cherche Jack. J'ai l'impression que je l'ai manqué.

Il déposa un sac sur le bureau vide, retira son chapeau et ses yeux scrutateurs la dévisagèrent longuement.

— On dirait que vous venez de perdre votre meilleur ami.

Elle renifla, agacée par son indiscrétion.

— Vous travaillez bien tard pour une veille de Noël, dit-elle.

— Pour moi, c'est un jour comme un autre. Je ne suis pas chrétien.

— Ah...

— Mais je pensais faire un don à une œuvre de charité chrétienne. A ce Santiago Center dont il est question dans votre journal.

— Ce serait merveilleux, monsieur Fodgother. Jack en sera ravi.

Elle s'en voulut de l'émotion qui perçait dans sa voix en prononçant le nom de Jack.

— Tant mieux. Je lui dois beaucoup. Pour tout vous dire, je lui dois la vie.

— Je ne vois pas de quoi vous parlez, dit-elle, intriguée.

Harry haussa les épaules.

— Il n'est pas du genre à se vanter. Il m'a sauvé la vie, vendredi soir. Deux drogués m'avaient agressé. Jack est arrivé comme un bolide, leur a flanqué une bonne raclée et ils ont fichu le camp en courant. Ça, je ne l'oublierai jamais.

— Vendredi soir ? répéta-t-elle lentement.

— Oui, vendredi soir. Il n'a rien voulu accepter en récompense, mais j'ai insisté. Quand il m'a montré votre invitation, c'est moi qui me suis occupé de lui. Vous avez vu l'allure qu'il avait ?...

Il était vraiment transformé, n'est-ce pas ? ajouta-t-il avec un clin d'œil.

— Ah, oui. Un vrai tour de magie, admit-elle, fascinée.

— Les miracles, ça existe, reprit-il en faisant des moulinets avec sa canne. J'espère que vous vous êtes bien amusée, ce soir-là. Jack se méfiait, mais je lui ai promis qu'il adorerait ce bal.

Nous avons tous les deux adoré cette soirée, songeait-elle. *Parce que c'était irréel. Et beau comme un conte de fées.*

— Bien, dit Harry. Il est temps que je parte. Donnez ça à Jack quand vous le verrez, ajouta-t-il en montrant le sac.

Là-dessus, il remit son chapeau et se dirigea vers les ascenseurs.

— Mais je ne le verrai pas, lui cria Madeleine en ramassant le sac.

Elle voulait rendre le paquet à Harry, mais il avait déjà disparu. *Il doit être plus rapide qu'il n'en a l'air, ce bonhomme*, se dit-elle.

Quelque peu agacée, elle se demandait ce qu'elle allait faire de ce maudit paquet quand son portable sonna. Elle le sortit du fond de son sac à main.

— Allô ?

— Mademoiselle Langston ?

— Maria ! Comment ça va ?

— Je viens d'appeler un taxi. Le bébé arrive.

Madeleine tressaillit de joie et d'inquiétude.

— Comment te sens-tu, ma fille ?

Elle l'entendit haleter au téléphone.

— Comme… Comme si le bébé arrivait… Mademoiselle Langston ?

— Oui ?

— Croyez-vous que vous pourriez… euh, venir à l'hôpital ? Juste un moment…

— Maria ?

— Oui ?

— Je ne manquerais ça pour rien au monde.

10

Tête nue, parka ouverte, Jack enfila à toute vitesse le couloir carrelé de l'hôpital. La jeune Maria Garza avait fait preuve d'une maturité qu'il ne soupçonnait pas chez elle : pour ne pas interrompre les festivités de Noël, elle avait tranquillement appelé un taxi et s'était rendue seule à l'hôpital.

Aussitôt informé, il avait quitté le centre pour la rejoindre, laissant sœur Doyle en charge d'accueillir les familles du quartier venues pour la fête. Derek, superbe en Père Noël, et Brad, responsable du punch, l'assistaient avec efficacité. La bonne volonté de ces deux fils à papa avait même surpris Jack. Peut-être le plaignaient-ils de s'être fait virer la veille de Noël.

Il faut avouer qu'il l'avait bien cherché.

Il s'arrêta en catastrophe au bureau des infirmières de la maternité.

— Maria Garza ? demanda-t-il, tout essoufflé.

L'infirmière le regarda par-dessus ses lunettes, puis tapa sur son clavier.

— Elle est en salle de travail. On ne va pas tarder à l'emmener en salle d'accouchement. Vous êtes le père ?

— Non, mais…

— C'est moi, le père, dit une voix anxieuse.

Jack se retourna et vit un jeune homme vêtu d'une parka portant le nom d'une entreprise de construction. Les cheveux en bataille, les oreilles rougies par le froid, il dansait nerveusement d'un pied sur l'autre.

— Tu t'es dit « mieux vaut tard que jamais », hein, José ?

Un éclair de colère s'alluma dans les yeux du garçon, mais rien qu'un instant.

— Oui, c'est ça… Je vais rester avec elle maintenant, Jack. C'est promis. J'ai un travail stable et un chouette appartement. Je… je ne sais pas ce qui m'a pris… j'ai eu peur. C'est pour ça que je ne l'ai plus appelée. C'était idiot… Je le regrette.

— Et Maria ? Tu crois qu'elle n'a pas eu peur ?

Il baissa la tête d'un air penaud.

— Ça ne se reproduira plus, je vous assure. J'ai trouvé un endroit vraiment super, juste pour nous trois.

Il redressa le menton, le visage empreint d'une maturité toute nouvelle.

— Si elle veut bien de moi, ajouta-t-il.

A la fois fier et soulagé, Jack n'en restait pas moins prudent.

— C'est ça la grande question, hein, mon pote ? Oui ou non, voudra-t-elle de toi ?

L'infirmière se racla la gorge.

— On va l'emmener en salle d'accouchement. Vous feriez bien de vous laver les mains si vous voulez assister à la naissance.

L'expression émerveillée de José chassa les derniers doutes de Jack.

— Allez, vas-y, mon gars, lui dit-il. Préviens Maria que j'attends ici.

Pour passer le temps, il acheta un paquet de chewing-gum et s'approcha de la grande vitre qui donnait sur la nursery. Il n'y avait que trois bébés, dormant à poings fermés et incroyablement petits dans leurs berceaux.

Comme un gamin devant la vitrine d'une confiserie, Jack resta là, appuyé contre la vitre, à regarder ces bébés, fasciné. Il adorait les bébés, les enfants, et rêvait depuis toujours d'en avoir lui-même. Mais pour cela, un élément essentiel manquait à sa vie : il lui fallait une épouse.

Depuis Annie, et après bien des années, une seule femme avait trouvé grâce à ses yeux et il était prêt à l'épouser.

L'ennui, c'est qu'elle ne pouvait pas le blairer.

— C'est drôle comme les choses peuvent parfois changer dans la vie, dit une douce voix féminine derrière lui.

Jack se raidit. Il osait à peine se retourner et dut faire un effort.

C'était Madeleine, avec son manteau blanc sur le bras et un timide sourire sur son visage.

— Maddy ? dit-il, résistant à l'envie de la prendre dans ses bras. Que faites-vous ici ?

— Je suis là depuis un moment… avec Maria, dit-elle en jetant un regard vers le couloir. Pas dans ma belle tour d'ivoire à griffonner des chèques.

Il rougit, honteux.

— Désolé, je n'aurais pas dû dire ça.

— Sans vous, Jack Riley, j'y serais encore, dans ma tour d'ivoire.

Il lui tendit les bras.

— Bienvenue dans la vraie vie, Madeleine.

Elle regarda de nouveau vers le couloir.

— Ce José a l'air tout jeune.

— Ils le sont tous les deux, dit Jack. Mais il faut croire qu'ils feront tout leur possible pour…

— Hé, Riley !

Une porte métallique s'ouvrit dans le couloir. Enveloppé dans sa tenue verte de salle d'opération, José cria :

— C'est un garçon ! Un garçon ! Joyeux Noël !

Puis il disparut.

Jack se sentit soudain devenir bêtement hilare. Madeleine aussi avait un sourire béat. Elle n'était plus Grace Kelly, Doris Day ou qui que ce soit d'autre, mais tout simplement elle-même, avec ce quelque chose de magique qui n'appartenait qu'à elle… C'était la femme qu'il aimait.

— Ouah ! dit-il en lui tendant son paquet de chewing-gum. Il faut fêter ça.

Elle rit et prit un chewing-gum.

— Bientôt minuit, dit-il. Venez.

Il l'entraîna vers une porte sur laquelle était écrit « Patio ».

284

C'était le fumoir de la maternité, mais il était désert, aucun fumeur n'ayant osé braver le froid, ce soir-là.

— Je croyais voir le Père Noël, dit-il en parcourant le ciel du regard. Pas de chance.

— C'est magnifique.

Madeleine contempla, émerveillée, le panorama qui s'étalait devant eux : l'eau miroitante du fleuve, la silhouette du pont de Brooklyn et les scintillements de Manhattan tout illuminé pour ce soir de Noël. Elle jeta un regard par-dessus son épaule.

— N'est-ce pas somptueux ?

— Oui, répondit-il, sans quitter des yeux son visage.

Le sourire de Madeleine disparut.

— Ne parlons pas de...

— Si, il faut en parler, dit-il, faisant un pas vers elle. J'ai lu votre éditorial. Les choses sont-elles tristes et désespérées à ce point ?

— Regardez les faits, Jack, dit-elle d'un ton soudain violent. Regardez ce petit jeu que vous avez joué avec moi ! Comme vous m'avez bien eue !

— Et vous ! Avec quelle facilité vous avez craqué pour un beau costume et un peu de baratin ! rétorqua-t-il.

— Vous m'avez piégée, Jack ! Comme si j'étais insensible et disposée à me laisser manipuler, uniquement parce que vous et un certain tailleur étiez d'humeur à vous amuser ce soir-là...

Puis, regardant les lumières au loin, elle ajouta :

— Je reconnais que j'étais une cible facile, pitoyable... Juste à point pour le prince charmant...

Il la prit par les épaules. Malgré son air fragile, il la sentait étonnamment solide.

— Ecoutez, maintenant nous sommes dans la vraie vie, pas dans un de ces foutus contes de fées. Une vie compliquée, difficile et *réelle*. Si vous ne pouvez pas faire face...

— Jack ? l'interrompit-elle.

— Oui ?

— Taisez-vous.

Là-dessus, elle se dressa sur la pointe des pieds et lui passa les bras autour du cou. Non seulement il se tut, mais il l'embrassa avec toute la passion dont son cœur débordait et qui ne demandait qu'à s'exprimer. Il craignait de l'effrayer par tant de fougue, mais au contraire, elle l'accueillit, ouvrit sa bouche au contact de ses lèvres, se serra contre son corps, lui communiquant sa chaleur, sa passion répondant à la sienne.

Des cloches sonnèrent au loin pour célébrer Noël. Lentement, comme un rêveur qui se réveille, il s'écarta et la regarda au fond des yeux.

— Et maintenant ? murmura-t-il.

— Nous serons heureux pour toujours ?

— Désolé, princesse, dit-il en souriant. Impossible. J'ai trop de défauts. Ce crapaud-là ne se changera pas en prince.

De sa main, elle caressa sa joue râpeuse.

— J'adore vos défauts.

— Maddy, je vous donnerai quelque chose de plus intéressant qu'un bonheur éternel.

Jack prit une profonde inspiration. C'était la nuit la plus froide de l'année, et il transpirait. L'heure était venue de se jeter à l'eau, l'heure du grand plongeon... Et jamais il ne s'était senti aussi sûr de son fait.

— Que me donnerez-vous ? demanda-t-elle doucement.

— Je vous donnerai le vrai, le véritable amour. Pour toujours. Jour et nuit. Pour le reste de votre vie... Qu'en pensez-vous ?

— J'ai l'impression qu'un rêve se réalise. Ecoutez-moi, dit-elle, des larmes au coin des yeux. Je crois que je vais pleurer.

— Je peux faire face à ça.

— Vous me rendez folle.

— Vous me paraissez plutôt sexy pour une folle.

— Taisez-vous et embrassez-moi encore. Joyeux Noël, Jack Riley.

— Joyeux Noël, mon amour.

KAREN YOUNG

Un vœu secret

Titre original :
IT TAKES A MIRACLE

Traduction française de KARINE XARAGAI

Prologue

1ᵉʳ mars 1996

Nathan McAllister considéra fixement la lettre qu'il tenait à la main. Pendant un instant, les larmes lui brouillèrent la vue. Il ne pouvait se faire à l'idée que Lizzie était partie pour toujours. C'est un coup de téléphone qui lui avait appris le décès de sa sœur et de Jim dans une catastrophe aérienne, et dans un premier temps, il avait refusé d'y croire. Lizzie était tellement pleine d'énergie, elle respirait la joie de vivre. Comment alors admettre qu'une telle tragédie ait pu arriver ? Elle et Jim avaient deux enfants. Leur union était solide, leur bonheur sans nuages. C'était une famille heureuse. Et pourtant, le pire s'était produit. En une fraction de seconde, Jess et Jamie s'étaient retrouvés orphelins. Nathan refoula ses larmes afin de pouvoir déchiffrer le griffonnage familier de sa sœur. L'écriture de Lizzie était à son image : affirmée, exubérante. Les mots couraient sur la page, tracés à l'encre... violette. Une brusque bouffée de chagrin lui noua la gorge — une douleur aiguë, intense. Il n'y avait que Lizzie pour écrire une lettre de cette importance avec un stylo violet... Il prit une profonde inspiration et put enfin commencer sa lecture.

« Mon très cher Nathan,
» Si tu lis cette lettre, c'est que l'inconcevable s'est produit. Pour une raison ou pour une autre, Jim et moi ne sommes plus de ce monde, et Jess et Jamie, mes enfants chéris, se retrouvent orphelins. Pour des parents, il n'existe pas de pire angoisse :

qu'adviendra-t-il de nos enfants si jamais la mort nous arrache brutalement à eux ? Cher Nathan, j'avais déjà discuté de ce sujet avec toi, quelques jours seulement après la naissance de Jamie. Et selon toute vraisemblance, la question se pose hélas aujourd'hui. Je prie pour que tu n'aies pas changé d'avis entre-temps, car je me vois mal demander la permission de revenir sur terre, le temps nécessaire pour te convaincre de nouveau ! En effet, je souhaite que mes bébés soient confiés à l'amour et aux bons soins des tuteurs de mon choix : Emily et toi.

» Je suis si heureuse que tu aies rencontré Emily. Elle est vraiment faite pour toi, Nathan. Et plus sérieusement, elle fera une merveilleuse maman pour mes enfants. Dans l'idéal, vous devriez d'ailleurs envisager d'avoir un ou deux enfants.

» Mais je m'égare…

» Il se peut que papa et maman se croient tenus de te proposer de se charger de Jess et Jamie. Surtout, ne te laisse pas influencer par leur opinion, quelle qu'elle soit. Jim et moi avons longuement réfléchi à la question : nous sommes intimement convaincus qu'Emily et toi saurez veiller sur nos enfants avec autant d'amour que nous-mêmes, si la vie nous en avait laissé le temps. C'est donc en souvenir de notre enfance que je te confie officiellement par la présente, la garde et l'éducation de mes deux enfants, Jessica Jane et James Nathan. Donnez-leur tout l'amour et l'attention dont ils ont besoin.

» Merci, Nathan. Que Dieu vous bénisse, toi et Emily.

» Avec tout mon amour,

Elizabeth McAllister Kinsley. »

La lettre portait le sceau d'un notaire et la signature de deux témoins dont les noms lui étaient inconnus. Au bas de la page avait été esquissé un visage souriant sous lequel était griffonné simplement à l'encre violette : « Lizzie ».

Nathan laissa retomber sa main et regarda fixement par la baie vitrée, bouleversé, assailli par trop d'émotions parmi lesquelles dominait la panique. Comment avait-il pu faire une telle promesse à sa sœur ? Il n'aurait jamais cru être un jour amené à devoir honorer sa parole — non, jamais ! La seule perspective le dépassait complètement. Il connaissait à peine son neveu et sa nièce. Depuis cinq ans, ils vivaient à Londres, où Jim était en poste, et ne venaient que rarement le voir à Houston. Et quand bien même, il ignorait tout de ces enfants, point final. Il ferait un père catastrophique. Il n'y avait qu'à demander à Emily...

A l'évocation de son épouse, ses doigts se crispèrent sur la lettre. Si Lizzie avait su la vérité, aurait-elle persisté dans son intention de lui confier la garde de Jess et Jamie ? Car Emily l'avait quitté. Elle était partie deux mois auparavant, la veille de Noël. Et depuis, plus de nouvelles. Son regard s'arrêta sur les branches dénudées de l'arbre situé au-delà du patio. Emily réintégrerait-elle le domicile conjugal s'il l'appelait pour lui annoncer l'accident de Lizzie et Jim ? En lui faisant comprendre que pesait sur lui l'obligation sacrée de respecter sa promesse ? Et que Lizzie avait escompté qu'elle, Emily, serait là pour Jess et Jamie ?

Non, c'était encore trop tôt. Contemplant le paysage désolé, il leva lentement les yeux vers le ciel plombé de nuages. Il se débrouillerait pour honorer la promesse faite à sa sœur. Il s'efforcerait tout d'abord d'être un bon père, car pour le moment, c'était la priorité : Jess et Jamie avaient besoin de quelqu'un pour veiller sur eux — sa propre détresse face à la perte de sa sœur passait au second plan. Et quand il y serait parvenu, il tâcherait de reconquérir son épouse.

Le seul ennui, c'est que c'était impossible. A moins d'un miracle...

1

16 *décembre 1996*

— C'est ici ?

— Je crois... Oui, regarde ! C'est bien ça : Emily's Attic.

La petite rouquine se retourna en faisant valser sa queue-de-cheval et se dirigea résolument vers l'entrée de la boutique.

— C'est obligé que ce soit là.

Le petit garçon plissa le nez, l'air écœuré.

— On dirait qu'ils vendent que des trucs de fille, là-dedans.

Sa sœur poussa la porte en roulant des yeux, l'air exaspéré.

— Mais évidemment ! Les poupées, c'est pour les filles, Jamie.

— Tu vois des garçons ? s'enquit-il, peu pressé d'avancer.

— Jamie !

— D'accord...

Jamie suivit Jess en traînant les pieds. Rien à faire, sa sœur serait toujours son aînée de trois ans, mais il attendait avec impatience le jour où il mesurerait un mètre de plus. Alors, on verrait bien qui serait le chef.

— On va se faire gronder si on fait ça, prédit-il sombrement.

Jess fit brusquement volte-face, ses yeux bleus lançant des éclairs derrière ses lunettes.

— Je te rappelle que c'est toi qui as supplié pour m'accompagner, Jamie ! Maintenant, ce n'est plus le moment d'avoir la trouille.

Il avança la lèvre inférieure, l'air boudeur :

— J'ai pas la trouille…

— Bon.

Elle jeta un coup d'œil furtif tout autour d'elle. Il n'y avait que deux clientes. Ennuyeux, ça. Elle avait espéré que l'endroit serait bondé : ainsi, ils seraient peut-être passés inaperçus le temps qu'elle puisse mener sa petite enquête. Tant pis ! Tout plan avait sa faille.

Elle donna à son frère une légère tape sur le derrière pour l'inciter à avancer vers une imposante vitrine.

— Allons voir ces poupées. Ce sont des sujets de Noël. Et surtout, ne touche à rien !

Ils firent le tour de la vitrine en détaillant chaque figurine. Il y avait là des Pères Noël de toutes tailles — des grands et des petits, des maigres et des joufflus —, toutes sortes de lutins, des souris s'embrassant sous le gui, des petits lapins décorés de houx. Mais plus que tout, la vitrine croulait sous les anges — des anges fantaisie, plutôt comiques, et d'autres rares et délicats. Bref, il y en avait pour tous les goûts.

Enfin, à la place d'honneur, trônait un ange tout à fait exceptionnel. Jess ne se laissait pas facilement impressionner, mais, à la vue de la poupée, elle resta bouche bée.

— C'est Isabella ! s'exclama-t-elle, les yeux écarquillés d'émerveillement. Regarde, Jamie… Qu'est-ce qu'elle est belle !

Son frère se haussa sur la pointe des pieds, en penchant la tête pour mieux admirer le visage de la poupée.

— Tu es sûre ? Moi, je la trouve plutôt bizarre. Qu'est-ce qu'elle tient dans les mains ?

— C'est une étoile, idiot ! Une étoile brillante. C'est un ange de Noël.

A travers ses lunettes, Jess contempla rêveusement l'expression bienveillante de l'ange.

— Et elle n'est pas bizarre ! Elle est… Elle est… divine !

Les mains croisées dans le dos, Jamie examinait l'ange avec grande attention.

— C'est parce qu'elle vit au paradis ? demanda-t-il.

— Exactement.

— Mais alors, si elle vit au paradis, comment ça se fait que tu la voies des fois dans ta chambre, la nuit ?

Jess soupira d'un air exaspéré :

— C'est une *apparition*, Jamie !

Le petit garçon poussa un soupir, sans s'émouvoir outre mesure de la réaction irritée de sa sœur face à son scepticisme.

— Teddy dit que les anges qui apparaissent en pleine nuit, ça n'existe pas.

— Teddy est débile. Je t'ai déjà dit de ne pas croire à tout ce qu'il raconte.

— Si, je le crois. Il a huit ans.

— On peut avoir huit ans et être débile quand même.

Soudain, apercevant quelqu'un s'approcher dans le dos de sa sœur, les yeux bleus de Jamie s'arrondirent d'inquiétude.

— Hum... Jess, je crois qu'on va avoir des ennuis.

— Puis-je vous aider ?

Une voix aimable fit faire volte-face à Jess, qui se retrouva face à une jeune femme au sourire avenant. Oh, là, là... C'était elle !

— Mais non, on ne va pas avoir d'ennuis, répliqua Jess d'un ton ferme, avant de s'éclaircir la voix. Bonjour, madame.

— Bonjour.

Emily McAllister leur sourit d'un air interrogateur, essayant vainement de les reconnaître. Pourtant, elle se souvenait généralement des enfants de ses clients.

— Je vois que vous admirez l'ange de Noël.

— On la connaît bien, intervint Jamie. C'est Isabella.

— Isabella ?

Il hocha la tête :

— Oui, c'est notre ange gardien rien qu'à nous. C'est papa et maman qui nous l'ont envoyée. Ils sont au ciel.

— Au ciel ? répéta Emily.

Pourvu que ce ne soit qu'une façon de parler...

— Oui, au ciel, répondit Jamie, fronçant les sourcils sous l'effort de la réflexion. Ils ont eu un très gros accident en partant en vacances à la montagne, et maintenant, ils sont au ciel avec Isabella.

Emily jeta un œil autour d'elle. Qui avait accompagné ces enfants à sa boutique ? Il n'y avait personne d'autre à l'intérieur du magasin.

— Je suis navrée.

— Oh, c'est rien, l'assura Jamie, ça s'est passé il y a très longtemps.

Jess le foudroya du regard :

— N'importe quoi ! Ça ne fait même pas un an, Jamie !

D'un air désinvolte, il haussa ses frêles épaules, faisant remonter son petit anorak. Sa sœur se tourna de nouveau vers Emily.

— Tu dois te demander ce qu'on fait ici, non ?

Emily sourit.

— Je devrais ?

— Je m'appelle Jess, déclara la petite rouquine. Et lui, c'est mon frère, Jamie. Il a six ans. Moi, j'en ai neuf.

Emily soupira. Hélas, à présent elle ne comprenait que trop bien qui ils étaient. Les circonstances du drame lui étaient familières. De même que leurs prénoms, Jess et Jamie.

— Jess, répéta-t-elle. Est-ce le diminutif de Jessica ?

— Exact ! Jessica Kinsley.

— Et moi, je m'appelle James Nathan Kinsley, ajouta Jamie. Comme mon père et oncle Nathan.

— Oncle Nathan..., murmura Emily.

Ces enfants n'étaient autres que le neveu et la nièce de son ex-époux. Ou plutôt de son futur ex-époux. Leur divorce devait être prononcé le mois prochain.

— Maintenant, tu dois avoir compris qui nous sommes, n'est-ce pas ? lui demanda Jess, en la fixant d'un air calme.

Emily porta son regard au-delà des enfants, sur le seuil de sa boutique. Nathan attendait-il dehors ? L'idée venait-elle de lui ?

Dans le crépuscule de la mi-décembre, le parking était sombre et quasiment désert. Aucun signe de la voiture de Nathan.

— Nathan vous attend-il à l'extérieur ?

Pour la première fois, Jess sembla perdre un peu de sa belle assurance. Elle se mordilla la lèvre inférieure.

— Euh, en fait…

— On voulait te faire une surprise, claironna joyeusement Jamie.

— Votre oncle ignore donc que vous êtes ici ?

— Il n'est pas encore rentré de son travail.

Emily consulta sa montre : 19 heures. Normal. Nathan n'était jamais à la maison à cette heure-ci — elle était bien placée pour le savoir.

— Qui vous a conduits jusqu'ici ? s'enquit-elle.

— On est venus à pied, laissa échapper Jamie, ce qui lui valut un bon coup de coude dans les côtes de la part de sa sœur.

— Sur la voie réservée aux joggers, précisa vivement Jess. On a fait très attention.

— Ah, vraiment ? Et comment comptez-vous rentrer chez vous ? La nuit est tombée entre-temps, je ne sais pas si vous avez remarqué ?

Jess dévisagea son ex-tante pendant un court instant. Ils abordaient là la partie la plus délicate de leur plan.

— Oh, mais nous y avons réfléchi. Nous savons que tu fermes à 19 heures et qu'il fait nuit à cette heure-là. Enfin, presque, mais pas tout à fait. Bref, on s'était dit que peut-être, comme c'est l'heure de la fermeture, cela ne t'ennuierait pas trop de nous ramener à la maison. Si ça ne te dérange pas, bien sûr.

— Vous voulez que je vous raccompagne chez vous ? s'enquit faiblement Emily.

— Oui, c'est ça ! confirma Jamie. On vit dans le quartier des Woodlands, dans la même maison où tu habitais avant. Tu te souviens ?

Si elle s'en souvenait ! Comment oublier la maison qu'elle avait partagée avec Nathan ? Et comment pourrait-elle envisager de retourner là-bas ?

— Je parie que vous avez une baby-sitter, n'est-ce pas ?

Jess hocha tête, à contrecœur :

— Nounou Jane.

— Qui doit probablement se faire un sang d'encre à l'heure qu'il est, vous ne croyez pas ?

— A condition qu'elle ait compris qu'on n'était pas dans la salle de bains, rétorqua Jamie.

— Et pourquoi penserait-elle que vous êtes dans la salle de bains ? l'interrogea Emily.

Jamie ignora le regard meurtrier de sa sœur.

— Parce qu'on lui a fait une farce ! On lui a fait croire qu'on s'était enfermés dans la salle de bains pour qu'elle passe un bon bout de temps à essayer d'ouvrir la porte. Mais en vrai, on n'était pas dedans. On était en route vers ici !

Emily lança un regard hésitant en direction de Jess avant de se tourner de nouveau vers Jamie.

— Et qui a eu cette brillante idée ? J'ai bien quelques soupçons, mais...

Jamie roula des yeux devant la vanité d'une telle question.

— C'est Jess qui a toutes les idées. C'est parce que c'est la plus grande.

Emily pivota brusquement sur ses talons et alla à la porte. D'un geste vif, elle poussa le verrou et retourna le panonceau « Fermé » sur la vitrine. Puis, sans un mot, elle se dirigea vers le téléphone et décrocha devant les enfants, subitement devenus inquiets.

— Je vais appeler votre nounou.

Quelqu'un décrocha dès la première sonnerie, mais ce n'était pas Nounou Jane. C'était une voix plus grave, une voix d'homme. Emily eut un coup au cœur en l'entendant : c'était Nathan.

— Nathan ?

Silence total à l'autre bout du fil.

— Emily ?

Elle s'éclaircit la voix.

— Oui, c'est... moi. Je...

297

— Mon Dieu, Emily. Je... Tu es bien la dernière personne que... Je veux dire...

Il poussa un soupir frémissant.

— Je ne peux pas te parler maintenant. J'ai un problème urgent. Je te rappellerai. Mes... C'est les enfants... Jess et Jamie ont fait une fugue. Je...

— Ils sont ici, Nathan.

— Quoi ?

— Ton neveu et ta nièce. Ils sont ici. Au magasin.

— Qu'est-ce que... Mais qu'est-ce qu'ils fabriquent là-bas ?

— Je n'en sais rien. Ils...

— Comment sont-ils venus ?

— A pied. Du moins, c'est ce qu'ils...

— A pied ! Mais il fait nuit ! C'est dangereux ! Ils savent bien que...

— Nathan.

Elle l'interrompit d'un ton ferme. C'était bien la première fois qu'elle entendait une telle panique dans sa voix. Pour un avocat, garder son sang-froid dans la tempête était le b.a.-ba du métier. Elle avait du mal à imaginer Nathan s'affolant à ce point.

— Ils ne courent aucun danger. Ils sont ici. Je vais simplement les ramener chez toi en voiture.

— Non, je viens les chercher.

— Cela ne me dérange absolument pas. La boutique est fermée et de toute façon, je m'en vais.

Elle fit une pause.

— Comment va leur nounou ?

— Elle est folle d'inquiétude.

— J'imagine, répliqua-t-elle sèchement. Ne bouge pas et essaie de la calmer. J'arrive avec les enfants.

Elle perçut comme un sanglot étouffé ; il lui sembla si fragile que son cœur se serra. Nathan, cet homme si invulnérable, avait donc une faille dans son armure. Jetant un coup d'œil aux deux petits orphelins qui avaient réussi à causer une telle émotion à son ex-époux, elle l'appela de nouveau par son prénom.

Il marmonna brièvement son approbation.

— Ce sont deux petits chenapans, Nathan, mais ils sont vraiment adorables.

Le cœur oppressé, elle tourna dans l'impasse dominée par la somptueuse et imposante demeure. Immédiatement, elle fut submergée par un flot d'émotions qu'elle avait refoulées au plus profond d'elle-même depuis un an, depuis leur séparation. Il lui arrivait encore de douter du bien-fondé de sa décision. Quand elle croisait un jeune couple avec des enfants, elle se persuadait qu'il n'y avait pas d'autre issue. Mais toutes les nuits où, seule dans son lit, le corps et le cœur affamés de tendresse, elle rêvait de Nathan — de la chaleur de son corps, de sa force, de ses caresses — toutes ses certitudes s'effondraient comme un château de cartes. A présent, devant la maison illuminée par les décorations de Noël, le doute s'insinua une fois de plus dans son esprit : elle n'était plus sûre de rien.

Nathan devait les guetter au carreau, car à l'instant où elle gara la voiture dans l'allée, la porte d'entrée s'ouvrit. Il franchit le seuil et fonça sur eux à grandes enjambées.

Emily ne coupa pas le moteur. Elle tourna la tête vers les enfants serrés sur le siège avant et détacha leur ceinture, mettant ainsi un terme à leurs chamailleries pour savoir lequel des deux allait appuyer sur le mécanisme.

— Allez, les enfants. Vous voilà arrivés.

La consternation se peignit sur le visage de Jess.

— Tu n'entres pas avec nous ?

— Non, ma puce. C'est gentil, mais j'ai eu une longue journée. Peut-être une autre fois, d'accord ?

Ce n'était visiblement pas la réponse qu'attendait la petite fille, mais les deux enfants parvinrent enfin à se libérer de la ceinture au moment où Nathan atteignait le véhicule. Elle devait baisser sa vitre, c'était la moindre des politesses. Il se pencha légèrement à la portière en cherchant leur regard.

— Dehors, vous deux, ordonna-t-il sans l'ombre d'un sourire. Et plus vite que ça !

Il attendit qu'ils l'aient rejoint du côté conducteur.

— Coucou, oncle Nathan, fit Jamie d'un ton conciliant. Je parie que tu es super en colère.

— Bien vu, mon gars. Alors, un bon conseil : tu as intérêt à rentrer à la maison en quatrième vitesse.

Il braqua un œil sévère sur Jess.

— C'est aussi valable pour toi, jeune fille.

— Oui, oncle Nathan.

Jess adressa un bref sourire à Emily avant de bousculer Jamie pour le faire avancer. Les deux enfants filèrent vers la maison en traversant la pelouse.

Appuyé d'une main au rebord du toit de la voiture, Nathan observa Emily. Il faisait trop sombre pour y voir grand-chose, mais même dans l'obscurité, elle pouvait deviner l'expression de son visage. Comme chaque fois qu'il était sous le coup d'une violente émotion, ses yeux gris avaient viré à l'orage et sa bouche s'était durcie en un pli inflexible.

— Merci, dit-il d'un ton sec. Désolé pour le dérangement.

— Je t'ai déjà dit au téléphone qu'il n'y avait pas de problème. Ça m'a fait plaisir.

Il baissa brièvement les yeux.

— C'est la première fois qu'ils me font un coup pareil. Ils m'ont flanqué une peur bleue.

— Ça arrive avec les enfants. Enfin, je suppose.

N'en ayant pas elle-même, ses connaissances en la matière étaient limitées. Au regard qu'il lui lança, elle comprit qu'il se faisait peut-être le même raisonnement.

— Ils ne se sont pas rendu compte qu'ils étaient perdus, poursuivit-elle avec un sourire timide. J'ai lu quelque part qu'un jeune enfant avait disparu pendant des heures. Mais quand on l'avait enfin repéré dans une salle de jeux vidéo ou quelque chose dans ce genre, il avait affirmé à sa mère, complètement paniquée, qu'il ne s'était pas égaré et qu'il savait très bien où il était. Jess s'est probablement imaginé la même chose. C'est une petite fille très débrouillarde.

Un torrent de paroles s'échappait de ses lèvres — il y avait tellement de temps qu'elle n'avait pas parlé à Nathan ! Elle se sentait empruntée et mal à l'aise. Lorsque deux personnes autrefois mariées l'une à l'autre se rencontrent à l'improviste, comme d'anciennes connaissances, de quoi diable sont-elles censées parler ?

— Eh bien, cette petite fille que tu trouves si débrouillarde va passer un mauvais quart d'heure, déclara Nathan.

Emily fronça les sourcils :

— Que veux-tu dire par là ? J'espère que tu ne vas pas lui donner de fessée, Nathan.

— Je n'ai jamais levé la main sur un enfant, si c'est ce qui te tracasse.

— Je ne sais pas quoi penser. Je n'ai jamais eu l'occasion de te voir te comporter avec des enfants. Tu te souviens ?

— On ne va pas remettre ça sur le tapis, Emily !

— Et pourquoi pas ? rétorqua-t-elle sèchement. Après tout, c'est ce qui a détruit notre couple.

— C'est ton départ qui a mis un terme à notre union. Quand la fiancée quitte le bal, on annule le mariage.

— De quoi parles-tu ? Je te rappelle que nous étions mariés depuis huit ans.

— Et nous le serions encore si tu n'étais pas partie ainsi, sur un coup de tête.

Ses mains se crispèrent sur le volant.

— Tu ne vas pas recommencer, Nathan, siffla-t-elle. Pourquoi faut-il toujours que tu me fasses passer pour une idiote, une hystérique ou une écervelée chaque fois que je prends une décision ?

— Parce que je suis franc — une notion qui t'est étrangère.

— Quelle mauvaise foi ! J'ai été franche avec toi, que tu l'admettes ou non. La dernière année de notre mariage, tu ne pouvais pas ignorer que je n'étais pas heureuse. Et tu en connaissais la raison.

— Je savais ce que tu voulais bien me dire. Mais la vérité est tout autre et tu le sais. Tu en avais assez de notre mariage, tu t'ennuyais avec moi.

Elle le dévisagea fixement.

— C'est ridicule. Et quand bien même, me crois-tu à ce point futile pour vouloir mettre un terme à mon mariage pour une raison aussi… aussi…

— Idiote ?

Elle se figea et regarda droit devant elle pendant quelques instants. Toute cette scène avait un horrible goût de déjà-vu. C'était leur première rencontre depuis un an, et bout de deux minutes à peine, voilà qu'ils recommençaient à se quereller vainement. Elle se sentit gagnée par un profond sentiment de lassitude, comme à chacune de leurs disputes. Il ne comprendrait jamais son point de vue, et sur certains sujets, elle ne serait jamais d'accord avec lui — elle le savait d'expérience.

— Tu diras à Jess et Jamie que j'ai été ravie de faire leur connaissance, reprit-elle calmement. Ce sont des enfants vraiment adorables, Nathan. Ne sois pas trop dur avec eux. Après tout, c'est bientôt Noël.

Elle passa la marche arrière et recula sans lui laisser le temps de répliquer quoi que ce soit.

Immobile, Nathan regarda Emily enclencher la première et accélérer dans un hurlement de pneus. La voiture partit en trombe, et il ne distingua bientôt plus que les feux arrière du véhicule — minuscules points rouges qui s'éloignèrent en le narguant comme deux petits yeux moqueurs. Il détestait cette voiture. Elle était trop petite, d'un rouge trop voyant : un de ces modèles sport de marque étrangère, exigu et hors de prix, par lequel elle avait remplacé sa Buick Regal, dont elle s'était débarrassée quelques jours seulement après l'avoir quitté. Elle n'avait pas perdu de temps pour clamer au monde entier qu'elle abandonnait son statut de femme d'affaires travaillant sous l'aile de son mari — rôle dans lequel elle dépérissait — pour adopter un style de vie plus léger, moins contraignant, et surtout, plus amusant. Tout ce que, selon elle, il n'était pas en mesure de lui offrir.

Avec lui, c'était même plutôt le contraire…

Un bruit en provenance de la maison le fit se retourner et il vit un orphelin haut comme trois pommes passer timidement la tête par la porte entrebâillée, trahi par sa tignasse blonde. Jess était trop avisée pour tenter une approche directe et préférait envoyer un éclaireur tâter le terrain. Rassuré de ne déceler aucune trace de menace dans l'expression de Nathan, Jamie émergea sur le seuil et attendit que son oncle traverse la pelouse. Maintenant que les deux enfants étaient de retour sains et saufs à la maison, l'angoisse avait cédé la place au soulagement dans le cœur de Nathan. Quand il s'agissait de son neveu et sa nièce, il n'avait rien du père Fouettard que semblait redouter Emily. Il posa la main sur l'épaule du petit garçon.

— Pourquoi tu restes là tout seul, oncle Nathan ? s'enquit Jamie.

— Je remerciais Emily de vous avoir ramenés à la maison.

Jamie leva les yeux vers lui.

— Elle est vraiment gentille, oncle Nathan. Tu savais qu'elle avait plein de trucs de Noël dans son magasin ?

— Non, je l'ignorais. Mais cela ne me surprend pas, Jamie. Après tout, c'est de saison…

— Elle vend des anges.

— C'est un grand classique en période de Noël.

— Non, je veux dire qu'elle a des anges vraiment très particuliers.

— Ah…

Il poussa gentiment le petit garçon à l'intérieur et referma la porte.

— Elle a Isabella dans sa boutique.

La main sur la poignée de la porte, Nathan hésita. Isabella était l'ange imaginaire qui « venait rendre visite » à Jess de temps à autre. Et pourquoi pas ? Ce genre d'inventions étaient parfaitement inoffensives chez un enfant. Du moins, il l'espérait. Au début, il avait eu un peu de mal à s'y faire, mais Jess s'était montrée si véhémente dans ses affirmations. C'était comme si, d'une certaine façon, « Isabella » représentait le dernier lien qui la rattachait encore un peu à ses parents. Si les enfants trouvaient un quelconque réconfort dans l'idée que quelqu'un — une entité divine — descende du ciel pour les aider à surmonter leur deuil, quel mal y avait-il à cela ? Malgré tout, dans quelles limites pouvait-on considérer l'imaginaire comme une soupape bénéfique à leur équilibre psychique ? A partir de quand fallait-il s'en inquiéter ? Hélas, il l'ignorait.

En revanche, il connaissait le pouvoir des chimères.

— Ah bon ? Et vous a-t-elle confié un message, cette fois-ci ?

Mon Dieu, pourvu qu'il n'ait pas tort d'entrer dans leur jeu à ce point !

Jamie éclata de rire.

— Mais non, idiot. C'est qu'une poupée ! La vraie Isabella est au ciel avec maman et papa, sauf quand elle descend voir Jess, la nuit.

— Ah, d'accord ! Je vois...

— Oncle Nathan, tu crois qu'on pourra retourner voir Emily, un jour ? Elle nous a invités.

— Nous verrons, fiston.

— Pourquoi tu lui as dit de partir ?

— Ce soir ? Mais pas du tout, fiston, c'est elle qui avait des choses à faire.

— Non, je ne parlais pas de ce soir, rectifia Jamie en levant des yeux graves vers son oncle. Je veux dire, pourquoi tu ne veux plus qu'elle vive à la maison ? C'est grand, ici. Il y a largement la place pour deux personnes. On a des tas de lits, elle pourrait en prendre un.

C'est ça, sauf que sa place est dans le mien.

Nathan prit une profonde inspiration. Vu le ton de leur échange quelques minutes auparavant, il doutait fort qu'Emily ait la moindre envie de regagner le lit conjugal.

Jamie le tira par la main.

— Alors, pourquoi, oncle Nathan ?

Excellente question, Jamie. Voilà presque un an que je me la pose sans trouver de réponse.

— Ce n'est pas moi qui lui ai dit de partir, Jamie. C'est elle qui a simplement décidé d'aller vivre ailleurs.

Il jura en son for intérieur. Incroyable ! Emily et sa ridicule crise existentielle avaient complètement chamboulé son existence. Il y a encore un an, si quelqu'un lui avait demandé si une femme de trente-cinq ans pouvait souffrir de la fameuse crise de la quarantaine, il lui aurait ri au nez. Et pourtant, Dieu sait qu'aujourd'hui, confronté à la réalité, la question ne lui paraissait plus aussi absurde. Et l'envie de rire lui avait définitivement passé.

— Jess est au téléphone, oncle Nathan.

Il fronça les sourcils.

— Au téléphone ? Avec qui ?

— Grand-mère et grand-père.

Zut. Il ne manquait plus qu'eux.

— Combien de fois vous ai-je dit qu'il fallait me prévenir quand grand-père et grand-mère appelaient ?

— J'ai oublié, s'excusa Jamie.

Nathan traversa le vestibule à grands pas, Jamie sur ses talons, et alla jusqu'au salon, à l'arrière de la maison. A l'autre bout de la pièce, Jess était assise à son bureau, en pleine conversation téléphonique ; elle gesticulait en parlant, visiblement très excitée.

— On a vu des milliers de trucs dans sa boutique, grand-mère ! Et même des choses très spéciales…

Jess écouta la réaction de sa grand-mère et Nathan vit le visage de sa nièce s'assombrir au fur et à mesure. L'écouteur toujours collé à l'oreille, Jess leva les yeux vers lui. Sans un mot, elle lui tendit le téléphone et se dirigea vers la porte. Qu'avait-elle donc ? Etait-ce parce qu'il l'avait surprise en train de désobéir ou à cause de la réaction de sa grand-mère, informée de sa visite au magasin d'Emily ? Nathan soupira. Faire régner la discipline était de loin l'aspect le plus rebutant de ses nouvelles responsabilités de tuteur. La main plaquée sur le combiné, Nathan murmura :

— Va rejoindre ta sœur, Jamie.

Puis il attendit que celui-ci ait refermé la porte derrière lui.

— Bonjour, mère.

— Nathan ? Mais j'étais en train de parler à Jessica. Repasse-la moi, s'il te plaît. Je n'ai pas terminé.

— Elle a déjà quitté la pièce, mère.

— Je vois clair dans ton jeu, Nathan, mais tu n'arriveras pas à tes fins. Tu ne peux pas nous empêcher, Donald et moi, de parler à nos petits-enfants.

— Tu sais bien qu'en ma présence, tu es libre de leur parler autant que tu le souhaites.

— Mais je ne peux savoir la vérité que lorsque tu n'es pas là.

La vérité. D'abord Emily, maintenant sa propre mère. Fermant les yeux, Nathan se pinça l'arête du nez entre le pouce et l'index.

— Je ne t'ai jamais menti, mère. Et d'ailleurs, dans quel but ?

— Qu'est-ce que c'est que cette histoire à propos d'Emily ? Jess vient de me dire qu'elle avait passé l'après-midi avec elle.

— Pas l'après-midi, non. Quelques minutes à peine.

— Mais à quoi tout cela rime-t-il ? Tu es divorcé d'Emily. Elle t'a quitté.

— Nous ne sommes pas divorcés. Juste séparés légalement.

— D'accord, mais tu le seras sous peu. Et c'est une excellente chose. Une femme capable d'abandonner ainsi le domicile conjugal fait preuve d'une inconstance et d'une frivolité incompatibles avec le rang d'épouse d'un homme tel que toi. De toute manière, ce mariage était une grossière erreur depuis le début. Je n'ai jamais compris ce qui t'attirait en elle.

Nathan sentit ses vieilles rancœurs remonter à la surface. Il se crispa sur le combiné du téléphone, luttant contre l'envie qui le démangeait de prendre la défense de son épouse. Des phrases toutes faites lui venaient à l'esprit pour prouver à sa mère à quel point elle se méprenait sur son compte. Emily était une femme gaie, chaleureuse et aimante — le rayon de soleil qui illuminait sa vie. Depuis son départ, il avait souffert chaque jour de son absence. Etrange... La moindre remarque désobligeante à l'encontre d'Emily le hérissait, alors que bien souvent, il était le premier à reconnaître le bien-fondé de ces critiques.

— Nathan ? Tu es toujours là ?

— Je t'écoute, mère.

— Etais-tu au courant que les enfants lui avaient rendu visite à sa boutique ? Et leur nounou ? Que faisait-elle donc pour qu'ils aient pu fuguer ainsi ?

Elle essayait de forcer la serrure de la salle de bains.

— Elle leur a à peine tourné le dos une seconde, mère. Et de toute façon, tout est bien qui finit bien.

— Dieu merci ! Mais cela confirme ce que je suis en train de te dire. Donald et moi voulons que tu nous confies ces enfants. Nous veillerons à ce qu'ils reçoivent la meilleure éducation. Ils devraient fréquenter une autre école. Nous pourrions les inscrire ici, à Country Day...

— Non !

Nathan inspira profondément, avant de reprendre d'une voix posée.

— Non, mère. Lizzie et Jim m'ont désigné pour que je me charge d'élever leurs enfants. C'était leur volonté, tu as lu le testament. Lorsqu'ils ont pris cette décision, Emily et moi étions encore mariés.

— Mais Lizzie la connaissait à peine ! Et comment en aurait-il été autrement, puisqu'elle vivait en Angleterre. Je suis sûre que si elle l'avait côtoyée davantage...

— Sa décision aurait été la même, mère.

Soupir.

— Peut-être. Mais cela ne signifie pas pour autant que son choix était le bon.

— En prenant ces dispositions, Lizzie savait qu'elle agissait au mieux dans l'intérêt de ses enfants, mère.

— Si tu insinues par là qu'Elizabeth et Emily avaient des points communs, je ne puis qu'abonder dans ton sens.

— Et ni l'une ni l'autre n'étaient inconstantes ou frivoles. Mais elles se ressemblaient, sur ce point, tu as raison. Pourquoi ne peux-tu te faire à l'idée que Lizzie ait choisi quelqu'un de proche de son caractère pour élever ses enfants en cas de besoin ?

— Eh bien, de toute façon, le destin en a décidé autrement, Nathan. Elizabeth n'aurait jamais pu prévoir que tu serais à ce point dépassé par la situation. Un homme divorcé, prenant en charge deux orphelins ! Dans ces circonstances, il est tout à fait logique que nous intervenions, ton père et moi.

Avant cela, il faudra me passer sur le corps.

— Mère, je dois raccrocher, maintenant.

— Ne t'imagine pas que je vais abandonner la partie, Nathan.

— Mais que ferais-tu de deux jeunes enfants, mère ? s'enquit-il, sincèrement intrigué. Tu n'as jamais eu de temps à nous consacrer, à Lizzie et moi. Tu ne ferais que reproduire le même schéma avec eux.

— Je préfère ignorer cette remarque, Nathan. Avec Donald et moi, ces enfants apprendront l'ordre et la discipline. Ils fréquenteront des écoles convenables. Ils auront des amis triés sur le volet. Tu es bien trop pris par ta carrière pour pouvoir les gérer, Nathan.

— Ils n'ont pas besoin d'être « gérés », mère. Ce sont deux petits enfants qui ont perdu leurs parents. Ils ont simplement besoin qu'on les aime.

Un peu plus tard, Nathan alla contempler la nuit parée d'étoiles par la baie vitrée du patio. Il sirotait un whisky — le second de la soirée, et le dernier. Il se limitait désormais à deux verres par jour. Un apéritif avant le dîner et un pousse-café pour conclure. Après le départ d'Emily, il s'était aperçu que le whisky adoucissait l'âpreté de son désespoir, anesthésiait ses pensées et estompait le visage de sa femme de sa mémoire. Il noyait dans l'alcool tous les souvenirs de leur vie à deux.

Il enrageait encore d'avoir stupidement gâché leur bref entretien quelques heures auparavant, devant la maison. Combien de fois avait-il rêvé d'une rencontre inopinée avec Emily depuis qu'elle était partie ? Des centaines de fois et même davantage. Et quand cette chance lui avait été offerte, qu'en avait-il fait ?

Il s'était montré agressif. Il avait immédiatement provoqué sa mauvaise humeur. Il s'abîma dans la contemplation du parc savamment aménagé. La nuit était claire et froide. L'eau de la piscine miroitait à la lueur des étoiles. Noël n'était que dans quelques jours. Cette année, ce serait un anniversaire, en quelque sorte : Emily l'avait quitté la veille de Noël.

— Monsieur McAllister ?

— Oui ?

Il se retourna, surpris.

— Oh, madame Harper ! Je ne vous avais pas entendue.

— Jess et Jamie sont couchés, monsieur McAllister, annonça la nounou, le sourire aux lèvres. Ils attendent que vous veniez leur souhaiter bonne nuit.

— Dites-leur que j'arrive.

Il fit coulisser la baie vitrée et jeta le reste de son verre, glaçons compris, au pied d'un palmier en pot. Puis, instinctivement, il leva les yeux au ciel. Après la conversation avec sa mère, sa sœur lui semblait plus proche.

Je ne te décevrai pas, Lizzie.

De manière incongrue, l'ange de Jess s'imposa à l'esprit. Quel était son nom, déjà ? Isabella ? Le regard perdu dans l'immensité sidérale, il pria pour qu'un miracle ait lieu. Car il en faudrait un pour qu'Emily accepte un jour de revenir vivre avec lui.

Qu'en penses-tu, Isabella ?

Vaguement honteux, il rentra et monta à l'étage où l'attendaient Jess et Jamie, sagement bordés dans leur lit.

2

Emily aperçut Nathan dès qu'il franchit le seuil de la boutique. Sa vendeuse, Janine, était occupée à conclure la dernière vente de la journée tandis qu'Emily faisait la caisse avant la fermeture.

Janine laissa échapper un gémissement consterné.

— Oh, Emily... J'ai oublié de fermer la porte, chuchota-t-elle. Il y a encore un client.

Nathan se tenait dans l'encadrement de la porte. Emily porta la main au creux de son estomac pour tenter de contenir sa nervosité.

— Ce n'est rien, Janine. Je vais m'en occuper.

Elle contourna le comptoir et s'avança vers lui.

— Vous pouvez rentrer chez vous, lança-t-elle par-dessus son épaule.

— Vous êtes sûre ?

— Oui.

Murmurant des remerciements, Janine s'empara de son sac et de son manteau, puis se dirigea vers l'arrière du magasin, en se retournant pour jeter un regard intrigué à Nathan. Quelques secondes après, la porte de service se referma avec un claquement sourd.

— Coucou !

La bouche de Nathan se tordit en un sourire ironique.

— Quelle surprise ! Je ne m'attendais pas à te voir.

L'autre soir, elle avait à peine pu distinguer ses traits dans l'obscurité. Mais aujourd'hui, en pleine lumière, il était évident que l'année écoulée l'avait profondément marqué. Autour des yeux. Et des lèvres. Sa bouche avait toujours eu ce pli sévère, mais les sillons qui l'entouraient semblaient s'être légèrement accentués entre-temps. Il avait toujours été mince. Désormais, il paraissait presque émacié. Et ses tempes, ne s'ornaient-elles pas de quelques fils d'argent ? En revanche, il n'avait rien perdu de sa prestance — grand, large d'épaules, son pouvoir de séduction était intact.

Mais désormais, plus question de céder à son charme ! Elle aussi avait changé.

— Qu'est-ce qui t'amène ici, Nathan ?

— J'ai quelques courses à faire, répondit-il en balayant des yeux l'intérieur de la boutique.

Puis, il reporta son regard sur elle.

— J'aimerais voir quelques anges de Noël, et plus particulièrement Isabella.

Pendant une fraction de seconde, Emily resta interdite. Elle n'avait pas oublié la poupée qui avait tant fasciné les enfants, mais que Nathan l'ait appelée par le nom que lui avait donné Jess, voilà qui avait de quoi la surprendre. Cela ne lui ressemblait guère de se couler dans l'imaginaire enfantin — ni même dans l'univers d'autrui, en règle générale.

— Bien sûr. Elle est là-bas.

D'un geste, elle lui désigna la vitrine de Noël.

Il avança en lançant des coups d'œil autour de lui. Pure curiosité, probablement, songea Emily. C'était la première fois qu'il remettait les pieds à la boutique depuis leur séparation. Il y avait un peu plus de deux ans qu'elle avait investi dans ce commerce et Nathan n'avait rien fait pour l'encourager. En fait, il l'avait tellement dissuadée d'acquérir cette boutique, que son attitude avait fini par peser lourd dans sa décision de le quitter. Son manque de compréhension face à une initiative qui lui tenait tellement à cœur l'avait profondément blessée.

— Comment ça s'est terminé l'autre nuit, avec Jess et Jamie ? s'enquit-elle.

— Après le savon que je lui ai passé, Jess a été tellement

mortifiée qu'elle m'a persuadé de passer ici pour vérifier que son ange gardien était toujours là.

— Je suis soulagée que tu ne leur aies pas infligé de fessée.

— Tu sais ce que je pense des châtiments corporels, rétorqua-t-il en secouant brièvement la tête. Comment peux-tu envisager que je fasse une chose pareille ?

— Je connais ton opinion sur la peine de mort, Nathan. En revanche, j'ignore tout de tes principes d'éducation.

Il la fixa longuement, en silence.

— Peut-être serait-il utile d'en discuter, alors.

— Tu plaisantes ?

L'autre soir, en repartant, elle s'était juré de chasser Nathan une bonne fois pour toute de son esprit, même s'il lui en coûtait. Ils n'avaient plus rien à se dire. Non, plus rien.

La poupée qui avait tant fasciné Jess et Jamie trônait au centre de la vitrine de Noël. Emily l'avait placée légèrement en hauteur par rapport aux autres poupées, afin que l'ange ait l'air de répandre sa bienveillance divine sur les autres sujets.

— C'est ça ? demanda Nathan en examinant attentivement la poupée.

— C'est elle, oui, rectifia Emily avec un sourire forcé. Car c'est une fille, cela saute aux yeux. Je ne pense pas que Jess apprécierait de t'entendre traiter Isabella avec autant de désinvolture.

— Elle tient une étoile, constata-t-il.

— En effet.

Emily chercha à tâtons l'interrupteur dissimulé sous la vitrine et l'actionna. L'étoile en cristal que l'ange tenait entre ses mains s'illumina.

— C'est une véritable merveille, commenta-t-elle d'une voix douce. Jess a beaucoup de goût.

— Est-ce que ça… Est-ce qu'elle conviendrait en haut d'un sapin ?

Emily hocha la tête.

— Assure-toi tout de même qu'elle soit correctement fixée.

Nathan examina l'étiquette du prix.

— Hum… Ce n'est pas donné.

312

Les mains croisées dans le dos, Emily le regarda avec un large sourire.

— Je viens de te dire que Jess avait du goût. En fait, tu as beaucoup de chance qu'elle ne soit pas encore partie. Je suis chargée de la vendre pour le compte d'un artisan de Conroe — une femme qui confectionne d'adorables poupées — et Isabella a déjà été repérée par une collectionneuse qui s'intéresse beaucoup à elle. Elle est déjà passée plusieurs fois au magasin. Je sais qu'elle est tentée, mais elle hésite. Elle va être très contrariée.

— C'est le châtiment des indécis. C'est bon, tu m'as convaincu : je la prends.

— Je ne cherchais pas à te faire l'article, rétorqua-t-elle en soulevant la poupée.

Elle se dirigea vers le comptoir.

— J'ai plutôt l'impression que Jess et Jamie te mènent par le bout du nez.

Nathan rit d'un air piteux.

— Ça leur arrive…

Son sourire s'estompa.

— C'est difficile de ne pas les gâter, étant donné les circonstances. J'aimerais pouvoir compenser la perte qu'ils ont subie.

Emily était en train d'emballer la poupée. Elle leva les yeux et ses mains s'immobilisèrent au-dessus de la boîte remplie de papier de soie.

— Je suis tellement navrée pour Lizzie et Jim, Nathan.

Il détourna les yeux, le visage grave.

— Oui, ce fut… un choc.

Puis, il se tourna de nouveau vers elle.

— Il y a des années, elle m'avait demandé si j'accepterais de m'occuper des enfants au cas où quelque chose leur arriverait. Sur le moment, j'ai accepté avec une désinvolture incroyable.

— Tu le regrettes ?

— Non, bien sûr que non. Simplement, en m'engageant, je n'avais pas mesuré tout le poids de cette responsabilité.

— Tu t'en sors sûrement très bien. Ils ont l'air heureux.

— Eh bien, euh…

Il se massa la nuque.

— Tu n'imagines pas le nombre d'erreurs que j'ai pu commettre, au début. J'ignorais tout des enfants, cela en était presque comique. Je n'ai guère fait de progrès, d'ailleurs.

Elle acheva d'emballer la poupée et prit son chèque sans croiser son regard.

— En tout cas, tu as pas mal évolué, observa-t-elle sèchement.

— J'apprends tous les jours, renchérit-il.

— Ce qui prouve, si besoin était, qu'être un bon père ne requiert pas nécessairement une grande expérience des enfants, n'est-ce pas ?

Il garda le silence pendant quelques secondes.

— Je suppose que de ta part, c'est une variante de « Je te l'avais bien dit » ?

D'un geste sec, elle referma le tiroir de la caisse enregistreuse.

— Je n'ai ni le temps ni l'énergie de reprendre cette discussion, Nathan. Ce que j'ai à dire tient en peu de mots : tu savais que je désirais avoir un enfant plus que tout au monde, mais tu n'en voulais pas. C'était toujours la même excuse : tu ignorais tout des bébés. Tu craignais que ton éducation rigide t'empêche d'être un bon père. Tu voulais attendre — jusqu'à quand et pour quelle raison ? Mystère ! Je n'ai jamais bien compris. Résultat ? Tu te retrouves désormais père de deux enfants et tu t'en tires à merveille. Tel est pris qui croyait prendre, n'est-ce pas ? Mais qui s'est fait avoir dans l'histoire ? Toi ou moi ?

— Je ne trouve pas ça drôle.

— Ça ne m'étonne qu'à moitié. Tu n'as jamais eu un sens de l'humour très développé.

Elle fourra la boîte dans un sac qu'elle fit glisser vers lui.

— Je ne suis pas venu ici dans l'intention de me disputer avec toi, Emily.

— Nous sommes incapables de rester dans la même pièce

sans nous quereller, Nathan. Même le simple achat d'un ange de Noël se termine en conflit.

Elle marqua une courte pause.

— Ecoute, je te souhaite beaucoup de bonheur avec ta nouvelle famille. Jess et Jamie sont des enfants merveilleux.

Elle jeta un coup d'œil à sa montre.

— Et maintenant, il faut que je ferme le magasin car j'attends quelqu'un.

— Tu sors ?

— Oui, Nathan, j'ai rendez-vous avec quelqu'un.

— Mais nous ne sommes pas encore divorcés.

— Je n'ai jamais dit que je couchais avec lui, mais simplement que j'avais un rendez-vous. Il m'a invitée à dîner et ensuite, nous allons voir le spectacle d'une petite troupe de théâtre.

— Tout à fait ton genre de distraction, commenta-t-il, mais son ton railleur sonnait faux. Son nom ?

— Le nom de la troupe ?

— Non, celui de l'homme avec lequel tu as rendez-vous. Qui est-ce ?

Elle poussa un soupir.

— Kenneth Cross.

— Kenneth… ! Kenneth Cross ? Celui qui t'a donné tant de fil à retordre quand tu t'occupais de la planification successorale au cabinet ? Celui dont le père avait immobilisé les millions de dollars de son trust et qui a essayé d'en rejeter la faute sur nous ? Ce Kenneth Cross ?

— Oui, Nathan, celui-là même.

— C'est contraire à la déontologie. Etant donné ta situation au cabinet, tu ne devrais pas fréquenter ce Cross.

— Je ne suis plus avocate, Nathan. Ne me dis pas que tu persistes à croire qu'un jour, je vais redescendre sur terre et réintégrer ce vénérable cabinet d'avocats où je m'ennuyais à mourir ?

— Tu n'exerces peut-être plus, mais tu restes avocate.

— J'ai un autre métier, aujourd'hui.

— Lequel ? Vendeuse de jouets ?

Son regard balaya une fois de plus l'intérieur de la boutique.

— Tu as beau prétendre le contraire, tu ne peux pas songer sérieusement à passer le reste de ta vie ici. Tu ne me feras jamais croire que tu envisages réellement de jeter aux orties tes diplômes et toutes tes années d'étude, pour passer tes journées à jouer à la marchande avec des collectionneurs obsédés par des jouets hors de prix.

Elle fixa la pointe de ses souliers, secoua la tête, puis le regarda droit dans les yeux :

— Tu ne comprends donc rien, hein, Nathan ? Je ne vais pas me fatiguer à t'expliquer que collectionner des poupées ou des soldats de plomb n'a rien de stupide. Cela n'a rien d'une manie. C'est un passe-temps sain et amusant. Je n'aurais jamais dû faire du droit. Ça, c'est une activité de maniaque. Et de plus, c'est tout sauf amusant. Mes parents, Dieu les bénisse, ont cru bien faire en me persuadant d'entreprendre des études juridiques. En fait, ajouta-t-elle, en retrouvant tout son aplomb, une carrière aussi ennuyeuse ne peut se choisir que par vocation et non pas pour faire plaisir à ses parents, du moins pour un avocat digne de ce nom — toi, par exemple.

— C'est une question de point de vue.

— Que le métier d'avocat est ennuyeux ? Je crains que sur ce point, nous ne puissions jamais nous rejoindre.

— Mais sur d'autres, nous nous entendons plutôt bien. Ne me fais pas croire que tu as oublié.

Son regard gris s'attarda sur sa bouche et Emily sentit son cœur s'emballer malgré ses bonnes résolutions.

— Il y avait quelque chose de spécial entre nous, Emily. Aucun homme ne t'aimera jamais comme moi. Aucun homme ne saura jamais te rendre heureuse comme moi.

Elle se sentit flageoler. Le regard de Nathan la troublait toujours autant, on aurait dit qu'il devinait les moindres secrets de son cœur. Comment en étaient-ils arrivés à cette séparation ?

— Une relation de couple ne se réduit pas au sexe, observa-t-elle d'une voix douce et empreinte de tristesse.

— Ainsi donc, tu persistes dans ton intention de divorcer ?

Elle le dévisagea, les yeux brillants de larmes.

— Et pourquoi aurais-je changé d'avis, Nathan ? La situation n'a pas évolué. Tu crois toujours que je traverse une espèce de crise existentielle. Tu méprises mes choix, que tu juges stupides. Tu considères ma nouvelle vie comme… insatisfaisante. Comment pourrions-nous reconstruire une relation sur de telles bases ?

Elle eut un petit rire plein d'amertume.

— Crois-moi, il nous faudrait bien plus qu'une vie sexuelle épanouie pour que ça puisse marcher.

Il reprit la parole d'un ton calme :

— Tu te trompes. Ce n'est pas ce que je pense de toi. En fait, j'essaie de te comprendre.

— C'est bien la première fois.

— Pourtant, j'ai essayé. Disons que je m'y suis mal pris, et n'en parlons plus.

— Comment ça, n'en parlons plus ?

Elle explosa, furieuse :

— Ça y est, tu as plaidé ta cause, hein ? Affaire classée !

Elle leva les yeux au ciel, exaspérée.

— Mon Dieu, c'est toujours le même refrain !

— Ce n'est pas ce que j'ai voulu dire.

Elle le dévisagea et s'enquit d'un ton calme :

— Ne t'ai-je pas déjà dit que j'avais un rendez-vous ?

— Libre à toi de gâcher ta vie, Emily, lança-t-il d'un ton cinglant, mais si tu veux mon avis, tu es complètement dingue ! Je… Non, non… Attends.

Il s'interrompit et esquissa le geste de se protéger le visage, comme si elle allait le frapper.

— Ce n'est pas ce que je voulais dire.

— Au contraire ! C'est toujours la même chose avec toi !

— J'ai mal formulé ma pensée, je le jure. Je voulais te dire de ne pas brader notre histoire. Nous devrions reconsidérer la situation. Tu as envie de changer de métier ? Pas de problème. Mais mettre un terme à notre union n'est pas aussi simple. En me mariant avec toi, j'ai pris un engagement qui a beaucoup de valeur à mes yeux.

— Aux miens aussi, figure-toi !

— Alors, que fais-tu, ce soir, à attendre Kenneth Cross ?

— Je n'ai pas à répondre à cette question. Il a fallu que je te ramène Jess et Jamie pour te revoir. En un an, tu ne t'es jamais manifesté, Nathan.

— J'ai dû faire face à pas mal de changements dans ma vie, rétorqua-t-il.

— Quel rapport avec le fait de rester un an sans prendre de mes nouvelles ?

— Si j'avais pris la moindre initiative pour te convaincre de revenir à la maison quand j'ai récupéré Jess et Jamie, qu'aurais-tu pensé ?

— Que mon sort ne t'était pas totalement indifférent !

— Réfléchis un peu, Emily. J'étais quelque peu réticent à l'idée d'avoir un bébé. Tu…

— Quelque peu réticent !

— D'accord, disons que j'ai beaucoup repoussé…

— Repoussé !

Il poussa un soupir.

— J'admets avoir refusé de fonder une famille. Cette formule te convient-elle ?

— Tu disais ?

Le regard glacial, elle fixait la devanture du magasin, droit devant elle.

— J'avais raison de douter de mes capacités à faire un bon père. Au début, j'ai été complètement dépassé avec Jess et Jamie. Ils me prenaient tout mon temps. Ils avaient besoin de tellement d'attention.

Il secoua la tête.

— Il fallait que j'arrive à m'organiser avant de te demander de bien vouloir te charger de nous trois.

— Et maintenant, tu t'en sors ? l'interrogea-t-elle sans croiser son regard.

Il éclata d'un rire bref.

— Qui peut prétendre savoir s'y prendre pour élever correctement des enfants ?

— Je n'en sais rien.

Implicitement, elle le rendait responsable de son ignorance en la matière.

Il se tut, sa tentative pour détendre l'atmosphère ayant fait long feu. Quelques notes d'un chant de Noël s'échappaient en sourdine des haut-parleurs du plafond. Dehors, une portière claqua. Des passants vaquaient à leurs occupations, l'écho de leurs voix et de leurs rires flottant dans le soir de décembre. Au loin retentit le hurlement d'une sirène de police. C'était la saison.

Elle jeta de nouveau un coup d'œil à sa montre.

— Je dois vraiment me dépêcher, maintenant, Nathan. Kenneth va arriver d'une minute à l'autre.

Elle contourna prestement le comptoir pour aller à la porte. Elle était ébranlée par ses arguments. Pourquoi ?

Reprends-toi, s'ordonna-t-elle, tout son être ressentant la présence de Nathan dans son dos avec une conscience aiguë.

Pendant tout ce temps, elle n'avait cessé de se poser des questions : subsistait-il encore le moindre espoir de sauver leur mariage ? Une tentative de réconciliation était-elle envisageable ?

Mais pourquoi Nathan ne lui avait-il pas confié ses scrupules au lieu d'essayer de résoudre seul ses problèmes d'adaptation avec Jess et Jamie ? Il aurait au moins pu lui laisser la possibilité de refuser ou d'accepter ! Pourquoi ne l'avait-il jamais appelée ? Elle s'était dit qu'en un an, il l'avait tout bonnement effacée de sa vie. Et maintenant, devait-elle comprendre qu'elle lui avait manqué ? Qu'il avait besoin d'elle ? Et pas seulement parce qu'elle ferait une excellente mère pour les enfants ? S'ils se retrouvaient aujourd'hui dans cette situation sans issue, l'incapacité de Nathan à communiquer avec elle y était pour beaucoup. Certes, il partageait volontiers ses idées avec elle, son avis sur le monde, sur les livres en vogue et les engouements de l'époque, et lui confiait son sentiment face aux divers malaises politiques et sociaux. Mais cela ne lui suffisait pas : elle avait besoin de partager des émotions — et pas seulement au lit. Elle avait besoin de compréhension. De tolérance. D'une véritable complicité.

Quand elle lui ouvrit la porte, la clochette retentit au-dessus de sa tête. Au moment de franchir le seuil, il se retourna vers elle :

— J'imagine que j'ai gâché tout espoir de te convaincre de passer demain soir à la maison pour nous aider à décorer l'arbre de Noël, n'est-ce pas ?

— Tu plaisantes ?

Il haussa les épaules.

— C'est Jess et Jamie. Je leur ai bien dit qu'il y avait peu de chances pour que tu puisses te libérer un soir, à quelques jours de Noël, mais...

— Jess et Jamie.

— Oui...

Elle le contempla, les mains sur les hanches.

— Franchement, Nathan, c'est du chantage affectif.

— Je sais...

Elle baissa le regard et poussa un soupir résigné.

— A quelle heure ?

Quand elle releva la tête, elle constata, stupéfaite, que les yeux de Nathan reflétaient un désir brûlant. L'espace d'une seconde, elle crut qu'il allait essayer de l'enlacer. De l'embrasser. Troublée, elle fut submergée par une vague de chaleur. Bien sûr, ce n'était qu'une illusion, mais il lui semblait sentir le goût de son baiser sur ses lèvres — elle en était toute frissonnante. Cela faisait si longtemps.

— 6 heures, proposa-t-il d'une voix rauque. Si tu parviens à te libérer aussi tôt.

Elle se contenta de hocher la tête.

— Merci.

D'un doigt, il lui effleura les lèvres, dans un simulacre de baiser. L'instant d'après, il était parti.

— Psitt ! Jamie, réveille-toi !

Jamie poussa un grognement et se pelotonna encore plus profondément sous son édredon Pocahontas.

Soufflant d'un air exaspéré, Jess le lui arracha et le jeta par terre.

— Jamiiiie, c'est important !

Elle le saisit alors par l'épaule et le fit rouler sur le dos. Il marmonna quelque chose d'incompréhensible et se roula en boule comme un petit hérisson.

— Jamie !

Elle entreprit de lui taper dessus avec son oreiller.

— Laisse-moi dormir ! protesta-t-il en se protégeant la tête de ses avant-bras.

Avec une exclamation de dégoût, Jess se mit les mains sur les hanches.

— Très bien, puisque tu ne veux pas que je te raconte ce que m'a dit Isabella, je retourne dans ma chambre pour dormir, moi aussi !

— Attends.

Il leva vers elle un regard tout ensommeillé.

— Alors, ça t'intéresse ?

— Oui, mais j'ai froid. Où est mon édredon ?

— Laisse tomber ton édredon.

Oubliant son agacement, Jess sauta sur le lit de son frère pour se blottir contre lui.

— Tu as entendu ce que je t'ai dit ? Je viens de parler avec Isabella.

— Hein ?

Jamie s'assit enfin dans son lit, en frottant ses yeux embrumés de sommeil.

— Tout va se passer comme elle l'a promis, Jamie. Emily va revenir vivre ici avec nous pour toujours.

Jamie bâilla.

— Mais non… Elle vient seulement nous aider à décorer l'arbre de Noël. Oncle Nathan a dit…

— Je sais ce qu'il a dit. Elle est d'accord pour passer à la maison demain soir, mais juste en invitée. Il nous a dit de ne pas espérer davantage, mais Isabella m'a dit qu'on pouvait s'attendre à bien plus que ça.

— A quoi ?

— Je ne sais pas exactement.

Jamie la dévisagea d'un regard soupçonneux.

— Tu me jures que tu l'as vue ? T'es pas en train d'inventer ?

La main sur le cœur, Jess déclara :

— Je te jure que je l'ai vue en vrai. Croix de bois, croix de fer, si je mens, je vais en enfer. Elle est venue dans ma chambre.

La seule évocation de la visite de l'ange suffit à raviver l'émerveillement sur le visage de Jess.

— J'étais en train de dormir quand quelque chose m'a réveillée. Comme un murmure… C'est peut-être elle qui m'a appelée, je n'en suis pas sûre.

— Waou…

Jess plissa les yeux d'un air mystérieux et poursuivit en baissant la voix :

— La chambre a été toute illuminée par une grande lumière qui venait de dehors, et tout à coup, je l'ai vue.

— Tu es sûre que c'était pas la lumière qui s'allume automatiquement dans le jardin ?

Jamie se pencha sur le côté du lit, son petit derrière en l'air, pour récupérer son édredon. Il le ramena sur le lit et se l'enroula autour des genoux.

— Tu sais bien qu'un chien ou un chat peuvent la déclencher. Même un opossum, parce qu'ils vivent dans les bois tout près. C'est oncle Nathan qui l'a dit.

Secouant sa queue-de-cheval d'un air offensé, Jess rétorqua :

— Ce n'était pas un animal ou un truc dans ce genre, Jamie.

Je sais quand même faire la différence entre un ange et un opossum !

Il haussa les épaules.

— C'est quand même bizarre que moi, je ne voie jamais Isabella.

— C'est parce que tu n'y crois pas.

— Mais si !

— Non, c'est pas vrai.

— Si !

Son menton se mit à trembler.

— Je crois que c'est papa et maman qui nous l'ont envoyée, comme a dit oncle Nathan.

— Alors, tu devrais me faire confiance quand je te dis qu'elle est revenue me voir cette nuit pour me dire que tout allait se dérouler selon notre plan.

Il renifla et se frotta le nez.

— Quel plan ?

Jess souffla d'un air exaspéré, puis reprit sur un ton de patience infinie.

— Le plan pour faire revenir Emily à la maison à Noël, pour que nous ayons de nouveau un papa et une maman. Comme ça, Nathan sera heureux, et grand-père et grand-mère seront simplement nos grands-parents, comme tout le monde, et on ne sera pas obligés de vivre chez eux. Tu as tout oublié ou quoi ?

— Non, mais ça fait beaucoup de choses à se rappeler.

— Peut-être, mais c'est important.

— Je connais plein de trucs importants : notre adresse, notre numéro de téléphone et le code postal des Woodlands.

— D'accord, je retire ce que j'ai dit.

Elle se leva.

— Tu peux te rendormir, maintenant.

Elle ramassa l'oreiller de son petit frère, le regonfla, puis le lui plaça à la tête du lit. Elle regarda ensuite Jamie se recoucher en chien de fusil, sa position favorite pour s'endormir. Elle voyait bien qu'il avait envie de sucer son pouce, mais il essayait de se débarrasser de cette manie. Oncle Nathan l'avait pourtant rassuré en lui affirmant qu'il y arriverait le moment venu : personne ne suçait plus son pouce sur les bancs de l'université — alors, pas d'inquiétude. Cela laissait environ douze ans à Jamie pour apprendre à se passer de son pouce. Elle lui remonta le drap et la couverture jusqu'aux oreilles et lui tapota affectueusement l'épaule. Oncle Nathan était tellement gentil. Presque aussi gentil que leur vrai papa.

— Elle te plaît, Emily ? l'interrogea-t-elle en arrangeant son édredon.

— Mmm...

— Maman aussi l'aimait beaucoup. C'est forcé, puisqu'elle voulait qu'elle soit notre maman si jamais il lui arrivait quelque chose.

— Mmm...

— C'est pour ça que maman a envoyé Isabella pour vérifier.

Pas de réponse. Jamie s'était déjà rendormi en suçant son pouce. Jess eut une seconde d'hésitation, puis décida de passer outre. Pour cette fois.

3

Le soir suivant, au volant de sa voiture, Emily se faufilait dans le dédale des rues des Woodlands pour se rendre chez Nathan. Elle n'en revenait toujours pas : il fallait vraiment être poire !

Elle s'adressa à son reflet dans le rétroviseur.

— D'accord, mais j'aimerais bien te voir dire non à deux petits orphelins pour Noël !

Très bien, Emily. Tu prétends donc que tes sentiments pour Nathan n'ont rien à voir là-dedans ?

— J'aurais accepté même en sachant que Nathan ne serait pas chez lui.

Oh, mais nous savons toutes deux qu'il y sera, pas vrai ? C'est nettement plus amusant...

— Peut-être pas. Il se peut qu'il doive travailler tard. Quand nous vivions ensemble, c'était presque systématique.

Mais aujourd'hui, les choses ont bien changé.

— Je ne te le fais pas dire !

Elle se gara dans l'allée.

Avant qu'elle ait eu le temps de descendre de voiture, la porte d'entrée s'ouvrit et deux enfants se précipitèrent sur elle comme des chiots faisant la fête à leur maîtresse. Elle ne put que sourire, débordée par l'enthousiasme de leur accueil.

— Super ! Tu es venue ! C'est génial !

— Merci, Emily, merci, merci !

— On a acheté l'arbre cet après-midi ! Il est géant !

— Ça va être le plus beau sapin du quartier, tu vas voir !

Levant les yeux, elle vit la silhouette de Nathan se découper dans l'encadrement de la porte d'entrée, éclairée par le lustre du vestibule. Il resta à l'observer en retrait, préférant manifestement laisser aux enfants le soin de l'accueillir. Ce n'est qu'en s'approchant qu'elle distingua le léger sourire qui flottait sur ses lèvres. Et son air ravi.

— Salut, dit-elle.

Le cœur battant, elle rejeta en arrière les mèches qui lui tombaient sur le visage.

— Salut.

Flanquée de Jess d'un côté et de Jamie de l'autre, elle comprit que tous attendaient quelques mots de sa part.

— Quel accueil !

Nathan sourit et s'effaça pour laisser le passage aux enfants, qui foncèrent à l'intérieur.

— Tu les as conquis.

Et, la prenant par la taille, il l'entraîna dans le vestibule.

— Je ne comprends pas pourquoi. Ils ne me connaissent même pas.

— Détrompe-toi.

Elle commença d'ôter son manteau et s'interrompit.

— Je ne les ai pas revus depuis ma visite à Washington, à l'occasion de la naissance de Jamie. Jess n'avait que trois ans à l'époque.

— Je leur ai peut-être parlé de toi deux ou trois fois.

Elle le dévisagea avec attention.

— Vraiment ?

— Oui.

— Allez, dépêchez-vous ! s'impatienta Jess, en revenant dans le vestibule en courant. Jamie et moi, on a déjà sorti les guirlandes lumineuses.

Nathan bougonna :

— Je vous ai déjà dit de ne pas commencer avant que je vous en donne la permission. Laissez-lui le temps d'arriver !

Jess prit un air affligé.

— D'accord, mais alors, dépêche-toi d'arriver, Emily. On a du boulot, ce soir !

Nathan et d'Emily se regardèrent et éclatèrent de rire. Les yeux dans les yeux. Emily se sentit remuée au plus profond de son être : Nathan avait le don de mettre ses sens en émoi.

— Veux-tu boire quelque chose ? lui proposa-t-il d'une voix douce.

— Pas dans l'immédiat, merci.

Elle se détourna, comptant mettre à profit cette diversion pour se remettre discrètement de son trouble, et balaya la pièce du regard, en s'attardant sur tel ou tel détail. Faisant fi des objections de l'avocat d'Emily, ils s'étaient tous deux mis d'accord pour ne pas se partager le mobilier lors de leur séparation, préférant attendre que le divorce soit définitivement prononcé. Emily avait pris un appartement dans une copropriété située non loin de sa boutique, n'emportant avec elle que le strict minimum : quelques meubles, de la vaisselle et autres indispensables. Assez pour rendre l'appartement habitable, mais pas pour lui ôter son caractère provisoire. Pourquoi avait-elle agi ainsi ? Elle l'ignorait. *Peut-être espérais-je secrètement que la procédure de divorce n'aboutirait jamais*, songea-t-elle en détaillant l'intérieur de son ancienne maison.

Faisant volte-face, elle rencontra le regard de Nathan.

— Alors, qu'en penses-tu ?

— Bien… Très bien. Tu as fait quelques changements.

Elle désigna une table-bibliothèque poussée contre le mur.

— C'est nouveau, ça.

— Tu la reconnais ?

Elle s'approcha de la table, puis le dévisagea, étonnée.

— Ce n'est tout de même pas… Serait-ce celle que nous avions repérée au cours de notre week-end à La Nouvelle-Orléans ?

— Je me demandais si tu t'en souviendrais.

— Ce qui me surprend, c'est qu'elle n'ait pas été vendue entre-temps.

Nathan eut un sourire légèrement contraint.

— Euh… A vrai dire, elle n'était plus au magasin. Elle avait été vendue et j'ai eu un mal de chien à convaincre son propriétaire de me la céder.

Incroyable ! Elle ne reconnaissait plus l'homme qu'elle avait épousé : un geste aussi romantique ne correspondait vraiment pas à son caractère.

— C'est fou, murmura-t-elle.

Il haussa les épaules.

— Tu avais eu le coup de foudre pour cette table et nous avions décidé de l'acheter.

Son ton se fit plus grave.

— C'est de ma faute si nous sommes repartis de La Nouvelle-Orléans sans l'emporter.

Elle se souvenait très bien des circonstances. Leur séjour ayant tourné au vinaigre, ils étaient rentrés à Houston sans retourner à la boutique où ils avaient déniché cette table.

Il en caressa le bord de bois sculpté, puis leva les yeux vers elle.

— Ce week-end ne t'évoque rien d'autre ?

— Le premier soir, nous sommes allés au théâtre Saenger pour assister à la représentation de *Phantom of the Opera*.

— Et en sortant, nous avons soupé chez Bayona's.

— Et le lendemain, nous avons pris le petit déjeuner chez Brennan's.

— Après avoir passé la nuit au Royal Sonesta...

Comment aurait-elle pu oublier cette nuit ? Ou ce week-end. Les souvenirs étaient gravés dans sa mémoire. Ils étaient partis à La Nouvelle-Orléans pour fêter leurs sept ans de mariage. Les choses avaient commencé à se gâter dès la deuxième nuit. Durant le vol de retour, ils se s'étaient pas une seule fois adressé la parole.

— Tu m'as dit que tu voulais que nous fassions un enfant pendant ce week-end.

En dépit du calme apparent avec lequel Nathan faisait courir ses doigts sur les motifs sculptés, Emily s'aperçut qu'il était tendu.

— Et tu as refusé une fois de plus, en prétextant qu'il était encore trop tôt. C'est alors que je t'ai avoué que j'avais arrêté de prendre la pilule depuis un mois.

— Et je me suis mis dans une colère noire.

Elle sourit tristement.

— A juste titre. A l'époque, je n'ai pas voulu l'admettre, mais j'ai mal agi envers toi, reconnut-elle. Je crois... Enfin, j'espère que c'était pour de bonnes raisons, mais je n'aurais jamais dû prendre une telle initiative sans te demander ton avis.

— J'étais plutôt à cran.

— Et moi, plutôt déçue.

Elle fit une pause et haussa les épaules.

— Oh, finalement, tout s'est bien terminé, puisque je n'étais pas enceinte.

Mais quelle déception ! Inutile de le lui avouer maintenant, mais l'arrivée de ses règles l'avait anéantie pendant une semaine : elle y avait tellement cru...

Mais peut-être était-ce mieux ainsi, après tout.

Il fit quelques pas dans la pièce et l'odeur discrète de son après-rasage déclencha en elle une avalanche de sensations. Elle respira ce parfum qu'elle connaissait si bien et le trouva toujours aussi irrésistible. Seigneur, que lui arrivait-il ?

Baissant les yeux, elle contempla la table. Pourquoi agissait-il ainsi ? Que cherchait-il ?

Jamie sortit du salon.

— On est prêts à commencer, oncle Nathan. Allez...

Arrivant dans son dos, Jess lança à son frère un regard exaspéré.

— C'est moi qui m'occupe de notre invitée, Jamie. D'abord, on doit manger.

— Oh... C'est vraiment obligé ?

Elle mit les mains sur les hanches, l'air autoritaire.

— C'est oncle Nathan qui l'a dit.

— Je peux pas manger si j'ai pas faim ! répliqua Jamie.

— Allons, allons, les enfants !

Nathan leur fit faire demi-tour avec fermeté et les propulsa dans le salon.

— Je viens d'avoir une idée. Que diriez-vous d'une pizza ? Nous pourrions la déguster tout en décorant le sapin.

— Ouais, super !

Jamie se retourna pour tirer la langue à sa sœur.

Fouettant l'air de sa queue-de-cheval flamboyante, Jess fit volte-face.

— Tu as vu ce qu'il a fait, oncle Nathan ? Ce n'est pas poli, hein ? On doit se tenir correctement quand on a des invités.

— Ça suffit, vous deux, coupa Nathan en frappant la table du plat de la main.

Ils firent tous un bond, y compris Emily.

— Arrêtez de vous chamailler ou bien Emily et moi nous chargerons seuls de décorer l'arbre. Ça vous dit ?

Les enfants échangèrent un regard.

— Non, pas vraiment, répondit finalement Jess.

Jamie haussa les épaules d'un air penaud.

Nathan les contempla en silence, l'air sévère. Ils avaient beau se dandiner et se trémousser nerveusement, Emily nota qu'ils n'avaient absolument pas l'air intimidés par leur oncle : simplement, ils étaient vaguement inquiets à l'idée d'avoir gâché une soirée qui s'annonçait fort distrayante.

— Les enfants, il me semble que vous devriez présenter des excuses à notre invitée, conclut-il.

— Pardon, Emily, nous sommes désolés, murmura Jess, l'air sincèrement contrit.

— Oui, à partir de maintenant, on va être très polis et on dira « s'il vous plaît » et « merci » toute la soirée, hein, Jess ? promit Jamie.

— Oui, parole de scout, déclara Jess en levant la main droite.

Nathan fit mine de peser le pour et le contre en se pinçant la lèvre inférieure. Pour dissimuler son amusement ?

— Qu'en penses-tu, Emily ? demanda-t-il.

— Personnellement, j'accepte leurs excuses, répondit-elle.

— Très bien. Alors, que la fête commence !

Et, se frottant les mains, il leur fit un grand sourire qui englobait aussi Emily.

— Je vais commander des pizzas et nous allons faire le plus bel arbre de Noël des Woodlands.

Un peu plus tard, tandis que les enfants sortaient les décorations de leurs emballages, Emily entreprit d'aider Nathan à accrocher les guirlandes lumineuses dans le sapin. Les pizzas avaient été dévorées en un temps record. Nathan était un maniaque de la propreté, mais, à la grande surprise d'Emily, il avait autorisé les enfants à emporter des plateaux dans le salon et, plus étonnant encore, lorsque Jamie avait renversé une canette de soda sur le tapis, il s'était contenté de demander au petit garçon de l'aider à nettoyer. Sans se mettre en colère. Sans le gronder. Jamie s'était exécuté de bonne grâce et l'incident avait été oublié. Emily observait son futur ex-époux d'un air songeur, quand la sonnerie du téléphone retentit.

Les deux enfants se levèrent d'un bond et commencèrent à se chamailler. Finalement Jamie fit valoir que c'était son tour de répondre et, fonçant à l'autre bout de la pièce, décrocha le téléphone.

— J'espère que ce correspondant a de la patience, fit remarquer Emily en réprimant un sourire. C'est au moins la dixième sonnerie.

Nathan était courbé, en train de disposer la guirlande lumineuse sur les branches les plus basses de l'arbre.

— J'ignore ce qui les fascine tant avec le téléphone. Ce n'est pourtant pas une nouveauté !

— A mon avis, il s'agit plutôt d'un comportement typique de rivalité entre frère et sœur, répliqua sèchement Emily.

Il se redressa tout en continuant d'enrouler la guirlande autour des branches.

— Tu as probablement raison. Pourtant, ils s'entendent relativement bien, en règle générale.

— Ils en ont l'air, en tout cas, surtout si l'on songe à ce qu'ils ont traversé. Tu y es certainement pour quelque chose, Nathan.

— Je n'en sais rien. Je…

Lançant un coup d'œil en direction de Jamie, il fronça subitement les sourcils.

Emily suivit son regard. Le petit garçon s'adressait à son correspondant avec enthousiasme.

— Si tu voyais ça ! Et devine qui est venu nous aider à le décorer ? Emily ! Elle est très marrante, grand-mère. Et elle aime la pizza.

Près d'elle, Nathan s'était figé, tous ses sens en alerte.

— Et devine quoi, grand-mère ? continuait le petit garçon, que l'excitation rendait intarissable. Elle va venir ici vivre avec nous.

Il marqua une pause. Manifestement, sa grand-mère avait réussi à placer une parole.

— Mais parce qu'Isabella l'a promis à Jess, c'est pour ça que je le sais !

A ce moment-là, Nathan s'avança d'un pas décidé.

Oh, non. Que c'est gênant ! Emily imagina sans peine la réaction de Patricia McAllister à une telle annonce. Elle n'avait jamais été proche de sa belle-mère. Dès le départ, Patricia s'était montrée distante avec elle : polie, mais froide et impersonnelle. Par son attitude, elle avait empêché toute complicité de s'épanouir entre elles. Sa belle-mère n'avait rien de particulier à lui reprocher — pas à l'époque, en tout cas. Simplement, elles n'étaient pas sur la même longueur d'ondes. En revanche, depuis qu'elle avait quitté le domicile conjugal, Emily ne se faisait plus guère d'illusions. J'ai anéanti toute chance de trouver grâce aux yeux de Patricia, songea-t-elle piteusement.

— Jamie ! ordonna Nathan d'une voix péremptoire, ses yeux lançant des éclairs. Donne-moi ce téléphone !

Jess se coula contre Emily.

— Oh, oh… Jamie a fait une gaffe.

Elle entortilla le bout de sa queue-de-cheval autour de son doigt.

— Il n'était pas censé dire que tu étais ici.

Emily fronça les sourcils.

— Pourquoi, Jess ?

— Parce que je le lui avais défendu.

— Pour quelle raison ?

— Parce que grand-mère va être folle de rage. Elle veut qu'oncle Nathan trouve une nouvelle femme. Je ne vois vraiment pas pourquoi, puisque vous êtes encore mariés et que c'est toi que mon papa et ma maman ont choisie. Je sais que vous n'avez pas encore divorcé. C'est oncle Nathan qui me l'a dit.

Elle considéra Emily d'un air candide.

— C'est pour ça que ça ne sert à rien qu'il perde son temps à se procurer une nouvelle femme.

Emily resta sans voix. Enfin, presque.

— Un homme ne se « procure » pas une femme, Jess, commença-t-elle faiblement.

— Mais alors, comment va-t-il faire pour être heureux de nouveau ?

— Tu penses donc qu'il est malheureux ?

— Oui... Je crois que tu lui manques. Mais quand Jamie et moi, on lui a demandé pourquoi il ne te demandait pas de revenir vivre avec lui, il a répondu qu'il faudrait un miracle pour que tu acceptes. Et tu sais quoi ? C'est cette nuit-là qu'Isabella est venue me voir pour la première fois.

— Isabella.

— Eh oui... C'est pour ça que Jamie et moi, on est venus te voir à ta boutique. D'abord, j'ai cru que je n'arriverais jamais à la trouver, et ensuite il a fallu que je me débrouille pour y aller. J'étais sûre que tu étais exactement la maman qu'il nous fallait.

Son visage se fendit d'un large sourire.

— Et je ne me suis pas trompée !

Oh, Seigneur, comment faire pour me dépêtrer d'une telle situation ?
Emily lança un coup d'œil désespéré en direction de Nathan, mais il était encore au téléphone avec sa mère. Aucun espoir de ce côté-là. Elle n'entendait pas ce qu'il disait, mais il avait l'air agacé. Sous pression. Il se tourna et leurs regards se croisèrent. Elle connaissait cette expression : quand il était de cette humeur, même Patricia ne faisait pas le poids en face de lui. Etait-il en train d'essayer de justifier la déclaration incongrue de Jamie ?

Décidément, dans la catégorie des anges gardiens, cette Isabella était un phénomène…

Elle mit la main sur l'épaule de Jess.

— Je sais que tu as voulu bien faire, Jess, mais ton oncle et moi sommes en pleine procédure de divorce. Il est rare que les gens mariés se remettent ensemble quand les choses en sont arrivées à ce point-là.

— Isabella dit qu'il n'est jamais trop tard, déclara Jess en accrochant une boule rouge à une branche du sapin.

— Eh bien… oui, je suppose qu'elle a raison, mais je pense aussi que tu ne devrais pas te faire trop d'illusions, ma puce.

Jess se haussa sur la pointe des pieds pour suspendre une autre boule.

— Il faut garder confiance, Emily.

Encore un bon conseil d'Isabella, à n'en pas douter. Emily soupira.

— Nathan et moi avons été confrontés à de sérieux obstacles dans notre vie de couple, Jess. J'ignore si on peut les résoudre si facilement.

— Oh, bien sûr que si ! affirma-t-elle d'un ton léger.

Leurs regards se croisèrent.

— C'est Isabella qui l'a dit, s'exclamèrent-elles en chœur, avant d'éclater de rire.

Nathan raccrocha et les contempla d'un air perplexe.

— Qu'est-ce que l'inénarrable Isabella vient faire là-dedans ?

— Tu aimerais bien le savoir, le taquina Emily sans cesser de sourire.

Les mains sur les hanches, il sembla un instant indécis.

— Tu as l'air tout bizarre, oncle Nathan, observa Jess.

— Figure-toi, ma puce, qu'à force de me parler d'Isabella, il m'est venu une idée. Alors hier, je suis allé faire quelques emplettes.

Il s'empara de la grande boîte et en souleva le couvercle. Avec des gestes délicats, il dévoila enfin le trésor que dissimulaient les couches de papier de soie. Jess poussa un cri de joie.

— Isabella !

— Waou ! Oooh ! Trop cool !

Jamie fixait l'ange avec des yeux ronds comme des billes.

Nathan souleva la magnifique poupée et alla brancher le fil électrique à une prise murale.

— Nous allons l'installer au sommet de l'arbre. En appuyant sur ce petit interrupteur, on peut allumer l'étoile qu'elle tient entre les mains.

— Et tous les gens verront notre ange gardien en passant devant la maison ! s'enthousiasma Jamie.

Jess se tourna vers Emily.

— Vous voyez, je vous avais bien dit qu'elle n'était pas comme les autres !

— C'est vrai, approuva Emily en souriant.

— Comment on va la faire tenir en haut de l'arbre ? s'inquiéta Jamie.

— Ne t'en fais pas, j'ai prévu le coup, affirma Nathan en allant chercher dans la cuisine le dispositif qu'il avait déjà fabriqué pour fixer solidement l'ange au sommet du sapin.

Une demi-heure plus tard, on sonna à la porte.

— J'y vais ! s'écria Jess en filant vers l'entrée.

— Reste là ! lui ordonna Nathan, du haut de son échelle. Laisse Emily aller répondre à la porte. Je t'ai déjà interdit d'ouvrir à un inconnu !

Mais moi, comment saurais-je si Nathan connaît cette personne ? se demanda Emily. Mais, tout en essuyant la poussière de ses mains sur son jean, elle alla à la porte. Par le judas, elle aperçut une splendide brune accompagnée d'un petit garçon.

— Qui est là, s'il vous plaît ? demanda-t-elle par l'Interphone.

Il y eut un moment de flottement.

— Valerie Anderson et Teddy.

— Oh non, zut ! fit Jess, avec un mécontentement comique.

Emily lui lança un regard interrogateur.

— Bon, laisse-les entrer, soupira-t-elle d'un ton de condamné à mort.

Emily ouvrit la porte et sourit aux nouveaux arrivants.

— Bonjour, entrez. Je suis Emily.

— Bonjour. Nathan est ici ?

— Il est dans le bureau, perché sur une échelle. Je vous en prie, entrez...

— Sur une échelle ?

Avec un sourire mi-figue, mi-raisin, Valerie Anderson tenta d'apercevoir quelque chose derrière Emily.

— Nous tombons peut-être au mauvais moment ?

— Absolument pas. Nous étions en train de décorer l'arbre de Noël.

— Oui, je suis au courant. Jamie en a parlé au téléphone avec Teddy, aujourd'hui. Nous vous avons même apporté des cookies pour l'occasion.

Elle lui tendit une boîte en fer blanc décorée.

— Merci.

Mon Dieu, et maintenant, que faire ? Mais qui diable était cette femme ? *Nathan, descends de ton échelle et viens à ma rescousse !*

— Teddy, viens voir notre arbre !

Jamie saisit le petit garçon par la manche de son blouson et l'entraîna vers le bureau.

— Il est géant !

Sa mère esquissa un geste pour le retenir.

— Attends, Teddy...

— C'est bon, l'assura Emily en s'effaçant pour la laisser entrer. Les enfants meurent d'envie de faire admirer leur arbre.

— Nous ne voulions vraiment pas vous déranger...

— Bonsoir, Valerie.

Nathan, venant de l'arrière de la maison, accueillit la nouvelle arrivante en déposant un baiser sur sa joue veloutée. Celle-ci piqua un fard et Emily en profita pour lancer un regard furtif à sa main gauche : ni bague ni alliance. Valerie faisait-elle partie des candidates parmi lesquelles Nathan envisageait de « se procurer » une épouse, en remplacement de celle qui avait fui le domicile conjugal ?

Elle se sentit viscéralement hostile à l'idée que Nathan puisse désirer cette femme et resta sidérée par la violence de sa réaction. Mais que s'imaginait-elle donc ? Cela faisait presque un an qu'elle était volontairement sortie de la vie de Nathan. Et d'ailleurs, elle fréquentait elle-même un autre homme... Evidemment, jamais Kenneth Cross ne la ferait chavirer d'un baiser, et ce malgré sa gentillesse. A vrai dire, elle ne lui avait que rarement laissé l'occasion de l'approcher suffisamment pour pouvoir l'embrasser, sauf les fois où elle n'avait vraiment pas pu l'éviter.

Elle se représenta Nathan en train d'embrasser Valerie Anderson : révoltant ! C'était une femme d'une beauté sublime, avec des yeux d'un vert si intense — des lentilles de contact colorées sans aucun doute, ou alors il n'y avait pas de justice en ce bas monde. Et quelle allure... Vêtue d'un pantalon Carole Little qui semblait avoir été spécialement créé pour elle et d'un pull rouge à paillettes, elle avait tout d'une créature de rêve. Avec de faux seins. Forcément... une telle poitrine ne pouvait tout de même pas être naturelle ?

Nathan se chargea des présentations.

— Emily, voici Valerie Anderson. Valerie, je te présente Emily McAllister.

Le regard de la nouvelle venue refléta la surprise, mais si elle éprouva la moindre gêne à rencontrer l'épouse de Nathan, dont il vivait séparé, elle n'en laissa rien paraître. Nathan poursuivit avant qu'elle ait pu dire un mot.

— Valerie et Teddy habitent à deux pas... chez les Lindsay.

Il lui sourit avec chaleur.

— Elle m'a plus d'une fois sauvé la vie depuis que les enfants sont venus vivre ici.

— Tu exagères, Nathan, protesta Valerie, l'air toutefois ravi. Il n'avait d'ailleurs nullement besoin de mes conseils, confia-t-elle à Emily. Il a vraiment la fibre paternelle.

Aucun d'eux ne remarqua l'expression qui se peignit sur le visage d'Emily.

Nathan se mit à pouffer de rire.

— Tu plaisantes ? Simplement, mis devant le fait accompli, je n'ai pas eu d'autre choix que de me jeter à l'eau ! Si je m'en suis si bien sorti, le mérite en revient tout autant aux enfants.

Les bras croisés sur la poitrine, Emily les dévisageait. Songer que c'était Valerie Anderson qui avait eu le privilège de partager avec Nathan ses premiers défis en tant que père lui était extrêmement pénible.

— J'ignorais que les Lindsay avaient déménagé, murmura-t-elle. Vous habitez le quartier depuis longtemps, Valerie ?

— Depuis mon divorce, répondit-elle en lançant un sourire en direction de Nathan. Imaginez ma surprise quand j'ai découvert que Nathan n'habitait qu'à deux maisons de la mienne. Le monde est petit…

— Vous vous connaissiez donc ?

— Vous n'êtes pas au courant ? Lizzie et moi étions camarades de chambre à l'université.

Emily se tourna vers Nathan.

— Ta sœur ?

— Elles étaient ensemble à la Southern Methodist University, expliqua Nathan.

— Et nous avons passé sept ans à Londres, ajouta Valerie. Nos maris travaillaient pour la même compagnie pétrolière. C'est grâce à elle que j'ai réussi à surmonter mon divorce. Lizzie était ma meilleure amie, conclut-elle simplement, ses sublimes yeux verts embués de chagrin. Elle me manquera toujours.

— C'était un couple merveilleux, murmura Emily.

— Oui. Et en voyant Jess et Jamie, on ne peut s'empêcher de penser à eux. Parfois, quand je regarde Jamie, il me rappelle tellement Lizzie que j'ai l'impression de ne pas l'avoir tout à fait perdue.

Elle sourit à Nathan d'un air complice.

— Il a hérité des merveilleux yeux gris des McAllister.

Emily aurait bien aimé la trouver antipathique, mais Valerie était une femme absolument charmante. D'une sincérité désarmante. Elle jeta un coup d'œil furtif en direction de Nathan et s'aperçut qu'il la regardait fixement. A quoi pensait-il ? Elle était incapable de déchiffrer son regard : en cela, elle n'avait guère fait de progrès depuis leur séparation. Valerie arrivait-elle à mieux le cerner ? Leur affection commune pour Lizzie s'étendait-elle à un tel degré de complicité ?

— Oh, mon Dieu… Valerie porta la main à sa joue. Vraiment, je n'avais pas l'intention de… enfin, bref. Je n'avais pas non plus compris que tu avais une invitée, Nathan. C'est la faute de ta mère.

Devant l'air perplexe de Nathan, elle s'expliqua :

— Patricia m'a appelée pour me dire que vous décoriez l'arbre de Noël, ce soir. Et comme c'est votre premier Noël ensemble, à toi et les enfants, sans Lizzie et Jim… Eh bien, tu connais les mères. Elle savait que Teddy mettrait suffisamment d'ambiance pour que la soirée ne sombre pas dans la tristesse.

Emily lança un regard à Nathan. Ses lèvres étaient réduites à une ligne sévère. Il en voulait terriblement à sa mère de s'être mêlé de sa vie privée. Visiblement, Valerie semblait ne rien soupçonner, ce qui lui procura un sentiment de satisfaction : cette femme ne le connaissait pas si bien que ça, finalement.

Valerie adressa à Emily un sourire désarmant.

— Avec Teddy et Jamie, tout peut arriver.

Et sur ces mots, elle se dirigea résolument vers le salon.

— Teddy, il est l'heure de partir !

— Mais maman, on vient juste d'arriver !

— Tu pourras revenir voir l'arbre demain quand on aura fini de le décorer, Teddy, lui promit Jess en lui tendant son blouson.

Sa mère le lui enfila rapidement et remonta la fermeture Eclair.

— Nous allons louer un film. Tu n'auras qu'à choisir celui qui te plaira, ajouta-t-elle, manifestement dans l'espoir de l'amadouer.

En l'observant guider son fils jusqu'à la porte d'entrée, Emily ne put qu'admirer la façon dont Valerie avait géré une situation qu'elle-même aurait trouvé extrêmement embarrassante.

Devant la porte d'entrée, elle sourit à Emily.

— J'ai été ravie de faire votre connaissance, Emily. Lizzie me parlait si souvent de vous. Je ne comprends pas que nous ne nous soyons pas rencontrées plus tôt, mais enfin, mieux vaut tard que jamais, n'est-ce pas ?

— C'est ce qu'on dit.

— Je t'appellerai, Val, promit Nathan. Un de nos associés envisage l'acquisition d'une maison plus spacieuse. Je lui ai donné ta carte.

— Oh, Nathan... Merci ! s'exclama-t-elle en le serrant spontanément dans ses bras. C'est le troisième client que tu m'envoies. Continue comme ça et je vais devoir t'intéresser à mes commissions.

Il ouvrit la porte.

— Je ne veux pas que tu te sentes redevable de quoi que ce soit envers moi. En revanche, j'aime assez l'idée que mon associé se sente obligé vis-à-vis de moi. Contente-toi donc de lui dénicher une maison de rêve.

— Promis ! lança-t-elle en passant devant lui pour sortir. Passez de bonnes vacances !

Jess et Jamie retournèrent à l'arbre en gambadant, laissant les deux adultes face à face dans le vestibule. Le silence entre eux s'éternisa. Pendant un moment, Emily songea elle aussi à prendre son manteau et à rentrer chez elle. Toute sa joie s'était envolée.

Elle leva les yeux vers Nathan et se remémora la remarque de Valerie. Son neveu avait hérité des yeux gris de Lizzie. Les mêmes que ceux de son oncle. Cela ne pouvait avoir échappé à Valerie.

— Elle est extrêmement séduisante, Nathan.

— Oui. Elle travaille dans l'immobilier.

— C'est ce que j'ai cru comprendre. Elle réussit sûrement très bien dans son métier.

— Sûrement.

— Qui a demandé le divorce, elle ou bien son mari ?

— C'est lui, je crois.

— T'a-t-elle dit pourquoi ?

— Incompatibilité d'humeur.

Pourquoi lui posait-elle ce genre de questions ? Elle se moquait de la vie privée de Valerie — sauf si celle-ci avait des vues sur Nathan.

— A quel sujet ?

— Leur incompatibilité ? Je n'en sais rien. Je ne lui ai jamais posé la question.

Si Valerie avait un quelconque attrait pour lui, il s'y serait davantage intéressé, non ?

— C'est juste une amie, expliqua Nathan d'une voix calme.

— Tu lui plais, Nathan.

— Et toi ? Tu plais bien à Kenneth Cross…

— Tu n'en sais rien. Tu ne nous as jamais vus ensemble.

— Comment pourrait-il rester insensible à ton charme ?

Oh, mon Dieu ! Qu'avait donc cet homme pour la troubler ainsi, alors qu'elle s'était résignée au divorce depuis un an ?

Il lui prit la main et l'éloigna de la porte.

— Viens, nous devrions retourner dans le salon. Je connais deux petits lutins capables de commettre les pires bêtises si on les laisse sans surveillance.

— Attends, Nathan. Il faut que nous parlions de l'initiative de ta mère d'envoyer Valerie Anderson ici, ce soir. Elle ne pouvait ignorer que j'étais là — j'ai entendu Jamie le lui annoncer au téléphone. Il est évident que ta mère est hostile à ma présence ici.

— Je n'ai pas besoin de son approbation. Ma mère n'a pas à me dicter le choix de mes invités.

— Je suis bien d'accord avec toi. Et en d'autres circonstances, elle n'y songerait même pas. Sauf que je me sens personnellement concernée. Ta mère ne veut pas que je revienne vivre ici. Pourquoi, Nathan ?

Il soupira d'un air las.

— Je n'en sais rien, mais je te garantis que je vais lui poser la question la prochaine fois que je la verrai. Tu n'imagines tout de même pas que j'apprécie de la voir s'immiscer ainsi dans ma vie privée ?

— Sait-elle que nous nous sommes revus avant ce soir ?

— Il se peut que les enfants y aient fait allusion.

— Est-elle au courant que tu n'envisages pas notre divorce comme un choix irrévocable ?

— Elle doit s'en douter. Je n'ai jamais prétendu être heureux d'avoir laissé partir ma femme.

Il regardait fixement droit devant lui, en évitant de croiser son regard.

— Donc, au cas où nous envisagerions une réconciliation, son intervention de ce soir avec Valerie ne laisse pas beaucoup de doutes sur ses sentiments à mon égard, n'est-ce pas ?

Elle laissa échapper un rire bref, sans cesser de le regarder.

— Elle me hait donc à ce point ?

— Pas du tout. Simplement, elle ne te pardonne pas de m'avoir quitté.

— As-tu essayé de lui expliquer la situation, Nathan ?

Il regardait toujours dans le vague, l'air sévère.

— Ça ne la concernait en rien.

Emily soupira.

— C'est vraiment sans espoir.

Elle fit mine d'aller chercher son manteau pour partir.

— Non, fit-il en la retenant par le bras. Bon sang ! Je ne te laisserai pas partir ce soir avec de telles idées en tête. Si ma mère s'est permis d'intervenir, cela n'a rien à voir avec toi — du moins pas directement. La vérité, c'est que si nous reprenions la vie commune, cela anéantirait toutes ses chances de récupérer la garde de Jess et Jamie.

— Elle veut avoir leur garde ? Pourquoi, mon Dieu ? Comment un couple de soixante-cinq ans ferait-il pour répondre aux exigences de deux si jeunes enfants ? Elle et Donald n'ont jamais su trouver le temps de s'occuper de toi et de Lizzie. C'est une plaisanterie.

Il se massa la nuque.

— C'est bien mon avis, mais elle s'est mis cette idée en tête… Tu la connais, quand elle a décidé quelque chose…

Emily s'enserra les épaules.

— Ce qui explique ta tentative de réconciliation avec moi.

— Non, et d'ailleurs, si je ne t'en ai pas parlé, c'est parce que je savais que c'est ainsi que tu interpréterais ma démarche. Et j'avais vu juste.

Elle le dévisagea. Elle était tentée de lui faire confiance, mais c'était trop beau pour être vrai.

— Je ferais mieux de m'en aller, Nathan. De toute façon, j'ai eu tort de venir ici ce soir. J'aurais dû m'en douter.

— Pourquoi ? Parce que cela t'a obligée à reconsidérer notre divorce ? Et à remettre en question la sagesse de ta décision ?

Emily se retourna et ouvrit la porte du vestiaire.

— Je n'ai pas mis un terme à mon mariage sur un coup de tête, Nathan. Lorsque tu te sentiras disposé à écouter mes arguments — à les écouter vraiment — alors, nous en reparlerons.

Le cœur lourd, elle sortit son manteau et commença à le passer. Nathan l'aida à l'enfiler, puis laissa ses mains s'attarder sur ses épaules.

— Tu ne peux pas partir sans dire au revoir à Jess et Jamie.

Il se tenait derrière elle, ses hanches la frôlant presque. Elle sentit la chaleur de son corps contre le sien. Ce parfum qu'elle connaissait si bien.

— Pourquoi ne leur dis-tu pas tout simplement que j'ai dû partir ?

— Non.

Et, l'attirant contre lui, il appuya son front sur ses cheveux.

— Reste.

Elle se laissa aller contre lui, cédant au désir puissant qui montait en elle. Dans un gémissement, il l'enlaça par la taille, imprimant ses hanches contre les courbes de son corps, ce qui déclencha chez lui une excitation immédiate. Emily percevait son désir dans sa respiration saccadée, dans l'étreinte implacable de ses bras. Et… mon Dieu ! Elle se sentait en totale harmonie avec lui.

Elle inclina légèrement la tête sur le côté lorsqu'il se mit à la câliner dans le cou. Puis, ses mains se refermèrent sur ses seins. Elle se sentit chavirer ; elle avait l'impression qu'une lave en fusion lui incendiait les veines. Le désir se propagea à son corps tout entier. Plus rien ne comptait désormais pour elle que l'envie folle d'étancher sa soif à la bouche de Nathan et de le laisser combler cette sensation de vide en elle, comme lui seul en avait le pouvoir.

— Tu n'es nullement obligée de partir, murmura-t-il d'une voix rauque, en déposant de rapides baisers sur son oreille, sur sa joue, à la commissure de ses lèvres. Tu pourrais rester ce soir. Tu pourrais même ne plus jamais repartir.

Elle réussit malgré tout à trouver la force de repousser ses mains et de se dégager de son étreinte.

— Non, Nathan, pas comme ça.

Il se figea le temps d'une seconde, puis explosa :

— Et comment, alors ? Bon sang ! Il n'y a pas trente-six façons !

Les mains sur les joues, elle ferma les yeux.

— Je n'ai jamais nié l'attirance physique qui existe entre nous, Nathan. Elle est plus forte que jamais — nous venons encore de nous le prouver. Mais reprendre ma place dans ton lit ne résoudra pas nos problèmes. Pas plus que nous remettre ensemble dans l'intérêt de Jess et Jamie.

— Alors, quelle est la solution ? gronda-t-il en se détournant d'elle.

Il se passa la main dans les cheveux, en proie à une intense frustration.

— Je n'en sais rien. Peut-être qu'il n'y a rien à faire.

Il la dévisagea comme si elle descendait d'une autre planète : ses yeux reflétaient l'incompréhension la plus totale. Dire que pendant un an, elle s'était imaginé qu'ils pourraient peut-être repartir sur de nouvelles bases, à condition d'aborder ensemble leurs différends — chose qu'ils n'étaient pratiquement jamais arrivés à faire durant leur mariage… Mais trois jours après s'être revus, ils étaient rattrapés par leur impossibilité à s'entendre.

— Si tu pars maintenant, déclara-t-il enfin, explique-le toi-même aux enfants. Sinon, ils ne comprendront pas. Les enfants ont tendance à prendre les choses de façon personnelle, tu sais.

— Et comment le saurais-je, Nathan ? s'écria-t-elle. En dépit de ses efforts pour ne pas élever la voix, ses mots frémirent de chagrin et l'angoisse crispa son visage.

— Tu as appris tout cela sur le tas avec les enfants de Lizzie mais moi, je ne suis toujours pas mère. Et j'en ressens cruellement l'ironie, au plus profond de moi-même. Je t'ai quitté parce que tu refusais d'avoir un bébé avec moi, et maintenant, tu élèves ceux de ta sœur. Tu es devenu un champion de l'éducation ! Comme le dit si bien Valerie, tu as la « fibre paternelle » ! Ces enfants sont devenus ta raison d'être.

Au fur et à mesure qu'elle parlait, elle voyait tous ses sentiments se refléter dans les yeux de Nathan.

— Je veux partager tout ça avec toi, Emily. Donne-nous une dernière chance de tout recommencer !

Secouant la tête, elle resserra les pans de son manteau autour d'elle.

— Je n'ai pas envie de poursuivre cette conversation ce soir, Nathan. Je vais dire au revoir à Jess et à Jamie et je rentre chez moi.

— Mais, c'est ici, chez toi, Emily !

— Non. Et à moins d'un miracle, je ne pense pas pouvoir de nouveau m'y sentir un jour chez moi.

4

Il était 16 heures lorsque, le lendemain, Nathan parvint enfin à s'échapper de son bureau. Une fois de plus, il avait dû recourir à une savante réorganisation de son emploi du temps, mais Gina, sa secrétaire, était désormais passée maître dans l'art d'accomplir des prodiges. Dieu merci, elle ne s'étonnait même plus de ses exigences. Depuis que Jess et Jamie étaient entrés dans sa vie, sa secrétaire et lui s'étaient exercés à encore plus de flexibilité. Car il était tout bonnement impossible d'assumer une semaine de soixante heures en étant père célibataire. Ce qui lui avait valu la sympathie de tout le personnel féminin du cabinet qui se trouvait dans la même galère que lui — un exemple parmi tant d'autres de l'influence de Jess et Jamie sur son attitude.

Bouillant de frustration contenue, il fut pris dans un ralentissement dû à un embouteillage, à hauteur d'un échangeur. Il avait voulu éviter l'heure de pointe, mais entre l'affluence normale des banlieusards et la ruée des gens qui se pressaient pour faire leurs derniers achats avant Noël, il s'estima heureux de sortir du périphérique de Houston aussi rapidement. Pour autant, l'ambiance de Noël n'adoucissait en rien la corvée qui l'attendait, songea-t-il, la mine sombre. Sa mission ne s'accordait guère avec la gaieté des fêtes de fin d'année.

Quarante minutes plus tard, il s'engageait dans l'allée de la maison de ses parents, située dans le quartier de West University. Le mot « foyer » ne lui serait jamais venu à l'esprit pour qualifier la demeure où il avait grandi. Son père — avocat d'entreprise, expert comptable, et titulaire d'un diplôme en génie chimique — ne vivait que pour son travail. Sa mère, elle, avait suivi un cursus littéraire, mais n'avait jamais exercé la moindre activité salariée. Bénévole au sein de centaines de comités, elle s'intéressait depuis toujours au théâtre et à la peinture, défendait les intérêts du zoo, soutenait les musées de Houston, avait visité tant de pays que Nathan avait renoncé à en tenir le compte, et, pour couronner le tout, était une joueuse de bridge émérite. Sa vie était bourrée à craquer de diverses occupations, dont ses enfants n'avaient jamais fait partie.

Si Lizzie et moi avions été des tigrons d'une espèce rare, elle se serait peut-être rendu compte de notre existence.

En gravissant les marches du perron, Nathan s'en voulut de cette réflexion aussi cynique. Il avait tiré un trait sur toute cette époque, inutile de revenir sur le passé. D'autant plus qu'aujourd'hui, il était venu pour parler de l'avenir. Sa mère avait gâché son enfance. Il ne la laisserait pas saboter ses plans pour sauver son mariage.

Olivia, la vieille gouvernante de Patricia, ouvrit la porte. A soixante-dix ans bien tassés, elle se tenait toujours droite comme un i, comme du temps où Nathan et Lizzie avaient l'âge de Jess et Jamie. Elle ne parut pas étonnée de le voir.

— Bonjour, monsieur Nathan.

— Salut, Livvy.

Depuis qu'il avait embrassé la carrière d'avocat, son statut s'était modifié aux yeux de Livvy : son inscription au barreau avait sonné le glas de la complicité qui les avait unis tout au long de son enfance. Il ne s'habituait pas à entendre Livvy lui donner du « Monsieur », mais n'avait jamais réussi à la convaincre de s'abstenir.

— Vous devez être devin, constata-t-elle en s'effaçant pour le laisser entrer. Votre mère vient de me dire, il y a quelques minutes, qu'elle souhaitait aller chez vous pour voir les enfants.

Elle le débarrassa de son manteau.

— Je lui ai répondu qu'ils feraient mieux de venir ici. Ainsi, je pourrais les voir, moi aussi.

— Je vous les amènerai bientôt. Mais je parie qu'au bout d'une heure, vous regretterez de les avoir invités.

— Allons, allons… Vous voyez ces cheveux blancs ? C'est à vous et Miss Lizzie que je les dois. Je doute fort que Jess et Jamie vous arrivent à la cheville en ce qui concerne les bêtises.

— Nous étions donc de si vilains garnements, Livvy ? l'interrogea-t-il en souriant.

Elle lui tapota la joue.

— Vous savez bien que je vous taquine. Je n'ai jamais vu d'enfants plus mignons que vous et Miss Lizzie.

Il lui prit la main et la serra dans la sienne, avant de s'enquérir :

— Mère est dans son bureau ?

— Elle est dans le jardin d'hiver. C'est plus gai en cette saison.

Elle suspendit son manteau à une antiquité qu'il avait toujours connue, et qui se dressait toujours à sa place, dans le vestibule.

— Allez-y, montez. Faites-lui la surprise. Je vous apporte du café.

— Merci, Livvy.

Un sourire aux lèvres, il la regarda s'éloigner vers l'office. Il aurait pu décrire la cuisine de Livvy les yeux fermés. En fait, il la connaissait mieux que la sienne. Car du temps où sa sœur et lui étaient enfants, c'est Livvy, et non leur mère, qui leur confectionnait des gâteaux, surveillait leurs devoirs, s'assurait qu'ils étaient rentrés avant la nuit, reprisait leurs vêtements déchirés, appliquait des pansements sur leurs genoux écorchés, les sermonnait sur le *fair-play* et l'amitié, décidait des films qu'ils pouvaient regarder, et consolait grands et petits chagrins de sa présence réconfortante.

En fait, cette grande femme si douce lui avait servi de véritable maman.

Sa mère biologique était installée dans le jardin d'hiver, un livre ouvert sur les genoux, mais ne lisait pas. Elle jouait distraitement avec ses lunettes à monture métallique. Les derniers rayons du soleil entraient à flots par la baie vitrée orientée à l'ouest, la nimbant d'un doux halo doré. Hormis le léger mouvement de ses mains, elle était immobile, le regard perdu au-delà des branches dénudées d'un cornouiller.

Elle avait l'air songeuse. Ou soucieuse. Peut-être les deux à la fois. Elle était toujours tirée à quatre épingles, impeccable comme à son habitude ; ses cheveux teints d'une élégante nuance de blond cendré étaient coupés à la mâchoire, afin de souligner l'admirable arrondi de ses pommettes et son teint sans défaut. L'arc parfait de ses sourcils mettait en valeur ses yeux gris, identiques aux siens. Elle avait le menton carré et volontaire. Elle n'avait jamais eu recours à la chirurgie esthétique, il le savait. En étudiant son profil, Nathan éprouva un léger choc : il avait hérité de ses traits — et de quoi d'autre ?

— Tu devrais entrer et t'asseoir, Nathan, suggéra-t-elle sans se retourner. Cela ne te ressemble pas d'hésiter au dernier moment devant l'obstacle. Si tu n'as pas déjà affûté tes arguments, il y a de fortes chances pour que je sorte victorieuse de notre prise de bec.

Pas de baiser. Pas de tendre caresse sur sa joue comme avec Livvy. D'ailleurs, il aurait sûrement été gêné par une telle démonstration d'affection : c'était si contraire au caractère de sa mère…

— Bonjour, mère, la salua-t-il en se dirigeant résolument vers la chaise faisant face à la sienne. Comment vas-tu ?

Elle agita ses lunettes en l'air.

— Comme tu vois.

— J'en suis ravi. Et papa ? Que devient-il ?

— Il travaille trop. Je n'arrête pas de lui dire qu'il devrait envisager de prendre sa retraite, mais il me regarde comme si j'avais perdu la raison.

— Et c'est probablement ce qui t'arriverait s'il arrêtait de travailler.

Elle haussa les épaules.

— Oh, c'est juste un jeu entre nous. Je sais bien qu'il périrait d'ennui s'il abandonnait les affaires.

Elle chaussa ses lunettes.

— Bien. Je propose que nous débutions les hostilités.

C'était un des aspects de la personnalité de sa mère qu'il préférait, elle allait toujours droit au but. D'ailleurs, cela lui facilitait la tâche : il n'aurait pas besoin de prendre des gants avec elle.

— Je n'apprécie pas du tout que tu te mêles de ma vie privée, mère.

— Peux-tu préciser ? s'enquit-elle froidement.

— Je vois clair dans tes manigances. Hier soir, tu t'es débrouillée pour tirer les vers du nez à Jamie, et ensuite, tu as appelé Valerie Anderson, que tu as eu le culot de m'envoyer. Elle a débarqué chez moi, persuadée de nous trouver tristes et esseulés, en train de décorer notre sapin de Noël. La situation est devenue extrêmement embarrassante pour elle lorsqu'elle a découvert que nous avions déjà une invitée — Emily — et que nous n'étions pas en train de sangloter sur les guirlandes.

— Je suppose que c'était également valable pour Emily ?

— Quoi ?

— Emily était-elle aussi contrariée ?

— Mais évidemment, nom de Dieu !

— Cela ne justifie pas pour autant l'usage d'un tel langage, Nathan, observa Patricia d'un ton glacial.

— Au contraire, mère. Mais je te prie néanmoins de m'excuser.

Il la dévisagea attentivement.

— Pourquoi as-tu fait une chose pareille ? Tu sais bien que je ne m'intéresse pas à Valerie Anderson.

— Pourquoi Emily était-elle si bouleversée ? C'est elle qui a demandé le divorce, pas toi. Elle n'a pas donné de nouvelles depuis un an. Pourquoi verrait-elle un inconvénient à ce que tu aies une nouvelle femme dans ta vie ?

— Valerie Anderson ne représente rien pour moi !

— L'as-tu dit à Emily ?

— Oui. Non.

Il se trémoussa impatiemment sur sa chaise.

— Cette conversation tourne en rond, mère. Et nous nous écartons du sujet. Je suis ici pour te signaler que tu as dépassé les bornes, hier soir, en essayant de manipuler une situation qui ne te regarde en rien. J'ai eu le plus grand mal à convaincre Emily que Valerie n'était rien d'autre qu'une amie. Je n'ai vraiment pas besoin de ce genre de complications en ce moment. Je veux récupérer ma femme.

— Eh bien, il serait temps !

Il fronça les sourcils.

— Que veux-tu dire par là ? Depuis quand te soucies-tu de notre séparation ?

— Tu penses sans doute que j'ai observé Emily te briser le cœur sans rien éprouver ?

— Je... je n'en sais rien.

— Tu dois avoir une bien piètre opinion de moi. Suis-je donc une si mauvaise mère, Nathan ?

— Pas du tout, simplement distante, répliqua-t-il, troublé. Je... Lizzie et moi, nous avons toujours eu l'impression de nous situer quelque part entre le musée et les visites aux malades de l'hôpital dans ta liste de priorités.

Elle poussa un soupir et ôta ses lunettes.

— Je sais. Si c'était à refaire, je changerais beaucoup de choses.

Livvy apparut, portant un plateau.

— Madame Patricia, je vous ai préparé du café.

Après l'avoir posé sur la table, elle servit Patricia en premier.

— Voilà, bien noir, comme vous l'aimez. Et celui-ci est pour vous, monsieur Nathan.

Nathan prit la tasse qu'elle lui tendait, en murmurant distraitement un remerciement. La rencontre avec sa mère prenait un tour totalement imprévu.

— Appelez-moi si jamais vous avez besoin de quoi que soit, conclut Livvy.

Patricia porta délicatement la tasse à ses lèvres et prit une gorgée de café.

— C'est parfait, Olivia, nous n'avons plus besoin de vous.

Après le départ de la gouvernante, un long silence embarrassé s'installa entre eux. Encore ébranlé par les déclarations de sa mère, Nathan reposa sa tasse et sa soucoupe sur le plateau, sans avoir touché à son café.

— Peux-tu préciser ?

Seul le léger tremblement de la main de sa mère trahissait le fait qu'elle avait perdu un peu de son aplomb habituel. Elle posa doucement sa tasse.

— Si je pouvais revenir en arrière, au temps où vous étiez encore enfants ? Pour commencer, je changerais l'ordre de mes priorités, comme tu dis. Charité bien ordonnée commence par soi-même, et j'en ferais mon mot d'ordre. Je ferais passer mes enfants et leurs exigences en premier. J'attacherais moins d'importance aux apparences pour m'intéresser davantage à ce qui donne à la vie son véritable sens, comme je l'ai compris entre-temps. Je me consacrerais à mon mari, à mes enfants, je me fabriquerais des souvenirs pour plus tard, je m'occuperais de mon foyer...

— De ton foyer ?

Il ne put masquer l'incrédulité dans sa voix.

— Oui, mon foyer. Ça paraît incroyable, non ?

C'était le moins que l'on puisse dire. Il la dévisagea comme s'il la voyait pour la première fois. Chez n'importe qui d'autre, Nathan aurait parlé d'introspection, d'états d'âme, mais... sa mère ? Il la voyait comme quelqu'un d'infaillible, qui ne revenait jamais sur ses décisions une fois prises et qui ne se remettait jamais en question, contrairement à la plupart des gens. Contrairement à lui.

— Alors, si tu es vraiment sincère, à quoi rime toute cette histoire autour de la garde de Jess et Jamie ? l'interrogea-t-il, perplexe.

— Ne sois pas bête. Je ne veux pas de Jess et Jamie. Donald et moi ferions des parents catastrophiques. Ces enfants nous marcheraient sur la tête ! Ils sont si vifs, si beaux, si pleins d'énergie... Ils me font tellement penser à toi et Lizzie quand

352

vous étiez jeunes et pleins d'innocence. Je ne veux pas répéter avec eux les mêmes erreurs qu'avec vous.

— Mère, je n'y comprends plus rien. Que voulaient dire toutes tes menaces, dernièrement ? Tu parlais de les envoyer dans des « écoles convenables » pour qu'ils aient des « amis triés sur le volet »... Et tous tes discours sur « l'ordre et la discipline » ? C'était du vent ? Tu as fait tout ça pour rien ?

— Je l'ai fait pour que tu te bouges un peu les fesses et que tu retournes en vitesse vers Emily, histoire de me coiffer au poteau.

Nathan resta muet de stupéfaction.

Un semblant d'expression vint troubler l'impassibilité du visage de Patricia, tandis qu'elle lissait machinalement les pages de son livre.

— Etait-elle jalouse, hier soir ?

Il avait encore du mal à se représenter clairement de la situation.

— C'était donc ton objectif ? Provoquer un sentiment de jalousie chez Emily ?

— Tu as peut-être une meilleure idée pour la ramener à la raison ? rétorqua Patricia d'un ton plein d'impatience. A mon avis, tu as toujours su que ton bonheur était lié à Emily, et à elle seule. En revanche, il m'a semblé qu'elle avait besoin qu'on l'aide un peu à se rendre compte que tu es l'homme de sa vie.

Il se rejeta brusquement contre le dossier sur sa chaise, médusé par les déclarations de sa mère.

— C'est la conversation la plus étrange que nous ayons jamais eue, mère. Je ne sais que dire.

— Dis que tu ne vas pas gâcher cette occasion, maintenant que tu as réussi à attirer son attention.

Nathan eut un sourire. Si sa mère avait pu donner l'impression de se laisser aller à un peu de sentimentalité quelques minutes auparavant, elle n'en demeurait pas moins une tacticienne tendue vers un but bien précis.

— Je te trouve bien prodigue en conseils pour quelqu'un qui n'a jamais brillé par son aptitude aux rapports humains.

Patricia pressa deux doigts sur ses lèvres, le temps d'une fraction de seconde, signe imperceptible qu'il avait touché un point sensible, et cela n'échappa pas à son fils. Elle soupira.

— C'est bien le moins que je puisse faire pour réparer mes erreurs, Nathan. J'ai perdu Lizzie pour toujours. Crois-tu que j'ignore la raison pour laquelle elle vous a désignés par testament, toi et Emily, pour veiller sur ses enfants dans l'éventualité d'une tragédie comme celle-ci ? Quand j'ai réalisé les implications de sa décision, le choc a été cruel. Elle avait pris toutes ses précautions pour que ses enfants ne puissent pas tomber sous ma coupe. Emily rayonne d'amour et de générosité, tout comme Lizzie, et auprès d'elle, tu n'es plus le même homme. Tu es plus doux, moins rigide. Tu souris. Je ne pense pas exagérer en disant que tu es davantage… toi-même, avec Emily. A vous deux, vous ferez des parents merveilleux pour Jess et Jamie. Et les bébés qui viendront agrandir votre foyer n'en auront que plus de chance.

Il se leva brusquement, jetant un coup d'œil à sa montre.

— Il se fait tard. Je dois me dépêcher.

— Ne la laisse pas s'échapper, Nathan, le mit-elle en garde, tandis qu'il se dirigeait vers la porte.

L'air plutôt contente d'elle-même, Patricia McAllister se pencha en avant pour saisir sa tasse et sa soucoupe d'une main redevenue parfaitement assurée. Nathan hésita à lui avouer qu'il était peut-être déjà trop tard. Qu'Emily lui avait peut-être déjà échappé. Qu'elle ne voulait peut-être plus entendre parler de lui, ni même de Jess et Jamie. Mais sa mère allait exiger des détails et il ne se voyait pas en train d'admettre devant elle à quel point ses tentatives pour reconquérir son épouse avaient été catastrophiques. Il faudrait vraiment un miracle pour la faire changer d'avis.

Il s'apprêtait à passer le seuil de la porte quand sa mère l'appela. Il tourna la tête.

— Je n'ai pas bien saisi ce que m'a raconté Jamie, hier soir. Qui est Isabella ?

— Isabella ? Il sourit en secouant la tête. Si je te le disais, mère, tu ne le croirais pas.

En retournant à sa voiture, le sourire aux lèvres, Nathan faillit heurter Donald McAllister qui remontait l'allée.

— Oh, papa... Désolé, je ne t'avais pas vu.

Il salua son père d'une poignée de main. Donald avait l'air content de le voir, mais, à l'instar de sa mère, il n'avait pas l'habitude d'extérioriser ses sentiments. Nathan n'avait aucun souvenir qu'il l'ait spontanément serré dans ses bras étant enfant, ou même qu'il lui ait affectueusement tapé dans le dos.

Son père était bel homme — élancé et doté d'une belle tignasse de cheveux, attributs dont avait hérité Nathan. D'après Emily, il avait également pris de Donald la bouche sévère et l'expression féroce. Autant de qualités indispensables à un avocat plein d'ambition.

— Tu es venu voir ta mère, n'est-ce pas ? constata Donald en levant les yeux vers le second étage, comme si Patricia les observait de là-haut. Bien, bien... Elle se plaint sans cesse de ne pas te voir assez souvent. Sans parler des enfants. Oui, les enfants, évidemment...

— Tu rentres bien tôt, papa, non ?

— Hein ? Comment ? Oh... Eh bien, ma foi, oui, on dirait...

Donald remonta sa manchette immaculée pour consulter sa montre.

— J'avais une journée bourrée à craquer, mais je me suis dit, nom d'un petit bonhomme, j'ai envie de rentrer chez moi, avec les fêtes, Noël et tout le reste...

Pour la seconde fois en une heure, Nathan se sentit complètement dépassé par le comportement de ses parents. D'abord sa mère, avec ses révélations abracadabrantes, et maintenant Donald, qui se donnait des airs de bon père de famille.

Intrigué, il décida de jouer le jeu. Il glissa une main dans sa poche.

— J'imagine que tu t'entraînes avant de te lancer dans ta nouvelle expérience de la paternité ?

— Qu'est-ce que tu racontes ? demanda Donald, abasourdi.

— Jess et Jamie, papa. Je croyais que tu t'efforçais de rentrer plus tôt du bureau. Le juge en tiendra certainement compte lors de l'attribution de la garde des enfants.

Croisant les bras, Nathan se mordit la lèvre inférieure pour dissimuler son sourire.

— Ah, oui... La garde des enfants. Eh bien, oui, sans aucun doute...

L'idée eut l'air d'épouvanter son père.

— Mère et moi avons eu une conversation très intéressante à ce sujet.

Donald le considéra d'un air méfiant.

— Ah, oui ?

— Elle a vendu la mèche, papa, déclara Nathan.

— Comment ça ?

— Elle m'a avoué que vous n'aviez jamais eu l'intention d'aller en justice pour réclamer la garde de Jess et Jamie.

Donald transféra son attaché-case d'une main à l'autre, avant de lancer un nouveau coup d'œil en direction de la baie vitrée du second étage. Puis il regarda Nathan droit dans les yeux.

— C'était un plan complètement stupide, et crois-moi, fiston, je ne lui ai jamais caché mon opinion à ce sujet. Mais tu connais ta mère. Quand elle a une idée en tête, rien ne peut l'arrêter. En tout cas, moi, j'en ai toujours été incapable. Pourtant...

Il secoua la tête et Nathan crut voir son expression s'adoucir imperceptiblement.

— Bref, disons que je n'ai jamais su lui refuser quoi que ce soit. Ta mère est une femme extraordinaire, tu sais.

Nathan resta sidéré d'entendre un tel aveu de la part de son père. Ses parents s'étaient toujours montrés si distants et réservés... De quand datait ce changement chez eux ? Etait-ce leur manière de réagir face au deuil de Lizzie ? Ou face à l'échec de son propre mariage avec Emily ? Etait-il à ce point aveuglé par son chagrin pour ne rien avoir remarqué ? Emily lui avait toujours conseillé d'améliorer sa relation avec ses parents. Ses anciennes blessures d'enfance l'auraient-elles empêché de se tourner vers les seules personnes au monde susceptibles de le soutenir durant la période la plus sombre de son existence ?

— Allez-vous pouvoir régler vos différends, Emily et toi ? s'enquit son père.

— Je ne sais pas, papa.

Donald lui heurta affectueusement la cuisse avec son attaché-case.

— Ça me ferait de la peine de vous voir vous déchirer, tous les deux. J'ai toujours pensé qu'Emily et toi étiez faits l'un pour l'autre.

— Tu ne me l'as jamais dit.

— Euh... non, admit Donald.

Il s'éclaircit la voix et redressa les épaules.

— Mais il n'est jamais trop tard, n'est-ce pas ? ajouta-t-il avec un sourire, ce qui laissa Nathan complètement pantois. C'est Jess, ce petit bout de chou, qui m'a dit ça.

Jess ? Ce petit bout de chou ?

Donald monta les marches du perron.

— Tu ferais mieux d'y aller, Nathan. Maintenant que tu es père, ne commets pas les mêmes erreurs que moi. Avec les enfants, il n'y a pas de deuxième chance.

Son père admettant ses erreurs ? S'il y avait eu un siège à proximité, Nathan s'y serait écroulé. Abasourdi, il regarda Donald atteindre la porte d'entrée et disparaître à l'intérieur de la maison. Nathan demeura planté là une bonne minute avant de monter dans sa voiture et de s'en aller.

Emily referma le dossier et le rangea dans l'armoire située sous le comptoir, en claquant violemment le tiroir, dans le seul but de se rassurer. Depuis le départ de Janine, deux heures auparavant, il régnait dans la boutique un silence sinistre. Sa vendeuse lui avait proposé de rester, mais elle avait un mari et des enfants qui attendaient qu'elle rentre à la maison pour leur préparer le repas, et qui se moquaient bien de savoir qu'elles étaient en période de fêtes au magasin. La cohue de Noël était fantastique — Emily aurait aimé que cette fièvre acheteuse ne s'arrête jamais — mais ce surcroît d'activité lui avait fait prendre du retard dans sa paperasse. Elle devait absolument s'en occuper ce soir, sous peine d'être rapidement débordée.

Elle se leva de la chaise en se massant les reins. Les yeux clos, elle effectua quelques rotations de la tête pour chasser les tensions dans sa nuque et dans ses épaules.

Un grand bruit vint brusquement rompre le silence.

Emily fit un bond et, instinctivement, poussa un cri. Le cœur battant, elle comprit que quelque chose — quelqu'un — tambourinait à la porte de service à l'arrière de la boutique.

Il était presque minuit. Personne de sa connaissance ne cognerait ainsi à la porte, à moins d'une urgence. Mais quoi ? Sa boutique était située dans une galerie marchande. Les autres magasins étaient fermés et tout le monde était rentré chez soi. Elle aurait d'ailleurs dû en faire autant, réalisa-t-elle rétrospectivement — et bien inutilement.

Elle alla à la porte à pas de loup et demeura immobile, osant à peine respirer, la main sur le loquet. Elle tendit l'oreille… et sursauta en entendant de nouveau tambouriner.

— Nom de Dieu, Emily ! Je sais que tu es là. Ouvre cette porte !

Nathan.

Les doigts tremblants, elle parvint maladroitement à déverrouiller la porte et faillit perdre l'équilibre lorsqu'il poussa la porte pour entrer.

— Mais qu'est-ce que tu fabriques ? l'interrogea-t-il en ouvrant d'un coup d'épaule, laissant dans son sillage une bouffée d'air froid, d'après-rasage et de mauvaise humeur.

La main sur le cœur, elle poussa un soupir de soulagement.

— Tu m'as fait une peur bleue, Nathan.

— Tu sais l'heure qu'il est ?

— Oui, minuit moins le quart.

Ses yeux lançaient des éclairs de fureur.

— Tu sais que tu es le seul magasin de la galerie à être encore ouvert ?

— Oui, je…

— Tu sais qu'on peut te voir du trottoir d'en face et que n'importe qui aurait pu se rendre compte que tu étais seule ?

— Je n'avais pas l'intention de…

— De quoi ? Te faire cambrioler ? Violer ? Tuer ?

— Pas du tout, protesta-t-elle, en haussant le ton pour pouvoir placer un mot. J'avais commencé à dire que je n'avais pas l'intention de rester si tard. J'ai paniqué en voyant toute la paperasse qui s'est accumulée. Je n'ai pas eu une minute à moi ces derniers temps. Tu n'imagines pas le nombre de clients qui défilent au magasin, ça n'arrête pas !

— Tu as entendu ce que je viens de dire ?

Il la fusilla du regard et poursuivit :

— Tu te rends compte de ce qui aurait pu t'arriver ? Une femme seule dans une galerie marchande déserte, en pleine période de Noël, avec des ivrognes qui traînent à tous les coins de rue et des cambrioleurs qui rôdent dans l'espoir d'un casse facile ?

Il lui jeta un regard où se lisait une intense frustration.

— Je ne plaisante pas, Emily. Tu vas finir par t'attirer des ennuis.

Elle poussa un profond soupir.

— Nathan, c'est pour me dire ça que tu es passé ce soir ? Pour me passer un savon et me démontrer une fois de plus à quel point je suis irresponsable ?

Il se détourna, s'exhortant silencieusement à davantage de patience, puis reprit d'un ton plus calme :

— Excuse-moi. Je n'étais vraiment pas venu dans l'intention de te crier dessus. Pour reprendre ta formule, j'ai paniqué. J'ai eu peur.

Il s'appuya contre une table près du mur. Quand il croisa de nouveau son regard, il s'employa à tout lui expliquer, d'un ton résigné et empreint de regrets.

— Je suis passé à ton appartement, mais ton voisin m'a dit

que tu n'étais pas encore rentrée, alors je me suis inquiété. Il était tard. Trop tard pour que ta boutique soit encore ouverte. Alors, j'ai fini par venir jusqu'ici ; j'ai vu ta voiture garée toute seule sur le parking désert et j'ai paniqué.

Sa voix se perdit dans un grondement sourd et grave, ce ton même qui avait le don de l'émoustiller et de faire tomber sa colère.

— Je voulais te voir, te parler. Rien que toi et moi. Sans personne d'autre. J'avais des milliers de choses à te dire, mais tout m'est sorti de la tête quand j'ai vu à quel point il était facile pour un voyou de casser la vitre de l'entrée pour pénétrer dans ta boutique et s'en prendre à toi.

Il lui effleura la joue.

— Si quelque chose t'arrivait, je crois que je n'y survivrais pas.

Emily couvrit sa main de la sienne, émue par sa déclaration.

— Je ne me suis pas rendu compte de l'heure, c'est idiot de ma part.

— Tu as besoin de quelqu'un pour veiller sur toi.

— Non, absolument pas.

Elle se dégagea en haussant légèrement les épaules.

— Et en temps normal, je ne suis pas aussi imprudente. Je venais juste de m'apercevoir à quel point il était tard, et d'ailleurs, je n'étais pas tranquille. Merci d'être venu à mon secours.

Elle prit sa veste, suspendue à un crochet près de la porte.

— Pourquoi voulais-tu me voir ?

— J'ai parlé à ma mère aujourd'hui. Tu ne vas jamais croire ce qu'elle m'a dit.

— Comment ça ?

Il jeta un coup d'œil autour de lui sans répondre.

— Tu as terminé, ici ? Que dirais-tu d'aller manger un morceau ? Je te connais, quand tu te concentres sur une tâche, tu oublies tout le reste. Je parie que tu as sauté le dîner ?

— Non, pas du tout. J'ai mangé un yaourt à la framboise, mais il y a si longtemps qu'à présent je meurs de faim !

Elle s'interrompit avec un geste d'impatience.

— Mais tout ça n'a aucun intérêt. Que t'a dit ta mère ?

Il lui prit sa veste.

— Allons-y. Je t'emmène dans un tex-mex exceptionnel, où ils servent les meilleurs chimichangas de la ville.

Les mains sur les hanches, elle se contenta de le dévisager. Il savait qu'elle mourait d'envie d'entendre ce que lui avait dit Patricia, mais il ne lui dirait rien, il la laisserait mariner à sa guise. Elle craqua la première.

— Où que ce soit, je parie que j'y suis déjà allée.

Il lui tint son manteau pendant qu'elle l'enfilait en regardant par-dessus son épaule.

— Alors, comment s'appelle cet endroit ?

— The Last Concert.

— Je le connais ! J'adore ce restaurant.

Ils s'apprêtaient à sortir de la boutique quand il pila net.

— C'est impossible ! Il n'est même pas indiqué. Il faut connaître pour le trouver !

Elle haussa les sourcils et grimaça d'un air hautain :

— J'ai mes sources, cher monsieur…

Il demeura un bref instant immobile, puis referma la porte derrière eux et l'enlaça avant qu'elle ait eu le temps de réagir. Enfouissant sa tête dans ses cheveux, il murmura :

— Emily… tu m'as tellement manqué.

Ses bras puissants l'emprisonnèrent dans une étreinte d'acier, mais elle se sentait bien contre lui. En sécurité. A l'abri. A sa place. Elle ferma les yeux et s'autorisa un instant d'abandon, juste le temps de savourer cette sensation.

— Toi aussi, tu m'as manqué, Nathan.

— Mère avait raison.

— Quoi ?

— Avec toi, je suis vraiment moi-même.

— Nathan…

— J'aime ton humour. Tu me fais rire comme personne d'autre.

La tête rejetée en arrière, le regard perdu dans les étoiles, elle sourit.

— Tu ne riais pourtant pas, il y a cinq minutes.

Il recula pour plonger son regard dans le sien.

— Non. Promets-moi que tu ne resteras plus travailler toute seule. Il y a tout un tas de dingues qui sillonnent les rues en cette période, des gens qui n'hésiteraient pas à voler ta caisse pour s'acheter de l'alcool ou leur dose de came.

— D'accord, c'est promis.

Il esquissa un sourire tout en contemplant son visage. Emily sentit resurgir en elle des sentiments qu'elle avait pris soin d'enfouir tout au fond de son cœur depuis leur séparation. Il n'y avait que la nuit, dans ses rêves les plus secrets, que ses émotions reprenaient le dessus. Alors, elle se réveillait vibrante d'excitation, le corps en manque, assoiffée d'une délivrance que seul Nathan pouvait lui procurer. Comme en cet instant précis. S'il venait à l'embrasser, elle ne pouvait dire jusqu'où les entraînerait ce baiser. Il y avait si longtemps...

— A quoi penses-tu ? s'enquit-elle, sa bouche frôlant la sienne.

— A ça.

Il se pencha et lui effleura les lèvres. Elle soupira, frémissante, et il s'empara de sa bouche avec fougue.

Le baiser de Nathan la transporta d'excitation. Elle goûta intensément le profond gémissement qu'il laissa échapper, la sensation de son corps plaqué ardemment contre le sien, sa langue experte et taquine qui mettait tous ses sens en émoi, et la force brute du désir qu'il ne pouvait plus dissimuler. Il l'embrassa avidement, et, que Dieu lui pardonne, Emily s'abandonna tout entière, incapable d'opposer la moindre résistance.

Il s'écarta de ses lèvres pour reprendre son souffle, mais très vite, chercha sa bouche de nouveau, et enroula sa langue autour de la sienne dans un ballet érotique pendant que ses mains assaillaient son corps de caresses. Puis, il entreprit de faire pleuvoir une multitude de baisers sur son oreille, son menton, dans son cou, jusque dans l'échancrure de son pull duveteux. Des baisers torrides, humides et fiévreux.

Elle chavira sous l'embrasement de ses sens. Qu'importe qu'il aille encore plus loin, elle était d'accord. Elle ne voulait pas qu'il s'arrête. Elle se battit contre son pull, à la recherche de la chaleur de son corps. Elle savait d'avance que ses muscles fermes seraient lisses et brûlants sous ses doigts — Nathan était sexy en diable. Il frissonna quand elle atteignit enfin sa peau nue.

— Emily, murmura-t-il, en agrippant sa nuque tandis qu'il tentait de reprendre son souffle, inspirant profondément pour calmer sa fougue. C'est impossible, mon amour. Pas ici.

— Quoi ?

A contrecœur, elle ouvrit les yeux.

— Allons à ton appartement.

Elle reprit ses esprits.

— Mon appartement.

— Ou mieux encore, rentrons à la maison.

Elle s'écarta brutalement de lui.

— Pourquoi luttes-tu contre ton désir ? demanda-t-il. Nous en avons tous les deux envie.

— Oh, mon Dieu.

Confuse, elle porta les mains à ses joues brûlantes.

— Je ne voulais pas en arriver là. Je voulais seulement… Quand tu as commencé à m'embrasser…

Elle inspira profondément.

— Pendant une minute, j'ai perdu le contrôle de moi-même, Nathan.

Sa voix sonnait normalement, enfin presque. Du moins l'espérait-elle… Sans croiser son regard, elle se détourna et enfonça profondément les mains dans les poches de sa veste. Elle l'entendit jurer à mi-voix. Nathan n'avait jamais supporté d'être repoussé. Maintenant, elle ne savait que trop à quoi s'attendre : il allait la raccompagner à sa voiture et s'en aller sans autre forme de procès, pour ruminer seul sa colère, drapé dans son orgueil blessé. Quand elle lui avait annoncé son intention d'entamer une procédure de divorce, il n'avait pas cherché à discuter. Il ne pouvait pas avoir changé à ce point entre-temps. Etrangement, son cœur se serra, en proie aux regrets. Elle aurait tant aimé se détendre avec lui, en sirotant peut-être un ou deux margaritas au Last Concert...

Mais elle ne se sentait pas prête à reprendre des relations intimes. Pas avant qu'ils n'aient réglé les différends qui les avaient amenés à se séparer.

A sa grande surprise, il la rattrapa et lui saisit le bras.

— Hé, ne pars pas si vite. Je suis garé là-bas.

Elle le fixa d'un air intrigué :

— Tu veux toujours aller au restaurant ?

— A moins que les révélations de ma mère ne t'intéressent plus ?

Elle pouvait difficilement prétendre le contraire.

— Et tu as toujours faim, n'est-ce pas ?

Elle haussa les épaules, s'efforçant de ne pas sourire.

— Oui...

— Eh bien, viens, dans ce cas. Il fait froid dehors.

5

The Last Concert servait très tard. Nathan demanda une table au fond et on les conduisit dans un coin isolé, si sombre qu'ils arrivaient à peine à se distinguer à la faible lueur d'une bougie dont la cire dégoulinait dans le chandelier noirci de fumée. Mais l'éclairage n'en restait pas moins flatteur. Emily espérait que la lumière l'avantageait autant que Nathan. Elle avait toujours aimé son visage : elle adorait la petite fossette qui lui creusait le menton, sa minuscule cicatrice près de l'œil, le pli viril et buté de sa bouche — même si elle s'était souvent agacée de son caractère obstiné. En croisant son regard, elle comprit que lui aussi la trouvait extrêmement têtue.

Elle soupira. Quoi qu'il puisse penser d'elle, cela n'avait pas été simple de résister à l'envie de tomber dans son lit et de renoncer au plaisir d'une nuit d'amour avec lui. Mais cela ne lui suffisait pas : elle en voulait davantage.

Ils retinrent le serveur pour passer leur commande et lorsqu'il revint avec deux margaritas concoctés à la perfection, Nathan fit tinter son verre contre le sien.

— Tchin-tchin.

— Tu ne portes pas de toast ? s'étonna-t-elle.

— Je ne sais pas si tu accepterais de trinquer avec moi si tu savais ce à quoi j'ai envie de boire.

— Sois donc plus précis…

— A nous. A nous pour la vie. Que nous arrivions à nous comprendre. Que nous ne passions plus jamais d'année aussi horrible. Que j'arrive à convaincre mon épouse de rentrer chez elle, à la maison.

Elle fit la moue, sans toutefois le contredire, et sirota le cocktail au goût salé.

— Alors, que t'a dit ta mère ? Tu sais que je meurs d'envie de l'entendre. Je parie que mes oreilles ont dû siffler !

— Dans ce cas, tu l'aurais su, répliqua-t-il avec un grand sourire.

— Cesse de chicaner comme si tu étais à la barre. Allez, raconte-moi.

— Comme je te l'ai déjà dit, tu vas avoir du mal à me croire. Elle m'a vraiment soufflé.

Il étudia le contenu de son verre avant de lever les yeux vers elle.

— Elle n'a jamais eu l'intention d'obtenir la garde de Jess et Jamie, Emily. Jamais. Elle a convenu que c'était une idée ridicule. Elle m'a affirmé qu'elle et mon père seraient complètement dépassés physiquement s'il fallait qu'ils élèvent deux si jeunes enfants.

Emily était complètement désorientée.

— Mais alors, pourquoi prétendre vouloir leur garde ? Pourquoi ces menaces à ton encontre ? Elle savait pourtant fort bien comment tu réagirais face à l'éventualité de perdre Jess et Jamie ?

— Attends la suite.

Il s'interrompit le temps que le serveur dépose leur assiette devant eux.

— C'était de la comédie dans le seul but d'attirer ton attention et de me forcer à me « bouger un peu les fesses ». Je cite.

— Pardon ?

Il secoua la tête.

— Je sais que tout cela peut sembler... machiavélique. Elle a inventé toute cette histoire. Elle espérait bien que je paniquerais et s'était dit qu'alors, je filerais tout droit te trouver. Elle pensait que j'arriverais d'une façon ou d'une autre à te persuader de revenir à la maison dans l'intérêt des enfants, et qu'ainsi, tout le monde serait content. Mon mariage serait sauvé, ses petits-enfants auraient la vie que Lizzie avait choisie pour eux, et toi et moi serions enfin réunis, selon le plan qu'elle avait manigancé.

— Comment ça ? Et depuis quand ?

— Depuis le début, imagine-toi.

Emily se pencha en avant et écarta la bougie.

— Es-tu en train de me dire que pendant toutes ces années, son attitude si distante envers moi ne signifiait rien ? Qu'elle m'appréciait en tant que bru ? Et qu'elle souhaite aujourd'hui que je reprenne ma place auprès de toi ?

— C'est exactement ce qu'elle a passé une heure à m'expliquer cet après-midi.

Emily se sentit agréablement surprise.

— Mon Dieu ! J'en reste sans voix.

— Pourquoi, Emily ?

— Elle ne s'est jamais montrée particulièrement… chaleureuse avec moi. Tu t'en es forcément rendu compte.

— Chaleureuse, elle ne l'est avec personne. Son attitude n'avait rien de personnel.

Emily joua avec sa fourchette.

— Ce n'est pas ainsi que je l'ai ressenti.

— Justement, je pense qu'elle en est consciente et qu'elle essaie de se rattraper.

— Vraiment ?

— Je me fiche de ce qu'elle pense et de l'opinion des autres en général, mais sur le coup, elle m'a paru sincère.

Subitement, il se remémora un détail qui amena un sourire sur ses lèvres.

— C'est drôle.

— Quoi ?

— Elle voulait savoir qui était Isabella.

— Jamie…, lança Emily, en hochant la tête avec un sourire espiègle.

— Exact ! Je crois qu'elle ne veut laisser personne saboter son plan censé nous réunir de nouveau.

— Ainsi donc, tu lui as expliqué qu'Isabella était un ange.

— Non ! Je l'ai laissée mariner dans son jus.

Emily le dévisagea attentivement avant de secouer la tête, avec une expression de totale incrédulité.

— C'est impossible : tu as tout inventé.

Il se renfonça dans son siège, en faisant tournoyer son verre vide.

— Toi mieux que quiconque, tu me connais suffisamment pour savoir que je n'ai pas assez d'imagination pour inventer une histoire pareille.

— Tu as beaucoup d'imagination, Nathan. Simplement, tu a besoin d'un petit peu d'entraînement. Allez, donne-moi davantage de détails.

— Eh bien, apparemment, mes parents parlent beaucoup plus souvent avec Jess et Jamie que ce que je ne croyais. Papa m'a même cité un conseil que lui a donné Jess, que dis-tu de ça ?

Emily pouffa de rire en se cachant derrière sa main.

— Ce qui serait drôle, ce serait de voir leur tête si tu leur expliquais qui est Isabella.

Elle regarda Nathan, ses yeux ambrés pétillant de gaieté.

— Même dans mes rêves les plus fous, je n'aurais jamais pu imaginer un tel scénario. Je les vois tous les deux : ennuyeux à mourir, respectables, en train de monter toutes leurs combines pour jouer les entremetteurs.

Il haussa les épaules, heureux de voir son plaisir non dissimulé.

— Ils auraient fait n'importe quoi pour Jess et Jamie.

Les yeux d'Emily brillaient de malice.

— Je parie que tu ne te serais jamais douté de l'ampleur que prendrait toute cette histoire autour d'Isabella, n'est-ce pas ? En fait, je n'aurais jamais cru que tu encouragerais une telle chimère. Quand nous vivions ensemble, tu n'étais pas du genre à rêver, mais… (elle haussa les épaules), les choses évoluent. Et les gens aussi, manifestement.

Il eut l'air vaguement mal à l'aise.

— Sur le moment, cela m'a paru être une bonne chose. Jess faisait des cauchemars au début. Une nuit, surtout, avait été particulièrement éprouvante. Je ne savais plus quoi faire pour la réconforter.

Il contempla la flamme de la bougie, revivant la scène dans son esprit.

— Elle était tellement choquée d'avoir perdu ses parents si soudainement. Et sans raison, surtout — du moins, je n'en ai trouvé aucune à lui fournir sur le moment — j'étais seul pour tenter de lui expliquer l'inconcevable.

La gaieté d'Emily s'évanouit. Elle lui effleura la main.

— Cela a dû être terrible pour toi, murmura-t-elle.

— Alors, cette nuit-là, je lui ai raconté toute cette histoire sur Lizzie et Jim qui étaient au ciel, et tu connais Jess… Je me suis retrouvé en train de lui décrire le paradis dans les moindres détails, en lui parlant de ses habitants. Elle aimait l'idée d'avoir un ange gardien, un émissaire de ses parents. Et nous l'avons baptisée sur-le-champ, ou plutôt, c'est Jess qui lui a trouvé un nom : Isabella. Elle s'est endormie, et peu de temps après, elle a commencé à prétendre qu'Isabella venait réellement lui rendre visite.

Il plongea son regard dans le sien.

— Penses-tu que toute cette histoire soit allée trop loin ? Ce n'est tout de même pas malsain, si ?

Emily lui sourit.

— Croire aux anges me semble une bien faible compensation pour une enfant qui a perdu ses parents.

— Oui, c'est plus ou moins le raisonnement que je me suis fait.

Elle porta la fourchette à sa bouche, avant de la reposer.

— Es-tu sûr d'avoir bien compris ce que t'a dit ta mère à mon sujet ? Car enfin, j'ai toujours eu l'impression de ne pas être assez bien pour elle, pour une raison que j'ignore.

— Tu te trompes. Ceci dit, je n'ai pas été plus habile que toi à discerner les véritables intentions de mes parents. Ma mère voulait respecter le vœu de Lizzie, qui souhaitait nous voir élever Jess et Jamie. Elle m'a avoué que toi et Lizzie vous ressembliez et qu'elle comprenait les raisons qui avaient guidé Lizzie à tout organiser de cette manière.

— En quoi sommes-nous semblables ?

Il lui prit la main par-dessus la table.

— Je n'ai pas besoin de ma mère pour répondre à cela. Tu es aimante, généreuse, drôle et sensible, comme l'était Lizzie. Et...

Il sourit lentement.

— Tu es également séduisante, sexy et intelligente.

— Mon Dieu ! Quelle merveille...

Elle le laissa entrelacer ses doigts dans les siens.

— Pourquoi en ce cas ne sommes-nous plus ensemble si je suis à ce point fabuleuse ?

— Figure-toi qu'en un an, je me suis souvent posé la question...

— J'ignore tout de ce qu'ont pu être tes interrogations depuis un an, Nathan. Il y avait tant de choses sur lesquelles nous étions en désaccord : ma carrière, mon désir d'avoir un enfant, mon besoin de trouver un véritable sens à ma vie — à *ma* vie, insista-t-elle, portant sa main libre à son cœur. Sans me soucier de l'opinion des autres. Je voulais trouver une activité qui soit en accord avec mes envies profondes et y consacrer ma vie.

Elle détourna les yeux, puis revint vers lui.

— Quand tu ne m'écoutais pas, balayant du revers de la main toutes les questions qui me troublaient, je ressentais toute ton attitude comme un rejet de mon moi profond.

Il se perdit dans la contemplation de leurs mains jointes.

— J'avais peur, mon amour. J'avais du mal à relier cette facette parfois un peu fantasque de ta personnalité à la femme que je croyais connaître. Cela me dérangeait. J'ai souvent eu l'impression que nous n'avions que notre métier en commun, et que si tu changeais de style de vie, tu finirais un jour par me quitter. Et je ne me suis pas trompé : tu es bel et bien partie. Dès lors que tu ne voulais plus être avocate, je pensais que tu n'allais pas tarder à t'apercevoir que tu ne m'aimais plus.

— C'est une vision de la réalité complètement tordue, Nathan.

Tu ne connais donc pas le bon vieux dicton qui dit que les contraires s'attirent ? A mon avis, c'est ce qui met du piquant dans une relation — le fait que nous soyons tous si différents les uns des autres.

Elle pressa légèrement sa main.

— Tu as toujours eu tendance à tout dramatiser. Allez, détends-toi un peu...

— Si tu insinues par là que j'ai besoin d'exercer un contrôle total sur ma vie, je plaide coupable.

— Non, je veux dire que tu as besoin de tout régenter : ta vie, mais aussi ton environnement, ta carrière, tes relations, ton épouse...

Il détourna la tête.

— D'accord, je suis un tyran sans cœur.

Elle lui pressa de nouveau la main, cette fois-ci avec une petite secousse pleine d'impatience.

— Mais non, Nathan ! Je pense simplement que tu devrais considérer la situation sous un autre angle. Tes parents ne t'ont jamais beaucoup manifesté leur amour. Tu as peut-être été privé d'affection. Et tu en as souffert.

Elle éleva leurs mains jointes pour embrasser la sienne.

— Peut-être essaies-tu de tout contrôler autour de toi pour être sûr d'avoir tout ce dont tu as besoin, par peur de manquer, suggéra-t-elle d'une voix douce, dans l'espoir de le convaincre.

En silence, ils contemplèrent leurs mains entrelacées, symbole de leur passé émaillé de joies et de peines, symbole aussi de l'échec de leur couple et de leurs responsabilités dans ce fiasco, symbole enfin d'une relation qui, après analyse, était peut-être en train de renaître de ses cendres. Nathan leva les yeux vers elle.

— Dit ainsi, cela paraît simple. Je regrette seulement de t'avoir fait fuir. Je ne voulais pas régenter ta vie, du moins pas consciemment. Je voulais juste t'aimer. Tous les signaux d'insatisfaction que tu m'envoyais me convainquaient que j'étais en train de te perdre. J'avais l'impression que tu te détachais de moi, que tu ne m'aimais plus. J'étais terrifié.

— Il n'y avait pourtant aucun risque, Nathan. Je t'aime. Et je t'aimerai toujours.

Il la regarda, déconcerté :

— Mais alors, pourquoi es-tu partie ?

— Je voulais un enfant ! murmura-t-elle en fondant en larmes.

Elle dégagea sa main et écrasa une larme qui menaçait de rouler sur sa joue.

— Tu ne m'aimais pas assez, pour nier à ce point mes aspirations les plus profondes.

— Mon Dieu, mais je t'aimais plus que tout au monde ! Je t'aimais tant que quand tu es partie, j'ai perdu toute envie de vivre, j'étais mort à l'intérieur de moi. S'il n'y avait pas eu le décès de Lizzie, si je n'avais pas été subitement obligé de m'occuper de Jess et Jamie, je ne sais pas ce que je serais devenu.

Il se pencha en avant, désireux de lui faire partager ses sentiments.

— Jusqu'à leur arrivée, je ne pensais pas pouvoir être un bon père. Je ne voulais pas ressembler à mes parents : des gens bien, qui m'ont donné un toit et m'ont appris la discipline, certes, mais hélas, incapables d'extérioriser leurs émotions.

— Tu as dû avoir un choc en réalisant que tu étais un père formidable.

Il médita sur sa remarque.

— Oui, admit-il enfin. Tu as raison.

— Personnellement, je l'ai toujours su.

Une fois de plus, ils s'abîmèrent dans une contemplation réciproque. Leur huit années de mariage avaient été jalonnées d'incertitude, de désir, et de souvenirs des bons et mauvais moments partagés. Nathan rompit le silence.

— J'ignore pourquoi, mais aujourd'hui, nos divergences ne m'apparaissent plus aussi importantes qu'autrefois. Du moins, c'est ainsi que je le ressens personnellement.

A la lueur de la bougie, ses yeux gris s'obscurcissaient de reflets de nuit noire.

— C'est tellement étrange d'arriver enfin à se parler franchement — si tard...

Elle s'essuya les yeux et prit une profonde inspiration.

— Quand je suis partie de la maison, j'espérais te prouver à quel point j'étais malheureuse. J'attendais que le moment vienne enfin d'avoir cette conversation à cœur ouvert.

— Il n'est pas trop tard, Emily. Nous nous aimons toujours. Cette fois, ça peut marcher.

Elle se recula sur sa chaise et chercha son sac.

— Il faut y aller, Nathan. Il est très tard.

Elle se tamponna le visage à l'aide de sa serviette, et attrapa son sac, posé par terre, près d'elle.

— Demain, c'est le 24 décembre. Je vais avoir une journée de folie.

Après une seconde d'hésitation, il se leva sans la quitter des yeux. Elle lisait dans son regard qu'il n'était pas prêt à renoncer. C'était sa manière à lui de pousser les autres à prendre une décision — et plus précisément, celle qui l'arrangeait. Mais il se contenta de dire :

— A quelle heure fermes-tu ta boutique ?

— A 17 heures.

Il détourna les yeux, puis revint sur elle.

— C'est un peu cavalier, mais tant pis, je me jette à l'eau. Pourrais-tu venir avec moi récupérer le cadeau des enfants à l'heure du déjeuner ?

— Qu'est-ce que c'est ?

— Un chaton.

— Oh, Nathan...

Elle était à la fois ravie et agacée. Tout de même, il exagérait !

— C'est une merveilleuse idée de cadeau. Ils vont être fous de joie.

— Tu veux bien m'accompagner ?

— Tu choisis vraiment le pire des jours, la veille de Noël…
Tu t'en rends compte ?

Elle se mordilla la lèvre et se mit à pouffer.

— Nous n'aurons peut-être pas à aller bien loin pour trouver
un chat : quand elle va savoir que je la laisse seule au magasin,
Janine va sortir ses griffes ! Où se trouve l'animalerie ? Combien
de temps cela nous prendra-t-il ?

— Un petit moment. Deux heures, peut-être.

Ils sortirent du restaurant.

— Tu ne manques tout de même pas de culot !

— Alors, c'est d'accord ?

— Oh, flûte ! Après tout, pourquoi pas ? C'est Noël.

Elle inclina la tête sur le côté et lui lança un coup d'œil.

— Mais pas plus de deux heures. Janine va m'en vouloir à
mort de la laisser tomber.

— On lui ramènera un chaton à elle aussi.

— Génial ! Dans ce cas, je suis sûre de recevoir sa lettre de
démission.

— Tu t'inquiètes trop.

Il la prit par le bras et ils marchèrent d'un pas rapide jusqu'à
sa voiture. Le temps s'était rafraîchi et promettait peut-être une
belle gelée blanche — phénomène rare à Houston.

— Tu as des projets pour la suite ?

— Tu veux dire pour le soir de Noël ? Je… euh… J'avais
prévu d'aller à Dallas. Ma sœur…

— Ne va pas à Dallas. Jess et Jamie veulent se réunir pour
chanter des chants de Noël avec d'autres enfants dans le quartier.
Quand ils rentreront, je leur ferai la surprise avec le chaton.
Passe la soirée avec moi, Emily.

Elle ferma les yeux et se passa la main sur le front. *Passe la
soirée avec moi, Emily.*

— A quelle heure ? murmura-t-elle.

Il la reconduisit chez elle et pendant le trajet, ils n'échangèrent
que de rares paroles. La voiture d'Emily était restée garée sur
le parking de sa boutique, mais Nathan l'avait dissuadée d'y
retourner. Il lui promit de passer la prendre à son appartement

le lendemain matin, étant donné qu'il ne devait pas aller au bureau. Emily trouvait l'idée trop tentante pour discuter.

Ils traversèrent Houston de nuit : la mégapole scintillait de lumières, grouillait de sons et d'activités. Chacun de son côté, ils regardaient défiler la ville sans même la voir, trop conscients de la présence de l'autre.

Séparés par l'espace entre les deux sièges, ils se lançaient tour à tour des coups d'œil, avant de reporter leur regard droit devant eux. Le baiser qu'ils avaient échangé quelques heures auparavant avait rallumé des sentiments dont le feu les consumait depuis. Le désir et la certitude du plaisir enivrant qui les attendait, avaient occupé leurs pensées durant tout le repas, occultant largement les chimichangas. Maintenant, le moment était venu pour eux de décider de l'avenir à donner à leur relation. Et ils en étaient tous deux pleinement conscients.

Nathan se gara devant l'appartement d'Emily et coupa le moteur. Sans un mot, il s'apprêtait à sortir de la voiture quand il se figea en l'entendant dire :

— Tu n'es pas obligé de me raccompagner à la porte. Je ne risque rien. Il y a un agent de sécurité en faction.

Il se retourna et la sonda du regard. Puis il descendit et fit le tour de la voiture. Ils se rejoignirent sur le trottoir et allèrent à sa porte en silence. En entrant dans son appartement, Emily se débarrassa de son manteau et le suspendit dans un placard, tandis que Nathan s'arrêtait à la salle de bains. C'était un moment de vraie intimité. Emily alla au sofa, s'assit et renversa la tête en arrière, les yeux rivés au plafond, en l'attendant.

Quand il revint, il s'arrêta au milieu de la pièce, les mains dans les poches ; son visage reflétait une intense réflexion. Avait-il des doutes ? Elle savait à présent qu'il avait terriblement souffert de leur séparation. Etait-il aussi effrayé qu'elle à l'idée de refaire un essai ensemble ? Elle ne se voyait pas passer une ou deux nuits d'amour avec Nathan, pour ensuite s'apercevoir que cela ne pouvait plus marcher entre eux. Elle ne pourrait pas supporter de le perdre une seconde fois.

Elle se redressa prudemment en le voyant faire un pas vers

elle, et, à son expression, comprit qu'en ce qui le concernait sa décision était prise. Il sortit les mains de ses poches et elle se leva.

— Sois claire avec moi, Emily, commença-t-il en posant ses mains sur ses épaules, scrutant son visage. Si tu as besoin de davantage de temps, je m'en vais, mais sache que je ne renoncerai pas à te reconquérir. Et que je persisterai jusqu'à ce que tu sois de nouveau mienne.

Frémissante, elle soupira faiblement, glissa ses bras autour de sa taille et posa la tête contre sa poitrine.

— Tu as l'air si sûr de toi, Nathan. Comment fais-tu ?

— Je ne suis sûr de rien, mon amour, répondit-il en embrassant ses cheveux. J'aimerais pouvoir te promettre tous les jours Noël, mais je ne peux pas te le garantir. Tu le sais bien.

Il lui releva le menton et leurs lèvres se joignirent dans la tendre promesse d'un baiser. Tout était si naturel entre eux... Il s'interrompit pour la dévisager :

— Ce soir, c'est toi qui choisis.

— J'ai peur, murmura-t-elle.

— Moi aussi. Mais plus que tout, j'ai peur de passer le reste de ma vie sans toi.

— Oh, Nathan...

Elle se haussa sur la pointe des pieds et lui rendit son baiser en prenant son temps, comme pour les conforter tous deux dans la justesse de leur décision. Car au fond de son cœur, elle savait qu'elle n'avait plus le choix : elle ne maîtrisait plus son désir depuis déjà longtemps. Inconsciemment, elle attendait ce moment depuis l'instant où elle avait reconnu Jess et Jamie dans sa boutique, tandis qu'ils contemplaient l'ange de Noël avec de grands yeux émerveillés.

Nathan la laissa diriger ce baiser à sa guise : doux et poignant, il avait la saveur de la bouche d'Emily, il témoignait de son essence profonde. Pendant quelques instants, il refréna le désir puissant qui menaçait de le submerger. Il était au paradis : elle plaquait son corps en émoi contre le sien, sans cesser de le couvrir de caresses enfiévrées. Il entrouvrit la bouche pour accueillir la douce tiédeur de ses lèvres et tout son corps s'embrasa sous le feu du désir qui leur avait enflammé l'âme quelques heures auparavant. A présent, rien ne pouvait plus les arrêter. Il sourit intérieurement quand Emily prit son visage entre ses mains ; il sentit sa langue explorer sa bouche. Elle soupira de plaisir et Nathan perdit tout contrôle sur lui-même.

Dans un long gémissement, il l'enlaça passionnément et approfondit leur baiser avec volupté. Le désir monta en lui, rapide, impérieux. L'heure n'était plus à l'hésitation ou à l'esquive. L'abstinence les avaient rendus avides d'amour : impossible de brider plus longtemps leur ardeur. Eperdue de plaisir, Emily laissa échapper de petits cris ; Nathan se les appropria précieusement pour les faire résonner dans son cœur depuis trop longtemps habitué au silence.

Cœur à cœur, jambes entrelacées, leurs souffles se mêlèrent dans l'intimité que seuls connaissent les amants. Nathan mit fin à leur baiser pour pouvoir simplement la serrer dans ses bras, enfouir son visage dans ses cheveux et savourer ce moment qui, depuis un an, n'existait plus que dans ses fantasmes.

— Nathan…

— Mmm…

— Continue.

Sa réaction fut brutale. Sans un mot, il la souleva et, traversant rapidement le couloir, la porta dans ses bras jusqu'à sa chambre. En la déposant sur le lit, il ne put résister à la douce tentation de ses seins. Elle poussa un soupir de bonheur quand il se mit à les couvrir de baisers à travers l'étoffe de ses vêtements, puis s'affaira plus bas tout en tirant frénétiquement sur son pull afin de dénuder sa poitrine. Elle le repoussa pour ôter elle-même ses vêtements et lui suggéra de se déshabiller pendant ce temps. Il n'y avait entre eux aucune gêne, aucune maladresse. C'était une scène si familière que son évidence même eut raison de leurs dernières inhibitions.

Ils étaient enfin réunis, peau contre peau. Nathan referma ses mains sur ses seins et se mit à les embrasser, entrecoupant ses baisers de promesses et de mots d'amour murmurés, descendant vers son ventre et au-delà, jusqu'à ce qu'elle laisse échapper un cri d'extase. Alors, il se redressa et pencha son visage au-dessus du sien ; il retrouva sa place avec une sûreté de gestes acquise au cours des innombrables moments d'intimité de leur mariage. Ses yeux sombres et brûlants de désir se reflétant dans ceux d'Emily, brillants d'ambre incandescent, il s'enfonça lentement au plus profond de son intimité.

Et toute l'amertume de ces mois de séparation s'envola.

Il gémit sous la vague de plaisir pur qui déferla en lui. Emily était chaude et abandonnée, elle était tout ce qu'il désirait. Leurs deux cœurs tambourinaient à l'unisson : il sentait le sien cogner dans sa poitrine, couvert par les battements effrénés de celui d'Emily. Exultant de joie, il réalisa qu'entre eux, cet acte n'avait rien perdu de sa fougue. Il savoura cette certitude et l'enfouit en lui pour toutes les prochaines fois qui ne manqueraient pas d'advenir dans la nouvelle vie qui s'offrait à eux. Puis, il ne pensa plus à rien. Il se mit à aller et venir en elle, longuement, lentement, consumé par le besoin de compenser le temps perdu. Elle répondit à ses caresses par des gémissements qui transportèrent Nathan encore plus loin, encore plus profondément, dans la volupté. Puis, elle atteignit brusquement l'extase avec un cri aigu de surprise. Il laissa échapper un grognement de satisfaction, puis goûta la saveur de ses larmes, souriant devant l'émotivité d'Emily. Il la connaissait par cœur : après l'amour, elle pleurait toujours de plaisir comblé. Toujours profondément enfoncé en elle, il l'embrassa, se blottit contre elle et la câlina, tandis qu'en lui, le désir atteignait son paroxysme. Il ne pouvait plus attendre. Les mains d'Emily retrouvèrent leur ardeur et glissèrent des épaules de Nathan pour lui agripper les fesses. Avec un gémissement, il reprit son mouvement en elle, animé par l'envie de sentir de nouveau le plaisir la dévaster — en même temps que lui, cette fois. Et, quand il la sentit prête, il s'abandonna d'un coup à la volupté. Dans un cri, tout fut fini et elle l'accompagna dans son plaisir.

Ils flottèrent un long moment dans un monde de sensations

pures. Puis, il roula sur le côté et l'attira contre lui. Il comprit à sa tension soudaine qu'elle s'était remise à pleurer.

Lui-même avait la gorge nouée. Incapable de prononcer une parole, il se contenta de la serrer contre lui, en lui caressant les cheveux, les épaules et le dos.

— Il y a si longtemps…, balbutia-t-elle dans un murmure.

— Oui, parvint-il à articuler.

— C'était si bon.

— Oui…

Elle hoqueta et blottit son visage dans son cou.

— Tu m'as tellement manqué, avoua-t-elle d'une voix que l'émotion rendait plus aiguë.

— Je sais, mon amour. J'ai ressenti la même chose que toi.

— Je me réveillais au beau milieu de la nuit et…

Elle renifla et essuya ses larmes.

— Pendant un instant, j'oubliais que tu n'étais pas là, près de moi. Ensuite, la mémoire me revenait et c'était une telle souffrance…

Il pencha la tête vers elle pour la réconforter.

— Moi aussi. Je n'arrivais pas à croire que tu étais partie. Je ne pouvais pas dormir. Je…

— J'ai versé des torrents de larmes, balbutia-t-elle, le souffle court et la respiration saccadée. Je m'organisais des journées pleines à craquer pour essayer d'oublier.

Elle frissonna.

— Mais ça n'a jamais marché.

Il la serra contre lui à l'écraser.

— J'ai travaillé comme un dingue. J'ai accepté des dossiers que je n'aurais jamais défendus avant.

— Oh, Nathan… et les nuits…

— Comment dit cette chanson, déjà ? « Sans toi, mes nuits sont une éternité ». Mon Dieu, c'est bien vrai !

Elle ne bougeait pas, perdue dans ses souvenirs. Puis elle reprit d'une voix douce :

— Je ne pense pas pouvoir supporter encore de traverser une telle épreuve, Nathan.

— Oh, mon amour...

Il enroula ses jambes autour des siennes et ferma les yeux en sentant son corps ardent contre le sien.

— Nous veillerons à ce que cela ne se reproduise plus. Cette fois, nous essayerons de faire preuve de davantage d'intelligence.

— J'en mourrais, Nathan.

— Crois-tu que je pourrais y survivre ? Désormais, j'ai compris l'enjeu de notre amour. Jusque-là, je n'avais pas réalisé à quel point tu comptais pour moi, c'est après ton départ que j'ai compris que tu étais ma joie de vivre. C'est le seul point positif de toute cette histoire : au moins, notre séparation m'aura ouvert les yeux.

— J'avais si peur que nous ne soyons plus jamais réunis.

— Nous resterons ensemble jusqu'à ce que la mort nous sépare, ma chérie.

Il la fit rouler sur lui et la couvrit de baisers et de caresses, en lui promettant que leur amour durerait toujours.

— Je t'aime, murmura-t-il.

— Moi aussi, je t'aime.

Ils firent l'amour jusqu'au milieu de la nuit. Ensuite, Nathan se leva à contrecœur et s'habilla pour retourner à leur maison des Woodlands : sa responsabilité vis-à-vis de Jess et Jamie passait avant tout, même avant Emily. Il l'abandonna à son lit, chaude et ensommeillée.

— C'est la dernière fois, lui promit-il en l'embrassant tendrement. Demain, c'est le 24 décembre et au matin, nous nous réveillerons ensemble dans notre lit. Je ne pouvais pas rêver d'un plus beau Noël.

Il sortit de la chambre, le sourire aux lèvres.

Il déverrouilla la porte d'entrée sans bruit et se glissa à l'intérieur. La maison était plongée dans une pénombre que seul éclairait l'arbre de Noël, étincelant de milliers de minuscules lumières blanches. En ôtant son manteau, son regard fut attiré par l'ange qui trônait au sommet du sapin. Perplexe, il s'approcha. Isabella. C'est pourtant vrai qu'elle avait quelque chose de spécial, décida-t-il en secouant la tête. Mais quoi ? Il n'aurait su le dire. Il tendit la main pour toucher l'étoile qui brillait entre ses mains en conque. Il ressentit un léger picotement au bout des doigts et sourit devant son excès d'imagination. Il venait de passer la moitié de la nuit au lit en compagnie de la femme qu'il aimait : il y avait de quoi avoir les sens exacerbés…

Encore incrédule, il commença à gravir l'escalier.

— Où est-elle, oncle Nathan ?

Mon Dieu ! De surprise, il faillit trébucher.

— Jess ? Qu'est-ce que…

L'air perdu, la fillette était assise en haut des marches, enveloppée dans une confortable robe de chambre ornée d'un volant à l'ourlet. Il se précipita vers elle.

— C'est la nuit, ma puce. Tu devrais être dans ton lit en train de dormir. Tu es malade ?

— Non ! répondit-elle avec impatience. Où est Emily ?

— Emily ?

— Elle devrait être avec toi. C'est Noël, maintenant.

Il s'assit sur la marche inférieure à la sienne.

— Emily est chez elle, ma petite chérie. Qu'est-ce qui a bien pu te pousser à croire qu'elle serait avec moi, cette nuit ?

— Parce que c'est ça, le miracle d'Isabella : Emily va revenir à la maison pour qu'on forme de nouveau une vraie famille. Et ça doit se passer à Noël. Et maintenant, c'est Noël. Tu étais avec elle cette nuit, alors pourquoi tu ne l'a pas ramenée à la maison ?

Il courba la tête et se passa la main sur le visage.

— Jess, j'ai peur que toute cette histoire avec Isabella ne soit allée un peu trop loin. Isabella n'est pas vraiment… euh, vraie, ma puce. Elle ne peut pas faire de miracle. Ni elle ni personne, d'ailleurs. Ce n'est qu'une poupée que n'importe qui peut se procurer. Il se trouve simplement que nous l'avons achetée.

— Mais ça ne pouvait être personne d'autre que nous, oncle Nathan, expliqua Jess patiemment, du ton qu'elle réservait la plupart du temps à Jamie. Nous *devions* l'acheter, c'était ça, le plan. Elle est bien réelle et si elle était à la boutique d'Emily, c'est parce que c'est là que nous devions la repérer. On n'aurait pas pu la voir si elle avait été en vente dans un magasin de Dallas, de Gulveston ou d'ailleurs, pas vrai ? Elle est descendue du ciel pour nous aider, Jamie et moi... et toi aussi. Parce que notre papa et notre maman sont partis pour toujours.

Oh, mon Dieu ! Emily, regarde ce que j'ai fait. Comment vais-je me sortir d'une telle situation ?

— Ecoute, ma petite chérie, je sais que tu crois qu'Isabella peut accomplir des miracles...

Il s'interrompit en songeant à Emily et au miracle qui lui avait permis de reconquérir son cœur. Mais très vite, il chassa cette pensée de son esprit.

— Oui, c'est vrai que Noël est une période qui donne envie de croire aux miracles, et j'avoue qu'Emily et moi nous efforçons vraiment de nous réconcilier, mais cela ne...

— Tu vois ! Je te l'avais bien dit.

— Mais cela n'a rien à voir avec l'intervention d'un ange de Noël, mon cœur. Même si j'aimerais beaucoup te...

— Ce n'est pas n'importe quel ange de Noël, oncle Nathan. C'est *Isabella*. Elle est spéciale.

— Jess...

— Alors, où est-elle ?

Il s'éclaircit la voix.

— Emily, tu veux dire ? Eh bien, elle est chez elle, à son appartement. Et nous y étions ensemble, sur ce point tu as raison, mais il est très tard, tu sais, et demain, elle va être très occupée. La veille de Noël est une journée très importante pour les commerçants.

Jess hocha la tête, mais elle demeurait troublée.

— Je ne trouve pas ça bien que les gens soient obligés de travailler le soir de Noël.

Il effleura ses petits genoux recouverts par la robe de chambre en flanelle.

— Emily n'en a sûrement pas envie, je puis te l'assurer.

Jess se pencha vers lui en se dévissant la tête pour apercevoir l'arbre encore tout illuminé, dominé par l'ange à son sommet.

— J'ai peut-être mal compris, conclut-elle en secouant sa queue-de-cheval. Après tout, il reste encore un jour.

Nathan se prit l'arête du nez entre le pouce et l'index : ses efforts pour démythifier Isabella et ses prétendus pouvoirs miraculeux n'avaient pas servi à grand-chose… Il prit la main de Jess et ensemble, ils se levèrent.

— Je peux te confier un secret ? demanda-t-il en déposant un baiser sur ses cheveux carotte.

— Bien sûr.

— Cette nuit, Emily et moi avons effectivement envisagé son retour à la maison.

Les yeux bleus de Jess s'écarquillèrent de ravissement.

— Pour de vrai ? Croix de bois, croix de fer ?

— Si je mens, je vais en enfer, termina-t-il avec un sourire.

Immédiatement, le pas de Jess se fit plus sautillant.

— Ouf ! Je commençais à me faire du souci.

Elle s'arrêta, puis se pencha par-dessus la rampe pour contempler une fois encore le sapin de Noël.

— Je savais que tu réussirais, Isabella !

Nathan leva les yeux au ciel, mais ne fit aucun commentaire : il était trop tard pour discuter.

6

— Comment as-tu réussi à me convaincre de prendre cette chatte, Emily ? J'ai déjà vu des animaux affreux, mais celle-là bat vraiment tous les records de laideur !

Emily jeta un coup d'œil en direction de la banquette arrière et rencontra deux yeux brillants.

— Elle est affectueuse, espiègle, intelligente…

Nathan émit un grognement sarcastique.

— Intelligente ? Qu'en sais-tu ? Tu l'as choisie en dix minutes.

— C'est elle qui nous a choisis, Nathan.

Il ignora cette dernière remarque.

— C'est une chatte adulte. Je voulais acheter un chaton.

Emily se renfonça dans son siège, l'air suffisant.

— Ne t'imagine pas que tu peux me leurrer, Nathan McAllister. Tu voulais cette chatte tout autant que moi.

En maugréant, il prit la sortie en direction des Woodlands et roula vers la galerie marchande.

— La vendeuse de l'animalerie m'avait proposé un persan blanc…

— Trop élégant.

— J'aimais bien le gris foncé, moi.

— Tu n'as pas vu son air ? Trop snobinard.

Il éclata de rire.

— D'accord, d'accord. Comment ai-je pu penser une seule seconde que tu viendrais choisir un chat avec moi sans y mettre ton grain de sel ?

Il ralentit en arrivant à un feu.

— J'ai dû te confondre avec un sosie : une autre blonde effrontée aux yeux comme des topazes.

Elle lui fit un grand sourire, puis poussa un petit cri en le voyant se pencher par-dessus le levier de vitesses pour appliquer sur ses lèvres un baiser, bref, mais enivrant. Qui fit resurgir des images de la nuit passée. Elle gémit doucement et il lui répondit par un soupir plus grave, mais tout aussi sincère.

— Mmm... tu es une petite peste, mais tu es ma petite peste à moi, déclara-t-il en la retenant pour lui voler encore un baiser. Tu te rends compte que cela fait douze heures que nous n'avons pas fait l'amour ?

— Oui...

Une voiture klaxonna derrière eux. Il jura et redémarra à regret, laissant sa main posée sur sa cuisse.

— Nathan ?

Il se concentrait sur sa conduite pour arriver à s'insérer dans la file de gauche.

— Oui ?

— Je crois vraiment que c'est elle qui nous a choisis.

— Qui, la chatte ?

— Oui... Elle a quelque chose de spécial. Tu as remarqué ?

— Jess croit dur comme fer qu'une poupée est un véritable ange de Noël, et voilà maintenant que ma propre femme prétend recevoir des messages de la part d'une chatte !

Secouant la tête, il tourna et accéléra dans la rue menant à la galerie marchande.

— Suis-je donc le seul dans cette famille à garder les pieds sur terre ?

Emily tripota l'ourlet de son pull et haussa les épaules.

Arrivé devant la galerie marchande, il se gara sur un emplacement du parking située devant Emily's Attic. Il s'appuya d'un bras sur le volant et se tourna vers elle pour lui effleurer la joue.

— Il me semble que nous nous sommes tous un peu laissé emporter par ces histoires à dormir debout, mon amour.

— Peut-être, admit-elle d'un air sceptique. Mais cette chatte a quand même quelque chose d'étrange…

Il ouvrit la portière en riant.

— Allez. Sinon, Janine va me maudire.

Ouvrant la malle, il sortit le panier contenant la chatte et attendit qu'Emily l'ait rejoint.

— Merci de m'avoir accompagné, mon amour.

Il l'embrassa et lui tendit le panier.

— Tu es bien sûre que ça ne t'ennuie pas de garder Mugsy au magasin jusqu'à ce soir ?

— Bien sûr que non. Elle peut rester dans la réserve jusqu'à la fermeture.

— Ne sois pas en retard.

— Ne t'inquiète pas et arrête de l'appeler Mugsy ! répliqua-t-elle en passant un doigt à travers un orifice du panier.

La chatte lui donna un coup de tête et poussa un miaulement.

— Ça ne lui plaît pas, Nathan. Il lui faut un nom spécial.

— Comme quoi ?

— Je ne sais pas. D'ailleurs, c'est à Jess et Jamie de décider.

— Quel suspense insoutenable…, grogna-t-il.

Elle se mit sur la pointe des pieds pour l'embrasser de nouveau.

— A tout à l'heure.

Emily crut que l'heure de la fermeture n'arriverait jamais. Malgré la bousculade des derniers achats de Noël, elle travaillait l'œil sur la pendule, rayonnant d'un agréable bien-être, savourant à l'avance la joie de passer le réveillon en compagnie de Nathan et des enfants. Elle appréciait encore plus l'esprit de Noël sachant qu'elle ne passerait plus jamais les fêtes en solitaire.

La clochette de la porte, qui n'avait cessé de tinter tout au long de la journée, redevint enfin silencieuse. Alors que Janine s'apprêtait à partir, Emily passa dans la petite pièce à l'arrière de la boutique qui faisait office de bureau et de réserve, pour voir si la chatte allait bien.

« Mugsy » la fixa du haut de l'étagère où elle se léchait tranquillement une patte et cligna des yeux, l'air somnolent.

— Salut, minette ! lança-elle à la chatte en s'avançant pour caresser sa tête lisse et soyeuse.

Mugsy se mit à ronronner bruyamment, ce qui fit sourire Emily.

— Nathan peut dire ce qu'il veut, moi, je trouve que tu es une adorable petite minette.

— Miaou...

La chatte frotta sa tête contre la main d'Emily.

— Mais de rien, je t'en prie.

Un instant plus tard, elle sortit en refermant la porte derrière elle, un sourire flottant sur ses lèvres. Janine était partie et Dieu merci, le magasin était enfin désert. Elle songea à aller vérifier la porte de service, mais elle était dotée d'un système de fermeture automatique. C'est pourquoi elle préféra aller fermer la porte d'entrée pour éviter qu'un dernier client ne s'introduise, puis retourna le panonceau « Fermé ». Elle ne rouvrirait le magasin qu'après le nouvel an. Heureuse, elle songea à la façon dont elle allait passer ses vacances. Elle et Nathan se donnaient une nouvelle chance et il lui tardait de tout recommencer avec lui.

Elle alla vers le comptoir pour verrouiller la caisse enregistreuse. La routine rendait ses gestes automatiques et, d'ailleurs, son cœur et ses pensées étaient déjà auprès de Nathan et des enfants. Elle se dirigea vers le bureau, une liasse de chèques et de billets à la main.

C'est alors qu'elle le vit.

Son cœur fit un bond dans sa poitrine. Un homme. Brun et patibulaire. Il émergea lentement derrière la vitrine de Noël où il s'était accroupi, et la fixa d'un regard... vide.

Oh, non ! Un drogué. Tout en lui indiquait sa dépendance : vêtements sales et dépareillés, chaussures crasseuses, casquette de base-ball à l'envers sur une longue tignasse ébouriffée qui n'avait pas vu un shampoing depuis des semaines. Malgré sa peur, elle ne put s'empêcher de noter à quel point son allure était stéréotypée. S'il était aussi désespéré qu'il en avait l'air, alors, il était prêt à tout.

Mon Dieu !

C'était à peine l'amorce d'une prière, mais son esprit était paralysé par la peur.

Il tendit les mains vers elle. Il tenait un couteau.

— Je ne te veux pas de mal, alors file-moi le fric, ordonna-t-il, les yeux fixés sur les billets qu'elle serrait dans sa main.

— Tenez, prenez tout.

Pour le garder à distance, elle déposa chèques et argent sur une étagère occupée par une ribambelle de petits nains de collection.

Il s'en empara, bourrant de chèques les poches de son manteau. Sans la quitter des yeux, il agita le couteau de façon menaçante et feuilleta les billets.

— Combien tu as là ?

— Je… Je n'ai pas eu le temps de faire mes comptes.

D'un ton morne, il émit un juron, une obscénité censée exprimer son dégoût.

— Je sais que tu as un coffre.

Elle porta une main tremblante à sa gorge.

— Il est vide.

— Te fous pas de ma gueule, salope !

Son agressivité la fit sursauter.

— C'est la vérité. Je passe tous les jours à la banque pour y déposer la recette.

D'un geste de la main, elle indiqua la liasse de billets qu'il tenait à la main.

— Vous avez celle d'aujourd'hui.

— Ecoute-moi, je te préviens… Je suis pas d'humeur à discuter.

— Je vous en prie… Prenez ce que vous voulez et allez-vous en ! Je n'ai pas d'autre argent.

— Je pars pas d'ici tant que j'ai pas vu l'intérieur de ce

putain de coffre ! la menaça-t-il en pourfendant l'air de son couteau. Alors, tu vas faire ce que je te dis ou je te découpe en rondelles ?

— C'est bon. D'accord, dit-elle en levant une main apaisante. Le coffre se trouve à l'arrière.

— Alors, avance… magne-toi !

D'un mouvement de tête, il lui fit signe d'emprunter l'allée devant lui.

Le cœur cognant dans sa poitrine, la bouche desséchée, elle avança prudemment, terrifiée de devoir s'approcher si près de lui pour aller à l'arrière du magasin, dans son bureau.

Nathan, viens, je t'en supplie. J'ai besoin de toi.

Mais Nathan ne viendrait pas : il l'attendait à la maison avec Jess et Jamie. Elle ferma les yeux et les rouvrit aussitôt, redressa les épaules et passa devant le voyou. Son esprit échafaudait mille solutions pour avoir la vie sauve. Elle passa devant la porte de derrière, mais il n'y avait aucun espoir de s'échapper par là. Elle se retourna pour jeter un ultime coup d'œil à l'intérieur de la boutique, dans l'espoir qu'un passant…

Il la poussa si brutalement en avant qu'elle trébucha. La lame de son couteau zébra l'air devant son visage.

— Grouille-toi, ma belle ! J'hésiterai pas à m'en servir !

Elle songea à Jess, à Jamie, à Nathan et curieusement, à la petite chatte. Brusquement, elle fut submergée par une émotion violente, presque primitive, d'une telle force que tout son corps en fut ébranlé. Elle n'allait pas laisser cet homme lui voler son avenir et l'arracher aux gens qu'elle aimait. Arrivée à la porte du bureau, elle s'arrêta, le cambrioleur à ses côtés, et appuya sur la poignée d'une main tremblante.

C'est alors que retentit un cri effroyable. L'intrus hoqueta de surprise et baissa la tête pour éviter une boule de poils en furie qui jaillit de l'étagère du haut, toutes griffes dehors, en le visant au visage. La chatte atterrit droit sur la tête de l'homme, faisant voler sa casquette de base-ball, lacérant son arcade sourcilière : du sang gicla. Le voleur hurla de rage et de douleur ; son couteau décrivit un arc de cercle au-dessus des rangées de figurines de collection et disparut derrière une vitrine abritant des armées de petits soldats de plomb.

Avant qu'Emily ait pu se remettre de ses émotions, quelqu'un défonça la porte de derrière et Nathan fit irruption dans la boutique.

— Cours, Emily ! Sors d'ici !

— Nathan !

Elle le contempla, médusée : il était armé d'une batte de base-ball et son regard reflétait une férocité sanguinaire.

— Toi ! hurla-t-il à l'intrus tout en brandissant sa batte. Ne fais pas un geste, salopard !

Il regarda de nouveau Emily.

— Emily, sors d'ici, nom de Dieu !

— Mais Nathan…

— Tout de suite, bon sang !

Elle désigna l'homme, couvert de sang et recroquevillé sur le sol en position fœtale, qui tentait de se protéger la tête de ses bras.

— Il n'y a plus rien à craindre de lui, Nathan. Tu vois bien que c'est un drogué. Il est malade.

L'arrivée soudaine de deux policiers en uniforme évita à Nathan d'avoir à la faire sortir de force.

— Que se passe-t-il ici ? les questionna le plus petit des deux, l'arme dégainée mais pointée vers le plafond.

— Nous avons reçu un appel pour vol à main armée, précisa son équipier, évaluant la situation d'un coup d'œil. Il avança vers le suspect et lui écarta un bras pour examiner son visage.

— Eh bien, on dirait qu'il en a pris pour son grade au cours de sa petite agression !

Il considéra Emily, qui avait couru se réfugier auprès de Nathan, et se tenait fermement arrimée à son bras.

— C'est vous qui lui avez fait ça, madame ?

— Non, répliqua Emily, en jetant un œil autour d'elle, dans l'espoir d'apercevoir son sauveur à quatre pattes. C'est le chat.

— Quel chat ?

— Celui-ci.

Dans le bureau d'Emily, du haut de l'étagère, le chaton observait la scène d'un regard impassible.

Le policier se gratta la tête.

— C'est un chat de garde ?

Emily eut un petit rire, certes mal assuré, mais un rire malgré tout.

— On peut dire ça comme ça.

Elle sentit le bras de Nathan se contracter et enfouit son visage dans sa veste, en laissant échapper un soupir tremblant.

Réalisant qu'il tenait encore sa batte de base-ball à la main, il la lâcha aussitôt. Elle tomba bruyamment sur le sol.

— Tu n'as rien, mon amour ?

— Non, je vais très bien. Je suis simplement encore un peu sous le choc, le rassura-t-elle en le fixant d'un air intrigué. Mais comment se fait-il que tu sois venu ici ? Qu'est-ce que...

— Tu étais en retard. J'ai eu un mauvais pressentiment.

— Mais non, je n'étais pas en retard, s'étonna-t-elle en jetant un coup d'œil à sa montre. Il est à peine plus de 17 heures...

Il se massa la nuque.

— Jess n'arrêtait pas de me casser les pieds en me disant que si tu avais une foule de clients, je ferais mieux de venir te donner un coup de main pour que tu rentres plus vite à la maison.

— Et tu étais partant pour venir m'aider ?

Elle le contempla, absolument ravie.

— Et comment ! Pour t'avoir toute à moi le soir de Noël ? J'aurais fait n'importe quoi !

Il réfléchit rétrospectivement.

— Jess n'arrêtait pas de me seriner : « Et s'il y avait un problème au magasin ? Et si elle avait besoin de toi ? »

— C'est vraiment étrange..., murmura Emily.

Nathan haussa les épaules.

— Au bout d'un moment, j'ai sauté dans la voiture et je suis venu te voir.

— Dieu merci, tu es venu, soupira-t-elle avant d'ajouter, les sourcils froncés :

— Mais comment as-tu deviné que j'avais des ennuis ? Tu

t'étais muni de cette batte de base-ball, pourquoi ? Elle s'interrompit, de plus en plus perplexe. Comment es-tu entré par la porte de service ? Elle était verrouillée.

— J'étais devant la devanture. J'allais frapper à la porte pour attirer ton attention quand je l'ai vu.

L'air sombre, il se remémora la scène :

— J'ai appelé la police et j'ai contourné le magasin par-derrière. Par chance, j'avais la batte de base-ball de Jamie dans le coffre.

— Mais la porte...

— Elle n'était pas fermée.

— C'est impossible. Elle a un système de fermeture automatique.

Tandis qu'ils discutaient, le policier de petite taille rédigeait son rapport. Il s'interrompit et alla à la porte pour inspecter le mécanisme.

— Je vais faire un essai, pour voir...

Il l'ouvrit et la referma à plusieurs reprises.

— Non, tout fonctionne. Le verrou s'enclenche normalement.

Nathan regarda les deux officiers.

— Puis-je ramener mon épouse à la maison, maintenant ?

— Oui, je crois que nous avons tout ce qu'il nous faut pour le rapport. En revanche, nous aurons peut-être besoin de votre...

Il laissa sa phrase en suspens et les dévisagea tous deux.

— Oh, et puis tant pis ! C'est Noël. Vous n'aurez qu'à passer au commissariat... disons dans deux jours. Ce type est hors d'état de nuire.

— Merci.

Nathan prit le bras d'Emily et la conduisit à la porte.

— Attends, Nathan. Tu oublies le chat !

Elle contourna prudemment l'intrus menotté pour aller à son bureau et tendit les bras vers l'étagère.

— Allez, viens, minette.

— Tiens, mets-la dans son panier, suggéra Nathan en ouvrant la petite porte.

— Non, inutile de l'enfermer là-dedans, pas vrai, minette ?

Lovée dans les bras d'Emily, la chatte se frotta la tête à son menton en ronronnant bruyamment.

— Non, Nathan, ce n'est pas la peine.

— Si tu le dis, répliqua-t-il en les faisant sortir elle et le chaton dans la nuit glaciale. En ce qui me concerne, ce chat peut rentrer à la maison comme bon lui semble, je me plierai à ses moindres désirs.

Il se pencha pour regarder le petit félin droit dans les yeux.

— Tu avais raison. Aucun persan blanc, même de pure race, ne pourrait rivaliser avec notre petite Mugsy.

— Ne l'appelle pas comme ça, Nathan.

— Ça ne change rien à l'affaire.

Sur ces mots, il passa un bras autour des épaules d'Emily, l'accompagna jusqu'à sa voiture, et ils rentrèrent à la maison.

Ce soir-là — la nuit de Noël — une vague de froid inhabituelle habilla la ville d'une dentelle de givre : pour Houston, c'était presque aussi incroyable que s'il avait neigé. Nathan fit un feu dans le salon, créant ainsi le décor de cette soirée très particulière qui commença lorsque Donald et Patricia les rejoignirent pour le réveillon et l'ouverture des cadeaux. Il y en avait dix fois trop, éparpillés sous le sapin, la plupart destinés à Jess et Jamie. Nathan savait qu'il avait exagéré, mais pour ce Noël — le premier que les enfants passaient sans leurs parents — une centaine de cadeaux ne lui avait pas paru une quantité extravagante.

Refermant la porte derrière son neveu et sa nièce, il sourit en entendant leurs voix se mêler aux cris de joie et aux rires des autres enfants qui s'étaient rassemblés pour aller chanter des chants de Noël. Ils étaient heureux et le cœur de Nathan se gonfla de bonheur.

Il se retourna et adressa à Emily un sourire coquin. Il avait prévu de passer au lit l'heure que Jess et Jamie passeraient à chanter. Frémissant d'impatience, il la saisit par la main et l'entraîna en haut de l'escalier.

— Dépêche-toi. Nous n'avons qu'une heure pour rattraper toute une année d'abstinence.

Il lui prit le visage entre les mains et s'empara de sa bouche pour lui voler un baiser vibrant d'érotisme tout en plaquant ses hanches contre les siennes.

— Nathan, tu es fou ! Que fais-tu ? gémit-elle en sentant ses mains s'insinuer sous son pull pour lui emprisonner les seins.

— Tiens, tiens…, fit-il, son regard s'assombrissant de désir. Pas de soutien-gorge. Voyons voir s'il manque autre chose…

Il plongea une main dans la ceinture de son jean et retint subitement son souffle. Il entreprit de dénuder ses hanches.

— Nathan, protesta-t-elle tout en l'embrassant avec une frénésie égale à la sienne.

La nuit précédente l'avait confortée dans la certitude de leur amour et du besoin qu'ils avaient l'un de l'autre. Entre eux, tout n'était que sensualité pure et désir mutuel. C'était tellement excitant !

— Et si tes parents arrivent plus tôt que prévu ? demanda-t-elle, en essayant de ne pas lui céder dans l'escalier.

— Ils seront terriblement choqués si nous n'arrivons pas jusqu'à la chambre.

Il était enfin parvenu à lui retirer son jean et lui agrippait les fesses à pleines mains. Elle ouvrit la bouche pour parler, mais il la bâillonna d'un baiser. Leur respiration s'accéléra, haletante.

Elle murmura son prénom contre sa bouche.

C'était le signal qu'il attendait. Il lui fit monter les dernières marches jusqu'à la chambre et la jeta littéralement sur le lit. Puis il s'affala sur elle et, entre baisers et caresses, ils se débarrassè-rent de leurs derniers vêtements, roulant sur le lit et s'emmêlant dans les draps à n'en plus finir. Enfin, ils s'arrêtèrent, riant de plaisir, heureux l'un de l'autre, ivres de bonheur.

Puis leur gaieté s'évanouit. Ils échangèrent un long, très long regard — instant magique, joie de se trouver de nouveau réunis.

Effleurant sa bouche d'un doigt, Emily chuchota :

— Sais-tu à quoi j'ai pensé quand ce drogué m'a attaqué, aujourd'hui ?

Le regard de Nathan s'assombrit à ce souvenir.

— Non, à quoi ?

— J'étais folle de rage. Le destin nous avait offert une seconde chance. Je me suis juré qu'il ne nous la volerait pas.

— Tu l'as échappé belle, constata-t-il en lui embrassant le bout du doigt. J'étais mort d'inquiétude. J'ai cru que je n'arriverais jamais à temps.

Elle sourit :

— Et pourtant, tu l'as fait.

— Je ne sais trop pourquoi ni comment, mais je n'ai pas envie de me poser de questions sur tout ce qui nous arrive ce Noël. Disons que c'est la saison des miracles et que nous en vivons un.

Il écarta ses cheveux de ses joues et du pouce, lui caressa la lèvre inférieure.

— Ne le dis pas à Jess, mais cette Isabella est un ange gardien de premier ordre.

Emily commenta avec un sourire :

— Parole de converti !

Elle le sentit chaud et impatient à la porte de sa féminité mais il voulait encore retenir sa fougue.

— Qu'y a-t-il ? murmura-t-elle.

— Je veux te faire un bébé.

— Oh, Nathan.

— Pour lui, je m'efforcerai d'être le meilleur des pères.

Elle sourit : son bonheur était sans nuages.

Jess descendit l'escalier à pas de loup, Jamie sur ses talons. Arrivée à la porte du salon, elle se figea et embrassa la pièce du regard. Le Père Noël n'était pas encore passé. Oncle Nathan et Emily devaient sûrement attendre qu'elle et Jamie soient plongés dans un profond sommeil. Pour le moment, ils étaient bien trop occupés dans leur chambre. Un peu comme papa et maman quand ils fermaient la porte.

Quel merveilleux soir de Noël ! songea-t-elle, en refusant de se laisser gagner par des souvenirs qui n'auraient fait que l'attrister. Emily était revenue à la maison pour de bon, et avait rendu la joie de vivre à oncle Nathan, comme l'avait promis Isabella. Il n'avait pas manqué grand-chose à cette soirée pour être idéale. Peut-être d'ailleurs était-il vain d'espérer davantage, puisque papa et maman étaient au ciel, mais ce soir, on avait frôlé la perfection. Même grand-père et grand-mère s'étaient bien amusés. Elle avait même surpris grand-mère en train d'observer oncle Nathan et Emily tandis qu'ils échangeaient des cadeaux près du sapin, et avait remarqué ses yeux noyés de larmes. C'étaient des larmes de joie, avait-elle expliqué à Jess quand celle-ci avait glissé la main dans la sienne. Alors, Jess s'était mise à lui raconter sa soirée passée à entonner des chants de Noël pour que grand-mère ait le temps de se recomposer son visage habituel. Elle n'aurait sûrement pas aimé que les autres la surprennent ainsi. Du moins, c'était l'avis de Jess.

Elle n'avait pas eu besoin d'inventer pour lui décrire sa soirée : elle s'était beaucoup amusée à chanter. Même avec Jamie pendu à ses basques. Evidemment, il ne connaissait pas les paroles, mais tout le monde s'en fichait. Même Teddy s'était bien comporté. Elle était contente qu'Emily et oncle Nathan ne soient pas venus car c'était la mère de Teddy qui les chaperonnait. C'était une dame très gentille, mais Jess n'avait pas tellement envie de la voir tourner autour d'oncle Nathan alors qu'Emily et lui venaient à peine de se remettre ensemble. Rien ne devait venir gâcher ce miracle.

Et puis, naturellement, il y avait aussi la petite chatte. C'était plus beau que tout.

— Où tu crois qu'elle se cache ?

— Chut ! fit Jess en lançant à Jamie un coup d'œil meurtrier. Ne fais pas de bruit ou bien ils vont nous entendre et nous renvoyer au lit. Et alors, on ne la trouvera pas et on ne pourra pas dormir avec elle.

— On va se faire gronder si jamais ils s'aperçoivent que la chatte a dormi avec nous sur le lit ?

— Ça m'étonnerait, affirma-t-elle en regardant derrière le sofa, toujours à la recherche du chaton. Ils sont plutôt cool pour ce genre de trucs.

Jamie ouvrit le placard du bar pour jeter un coup d'œil à l'intérieur. Pas de chatte.

— J'aime bien Emily.

Jess lui adressa un sourire radieux.

— Elle est parfaite. On ne pouvait pas rêver de meilleure maman pour remplacer la nôtre.

Immobile au milieu du salon, elle regarda tout autour d'elle, sans réussir à repérer la présence de la chatte. Et puis, ses yeux se posèrent sur le sapin de Noël. Son regard remonta jusqu'au sommet de l'arbre, là où trônait Isabella. Elle la considéra longuement. Un faible tintement se fit soudain entendre et Jess sourit. Elle avait elle-même attaché le collier orné d'un grelot autour du cou de la chatte.

— Jamie, elle est là ! Viens ici, minette. Minou, minou…

L'animal avança, fit une pause, s'étira voluptueusement, puis sauta dans les bras de Jess.

— Qu'est-ce qui se passe ici ?

Les enfants firent un bond. Oncle Nathan ! Et Emily !

Jamie leva timidement les yeux vers son oncle.

— On essayait juste de trouver la chatte, offrit-il en guise d'explication.

— On s'est dit qu'elle avait peut-être encore faim, renchérit Jess.

Emily s'assit avec eux sur le tapis.

— Et puis elle se sentait peut-être un peu seule, pas vrai ?

Prenant exemple sur elle, Nathan s'assit lui aussi par terre.

— Elle pourrait peut-être dormir dans le lit avec nous ? suggéra Jamie.

— Il me semble que nous avions décidé qu'elle devait pouvoir aller et venir librement durant la nuit, rappela Emily en tendant la main pour caresser affectueusement la chatte. Les chats sont des animaux qui vivent la nuit, pour la plupart. Tu comprends ?

— Mais lui, il est spécial, affirma Jess. Il n'est pas comme les autres chats.

— Ah, vraiment ? fit Emily en adressant un sourire à Nathan par-dessus la tête de la fillette.

— Eh oui...

— As-tu déjà réfléchi à un nom ? demanda Nathan.

— Oui, oui...

Jess souleva l'animal et la tint face à elle pour l'examiner attentivement.

— Je vais l'appeler Isabella.

Nathan et Emily échangèrent un regard surpris.

— Isabella ? répéta Emily en levant les yeux vers l'ange fixé tout en haut de leur arbre de Noël. Pourquoi as-tu choisi ce nom, Jess ? Et que fais-tu de notre ange gardien qui veille sur nous, là-haut, dans le sapin ?

Jess leva les yeux et considéra l'ange qui ornait le sommet de l'arbre.

— Oh, elle est retournée vivre avec mon papa et ma maman. Cet ange-là, c'est juste une poupée normale. Comme dit oncle Nathan.

De nouveau, les regards d'Emily et de Nathan se croisèrent.

— Comment le sais-tu, ma chérie ? s'enquit-il doucement.

— Je le sais, c'est tout.

Assise en tailleur, Jess aménagea un nid confortable dans les replis de sa robe de chambre et y installa la chatte. « Isabella » bâilla, s'empressa de fermer les yeux et s'endormit aussitôt.

— Papa et maman nous ont envoyé une nouvelle Isabella à la place, expliqua Jamie.

— C'est pour ça qu'elle t'a sauvé la vie aujourd'hui, au magasin, déclara Jess.

— Incroyable..., murmura Emily.

— Eh oui... C'est une chatte vraiment incroyable. Mon papa et ma maman ne nous auraient jamais envoyé un chat *ordinaire*...

Pendant un petit moment, ils restèrent tous assis, dans un silence agréable. Dans l'âtre, le feu qui rougeoyait de ses dernières braises éclatait de temps à autre en craquements soudains. Quelques notes d'un chant de Noël traditionnel traversèrent la cloison qui les séparait des voisins en train de réveillonner, pour venir s'égailler dans le patio. Les enfants observaient la chatte en train de dormir, leurs deux têtes penchées au-dessus d'elle — l'une poil de carotte, l'autre blonde comme les blés. Isabella ronronnait paisiblement.

La gorge serrée par l'émotion, Emily se laissa aller contre Nathan, ferma les yeux et remercia le ciel. Quelle semaine ! Une semaine... (elle hésita longtemps mais ne trouva pas de mot plus approprié)... miraculeuse. Elle savourait surtout, parmi tous ces miracles, la seconde chance qui leur était offerte à elle et Nathan.

Elle glissa sa main dans celle de son mari et sentit une pression en retour. Levant les yeux, elle distingua à travers ses larmes de bonheur une étincelle au fond du regard de Nathan, et sut qu'il était lui aussi plongé dans une profonde méditation. A quoi songeait-il ? Aux miracles ? Aux secondes chances ? A l'incroyable éventualité qu'ils aient reçu un petit coup de pouce surnaturel ? Son regard s'égara vers l'ange qui dominait l'arbre de sa présence. La lumière irradiait de l'étoile que la poupée tenait en coupe entre ses mains et éclairait plus particulièrement les deux enfants assis au pied du sapin. Etait-il possible que... ?

Nathan lui releva le menton et déposa un tendre baiser sur ses lèvres.

— Joyeux Noël, murmura-t-il.

LISA JACKSON

Noël à deux

Titre original :
THE MAN FROM PINE MOUNTAIN

Traduction française de KARINE XARAGAI

1

Un mauvais pressentiment vint lentement lui glacer l'échine.

Mes vieux démons, sans doute, qui s'amusent à me tourmenter, pensa Brett en approchant ses jumelles. Depuis trois jours, la neige tombait à gros flocons. Vingt à vingt-cinq centimètres de neige s'étaient accumulés au pied de Pine Mountain. Et probablement deux fois plus au sommet ; les congères qui s'étaient formées au bas de la tour d'observation du ranger dépassaient les soixante centimètres. Le vent s'était également levé et soufflait sur les montagnes en violentes rafales — le sinistre chant de l'hiver.

— Rien en vue, marmonna-t-il en plissant les yeux derrière ses jumelles.

Depuis le poste d'observation situé au sommet de la tour, il jouissait d'une large vue sur la colline et les vallées de cette région de l'Oregon qui lui était si familière.

— Mon imagination me joue des tours…

Soudain, il se figea, tendit l'oreille et se sentit peu à peu gagné par la chair de poule. Il perçut une plainte, au loin, dont l'écho se répercutait faiblement à travers les canyons : un moteur de camion, vraisemblablement. Il braqua ses jumelles en direction du sud. Mais seul un fou se serait aventuré sur la route qui menait à l'ancien camp de colonie de vacances.

Après douze ans passés à vivre dans cette tour, il pouvait identifier n'importe quel son dans le lointain. Il savait reconnaître le hululement mélancolique du hibou, l'appel solitaire d'un coyote ou les cris des chasseurs pistant un gibier à travers les denses forêts de pins.

Le bruyant camion — ou tout du moins le véhicule en question — avait largement dévié de la route principale. L'imbécile au volant aurait dû se méfier : ces anciennes routes de bûcherons, mal nivelées, n'étaient pas équipées de rails de sécurité, contrairement au réseau normal. Déjà dangereux en été, les nids-de-poule remplis de gravier et de boue se révélaient particulièrement traîtres et meurtriers dès l'arrivée des premières tempêtes d'hiver.

Serrant les mâchoires, il fit le point avec ses jumelles. Pas de doute, le rugissement de moteur venait du sud... de l'ancien camp paroissial. C'était pourtant impossible. Il était fermé depuis cinq ans et, au décès de son propriétaire, le révérend Bevans, la barrière pour y accéder avait été condamnée par des chaînes et un cadenas. De toute façon, l'hiver, jamais personne n'empruntait la route tortueuse qui traversait White Elk Creek. L'été, oui — quelques adeptes du canoë, des pêcheurs —, et l'automne, des chasseurs, mais en plein hiver, personne.

Jusqu'à aujourd'hui. C'est-à-dire à moins de deux semaines de Noël. Il restait à espérer que cet imbécile aurait suffisamment de bon sens pour ne pas tenter de s'engager sur l'ancien pont qui franchissait la rivière. Celui-ci datait d'un siècle et sa structure de bois s'était lentement désagrégée sous l'effet de la pourriture. A l'origine, ce pont était destiné au passage des chevaux et des charrettes et n'était donc équipé d'aucune rambarde de protection. Les planches pourries menaçaient de s'effondrer, mais en cette période, recouvert d'une épaisse couche de neige, le pont pouvait apparaître trompeusement sûr. Quand le conducteur remarquerait les piles affaissées et les planches brisées, il serait trop tard.

Mais la barrière cadenassée suffirait certainement à décourager l'intrus.

Néanmoins, il descendit rapidement l'échelle et se fraya un chemin à grandes enjambées dans les congères jusqu'à sa Bronco. Il ouvrit la portière, puis se figea, effectuant un bref calcul mental. Par la route, il lui faudrait quarante-cinq minutes pour atteindre le camp, mais à cheval, en coupant par le sentier des cerfs, il serait au pont en un quart d'heure. Il referma la portière de la Bronco et se dirigea vers sa petite grange — en réalité, un simple appentis jouxtant son chalet.

A l'intérieur, il faisait sombre, et dans l'air flottait l'odeur caractéristique de l'écurie, un mélange de foin moisi, de cuir et de crottin. Dans les stalles, plusieurs chevaux piaffaient sur leur litière de paille. Flintlock, son grand hongre alezan, l'accueillit avec un doux hennissement et ses oreilles pointées frémirent. C'était un énorme cheval mêlé de brabançon. Brett l'avait acheté à un bûcheron qui s'en servait pour tracter des troncs le long de sentiers trop escarpés pour être empruntés par un camion. Le lourd cheval de trait poussa un hennissement d'impatience en soufflant un nuage d'haleine blanche dans l'obscurité de la grange.

— Détrompe-toi, mon vieux, ça ne va pas être une promenade de santé, l'avertit Brett en passant un filet par-dessus son encolure. Puis, après l'avoir sanglé fermement, il décida :

— Allons-y.

Une carabine au holster de sa selle et un talkie-walkie dans son sac à dos, Brett mena l'alezan hors de la grange, referma la porte d'un coup de pied et enfourcha sa monture. Pourvu que cet imbécile de conducteur ne se soit pas muni d'un coupe-boulons qui viendrait aisément à bout de la chaîne fermant la barrière, la cisaillant d'un coup net... Il éperonna le cheval impatient qui s'engagea dans la descente du raidillon recouvert de neige.

La glace et les flocons lui fouettaient le visage. De ses mains gantées, il rapprocha les bords de la capuche de sa veste pour tenter de se protéger de la terrible morsure du froid.

Quel crétin, ce type !

Pendant dix minutes, le cheval avança péniblement dans les congères. A deux reprises, il trébucha, mais continua néanmoins à progresser régulièrement parmi les sapins qui trouaient l'épais manteau neigeux. Brett scrutait l'horizon. Le bruit du camion se rapprochait, mais le son s'était légèrement modifié : le moteur tournait désormais au ralenti. Le conducteur devait avoir atteint la barrière qui l'avait probablement contraint à l'arrêt. Bien. Mais le soulagement de Brett fut de courte durée : le moteur repartit. Le conducteur du camion avait franchi la barrière...

— Allez, bon sang ! Avance ! gronda-t-il en s'adressant au cheval déjà luisant de transpiration. Monture et cavalier se frayèrent un chemin à travers les arbres, et Brett réussit à apercevoir le camp en contrebas. Une poignée de bâtiments recouverts de neige, portes et fenêtres condamnées par des planches, et au-delà desquels coulait paresseusement un ruisseau. Du moins l'été. Car l'hiver, White Elk Creek se transformait en un torrent tumultueux aux eaux glaciales, qui traversait le canyon au pied de Pine Mountain.

Une jeep cabossée s'engageait lentement sur le pont.

— Nom de Dieu !

Horrifié, Brett lâcha la bride à Flintlock le long du sentier escarpé, sans quitter des yeux le spectacle en contrebas. La jeep parviendrait-elle à traverser le pont ?

— Allez, allez... fit-il, encourageant indistinctement le cheval et le conducteur.

Le vieux pont vacilla. Brett retint son souffle.

— Non !

Les planches pourries émirent un craquement. L'une des roues arrière de la jeep s'enfonça dans le bois friable et le véhicule s'immobilisa pesamment sur son essieu. Mais le conducteur s'obstinait à écraser l'accélérateur.

— Imbécile, grommela Brett en éperonnant son cheval pour l'inciter à presser l'allure jusqu'au torrent en contrebas de la colline, malgré le sol glissant.

Le conducteur, qui venait apparemment de prendre conscience du danger qu'il courait, descendit de la jeep, et le temps d'un instant, le cœur de Brett cessa de battre dans sa poitrine. Sa bouche devint sèche en reconnaissant la femme qui se tenait devant lui. Elle n'avait presque pas changé, elle était aussi belle que dans ses souvenirs. Comme elle était nu-tête, il aperçut sa lourde chevelure aile de corbeau et constata que les cinq ans écoulés n'avaient en rien altéré son visage. Elle fit le tour de la jeep pour aller examiner la roue, et Brett se sentit brusquement oppressé par une affreuse angoisse. Qu'attendait-elle donc pour sauter sur la rive, loin de ce maudit pont ? Pourquoi diable insistait-elle, c'était inutile ! Le pont à moitié affaissé se remit à vaciller. Les câbles vieux d'un siècle, rouillés par les ans, gémirent sous le poids de la jeep et commencèrent à se détendre.

— Libby ! Ne bouge plus !

Elle tourna la tête dans sa direction. Son visage émergea de ses cheveux au moment même où les câbles cédèrent.

— Oh, mon Dieu ! Non !

Il était si près, à quelques mètres à peine de la rive ! Elle glissa et, dans un cri qui transperça l'air glacial, bascula dans les flots bouillonnants.

— Non ! hurla Brett en voyant son corps tomber à l'eau. Il éperonna cruellement son cheval pour le forcer à descendre le raidillon. Le vieux hongre peinait pour avancer dans les congères, ses sabots projetant de la neige qui giflait le visage de son cavalier.

— Allez, vas-y, vas-y ! l'encouragea-t-il sans cesser de contempler la scène, horrifié : Libby, sa Libby, emportée par le torrent en crue ! Les flots glacés venaient s'écraser contre elle et le courant déchaîné l'entraînait en aval.

Encore quinze mètres...

Transpirant et s'ébrouant, Flintlock s'enfonça dans la poudreuse jusqu'aux genoux et dérapa sur la berge escarpée.

— Allez, sale bête ! Avance !

Le cheval, d'ordinaire si téméraire, hésita devant le torrent. Sautant de sa selle, Brett courut dans les flots tumultueux et, les yeux toujours rivés sur Libby, arracha ses gants à l'aide de ses dents. Au-dessus de sa tête, le pont émit un grand craquement sinistre, menaçant à tout instant de s'effondrer sous le poids de la jeep.

Brett nageait dans le courant, avalant de l'eau jusqu'à la nausée, respirant un air glacial qui lui brûlait les poumons. Où était-elle ? Oh, mon Dieu ! Il repéra son corps, coincé par un tronc d'arbre en travers de la rivière ; elle flottait sur le ventre, le visage immergé.

— Tiens bon, ma chérie ! hurla-t-il en plongeant de nouveau, se laissant porter par le courant glacé pour refaire surface près d'elle. Lorsqu'il atteignit son corps, toujours immergé, ses mains étaient gelées.

Le pont grinçait et oscillait de façon cauchemardesque.

Brett passa un bras autour des épaules de Libby et laissa le courant rapide les emporter en aval, loin de la catastrophe imminente.

Il y eut un gémissement sinistre, et, dans un fracas assourdissant, les vieilles planches cédèrent et s'effondrèrent dans la rivière. Les câbles épais claquèrent dans l'air. La neige et les morceaux de bois tombèrent dans le torrent, créant un véritable mur d'eau en s'enfonçant dans la rivière. La jeep s'écrasa sur les débris.

Brett traîna Libby sur la berge avant que les planches et les rondins ne soient emportés par le courant. Il la porta dans ses bras jusqu'en haut de la rive glissante, jurant dans sa barbe, frigorifié par les rafales de vent soufflant sur ses vêtements trempés. Arrivé en haut de la berge, il l'allongea sur le sol, et constata avec horreur que sa peau d'ordinaire bronzée avait pris une affreuse teinte bleue.

Il se pencha vers elle et lui écarta les mâchoires.

— Respire, bon Dieu ! murmura-t-il avant d'entreprendre le bouche-à-bouche. Ses lèvres glacées s'attardèrent une seconde de trop sur les siennes. Puis il releva la tête, appuya énergiquement sur sa poitrine et reprit la ventilation artificielle.

— Allez, Libby, bats-toi ! l'exhorta-t-il en poussant de toutes ses forces sur son plexus solaire. Il tenta de refréner le sentiment de panique qu'il sentait monter en lui.

Elle ne pouvait pas mourir ! C'était impossible ! Pas comme ça ! Une fois encore, il souffla entre ses lèvres inertes.

— Allez, allez…

Il appuya sur sa poitrine pour en expulser l'air.

Mais elle restait inanimée. Il attendit en vain que ses paupières s'ouvrent dans un battement de cils, pour découvrir son regard bleu comme un ciel de juin.

Rageusement, il appliqua une fois de plus sa bouche contre la sienne et insuffla de l'air dans ses poumons remplis d'eau. Combien de baisers avait-il déposé sur ces lèvres ? Cela faisait tant d'années… Tout en lui faisant du bouche-à-bouche, il éprouva une douleur atroce à la pensée qu'il ne la reverrait jamais vivante, qu'il n'entendrait plus jamais son rire, qu'il ne passerait plus jamais ses mains dans sa chevelure d'un noir bleuté.

Dans un rugissement, il tenta de lutter contre la violence de son désespoir. Il ne pouvait pas la perdre ! Pas comme ça ! Pas maintenant ! Et, alors qu'il avait perdu la foi depuis déjà bien longtemps, il se prit à murmurer :

— Ne la laissez pas mourir. Mon Dieu, faites qu'elle ne meure pas !

2

Elle devait être en train de rêver.

Le corps tout entier perclus de douleur, épuisée par les haut-le-cœur, Libby battit des paupières et leva les yeux vers le visage de Brett, dévoré d'inquiétude. L'eau dégoulinait de ses cheveux, ruisselait sur sa figure, et ses yeux, d'ordinaire d'un brun chaud, étaient assombris par l'angoisse.

Elle avait froid. Atrocement froid. Elle referma les yeux et se laissa glisser dans le confort de l'inconscience, lorsqu'on la secoua si violemment qu'elle en hoqueta.

— Libby ! Réveille-toi ! Ne t'en va pas !

Prise d'un violent spasme, elle se détourna vivement et rejeta l'eau qui encombrait son estomac et ses poumons. Elle claquait des dents. Des bras musclés l'emprisonnaient.

— Tu vas bien ? Libby, tu m'entends ?

Elle tenta de parler mais ne put que hocher la tête, sa gorge était comme anesthésiée. Tout son corps la faisait souffrir mais, pour la première fois, elle se souvint de l'endroit où elle se trouvait, elle reconnut les montagnes enneigées de son enfance et comprit qu'elle était rentrée à la maison… Elle se rappela avoir négocié des virages en épingle à cheveux, se souvint des chants de Noël à la radio, malgré les parasites… Y avait-il une chance pour que sa route croise celle de Brett ?

— Viens. Tu es frigorifiée.

Il la souleva comme une plume et commença à progresser dans la neige glissante, en pataugeant dans ses bottes gorgées d'eau. Il se dirigeait vers le camp de vacances. Le camp de son père. Elle aurait dû essayer de marcher toute seule, en forçant ses pieds engourdis à la porter. Elle avait tort de s'en remettre totalement à Brett, mais elle était incapable de trouver la force ou la volonté de se tenir debout. Il était aussi frigorifié qu'elle, mais il se dégageait malgré tout de lui une sorte de chaleur intérieure qu'elle éprouvait au contact de son corps pressé contre le sien. Elle agrippa le col de sa parka mouillée. Il sentait la rivière, mais ce n'était pas grave… Elle referma les yeux et se laissa dériver.

— Libby… Ne t'endors pas… Libby…

Sa voix filtrait à travers son subconscient mais elle n'arrivait pas à garder les yeux ouverts. Elle s'abandonna à son rêve : Brett était là, il s'occupait d'elle, s'inquiétait pour elle. C'était très agréable, en fait, si seulement il n'y avait pas eu cette sensation de froid glacial, ce froid mortel…

Brett progressait laborieusement dans la neige vers le centre du camp. Là, un groupe de chalets, parmi lesquels se trouvaient la chapelle et le réfectoire, tenait encore debout. Tous les bâtiments étaient fermés à clé. Sans poser Libby à terre, il s'acharna à coups de pied sur la porte du réfectoire jusqu'à ce que la serrure rouillée cède enfin. A l'intérieur de la pièce flottait une odeur de poussière et d'abandon, mais peu lui importait. Il y avait encore un vieux sofa et quelques chaises, et ce mobilier spartiate suffirait amplement, à condition toutefois que les rats n'aient pas grignoté le rembourrage des coussins. C'était le seul chalet doté d'une cheminée. Brett allongea Libby sur le sofa défoncé, le traîna près de l'âtre en galets de rivière, et ressortit rapidement.

Même après cinq ans, il se souvenait parfaitement du camp de vacances, et retrouva la vieille réserve de bois qui, désormais, abritait sans doute des familles d'écureuils et de tamias. Après avoir balayé la neige de ses doigts gourds, il parvint à grand-peine à s'emparer de quelques bûches et d'un peu de petit bois, puis se hâta de retourner au réfectoire. Son plan était simple : réchauffer Libby, examiner ses blessures et si nécessaire, repartir au poste de garde pour appeler des secours.

411

Mais pour l'instant, il fallait parer au plus pressé. Libby n'avait pas bougé de l'endroit où il l'avait laissée. Elle était étendue sur le sofa et frissonnait dans son sommeil ; sa peau avait toujours cette inquiétante teinte bleue. Il fouilla la poche de sa parka : pourvu que ce satané vendeur ne lui ait pas menti en lui vantant les qualités d'étanchéité de ce tissu... Il en sortit une boîte d'allumettes détrempée.

Génial.

Il inspecta la pièce, puis passa dans la cuisine qui faisait l'angle du réfectoire. Dans le placard à provisions, sous des couches de toiles d'araignée et de crottes de souris, il dénicha une boîte d'allumettes, des lampes à pétrole et, enveloppées dans des housses en plastique, plusieurs vieilles couvertures.

Quelle aubaine ! songea-t-il en repartant rapidement vers la cheminée.

En tâtonnant, ses doigts rencontrèrent le levier du vieux registre de tirage. Il tira dessus de toutes ses forces et, dans un nuage de poussière et de plumes, vestiges d'un ancien locataire, le conduit s'ouvrit enfin. Le petit bois s'enflamma comme de l'amadou tant il était sec, et très vite, des flammes jaunes s'élevèrent des bûches en crépitant. Libby remua, le visage éclairé par la lueur dorée du feu. Sans perdre de temps, il la dévêtit entièrement : bottes, jeans, pull, slip et soutien-gorge. Il s'obligea à garder ses distances pour ne pas admirer les courbes de ce corps qu'il avait tant caressé, cinq ans plus tôt. Ses seins veinés de bleu et couverts de chair de poule, ses longues jambes au galbe parfait, son... Oh, nom d'un chien ! Serrant les dents, autant pour chasser ses pensées rebelles que pour lutter contre le froid, il l'emmitoufla rapidement dans l'une des couvertures, l'enveloppant comme dans un linceul, dans l'espoir de retenir le peu de chaleur que dégageait son corps. Il lui épongea ensuite les cheveux à l'aide de l'autre couverture, en veillant à ôter le maximum d'humidité de ses boucles noires. A travers l'étoffe, il se mit à lui frictionner les bras et les jambes ; il espérait ainsi favoriser sa circulation sanguine afin de maintenir la température de son corps.

— Tu vas voir, ça va aller, l'assura-t-il comme pour s'en persuader lui-même. Ça va aller.

Il réussit à stabiliser son état et la respiration de Libby reprit un rythme normal et régulier. Satisfait, il lui réchauffa encore les mains avant de repartir à l'extérieur.

Il fut saisi par la violence de la tempête. Une rafale glacée transperça ses vêtements mouillés, lui coupant le souffle. Le peu de chaleur que son corps avait réussi à emmagasiner dans le chalet ne fut bientôt plus qu'un souvenir.

Se frayant péniblement un chemin dans la neige qui ne cessait de tomber, il parvint jusqu'au pont et constata que la jeep n'avait pas bougé. Elle semblait s'être calée en équilibre sur une pile de débris, sous les restes du pont effondré. Flintlock se tenait sur la rive opposée. Brett affronta une nouvelle fois la rivière, pataugeant dans l'eau glaciale qui lui arrivait à hauteur de poitrine, et parvint finalement sur l'autre rive. Saisissant les rênes du cheval, il tenta de le faire entrer dans l'eau. Flintlock eut un mouvement de recul, se cabra légèrement et Brett, les mains et les pieds engourdis par le froid, tira sans ménagement sur les rênes.

— Pour moi non plus, ce n'est pas une partie de plaisir, crois-moi, grogna-t-il à l'encontre de l'animal. Puis il jeta sa carabine à terre pour éviter qu'elle ne se mouille pendant la traversée. Allons-y !

Faisant claquer sa langue, il fit entrer Flintlock dans la rivière. Les yeux fous du cheval trahissaient sa panique. Tous deux suivirent le courant qui les fit dériver jusqu'à la jeep ; Brett s'accrocha à la portière et l'ouvrit en grand. Une partie des bagages et des provisions semblait ne pas avoir trop souffert. Il en emporta le maximum, jetant le sac de voyage en travers de la selle.

Ceci fait, il tira brutalement sur les rênes et força le cheval à traverser le torrent jusqu'à l'autre rive, puis retraversa seul pour aller récupérer sa carabine. Quand il atteignit enfin le camp, il était glacé jusqu'aux os. Il installa Flintlock dans une vieille grange, bouchonna le cheval avec sa couverture de selle et lui lança une vieille balle de foin. Finalement, il lui donna une petite tape sur le garrot en lui promettant :

— Je reviendrai te voir bientôt.

Puis, il attrapa un seau suspendu au mur par un clou.

Dehors, la neige s'était transformée en blizzard. D'un bras, il se protégea les yeux et, malgré ses jambes totalement insensibles, réussit à se traîner péniblement jusqu'au chalet principal.

Il claquait des dents ; il n'avait jamais eu aussi froid de toute sa vie. Pourtant, il alla encore ramasser de la neige à l'aide du seau avant d'ouvrir la porte du réfectoire d'un coup d'épaule. Dans l'âtre s'élevaient de hautes flammes qui projetaient des ombres cuivrées sur les murs en bardeaux décrépits, et emplissaient la pièce de l'odeur du feu de bois. Refermant soigneusement la porte derrière lui, il alla à la cheminée et constata que Libby respirait normalement. Elle était toujours endormie — ou inconsciente.

Ses épaules s'affaissèrent de soulagement. Posant le seau près du feu, il ôta un à un ses vêtements mouillés, les suspendit au pare-feu et présenta son corps nu devant les flammes. Le comique de la situation l'effleura le temps d'une seconde.

Me voilà nu comme un ver dans le réfectoire, en compagnie de la fille du pasteur, songea-t-il cyniquement, sans que cela parvienne à lui arracher un sourire. Au lieu de cela, il s'enveloppa dans la couverture dont il s'était servi pour sécher les cheveux de Libby, étendit ses vêtements sur un côté du pare-feu et s'allongea par terre. Il se mit à se frictionner les extrémités, soufflant sur ses doigts pour les réchauffer, dans l'espoir d'éviter les engelures.

Il lui semblait qu'il ne pourrait jamais se réchauffer… Et Libby, survivrait-elle ? Torturé d'angoisse, il lui lança un regard. Les yeux clos, ses longs cils noirs recourbés sur sa joue, elle respirait sans aucune gêne et sa poitrine se soulevait régulièrement. Elle allait s'en sortir, et, à n'en pas douter, entrerait en fureur contre lui lorsqu'elle découvrirait qu'elle était nue comme au jour de sa naissance.

Un léger sourire aux lèvres, il se rapprocha du feu. Son esprit s'égara dans le temps et remonta jusqu'à ce fameux été où il avait fait la connaissance de Libby Bevans, la fille du pasteur de l'unique église de Cascade, petite bourgade de l'Oregon. A l'époque, Libby vivait à Portland où elle poursuivait ses études, et était rentrée chez ses parents pour veiller sur sa mère mourante.

Brett l'avait remarquée en ville à deux ou trois reprises. Rien d'étonnant à cela, Cascade était un petit bourg où un visage inconnu ne passait pas inaperçu. Et quel visage... Des pommettes hautes, un sourire engageant, des yeux bleus pétillant d'intelligence. Ses cheveux étaient plus longs à l'époque, une épaisse cascade de boucles de jais qui lui arrivait presque à la taille. Elle ne ressemblait à aucune des femmes qu'il avait connues.

Il s'était toujours targué d'être un solitaire, un homme libre et indépendant, qui appréciait sa vie à l'écart dans la montagne, et, sans être insensible aux charmes féminins, il avait toujours évité de s'impliquer dans une relation sentimentale. Son père était mort depuis fort longtemps et sa mère, remariée, avait sa vie à Seattle — elle adorait la folle effervescence de la grande ville. Elle et Brett ne se voyaient guère qu'une ou deux fois l'an, et cela leur convenait à merveille.

Pour rien au monde, il n'aurait changé un iota à sa petite vie bien tranquille. Puis un jour, il avait rencontré Libby. Et la jeune fille avait chamboulé son univers.

Appuyé sur un coude, il la contempla. Elle était si paisible. Si belle. D'un doigt, il lui effleura la joue et sentit la chaleur de sa peau. Tout irait bien. Elle allait s'en tirer. Dieu merci. Sa gorge se serra à la pensée qu'il était passé à un cheveu de la perdre. Pour toujours, cette fois. Ses yeux le brûlèrent et sa main se mit à trembler.

C'est nerveux. Une réaction parfaitement normale. Vraiment ? Certes, Libby venait encore hanter ses rêves, mais il avait fait le deuil de leur histoire. Il ne se passait pas un jour sans qu'il pense à elle, mais cela ne signifiait pas pour autant qu'il était encore amoureux d'elle. Il avait de l'affection pour elle, bien sûr, mais après leur rupture, il avait définitivement tiré un trait sur la jeune femme.

Il avait été son premier homme, elle avait été son dernier amour.

Agacé par le tour qu'avaient pris ses pensées, il se rallongea sur le plancher, la mine sombre. Qu'allait-il se passer quand elle se réveillerait ? Et d'ailleurs, pourquoi diable était-elle revenue au camp ? Elle était partie d'ici en jurant qu'elle n'y remettrait plus jamais les pieds, brisant le cœur de son vieux père — sans parler du sien — sans l'ombre d'un scrupule.

Il éprouva un léger pincement de culpabilité. Il savait, tout au fond de lui, qu'il était responsable de son départ. Mais c'était bien plus commode de rejeter la faute sur Libby, en se persuadant qu'elle n'était qu'une femme fourbe et calculatrice qui s'était servie de lui, une femme sans parole.

Mais il s'était menti à lui-même. En repensant au passé, en se remémorant l'amour qui les unissait l'un à l'autre, il réalisa que si elle avait fui toutes ses attaches, c'était uniquement à cause de lui.

Il ferma les yeux, paupières crispées, dans l'espoir de parvenir à trouver le sommeil. En vain. Les souvenirs de cet été fatidique le tinrent éveillé jusque tard dans la nuit...

3

C'était vers la fin du mois de juillet, en pleine canicule. Brett était descendu en ville pour profiter du petit déjeuner spécial que le Derringer Café proposait à ses clients le samedi : une assiette de pancakes, une épaisse tranche de bacon, deux œufs au plat et du café à volonté.

Il avait laissé un généreux pourboire à Velma, la serveuse aux cheveux roux qui ne manquait jamais de flirter avec lui, puis était allé flâner en ville, dans le soleil du matin. La chaleur commençait déjà à monter des trottoirs, faisant miroiter l'asphalte. En ouvrant la portière de son pick-up, il repéra la jeune femme dans son rétroviseur : menue, autoritaire, elle encadrait un groupe d'enfants. Elle les faisait monter dans le bus pour les conduire au camp de colonie de vacances, propriété de la paroisse.

L'un d'eux faisait la forte tête.

Sans cesser de mâchonner son cure-dent, Brett se retourna pour suivre la petite altercation.

— J'aime pas la colo ! cria l'enfant d'un ton agressif, en croisant ses bras dodus d'un air buté. C'était un garçon d'une dizaine d'années, à la frimousse constellée de taches de rousseur. Il ajouta avec un sourire moqueur :

— J'irai pas !

Brett jeta un œil en direction du parking : personne. Inutile de compter sur l'intervention d'un quelconque parent pour réprimander le petit garnement. En fait, la svelte jeune femme

417

semblait être seule pour encadrer la vingtaine d'enfants âgés de sept à quinze ans.

Amusé, Brett s'appuya contre la façade du café et se mit à observer ouvertement la jeune femme aux prises avec sa petite troupe récalcitrante.

— Monte dans le bus, Sean, ordonna-t-elle avec un sourire doux mais ferme.

— Pas question.

Le regard d'azur de la jeune fille se durcit aussitôt. Elle leva les yeux vers un garçon plus âgé aux cheveux blonds coupés courts, et qui arborait un léger coup de soleil sur le nez.

— Kevin, veux-tu bien aider Sean à monter dans le bus ? Tu pourrais être son grand frère. Il est un petit peu énervé ce matin.

— Bien sûr, miss Libby, je…

Libby ? N'était-ce pas le prénom de la fille du pasteur ? Brett ne connaissait pas Libby Bevans, mais pour avoir déjà rencontré son père, il savait qu'elle était la fille unique d'Edwin et Marla Bevans, et donc la prunelle de leurs yeux.

— Cette poule mouillée, mon grand frère ? Jamais ! persista Sean. Derrière ses lunettes rondes, il jubilait.

Le sourire de Libby se crispa brusquement.

— Alors, tu n'as qu'à monter tout seul.

— Venez me chercher…

— Sean, je n'ai pas envie de t'humilier devant les autres. Alors maintenant, tu vas monter dans ce bus. Je compte jusqu'à trois.

Les enfants mirent la tête à la fenêtre du bus bariolé, d'autres se figèrent sur le marchepied, et sur le trottoir, deux retardataires en train de charger leurs sacs à dos et leurs bagages levèrent les yeux. Nul ne voulait perdre une miette de la confrontation : soit miss Libby allait arriver à se faire obéir, soit elle allait perdre la face devant le groupe qui ne respecterait plus son autorité.

— Un, commença-t-elle à compter.

Hilare, Sean ne bougea pas d'un cil et se contenta de jeter

des regards de chaque côté, espérant impressionner les autres enfants par le cran dont il faisait preuve face à leur monitrice.

— Deux, continua-t-elle d'une voix plus forte. Tu ferais mieux d'obéir.

Pour toute réponse, Sean lui tira la langue.

C'en était trop pour Brett. Vif et souple comme un félin, il fut d'un bond devant le groupe d'enfants.

— Je crois que tu n'as pas bien saisi ce que t'a dit cette dame, gronda-t-il dans l'espoir d'avoir l'air féroce.

— Qui… Qui êtes-vous ? bredouilla Sean. Derrière ses verres épais, ses yeux s'étaient agrandis sous l'effet de la peur.

— Mais oui, c'est vrai, pour qui vous prenez-vous ? demanda Libby, visiblement inquiète.

Brett lui lança un bref coup d'œil avant de reporter son attention sur Sean.

— Disons que je suis un envoyé de Dieu.

— Un *quoi* ? fit-elle, abasourdie.

Mais Brett fixait Sean, dont le visage ne reflétait plus désormais que la surprise.

— C'est la vérité, et d'ailleurs, Il m'a dit que tu ferais mieux de te dépêcher de grimper dans ce bus avant d'avoir de sérieux ennuis.

— Vous ne pouvez rien me faire, m'sieur, fanfaronna Sean, d'un ton pourtant moins assuré.

— Tu as raison. Ce n'est pas avec moi que tu risques d'avoir des problèmes.

Il lança un regard entendu vers le ciel et, amusé, vit Sean grimper dans le bus sans demander son reste.

Libby fonça sur lui.

— Vous n'aviez pas le droit ! murmura-t-elle, indignée.

— Je sais. Mais ça a marché.

— J'étais sur le point de le faire céder…

— Ce gosse se payait votre tête. Et vous vous êtes mise dans une situation sans issue avec votre petit ultimatum.

— C'est un excellent moyen de…

— Vous ridiculiser.

Apercevant un éclair de colère au fond de son regard, il lui sourit effrontément. Ne comprenait-elle donc pas qu'il lui avait rendu service ? Si la fille du pasteur ne manquait pas de charme, c'était néanmoins une gamine impertinente. Il continua :

— On ne s'adresse pas à un gosse de dix ans comme s'il en avait trois. Ça ne marche pas.

— Et qu'est-ce qui vous rend si sûr de vous ? La douzaine d'enfants que vous avez élevés, sans doute ?

— Non, répliqua-il en secouant la tête. Mais j'ai eu dix ans, un jour.

— Moi aussi !

— Oui, mais moi, j'étais un petit malin. Et la fille qui aurait tenté de me faire monter dans un bus en comptant jusqu'à trois se serait cassé les dents sur moi.

Subitement, elle sembla se rallier à son avis et il lut l'approbation dans ses yeux. Soupirant d'un air exaspéré, elle fit voleter la courte frange de ses cheveux noirs. Puis, elle se mordit la lèvre inférieure en faisant la moue, ce qui déclencha en lui le désir fou de l'embrasser — l'envie de sentir sa bouche se refermer sur ces lèvres boudeuses. Comment réagirait-elle à une approche aussi cavalière ? En lui décochant un bon coup de pied, à n'en pas douter. Il ne récolterait rien d'autre.

Elle soupira et secoua la tête. La lumière du matin illuminait sa chevelure couleur corbeau de reflets bleutés.

— D'accord, j'admets que votre intervention virile s'est avérée plus efficace que ma stratégie de persuasion. Je suppose qu'il faut que je vous remercie, monsieur… ?

— Brett Matson, termina-t-il. Et vous, vous êtes miss Libby.

— Miss Bevans.

— La fille d'Edwin.

Elle se raidit légèrement.

— C'est exact. En revanche, pour pouvoir m'appeler miss Libby, vous devez vous inscrire à l'église pour passer une semaine dans notre camp de colonie de vacances en tant qu'intervenant.

Le visage de Brett se fendit d'un large sourire.

— Ça doit pouvoir se faire, s'entendit-il lui répondre.

Pourquoi se croyait-il obligé de taquiner la frêle jeune femme ? Manifestement, il allait très souvent la revoir cet été — mais était-ce bien raisonnable ?

— Parfait. Voyez donc ça directement avec Dieu, puisque vous êtes en si bons termes avec Lui. Et à l'avenir, M. Matson, je vous prie de bien vouloir vous mêler de vos affaires.

— Même si je reçois un message de la part du Seigneur ? s'enquit-il, incapable de résister à l'envie de la provoquer. Cette petite bonne femme l'irritait, voilà tout.

— Surtout dans ce cas-là !

Et faisant volte-face, elle se dirigea vers le bus et le laissa planté sur le trottoir, la nuque moite de transpiration. Il la regarda s'installer sur le siège du conducteur. Dans un nuage de fumées d'échappement, le bus brinquebalant s'éloigna du trottoir et sortit de la ville en faisant ronfler son moteur diesel. Il prit la direction de Pine Mountain et du camp paroissial qui s'étendait le long de White Elk Creek.

— Que le diable m'emporte ! murmura-t-il en levant subrepticement les yeux au ciel, imaginant que sa remarque ne passerait pas inaperçue. Il était au courant que la fille d'Ed, étudiante à Portland, était rentrée à Cascade pour venir en aide à sa mère souffrante — dans la petite bourgade, le téléphone arabe fonctionnait à merveille. En revanche, même dans ses rêves les plus fous, il n'aurait jamais imaginé que Libby Bevans serait la femme la plus séduisante à l'ouest des Rocheuses.

— Que le diable m'emporte, répéta-t-il. De toute façon, il était déjà prêt à se damner pour elle…

Libby n'en revenait pas : non, mais quel culot ! Agir ainsi, comme s'il était en communication directe avec Dieu ! D'ailleurs, c'était un blasphème, et si son père venait à entendre parler de cette histoire avant dimanche, nul doute qu'il en tirerait un sermon apocalyptique. Elle ne put malgré tout réprimer un sourire, car, bien que furieuse contre Matson, elle devait bien admettre que face à un enfant récalcitrant, sa tactique d'intimidation semblait avoir réussi là où son approche plus stratégique

421

avait échoué. Sean Duvall s'était visiblement résigné à être un petit colon exemplaire.

On apprend à tout âge, conclut-elle en son for intérieur, tandis que le bus franchissait le vieux pont qui menait au camp de vacances. Les enfants entonnaient déjà des chansons, entraînés par Irene Brennan et sa fille, Sandy, véritable garçon manqué, débordant de joie de vivre, et qui avait passé le bac la même année que Libby. Mme Brennan était l'organiste de l'église, et Sandy et elle avaient accepté de venir lui prêter main-forte au camp. En effet, la mère de Libby, qui généralement assumait tour à tour les rôles de cuisinière, bonne à tout faire et maman de substitution auprès des enfants, était malade. Gravement malade.

A cette pensée, une terrible angoisse étreignit le cœur de Libby. En tant que fille unique, elle était très proche de ses parents et ne pouvait croire que Dieu, ce Dieu d'amour qu'adorait son père, jugerait bon d'enlever Marla à l'amour des siens. L'esprit en proie à ces sombres pensées, elle songea, la gorge nouée de chagrin, à sa mère en train de lutter contre un mélanome. Le pronostic n'était pas optimiste, mais Libby gardait l'espoir que grâce aux soins médicaux appropriés et aux prières constantes de son père, entourée de beaucoup d'amour, sa mère parviendrait à vaincre la maladie. Il le fallait.

Relâchant la pédale de l'accélérateur, elle alla garer le bus non loin des écuries. Les enfants riaient et poussaient des cris de joie, tout excités à la perspective des vacances qu'ils allaient passer au camp. Elle déclencha l'ouverture des portes, et tous sortirent, chargés de sacs à dos, de valises, de sacs de couchage et d'oreillers. Dans la cohue, ils investirent les six chalets nichés à l'ombre des grands arbres, non sans avoir vérifié au passage que leur nom était bien inscrit au tableau des corvées.

La journée s'annonçait mouvementée. Libby allait devoir aider son père à installer les enfants dans leurs couchettes respectives, régler tous les problèmes qui ne manqueraient pas de surgir, refaire l'inventaire des provisions ainsi que le compte des chevaux, s'assurer qu'on n'avait pas besoin d'elle en cuisine, et enfin repartir à Cascade en voiture pour passer la nuit au chevet de sa mère. Le lendemain, elle se lèverait à l'aube pour retourner au camp.

En réalité, cela ne la dérangeait pas. Durant les quelques années où elle était restée éloignée pour ses études, elle s'était languie des étés passés en colonie dans la forêt : elle y était monitrice depuis l'âge de quinze ans.

L'heure du dîner approchait, lorsque, rêvant à la fenêtre ouverte du chalet qui abritait l'atelier d'artisanat, elle l'aperçut pour la seconde fois de la journée. Elle repéra tout d'abord un pick-up inconnu auquel était attelé un van, garé dans la clairière, de l'autre côté du pont.

Stupéfaite, elle vit Matson extraire son long corps du véhicule. C'était un homme des plus séduisants, il fallait bien l'admettre ! Grand, large d'épaules, un corps d'athlète... Avec son jean délavé, son blouson assorti et sa chemise à carreaux, c'était l'image même du rude montagnard. Ses cheveux châtains mêlés de blond — un tantinet trop longs — rebiquaient sur son col en jean. Son visage anguleux était tanné par le soleil. Mâchoire carrée, lèvres fines, il avait l'air d'un homme qui pouvait en une seconde passer du rire à l'hostilité. Son regard ambré dissimulait un tempérament ombrageux.

Il alla ouvrir l'arrière du van, et Libby oublia ce qu'elle était censée enseigner aux enfants : la technique employée par les Indiens, il y a un siècle, pour mélanger les pigments de couleur. Quelques gouttes de terre de Sienne s'échappèrent de son pinceau artisanal, tandis qu'elle observait Matson mener à l'intérieur du camp un énorme hongre, accompagné d'une robuste jument.

Derrière sa mère suivait un poulain aux grands yeux bruns que l'homme tenait au bout d'un licol séparé. Le jeune animal avançait sur ses jambes longues et frêles, agitant un plumeau de queue duveteuse. Une étoile prolongée un peu tordue ornait son front alezan.

— Regardez ! s'écria Tammy Lewis, le nez plissé de ravissement. Un bébé cheval !

— Ça s'appelle un poulain, idiote ! rétorqua Sean en se ruant au-dehors, entraînant tous les enfants à sa suite. Cependant, son empressement disparut en apercevant Brett ; il demeura en retrait, laissant les autres enfants s'approcher du poulain, tout à leur impatience de caresser ses naseaux veloutés.

— Si j'étais vous, j'éviterai de toucher cette pouliche, leur conseilla-t-il, à moins que vous n'ayez envie de vous faire remettre en place par sa mère.

— Une pouliche ? répéta Tammy en lançant un regard appuyé à Sean. Je croyais que c'était un poulain.

Brett éclata de rire et lança un regard en direction de Libby.

— A votre place, je serais prudent, expliqua-t-il au groupe d'enfants. Certaines juments sont très chatouilleuses au sujet de leur féminité et peuvent devenir franchement désagréables si jamais on les confond avec un mâle. Je suis sûr que vous n'avez aucune envie de les énerver, de les insulter ou...

— Ou d'usurper leur autorité. Libby se sentit devenir cramoisie en reprenant la conversation à son compte. Mais pour qui se prenait ce type, à forcer l'entrée du camp dans le seul but de se moquer d'elle ?

— Brett !

La voix de son père retentit parmi les arbres. Faisant volte-face, Libby aperçut Edwin descendre en toute hâte les quelques marches de la chapelle, le sourire aux lèvres et la main tendue.

— Merci de nous prêter vos chevaux.

— Tout le plaisir est pour moi.

Les deux hommes se serrèrent chaleureusement la main devant Libby, médusée.

Son père rajusta son col romain avant d'expliquer aux enfants que, grâce à la générosité de M. Matson, ils auraient la possibilité de faire des randonnées à cheval. M. Matson, non content d'être ranger, possédait également plusieurs bêtes — des chevaux de trait — suffisamment douces pour pouvoir être montées. Il s'était d'ailleurs proposé lui-même pour donner des cours d'équitation aux enfants. Atterrée, Libby comprit qu'elle allait sans arrêt être amenée à le revoir.

Décidément, elle ne l'aimait pas. Il était bien trop cynique. Trop séduisant. Trop insolent et trop sexy pour être honnête.

Comme s'il devinait ses pensées, il lui décocha un sourire diabolique… et légèrement troublant.

— Génial, marmonna-t-elle en ramenant certains enfants à l'intérieur de l'atelier d'artisanat. Elle s'efforça de détourner leur attention de la fenêtre qui donnait sur le paddock. De l'autre côté de la barrière à claire-voie, Brett avait en effet entrepris de montrer aux autres colons quelques principes d'équitation : comment monter en selle, tenir les rênes… Libby n'arrivait pas à se concentrer sur les cinq peintures rudimentaires représentant des scènes indiennes. Elle était constamment distraite par cet homme dont les yeux aux reflets d'ambre semblaient lire en elle comme dans un livre ouvert.

Brett resta pour le dîner et, sans hésiter, choisit de s'asseoir en face de Libby. Elle eut beaucoup de mal à faire honneur au poulet et aux succulentes quenelles de Mme Brennan. Le regard de l'homme papillonnait sans cesse de son père à elle. C'était agaçant, à la fin !

Il se dégageait de lui une sensualité qui la mettait mal à l'aise. En plus, il se moquait d'elle, elle l'aurait juré. La plupart du temps, il la regardait avec des yeux pétillant de malice. Il avait beau jouer au parfait gentleman en lui faisant passer tour à tour le poulet à la crème, le plat de quenelles, les épis de maïs grillés et les haricots verts, Libby n'était pas dupe : sa courtoisie n'était que de façade.

Elle n'avait pas appris grand-chose sur lui : c'était une sorte d'homme des montagnes, un ranger qui vivait au « poste », à l'orée de Pine Mountain, et qui élevait des chevaux de trait — des bêtes énormes — pour son loisir. Il semblait vivre en parfaite harmonie avec la nature. A mots couverts, son père avait eu l'air d'insinuer que Brett était un loup solitaire, ce qui ne l'empêchait pas d'être un « homme bon et droit, malgré son peu d'assiduité à l'office du dimanche ». C'est grâce aux chevaux qu'ils avaient fait connaissance et les deux hommes se respectaient de loin. Un abîme séparait leurs deux univers, mais ils se croisaient souvent, soit à cause des chevaux, soit plus simplement parce que Cascade comptait moins de mille habitants. Tout le monde se connaissait dans la petite ville.

— Je vais préparer une assiette pour ta maman, annonça Mme Brennan tandis qu'elle et quelques enfants, dont c'était le tour d'aider, commençaient à débarrasser la table.

— Merci, c'est très gentil.

Libby fut soulagée du prétexte que lui fournissait Mme Brennan en lui adressant la parole : son intervention venait à point nommé pour l'empêcher de laisser ses pensées divaguer au sujet de Brett. De plus, parler la protégerait de son regard insistant qui la mettait mal à l'aise.

— Et j'ajouterai également une tarte aux fruits rouges. Comme ça, elle aura quelque chose à offrir pour le thé, si elle reçoit des visites pendant notre séjour ici.

— Formidable.

— Sean n'est pas de corvée de vaisselle ce soir ?

— Si…

— On dirait bien qu'il essaie de se défiler…

En effet, Sean s'était laissé glisser de son banc et tentait de s'échapper en douce du réfectoire. Brett se pencha en arrière et lui fit signe de venir débarrasser leur table.

— Pourquoi ne commences-tu pas par ici ? demanda-t-il au jeune garçon. J'ai terminé et miss Libby aussi, apparemment.

Sean leva le menton d'un air impertinent, manifestant ainsi son peu d'empressement à obéir, mais Brett fit mine de quitter sa chaise. Maugréant contre « le boulot de bonne femme » qu'on exigeait de lui, il se mit en devoir de se débarrasser de sa tâche avec mauvaise grâce, enlevant les assiettes à toute vitesse, jetant les restes dans un seau et plongeant les plats et les couverts dans un second seau rempli d'eau savonneuse, sous l'œil peu amène de Brett qui le surveillait par-dessus son épaule.

Irene prépara une assiette qui aurait suffi à nourrir cinq

bûcherons affamés et y ajouta une tarte aux fruits rouges, comme elle l'avait promis.

Quel dommage ! se dit Libby en songeant que sa mère y toucherait à peine. Depuis sa maladie, elle avait un appétit d'oiseau.

La nuit tombait. Dans le ciel du crépuscule, les premières étoiles se mirent à scintiller au-dessus des montagnes et les grenouilles entamèrent leur doux concert de coassements. Un hibou poussa un hululement serein et, quelque part au-dessus de leurs têtes, un faucon atterrit dans le sombre branchage d'un pin.

Le père de Libby était occupé à superviser le rituel nocturne : l'allumage du feu de camp autour duquel les enfants chantaient, inventaient des saynètes et faisaient leurs prières avant d'aller se coucher.

— Rentre à la maison veiller sur maman, lui conseilla-t-il. Mais ne prends pas la voiture… Brett, voudriez-vous la raccompagner en ville ?

— Non…, s'exclama instinctivement Libby.

Son père la dévisagea d'un œil inquisiteur. Elle tenta de se justifier :

— Je veux dire… Il n'y a pas de raison pour qu'il fasse le trajet jusqu'à Cascade alors qu'il n'habite qu'à quelques kilomètres d'ici.

— Ça ne me dérange absolument pas, l'assura Brett, le regard assombri par la nuit.

Le cœur de Libby s'affola. Que pouvait-il y avoir de pire que de passer une demi-heure coincée avec cet homme dans l'habitacle confiné de son pick-up ? Mais elle était piégée. A moins de faire preuve de grossièreté et d'ingratitude, elle n'avait pas le choix. Elle le suivit donc jusqu'au bas de la route, puis ils prirent le pont pour finalement arriver sur l'autre rive où était garé son pick-up. Il avait déjà dételé le van, comme s'il comptait le laisser au camp en attendant de revenir chercher ses chevaux, à la fin de la colonie de vacances.

Libby monta dans le pick-up et posa entre eux le panier de provisions que lui avait confié Irene.

— Vous avez peur ? demanda Brett. Il fit marche arrière avant de s'engager prudemment dans la descente en lacets.

— Peur de quoi ? répéta-t-elle, tout en comprenant parfaitement l'allusion.

— De moi.

— Absolument pas. Je ne suis pas Sean, vous ne pouvez pas me leurrer en prétendant avoir le pouvoir de déchaîner la colère divine.

— Je n'aurais jamais cru entendre une fille de pasteur commettre le péché de mensonge…

— Je n'ai pas…

— Vous avez peur.

— Je ne vois vraiment pas pourquoi j'aurais peur de vous, affirma-t-elle en croisant les bras sur sa poitrine, dans une attitude de défi.

Incroyable ! Face à cet homme, elle se sentait redevenir une collégienne… Elle n'était pourtant pas du genre à perdre son sang-froid ; aux yeux de ses professeurs elle était une étudiante brillante, et elle était sur le point d'obtenir son diplôme d'infirmière. Elle était sortie avec de nombreux garçons et avait déjà été courtisée par plusieurs hommes, sans qu'aucun n'ait jamais réussi à faire battre son cœur. Alors, ce n'est pas cet espèce de sauvage, cet ermite des montagnes qui passait son temps à scruter l'horizon depuis une tour, qui allait lui faire peur !

— Je vous fais peur parce que vous ne savez pas comment vous comporter avec moi, continua-t-il avec son franc-parler habituel. Je vous ai vexée en intervenant tout à l'heure avec ce gosse et depuis, vous voulez me rendre la monnaie de ma pièce, avec les intérêts…

— C'est ridicule.

— Hum…

Au détour d'un virage, une biche flanquée de deux faons se figea au beau milieu de la route, comme hypnotisée par le double faisceau lumineux des phares du pick-up.

428

— Bon sang !

Il rétrograda, fit une embardée pour éviter de heurter les animaux et donna un grand coup de frein. Le panier s'envola du siège et s'écrasa sur le plancher, les ceintures de sécurité se tendirent, se bloquèrent, et la tête de Libby alla cogner contre la vitre de la portière. Le pick-up rebondit tandis que les roues dérapaient, projetant du gravier dans un crissement de pneus rageur. Libby eut un haut-le-cœur.

En trois bonds, la biche et ses faons disparurent dans la forêt et, dans une ultime secousse, le pick-up s'immobilisa.

— Ça va ? s'enquit Brett.

— Oui, je crois.

Le cœur cognant dans sa poitrine, elle se tâta la tête et tressaillit légèrement sous l'effet de la douleur.

Brett, la mine sombre, ouvrit la boîte à gants et en sortit une lampe torche. Il l'alluma en grommelant et braqua le flot de lumière sur son front. Délicatement, il examina l'hématome qui enflait déjà sous sa peau. Ses doigts palpèrent sa bosse avec douceur, sans pour autant endiguer le mal de tête qu'elle sentait monter inexorablement derrière ses yeux.

Il appuya à un endroit sensible et elle réprima un cri de douleur en grimaçant. Eblouie, elle écarta la torche de ses yeux.

— Puisque je vous dis que ça va…

— Je suis navré. Ses mots, si solennels, semblèrent résonner dans l'habitacle.

— Tout… Tout va bien. Vous n'y êtes pour rien. C'est un accident.

Elle parvint à lui adresser un faible sourire en lisant l'incrédulité dans son regard.

— Ne vous inquiétez pas. Vraiment. Je suis plus solide que je n'en ai l'air. Et puis, j'ai la tête dure. Si vous ne me croyez pas, demandez donc à mon père, il vous le confirmera.

Mais cela n'arracha même pas l'ébauche d'un sourire à Brett.

— Je ferais mieux de vous ramener chez vous.

Ramassant le panier, il le replaça entre eux, sur le siège, puis lui lança de nouveau un regard inquiet.

— Je devrais peut-être vous conduire jusqu'à Bend pour que vous vous fassiez examiner par un médecin.

— Quoi, tout ce trajet pour un petit choc à la tête ?

— Vous n'en savez rien...

— Justement, si. Je suis infirmière, ne l'oubliez pas.

— Pas encore.

— Mais dans peu de temps. Et je vais très bien. Je n'ai pas besoin d'un médecin, affirma-t-elle en songeant à la route interminable jusqu'à Bend. Cascade aurait bien besoin d'un centre médical ! Ses habitants en réclamaient un depuis des années, mais la maigre clientèle que représentait la bourgade ne possédait pas le même attrait financier pour un médecin qu'un cabinet dans une grande ville. Même les tentatives pour partager un généraliste avec deux autres bourgs s'étaient soldées par un échec, et le médecin qui avait essayé de gérer le cabinet sur les trois localités, le Dr Sherman, avait quitté le centre de l'Oregon depuis des années pour aller s'installer à Eugene.

Brett passa la marche arrière et manœuvra sur la route étroite. Le silence était assourdissant. Seul le rugissement du moteur surpuissant souligné par le crissement des pneus sur l'asphalte vinrent troubler la quiétude de la nuit. Libby appuya la tête contre la vitre et ferma les yeux pour tenter de lutter contre le mal de crâne qui lui martelait les tempes. Quelle journée ! En soupirant, elle ferma les yeux. Elle ne les rouvrit qu'en entendant Brett rétrograder ; le pick-up s'arrêta dans l'allée gravillonnée du presbytère.

Une douce lueur filtrait des fenêtres de la modeste maison, bâtie sur le terrain jouxtant l'église centenaire. Brett insista pour l'accompagner à l'intérieur. Elle tenta de le dissuader, mais il fut inébranlable. Il refusait de l'admettre, mais Libby était certaine qu'il voulait la surveiller encore un peu, pour s'assurer qu'elle n'allait pas s'évanouir suite à son choc à la tête.

Sa mère, fragilisée par la maladie, fut ravie de les voir. Sans se lever du sofa où elle était installée, elle éteignit la télévision à l'aide de la télécommande, et accueillit Brett avec un sourire chaleureux. Pendant que Libby s'affairait à réchauffer le poulet et les quenelles, puis à couper de belles parts de la tarte mise sens dessus dessous par l'accident, sa mère insista pour se faire raconter cette première journée au camp dans les moindres détails.

Ses yeux, bien que creusés par la fatigue de la maladie, s'animèrent peu à peu au récit des événements. Libby sentit son cœur se serrer de chagrin en contemplant sa mère, la femme qui l'avait élevée. Jadis robuste — dans tous les sens du terme — et dotée d'une splendide chevelure noire, Marla Bevans n'était plus aujourd'hui que l'ombre d'elle-même.

Toutefois, Libby constata avec plaisir qu'elle mangeait de meilleur appétit que les jours précédents. Elle vint à bout de sa minuscule part de tarte, tout en écoutant Brett et Libby lui raconter les anecdotes de la journée, mais ces émotions l'exténuèrent.

Libby l'aida à s'installer pour la nuit tandis que Brett s'attardait dans le salon.

— Il est bel homme, n'est-ce pas ? fit remarquer sa mère en glissant son corps décharné entre les draps.

— Qui ? M. Matson ?

— Je crois bien t'avoir entendu l'appeler Brett…, la reprit Marla d'une voix douce.

Avec un haussement d'épaules, Libby prit une carafe et remplit un verre d'eau à l'intention de sa mère.

— Oui, j'imagine que ce genre d'homme plaît à certaines personnes.

— A certaines personnes ? Oh, allez, Libby ! Tu veux sûrement dire à toutes les femmes de moins de cinquante ans de cette ville — et encore… je n'exclus pas les autres !

Elle pouffa de rire, toussa et prit une gorgée du verre que lui tendit Libby.

— C'est vrai ?

— Mmm… Mais ça n'a pas l'air de beaucoup l'intéresser. Même Sara Pritchert s'est pratiquement jetée à sa tête — et

431

c'est l'une des filles les plus courtisées de la ville — pourtant, il n'a pas bronché.

— Tant pis pour lui.

— Je ne dirais pas cela.

Le regard de sa mère pétilla dans la lumière de l'unique lampe de chevet posée sur la table de nuit.

— Maman…

— J'ai bien vu la façon dont il te regardait, Libby. Je suis encore en état de reconnaître un homme épris…

— Un homme épris ? Maman, tu songes à ce que tu dis ?

— Je n'en démordrai pas. De ses doigts frêles, elle remonta le drap sous son menton. J'aimerais tant te savoir mariée avant de quitter ce monde. A vrai dire, mon souhait le plus cher serait de serrer au moins une fois ton enfant dans mes bras. Hélas, je sais bien qu'il y a peu de chances pour que mon vœu se réalise.

Libby commença à protester, mais sa mère entrelaça ses doigts autour des siens.

— Mais plus que tout au monde, je veux te voir heureuse.

— Le mariage ne rend pas forcément heureux, observa finement Libby, mais sa mère se contenta de sourire d'un air entendu. Libby n'en croyait pas ses oreilles. A quoi rimait toute cette conversation sur Brett Matson, un homme qu'elle avait rencontré le jour même ! Un homme qui semblait prendre un malin plaisir à la contrarier… Se pouvait-il que la maladie ait altéré les facultés intellectuelles de sa mère, elle d'ordinaire si fine mouche ?

— Brett est un homme bien. Travailleur. Bien élevé. Séduisant. Sexy…

— Maman ! Tu n'as pas honte ?

— Quoi ? Je ne suis pas encore morte, que je sache, et ce n'est pas parce que je suis l'épouse d'un pasteur que je dois ignorer les plaisirs du corps que Dieu m'a donné. Ton père et moi nous aimons profondément et je garde un souvenir merveilleux de nos moments d'intimité.

Libby devint écarlate.

— Cette conversation est complètement absurde…

— Pas du tout, au contraire. Simplement, il se trouve que je n'ai plus le temps de tourner autour du pot.

Avec un clin d'œil, sa mère poursuivit :

— Fais-moi plaisir, n'élimine pas Brett de ta liste de prétendants.

— Oh, pour l'amour du ciel !

— Et maintenant, prions.

Sa mère ferma les yeux et se mit à prier doucement. En son for intérieur, Libby inclut une prière pour le rétablissement de sa mère et ignora la mention de Brett Matson dans la litanie de Marla Bevans.

Sortir avec Brett, épouser cet homme ! Comment sa mère pouvait-elle s'imaginer une chose pareille ?

Toutefois, elle sentit un léger trouble l'envahir. Elle éteignit la lampe puis referma sans bruit la porte derrière elle. A la seule pensée qu'elle allait se retrouver seule avec Brett, son cœur s'emballa brusquement.

Dans mon genre, je ne suis guère plus raisonnable que ma mère, pensa-t-elle en longeant le petit couloir qui menait dans le salon. Mais comment allait-elle se débarrasser de Brett Matson pour ce soir ? Et le faire définitivement sortir de sa vie ?

4

L'objet des prières de sa mère attendait dans le salon, piano-tant nerveusement sur le rebord de la fenêtre en contemplant la nuit. Brett jeta un regard dans la direction de Libby en entendant son pas.

Elle sentit son cœur frémir. Intérieurement, elle se reprocha sa sottise, songeant que sa mère lui avait mis des idées stupides en tête. Et pourtant, lorsqu'elle croisa son regard magnétique, ambré, elle se sentit brusquement oppressée par une étrange émotion.

— Elle va bien ?

— Je crois, oui.

Elle le raccompagna jusqu'à la petite véranda de devant. Dehors, les rues étaient quasiment désertes, hormis le passage d'une voiture de temps en temps, et une profonde obscurité régnait, les réverbères étant rares et très espacés.

— Votre mère a beaucoup de courage, remarqua-t-il.

— C'est dans son caractère.

— Vous tenez d'elle ?

La question plana entre eux.

— J'ai peur de certaines choses, avoua-t-elle.

— Mais pas de moi.

— Sûrement pas.

Dans le noir, elle le vit esquisser lentement un sourire carnassier, et connut une seconde de panique avant que les bras de Brett ne l'enveloppent dans une fougueuse étreinte. Sa bouche trouva immédiatement la sienne. Elle laissa échapper un

434

petit cri de surprise, qu'il étouffa sous la pression de ses lèvres chaudes. Au début, elle se débattit, mais comme il prolongeait son baiser, elle se détendit peu à peu et s'abandonna, entre ses bras puissants, à la magie de cette nuit. Il sentait le cuir et les chevaux, les aiguilles de pin et le café. Ses dernières prévenances s'évanouirent et ses lèvres s'entrouvrirent. Dans un grognement, il la plaqua contre lui pour mieux éprouver la chaleur de sa peau à travers ses vêtements.

Sentant tout son corps s'embraser, Libby fut prise d'un vertige, à peine consciente de la main qui lui enserrait la nuque. Chancelante, elle trébucha lorsqu'il s'écarta d'elle, tout aussi brutalement qu'il l'avait enlacée.

— Que le diable m'emporte !

D'une main tremblante, il effleura sa bouche, comme pour effacer la trace du baiser qu'il venait de lui voler, il recula d'un pas. Il avait besoin de mettre de la distance entre son corps et le sien. Sa respiration était laborieuse et saccadée, haletante.

— Ne... ne recommencez plus jamais ça..., bégaya-t-elle d'une voix trahissant un manque évident de conviction.

— Plus jamais ?

— Non.

Les yeux de Brett étincelèrent de défi.

— Ça me semble très difficile.

— Vous n'aurez qu'à prendre sur vous, répliqua-t-elle.

Il lui sourit d'un air démoniaque.

— Vous aussi, miss Libby.

Et sur ces mots, il l'embrassa de nouveau. Avant qu'elle ait pu se dégager pour le frapper, il s'écarta lestement et se dirigea vers son pick-up.

— En tout cas, soyez sans crainte. Ce coup à la tête n'affecte en rien vos baisers.

— Espèce de...

Le moteur du pick-up démarra dans un rugissement et Libby resta les bras ballants sous la véranda. Elle était sur le point de lui lancer un flot d'imprécations lorsque, par la fenêtre ouverte, elle entendit un léger gloussement provenant de la chambre où dormait sa mère.

Génial ! De mieux en mieux... Elle puisa un peu de réconfort dans l'idée que la situation pouvait difficilement empirer.

Du moins le croyait-elle...

Brett devint un habitué de la colonie de vacances. Quand il ne passait pas de longues heures à scruter la montagne à son poste, il galopait jusqu'au camp, pour le plus grand plaisir des enfants. Il leur enseigna à tailler un sifflet, à pister un cerf et à chevaucher dans les hauts-fonds de White Elk Creek. Il leur consacrait beaucoup de temps, sans pour autant partager leurs chants et leurs prières autour du feu de camp. Libby se surprit à le trouver moins antipathique.

Il la troublait, c'est certain, et faisait battre son cœur... quand il ne provoquait pas sa colère au moment où elle s'y attendait le moins. Mais le reste du temps, il était d'agréable compagnie. Il aidait son père à fendre des bûches, à effectuer quelques réparations sur les bâtiments et ne tarissait pas d'éloges sur les talents de cordon-bleu d'Irene Brennan. Il dînait au camp chaque soir et, sans les divers travaux qu'il accomplissait, Libby aurait volontiers pensé qu'il abusait de l'hospitalité de son père pour jouer les pique-assiette. Mais ces repas lui étaient offerts avec gratitude car à lui seul, Brett abattait plus de travail que quiconque au camp.

De l'atelier d'artisanat, Libby l'avait maintes fois observé en train de fendre du petit bois, ses muscles lisses et bronzés luisant de transpiration, une mèche sombre et humide retombant sur son front. Elle avait remarqué le duvet noir qui recouvrait sa poitrine et s'amincissait en une fine ligne de poils qui disparaissait mystérieusement sous son nombril. Il portait toujours son jean très lâche sur ses hanches étroites. A son grand désarroi, elle s'était plus d'une fois absorbée dans la contemplation de son corps, oubliant la tâche qui aurait dû l'occuper. Alors, la voix d'un des enfants venait la tirer de sa rêverie et la faisait retourner aux paniers qu'ils étaient en train de tresser et à leurs dessins maladroits.

Brett avait de l'autorité avec les chevaux. Il était doux, mais ferme. Il faisait faire le tour du paddock aux enfants les plus petits, montés sur un énorme cheval prénommé Hercule. Les jeunes cavaliers, les yeux écarquillés, avançaient en se tenant fermement au pommeau de la selle, le visage illuminé par un immense sourire. Il montra aux enfants comment étriller un cheval correctement et comment le sangler fermement. Il les laissa même l'observer ôter un gravier qui s'était logé dans la sole d'Hercule. Enfin, un jour, il participa à une bataille au jet d'eau, initiée par quelques enfants, et qu'il conclut en aspergeant Libby au tuyau d'arrosage.

Elle poussa des cris perçants, mais la flamme espiègle qui dansait au fond des yeux de Brett était si attendrissante que, désarmée, elle lui pardonna instantanément. Elle dut s'obliger à détourner le regard de son torse nu, ruisselant d'eau, et de son visage empourpré par l'action. Cet homme était dangereux, cela ne faisait aucun doute, et elle réagissait à ses provocations de façon ridicule. Elle avait entendu parler de ces femmes qui misaient toujours sur le mauvais numéro et ne voulait en aucun cas rejoindre leurs rangs.

Quinze jours s'écoulèrent et Libby relâcha légèrement sa garde. Puis, une nuit, il vint la voir, seul. Elle le croyait pourtant déjà parti, après l'avoir vu enfourcher Hercule et remonter le sentier en direction du poste de garde.

Elle était dans l'écurie, en train de regarder la pouline téter sa mère en agitant son petit plumeau de queue, quand, dans un grincement, la porte s'ouvrit. Se retournant brusquement, elle se retrouva face à Brett, torse nu, sa silhouette se découpant en ombre chinoise dans la lueur du feu de camp, sous la voûte étoilée.

A sa vue, Libby sentit son cœur faire un bond dans sa poitrine.

— Vous… Vous m'avez fait peur, dit-elle en se frictionnant les bras comme si elle avait froid, alors que la température de la grange avoisinait encore les vingt degrés.

437

Il déglutit péniblement, comme si sa gorge était subitement devenue sèche.

— J'ai oublié quelque chose, expliqua-t-il sans détacher son regard du sien. Il traversa le plancher poussiéreux et alla fouiller dans une sacoche de selle accrochée à un pilier de bois. Il enfila la montre à son poignet ; le bracelet argenté lança un éclair dans la lueur de la lampe à pétrole.

— Vous ne retournez pas en ville, ce soir ?

Elle secoua la tête.

— Papa... papa va veiller sur maman pendant quelques jours. Irene et moi pouvons très bien nous en sortir toutes seules au camp. Les choses sont en train de se mettre en place. Il... Il sera de retour lundi matin, après les offices du dimanche.

Dans l'obscurité, Brett plongea ses yeux dans les siens. Le cœur de Libby s'affola brusquement et elle passa nerveusement sa langue sur ses lèvres.

Dans la grange, l'air semblait chargé d'électricité. Libby était subjuguée par son regard. Elle le sentit s'approcher d'elle. Il lui fallait s'enfuir, ou tout du moins faire un geste pour repousser ses avances.

Au lieu de cela, un frémissement d'excitation la parcourut tout entière. Quand Brett la prit dans ses bras, elle leva le visage vers lui et lui offrit sa bouche, ses lèvres accueillant son baiser avec bonheur. Il l'embrassa langoureusement, puis brutalement, lui ôtant le souffle en la bouleversant au plus profond d'elle-même.

C'est de la folie ! cria une petite voix dans sa tête, dans une vaine tentative de rébellion, car en même temps, une autre partie d'elle-même s'abandonnait totalement à ses pulsions, vaincue par ses sens en émoi. Elle se plaqua contre lui et ses lèvres impatientes s'ouvrirent sans opposer de résistance sous l'insistance de sa langue. Son corps était comme en fusion, liquide et chaud, sous la vague d'émotions qui submergeait son âme.

Quand il releva la tête, elle resta pantelante entre ses bras.

— Je ne voulais pas en arriver là, avoua-t-il.

— Et moi, je ne *veux* pas en arriver là.

— Menteuse.

Sa bouche s'incurva dans un sourire entendu, et de nouveau il l'embrassa, ses lèvres affamées épousant parfaitement les siennes. Elle répondit avec ardeur, se plaquant contre lui, et un frisson la parcourut lorsque ses mains lui emprisonnèrent la taille. Cette fois, le poids du corps de Brett les attira vers la paille répandue au sol ; Libby se sentit chavirer et elle s'allongea, totalement abandonnée à lui.

Elle étouffa un cri quand ses doigts calleux effleurèrent la bande de peau nue entre son T-shirt et la ceinture de son jean. Enfonçant ses ongles dans les muscles puissants de ses épaules, elle l'embrassa avec fougue.

— Libby, murmura-t-il. Ma douce Libby...

Il enfonça un genou entre ses cuisses et elle sentit son corps svelte se plaquer contre le sien. Son sang s'embrasa dans ses veines et ses seins se tendirent douloureusement de désir. Jamais encore elle n'avait connu une telle passion, ni ressenti un tel désir, un tel besoin physique de caresses.

Les doigts de Brett progressaient imperceptiblement vers sa poitrine. Elle réprima à grand-peine un petit cri de plaisir quand sa main se referma sur l'un de ses seins, enserré dans son soutien-gorge festonné de dentelle. Un gémissement rauque s'échappa de sa gorge : du pouce, il la caressa, faisant se dresser de désir la pointe de son sein. Penché au-dessus d'elle, il unit sa bouche à la sienne en insinuant sa langue entre ses lèvres. Avec une avidité gourmande, il se mit à couvrir de baisers son menton, sa gorge, ses épaules.

Au plus profond d'elle-même, une sensation d'humidité, un vide douloureux s'amplifia pour se transformer en un sombre désir. Ses doigts fourrageaient dans les cheveux de Brett. Il souleva son T-shirt, et du bout de la langue, lui effleura un sein. Elle sursauta comme sous l'effet d'une décharge électrique et il la serra plus fort contre lui, enfouissant sa tête dans les douces rondeurs de ses seins, embrassant et léchant ses mamelons à travers la fine dentelle du soutien-gorge. Libby se tendit vers lui pour plaquer davantage son corps contre le sien, et lui donner ce dont il avait besoin, le soulagement, l'apaisement et la satisfaction.

Dans un gémissement, il releva la tête, délaissant son sein dressé, humide et froid, et plongea son regard dans le sien. Ses yeux étaient durs, brillant de désir. Il lui fallut quelques secondes pour reprendre son souffle en inspirant profondément.

— Ça… Ça ne peut pas marcher…, lâcha-t-il en baissant les yeux vers ses seins toujours prisonniers du mince soutien-gorge, et d'une main tremblante, il rabattit son T-shirt sur sa poitrine. Bon Dieu, Libby, nous le savons bien tous les deux !

— Ça m'est égal.

— Bien sûr que non.

Mais de nouveau, il posa les yeux sur elle et lut la détermination dans son regard.

— Allons, relevez-vous. Avec un sourire empreint de tendresse, il ôta un à un les quelques brins de paille pris dans ses cheveux. Vous êtes la fille du pasteur, bon sang !

— Je suis aussi une femme !

Son regard la détailla brièvement de haut en bas.

— Ce n'est pas moi qui dirais le contraire.

— Ma décision est prise.

— Non, pas maintenant. Il l'aida à se relever et posa les mains sur ses épaules, tout en maintenant une distance entre eux. Ne vous méprenez pas sur mon compte. J'ai envie de vous. Comme je n'ai encore jamais désiré une autre femme. Et si vous n'étiez pas la fille du révérend, qui se trouve être mon ami, si votre mère n'était pas malade, alors qu'elle se raccroche à l'espoir de vous voir mariée à quelqu'un de bien avant de quitter ce monde, et enfin si j'étais sûr que faire l'amour avec vous n'aurait aucune répercussion sur votre vie, je vous culbuterai immédiatement dans la paille. Dieu sait que j'en meurs d'envie.

Une honte brûlante empourpra les joues de Libby.

— Je ne vous ai jamais demandé de me « culbuter » !

— Appelez ça comme vous voudrez. Mais nous ne pouvons pas faire l'amour ensemble, c'est impossible.

Elle admit la sagesse de son raisonnement. Qu'il aille au diable ! Il avait raison, évidemment… mais elle était encore sous le coup de la déception et se sentait abandonnée. Se dégageant de son emprise, elle rejeta sa chevelure en arrière et déclara :

— Ne me collez pas une étiquette dessus, Brett. Et cessez de me considérer uniquement comme la fille du pasteur, d'accord ? En puis d'ailleurs, oubliez-moi !

Tournant les talons, elle le planta là. Plus jamais elle ne se laisserait aller à se compromettre avec Brett Matson. On ne l'y reprendrait plus… Non, plus jamais !

Sa bonne résolution tint deux jours entiers.

Brett ne vint pas dîner au camp le lendemain. Le jour suivant, à son arrivée, il se conduisit comme si elle était transparente. Vexée, elle le força à prendre part à la conversation. Il lui répondit poliment, mais sur un ton laconique. Entre eux, l'air vibrait d'émotions contenues. A plusieurs reprises, elle surprit de loin son regard posé sur elle, et reconnut la flamme du désir qui couvait au fond de ses yeux.

Ainsi, il n'était pas aussi indifférent qu'il prétendait l'être… Cette pensée l'apaisa un peu, mais il évitait même de la frôler. Cette nuit-là, elle le regarda partir, le cœur lourd. Il ne lui avait même pas dit au revoir.

Incapable de supporter plus longtemps une telle tension, elle prétexta une insomnie devant Irene, s'en alla seller une petite pouliche vive et rapide comme l'éclair, et partit chevaucher sur les traces d'Hercule. A la lueur du clair de lune, guidée par ses souvenirs des sentiers environnant le camp, elle talonna les flancs de la jument pour encourager l'animal impatient à avancer, franchir le pont et s'engager dans la montée escarpée vers le poste de garde.

Le courant de la rivière était réduit à un doux murmure, mais la nuit bruissait du bourdonnement des insectes et du claquement des ailes des chauves-souris. Au détour du sentier, la jument broncha en apercevant un animal inconnu traverser le sous-bois, ventre à terre. Le cœur de Libby fit un bond de frayeur. Elle avait les nerfs à fleur de peau. C'était folie de s'être aventurée seule jusqu'ici ! Elle risquait de s'égarer dans cette nature hostile, sans compter que la jument pouvait faire un écart et dégringoler des falaises à pic qui se trouvaient à moins de cinq cents mètres à cet endroit du chemin, ou même trébucher dans un trou et se briser une jambe.

— Idiote, marmonna-t-elle.

Jetant un coup d'œil par-dessus son épaule, elle distingua en contrebas le canyon obscur et aperçut les dernières braises du feu de camp rougeoyer entre les branches de pin. Au carreau des chalets, les lampes à pétrole égayaient l'obscurité de petits points lumineux.

Brusquement, la jument s'ébroua et fit un écart en agitant les oreilles avec anxiété.

Libby se figea, le cœur battant.

— Qu'est-ce que… ?

La jument se cabra légèrement au moment où, émergeant de l'ombre, une main attrapait fermement les rênes.

— Vous me suivez ? l'interrogea Brett en la fixant intensément. Le clair de lune se reflétait au fond de ses yeux.

Libby se sentit tout à coup parfaitement ridicule. Son cœur palpitait toujours aussi violemment sous le coup de la peur.

— Oui.

— Pourquoi ?

— Il faut que nous parlions.

Il leva un sourcil, sceptique.

— Parler ? répéta-t-il.

Elle descendit de cheval et vint se placer face à lui. Dans l'obscurité, il lui paraissait encore plus puissant — sa stature l'intimidait.

Bravement, elle redressa les épaules.

— Nous ne pouvons pas continuer comme ça.

— C'est-à-dire ?

— Continuer à se voir sans s'adresser la parole, en évitant le moindre contact.

— Un contact ? fit-il en écho. C'est donc ça que vous voulez ?

Furieuse, elle tenta de contenir sa colère : elle ne céderait pas à ses provocations. Non !

— Je voudrais que nous soyons amis.

Il eut un petit rire désabusé et lança un bref regard en direction du ciel scintillant d'étoiles.

— Ne vous ai-je pas déjà dit que vous étiez une piètre menteuse ? Alors, n'allez pas trop loin, ma patience a des limites.

— Que voulez-vous de moi ?

En soupirant, il leva de nouveau les yeux vers la voûte céleste constellée d'étoiles.

— Ce que je veux… Oh, Libby, si je vous le disais, vous seriez terrifiée.

— Je ne crois pas.

Il se passa la langue sur les dents et se lança dans un flot d'invectives. Si le pasteur avait pu l'entendre, il aurait fait une attaque.

— Ce que je veux, c'est que vous remontiez sur votre satanée pouliche, que vous fichiez le camp de cette putain de montagne en faisant *très* attention, et surtout que vous me foutiez la paix, nom de Dieu !

Libby le regarda tourner les talons et ses yeux se remplirent de larmes.

— Vous aussi, vous mentez très mal ! réussit-elle à articuler, vaincue par l'émotion.

En entendant sa voix trembler, les épaules de Brett s'affaissèrent.

— Libby, il ne faut pas…

— Quoi ? Vous aimer ? Vous détester ? Vous toucher ? Vous parler ? Quoi ?

— Oh, bon sang… Il ne faut pas m'aimer.

Sa gorge se noua.

— C'est trop tard.

Il se mordit la lèvre inférieure et, jurant contre lui-même, se retourna en la regardant droit dans les yeux.

— Je n'aurais jamais dû commencer, lâcha-t-il.

— Pourtant, vous l'avez fait. Pourquoi ?

— Parce que…

Il s'efforçait de trouver les mots justes, se débattant à la recherche d'un mensonge plausible. Mais, en voyant son regard, il abandonna tout faux-semblant et laissa libre cours à ses sentiments.

— Parce que je ne pouvais pas m'en empêcher. A cause de toi. Je ne pouvais pas… Je ne peux pas… Il s'approcha d'elle et d'un doigt, lui releva le menton, avant d'essuyer une larme solitaire qui jaillit de ses yeux. Tu me rends fou.

Elle sourit :

— Je sais.

— Tu m'as demandé ce que je voulais de toi : la réponse est tout, absolument tout. La saisissant par la nuque, il approcha ses lèvres et l'embrassa avec une tendresse qui la bouleversa. Absolument tout, répéta-t-il contre sa bouche.

Elle noua ses bras autour de son cou et ils se laissèrent glisser sur le tapis moelleux d'aiguilles de pin, au tournant du sentier. Les doigts de Brett trouvèrent les boutons de son chemisier et elle se plaqua follement contre lui.

Cette fois, il alla jusqu'au bout. Cette fois, il lui fit l'amour. Sous l'immensité du ciel scintillant d'étoiles, à l'ombre des montagnes, il la posséda tout entière.

Cet été-là vit leur relation s'épanouir tandis que les forces de Marla Bevans déclinaient. Libby se raccrochait à son amour pour Brett. Elle se donnait à lui souvent et passionnément, et le secret qu'ils partageaient, la tendresse qu'ils éprouvaient l'un pour l'autre atténuaient un peu le chagrin de voir Marla agoniser lentement, sans pour autant le rendre supportable.

— Ce n'est pas juste ! s'écria-t-elle un jour en faisant irruption dans la chapelle du camp, où son père était en train de prier.

Elle avait passé l'après-midi au chevet de sa mère, le cœur déchiré. Les yeux débordants de larmes, elle était submergée d'une rage impuissante.

— Maman est si jeune, si bonne, si… Oh, bon sang ! Nous avons besoin d'elle. Moi, j'ai besoin d'elle !

Son père lui passa un bras autour des épaules, s'efforçant de la réconforter.

— Je sais, ma chérie. Moi aussi, j'ai besoin d'elle. Mais il nous faut admettre que les voies de Dieu apparaissent parfois incompréhensibles à nos yeux.

— Eh bien, Dieu s'est trompé, pour une fois ! rétorqua Libby.

— Chut... Sois patiente, Libby.

— Je ne peux plus et je ne veux plus être patiente ! C'est injuste ! Injuste ! Injuste !

Le visage de son père devint blanc comme de la craie. L'air accablé, il poursuivit :

— Ne doute jamais de la parole du Seigneur. Sa sagesse est immense et il voit toutes choses.

— Oh, papa ! Comment peux-tu être aussi aveugle ? s'exclama-t-elle avant de quitter la chapelle en courant. Toute la journée, elle attendit Brett avec impatience. Il arriva le soir au camp et Libby se jeta dans ses bras, sans crainte d'être surprise par son père qui, de sa position près de la hampe du drapeau, ne pouvait manquer de voir que sa fille était amoureuse de Brett Matson.

Mais il n'en sembla pas contrarié. Pas plus que sa mère. Marla vécut ses derniers jours en paix, et affirma à Libby qu'elle pouvait s'en aller heureuse, en sachant que sa fille avait trouvé l'amour auprès d'un homme bien.

La fin de l'été fut éprouvante pour Libby qui passait d'un état de bonheur extatique avec Brett au désespoir le plus atroce en se préparant à la mort de sa mère.

Pendant la dernière session du camp, Libby réalisa qu'elle était enceinte. Elle avait deviné que quelque chose clochait lorsqu'elle n'avait pas eu ses règles pour la première fois, mais elle avait attribué son cycle perturbé à ses émotions en dents de scie. Tomber amoureuse de Brett alors qu'elle veillait sur sa mère malade l'avait jetée dans un véritable tourbillon émotionnel. Cependant, le mois suivant, voyant que ses règles n'arrivaient toujours pas et commençant à souffrir de nausées matinales, elle décida de se confier à Brett.

— Je crois que nous allons avoir un bébé.

Il faisait nuit. Les étoiles brillaient par la fenêtre de la grange et Brett était assis sur un tabouret, occupé à réparer une bride. Il leva brusquement les yeux vers elle et sa mâchoire se contracta.

— Tu en es sûre ?

— Non. Mais je suis infirmière... Enfin, je le serai bientôt. Je connais les symptômes de la grossesse. Alors, oui, j'en suis pratiquement certaine.

Il ne lui sourit pas mais l'attira à lui et la serra très fort dans ses bras, en appuyant la tête contre son ventre.

— Alors, nous allons nous marier, conclut-il sans la moindre trace d'émotion. Le plus vite possible.

Il ne lui fit aucun serment d'amour, ne lui confia pas son bonheur à la perspective d'être bientôt père, mais Libby savait qu'il ressentait la même joie qu'elle. Ses seuls regrets étaient que sa mère ne vivrait pas assez longtemps pour assister à la naissance de son premier enfant et qu'elle-même devrait mettre pour un temps sa carrière entre parenthèses. Mais cela en valait la peine. Elle allait devenir mère. Elle posa la main sur son ventre encore plat et sourit à l'idée qu'elle portait l'enfant de Brett.

Ce bébé était leur secret à tous les deux. Après la cérémonie, elle annoncerait l'heureux événement à sa famille.

Comme prévu, ses parents furent enthousiasmés d'apprendre qu'elle allait se marier sous peu et sa mère pleura à chaudes larmes en serrant la main de sa fille. Elle leva les yeux et lui sourit :

— Ne te l'avais-je pas dit ? demanda-t-elle à Libby. Je l'ai su dès que je vous ai vus ensemble tous les deux.

Les jours suivants, au chevet de sa mère, Libby commença à réfléchir à un mariage tout simple. Son père le célébrerait chez eux, ainsi sa mère pourrait y assister et prendre part à la cérémonie. L'état de santé de Marla parut s'améliorer quelque temps. La seule pensée du mariage de sa fille suffisait à lui redonner de l'espoir. Hélas, son état empira brusquement, le dernier jour de la colonie de vacances. Transportée d'urgence à l'hôpital de Bend, entourée de sa famille au désespoir, elle rendit l'âme.

Malgré les prières.

Malgré l'hôpital et les médecins.

Malgré Libby, qui avait encore besoin d'elle.

Libby croyait s'être préparée à l'inéluctable, s'être habituée à l'idée de perdre sa mère. Mais elle s'était trompée. Son décès la plongea dans un abîme de douleur. Submergée de chagrin, elle se retrouva seule à errer, perdue sans sa mère, dans la petite maison de son enfance. Malgré elle, elle guettait le pas de Marla, son toussotement discret, les mélodies qu'elle fredonnait en travaillant, mais la maison restait désespérément vide. Le tic-tac de la pendule et le bourdonnement du réfrigérateur ne remplaçaient pas l'ambiance chaleureuse animée par le cliquetis des assiettes, le craquement des haricots verts que l'on écosse, ou le bruissement du balai sur le plancher.

Pense au bébé. A Brett. Au bonheur à venir, s'encourageait-elle en silence, tout en essayant vainement d'aider son père à surmonter son chagrin. Ce dernier passait des heures à l'église à prier, absorbé dans un long monologue avec Dieu, mais au bout du compte, il semblait aussi désemparé que Libby.

Les fidèles vinrent les assurer de leur sympathie : « Elle est montée droit au ciel… Au moins, elle ne souffre plus… Désormais, elle est auprès du Seigneur… Elle a trouvé la paix de l'âme… » Libby dut se résoudre à subir ce tourbillon de platitudes, qui sonnaient toutes étrangement creux.

Elle assista aux obsèques de sa mère dans le brouillard de son chagrin, en se raccrochant à la présence de Brett. Elle écouta son père prononcer avec sa foi inébranlable l'éloge funèbre de la femme qui avait été son épouse pendant vingt-huit ans.

— Je sais à quel point c'est difficile, mais il faudra que tu arrives à surmonter ta douleur, lui déclara Brett au lendemain de l'enterrement. Les yeux rougis de Libby étaient encore brûlants, irrités par ses larmes incessantes. La dernière prière de son père pour le repos de l'âme de sa défunte épouse résonnait sans cesse dans son esprit ; elle était dans un désespoir absolu. Elle s'alimentait à peine et n'arrivait pas à sourire.

— Je croyais m'être préparée à son départ. Mais je pense c'est une chose impossible, commenta-t-elle.

— Il faut que tu essayes. Brett lui prit les mains. Pour moi.

Il l'enveloppa de ses bras et elle se laissa aller contre lui, laissant couler le flot de ses larmes et se raccrochant à la force qui émanait de lui. Elle parviendrait à vaincre la tristesse qui obscurcissait son âme. Grâce à Brett et au bébé, la vie retrouvait un sens, le bonheur pouvait encore exister pour elle.

Lentement, jour après jour, son chagrin s'atténua et la promesse du futur l'aida à retrouver le sourire. Malgré le souvenir de sa mère qui ne la quittait jamais, elle arrivait à se concentrer sur l'avenir — tout en soutenant son père qui, malgré sa foi, était accablé de chagrin et de solitude. Libby lui montra comment se servir du four à micro-ondes, lui apprit à laver et à repasser ses vêtements, et trouva une personne pour venir faire le ménage au presbytère, une fois par semaine.

La vie reprenait peu à peu son cours. Le mariage était prévu dans moins d'une semaine et Libby se lança dans les préparatifs de la noce. Elle envoya des faire-part, commanda des fleurs et un gâteau, fit l'acquisition d'une robe de mariée, tout était presque prêt. Ce serait un mariage très simple, avec une cérémonie traditionnelle, rien de grandiose. Tout se déroulait parfaitement, étant donné les circonstances.

Libby avait décidé de faire une surprise à Brett, en lui offrant un poulain en cadeau de mariage, deux jours avant leurs noces. C'était un percheron gris au tempérament facétieux, que Brett avait convoité durant tout l'été. L'animal, qui appartenait à un fermier de la vallée, coûtait très cher, mais Libby décida d'acheter le poulain de deux ans avec l'argent qu'elle destinait à ses études et le percheron gris fut livré chez Brett, à Pine Mountain.

Après le départ du fermier, elle l'attendit avec impatience. Chevauchant le robuste cheval, le cœur débordant de joie à l'idée de faire une surprise à Brett, elle fit le tour du petit paddock, flattant l'encolure lisse de l'animal et imaginant déjà le sourire qui éclairerait le visage de Brett à la vue du percheron.

— Il va t'adorer, confia-t-elle au poulain.

A ce moment, elle entendit le moteur du pick-up de Brett, forçant sur le versant escarpé de la colline. Le poulain pointa ses oreilles foncées en avant et donna un coup de sabot sur le sol.

— Là, tout va bien, l'assura Libby, mais le dos de l'animal fut parcourut d'un frémissement. Attends un peu qu'il te voie.

Le bruit du moteur s'intensifia.

Le poulain s'ébroua et se mit à piaffer, comme si lui aussi était impatient de voir Brett.

— Tout doux, il arrive.

Le pick-up s'engagea dans un virage, émergea des arbres et dans un dérapage contrôlé, s'arrêta près de la grange.

Libby agita la main avec un grand sourire tandis que Brett descendait du véhicule.

— Que diable... ?

Dans un autre paddock, un cheval poussa un hennissement et le poulain, nerveux, se cabra et lança une ruade.

— Libby ! s'écria Brett alors qu'elle cherchait à s'emparer des rênes.

Elle enserra les flancs du poulain de ses genoux, mais son poids l'entraîna vers le sol. Réalisant qu'elle allait tomber, elle tenta vainement de se rattraper à la crinière du cheval. Du coin de l'œil, elle vit Brett bondir par-dessus la barrière.

— Tiens bon, Libby !

Peine perdue. La terre brûlée de soleil se rapprocha brusquement et elle heurta le sol poussiéreux avec un bruit sourd, horrible, qui l'ébranla de la tête aux pieds.

Brett cria à l'encontre du cheval et le percheron gris recula, tandis que le corps de Libby chutait lourdement sur le sol.

— Oh, mon Dieu ! murmura-t-il en se précipitant vers elle. Il se laissa tomber à genoux sur le sol en terre battue.

— Libby ? Tu vas bien ?

Le cœur serré d'angoisse, il la vit ouvrir les yeux dans un

battement de paupières. Quel soulagement ! Elle allait s'en tirer. Il le fallait, à tout prix.

Elle poussa un gémissement quand il la prit dans ses bras. Il la serra fort contre lui en embrassant son front couvert de poussière, sans voir la tache sombre qui se propageait sur son jean. Quand il s'en aperçut, il était trop tard.

5

Libby avait froid. Horriblement froid. Un goût âcre tapissait sa bouche et l'intérieur de son nez était sec comme de la toile émeri. Elle avait fait des rêves... des cauchemars horribles... Et pourtant, il y avait Brett dans ses visions, Brett qui la portait, blottie dans ses bras, et la sauvait des griffes d'une monstrueuse créature aquatique.

Dans un gémissement, elle battit des paupières, éblouie par la lumière dansante d'un feu crépitant. Cette pièce lui était familière et pourtant, elle n'arrivait pas à la reconnaître. Dans son esprit, mille pensées tourbillonnaient, semblables aux remous glacés d'une rivière menaçant encore de l'attirer vers le fond.

Elle frissonna de peur.

Elle était allongée... sur un sofa... et tout son corps la faisait souffrir. Derrière elle, le plancher craqua dans le noir.

— Libby ? Dieu merci !

Brett ?

Elle vit son visage flotter au-dessus d'elle — c'était toujours le même rêve. Enveloppé dans une vieille couverture, il se mit sur un genou pour pouvoir la regarder en face. Elle ferma les yeux, puis les rouvrit : l'image de Brett était toujours devant elle, et, l'esprit encore confus, elle comprit qu'elle ne risquait plus rien, qu'avec lui, elle était à l'abri. Ils étaient dans un chalet... Non, dans le réfectoire du camp. Elle était emmitouflée dans une couverture et ses cheveux étaient humides.

— Tu vas bien ?

Il lui effleura délicatement le visage, le regard assombri par l'inquiétude.

Pendant quelques secondes, elle resta paralysée. Hypnotisée par ses yeux, par le contact de ses doigts sur sa peau ; elle se passa la langue sur les lèvres. Puis, la mémoire lui revint d'un coup. Elle revit le pont s'effondrer sous ses pieds, sentit les flots déchaînés du torrent l'emporter, l'eau remplissant ses poumons, noyant son cri. D'un bond, elle s'écarta de lui.

— Oh, mon Dieu ! murmura-t-elle en frissonnant. Brett l'avait trouvée, elle ne savait comment, et l'avait sauvée de ce courant meurtrier.

— Libby, répéta-t-il d'une voix douce comme une caresse, ses doigts tièdes effleurant sa peau. Elle lui sourit faiblement, puis, des images pénibles émergèrent du brouillard de son esprit à demi conscient… et elle se souvint qu'elle ne l'aimait plus.

— Ne me touche pas ! voulut-elle crier, mais sa voix se perdit dans un murmure rauque. Elle écarta vivement son visage pour se protéger du charme insidieux de ses caresses. Il se pencha plus près, mais elle le fusilla du regard :

— Fais ce que je te dis, Brett.

Il s'assit sur ses talons et eut l'audace de sourire.

— Je te retrouve égale à toi-même… Toujours aussi aimable…

— Il n'y a aucune raison pour que j'aie changé de caractère. Et je n'ai jamais été « aimable ».

Il leva un sourcil surpris :

— Tu as la mémoire courte…

— Laisse-moi tranquille.

Elle fut assaillie par un violent mal de tête et retomba sur l'accoudoir du sofa, les yeux clos.

— Tu n'as même pas envie de me remercier ?

Elle se mordit la langue pour ne pas répondre. C'est vrai qu'elle aurait dû éprouver de la reconnaissance envers lui : aucun doute, il lui avait sauvé la vie. Mais elle ne put réprimer la montée de colère qui l'envahit — expression violente d'une rage ancienne. Elle ne parvint à articuler qu'un « merci » sarcastique, sans même ouvrir les yeux.

— Tu devrais être plus prudente.

Seigneur ! Accorde-moi la patience...

— Je m'en souviendrai, répliqua-t-elle d'un ton sec.

— Libby. Son ton avait repris sa douceur, sa voix grave s'infiltrant dans les moindres replis de son cœur. Quand je t'ai vue sur le pont, j'ai cru rêver. J'ai cru... J'ai eu peur que tu... Oh, et puis, zut ! Ecoute... On ferait mieux de te trouver un médecin.

— Je n'ai pas besoin de médecin.

— Tu as avalé beaucoup d'eau et...

— Je vais bien.

Pour le lui prouver, elle se redressa et parvint à s'asseoir. Les couvertures qui l'enveloppaient faillirent glisser de ses épaules : elle réalisa qu'elle était nue. Manifestement, Brett lui avait ôté ses vêtements — lui aussi, d'ailleurs, s'était entièrement déshabillé. Elle devint cramoisie à l'idée qu'il l'avait vue en tenue d'Eve. Bien sûr, c'était idiot. Etant donné les circonstances, il avait été contraint de lui enlever ses vêtements trempés, et de plus, ce n'était pas la première fois qu'il la voyait nue.

Instinctivement, ses doigts se crispèrent sur la couverture.

— Ecoute, Brett, je suis infirmière, commença-t-elle, s'efforçant de faire fonctionner ses cordes vocales. Infirmière libérale. Je sais ce que je dis. Je n'ai pas besoin d'un médecin. Je t'assure. Merci pour tout ce que tu as fait pour moi, mais je vais bien.

Elle leva brièvement les yeux vers lui et resta stupéfaite, le souffle coupé. Ses traits étaient plus anguleux que dans son souvenir, mais son regard ambré, qui semblait lire dans son âme, dégageait toujours la même sensualité torride.

— De rien, répondit-il lentement.

Elle se cramponna à la couverture, refusant de s'attarder sur les pattes d'oie au coin de ses yeux ou sur le duvet de ses mains. Mais, tous ses sens en éveil, elle ne pouvait poser le regard sur lui sans sentir son cœur s'affoler.

— Est-ce que... Est-ce qu'il neige toujours ?

— Il souffle un satané blizzard.

— Autrement dit, nous sommes tous deux coincés ici.

— Ce serait complètement fou d'affronter de nouveau la tempête, à part pour te conduire à l'hôpital. Le plus proche se trouve à Bend.

— Je me souviens, murmura-t-elle, en songeant au jour où elle avait été transportée aux urgences, pour apprendre à son réveil qu'elle avait perdu le bébé qu'elle portait. Sa gorge devint tout à coup brûlante et Brett, devinant que la conversation avait pris un tour pénible pour elle, se releva et se massa les reins.

— Si tu as besoin d'un médecin…

— Je t'ai déjà dit que…

— Je sais, je sais… Tu vas bien.

— Je vais me remettre très vite.

La dévisageant d'un œil sceptique, il l'interrogea :

— Tu peux me dire ce que tu faisais en pleine tempête, sur un pont qui aurait dû être condamné depuis des années ?

— Je voulais revoir le camp.

Il se raidit imperceptiblement.

— Ça, c'est une surprise.

— C'est… C'était chez moi, Brett.

Elle aurait voulu lui en dire plus, partager avec lui la douleur qui avait été la sienne. Mais elle ne pouvait pas. Pas avec lui, qui était à l'origine de son chagrin. Par fierté, elle se drapa dans son silence, et s'obligea à fuir le regard de Brett, où se lisait le soulagement. Elle s'abîma dans la contemplation du feu. Les flammes rouge orangé crépitèrent, emplissant la pièce de la douce odeur du feu de bois. Il avait étendu ses vêtements trempés sur le pare-feu, qui était si chaud que de la vapeur s'élevait de son jean.

Visiblement, il avait plongé dans la rivière en crue pour la sauver. Elle frissonna : elle aurait pu périr noyée dans les profondeurs glaciales du torrent.

— Je… je crois que je te dois une fière chandelle, admit-elle.

— Tu ne me dois rien du tout.

Bon sang ! Il ne lui facilitait pas la tâche... Ecartant le pare-feu, il lança une autre bûche dans les flammes, provoquant un jaillissement d'étincelles, puis arrangea les morceaux de sapin à l'aide d'un vieux tisonnier tordu.

— J'essaie simplement de te dire merci, et ça n'est pas évident pour moi, lâcha-t-elle.

Il ne répondit pas et Libby, exténuée, referma les yeux. Il lui fallait être très prudente avec lui : il était néfaste pour elle car sa présence réveillait nombre d'émotions endormies. Toutefois, pour le moment, il était impossible d'éviter sa compagnie. De nouveau, elle se laissa glisser dans le sommeil, envahie par un sentiment de paix et de sécurité à la seule idée de le savoir près d'elle.

Brett contempla longuement Libby endormie, émerveillé par la fascination qu'exerçait encore sur lui son visage. Sa respiration était régulière : la conduire à l'hôpital ne s'imposait pas tant que le blizzard faisait rage.

Ses vêtements étaient encore humides, mais dès qu'il furent suffisamment chauds, il enfila son jean, sa chemise et sa veste, et s'en alla braver la neige et les rafales cinglantes pour apporter de l'eau à Flintlock. Il lui fallut faire plusieurs voyages. Il transporta également des bûches jusqu'à ce qu'il puisse contempler, satisfait, une pile de bois de chêne, de sapin et de pin, suffisante pour alimenter la cheminée pendant vingt-quatre heures. De retour au réfectoire, il mit encore un seau de neige à fondre, puis remit ses vêtements à sécher sur le pare-feu. S'enroulant une fois de plus dans une couverture, il emprunta le vieux coussin d'un fauteuil à bascule et se le cala sous la tête. Enfin, il ferma les yeux. Il fallait patienter en attendant la fin de la tempête. Libby et lui n'avaient pas d'autre choix...

Elle se réveilla au beau milieu de la nuit. Le vent hurlait, faisant vibrer les vitres des vieilles fenêtres, arrachant des bardeaux du toit, tandis qu'il s'engouffrait dans White Elk Canyon. Elle frissonna, s'emmitoufla dans la couverture et se pencha par-dessus le sofa pour regarder Brett qui dormait comme un bébé.

Toujours aussi séduisant.

Toujours aussi sexy.

La lueur des flammes jouait sur les méplats de son visage, donnant à ses traits un air dur et froid, mais il fallait plus que des ombres pour l'abuser. Elle se souvenait parfaitement de la magie de ses mains sur sa peau, de ses mots qui savaient faire fondre le cœur le plus endurci. Elle se remémora son rire et la sensation de son corps blotti tout contre le sien.

Si seulement la situation avait été différente… Si seulement elle n'avait pas perdu son bébé et, pendant quelque temps, jusqu'à l'envie de vivre. Faire face à la perte de sa mère ne l'avait pas préparée à la noire dépression qui l'attendait à son réveil, sur son lit d'hôpital. Elle ne s'était doutée de rien, persuadée d'être indemne.

Quand elle avait demandé des nouvelles du bébé, le médecin, évitant son regard, lui avait déclaré :

— Je suis désolé, miss Bevans. Nous n'avons rien pu faire. Mais vous pourrez toujours avoir d'autres enfants.

Le monde s'était obscurci et un gouffre de chagrin s'était ouvert sous ses pieds. Elle entendait Brett s'efforçant de la consoler, mais à l'intérieur d'elle-même, elle était brisée. Pour couronner le tout, son père, son père chéri, s'en était pris violemment à elle.

— Tu étais enceinte ! s'était-il indigné, les yeux débordant de détresse et de d'humiliation. Tu as couché avec Brett hors des liens sacrés du mariage !

Elle avait bien tenté de lui expliquer qu'ils aimaient ce bébé, qu'ils l'avaient désiré, et qu'elle n'avait commis aucun péché, mais la condamnation qu'elle avait lue dans le regard de son père était irrévocable.

— Je suis un homme de Dieu, lui avait-il rappelé. Que vont penser mes fidèles ?

— Qu'ils aillent au diable ! avait rétorqué Brett, furieux, mettant ainsi un terme à la relation d'estime mutuelle qui rapprochait les deux hommes.

Brett en était presque venu aux mains avec son père, et pourtant, il ne l'avait jamais aimée. Il ne l'avait pas prise dans ses bras pour la réconforter, ne lui avait pas murmuré à l'oreille les mots d'amour qui auraient su adoucir sa peine. Le bébé avait été la seule raison d'être de leur union. Après sa fausse couche, leur mariage ne se justifiait plus : à sa sortie de l'hôpital, elle avait définitivement tourné le dos à cette période de sa vie, et était repartie à Portland.

Brett n'était jamais venu la chercher.

A présent, en songeant au bébé, les larmes roulaient silencieusement sur ses joues. S'il avait pu voir le jour, elle et Brett se seraient mariés, auraient vécu ici, et auraient peut-être eu un autre bébé entre-temps, qui sait ? Leur aîné aurait eu quatre ans, et les fêtes, peuplées de Pères Noël et d'ours en peluche, auraient vibré de secrets chuchotés. Des rires d'enfants auraient retenti dans l'intérieur douillet de leur maison, embaumée par les effluves des traditionnels cookies sortant du four.

Fermant les yeux sur ses illusions perdues, elle se persuada intérieurement qu'elle était heureuse. Après avoir perdu Brett et le bébé, elle avait repris ses études et était devenue infirmière, et même infirmière libérale. Désormais, totalement indépendante, elle pouvait envisager d'ouvrir son propre cabinet de soins.

Et pourtant, il y avait toujours les nuits, les nuits comme celle-ci, où la solitude lui pesait terriblement. Après sa fausse couche, sa relation avec son père n'avait jamais plus été la même, malgré leurs efforts à tous deux pour tenter de se réconcilier tant bien que mal. A ses yeux, elle avait perdu son innocence. Puis, la santé de son père avait commencé à décliner. Elle l'avait fait venir à Portland, où, après plusieurs attaques, il avait finalement rejoint son épouse au paradis.

Et voilà qu'aujourd'hui, elle se retrouvait à l'ancien camp de vacances, avec Brett. La boucle était bouclée.

Elle le contempla dans l'obscurité. Que ressentirait-elle si elle allait s'allonger près de lui, si elle enlaçait sa poitrine qui se soulevait paisiblement, et se blottissait contre lui en enfouissant son visage au creux de son épaule ?

Oh, laisse tomber, espèce d'idiote ! Il t'a sauvé la vie, soit, mais il aurait agi de même avec n'importe qui. S'il se retrouve seul avec toi, c'est à cause de la tempête, parce qu'il se fait du souci pour toi et qu'il est coincé ici. Ne te fais aucune illusion.

Soupirant tristement, elle ferma les yeux en espérant de toutes ses forces pouvoir trouver le sommeil.

Plusieurs heures plus tard, elle fut réveillée par l'odeur du café. Son estomac criait famine et, en ouvrant les yeux, il lui fallut quelques secondes avant de se souvenir qu'elle était de retour au camp. Avec Brett. Elle était seule avec lui dans la montagne. Seule et nue…

Appuyée sur un coude, elle embrassa du regard l'ancien réfectoire. La poussière et les toiles d'araignées recouvraient tout. Apparemment, la pièce était infestée de mulots et de chauves-souris. Elle s'assit bien droite et, après quelques secondes de vertige, retrouva une sensation normale. Mais le réfectoire semblait désert. Prudemment, elle se leva et vit qu'elle arrivait à tenir sur ses jambes. Elle tendit l'oreille : rien.

— Brett ?

Pas de réponse. Son jean et sa veste n'étaient plus étendus sur le pare-feu, mais une bonne flambée crépitait dans l'âtre et sa propre cafetière en émail avait été mise à chauffer sur les braises. Sa valise était posée sur une vieille table, grande ouverte. Ce n'était pas tout, il y avait également des provisions, des produits d'entretien et quelques draps qu'elle avait emportés.

Elle ne perdit pas une seconde. Près de la chaleur du feu, elle trouva des sous-vêtements propres, une paire de jeans et un pull à col roulé. Certains de ses vêtements avaient été abîmés par l'eau, mais en gros, elle avait eu de la chance. Elle se versa du café dans un mug qui venait de chez elle et alla à la fenêtre.

Dehors, il neigeait toujours. Il y avait tout un réseau de traces de pas entre le réfectoire, la réserve de bois et la grange : Brett allait revenir, elle en avait la certitude. Elle se remémora son visage ravagé d'inquiétude et son regard tendu par l'angoisse. Il ne la laisserait pas avant de s'être assuré qu'elle pouvait rester seule.

Dégustant le café amer à petites gorgées, elle contempla le

paysage que son père aimait appeler « le pays de Dieu ». Elle était revenue ici, poussée par son instinct.

Ses amies du centre de soins de Portland, où elle travaillait, avaient tenté de la dissuader de retourner au camp de Pine Mountain. Trudie, une collègue infirmière, s'était montrée la plus véhémente.

— Retourner là-bas ne fera que rouvrir d'anciennes blessures, avait-elle affirmé. Crois-moi, Libby. Ce n'est vraiment pas l'endroit où passer tes vacances de Noël.

Mais elle n'en avait fait qu'à sa tête. Au fond d'elle-même, elle savait qu'il lui fallait revenir à Cascade, et affronter son passé avant de pouvoir envisager l'avenir.

Voilà qu'à présent, ses souvenirs l'assaillaient brusquement en la personne d'un ranger d'un mètre quatre-vingts.

Elle était venue ici, sachant pertinemment qu'elle serait amenée à le revoir, mais elle n'aurait jamais cru que ce serait en de telles circonstances. Victime d'un stupide accident, et de surcroît, causé par sa propre inconscience… Elle avait rêvé de lui présenter le visage d'une femme fière et indépendante, au cœur endurci. Hélas, sa belle armure semblait s'être fissurée entre-temps…

— Idiote ! marmonna-t-elle.

Rageusement, elle essuya la poussière qui encrassait la vitre et son regard se porta au-delà des stalactites de glace qui pendaient du toit de la véranda. La neige recouvrait le sol et les branches d'arbres, les faisant ployer sous son poids. Plissant les yeux, elle aperçut le pont, ou du moins ce qu'il en restait. Malgré le manteau de poudreuse immaculée, elle repéra le trou béant au-dessus de la rivière et reconnut sa jeep, enfoncée jusqu'au châssis dans les débris de bois. A peine immergé, le véhicule semblait heureusement en un seul morceau. Pas étonnant que ses vêtements aient été épargnés.

Elle scruta le camp et les collines environnantes, tentant d'apercevoir Brett. Au lieu d'attendre dans le réfectoire, elle décida d'enfiler sa veste et ses bottes pour aller braver les éléments déchaînés. Elle fut saisie par l'air glacial semblant souffler tout droit du pôle Nord, mais parvint malgré tout à se frayer laborieusement un chemin dans la neige qui lui arrivait au genou. Arrivée devant la grange, elle fit une halte. Il neigeait toujours et son haleine blanchissait l'air glacé. Cependant, elle ne put s'empêcher de sourire à la perspective de passer un Noël sous la neige — un Noël à la maison.

Elle avait grandi dans ces collines, passant tous ses étés au camp avec ses parents, et la douce nostalgie qui l'envahit lui prouva qu'elle n'avait pas totalement effacé la petite bourgade de sa mémoire en allant s'installer à Portland, tant d'années auparavant.

Elle n'avait pas non plus oublié Brett Matson. D'une épaule, elle s'appuya contre la porte de la grange qui s'ouvrit dans un craquement. Elle fut accueillie par l'odeur chaude et familière des chevaux, mêlée à celle du foin et du crottin.

Armé d'une fourche, Brett remplissait de fourrage la mangeoire de la première stalle, où un grand hongre alezan piaffait sur une litière de paille. Il leva brièvement les yeux lorsque la porte s'ouvrit, et en la voyant, son visage s'assombrit. Puis, il secoua la fourchetée de foin au-dessus du râtelier.

— Qu'est-ce que tu fais ici, tu es folle ?

Elle referma la porte derrière elle.

— Je te cherchais.

— Tu risques encore d'attraper froid, tu ne devrais pas…

— Je vais bien, répliqua Libby, en rejetant en arrière les mèches qui lui tombaient sur les yeux.

Elle s'approcha de l'énorme cheval de trait qui pointa ses oreilles en avant et s'ébroua.

— Comment t'appelles-tu ?

— Il s'appelle Flintlock. C'est grâce à lui que tu es encore en vie.

— Je pensais que c'était à toi que je devais la vie sauve.

Il fronça légèrement les sourcils.

— Disons que ce fut un travail d'équipe.

— Alors, je suppose qu'il faut que je vous remercie tous les deux.

Elle flatta l'encolure luisante de l'alezan et se remémora l'autre occasion où elle s'était retrouvée seule avec Brett, dans cette même grange... Elle se troubla.

— Comment as-tu fait pour me trouver ?

Brett suspendit la fourche à un clou rouillé.

— J'ai entendu le moteur de la jeep depuis la tour. J'ai tout de suite compris que son conducteur allait au-devant de graves ennuis. Il soutint son regard le temps d'une fraction de seconde. Apparemment, j'avais raison.

Le cœur de Libby se serra. *Des ennuis... Tu ne crois pas si bien dire. Je n'en demandais pas tant...*

— Et maintenant, alors ? Qu'est-ce qu'on fait ?

— On attend.

— Ici ?

— Jusqu'à ce que la tempête s'éloigne. Ça ne va pas être long. Peut-être un jour, encore. Ensuite, nous irons au poste de garde.

— Les habitants doivent se demander où tu es...

Il souffla d'un air désinvolte.

— Peut-être. Mais d'après moi, avec une pareille tempête, toute la ville doit être privée d'électricité. Les gens doivent tous être à peu près dans la même situation que nous. Bien sûr, on va m'appeler sur la radio, mais personne ne va s'inquiéter de mon absence avant un bon moment. A mon avis, les gens ont d'autres préoccupations, en ce moment.

Apparemment satisfait de voir que le cheval ne manquait de rien, il prit Libby par le bras et l'entraîna au-dehors. Le vent sifflait à travers les pins et des paquets de neige dégringolaient des branches les plus hautes.

Brett jeta un coup d'œil inquiet en direction du ciel gris :

— Nous n'en avons pas encore fini avec le mauvais temps.

— Tu crois que ça peut empirer ?

— Oui, comme une sorte de bouquet final avant l'arrêt de la tempête.

Il s'arrêta devant la réserve de bois et attrapa plusieurs grosses bûches. Ils commencèrent à se chamailler quand Libby voulut elle aussi ramasser un morceau d'érable. N'en faisant qu'à sa tête, elle se chargea malgré tout d'une brassée de bois.

— Tu as toujours été têtue comme une bourrique, lui fit-il remarquer, une fois à l'intérieur du réfectoire.

— Certaines choses ne changeront jamais, répliqua-t-elle avant de voir le regard de Brett s'assombrir.

— Mais d'autres si.

— Oui. Peut-être…

Un lourd silence plana entre eux. Le regard de Brett alla de ses yeux à sa bouche. Elle ne bougeait pas, osant à peine respirer.

S'éclaircissant la gorge, il se tourna vers le feu.

— Je vais nous faire cuire du…

— Non, je m'en charge, le coupa-t-elle vivement, ravie de pouvoir s'occuper les mains. Elle alla à la table où s'étalaient ses maigres provisions, et s'empara des flocons d'avoine instantanés et du lait en poudre. Pas très raffiné, mais copieux.

Tandis que Brett faisait le tour des anciens chalets à la recherche de matériel, elle entreprit de préparer le petit déjeuner. Il revint avec deux vieilles lampes à pétrole encore pleines dont la mèche n'avait pas disparu, quelques outils, et se jeta avec appétit sur la bouillie de flocons d'avoine ainsi que sur les tranches de pain grillé.

Ils passèrent le reste de la journée à s'éviter, coincés entre quatre murs, échangeant quelques banalités lorsque la situation l'exigeait. Psychologiquement, Libby avait l'impression de marcher sur une corde raide. Certes, elle s'était préparée à revoir Brett, mais jamais elle n'aurait imaginé devoir passer des heures, et peut-être même des jours, seule avec lui, bloquée par la tempête.

Brett, quant à lui, tournait comme un lion en cage, allant sans cesse d'une fenêtre à une autre, le regard fixé sur le ciel plombé de nuages. Il s'efforçait de ne pas penser à Libby, à la femme belle et indépendante qu'elle était devenue, mais il avait bien du mal à ne pas poser un regard admiratif sur elle. Elle avait légèrement changé… Ses cheveux étaient coupés plus court, sous la mâchoire, et ses traits s'étaient affinés. Ses joues et son menton avaient perdu leur rondeur enfantine : Libby était devenue une superbe jeune femme. Elle avait gagné en confiance, même si l'on devinait chez elle une tristesse qu'elle portait comme un fardeau trop lourd pour ses frêles épaules. Brett n'ignorait pas qu'il avait sa part de responsabilité dans les années de souffrance qu'elle avait traversées.

Après le déjeuner — des sandwichs au thon —, ils s'absorbèrent dans la contemplation du feu, attendant la fin de la tempête. Tout à coup, il n'y tint plus : la tension entre eux était devenue intolérable.

— Je suis désolé pour ton père, lui confia-t-il enfin, en allumant une des lampes à pétrole.

— Moi aussi.

Elle détourna le regard, manifestement peu encline à aborder un sujet qui la mettait mal à l'aise.

— J'ai essayé de lui parler, une fois.

Elle tourna vivement la tête et le transperça de son regard bleu intense.

— Vraiment ? Mais quand ? parvint-elle à articuler.

— Après ton départ. Il me semblait que je lui devais une explication... A propos de nous... Du bébé... Il haussa les épaules et secoua la tête. J'ignore si ça a servi à grand-chose.

— Il ne m'en a jamais parlé.

— Cela ne m'étonne pas.

Libby sentit sa gorge devenir brûlante.

— Ce n'est pas grave.

— Mais si, bon Dieu ! Il franchit les quelques mètres qui les séparaient, la saisit par les épaules et plongea son regard dans le sien. J'en ai assez ! Nous ne pouvons pas continuer à nous comporter comme si ce qui s'est passé entre nous n'était qu'un... qu'un petit désagrément !

Une faible protestation s'échappa de ses lèvres. Elle se sentit tout à coup très faible.

— C'est ainsi que tu l'as considéré, à l'époque ?

Les doigts de Brett se crispèrent sur ses épaules et ses lèvres blêmirent.

— Je ne savais plus quoi penser. Je n'arrivais pas à t'atteindre, j'étais incapable de te tirer de ton chagrin. Je n'ai jamais ressenti un tel sentiment d'impuissance, bon sang !

Elle réprima un sanglot car Brett disait la vérité : la perte de son bébé l'avait anéantie.

— J'ai essayé de te parler...

— Libby ! Tu m'as mis à la porte de ta chambre d'hôpital, répliqua-t-il d'un ton cinglant. Comme si tout était de ma faute.

Les joues ruisselantes de larmes, elle se mit à trembler au souvenir de la tourmente émotionnelle qui l'avait ravagée à l'époque, et qui, aujourd'hui encore, venait raviver la douleur de son cœur meurtri. Cinq ans auparavant, Brett lui avait paru froid et distant ; elle s'était sentie fautive par rapport à lui d'avoir perdu son bébé. Plus tard, son père avait bien tenté de la consoler, mais avec un discours qui le servait opportunément, lui, l'homme d'église blessé dans ses convictions : il lui avait déclaré que Dieu, dans sa sagesse infinie, avait fait pour le mieux.

— Ce n'est pas à toi que j'en voulais, chuchota-t-elle à Brett, mais à moi.

— Ce n'était la faute de personne.

D'un doigt, il lui essuya une larme au coin de l'œil. Puis, lentement, comme à regret, il se pencha vers elle et l'embrassa avec une tendresse qui faillit lui briser le cœur. Elle ne put réprimer le sanglot qui montait de sa gorge.

— Chut... Tout va bien.

— C'est faux ! Rien ne sera plus jamais comme avant ! s'écria-t-elle en ravalant ses larmes.

Elle s'écarta de lui, et, inspirant profondément, elle s'essuya les yeux avant de le fusiller du regard :

— Je n'oublierai jamais ce qui s'est passé.

— Moi non plus, hélas...

6

La tempête s'apaisa en début d'après-midi. Par la fenêtre, Brett surveillait l'horizon en grattant sa barbe de trois jours.

— Je pars au poste de garde, annonça-t-il, en enfonçant ses mains dans les poches arrière de son jean.

— Et moi ?

Il se tourna vers elle et la jaugea du regard.

— Je pense qu'il vaudrait mieux que tu m'accompagnes. Si tu t'en sens capable.

— Evidemment !

— Tu as fait une chute grave…

— Brett, je vais bien. Allons-y, d'accord ?

Elle était déjà en train d'enfiler sa veste, ravie de pouvoir échapper à l'atmosphère confinée de la pièce douillette.

Brett semblait douter de sa capacité à affronter les éléments déchaînés, mais il revêtit néanmoins lui aussi sa parka, en remontant sa capuche. Il bourra ses poches de quelques provisions, saisit sa carabine et, après lui avoir ordonné de l'attendre, se fraya dans la neige un chemin jusqu'à la grange. Quelques minutes après, il revint avec Flintlock et insista pour que Libby le monte.

Elle commença à protester, mais le regard déterminé de Brett l'incita à enfourcher le cheval de trait sans discuter.

Balayant les flocons qui n'avaient pas cessé de tomber, le vent s'engouffrait dans le canyon avec violence. Ils étaient à peine à la rivière que Libby était déjà complètement frigorifiée. Flintlock hésita avant de traverser, mais Brett, tirant avec insistance sur les rênes, lui fit franchir le torrent tumultueux à un endroit plus large, où les flots ne dépassaient pas ses cuisses.

Pour la première fois depuis l'accident, Libby avait la possibilité de voir sa jeep de près, ainsi que le trou béant dans le pont. Des stalactites de glace pendaient des planches pourries et les câbles rompus, raidis par le gel, se balançaient au-dessus des flots.

— Triste spectacle, non ? commenta Brett en la voyant contempler les débris gelés. Il faudra remplacer le pont si tu veux pouvoir accéder au camp. Bien sûr, ce n'est pas franchement nécessaire, sauf si tu envisages de le rouvrir ou bien de vendre le terrain.

— Je n'ai encore rien décidé, en fait, répondit-elle avec sincérité.

Brett fit claquer sa langue et Flintlock entreprit de grimper le sentier escarpé. Le chemin était recouvert de neige fraîchement tombée, et l'homme et le cheval peinaient pour avancer.

— Ecoute, je peux tout à fait marcher pendant un moment, suggéra Libby. Elle se sentait un peu ridicule dans son rôle de damoiselle en détresse...

— Reste où tu es.

— Mais...

— Je te dis de rester sur ce satané cheval. Tu es moins lourde à porter que moi, ça lui facilite la tâche. En plus, je suis plus grand, alors je m'enfonce moins profondément dans la neige en marchant. Et puis, d'ailleurs, je suis plus fort que toi.

— Tu veux jouer au petit chef avec moi ? lança-t-elle, et à sa grande surprise, il sourit. Un éclair blanc zébra sa barbe de trois jours.

— Ouais... C'est un peu ça.

— Eh bien, ça ne m'impressionne pas.

— Il n'y a pas grand-chose qui t'impressionne, Libby, non, pas grand-chose...

L'écho de son rire résonna dans les ravins et les crevasses de la montagne.

Normalement, elle aurait dû s'indigner, mais elle se contenta de réprimer un sourire et se mit à observer le paysage. Les branches des pins, des sapins et des pruches ployaient sous le poids de la neige, et les cimes des Cascade Mountains s'élançaient telles des flèches de cathédrale, transperçant le ciel lumineux de l'hiver. Son cœur se serra en redécouvrant ce paysage qui lui avait tant manqué pendant toutes ces années. *Allons, pas d'attendrissement !* Ses doigts se crispèrent sur les rênes ; Flintlock encensa et s'ébroua, son haleine blanchissant l'air froid.

Lorsqu'ils eurent enfin atteint leur but — la tour d'observation flanquée du poste de garde — elle commençait à souffrir de courbatures dans les cuisses. Elle examina attentivement le petit chalet et l'appentis qui faisait office de grange, au pied de la tour : l'endroit n'avait guère changé en cinq ans…

— Allez, entre à l'intérieur, pendant que je m'occupe de Flintlock et des autres chevaux.

Il l'aida à descendre de selle. Elle se laissa glisser à terre, mais sentit que ses jambes allaient se dérober sous elle. Par bonheur, Brett réagit rapidement, comme s'il avait anticipé sa faiblesse, et la soutint par un bras. Au lieu de repousser son aide et de risquer de tomber, elle le laissa lui donner le bras jusqu'au chalet.

A l'intérieur, il appuya sur l'interrupteur mais rien ne se produisit.

— Je m'en doutais. Ça arrive souvent pendant une forte tempête. La bonne nouvelle, c'est que j'ai un générateur d'appoint pour la pompe à eau, sans oublier ceci…

Il ouvrit un placard et en sortit deux lampes à pétrole, ainsi qu'une puissante lampe torche.

— Pourquoi ne prendrais-tu pas une douche pendant que je m'occupe des chevaux ? Il reste sûrement un peu d'eau chaude dans le cumulus. Il n'y a pas de raison de la laisser refroidir.

— Non, je…

— J'insiste.

Avant qu'elle ait pu discuter, il était déjà ressorti. A travers la vitre glacée, Libby le vit mener Flintlock à la grange. Elle regarda tout autour d'elle : un intérieur masculin, spartiate, avec pour tout mobilier un clic-clac, un fauteuil inclinable, une télévision et une table basse. Un poêle à bois chauffait le modeste chalet, mais le feu s'était éteint depuis un bon moment.

Tout en sachant qu'elle allait une fois de plus déclencher la colère de Brett, elle décida malgré tout de le rejoindre dans la grange, après avoir vérifié qu'elle tenait solidement sur ses jambes.

Il était en train de bouchonner la robe luisante de Flintlock, pendant que celui-ci vidait consciencieusement sa mangeoire, traquant le moindre grain d'avoine. Trois autres chevaux se trouvaient dans la grange : un étalon alezan, Hercule, et un percheron gris et massif.

Libby sentit sa gorge se contracter à la vue du cheval qu'elle destinait à Brett comme cadeau de mariage. Elle ne s'était jamais enquise du sort du percheron — c'était le cadet de ses soucis. C'était un raisonnement stupide, mais rejeter toute la faute sur le cheval gris l'avait aidée à se consoler de la perte de son bébé.

— Oh, mon Dieu…

— Tu le reconnais ? demanda Brett.

— Je… je… Elle refoula des larmes brûlantes de chagrin. Je croyais que tu t'en étais débarrassé.

— C'était bien mon intention. En fait, j'avais même pensé imiter Rhett Butler et le faire abattre sur place, mais ça m'a semblé un peu cruel. De toute façon… je voulais le garder.

Avec un sourire plein de tendresse, il alla vers l'énorme cheval qui l'accueillit en posant affectueusement sa tête contre sa poitrine. Brett gratta les oreilles du hongre.

— Oui, tu es une brave bête…

Libby, chancelante, dut s'appuyer contre un pilier ; au-dessus de sa tête, la lampe à pétrole suspendue à un crochet se mit à se balancer, faisant danser des ombres sur les murs de bois brut. Les chevaux s'ébrouèrent et piétinèrent avant de retourner à leur picotin. Très vite, la grange résonna du bruit de leurs mâchoires broyant l'avoine.

— C'est toi qui me l'as offert, Libby. A cause, ou plutôt grâce à cela, il est pour moi différent des autres. Il a agi sans méchanceté, il a simplement eu une réaction malheureuse. Je l'ai gardé pour ne jamais oublier.

En proie au vertige, elle enfonça ses ongles dans le bois du pilier contre lequel elle était appuyée. Tandis que Brett bouchonnait la robe d'hiver du cheval gris, elle redressa les épaules pour lutter contre les démons du passé. Timidement, elle tendit la main vers le museau charbonneux. Les bons yeux bruns du cheval clignèrent affectueusement et elle sentit ses naseaux veloutés frémir sous ses doigts. Voyant qu'elle n'avait aucune friandise à lui offrir, il souffla bruyamment de dépit et se retourna vers sa mangeoire.

— Tu… Tu lui as donné un nom ?

— Bien sûr. Il donna une légère claque sur la croupe du cheval. J'avais pensé à Satan. Je trouvais que ça s'imposait, vu les circonstances. Ou Diable. Ou Démon. Ou Lucifer. Au choix.

— Mais tu n'en as rien fait, devina Libby, au bord de la nausée.

— Il avait déjà un nom. Tu te souviens ?

Elle secoua la tête en signe de dénégation. Durant toutes ces années, elle s'était appliquée à effacer de son esprit tout souvenir la ramenant à ce jour funeste.

— Slingshot.

Le cheval agita les oreilles.

— Oui, tu es en pleine forme, n'est-ce pas ? fit-il au percheron gris.

Puis, son regard croisa de nouveau celui de Libby.

— Et toi ? lui demanda-t-il en avançant vers elle. Il prit sa main gantée dans la sienne. Tu vas bien ?

— Je… Ça va aller. C'est juste le choc…

— Je sais. Il lui parut tout à coup plus âgé. Son regard, empreint d'une immense tristesse, la bouleversa au plus profond d'elle-même. Sans un mot, il l'attira dans ses bras et murmura dans ses cheveux :

— Ça a été dur… pour moi aussi, Lib. Je… Je me réveille parfois la nuit en me demandant à quoi aurait ressemblé notre vie.

Le cœur de Libby se serra douloureusement et elle ravala ses larmes. Brett sentait le cuir, les chevaux, et aussi une odeur masculine et familière qui fit resurgir en elle des souvenirs d'une sensualité oubliée.

— Moi aussi.

Pour empêcher les sanglots qui l'oppressaient de jaillir en larmes brûlantes, elle s'écarta de lui et s'essuya les yeux d'un geste vif.

— Je ne veux pas y penser. Pas maintenant. Plus jamais. C'est du passé.

La bouche de Brett s'incurva dans un sourire empreint de tristesse.

— Je ne pense pas que ce soit du passé, Libby. Même si j'aimerais pouvoir y croire.

Elle frissonna de chagrin, mais Brett crut qu'elle avait froid.

— Rentre te réchauffer au chalet. J'arrive dans un instant.

Sans se retourner, elle sortit précipitamment de la grange et s'engagea sur le court chemin enneigé qui menait au chalet. Une fois à l'intérieur, elle se réprimanda intérieurement : interdiction de ressasser le passé ! Pas ce soir. Le vent mauvais venu du nord s'engouffrait dans les canyons en de violentes bourrasques qui lui mettaient le cœur et les nerfs à vif…

Pour se changer les idées et s'occuper les mains, elle se fit une toilette complète au gant, debout devant le lavabo, puis se lava les cheveux, repoussant fermement toute pensée ayant trait au passé.

Lorsque Brett revint au chalet, elle se sentait plus fraîche et avait allumé le poêle.

— Je t'ai gardé un peu d'eau chaude, déclara-t-elle avec un sourire forcé.

Il la fixa du regard pendant quelques secondes, et elle sentit qu'elle allait de nouveau tomber dans ses bras, rouvrant ainsi ses anciennes blessures.

Il parut sur le point de dire une phrase, mais se ravisa et

passa dans la salle de bains. Bientôt, elle entendit couler l'eau de la douche.

Elle se sentait un peu empruntée, mais se gourmanda aussitôt. Ils étaient bloqués ici pendant un certain temps, et allaient chacun faire leur possible pour s'accommoder au mieux de cette situation embarrassante. Elle dénicha les ingrédients pour confectionner un pain au maïs, ainsi que de la soupe de légumes. Très vite, elle se retrouva à fredonner dans la cuisine, heureuse de pouvoir se rendre utile. Mais tout à coup, elle réalisa que le bruit de la douche avait cessé et eut la sensation bizarre de ne plus être seule.

Elle se retourna et le vit, appuyé d'une épaule contre le chambranle de la porte menant dans le salon, le regard fixé sur elle. Il était douché et rasé de près ; ses cheveux étaient encore humides et il portait un Levi's, des chaussettes et une chemise à manches longues qu'il n'avait pas pris la peine de boutonner. Sa poitrine, recouverte d'un duvet sombre, apparaissait entre les pans de sa chemise, et Libby eut du mal à rester concentrée sur ses yeux.

— Tu joues à la fée du logis ? s'enquit-il en lui désignant le saladier d'un léger mouvement de tête.

— Pas vraiment, répliqua-t-elle sèchement. En fait, tu pourrais m'aider à porter tout ça dans le salon.

Quand elle eut fini de faire cuire le repas sur le poêle noirci du salon, Brett enfila sa veste et ses gants pour monter à la tour d'observation. Après avoir observé les environs, il appela d'autres postes de garde par radio, pour s'informer des dégâts causés par la tempête.

— Rien de grave, lui rapporta-t-il plus tard, tandis qu'elle coupait d'épaisses tranches de pain au maïs qu'elle disposa sur deux assiettes. Elle installa le tout sur la table basse, et ils s'assirent côte à côte sur le plancher, le dos appuyé au sofa, les jambes étendues sur le tapis tressé.

— Des coupures de courant dans toute la montagne, plus de téléphone, ce genre de choses… mais ni blessé ni disparu. Quelques personnes âgées ont été recueillies en ville par des

471

voisins qui ont un poêle à bois, mais l'électricité devrait revenir d'ici demain, et nous pourrons aller à Cascade.

Portant un morceau de pain à sa bouche, elle interrompit son geste :

— Demain ? Pas aujourd'hui ?

Il secoua la tête.

— Il est trop tard. La nuit va bientôt tomber et je dois rester près de la radio, au cas où il y aurait d'autres problèmes.

Elle voulait en discuter avec lui : elle ne se voyait pas passer une autre nuit seule avec lui, mais en même temps, cette perspective n'était pas dénuée d'un certain romantisme. Elle reposa son morceau de pain et repoussa l'assiette de soupe à laquelle elle n'avait pas touché. Seule avec Brett. Encore une nuit. Oh, Seigneur ! Ce n'était pas romantique, mais parfaitement stupide.

— C'est si terrible que ça de devoir rester ici ? s'enquit-il de sa voix grave en lui lançant un regard pénétrant.

Elle se frictionna les bras comme si elle avait brusquement froid.

— Je pense simplement que ce n'est pas très sage.

Il leva les sourcils en signe d'approbation.

— Tu sais, moi non plus, je n'ai pas choisi cette situation.

— Je ne veux pas être un fardeau pour toi.

Il rit sans joie, le visage fermé.

— Tu n'es pas un fardeau, Libby, répliqua-t-il en repoussant son bol et son assiette vides. J'essaie simplement d'agir au mieux.

— Et mon avis, dans tout ça ?

— Excuse-moi, mais tu manques un peu de lucidité, en ce moment.

— Vraiment ?

Il la fixa longuement d'un regard dur. Il ne fit pas allusion à sa tentative de franchir le pont délabré, mais elle lisait dans ses pensées. Elle baissa les yeux vers ses lèvres et sentit un changement d'ambiance imperceptible. Brusquement, il lui prit la tête entre ses mains et l'approcha de son visage.

— Crois-moi, Libby, s'il existait un autre moyen de te faire

partir d'ici en sécurité, je l'utiliserais. Parce que rester avec toi…
si près de toi… C'est une véritable torture.

Ses lèvres se posèrent sur les siennes en un baiser qui lui
coupa le souffle.

Il fallait arrêter cela, c'était de la folie ! Mais sa raison était
impuissante à maîtriser ses pulsions et, lâchant la bride à la
passion qui couvait en elle depuis cinq longues années, elle lui
rendit fiévreusement son baiser.

Il la força à s'allonger sur le plancher et se coucha pratiquement
sur elle, son corps la clouant sur le tapis.

— Tu me rends toujours aussi fou, avoua-t-il en relevant la
tête pour pouvoir la regarder dans les yeux.

Elle avait du mal à respirer. Ses seins se soulevaient contre
son torse puissant et elle sentait la chaleur du corps de Brett
irradier à travers la barrière de leurs vêtements.

— Ce… ce n'est pas une bonne idée, murmura-t-elle.

— Tu as raison. C'est de la folie.

Dans un gémissement, il l'embrassa de nouveau, pressant sa
langue contre ses dents, et la bouche de Libby l'accueillit dans
un total abandon. Le sang lui battait aux tempes. La langue de
Brett la titillait, s'enroulait autour de la sienne, et elle sentit un
désir fou monter dans ses veines.

Ses mains glissèrent pour lui caresser les épaules et les bras,
et l'emprisonnèrent en une étreinte passionnée ; Libby sentit
son bas-ventre s'embraser sous l'effet de la friction de leurs
vêtements.

Je dois l'arrêter tant que je le peux encore, songea-t-elle faiblement, mais Brett referma la main sur un de ses seins et se mit
à le lui pétrir doucement. Tout son corps se tendit avidement
vers lui, faisant voler en éclats ses dernières réticences.

Il passa les doigts sous son pull et les fit remonter le long de
ses côtes pour attraper un de ses seins. Sous l'étoffe du soutien-
gorge, elle réagit et se sentit brusquement à l'étroit dans ses
vêtements.

— Libby… Oh, Libby…, murmura-t-il contre son oreille,
tandis que ses doigts s'insinuaient sous la fine barrière de

dentelle pour aller effleurer son mamelon durci par l'excitation. Elle laissa échapper un petit cri ; avec douceur, il lui ôta son pull, repoussant ses cheveux d'un noir bleuté derrière sa nuque. Délicatement, il fit glisser la bretelle de son soutien-gorge, libérant un sein dont il happa la pointe dressée.

— Oh, mon Dieu ! s'écria-t-elle. Son dos se cambra pour se plaquer contre son corps. Saisissant son sein à pleine main, Brett y porta la bouche et elle frissonna de plaisir.

De l'autre main, il lui agrippa les fesses, l'attirant contre la dure protubérance qui tendait son jean.

— Oh, Libby ! J'ai envie de toi, murmura-t-il en relevant la tête.

Il regarda son sein humide avant de la transpercer de son regard magnétique.

— Je te désire comme je n'ai jamais désiré aucune autre femme.

Sentant la réticence dans sa voix, elle ferma les yeux et tenta sans succès de reprendre ses esprits.

— J'ai l'impression que tu cherches à me dire quelque chose...

Poussant un soupir, il admit :

— Je ne veux pas recommencer la même erreur.

— Comme la dernière fois, tu veux dire ? demanda-t-elle, le cœur déchiré.

— Ecoute, nous avons mûri depuis. Nous devrions agir de manière plus responsable. Maîtriser nos pulsions...

Il relâcha lentement son étreinte, mettant de la distance entre leurs deux corps, avant d'ajouter :

— Nous ne sommes plus des enfants.

— Tu n'as pas à me donner d'explications, répondit-elle en rougissant.

D'un bras, elle se couvrit la poitrine et attrapa son pull.

— Si tu n'as pas envie de...

Vif comme l'éclair, il lui attrapa le poignet si brutalement qu'elle en hoqueta.

— Bien sûr que si. J'en meurs d'envie. Je viens de te le dire.

Mais j'essaie de me conduire de façon plus raisonnable qu'il y a cinq ans.

— Et plus noble…

— Crois-moi, la noblesse n'a rien à voir là-dedans, affirmat-il, et son regard embrasé de désir la convainquit plus aisément que n'importe quel discours. Avant de commettre une erreur que nous passerions notre vie à regretter, avant que nous nous fassions encore souffrir mutuellement, je crois que nous devrions prendre le temps de réfléchir. Je ne suis pas sûr d'y arriver, parce que tu as le don de me faire perdre la tête, mais je vais essayer. Et j'aimerais que tu en fasses autant.

D'un geste vif, elle dégagea sa main de sa poigne de fer et se frictionna le poignet.

— Pas de problème, Brett. Garde tes distances et je ferai de même.

— On fait comme ça ?

— C'est parfait.

Il la fixa longuement, comme s'il avait du mal à croire en sa sincérité, puis se dirigea vers un placard. Il en sortit un sac de couchage qu'il jeta sur le sofa.

— Je vais dormir ici. Tu prendras ma chambre.

— Oh, non ! Je ne veux pas…

— Conseil d'ami, ma jolie ! Et tu ferais peut-être bien de t'enfermer aussi à double tour. Au cas où je changerais d'avis.

Il lui lança une vieille clé qu'elle attrapa pour la lui rendre aussitôt.

— Garde-la. Au cas où *moi*, je changerais d'avis…

7

Brett ajusta ses lunettes noires sur son nez, ébloui par la vive réverbération des rayons du soleil sur la neige fraîche. Les roues de la Bronco patinèrent dans une congère. Il lança un coup d'œil en direction de Libby, dont le regard était fixé sur le pare-brise. Ils ne s'étaient pas dit grand-chose de la matinée, et Brett avait l'impression de ne pas avoir dormi depuis une semaine. Il avait passé les deux dernières nuits à se retourner dans son lit, sachant que Libby n'était qu'à quelques mètres de lui. Cela avait suffi pour l'empêcher de fermer l'œil, pendant que son esprit s'égarait dans des contrées dangereuses. Pas de doute, elle avait changé. En tout cas, elle était plus forte qu'il y a cinq ans, plus sûre d'elle. Et encore plus désirable. Si du moins c'était possible.

Il pensa à tous les hommes avec qui elle avait dû sortir durant ces cinq dernières années. Jusqu'où était-elle allée avec eux ? Pourquoi ne s'était-elle pas encore mariée ?

Agacé par le tour qu'avaient pris ses pensées, il alluma la radio et écouta le bulletin météo, mâchoires crispées, épuisé par toute la tension accumulée. Comment en était-il une fois de plus arrivé là avec Libby ? Parce qu'il fallait bien l'admettre, il était de nouveau fou d'elle !

Il rétrograda en grommelant. Quelle poisse ! Il s'était pourtant bien juré de ne plus jamais s'amouracher d'une femme — et en particulier de celle-ci, qui avait le don de lui faire perdre la tête. Un seul regard à ses yeux bleus comme un ciel de juin avait fait vaciller toutes les résolutions qu'il avait prises en cinq ans. Jusqu'à aujourd'hui, il avait réussi à se persuader qu'il était solitaire de nature et qu'il vivrait seul toute sa vie, sans avoir à subir les critiques permanentes d'une femme.

Mais à présent, ses belles certitudes s'effritaient. Du coin de l'œil, il coula un regard vers Libby et son cœur se serra. Dieu, qu'elle était belle ! Mais ce n'était pas là le pire. Il avait rencontré beaucoup de femmes très séduisantes dans sa vie, certaines même qui la surpassaient en beauté. En revanche, aucune d'elles ne l'égalait en intelligence, en vivacité et en esprit. Avec Libby, il avait l'impression de vivre plus intensément : elle lui révélait la face lumineuse d'un monde dont il ne voyait plus que le côté sombre depuis bien longtemps.

Bon Dieu ! Voilà qu'il sombrait dans le sentimentalisme... Changeant de vitesse, il bifurqua vers l'autoroute, qui avait été sablée après le passage du chasse-neige. Les véhicules roulaient avec prudence, mais la circulation était cependant fluide, une fois dépassée la scierie où se rendaient les ouvriers qui prenaient le poste du matin. Des voitures et des pick-up, encore couverts de neige, étaient garés sur le parking ; des engins déplaçaient les bûches vers les hangars, massés au-delà des chaînes qui séparaient le chantier des bureaux.

Libby scruta attentivement la scierie, sans voir d'ouvriers coiffés de leur casque, pas plus que de grues ou de camions. De très lointains souvenirs resurgirent. Des souvenirs des jours heureux, du temps où elle était amoureuse de Brett.

L'église et le presbytère étaient situés à la sortie de la ville. Son cœur se serra à la vue de la crèche, toujours nichée au même endroit, entre deux pins, comme toujours à Noël, et ce, du plus loin qu'elle s'en souvienne. Des rameaux de cèdre décorés de rubans rouges ornaient la rampe de l'escalier menant à l'église, et une ribambelle de petites lumières avait été accrochée aux pignons du toit.

Elle pouvait presque se représenter son père, en équilibre sur le dernier barreau de l'échelle, tenant une guirlande lumineuse à la main, et leur criant ses ordres, à sa mère et à elle. Les larmes vinrent lui picoter les paupières ; elle détourna les yeux et se concentra sur la route qui traversait la ville.

Ils dépassèrent le bureau de poste, le foyer municipal et l'épicerie, avant que Brett ne se gare devant le Derringer Café.

— Je t'offre un petit déjeuner, proposa-t-il en fourrant les clés dans sa poche.

— C'est plutôt moi qui t'en dois un.

— Ne t'inquiète pas, je tiens les comptes.

Il lui tint la porte et elle entra dans le café. L'intérieur n'avait pas tellement changé. Le revêtement des banquettes, en plastique orange, était juste un peu défraîchi, et le menu s'était légèrement étoffé, mais il lui sembla reconnaître tous les visages derrière le comptoir, même après toutes ces années.

Velma, l'imposante serveuse rousse, était coiffée ce jour-là d'un bonnet de Père Noël. Elle passait nonchalamment d'une table à l'autre et en profita pour flirter ouvertement avec Brett. Libby parvint à garder son calme, malgré la jalousie qui lui transperça le cœur en voyant Velma poser familièrement la main sur l'épaule de Brett.

La serveuse plaisanta quelques minutes avec lui avant de disparaître dans la cuisine, tandis que Libby priait pour que son visage ne trahisse pas la colère qui bouillait en elle.

Chez Derringer, le service ne traînait pas. Brett et Libby mangèrent de bon appétit leur plateau composé de jambon, de pommes de terre rissolées, d'œufs et de pain grillé, le tout accompagné de café. Velma ne manquait pas de s'arrêter à leur table pour remplir la tasse de Brett plus souvent que nécessaire. Libby affichait un sourire aussi factice que le cuir de la banquette sur laquelle elle était assise ; elle se sentait stupide.

Ils avaient presque terminé leur repas lorsque la voix d'une femme attira son attention.

— Libby ? Libby Bevans ?

Tous les clients se tournèrent vers elle.

— Mais oui, c'est bien toi !

Sandy Brennan, enceinte jusqu'aux yeux, se précipita à leur table et se laissa lourdement tomber à côté de Libby.

— Comment vas-tu ?

Libby se détendit et, tandis que Brett allait payer l'addition, prit des nouvelles de Sandy, qui avait épousé son amour de jeunesse, Leo Van Pelt, un an auparavant. Elle attendait son premier enfant pour le mois de mars.

— Tu te rends compte ? Moi, je vais être mère... Incroyable, non ?

Libby sourit en se remémorant Sandy, jeune fille : elle battait tous les garçons à la course et chiquait avec la plupart d'entre eux.

— Tu seras une maman formidable, l'assura-t-elle avec une pointe d'envie.

— Je l'espère. Mais si je ne suis pas trop douée, ma mère fera une grand-mère de choc ! Elle meurt d'impatience, tu sais. Voilà presque quatre mois qu'elle tricote de la layette.

Sandy enroula ses longs cheveux blonds en chignon sous un bonnet de laine, puis elles sortirent ensemble du café-restaurant. Sandy lança un coup d'œil entendu en direction de Brett.

— Alors, que faites-vous, tous les deux ?

L'expression de Brett se contracta et Libby se sentit rougir jusqu'à la racine des cheveux.

— Je suis revenue pour les fêtes de Noël et Brett m'a sauvée de la noyade dans White Elk Creek.

— Pas possible !

Dans le courant d'air glacé, Libby lui raconta l'effondrement du pont. Sandy ouvrait de grands yeux. Elle avait toujours adoré les ragots : la mésaventure de Libby allait bientôt être connue de tout le pays. Elles passèrent encore quelques instants à bavarder. Sandy se plaignit de devoir se rendre à Bend pour consulter son médecin et fit comprendre à Libby que Cascade aurait bien besoin de ses compétences médicales.

— Tout ce que j'espère, c'est que le bébé ne naîtra pas au beau milieu d'une tempête de neige, lui confia-t-elle en se massant l'estomac. Je ne sais pas comment nous pourrions atteindre l'hôpital de Bend dans notre vieux pick-up tout déglingué.

Elle donna un coup de poing rageur sur l'aile emboutie de sa Ford beige.

— Je suis sûre que Leo se débrouillera très bien, la rassura Libby.

— En tout cas, je compte sur lui. On va se revoir bientôt, je pense. Tu assisteras sans doute au spectacle ?

— Peut-être, répondit Libby. Elle n'était pas sûre de pouvoir affronter les cérémonies de Noël dans la petite église où son père avait officié pendant tant d'années. Certaines plaies n'étaient pas encore totalement cicatrisées.

— On se verra là-bas, alors. C'est valable aussi pour toi ! ajouta-t-elle en saluant Brett de la main.

Puis, montant dans son pick-up, elle repartit par la Grand-Rue.

Brett et Libby longèrent deux pâtés de maisons avant d'arriver chez Yeltson's Towing and Auto Body. Là, Brett et le carrossier discutèrent de la meilleure façon de hisser la jeep de Libby hors de la rivière.

Quelques heures plus tard, après s'être arrêté successivement à la quincaillerie, à la poste et à l'épicerie, Brett reconduisit Libby au poste de garde en dépit de ses protestations indignées. Elle s'était dit qu'il la déposerait non loin de la rivière — qu'elle traverserait à pied —, et qu'à partir de là, elle passerait le reste de ses vacances au camp, comme prévu initialement. Mais Brett dépassa le croisement menant au terrain paroissial et engagea la Bronco sur la route tortueuse débouchant au poste de garde de Pine Mountain.

Ainsi donc, il croyait sans doute qu'elle allait rester chez lui un jour de plus. C'était risqué, inutile de se voiler la face. Comment parviendrait-elle à garder ses distances sur un plan émotionnel et physique ? Par ailleurs, elle avait prévu — non, elle s'était juré ! — de passer Noël au camp, dans ce lieu où son père avait investi tant d'amour et de rêves.

Mais quelle autre solution envisager ? Le Blue Ridge Motel était complet et le vieux presbytère de son enfance était désormais occupé par la petite famille du nouveau pasteur. Elle avait le choix entre passer la nuit seule avec Brett ou retourner au camp.

Cela dit, une chose était sûre : malgré le froid, le délabrement des bâtiments, et la nécessité de franchir le torrent, retourner au camp restait l'option la moins téméraire d'un point de vue sentimental.

— Je ne peux pas rester chez toi, protesta-t-elle encore, une fois qu'il eut garé la voiture près de la grange. L'après-midi tirait à sa fin, et des ombres s'étiraient sur le paysage immaculé.

— Alors, j'aurais mieux fait de te déposer au motel.

Brett fourra ses clés dans sa poche et sortit de sa Bronco. Le Blue Ridge, avec son enseigne clignotante, était l'unique motel de Cascade. Propre, abordable, avec télévision couleur, il proposait des chambres aux parents en visite et abritait, la nuit, des rendez-vous galants. Les propriétaires, Pat et Sid Kramer, n'avaient en revanche pas changé : ils étaient toujours aussi collet monté.

Contrainte et forcée, Libby le suivit sous la véranda où ils tapèrent du pied pour secouer la neige de leurs bottes.

— J'ai une maison, lui rappela-t-elle en faisant un geste vague dans la direction du camp. Là-bas.

— Tu oublies qu'on ne peut plus y accéder.

Il ouvrit la porte du chalet où régnait une douce chaleur.

— J'avais pensé emprunter le même chemin que tout à l'heure.

— C'est de la folie !

Elle s'arrêta sur le seuil et ils restèrent à s'observer en chiens de faïence.

— Je rentre chez moi, Brett.

— Et comment ?

— A pied. A moins qu'en vrai gentleman, tu m'y conduises toi-même, mais je n'ose y croire…

— La Bronco n'a ni voiles ni gouvernail en option, figure-toi. Elle ne pourra pas franchir la rivière.

— Dépose-moi et je la traverserai à pied.

— Tu parles !

Il entra d'un pas décidé dans la maison.

Elle le suivit à l'intérieur, et, incapable de maîtriser plus longtemps sa colère, explosa soudain :

— Tu n'as pas le droit de me dicter ce que je dois faire !

Il fit volte-face.

— Sans doute, mais je ne me gênerai pas pour t'empêcher de commettre une bêtise qui risquerait de te coûter la vie, nom d'un chien !

S'approchant d'elle, il lui saisit le poignet. Libby le fixa d'un air ironique :

— Eh bien, que comptes-tu faire ? M'enfermer à double tour et jeter la clé ?

Le regard ambré de Brett s'obscurcit et il resserra l'étau autour de son poignet.

— Laisse-moi partir !

— Non, je ne ferai pas deux fois la même erreur.

Et de sa poche, il tira un petit rameau de houx qu'il devait s'être procuré en ville.

— Joyeux Noël, Libby, murmura-t-il d'un ton bourru.

— Brett, je t'en prie…

Elle ne put terminer sa phrase : il la bâillonna d'un baiser et la tension qui s'était accumulée entre eux s'envola comme par enchantement. D'un coup de pied, il referma la porte. Toute sa colère s'était muée en passion et Libby, consciente de sa folie, lui rendit son baiser, en unissant sa langue impatiente à la sienne, son corps consentant épousant parfaitement les contours de celui de Brett.

— Ne…, murmura-t-elle quand il s'écarta d'elle.

— Ne… quoi ?

— Ne… t'arrête pas.

Et, faisant taire ses derniers doutes, elle laissa Brett l'allonger par terre sous le poids de son corps. Il la dévorait de baisers brûlants, effleurant de la langue et des lèvres ses yeux, ses joues et sa gorge. Il la déshabilla rapidement, entièrement, tandis qu'elle s'affairait sur les boutons et autres fermetures Eclair de ses vêtements pour découvrir enfin son corps. Tout en l'embrassant, elle fit courir ses doigts sur ses muscles puissants, et très vite, ils furent nus tous les deux, le corps de Brett tendu de désir, le sien brûlant d'impatience.

— Je n'ai jamais cessé de penser à toi, avoua-t-il, et un éclair de sincérité traversa son regard dans la pénombre de la pièce. Dieu sait que j'ai essayé. Mais c'était impossible.

— Je sais, répondit-elle, la gorge nouée par l'émotion tandis qu'il la soulevait pour la porter jusqu'à sa chambre. Elle s'agrippa à lui, noua les bras autour de son cou et laissa reposer sa tête contre son torse puissant. Elle écouta le cœur de Brett cogner dans sa poitrine : il battait aussi follement que le sien... Brett l'allongea avec douceur sur le lit rustique et glissa sa main entre ses cuisses.

— J'attends cela depuis cinq ans, lui confia-t-il.

— Moi aussi.

Ses lèvres trouvèrent de nouveau les siennes et ils s'unirent, comme deux amants, pour ne plus faire qu'un seul corps. Gémissant et suppliant tandis qu'il allait et venait en elle, elle se mit à crier :

— Brett... Oh, Brett ! S'il te plaît...

Rejetant sa tête en arrière dans l'extase, il eut un violent orgasme puis laissa retomber sur elle son corps massif.

— Libby..., murmura-t-il quand il eut retrouvé l'usage de la parole.

Il passa ses doigts dans les mèches de ses cheveux.

— Libby, ma douce Libby...

Sa respiration était aussi haletante que la sienne. Il poussa un profond soupir :

— Et maintenant, que va-t-on faire ?

8

Au cours des cinq dernières années, Brett avait effectué un long travail de persuasion sur lui-même : son amour pour Libby était bel et bien mort et il pouvait s'estimer heureux d'avoir échappé au mariage. Bien que profondément meurtri par la perte de leur bébé, il en était arrivé à croire que toute cette histoire s'était finalement terminée pour le mieux.

Il n'avait fait que se mentir à lui-même, il le comprenait à présent.

Ces trois derniers jours, il n'avait pas quitté Libby un seul instant et s'était senti électrisé par sa présence, comme si l'air s'était chargé d'une énergie nouvelle. Il avait retrouvé la joie de vivre. Loin d'être un romantique, il s'enorgueillissait de son côté loup solitaire, mais ses retrouvailles avec Libby avaient chamboulé tout son beau raisonnement : pour la première fois depuis longtemps, il était contraint de réviser son jugement.

Il aimait la savoir près de lui. Il n'avait jamais souffert de solitude, mais lorsqu'elle repartirait, elle laisserait un vide insondable qu'il ne parviendrait jamais à combler. Et ce moment-là approchait.

Sa jeep avait été remontée de la rivière et remorquée jusqu'à l'atelier de carrosserie où seraient réparés les dégâts de l'accident. Reconstruire le pont s'était avéré une tâche plus ardue. La météo jouait contre l'équipe de volontaires qu'il avait rassemblés — des hommes prêts à travailler le week-end, des bûcherons et des employés de la scierie ainsi que de nombreux habitants qui avaient répondu présent en souvenir des parents de Libby.

Entre temps, celle-ci avait insisté pour retourner au camp.

— Je ne peux pas rester chez toi indéfiniment, lui avait-elle fait remarquer une nuit, tandis qu'ils terminaient de faire la vaisselle.

— Et pourquoi pas ?

Les yeux de Libby s'étaient voilés d'une profonde tristesse :

— Tu as ton travail, Brett. Je ne suis qu'une gêne pour toi.

— Me suis-je plaint de quelque chose ?

— Et tu sais bien que si je suis revenue ici, c'est avec une intention bien précise : je veux passer les fêtes au camp.

Ils s'étaient chamaillés et il avait dû céder face à ses arguments. Pas question de s'engager avec une femme qui ne voulait pas de lui ! Le problème, c'est qu'elle lui envoyait des signaux contradictoires. Certes, elle agissait en femme volontaire et indépendante, parfaitement capable de s'en sortir seule, et pourtant, chaque fois qu'il l'embrassait ou la serrait dans ses bras, il avait la certitude que c'était pour lui qu'elle était revenue. Quoi qu'elle prétende.

Ils amenèrent des provisions et du matériel au camp, en traversant la rivière à cheval, car le pont n'était qu'en partie reconstruit. Noël approchait et Libby semblait farouchement déterminée à passer les fêtes dans les chalets rustiques qui avaient si longtemps appartenu à son père.

— Tu es sûre de vouloir rester ici ? demanda Brett en évaluant du regard l'état de détérioration des bâtiments abandonnés.

— Certaine, répliqua-t-elle. Pourtant, une partie d'elle-même brûlait de repartir s'installer avec lui dans son chalet de ranger, modeste mais chaleureux, et d'y rester aussi longtemps qu'il serait d'accord. Oui, mais ensuite ? Pouvait-elle rester ici en se contentant d'avoir une liaison avec lui, sans mariage ni enfant à l'horizon ? Cinq ans auparavant, la perte de son bébé lui avait fait comprendre que Brett n'avait nulle envie de fonder un foyer. Certes, il aurait fait son devoir, l'aurait épousée et aurait reconnu leur enfant, mais après sa fausse couche, leur relation s'était rapidement effilochée. La colère et l'humiliation de son père découvrant la vérité — sa fille attendant un enfant hors des liens du mariage — n'avaient rien fait pour arranger une situation déjà bancale. D'ailleurs, elle aussi portait une part de responsabilité dans cet échec : sur le moment, elle avait été inconsolable.

Sa décision était prise :

— Je dois rester au camp pour faire le point, lui expliqua-t-elle. C'est pour cela que je suis revenue.

Brett se massa la nuque et fixa la cime déchiquetée de Pine Mountain.

— Fais comme tu veux, Libby, mais je préférerais que tu restes avec moi. Ça ne t'engage à rien.

Son cœur se brisa. *C'est bien là le problème*, songea-t-elle, en réalisant qu'elle n'avait jamais cessé de l'aimer.

— Je pense qu'il nous faut du temps pour réfléchir à la situation.

Le visage de Brett se ferma.

— J'ai du mal à réfléchir quand je suis près de toi.

Comme pour confirmer ses dires, il la prit dans ses bras, lui fit passer le seuil du réfectoire et la déposa sur le vieux sofa. Là, il lui fit longuement l'amour. Libby fut ébranlée jusqu'à l'âme par un orgasme d'une violence rare. Elle l'aimait, oui, elle l'aimait, ces mots ne cessaient de résonner dans son esprit. Ils s'endormirent ensemble devant le feu, enroulés dans de vieilles couvertures. Dans la nuit, il eut encore envie d'elle et Libby répondit à son désir avec impatience ; elle lui rendit ses baisers et ses étreintes avec un désespoir né de la certitude qu'aux premiers rayons du soleil, il s'en irait, laissant derrière lui leur amour s'étioler.

Le lendemain matin, il s'attarda le plus longtemps possible, puis insista pour lui laisser Flintlock dans la grange : il fallait bien qu'elle ait un moyen de transport. Elle accepta finalement, à contrecœur.

Elle passa les deux jours suivants à nettoyer le réfectoire et à décorer la pièce de quelques guirlandes lumineuses, qu'elle avait emportées dans ses bagages. Puis, elle installa un petit sapin qu'elle était allée couper elle-même. Elle envisageait de passer le réveillon seule et d'assister à la messe le jour de Noël. Quant au spectacle… Elle n'était pas sûre d'être en état d'apprécier les festivités.

Et Brett dans tout ça ?

Elle décida de repousser cette pensée pour le moment : Brett déclenchait en elle un torrent d'émotions trop difficile à gérer. C'est pourquoi elle préférait se concentrer sur le train-train quotidien de sa vie au camp.

Le nouveau pont — une construction très temporaire — fut achevé au cours du week-end précédant Noël. Trois énormes poutres, fabriquées à la scierie de Cascade, soutenaient de lourdes planches soigneusement fixées et assemblées. Bien que ne permettant le passage que d'un véhicule, la structure était solide, et Libby pourrait éventuellement la faire consolider si jamais elle envisageait de rouvrir le camp. Brett arriva par le nouveau pont et gara sa Bronco devant le réfectoire.

— On dirait que tu as repris du service, observa-t-il.

Le rythme cardiaque de Libby s'accéléra en le voyant. Avait-elle vraiment fait le bon choix en refusant de rester avec lui ? Allons ! Ce n'était pas le moment de se poser des questions.

— Il ne me manque que ma jeep…

— Bill Yeltson m'a appelé ce matin pour me dire qu'elle était prête. J'étais venu dans l'intention de te déposer en ville.

Lorsqu'ils entrèrent dans Cascade, la petite bourgade lui parut agréablement familière. Ce jour-là, la ville était en pleine effervescence. L'arbre de Noël trônant devant la mairie brillait de tous ses feux, et la vente de charité organisée pour les fêtes battait son plein dans le foyer municipal. Les stands croulaient sous les pâtisseries maison, les couvre-lits en patchwork, les maisons de poupée et les objets en céramique.

Libby goûta le cake aux airelles et acheta une douzaine de cookies, sans oublier deux figurines réalisées à la main pour orner son modeste sapin. L'intérieur chaleureux du foyer résonnait des traditionnels chants de Noël et les vendeurs bavardaient à bâtons rompus avec leurs clients.

Avant, Libby ne manquait jamais la vente de charité. Sa mère participait à la confection de plusieurs couvre-lits en patchwork et passait la semaine précédant les festivités à faire des cakes au rhum et des petits sablés à la confiture. La mélodie de *Jingle Bells* envahit le hall et les souvenirs affluèrent à sa mémoire. L'amour de ses parents lui manquait cruellement, tout comme le sentiment de sécurité que lui procurait la petite bourgade.

Certes, elle aimait l'excitation de la ville, mais au fond d'elle-même, c'est ici, à Cascade, qu'elle se sentait véritablement chez elle, entourée des familles qui s'étaient installées là depuis des générations.

— Hé, Libby, que dirais-tu d'un bol de cidre chaud ? Il est parfumé aux airelles...

Sandy Van Pelt se tenait derrière le comptoir séparant la cuisine du hall principal, où étaient exposées les réalisations culinaires.

— Je veux bien le mettre sur le compte de la maison, à condition que tu achètes une part de la tarte aux groseilles de ma mère.

— Comment résister à une offre aussi alléchante ?

Libby prit une assiette en carton contenant une copieuse part de tarte et, tandis que Brett s'entretenait d'une jument baie avec le fermier d'un ranch voisin, Sandy, vêtue d'un tablier rouge et vert qui recouvrait son ventre proéminent, rejoignit Libby.

— Je sais bien que je ne devrais pas... Mon médecin n'arrête pas de me dire que je prends trop de poids, mais je m'en fiche ! C'est peut-être la seule fois dans ma vie où je pourrais m'empiffrer sans avoir à en subir les conséquences. Tu connais le principe : une tranche de cake pour moi et un cookie pour le bébé...

Elles se mirent à papoter tout en mangeant. Sandy était manifestement folle amoureuse de son mari et heureuse de sa vie tranquille à Cascade.

— Je vais même quitter mon travail à la scierie après la naissance du bébé... Enfin, je vais essayer. Au moins un an ou deux, si nous pouvons nous le permettre. J'aimerais bien avoir un autre bébé tout de suite après celui-ci. Ensuite, je pourrais éventuellement devenir nounou pour me faire un peu d'argent.

Elle mordit dans sa tartelette au citron meringuée en poussant un soupir de contentement.

— Bon, assez parlé de moi. Et toi ? Comment ça se passe avec Brett ?

Libby se trémoussa sur sa chaise pliante, mal à l'aise.

— Comment ça ?

— Alors, vous sortez ensemble ou quoi ? Je me souviens que vous deviez vous marier tous les deux, à l'époque, et rien qu'à le voir avec toi, je crois déjà entendre les cloches carillonner...

Evitant de croiser le regard inquisiteur de son amie, Libby répondit :

— Non, je ne crois pas.

— Pourquoi ?

Pour tout un tas de raisons... A commencer par le fait qu'il ne m'aime pas et n'a pas la moindre intention de fonder une famille !

— Tu sais, j'ai ma vie à Portland. Je viens de finir une formation d'infirmière spécialisée et je dois examiner plusieurs propositions de travail avant de songer à ouvrir mon propre cabinet. C'est un peu pour ça que je suis revenue ici, pour faire le point.

— Nous aurions bien besoin de tes compétences médicales dans le coin, lui fit remarquer Sandy.

Libby coula un regard en douce en direction de Brett : avait-il surpris leur conversation ?

Elle secoua la tête et serra sa tasse de cidre entre ses mains.

— Je ne pense pas que ce soit possible. Je me suis trop habituée à la vie citadine.

— Mais au fond de toi, tu sais bien que tu es une fille de la montagne...

— Sandy ! On aurait bien besoin d'un coup de main par ici, cria Irene Brennan par-dessus les têtes massées autour du comptoir.

— Excuse-moi, le devoir m'appelle !

— Laissez-moi vous aider !

Faisant fi des protestations de Sandy et d'Irene, Libby enfila un tablier et alla se laver les mains.

— Tu m'as si souvent remplacée quand maman était malade, expliqua-t-elle en souriant. Et elle entreprit de couper d'épaisses tranches de gâteau à la carotte.

Brett dut rentrer au poste de garde mais fut de retour en ville pour la clôture de la vente de charité. Dans l'après-midi, Libby avait craqué et fait l'acquisition d'un couvre-lit et d'une maison de poupée ancienne, dont elle n'avait nul besoin. Mais l'ouvrage en patchwork lui rappelait les jours heureux de son enfance, quand, sur les genoux de sa mère, elle la regardait assembler les petits carrés de calicot. Quant à la maison de poupée, elle en avait toujours rêvé sans que ses parents aient jamais les moyens de la lui offrir. *Un jour*, pensa-t-elle en posant la réplique victorienne à l'arrière de sa jeep, *j'aurai peut-être une fille.*

Un jour. Peut-être.

Son petit sapin de Noël avait l'air pathétique. Et Libby se sentait seule. Sans Brett, le réfectoire semblait froid et désert. Elle avait installé la maison de poupée sur la table près de la fenêtre et recouvert le sofa défoncé du tout nouveau couvre-lit, mais en vain : elle ressentait tout de même un grand vide à l'intérieur.

Elle songea à son appartement en ville — un studio dans le quartier sud-est de Portland. Il n'avait aucun charme particulier, mais le loyer était modéré et elle s'y sentait chez elle depuis son départ de Cascade. C'était bien le seul attrait de son unique pièce avec coin cuisine… et canalisations défectueuses.

Je ne suis nulle part chez moi, se dit-elle en allant sous la véranda. Elle leva les yeux pour contempler le versant escarpé de Pine Mountain. Elle situait approximativement le poste de garde. Que faisait Brett en ce moment même ? La douleur qui lui rongeait le cœur ne semblait pas vouloir s'apaiser et elle réalisa brusquement qu'elle l'aimerait toute sa vie — enfin, presque.

Un jour viendrait, sûrement, où elle épouserait un homme

dont elle serait amoureuse, mais retrouverait-elle cette même passion brute, ce maelström émotionnel, comme avec Brett ? Même loin de lui, elle ne pouvait songer sans regrets à l'éclair éblouissant de son sourire, à l'ambre de son regard, à sa façon de battre des paupières en s'éveillant le matin.

On garde toute sa vie la nostalgie de son premier amour, songea-t-elle.

Incrédule, elle écarquilla les yeux lorsqu'il apparut devant elle, chevauchant Slingshot. Le cœur serré, elle retint sa respiration en le voyant, assis bien d'aplomb sur sa selle.

— J'étais justement en train de penser à toi, lui avoua-t-elle en le regardant descendre de cheval, faisant crisser la neige gelée sous ses bottes.

— Rien que de très convenable, j'espère.

— Comment serait-ce possible ? répliqua-t-elle d'un ton mutin, incapable de résister à l'envie de flirter avec lui.

Il esquissa un sourire et poursuivit en baissant la voix :

— Allons, miss Libby… Ne me dites pas que vous oseriez succomber au péché de luxure ?

— Moi ? rétorqua-t-elle tandis que les premiers flocons commençaient à tomber. Plutôt mourir !

Il l'enlaça et déposa un léger baiser sur son front.

— Que faut-il que je fasse pour te décider à rester ?

Dis-moi juste que tu m'aimes, s'écria-t-elle en son for intérieur. Elle sentit les larmes monter à ses yeux.

— Tu… Rien, il n'y a rien que tu puisses faire.

— Même si je me montre extrêmement persuasif ? s'enquit-il en l'embrassant avec tant de langueur que son cœur se mit à cogner dans sa poitrine. Il trouva la fermeture Eclair de sa parka, qui s'ouvrit dans un lent chuintement.

— Même si je…

La main de Brett se referma sur un de ses seins et elle tressaillit. Brusquement, il se mit à l'embrasser fiévreusement, passionnément, le corps tendu de désir. Il lui releva le menton pour la regarder droit dans les yeux.

— Je te préviens, jeune fille, j'ai des arguments *très* convaincants...

— Prouve-le moi, répliqua-t-elle, et avant qu'elle ait pu réagir, il la porta dans le chalet et lui fit l'amour sur le nouveau jeté de lit, devant un feu crépitant, non loin du minuscule sapin de Noël, installé dans un coin de la pièce.

Je pourrais être heureuse ici, songea-t-elle en s'abandonnant à lui corps et âme. Pourtant, au fond d'elle-même, elle savait que ça ne marcherait pas. Brett avait beau la désirer follement, il n'était pas amoureux d'elle. Il allait passer la nuit avec elle, mais le lendemain matin — la veille de Noël — il partirait. Pourquoi alors demeurer ici plus longtemps ? Cela ne servirait qu'à lui briser le cœur pour de bon. Elle allait emporter son arbre ridicule, toutes ses affaires, sa maison de poupée, son couvre-lit en patchwork, sans oublier tous ses souvenirs, et rentrer à Portland.

Son avenir était ailleurs, loin de Brett, loin des souffrances de son ancien chagrin d'amour. Elle avait prévu de passer Noël au camp, mais au lieu de cela, elle allait retourner en ville, chez elle, et débuter sa nouvelle vie en tirant définitivement un trait sur le passé.

Le 24 décembre commença par une belle matinée, mais entre Brett et Libby, l'ambiance était lourde et orageuse. Assombrie par trop d'émotions rentrées. Il n'essaya pas de la dissuader de s'en aller, déposa simplement un léger baiser sur ses lèvres et déclara :

— Fais ce que tu as à faire.

Méthodiquement, elle entassa ses affaires dans la jeep, tandis que Brett sellait Slingshot. Puis, il passa un licol autour de l'encolure de Flintlock.

— Alors, tu as pris une décision pour le camp ? s'enquit-il en la voyant attacher un cadenas neuf à la porte.

— Non, je n'en sais rien. Je vais vendre, je crois.

Il se frotta la mâchoire en évitant son regard.

— C'est sûrement la solution la plus raisonnable.

— Je vais peut-être en faire don à l'église. Papa l'avait acheté avec ses propres économies, mais le camp a presque toujours fonctionné pour la paroisse.

— Je suis sûr que ça ferait plaisir aux fidèles.

Il la contempla très longuement ; les bruits de la montagne, le murmure du torrent sur les galets, le ronron de la circulation, là-bas, sur l'autoroute, le bruissement des ailes des oiseaux de l'hiver, tout cela semblait résonner dans le cœur de Libby.

— Tu vas me manquer, dit-il doucement.

Sa gorge se noua brusquement.

— A moi aussi, tu vas me manquer.

Sans même un signe de la main, il enfourcha Slingshot et, avec un claquement de langue, entama sa chevauchée jusqu'au chalet, menant Flintlock par le licol, derrière lui. Libby aurait voulu courir le rattraper, pour lui avouer qu'elle l'aimait, et lui dire toutes ses bêtises sentimentales qu'elle réprimait tout au fond de son cœur, mais elle n'en fit rien.

Ce dont elle avait besoin, ce qu'elle voulait de toutes ses forces, c'était un mariage, un foyer avec des enfants, c'était de passer sa vie auprès d'un seul homme, en sachant qu'ils vieilliraient ensemble. Mais Brett, lui, se suffisait à lui-même.

Ignorant les larmes qui mouillaient ses cils, elle monta dans la jeep, démarra et partit vers le pont en partie reconstruit. A travers les branches d'arbres, elle aperçut Brett et ses chevaux en train d'escalader le terrain escarpé. Le reverrait-elle un jour ?

— Oublie-le, s'ordonna-t-elle en allumant la radio. Les haut-parleurs se mirent à vibrer des premiers accords de *White Christmas,* tandis que les larmes continuaient à couler le long de ses joues. Pourquoi se sentait-elle si malheureuse ? Elle n'aurait su le dire. Mais en entrant dans Cascade, elle eut l'impression terrible de s'engager sur la voie d'un désespoir inéluctable.

9

Il ne pouvait pas la laisser partir. Pas sans se battre. Qu'elle le veuille ou non, sa place était ici, avec lui. A Cascade. De retour au poste de garde, sa résolution était prise : il allait rattraper Libby, la convaincre de rester avec lui et lui demander de l'épouser.

A l'intérieur de la grange, Brett dessella Slingshot, lui ôta la bride, le bouchonna rapidement et attacha les deux chevaux avant de redescendre la colline au volant de sa Bronco. La route verglacée et encombrée de congères rendait la conduite périlleuse, mais il n'en avait cure.

Dans le pick-up, le téléphone sonna et il décrocha, s'attendant presque à entendre la voix de Libby au bout du fil. Mais c'était le répartiteur de la brigade de pompiers volontaires.

— Un incendie s'est déclenché à la scierie. Rassemblement de tous les volontaires à la caserne, ordonna-t-il. Brett serra les dents. Sa confrontation avec Libby devrait attendre. Jetant un œil en direction de l'horizon, il aperçut un nuage de fumée noire s'élevant vers le ciel.

— Merde ! jura-t-il en écrasant l'accélérateur. La Bronco bondit en avant.

En sortant de la ville, Libby passa devant l'église et le presbytère où elle avait grandi. Mue par une impulsion subite, elle ralentit et se gara contre le trottoir, laissant le moteur tourner au ralenti. Elle contempla une dizaine d'enfants en train de jouer dans la neige. Emmitouflés dans leurs écharpes, leurs bonnets et leurs mitaines, ils riaient aux éclats et poussaient de grands cris. Non loin de là, un autre groupe s'appliquait à construire

494

toute une famille de bonshommes de neige. D'autres enfants, plus turbulents, étaient engagés dans une féroce bataille de boules de neige.

Son cœur se serra. Dans son enfance, combien de fois avait-elle attendu les vacances pour jouer à construire des forteresses en compagnie des gamins du voisinage ? Un garçon plus âgé était poursuivi par trois petites filles qui lui lançaient des boules de neige bien compactes. Il courut se mettre à l'abri derrière un grand panneau annonçant le banquet ainsi que le spectacle prévus pour le réveillon de Noël.

Ce soir.

Et si elle restait pour y assister ?

Non, hors de question.

Et pourquoi pas ?

Parce que si tu restes, Brett Matson te brisera le cœur.

Mais peut-être pas, après tout. Et si elle restait pour tenter le tout pour le tout avec Brett ? Ils pourraient avoir un autre enfant... un autre bébé. Elle fronça les sourcils : sa mise au point avec Brett lui avait laissé un goût d'inachevé. Elle était revenue à Cascade dans le but d'affronter les démons de son passé, alors pourquoi ne pas admettre qu'elle était amoureuse de lui et qu'elle voulait l'épouser pour être la mère de ses enfants ? Bien sûr, il allait peut-être lui rire au nez ou tenter de la repousser avec douceur... Eh bien, dans ce cas, il lui faudrait bien admettre qu'elle s'était trompée sur son compte. Mais si elle lui avouait ses véritables sentiments, peut-être lui déclarerait-il son amour ? Il y avait une chance — une chance infime — pour que ça marche...

Faisant demi-tour en direction de la ville, elle adressa une rapide prière au ciel. Tremblante d'émotion, le cœur battant la chamade, elle était cependant certaine de faire le meilleur choix pour son avenir.

Les mains crispées sur le volant, elle se concentra sur ce qu'elle allait lui dire. C'est alors que retentit le premier hurlement de sirène — mauvais présage. Instinctivement, elle se gara sur le bas-côté, angoissée. Un camion de pompiers et un véhicule de secours la dépassèrent en trombe, les gyrophares lançant des éclairs bleutés. Ils furent rejoints par d'autres camions de pompiers et des voitures de police, et tous prirent la sortie de la ville.

Le cœur lourd d'inquiétude, Libby refit demi-tour pour suivre le cortège de véhicules de secours. Un nuage de fumée, noir comme de l'obsidienne, troublait la clarté du ciel d'hiver. La scierie, qui employait tant d'habitants de Cascade, était en feu.

— Oh, mon Dieu, murmura-t-elle, effondrée. Puis, elle écrasa la pédale de l'accélérateur et se mit à prier.

La panique régnait à la scierie. Par les portes ouvertes, les employés, blessés ou indemnes, se ruaient hors des bâtiments pour fuir les flammes, qui jaillissaient vers le ciel dans un grondement effroyable.

Les pompiers traînaient de lourdes lances d'arrosage pour aller les fixer aux pompes et lutter contre le feu qui ravageait l'un des hangars. Les ondes de chaleur émanant de la fournaise rendaient l'air irrespirable. Le chef de la brigade s'époumonait à lancer des ordres, tout le monde toussait et criait. A travers les chaînes de la clôture, les rescapés contemplaient le chantier où l'incendie faisait rage, totalement incontrôlable, faisant fondre la neige et menaçant de se propager aux autres bâtiments.

— Hé, vous ! Qu'est-ce que vous faites ici ? hurla le chef des pompiers en voyant Libby tenter de se faufiler vers le lieu du sinistre.

— Je viens vous apporter mon aide. Vous allez avoir des blessés et je suis infirmière.

— Je n'ai pas besoin de pagaille supplémentaire…

— Mais de bénévoles, si, rétorqua-t-elle, ce qui sembla faire retomber la colère du pompier bénévole.

— Nous avons alerté l'hôpital de Bend. Les ambulances arrivent.

— Bien. En attendant, je peux vous aider à trier les blessés selon la gravité de leur état.

Sans discuter plus longtemps, le chef de la brigade la présenta rapidement aux secouristes. Ils se mirent à travailler côte à côte, au fur et à mesure que les gens s'approchaient ou étaient transportés jusqu'à eux. Libby les examinait un par un, jugeait de l'étendue de leurs blessures et les classait par ordre d'urgence. L'air saturé de fumée leur brûlait les yeux et la gorge tandis que d'énormes jets d'eau étaient dirigés sur les flammes grâce aux gigantesques lances d'arrosage raccordées aux pompes.

— Il a dû y avoir une étincelle, affirma l'un des blessés. Dans le hangar C, près de la scie. Je n'ai jamais rien vu de pareil.

— Chut... Il semble que les pompiers soient en train de maîtriser l'incendie, le rassura-t-elle tout en l'examinant. Et de fait, les flammes, noyées sous des trombes d'eau, semblaient progressivement céder du terrain.

Sur le chantier, les pompiers couraient de toutes parts. Libby reconnut Brett parmi les volontaires sans avoir le temps de lui parler. Tandis qu'il s'efforçait de sauver les bâtiments, elle s'affairait à sauver des vies. La plupart des victimes ne souffraient heureusement que de blessures légères — quelques plaies et brûlures qui seraient certes douloureuses, mais finiraient par guérir. Néanmoins, un homme avait été aveuglé par les flammes et un autre présentait de graves brûlures au dos. Ils furent embarqués dans la première ambulance.

Les pompiers avaient réussi à maîtriser le feu et les brûlés les plus graves avaient été pris en charge par les ambulances, lorsqu'elle entendit Brett crier :

— Libby ! Par ici !

Le visage maculé de suie, il avait l'air sinistre. A ses côtés, sur un brancard, une femme se tordait de douleur.

— Oh, mon Dieu ! murmura-t-elle en reconnaissant Sandy.

— Elle a fait une chute. Elle craint de perdre le bébé.

Libby sentit le sang se retirer de son visage en entendant Sandy gémir sourdement.

— Oh, non... Oh, non !

Libby s'agenouilla auprès de son amie.

— Tiens bon. Tu ne risques rien. Et le bébé non plus, lui

assura-t-elle, même si à ce stade, elle ne pouvait avoir aucune certitude.

— Mais le bébé…

— … est plus costaud que tu ne penses, affirma-t-elle avec un sourire contraint.

Mais intérieurement, elle était glacée. Elle ne se souvenait que trop bien de sa propre expérience : allongée sur son lit d'hôpital, avec une impression de vide immense, paralysée d'angoisse à l'idée d'avoir fait une fausse couche.

— Allez, calme-toi et montre-moi où tu t'es fait mal.

— Je suis sortie du hangar en courant et je me suis tordu la cheville, expliqua Sandy, les yeux débordant de larmes. J'ai atterri sur le ventre, contre le béton, et j'ai senti… Oh, mon Dieu, j'ai eu l'impression d'écraser le bébé.

— D'accord, voyons cela…

Aussi discrètement que possible, Libby examina Sandy et, consternée, vit des traînées de sang le long des jambes de son amie.

— Est-ce que…

— Je pense que ça va. Tu as des saignements, mais pas trop graves… Elle chercha du regard le chef des pompiers. Il reste une ambulance ?

— Une seule.

— Alors, évacuez-la en priorité.

— Oh, Libby…, s'écria Sandy.

— Je vais venir avec toi, lui promit-elle, essaie de rester calme.

Quelques secondes plus tard, elles étaient en route pour Bend. L'ambulance roulait à tombeau ouvert, toutes sirènes hurlantes, mais les kilomètres semblaient défiler au ralenti. Libby garda la main de Sandy serrée dans la sienne durant tout le trajet et, ensemble, elles prièrent.

— Brett est allé appeler Leo. Il nous rejoindra à l'hôpital.

— Je ne peux pas perdre ce bébé… C'est impossible… murmura Sandy, le visage aussi blanc que le drap qui la bordait jusqu'au menton. Elle serrait la main de Libby à la briser.

L'ambulance s'arrêta enfin devant l'hôpital et Sandy fut évacuée vers le service des urgences. Brett arriva peu après, accompagné de Leo, et Libby faillit s'évanouir dans ses bras. Ils s'enlacèrent avec émotion pendant que Leo remplissait les formulaires d'admission. Puis commença l'attente, entrecoupée d'innombrables tasses de café tiède, dans une pièce bondée de parents et d'amis des victimes de l'incendie.

— Si seulement nous avions une clinique ou un centre de soins à Cascade ! s'exclama Leo en écrasant le mégot de sa troisième cigarette. Seigneur, pourquoi est-ce si long ?

— Ils ont beaucoup de travail, expliqua Libby.

— C'est bien pour ça qu'il nous faudrait un centre médical sur place.

Le regard de Brett croisa celui de Libby et elle se troubla.

Au bout d'une heure environ, un médecin très maigre, l'air soucieux, se dirigea vers Leo.

— M. Van Pelt ?

Bouleversée, Libby regarda le médecin prendre Leo à part. Elle s'appuya contre le mur, prête à affronter le pire, retenant sa respiration. Mais un large sourire éclaira le visage de Leo et ses yeux se remplirent de larmes.

— Sandy et le bébé vont bien, annonça-t-il en revenant vers eux. A part l'entorse, évidemment. Sandy doit rester allongée jusqu'au terme, mais le bébé va bien et c'est un garçon !

Les yeux brillants, il serra la main de Libby.

— Merci, murmura-t-il.

— Je n'ai rien fait...

— Au contraire, tout ça, c'est grâce à toi, Libby. Tu as probablement sauvé la vie de mon fils. Je ne l'oublierai jamais.

Il suivit le médecin dans le couloir et Libby sentit une douce chaleur l'envahir.

— Il a raison, tu sais, lui dit Brett en lui prenant le bras pour la guider à l'extérieur.

Le crépuscule teintait le ciel de douces nuances bleu lavande et les premières étoiles commençaient à apparaître.

Quand ils furent seuls, Brett l'enlaça et posa un baiser sur son front couvert de suie.

— J'essayais de te rattraper quand on m'a appelé pour l'incendie, expliqua-t-il. En voyant la jeep s'éloigner, j'ai su que je ne pouvais pas te laisser partir. Pas avant de t'avoir dit que je t'aimais, que je voulais t'épouser et passer le reste de mes jours auprès de toi.

Le temps était comme suspendu.

Au bord des larmes, Libby osait à peine respirer. Avait-elle bien entendu ?

— Mais moi aussi, je rebroussais chemin vers toi. J'ai aperçu des enfants en train de jouer devant l'église et j'ai compris que je ne pourrais jamais être heureuse sans toi... sans avoir des enfants avec toi.

— J'ai besoin de toi, Libby, déclara-t-il avec une étrange lueur dans le regard, et Cascade aussi. Tu pourrais t'installer et monter ton propre centre de soins ?

— Tu oublies nos enfants, qui va s'en occuper ?

— Sandy n'a-t-elle pas évoqué la possibilité de devenir nounou ? Elle pourrait peut-être même monter une crèche ? Je suis sûr qu'on pourrait trouver un immeuble en ville assez grand pour abriter une garderie et un centre de soins.

— Tu crois ça, hein ? fit-elle en souriant.

— Oui, si tu acceptes de m'épouser.

Refoulant ses larmes, elle le regarda, le visage rayonnant.

— Cela fait cinq ans que j'attends ta demande en mariage.

Il poussa un sifflement et la souleva de terre.

— Crois-tu que le pasteur arriverait à caser un mariage dans son emploi du temps, le jour de Noël ?

— Demain ?

— Ou ce soir.

— Oh, Brett... Je ne sais pas, il est très occupé en ce moment.

— On peut toujours lui poser la question. Allez...

— Maintenant ? s'écria-t-elle en riant, tandis qu'il la conduisait jusqu'à la Bronco.

— Il faut battre le fer tant qu'il est chaud. Nous allons rentrer nous changer à la maison, puis nous assisterons au spectacle. Je me débrouillerai pour attirer le pasteur dans un coin et on verra bien ce qu'il peut nous proposer.

Une fois qu'ils furent installés dans le véhicule, il démarra et repartit vers Cascade. Ils passèrent devant l'église, où les habitants s'affairaient à la préparation des festivités, puis s'arrêtèrent sur le parking de la scierie pour prendre la valise de Libby, qui était restée dans sa jeep. Il y avait encore quelques pompiers et des ouvriers de la scierie sur le site, en train de déblayer le chantier dévasté, mais Brett refusa de s'attarder. Il reprit la route étroite qui menait à son chalet de Pine Mountain.

Il aida Libby à descendre du pick-up et la serra très fort contre lui, comme s'il avait peur qu'elle disparaisse d'un moment à l'autre. En cette veille de Noël, la nuit semblait vouloir protéger leur amour : des milliers d'étoiles scintillaient au-dessus de la forêt recouverte d'un épais manteau neigeux et Brett l'étreignit éperdument contre la chaleur de son corps.

— Je vais tout faire pour t'ôter à jamais l'envie de repartir, promit-il.

— Cela n'arrivera plus.

Leurs lèvres fusionnèrent en un baiser qui présageait de l'amour qui les unirait toute leur vie. Dans le lointain, les cloches de l'église retentirent, l'écho de leurs tintements mélodieux résonnant à travers les montagnes.

C'est Noël, songea Libby, *et je suis chez moi. Je suis enfin de retour à la maison. Avec Brett. Pour toujours.*

REBECCA WINTERS

Magie d'hiver

Titre original :
A DADDY FOR CHRISTMAS

Traduction française de KARINE XARAGAI

1

— Jilly ? Où est mon papa ?

Dans l'hydravion qui glissait vers le quai désolé, Jill Barton songea qu'elle aurait bien aimé connaître la réponse à cette question.

— Je ne sais pas, mais nous allons le trouver, affirma-t-elle au petit garçon de cinq ans, sanglé dans sa ceinture de sécurité, sur le siège voisin de celui du pilote.

Elle n'avait encore jamais rencontré le père de Kip et se rendait pour la première fois à Kaslit Bay. Les quelques maisons et mobile-homes disséminés le long de la baie semblaient inhabités et dépourvus de toute activité humaine. On aurait dit que la région était entrée en phase d'hibernation en attendant l'arrivée du printemps ; la fine couche de neige tombée durant la nuit ne faisait que renforcer cette impression.

Toutefois, en regardant plus attentivement, elle distingua le mouvement d'un pick-up, cahotant sur la route défoncée qui débouchait de la forêt pour mener jusqu'au camp de bûcherons. L'hydravion longea le quai et Jill aperçut un homme vêtu d'une épaisse veste rouge à carreaux écossais, coiffé d'une casquette de base-ball, et qui agitait les mains au-dessus de sa tête en guise de bienvenue.

C'était probablement la personne qui lui avait vendu les billets d'avion, le propriétaire du bazar dont lui avait parlé Marianne, la mère de Kip. Au loin, elle avisa un autre homme qui émergeait de son pick-up. Son cœur se mit à battre à grands coups dans sa poitrine. Avec un peu de chance, c'était lui, le père de Kip…

Submergée par un sentiment proche du soulagement, elle détacha sa ceinture de sécurité et aida Kip à défaire la sienne ; elle vérifia ensuite que le petit garçon était bien emmitouflé dans sa parka, la capuche relevée, et que son écharpe lui couvrait correctement le nez et les joues, afin de protéger son visage des assauts du vent.

Le pilote entreprit de décharger la cargaison de l'avion et le plus âgé des deux hommes, le visage tanné par la vie au grand air, s'avança pour aider Jill et Kip à sauter sur le quai. Il les accueillit avec un regard avenant :

— Salut. Je m'appelle R. J. Ross, je suis le propriétaire du magasin. On m'a prévenu de l'arrivée de deux passagers. Sans vouloir être désagréable, j'avoue avoir du mal à comprendre ce qui vous amène dans le coin. A cette époque de l'année, l'endroit est pratiquement désert et la plupart des habitants ne reviendront pas ici avant le printemps.

Bien qu'habituée au froid pluvieux qui régnait en cette saison sur Ketchikan, la petite ville d'Alaska où elle résidait, Jill avait malgré tout noté une nette chute de la température depuis leur amerrissage — sans doute à cause du vent qui s'était levé. Elle resserra la capuche de sa parka qui dissimulait en grande partie ses courts cheveux de lin, puis, de sa main gantée, saisit celle de Kip et la serra très fort.

— J'accompagne ce jeune homme qui vient passer les vacances chez son père, déclara-t-elle.

Par-dessus l'épaule de R. J., elle regardait en direction de l'autre homme, âgé d'environ trente-cinq ou quarante ans, et qui approchait à grands pas.

A la seconde où elle distingua ses cheveux blond foncé et ses traits burinés — fort séduisants, dans le genre rude et viril — elle éprouva un véritable choc : elle avait devant elle l'homme dont le petit garçon qu'elle tenait par la main ne renfermait encore que la promesse.

Tête nue, le visage imberbe, le père de Kip mesurait plus d'un mètre quatre-vingts et, sous son jean délavé et sa parka, on devinait un physique puissant. A l'évidence, il était taillé pour le maniement des lourds outils de bûcheron ; ses yeux reflétaient le bleu profond de la baie.

Quand Jill avait raconté à ses élèves la légende de Paul Bunyan, tous les enfants l'avaient écoutée, fascinés — Kip, en particulier, était suspendu à ses lèvres. Depuis, il soutenait que son papa bûcheron ressemblait trait pour trait au mythique héros américain. En fait, aux yeux de Jill, un seul détail différenciait Paul Bunyan du père de Kip : contrairement au héros légendaire, ce dernier n'avait pas les cheveux noirs.

En quelques secondes, il passa en revue sa silhouette emmitouflée, d'un œil indubitablement masculin, ce qui éveilla en elle un émoi inconnu. Puis, son regard tomba sur Kip et pour finir, il salua R. J. d'un hochement de tête avant d'aller vers le pilote.

Jill cligna des yeux, complètement déroutée, car ni le père ni le fils ne semblaient s'être reconnus. Rien à voir avec les retrouvailles qu'elle s'était imaginées : Kip se précipitant en criant vers son père, ou bien ce dernier soulevant de terre son petit garçon d'un geste ample pour le serrer dans ses bras. Au lieu de cela, ils se comportaient tous deux en parfaits étrangers.

A quelques mètres de là, le père de Kip avait engagé la conversation avec le pilote qui l'aidait à décharger rapidement le reste du matériel de la remorque du pick-up.

Jill était perplexe. Depuis le temps qu'il n'avait pas revu son père, Kip s'était-il imaginé à tort qu'il avait les cheveux noirs ?

Elle cligna de nouveau des yeux. Enfin, Zane Boyle devait bien être capable de reconnaître son propre fils, même vêtu différemment qu'à l'ordinaire et le visage emmitouflé dans une écharpe…

La nuque chatouillée par un début de chair de poule, elle entraîna Kip à l'écart, s'accroupit devant lui et obligea l'enfant à la regarder droit dans les yeux.

— Mon poussin… Il faut tout de suite que tu me dises la vérité : c'est très, très important. As-tu déjà vu ton père ?

Kip n'eut pas besoin de répondre. Une ombre obscurcit

son regard et, secouant sa tête encapuchonnée, il fit signe que non.

Mon Dieu. Ainsi donc, Kip n'avait jamais rencontré son père… et il y avait fort à parier que Zane Doyle ne connaissait pas non plus son fils !

Etait-il possible qu'il ignore jusqu'à l'existence de Kip ? Connaissant Marianne Mongrief, la maman de l'enfant, Jill la supposait capable de tout. C'était une mère si irresponsable…

Son cœur se serra d'une terrible angoisse. Il lui fallait éloigner Kip d'ici pour tenter de lui épargner tout traumatisme lié à cette situation. Mais il était déjà trop tard. R. J. venait d'adresser quelques mots au séduisant inconnu. Complètement paniquée, elle regarda ce dernier s'approcher d'elle : ses yeux bleus s'était rétrécis et n'abritaient plus la lueur sensuelle qu'elle y avait perçue, quelques instants plus tôt.

— Si je comprends bien, vous êtes à la recherche du père de cet enfant, s'enquit-il à voix basse, d'un ton vibrant. Je m'appelle effectivement Zane Doyle, en revanche… jusqu'à la mort de mon épouse dans un accident d'avion, j'étais marié et heureux en ménage, mais nous n'avons jamais eu d'enfants. Je suis navré que vous ayez fait tout ce chemin depuis Ketchikan pour tomber sur le mauvais numéro.

Jill le crut.

Certes, c'était un parfait inconnu, mais au plus profond d'elle-même, elle savait qu'il disait la vérité.

Et pourtant, l'évidence était là… Elle rabattit le col de sa parka sur son visage.

Elle ne s'était pas trompée de Zane Doyle. C'était impossible : elle avait avec elle sa copie conforme — en modèle réduit —, qui assaillait de questions les hommes qui s'activaient à quelques mètres de là.

Dans le passé, Marianne avait forcément connu cet homme au charme ravageur — peut-être au moment où ce dernier essayait de surmonter le chagrin causé par le décès de son épouse.

Brusquement, toutes les omissions de Marianne, tous ses non-dits devinrent clairs comme de l'eau de roche. De même que la fascination de Kip pour Paul Bunyan, cette figure paternelle qu'il avait idéalisé dans ses rêves.

Prise d'un malaise, Jill laissa inconsciemment échapper un gémissement et se sentit chanceler, retenue de justesse par l'homme qui la saisit d'une poigne d'acier. Du haut de son mètre soixante-cinq, elle se sentait minuscule à côté de lui, mais tenta malgré tout de se dégager de son emprise.

— Vous êtes toute pâle. Qu'est-ce qui ne va pas ? s'enquit-il d'une voix trahissant une réelle inquiétude.

— Ce n'est rien, mentit-elle.

L'implorant de ses yeux de biche, bruns et veloutés, elle chuchota :

— Simplement, je suis si malheureuse pour Kip. Il était si impatient de voir son père. Il va falloir que je lui explique qu'il y a eu erreur. On nous a probablement dirigés vers la mauvaise île.

Elle s'humecta les lèvres nerveusement et poursuivit en balbutiant :

— Il y en a tant... avec des noms plus ou moins semblables.

Ses mots n'avaient pas franchi ses lèvres qu'elle comprit qu'elle était en train de s'enferrer.

Il scruta attentivement son regard.

— Etes-vous de la famille de cet enfant ?

— Non, avoua-t-elle en secouant la tête.

Elle aurait donné n'importe quoi pour être ailleurs : si seulement il la laissait partir avant que l'évidence ne lui saute aux yeux...

— Je suis son institutrice de maternelle : Jill Barton.

Les mains de l'homme lui emprisonnaient toujours les avant-bras. Elle sentait sa chaleur se propager à travers le tissu molletonné.

— Comment se fait-il que vous soyez chargée de l'accompagner jusqu'ici ? Où est sa mère ?

Jill esquiva son regard.

— C'est sans importance.

— Jilly ? J'ai froid, geignit Kip. Quand est-ce que papa arrive ?

— Une minute, Kip, lui lança-t-elle par-dessus l'épaule.

Affrontant une fois de plus le regard de Zane Doyle, elle déclara :

— Il faut que je m'en aille. Le pilote attend.

— Pas encore, murmura-t-il sans relâcher sa prise, une ombre d'autorité dans la voix. Je vous signale que le vent est en train de se renforcer, ce qui laisse augurer un vol de retour très agité jusqu'à Ketchikan. Ni moi ni le pilote ne vous conseillerions d'embarquer avec le petit.

— Mais je n'ai pas le choix. Je n'ai nulle part où aller ici.

— Je vous offre l'hospitalité jusqu'à ce que la tempête s'éloigne. Vous pourrez toujours rentrer par le prochain vol.

Elle secoua la tête, effrayée. Elle craignait par-dessus tout de se retrouver coincée avec le père de Kip — un homme qui ignorait tout de sa paternité.

— Non, tout va bien se passer.

Mais en prononçant ces paroles, elle fut forcée de constater que des moutons d'écume commençaient à se former sur la baie.

— C'est la dernière chose que ma femme m'ait dite avant de monter dans le cockpit et de disparaître dans un brouillard complet.

A son ton, on aurait pu croire qu'il n'avait pas encore surmonté son deuil. Ses yeux couleur d'azur avaient viré au bleu marine. Subjuguée par son regard, elle sentit de nouveau une bouffée de tristesse lui poignarder le cœur.

— Si vous vivez à Ketchikan, vous devez savoir qu'en Alaska, les maisons sont toujours ouvertes aux voyageurs — surtout pendant un blizzard. Ne me dites pas que vous, une institutrice, risqueriez la vie de l'enfant qui vous a été confié, par seule crainte d'accepter l'hospitalité que vous offre un inconnu ?

Une vague de chaleur la submergea et, sans prévenir, les larmes débordèrent du frêle rempart de ses cils.

— Jamais je ne laisserais mes propres peurs prendre le pas sur la sécurité de Kip !

Mortifiée d'avoir perdu son sang-froid devant lui, elle s'empressa de tamponner ses larmes de sa main gantée.

— Alors, où est le problème ? demanda-t-il de son timbre velouté.

Marianne Mongrief ! Le voilà, mon problème, M. Doyle ! aurait voulu pouvoir s'écrier Jill. *Vous êtes le père biologique de Kip, mais c'est à Marianne que revient le devoir de vous dire la vérité. Et non à moi.*

— Madame ? Vous venez ? Si nous devons partir, c'est maintenant.

L'intervention énergique du pilote la força à agir, tout en lui épargnant la nécessité de forger un mensonge de toutes pièces pour répondre à la question de M. Doyle. Elle se dégagea de son emprise et se précipita vers Kip qu'elle serra contre elle.

— Ton papa ne se trouve pas ici, mais la tempête est en train de s'aggraver. Ce gentil monsieur — M. Doyle — nous propose de rester chez lui jusqu'à ce que le temps s'éclaircisse. Qu'en dis-tu ?

— Comme tu veux…

En apprenant que son père n'était pas sur cette île, l'excitation du petit garçon avait cédé la place à la déception. Si Marianne s'était trouvée là, Jill lui aurait volontiers tordu le cou pour les avoir mis tous les trois dans une situation aussi pénible. Comment osait-elle manipuler ainsi des vies innocentes ?

Elle leva finalement un regard inquiet vers le pilote, en grande conversation avec les deux hommes.

— Je pense que Kip et moi allons attendre ici que la tempête s'apaise.

— C'est la meilleure solution, approuva le pilote tout en souriant à Kip. A bientôt, mon petit gars.

Après lui avoir donné une tape affectueuse sur l'épaule, il monta dans l'hydravion et quelques secondes plus tard, s'éloigna du quai.

R. J. se tourna vers Jill :

— Si vous avez besoin de quoi que ce soit, vous n'avez qu'à venir au magasin. Ma femme vous procurera tout ce que vous voulez. Sois sage, petit !

Il leur serra la main à tous et s'en alla.

— Kip ? Tu m'as l'air assez costaud pour porter ce carton jusqu'à mon pick-up, observa M. Doyle, prenant sur-le-champ la direction des opérations. Plus vite nous dégagerons le quai de toutes ces marchandises et plus vite nous pourrons rentrer chez moi, à l'abri du froid.

— Je peux porter encore plus de choses ! s'exclama Kip, sa lassitude envolée, relevant vaillamment le défi fait à ses modestes forces.

Jill fut surprise par la réaction de Kip, qui d'ordinaire fuyait les adultes : la tactique de M. Doyle était-elle dictée par le hasard ou par l'instinct ? S'emparant de leurs valises, elle leur emboîta le pas : le père et son fils remontèrent le quai, les bras chargés de paquets. A présent, elle comprenait d'où Kip tenait sa démarche bondissante. Son père marchait exactement de la même manière. Stupéfiant !

Quand ils eurent fini de tout charger à l'arrière du pick-up Chevrolet — un vieux mastodonte —, l'hydravion avait depuis longtemps décollé et disparu à l'horizon. Le vrombissement du moteur se perdit dans le lugubre mugissement du vent.

Une bouffée de colère l'envahit de nouveau en songeant à la traîtrise de Marianne. Au mépris des sentiments d'autrui — et de ceux de Kip en particulier — elle l'avait délibérément impliquée dans une situation des plus délicates, une affaire privée, et qui aurait dû le rester.

Avec un choc, elle réalisa que l'homme, dont le regard inquisiteur la troublait tant, ne perdait pas une miette de la révolte qui transparaissait sur son visage.

— Détendez-vous, madame Barton. Vous n'êtes pas condamnée à passer la nuit dans un igloo.

Soulagée de constater qu'il avait mal interprété ses pensées, elle rétorqua :

— J'ai plusieurs fois fait l'expérience des igloos, figurez-vous.

C'est un refuge qui en vaut largement un autre pour s'abriter lors d'une tempête.

Subitement, le pli sévère de la bouche de l'homme s'incurva en un sourire qui, en d'autres circonstances, aurait illuminé son univers. Avec une grâce nonchalante, il lui ouvrit la portière côté passager.

— Kip, pourquoi ne monterais-tu pas à côté de moi ? Pendant que tu guetteras les caribous, nous verrons si ta maîtresse est capable de repérer une famille d'autours des palombes.

— Jilly dit qu'ils sont en voie de… « d'instruction ».

Sans se laisser démonter par sa difficulté à prononcer le mot « extinction », Kip fit valoir son point de vue d'un ton catégorique et grimpa dans la cabine, en s'empressant de se pousser sur le siège pour faire de la place à Jill. Son écharpe avait glissé, découvrant ses joues roses. Nul doute que lorsque M. Doyle prendrait le temps d'observer Kip attentivement, il serait frappé par son étonnante ressemblance avec l'enfant.

Avant de refermer la portière, il émit un petit rire — Jill en ressentit l'écho se répercuter dans tous son corps.

— Ta maîtresse a tout à fait raison. C'est pourquoi ma société a décidé de préserver une zone tampon non exploitée de plus de quinze mille hectares, afin de protéger leurs sites de nidification.

Secrètement ravie par cette révélation, Jill fit son possible pour ne pas le suivre béatement des yeux tandis qu'il contournait l'avant du véhicule pour venir s'installer au volant.

— Vous avez une société ?

Jill s'étonna une fois de plus de voir Kip se comporter sans la moindre timidité avec cet homme. A en juger par l'émerveillement qui faisait vibrer la voix du petit garçon, cette question n'était que la première d'une très longue série. M. Doyle ne se doutait pas de ce qui l'attendait. En quelque sorte, c'était un juste retour des choses, pour un père qui, la plupart du temps, devait probablement n'en faire qu'à sa tête, songea Jill, avant de se morigéner intérieurement : *Arrête de te faire tout un cinéma au sujet de cet homme !*

— Absolument, confirma Zane Doyle.

Bien qu'il n'ait fait que répondre à la question de Kip, on aurait dit qu'il lisait dans les pensées de Jill.

Après avoir démarré, il étoffa quelque peu sa réponse :

— Ma société s'appelle la Bellingham-Wales Pulp and Lumber.

— Tu la connais, Jilly ?

Jill intégra sans la moindre surprise la métamorphose sociale de Zane Doyle qui, de simple bûcheron, était passé au statut de propriétaire d'une des entreprises de bûcheronnage les plus prospères du pays, une société qui s'étendait sur deux Etats. Une fois de plus, elle se retrouva piégée par son regard.

— Etant donné votre omniscience, j'attends votre réponse avec anxiété, madame Barton.

— C'est quoi « l'orniscience » ?

Zane Doyle éclata d'un rire grave et viril qui résonna dans la cabine du pick-up tandis qu'ils s'éloignaient du quai. Sa gaieté était si communicative que très vite, Jill ne put s'empêcher de mêler son rire discret au sien, en dépit de sa nervosité. Elle attira Kip sur ses genoux, rattrapée par le besoin soudain de sentir la chaleur de son petit corps pour apaiser le sien, parcouru de tremblements.

D'une voix empreinte d'une tranquille ironie, Zane Doyle expliqua :

— Cela signifie que ta maîtresse est infaillible.

Kip se tourna vers Jill qui tentait de réprimer un sourire.

— Ça veut dire quoi « infouillible », Jilly ?

— Eh bien, répondez ! l'asticota son hôte, sans une once de pitié. Je suis impatient d'entendre votre définition.

Jill sentit ses joues s'enflammer.

— M. Doyle s'amuse à me taquiner. En fait, il veut dire que comme je suis ton institutrice, tu t'imagines que je sais tout.

— Mais c'est vrai, en plus ! Robbie dit que tu es plus intelligente que son père.

— Voilà un compliment qui vaut son pesant d'or, madame Barton, commenta la voix moqueuse de l'autre côté de la cabine.

Je me demande ce qu'en pense M. Barton… ajouta-t-il à voix basse, mais sa remarque n'échappa pas à l'ouïe fine de Kip.

— Jilly n'est pas mariée ! Maman dit qu'il y a tout plein d'hommes qui voudraient bien lui passer la bague au doigt mais qu'elle continue à attendre le prince charmant.

— Kip…, gémit Jill.

— Je crains que le prince charmant ne soit une espèce relativement rare en Alaska, grommela leur hôte.

— C'est quoi un prince charmant ?

— Excellente question, fiston. Si nous, les hommes, connaissions la réponse, ta Jilly serait déjà mariée à l'heure qu'il est.

— Et vous, vous êtes marié ?

— Je l'ai été, il y a longtemps.

— Qu'est-ce qui s'est passé ?

— Ma femme est morte.

— C'est triste. Où sont vos enfants ?

— Je n'en ai pas.

— Comment ça se fait ?

Il laissa passer un silence.

— Nous avons trop tardé à nous décider à en avoir.

— Moi, je suis content que mon papa m'ait eu. Vous le connaissez ?

— Quel est ton nom de famille ?

— Mongrief.

2

Un silence interminable pesa dans l'habitacle, un silence que personne n'osa rompre avant que Zane Doyle ne réponde :

— Je ne peux pas dire que je le connaisse.

Jill se sentit gagnée par une sueur froide : le nom de Mongrief avait une signification particulière pour M. Doyle, c'était évident. Sinon, sa voix n'aurait pas eu cette inflexion lugubre. Le sujet qu'elle désirait tant éviter ne pouvait désormais plus être ignoré ni conjuré par un simple souhait.

D'après ce que lui avait dit Marianne, le côté Mongrief de sa famille était d'origine écossaise. A la mort de son père, sa mère avait émigré dans le nord de l'Idaho pour se rapprocher de sa famille. Puis elle avait obtenu la nationalité américaine mais s'était retrouvée confrontée à une situation financière délicate.

Prise à la gorge, Marianne était partie s'installer en Alaska pour y chercher du travail : ce devait être à cette époque qu'elle avait fait la connaissance de Zane Doyle… Marianne devait être la seule personne en Alaska à porter le nom de Mongrief. Prise de panique, Jill pivota sur son siège, cherchant à détourner de leur hôte le regard de l'enfant.

— Regarde, Kip ! J'ai vu quelque chose bouger dans ce bosquet !

— Où ça ?

— Là.

Jill pointa un doigt tremblant en direction d'un dense bouquet de pins à la cime malmenée par le vent, sous lequel s'étaient réfugiés un mâle et deux femelles.

— Des caribous ! Vous avez vu, monsieur Doyle ? s'écria-t-il à l'intention de leur conducteur, qui se concentrait sur son volant pour ne pas faire d'embardée sous la violence des bourrasques.

— Appelle-moi Zane. Combien y en a-t-il ?

— Trois.

— Tu as de bons yeux.

— Mais c'est Jilly qui les a vus en premier, confessa-t-il avec honnêteté. Le père de Robbie dit qu'elle a des yeux dans le dos.

— C'est vrai, miss Barton ?

— Je n'en sais rien. Ma vue ne s'étend pas jusque-là.

— N'importe quoi ! gloussa Kip en se rapprochant du conducteur. Dis, Zane, tu vis dans une caravane ?

— Absolument pas. Attends un peu, tu vas bientôt découvrir l'endroit où j'habite.

Jill était bien forcée d'admettre que sa curiosité n'avait rien à envier à celle de Kip. Depuis qu'ils avaient quitté le camp, elle s'efforçait de déceler le moindre signe de civilisation dans l'univers peuplé d'arbres saupoudrés de neige qui bordait la baie.

Une minute plus tard, le pick-up s'engagea sur la route tortueuse qui grimpait à flanc de montagne. Après avoir longtemps cahoté, ils parvinrent enfin à une clairière.

— Oh…

Jill et Kip poussèrent une exclamation d'admiration simultanée en apercevant la maison moderne construite sur deux étages, toute de verre et de bois patiné. Les lignes électriques et téléphoniques étaient déjà installées.

La bâtisse s'élevait seule dans un champ, jouissant à perte de vue du paysage de la baie parsemée d'îles boisées que Jill avait déjà aperçues de l'avion. En été, les fleurs sauvages devaient transformer la montagne en un feu d'artifice de couleurs…

Pour l'instant, de légers flocons de neige tourbillonnaient autour du pick-up tandis que les violentes rafales gagnaient encore en intensité. Pourtant, de temps en autre, le vent changeait de cap et soufflait les flocons dans une autre direction, permettant à Jill d'entrapercevoir, dans le lointain, les montagnes couronnées de glaciers.

— Que c'est beau ! s'écria-t-elle d'une voix vibrante d'émotion.

— Ce furent mes mots exacts la première fois que je suis venu ici.

— Quand était-ce ?

Elle ressemblait à Kip, avide de tout savoir sur lui.

— Il y a vingt ans, quand cette partie de l'île du Prince de Galles était encore un territoire vierge.

— Tu vis là tout seul ? s'enquit Kip.

— Non. J'ai un ami qui s'appelle Beastlie.

— C'est parce qu'il est bestial ?

Zane pouffa de rire.

— Tu verras bien…

— Jilly…, fit Kip en se tournant vers elle, d'une voix où se mêlait crainte et excitation. Tu crois qu'il est bestial, son ami ?

— Ma foi, je n'en sais trop rien, mais d'après moi, Beastlie est un bâtard.

— C'est quoi un « pâtard » ?

— Le résultat d'un mélange de plusieurs races de chiens.

— Ah, ouais… Comme celui de M. Ling. Le sien, il s'appelle Toutou.

— Exactement.

En entendant leur conversation, Zane tourna brusquement la tête et darda un regard incisif en direction de Jilly. Après avoir marmonné que le père de Robbie n'avait peut-être pas tort après tout, il continua sa route jusqu'à la maison.

Il l'aborda par l'arrière et Jill constata avec surprise la présence de tas de planches et de plaques de plâtre recouvertes de plastique, plus ou moins à l'abri d'une citerne de mazout. De gros travaux étaient encore en cours.

— L'extérieur de la maison est fini depuis deux ans. Maintenant, j'essaie de venir à bout de l'intérieur.

Il lut dans ses pensées avec une facilité déconcertante.

— Pourquoi n'entrez-vous pas pour faire connaissance avec mon… (Il hésita un instant)… toutou, pendant que Kip et moi nous occupons de décharger le pick-up ?

L'étrangeté de sa question mêlée à la lueur indéchiffrable de son regard lui envoyèrent des picotements le long de l'échine.

Son cœur s'emballa et elle déclara :

— Il me semble qu'en tant qu'invitée surprise, la politesse exige que je me charge d'abord du travail. Ensuite, vous pourrez nous présenter tous les deux à Beastlie.

Zane Doyle fit brièvement la moue avant de déclarer à Kip, en aparté :

— Heureusement que je ne l'ai pas comme institutrice. Elle est tellement intelligente qu'elle m'effraie.

— Je te l'avais bien dit…, répliqua Kip d'un ton empreint d'une solennité extrême.

De nouveau, Zane lui lança un bref coup d'œil, mais cette fois, dépourvu de la lueur de gaieté qui éclairait d'habitude son regard. En fait, elle n'arrivait pas à déchiffrer son expression énigmatique. Après un silence d'une durée inquiétante, elle l'entendit déclarer :

— Un homme averti en vaut deux.

Quelque chose dans le timbre étrange de sa voix lui laissa deviner que, sous l'abord affable et amical qu'il affectait devant Kip, Zane Doyle dissimulait des intentions secrètes.

Elle se sentit écrasée par la certitude de son pressentiment. En temps normal, cet homme, qu'elle percevait instinctivement comme une personne très réservée, ne lui aurait jamais ouvert sa maison.

D'ailleurs, si le pilote avait jugé que la météo lui permettait de repartir à Ketchikan en toute sécurité, pourquoi Kip et elle auraient-ils couru davantage de risques ? En repensant — trop tard, hélas ! — à la mise en garde de Zane, qui avait prétendu que le pilote lui déconseillait de rentrer avec Kip, elle sentit un frisson glacé la parcourir : toute cette histoire sonnait faux.

Zane Doyle ne dirigeait pas une énorme entreprise pour rien. Bien avant d'avoir entendu le nom de Mongrief, il avait flairé un mystère. Bien résolu à connaître le fin mot de l'énigme, il s'était non seulement servi de la mort de sa femme comme d'un prétexte pour faire pression sur elle, mais en outre, il avait également autorisé Jill et Kip à envahir son sanctuaire privé pour une durée indéfinie.

Peut-être avait-il compris toute la vérité avant même qu'ils aient quitté le quai ? Peut-être aussi soupçonnait-il Jill de jouer, de son plein gré, un rôle actif dans le plan éhonté conçu par Marianne ?

Quelle désinvolture, quelle cruauté de la part de la mère de Kip de m'avoir fourrée dans une telle situation ! Et d'user d'un tel stratagème pour apprendre à son ancien amant qu'il avait un fils !

Mais cruauté n'était peut-être pas le mot juste. Marianne n'était peut-être pas capable de méchanceté délibérée.

Elle souffrait sans doute d'instabilité, d'une faille dans sa personnalité, qui l'empêchait de prendre toute la mesure de ses actes. Enfin, quelle que soit l'explication de son comportement irresponsable, trois personnes étaient sur le point d'en payer le prix fort. Mais Jill était prête à se battre comme une louve pour protéger Kip.

— Qu'est-ce que c'était ?

Jill se posa la même question. Ils venaient à peine de s'extraire du pick-up lorsqu'ils entendirent un cri effroyable dont l'écho résonna dans toute la montagne, semblable au hurlement d'un loup. Elle se pencha pour passer un bras protecteur autour des épaules de Kip.

Zane Doyle, qui avait déjà entrepris de décharger les marchandises de la remorque du pick-up, les renseigna :

— C'est Beastlie. Vous vous y ferez. C'est sa façon de vous souhaiter la bienvenue.

— Où est-il ? s'enquit Kip, sautillant d'excitation.

— Juste derrière toi.

Kip et Jill firent simultanément volte-face, juste à temps pour voir un chien au pelage gris et blanc bondir vers eux. Il ressemblait beaucoup à un husky, mais Jill ne manqua pas de remarquer qu'il était également mâtiné de loup.

— Il est énooorme ! s'émerveilla Kip tandis que le chien allait tout droit à son maître pour se frotter contre ses jambes.

Si Jill avait vu juste, nul doute qu'en prestige, Beastlie battait Prince et King à plate couture — c'étaient les noms qu'avait donnés Kip aux chiens imaginaires du père qu'il s'était inventé.

— Retire ton gant et approche doucement ta main, de manière à ce qu'il puisse identifier ton odeur.

Kip tendit machinalement son gant à Jill et obéit aussitôt à la suggestion de son père : il lui faisait déjà une confiance aveugle. Zane Doyle possédait le don étrange de rassurer toutes les personnes qu'il rencontrait.

— C'est bien. Maintenant, gratte-lui le sommet du crâne, ici, et tu t'en feras un ami pour la vie.

Tirant la langue d'application, Kip s'efforça de chatouiller le chien à cet endroit précis, condition requise pour qu'un tel miracle s'accomplisse. Mais pour le petit garçon, ce genre de caresse tenait de l'exploit, car Beastlie, sur ses quatre pattes, était plus grand que lui.

Le chien, devinant avec une intuition quasi humaine le problème de Kip, baissa la tête avec un petit gémissement pour permettre à l'enfant d'atteindre le sommet de sa tête. Le petit garçon exprima sa joie par un fou rire ravi, tandis que le chien se rapprochait de lui petit à petit, désireux de prolonger ce moment de parfaite entente.

Jill sentit sa vision se brouiller en surprenant une expression de tendresse s'épanouir sur le visage de Zane Doyle. Peu de gens devaient avoir eu l'occasion d'observer un tel sentiment sur ses traits burinés. Elle songea, transportée de joie, que c'est Kip qui était à l'origine de cette soudaine métamorphose.

A cet instant, Zane Doyle avait l'air détendu et insouciant — il ressemblait à un jeune père normal. Le vent furieux décoiffait ses cheveux courts et plaquait son jean et sa parka contre son corps, mettant en valeur son physique athlétique : Jill songea qu'elle n'avait jamais rencontré un homme aussi séduisant que lui.

Apparemment, elle partageait ce point de vue avec Marianne.

Un curieux pincement au cœur lui fit ressentir le besoin de s'éloigner de quelques pas, mais elle ne put éviter d'être éblouie par l'éclair bleu de son regard intense : il l'avait surprise en train de l'observer. Un sentiment de honte l'envahit : son attirance pour cet homme ne faisait que compliquer une situation déjà intenable.

— Vous ne croyiez tout de même pas vous en tirer à si bon compte, miss Barton ? Maintenant, c'est votre tour de faire connaissance avec Beastlie.

— N'aie pas peur, Jilly. Regarde...

Kip s'empara de sa main droite, lui ôta son gant et laissa le chien lui renifler les doigts.

— Maintenant, gratte-lui la tête.

Les rôles étaient désormais inversés : c'était lui le maître et elle l'élève.

Elle fourragea dans l'épais pelage du chien et se mit à le gratter affectueusement, le sourire aux lèvres.

— Bonjour, monsieur Beastlie, enchantée de faire votre connaissance...

Kip se remit à glousser :

— Il ne s'appelle pas M. Beastlie. N'importe quoi, Jilly !

— Etant donné que je préfère l'avoir pour ami, j'ai pensé qu'il valait mieux m'adresser à lui poliment.

— Sage décision, murmura leur hôte.

Malheureusement, le bruit du vent empêcha Jill de déceler l'inflexion de sa voix : était-ce une plaisanterie ou un avertissement ? De toute façon, il se tenait trop près d'elle et sa présence la troublait de façon intolérable.

Pour tenter de se donner une contenance, elle entreprit de caresser vigoureusement le chien des deux mains.

— C'est vrai que tu es une grosse bête, mais tu es aussi très beau, hein ?

Beastlie se mit à émettre un son qui ressemblait davantage au ronronnement d'un chat qu'à une expression canine.

— Continuez comme ça et il va finir par définitivement m'oublier, ironisa la voix grave de Zane Doyle. Avant que j'aie perdu tout pouvoir sur lui, je vous suggère d'entrer dans la maison. On te suit, Kip. Tu n'as qu'à passer par la porte de derrière, là-bas.

— Est-ce que Beastlie peut entrer, lui aussi ? demanda Kip, après qu'ils ont eu franchi le seuil et pénétré dans une sorte de véranda, dont la température ambiante offrait un contraste éminemment appréciable avec le froid glacial du dehors.

Jill retira son manteau et leur hôte fit de même avec sa parka. Il aida ensuite Kip à dénouer les liens de sa capuche.

— Tu sais, Beastlie préfère rester à l'extérieur — surtout par ce genre de temps. Mais pour cette nuit, il dormira au pied de ton lit.

Kip tourna brusquement sa tête bouclée, arborant un sourire qui illumina son visage rayonnant.

— Tu as entendu ça, Jilly ?

Seigneur… !

L'espace d'une seconde, Jill dut fermer les yeux. Zane Doyle venait de se retrouver face à face avec son propre reflet miniature. Nul besoin d'un extrait de naissance pour lui fournir la preuve de sa paternité sur l'enfant…

Toutes les caractéristiques des Doyle se trouvaient réunies chez Kip : la courbe des sourcils bien dessinés, les oreilles parfaites, le même épi blond foncé, la mâchoire carrée, le menton volontaire, le large sourire, le corps robuste…

Les chiens ne font pas des chats… Et le dicton était de circonstance !

3

Ce moment était trop privilégié pour être partagé par une étrangère et Jill aurait donné n'importe quoi pour ne pas y assister. Leur première rencontre n'aurait pas dû se dérouler ainsi. Elle aurait voulu pouvoir crier son sentiment d'injustice.

Elle souffrait de ne pas pouvoir les envelopper tous les deux de ses bras pour implorer leur pardon. Elle aurait dû percer à jour la ruse de Marianne, à temps pour pouvoir déjouer son plan.

— Allons dans la cuisine nous préparer un déjeuner vite fait, proposa Zane. Vous, je ne sais pas, mais moi, je viens de me rendre compte que je mourais de faim.

Leur hôte se comportait comme s'il était inconscient du séisme qui venait d'avoir lieu, mais Jill n'était pas dupe : elle avait perçu l'altération dans sa voix, devenue rauque. Il parlait avec le subit enrouement d'un homme en proie à une violente émotion.

Kip murmura son assentiment et le suivit le long du couloir, imitant sans s'en apercevoir le pas de son père à la perfection.

— On va manger du thon ?

— Ah, non… Des hamburgers. J'ai horreur du thon.

— Moi aussi, mais Jill dit qu'il faut en manger parce que ça rend intelligent.

— Ma mère me disait la même chose. Alors tu sais ce que je faisais ? Quand j'arrivais à l'école, j'échangeais mes sandwichs avec ceux d'un copain qui détestait le beurre de cacahuètes.

— Je ferai pareil l'année prochaine, quand je passerai en CP et que je serai obligé de rester à l'école toute la journée.

— Bonne idée. La salle de bains est au bout du couloir — c'est la première porte à gauche — et là, à droite, c'est la cuisine. Tu connais ta droite et ta gauche ?

— Bien sûr ! C'est Jilly qui m'a appris.

— Alors, je parie qu'elle t'a également appris à te laver les mains et le visage avant de passer à table ?

— Ouais… Et il faut aussi que je me passe les dents au fil dentaire après les repas parce qu'elle veut pas que j'abîme mes quenottes de porcelaine…

— Tes « quenottes de porcelaine » ? répéta-t-il en gloussant.

— Oui ! Jilly a des drôles de noms pour tout.

— Par exemple ?

— Elle dit qu'il faut que je me coupe les griffes et que je shampouine ma tignasse. Des trucs comme ça. Elle fait rire tous les enfants.

— Elle est effrayante, je le maintiens.

Kip se redressa, les poings sur les hanches :

— Elle est pas effrayante ! Moi, je l'aime plus que tout au monde.

— Kip…, murmura Jill, ravie bien qu'interloquée par cette déclaration d'amour spontanée.

— C'est un sacré compliment dans la bouche d'un élève de maternelle. Je me demande si elle fait bien la cuisine.

— Elle fait les meilleurs cookies et le meilleur chili et les meilleurs Mickey en pancakes de Ketchikan !

— C'est vrai ? Dans ce cas, je vais la mettre au travail : elle n'aura qu'à rester dans la cuisine pour préparer les repas pendant que nous, les hommes, nous irons scier du bois dehors.

— Avec une vraie scie ?

— C'est la seule façon d'y arriver.

— On pourra y aller après manger ?

— Tu sais, pour le moment, la tempête fait rage.

— Je m'en fiche.

— Alors, moi aussi.

— Attends cinq minutes, Zane. Reste là.

— Je vais dans la cuisine avec ta maîtresse.

— Tu promets que toi non plus tu t'en vas pas, hein, Jilly ?

— Promis.

Il courut à la salle de bains dans un bruit de cavalcade qui n'allégea en rien l'atmosphère de tension qui régnait entre eux. Jill se raidit lorsque son hôte fit demi-tour vers elle ; il la transperça de ses yeux réduits à de simples fentes et dont le bleu avait pris une teinte sombre et glacée.

Le masque du père tendre et charmant s'était évanoui, et en un clin d'œil, Zane s'était métamorphosé en quelqu'un d'autre. Jill perçut en lui toute une palette de sentiments allant de l'indicible souffrance à la rage pure. Mais que faire ? Elle était totalement impuissante.

— Je n'ai qu'une seule question : où est Marianne ? s'enquit-il d'un ton grinçant.

La gorge nouée, Jill bredouilla :

— Je... je n'en sais rien, sincèrement.

— Comment ça ? s'étonna-t-il d'une voix déformée par la douleur. Vous jouez les Mary Poppins de bas étage, vous vous pointez jusqu'ici pour me présenter un fils tombé du ciel, et maintenant, vous avez le culot de prétendre que vous ne savez rien de sa mère ?

Sous l'effet de la colère, les tendons jaillissaient de son cou.

Jill n'osait pas proférer un mot de plus. La bouche de l'homme s'était réduite à un simple pli.

— Elle... Elle est partie se marier. Mais je n'en sais pas plus.

Vif comme l'éclair, il lui saisit le menton, l'empêchant de fuir son regard.

— Je ne peux pas accepter ce genre de réponse, miss Barton, rétorqua-t-il, livide.

Et comment lui en vouloir ?

— Je suis tout à fait d'accord avec vous et croyez bien que je suis navrée, murmura-t-elle d'un ton voilé de larmes, ses yeux le suppliant de lui accorder sa confiance. Tenez.

Elle attrapa son sac à main et en sortit la lettre que Marianne lui avait laissée. Elle l'avait trouvée la veille, posée sur l'évier de la cuisine, en ramenant Kip de l'école.

— Lisez ceci et vous en saurez autant que moi.

Il la fixa d'un regard impitoyable, détaillant ses traits féminins avec un dégoût non dissimulé. Puis il posa les yeux sur l'enveloppe. Jill sentit son cœur saigner pour lui.

Jamais elle n'avait vécu un moment aussi horrible. Elle ne pouvait supporter de le voir bouleversé à ce point, sa poitrine se soulevant rapidement, écrasé par une émotion déchirante. *Oh, Marianne… Comment as-tu pu lui infliger une telle épreuve ?*

— Jilly ? Vous êtes en train de vous embrasser avec Zane ? s'enquit une jeune voix pleine de curiosité.

Kip était de retour.

— Pas vraiment, mon garçon.

Zane Doyle répondit à sa place car pour l'instant, elle était incapable de prononcer le moindre mot. Lentement, presque à regret, il relâcha l'étau de sa main et lui arracha l'enveloppe.

Elle songea qu'elle n'oublierait jamais la sensation de ses doigts sur la fine peau de son poignet. Si les émotions pouvaient se transmettre par le toucher, alors cet homme vivait un bouleversement intense. Sans l'intervention de Kip, elle aurait probablement assisté au déchaînement de la fureur de Zane Doyle.

Manifestement, il la rangeait dans la même catégorie que la mère de Kip et elle craignait que la lettre de Marianne ne suffise pas à l'innocenter.

Pour la première fois de sa vie, Jill avait vraiment peur. Car à moins de pouvoir lui prouver le contraire, il la jugerait complice de ce crime et méritant par-là même un châtiment identique à celui de la mère de Kip.

Quelle ironie ! Surtout maintenant que Zane Doyle avait pris un tel ascendant sur son cœur, reléguant Harris Walker aux oubliettes, lui et tous ses prédécesseurs. Et elle ne le connaissait pas depuis deux heures…

— J'étais en train de me dire que ta maîtresse devait avoir envie de se rafraîchir un peu avant de passer à table.

Kip était totalement inconscient de la situation, mais Jill savait que la suggestion de Zane — faussement innocente — devait être comprise comme un ordre : il ne supportait plus sa présence. En outre, il voulait rester en tête à tête avec son fils pour tenter de faire face à cette nouvelle réalité.

Comprenant parfaitement sa douleur et à son besoin de partager une certaine intimité avec son fils, elle demeura dans la salle de bains jusqu'à ce qu'elle entende enfin Kip remonter le couloir en courant pour l'avertir que le déjeuner était prêt.

4

— Tu devrais aider Jilly à faire la vaisselle pendant que je monte enfiler de vieux vêtements. Ensuite, on ira dehors et on fera un sort à ce petit tas de bois, de l'autre côté de la maison.

— D'accord, Zane. Mais dépêche-toi !

Jill avait déjà proposé de ranger la cuisine après le délicieux déjeuner qu'ils avaient partagé, composé de salade, de hamburgers et de glaces.

Kip avait dévoré. D'habitude, il n'aimait pas la salade, mais aujourd'hui, il était littéralement transformé et semblait vouloir imiter en tout point son nouveau modèle masculin.

Par bonheur, Kip avait monopolisé la parole, animant une conversation qui sans lui, aurait été inexistante. Depuis qu'elle était entrée dans la cuisine, Jill avait évité le regard glacial du maître de céans, péniblement consciente que la lettre de Marianne se trouvait encore dans sa poche, dans l'attente d'être lue. Cinq minutes d'isolement à l'étage laisseraient le temps à Zane de la parcourir rapidement pour tenter de comprendre la façon dont fonctionnait le cerveau de Marianne.

Depuis qu'il était descendu au quai pour aller à la rencontre de l'avion, la vie de cet homme avait été complètement chamboulée. En une fraction de seconde, il s'était retrouvé père d'un petit garçon de cinq ans aussi adorable que vulnérable, et qui à l'évidence, avait déjà conquis le cœur de son papa.

Par quelque mystérieuse alchimie, ils avaient déjà réussi à établir une certaine complicité entre eux, tout comme elle s'était sentie attirée par Kip dès le premier jour de la rentrée.

D'instinct, elle savait que Zane Doyle n'était pas homme à fuir ses responsabilités — même s'il avait une autre femme dans sa vie.

Certes, la situation était difficile pour lui sur un plan personnel. Pourtant, quels que soient les commérages malveillants auxquels l'exposerait cet événement nouveau auprès de ses employés et ses relations d'affaires, il agirait dans le seul intérêt de Kip. Elle n'en doutait pas une seule seconde et cette certitude la soulageait de sa pire crainte.

Ses proches feraient bloc autour de lui. Quant aux autres, Zane avait suffisamment de force de caractère pour gérer les personnes qui, n'étant pas dans la confidence, pourraient tenir des propos désobligeants à son endroit.

C'était un homme merveilleux : pour en juger, il n'y avait qu'à voir la relation qu'il avait déjà établie avec Kip. Il se conduisait avec un naturel qui ne laissait pas de doutes sur sa sincérité. Mais pourquoi diable Marianne n'était-elle pas restée avec lui ? Comment expliquer qu'elle n'ait pas fait tout ce qui était en son pouvoir pour garder un tel homme auprès d'elle ? Auprès de Kip…

C'était tout bonnement incompréhensible. D'ailleurs, il valait mieux qu'elle s'occupe les mains pour ne pas devenir folle à force de penser et de s'angoisser pour une situation qui lui échappait désormais complètement.

En temps normal, elle aurait pris un réel plaisir à s'activer dans cette cuisine moderne et spacieuse, avec ses placards de bois de noyer verni, éclairés de touches jaune citron. La maison tout entière avait été conçue pour obtenir le maximum d'espace et d'ensoleillement.

L'hiver en Alaska pouvait parfois s'avérer déprimant avec son enfilade de mois sombres, même pour ses habitants les plus aguerris, mais Zane Doyle avait créé un intérieur qui donnait l'illusion de la lumière et il en tirait le plus grand profit. Jill mourait d'envie d'explorer les autres pièces.

Apparemment, il fallait encore réaliser quelques travaux d'électricité dans les chambres à l'étage, mais les ouvriers qui aidaient Zane étaient rentrés chez eux pour Noël, et le travail avait été interrompu jusqu'à la fin des vacances.

Lors du repas, en écoutant la conversation entre Kip et son père, elle avait découvert que ce dernier habitait en fait un appartement à Bellingham, dans l'Etat de Washington, là où se situait le siège social de sa société. Son autre entreprise se trouvait à Thorne Bay, à cinquante kilomètres environ de Kaslit Bay, où l'avion avait amerri quelques heures plus tôt afin d'embarquer une cargaison pour son compte.

Grâce au tempérament curieux de Kip, elle avait appris que, dès que la fin des travaux, leur hôte comptait faire de cette maison sa résidence principale. Il ferait la navette pour se rendre à son travail à Thorne Bay ou à Bellingham grâce à l'avion de sa société.

Jill ignorait tout de ses projets : avait-il décidé de passer les fêtes ici ? Noël n'était que dans deux jours… Ou bien Kip et elle avaient-ils eu la chance de l'intercepter avant qu'il ne ferme la maison pour retourner passer les vacances à Bellingham ? A ce stade cependant, tout dépendait de la météo : c'est elle qui déciderait de l'endroit où ils se réveilleraient au matin de Noël.

Zane avait mentionné sa mère, mais ses parents étaient-ils encore en vie ? Avait-il des frères et des sœurs ? Des neveux et des nièces — les cousins de Kip ? Tant de questions sans réponse… Enfin, sans réponse pour la bonne raison qu'elle préférait se tenir à l'écart de cet homme, le temps qu'il tente de faire face à une situation qui aurait découragé un saint.

— Jilly ? On est prêts à sortir.

Occupée à ranger les verres dans un placard, elle se retourna brusquement et faillit en laisser tomber un en découvrant le maître des lieux en tenue d'hiver, paré pour affronter le froid. Il émanait de lui un charme absolument irrésistible.

Sous le bonnet de ski, ses yeux impénétrables passèrent brièvement en revue ses cheveux de lin, ses jambes fuselées, moulées par le jean qu'elle portait, et ses courbes voluptueuses que soulignait un pull bleu marine à manches longues. Mais le visage de Zane restait de marbre : impossible de déchiffrer l'effet produit sur lui par la lettre de Marianne — sans parler de ses sentiments concernant son rôle à elle dans le déroulement de toute cette histoire.

Le cœur gros, elle appela Kip :

— Viens ici, mon chéri. Fais-moi voir si tu es correctement emmitouflé.

Les mains tremblantes, elle resserra les liens de sa capuche.

— Qu'est-ce que tu vas faire pendant qu'on sera dehors ?

Elle lui embrassa le bout du nez avant de le recouvrir de son écharpe.

— C'est un secret.

Elle sourit, mais son sourire s'estompa en captant le coup d'œil inquiet de leur hôte.

— Enfin, si vous êtes d'accord, bien sûr..., ajouta-t-elle doucement.

Il posa la main sur l'épaule de Kip avec un naturel déconcertant. Jill vit combien chacun de ses gestes donnait un sentiment d'importance à Kip : l'enfant se sentait unique. C'était un véritable crime de leur avoir fait perdre cinq ans de partage quotidien alors qu'ils étaient si bien ensemble ! Cette pensée lui donna envie de pleurer, mais ses yeux restèrent secs.

En sortant de la pièce, il lui lança :

— Comme je vous l'ai dit, la cuisine sera votre territoire tant que vous resterez ici.

Tant que vous resterez ici... Ses mots résonnèrent de façon inquiétante.

Jill s'était fait un tel souci au sujet des retrouvailles de Kip et de son père qu'elle n'avait pas encore eu le temps d'envisager la possibilité que l'enfant ne retourne pas dans sa classe de maternelle.

Si le souhait de Marianne se réalisait, si Zane Doyle annonçait à l'enfant qu'il était son père et s'il décidait de vivre avec son fils dans l'Etat de Washington en attendant la fin des travaux, Jill risquait fort de ne plus jamais revoir son petit élève préféré.

Elle partageait un appartement avec Marianne depuis le

mois de septembre et, au cours des quatre derniers mois, Jill était devenue une véritable mère pour Kip, Marianne ayant virtuellement renoncé à toute responsabilité envers son fils. Le seul fait de penser que Kip ne vivrait plus avec elle, qu'elle ne l'aurait plus en classe, était trop douloureux pour pouvoir être envisagé.

La dernière fois qu'elle était allée rendre visite à ses parents, ceux-ci l'avaient mise en garde :

— Harris ne va pas attendre ta réponse indéfiniment. Tu pourrais déjà être mariée à l'heure qu'il est et attendre un bébé au lieu de gâtifier avec Kip.

Mais sa relation avec Harris n'était pas totalement satisfaisante. Certes, il était séduisant, intelligent et dévoué, mais elle n'arrivait pas à s'imaginer dans le rôle de son épouse et de la mère de ses enfants. D'ailleurs, aucun homme n'avait jamais éveillé ce désir de maternité en elle. Enfin, jusqu'à ce jour...

Mon Dieu, que lui arrivait-il ? Qu'avait-elle à fantasmer sur l'homme avec lequel Marianne avait eu une liaison ? Un homme qui, tout aussi bien, avait refait sa vie avec quelqu'un d'autre...

Au cours du déjeuner, Kip lui avait demandé s'il avait une autre femme, et Zane avait répondu par la négative. Mais cela ne signifiait pas qu'il ne fréquentait personne en dehors de son travail. Un homme aussi excitant et mystérieux que Zane Doyle ne devait jamais manquer de compagnie féminine. En effet, quelle femme aurait pu rester insensible à son charme ? Elle était bien placée pour le savoir...

Cherchant un exutoire à son trop-plein de tension nerveuse, elle visita le rez-de-chaussée et, à son grand ravissement, découvrit un salon en dénivelé, éclairé par d'immenses baies vitrées ouvrant sur la baie. Un bureau, dont le mur intérieur était garni de rayonnages du sol au plafond, jouxtait le salon avec lequel il partageait la cheminée. Des banquettes, installées le long des fenêtres, ajoutaient un charme particulier à la pièce, permettant d'observer la nature à loisir et de jouir de la vue sur la forêt voisine.

Les deux pièces étaient meublées du strict minimum : deux canapés, quelques chaises, un bureau. Elle ignorait si Zane avait l'intention de laisser le parquet nu ou de le recouvrir de moquette. Selon elle, l'aspect patiné des lattes de bois donnait une ambiance chaleureuse dans le salon et au bureau et ne nécessitait nul autre ornement.

Son exploration la mena ensuite à la salle de bains dans laquelle elle s'était réfugiée jusqu'au repas, puis à un garde-manger. La véranda à l'arrière contenait un immense congélateur ainsi qu'une machine à laver et un sèche-linge. Cet homme avait décidément réalisé une maison de rêve dans un lieu paradisiaque.

Etant enfant unique, Jill avait suivi ses parents dans tous leurs voyages durant les vacances d'été : elle avait ainsi visité l'Europe, l'Amérique du Sud et l'Orient. Mais c'est au cours de leur croisière en Alaska, quelques années plus tôt, que ses yeux s'étaient ouverts aux merveilles de cette nature sauvage, vierge de toute civilisation.

Encore aujourd'hui, elle ne trouvait pas de mots pour décrire les kilomètres de beauté pure, de paysages à couper le souffle qu'elle avait contemplés à perte de vue et dans toutes les directions. Des cieux d'un bleu lumineux, libres de toute pollution, d'immenses pics montagneux, des glaciers immaculés, luisants sous le soleil, des cascades aux eaux bouillonnantes, des forêts d'un vert inimaginable et des ruisseaux aux flots étincelants, regorgeant de poissons. Pour elle, l'Alaska était le secret le mieux gardé du monde.

Au cours de cette croisière, elle avait résolu de retourner vivre ici quelque temps. Et lorsqu'un poste d'enseignante s'était finalement offert à elle pour remplacer une institutrice qui avait pris une année sabbatique, elle avait sauté sur l'occasion. Mais c'était une erreur. Elle s'en rendait compte à présent et le savoir la torturait.

Au fond de son cœur, bien sûr, elle était heureuse que Kip et son père aient eu la chance de pouvoir se rencontrer. Il y a d'ailleurs bien longtemps qu'ils auraient dû faire connaissance. Marianne aurait dû y veiller.

Mais d'un point de vue plus personnel, elle aurait préféré n'être jamais venue à Kaslit Bay, ne jamais avoir rencontré Zane Doyle, ne jamais avoir foulé son magnifique domaine.

En proie à une souffrance qui ne cessait de croître, elle s'avoua qu'elle avait devant elle la vie dont elle avait toujours rêvé... Un homme dont la beauté s'accordait à la splendeur d'une région qu'elle portait chevillée au corps et un petit garçon qu'elle aimait comme son propre fils.

La situation devenait périlleuse pour elle : il ne lui restait plus qu'à espérer que le temps s'éclaircisse d'ici le lendemain pour qu'elle puisse rentrer dans sa famille et prendre le temps d'analyser avec le recul des événements qui, pour l'instant, lui échappaient totalement.

La seule idée de partir lui brisait le cœur : comment supporter de passer loin d'ici les fêtes de fin d'année — sans parler du restant de ses jours ?

Effrayée par la violence de ses sentiments, elle courut dans la cuisine et se mit à réfléchir au menu du dîner.

Pendant qu'elle cherchait les divers ingrédients nécessaires à la préparation des cookies préférés de Kip, elle entendit le rugissement d'une tronçonneuse par-dessus le hurlement du vent. Dehors, un petit garçon débordant d'énergie devait être fou de joie.

Plusieurs semaines auparavant, elle lui avait offert une hache et une scie en plastique pour compléter sa panoplie de Paul Bunyan. Mais aujourd'hui, son rêve était devenu réalité, guidé par les conseils d'un homme qui allait lui enseigner le maniement correct de tous ces outils, et grâce auquel il bénéficierait d'un apprentissage sur le tas.

Elle mourait d'envie de les rejoindre. Au lieu de cela, elle s'absorba dans sa tâche avec davantage de vigueur qu'à l'accoutumée, essayant de profiter au maximum de la vue qu'elle avait de la fenêtre de la cuisine. Il ne neigeait pas trop fort, mais le vent semblait redoubler de violence.

Elle ne s'attendait pas à ce que quelqu'un appelle et la sonnerie du téléphone la fit sursauter. Pendant un certain temps, elle s'était imaginé qu'à l'abri de cette maison isolée, ils avaient échappé à l'emprise de la civilisation. Devait-elle aller répondre ? Qu'aurait voulu Zane ?

Le téléphone continuait de sonner. Le correspondant, quel qu'il fût, semblait déterminé à le joindre. C'était peut-être Marianne... Peut-être qu'à la dernière seconde, prise d'un soudain remords, elle avait préféré appeler pour s'assurer que son fils était arrivé à destination et qu'il se portait bien.

Cela ne lui ressemblait vraiment pas, mais Jill était résolue à lui accorder le bénéfice du doute, car dans son amour pour Kip, elle refusait de croire que sa mère puisse l'abandonner ainsi.

Sans perdre une seconde de plus, elle se précipita dans le bureau pour décrocher. Une femme lui répondit d'une voix dénuée de la moindre trace d'accent écossais.

— Je suis bien chez Zane Doyle ?

Jill se cramponna au combiné.

— Euh... oui...

Il y eut une petite pause, puis la voix s'enquit :

— Qui est à l'appareil ?

Soucieuse de ne pas donner une fausse impression à son interlocutrice, Jill répondit :

— Je suis une invitée de passage... M. Doyle m'a recueillie en raison de la tempête qui touche la région. J'attends que le temps se calme pour pouvoir reprendre l'avion. M. Doyle est dehors, il coupe du bois. Voulez-vous que je l'appelle ?

— Non, fit sa correspondante d'un ton trahissant une immense déception. Ne le dérangez pas. Je lui avais pourtant dit de venir à Bellingham dès hier. Maintenant, qui sait quand il arrivera à la maison ? Pouvez-vous lui dire de rappeler Brenda quand il rentrera ?

— Bien sûr.

Jill raccrocha.

Pendant un instant, elle avait été tentée de demander à quel numéro il devait rappeler, mais s'était rendu compte juste à temps de l'erreur qu'elle était sur le point de commettre. Si cette femme avait parlé à Zane pas plus tard que la veille et si elle paraissait aussi démoralisée d'apprendre qu'il n'était pas encore parti la rejoindre, c'était le signe qu'elle avait une relation intime avec lui.

Une douleur aiguë lui poignarda le cœur : pour la première fois en vingt-six ans, elle faisait l'amère expérience de la jalousie.

Le téléphone sonna encore deux fois avant qu'elle ne quitte le bureau — des appels professionnels, mais rien d'urgent. Cependant, au ton de ses correspondants, il était clair que les deux hommes étaient contrariés que Zane ne soit pas disponible dans l'immédiat.

Elle laissa les messages sur son bureau et se hâta vers la cuisine, inquiète d'avoir laissé brûler les cookies.

A sa grande surprise, son retour précipité dans la cuisine coïncida avec le retour de Kip et de son père. Elle entendit le babillage surexcité du petit garçon et le bruit de chaussures qu'on tapait pour en secouer la neige.

Alors qu'elle sortait la plaque du four, ils firent leur entrée dans la cuisine. Elle ne put s'empêcher de remarquer que le vent avait enluminé le teint de Zane, faisant ressortir le bleu extraordinaire de ses yeux. Quant à Kip, ses joues vermeilles rehaussaient l'éclat vert de son regard noisette.

— Miam ! Du fudge aux pépites de chocolat ! s'exclama-t-il en lançant un regard empreint de vénération en direction de son père. Attends un peu de goûter ça !

— J'espère que vous ne serez pas déçu, s'empressa de d'intervenir Jill.

— Pourquoi ça ? demanda-t-il d'une voix de baryton qui ébranla tout son corps malgré elle.

Elle se massa la nuque — un geste de nervosité qui parut le fasciner.

— Il y a eu trois appels pour vous et je crains que les cookies ne soient restés un peu trop longtemps au four.

Le regard perçant de Zane la délaissa pour se concentrer sur son fils.

— On les goûte, mon grand ?

Kip hocha vigoureusement la tête tandis que son père s'emparait de deux morceaux de fudge, un pour chacun, qu'ils dévorèrent en clin d'œil. Tandis qu'elle attendait leur verdict, leur hôte en engloutit deux autres, lui fournissant par là même la réponse qu'elle attendait avec impatience.

Il alla chercher du lait dans le réfrigérateur, en remplit deux verres et pria Kip de s'asseoir à table pour ne pas renverser de lait ni mettre des miettes par terre.

Après avoir vidé son verre, Zane s'approcha de Jill et lui murmura :

— Vous n'auriez pas dû répondre au téléphone.

Son ouïe l'avait-elle trahie ? Elle ne décela aucune trace de colère dans la voix de Zane. Et dans le regard qui la dévisageait de nouveau, elle ne lut aucune condamnation.

— Je suis en vacances depuis lundi, je branche donc le répondeur car je n'ai aucunement l'intention de rappeler qui que ce soit.

Retenant sa respiration, elle hasarda :

— Pas même Brenda ?

5

Son regard s'alluma d'une lueur étrange et il alla poser son verre vide dans l'évier.

— Ma charmante sœur rêve de voir toute la famille réunie à Noël. Je crains que certains événements survenus entre-temps n'aient irrémédiablement compromis son souhait.

Pour une foule de raisons qu'elle préférait ne pas analyser pour le moment, Jill ressentit un tel soulagement en entendant sa réponse qu'elle laissa échapper :

— Je… j'ai cru que c'était peut-être Marianne qui appelait pour prendre des nouvelles de Kip.

Aussitôt, un sombre rictus déforma les traits séduisants de Zane.

— Ne me dites pas que vous la croyez capable de se soucier de quiconque à part d'elle-même, sinon vous ne seriez pas ici. Alors arrêtons cette comédie et cessons d'attendre quelque chose qui ne risque pas d'arriver, conclut-il avec amertume.

Une colère monumentale transparaissait derrière ses mots. Il faisait allusion à une histoire entre Marianne et lui dont Jill ignorait tout — et très franchement, elle préférait ne rien savoir.

— Je peux avoir encore du fudge, Jilly ?

Elle tourna brusquement la tête :

— Tu ne devrais peut-être pas trop manger maintenant. Nous allons bientôt passer à table.

— Pourquoi n'irais-tu pas à la porte de derrière pour dire à Beastlie qu'il peut entrer maintenant ?

Dieu merci, son père avait eu la présence d'esprit de suggérer cette diversion.

— Youpi !

Dès qu'il fut sorti de la cuisine, Zane déclara :

— Il va nous falloir parler très sérieusement tous les deux — ce soir, quand Kip sera couché. Ce qui m'amène à mon prochain point : j'ai dans l'idée qu'il ne voudra pas aller se coucher si on ne le fait pas dormir dans la même pièce que vous. Etant donné qu'en haut, il n'y a en tout et pour tout qu'un lit de camp, vous devrez coucher tous les deux dans le salon.

— C'est parfait, s'empressa-t-elle d'acquiescer. Kip sera aux anges.

— Tant que vous serez auprès de lui, je n'en doute pas une seule seconde, marmonna-t-il sèchement dans sa barbe, mais Jill intercepta sa remarque et sentit le rouge lui monter aux joues.

— L'un des deux canapés est convertible. Quant à l'autre, vous n'aurez qu'à l'arranger pour y dormir. Je vais aller au magasin pour me procurer des draps et des couvertures.

Apparemment, personne d'autre que lui n'avait jamais séjourné ici, songea-t-elle, ravie. Evidemment, elle avait tort d'être aussi excitée à l'idée qu'ils allaient tous les trois passer la nuit sous le même toit, mais elle ne pouvait empêcher son cœur de cogner follement dans sa poitrine.

— Puis-je donner un bain à Kip pendant votre absence ?

— Bien sûr. Comme la salle de bains du premier est encore en travaux, nous serons tous obligés d'utiliser celle du bas, au fond du couloir. D'ailleurs, cela me rappelle que… je ferais bien d'acheter quelques serviettes de toilette supplémentaires, tant que j'y suis. Avez-vous besoin de quoi que soit d'autre ?

Elle secoua la tête :

— Non. D'ailleurs, je… j'ai emporté tout ce qu'il fallait pour Kip et aussi quelques affaires en plus… au cas où… parce que… bredouilla-t-elle, à la recherche du mot juste.

— Laissez tomber. Je n'ai pas besoin d'explication, la coupa-t-il rudement. Comment auriez-vous pu savoir sur qui vous alliez tomber ? Kip aurait pu avoir un père aussi scandaleusement irresponsable que sa mère.

Ainsi donc, la lettre l'avait convaincu que Marianne était seule à blâmer dans toute cette histoire…

— Ma question vous concernait personnellement : avez-vous besoin de quelque chose ? s'enquit-il d'un ton ferme.

Jill détourna les yeux. A vrai dire, elle ne manquait de rien. Tout ce dont elle pouvait rêver se trouvait ici, sous ce toit.

— Eh bien, j'aurais peut-être besoin d'une chose… J'avais prévu de faire quelques achats de dernière minute, pour Noël. Mais hier, quand j'ai trouvé la lettre de Marianne, mes plans ont été complètement bouleversés et…

— Dites-moi, l'interrompit-il brutalement, que vouliez-vous lui acheter ?

— Des bottes de bûcheron et un casque… orange, si possible.

Elle leva les yeux et croisa son regard dont l'intensité la troublait.

— Il veut vous imiter en tout.

Elle vit tout son corps se raidir d'émotion contenue.

— J'ai bien peur qu'il ne doive se contenter d'un casque jaune. Quant aux bottes, R.J. peut faire le nécessaire pour qu'on lui en envoie une paire avec la prochaine cargaison de ravitaillement.

— Avec ce temps ? s'exclama-t-elle, incrédule. Je pensais qu'une telle tempête allait durer encore quelques jours.

Il la dévisagea d'un œil vaguement intéressé, déclenchant en elle un frisson d'excitation.

— C'est exact. Cependant, certaines commandes spéciales sont acheminées par camion plutôt que par bateau. Il y a un chemin forestier qui va d'ici à Thorne Bay.

Se sentant stupide, Jill murmura :

— Je l'ignorais.

— Comment auriez-vous pu le savoir alors que jusqu'à hier, vous ignoriez tout de l'existence de Kaslit Bay ? rétorqua-t-il d'un ton morne, qui rappela à Jill à quel point la situation devait être éprouvante pour lui. Vous n'avez toujours pas répondu à ma question.

— Je n'ai besoin de rien.

Il fronça les sourcils :

— Quel genre de femme êtes-vous donc ? Vous ne désirez rien pour vous-même mais vous acceptez de sacrifier votre vie pour l'enfant d'une autre ?

Sa question fit mouche. Il avait probablement compris dès le début que son attachement pour Kip dépassait largement les limites de la simple amitié et, à l'instar de ses parents, il la mettait en garde : Kip n'était pas son fils, il fallait qu'elle accepte de lâcher prise.

Il la voyait sans doute sous les traits d'une institutrice vieille fille. Mortifiée, elle réalisa qu'il devait avoir deviné l'attirance qu'elle éprouvait à son égard. C'était le bouquet !

Luttant contre ses émotions, elle riposta avec une certaine sécheresse dans la voix :

— Ne vous en faites pas pour moi, monsieur Doyle. Croyez-le ou non, mais j'ai une vie en dehors de Kip. Maintenant que je le sais en sûreté avec son père, je repartirai d'ici par le premier avion.

— Qui ne devrait pas décoller avant un certain temps.

Elle sortit de la cuisine, poursuivie par l'écho de sa remarque moqueuse. Mue par une poussée d'adrénaline, elle se précipita dans le couloir et alla jusqu'au salon, d'où elle entendait Kip, qui essayait d'apprendre quelques tours à Beastlie.

Le temps qu'elle réussisse à amadouer l'enfant afin qu'il accepte de laisser le chien pour prendre un bain, Zane était déjà parti et son sentiment d'oppression s'atténua quelque peu.

Tandis que Kip jouait dans la baignoire, elle enfourna un pain de viande accompagné de pommes de terre. Manifestement, prendre un bain chez Zane était beaucoup plus amusant qu'à la maison, il y avait des accessoires de toilette masculins partout, sans parler de tout un tas de savons et de shampoings inconnus.

Quant à elle, cependant, le peignoir en éponge lie-de-vin

542

suspendu derrière la porte, le peigne et le rasoir ne servaient qu'à lui rappeler cruellement l'homme dont elle n'avait rien à espérer. Un homme qui avait été on ne peut plus clair : elle ne l'intéressait absolument pas — tout au plus lui inspirait-elle une vague pitié.

C'est pour cette raison que, lorsqu'elle prit son bain après Kip, elle ne fit aucun effort particulier de toilette pour se faire remarquer de leur hôte. Au contraire, tandis que Kip se mettait en pyjama et en robe de chambre, elle enfila sa vieille chemise de nuit de grand-mère au col effiloché par l'usure, puis se glissa dans sa douillette bleue élimée qu'elle boutonna jusqu'en haut.

Tant qu'à jouer les vieilles filles, elle ne prit pas la peine de se maquiller et suggéra à Kip qu'ils enfilent tous deux leurs chaussons à tête de lapin, dont les oreilles géantes battaient le sol à chacun de leurs pas.

Quand le maître des lieux réapparut enfin, ils s'amusaient à courir tout autour du salon, poursuivis par Beastlie qui essayait vainement d'attraper une oreille de lapin.

— Zane ! explosa joyeusement Kip en le voyant. Beastlie veut manger mes chaussons !

— Je ne peux pas lui en vouloir. A sa place, j'aurais bien envie d'y planter un croc.

Grand, svelte, irradiant de virilité, il contemplait Kip avec une fierté toute paternelle. Jill crut voir sa bouche se contracter.

— Pensez-vous pouvoir vous interrompre un moment tous les trois, le temps de nourrir un homme affamé ? Il est 19 h 30 et pour moi, l'heure du dîner est passée depuis longtemps.

Kip s'élança vers son père, son jeu relégué au second plan par quelque chose — quelqu'un — d'autrement plus important.

— Jilly a tout préparé et c'est moi qui ai mis la table.

Zane détailla brièvement Jill, dans sa robe de chambre et ses chaussons, et eut l'air de considérer que sa tenue laissait quelque peu à désirer. Impassible, son regard revint se poser sur Kip, qu'il prit dans ses bras.

— Alors, j'imagine que ce sera mon tour de faire la vaisselle.

Tout en bavardant gentiment, ils se dirigèrent tous deux vers la cuisine. A l'évidence, l'envie de serrer son fils dans ses bras, droit qui lui avait été refusé depuis sa naissance, avait besoin de s'exprimer.

— Je t'aiderai à la faire.

Jill entendit Kip proposer spontanément à son père de lui donner un coup de main.

Il pouvait être si mignon ! Elle envia son père d'avoir droit à une telle complicité. En fait, elle les enviait tous les deux et aurait bien aimé faire partie intégrante de leur vie. Décidément, elle avait perdu toute objectivité.

En posant les plats sur la table, elle ne cessait de penser que si elle n'avait pas enseigné en maternelle — ou même si elle n'avait pas été engagée par cette école — rien de tout cela ne serait arrivé. Mais ce n'était que vaines réflexions et de toute façon, il était trop tard pour refaire l'histoire.

Pendant tout le repas, elle résista à l'envie de s'abîmer dans la contemplation de leur hôte et se retint de prendre part à la conversation, pour permettre au père et au fils d'accroître encore leur complicité. Quand ils en furent au dessert, elle se leva de table en déclarant :

— Vous n'avez qu'à finir les cookies, je dois aller dans le salon.

Zane saisit l'allusion sur-le-champ et sembla entièrement d'accord. D'un ton neutre, il lâcha :

— Vous trouverez des draps neufs et des couvertures sous la véranda.

Durant la demi-heure qui suivit, les garçons prirent visiblement du bon temps à faire la vaisselle. Jill, de son côté, dut s'accommoder de Beastlie, qui rôdait entre les canapés qu'elle avait transformés en lits en leur ajoutant des draps, des couvertures et des oreillers.

En dépit du vent qui continuait de souffler avec rage, elle

544

se sentit confortablement installée, bien à l'abri dans ce petit coin de paradis.

Tandis que le propriétaire des lieux fermait la maison pour la nuit et éteignait les lumières, elle et Kip se brossèrent les dents l'un après l'autre, puis il récita ses prières, sans qu'elle ait besoin de lui souffler les mots.

Jill lui laissa le choix du couchage et le petit garçon sauta sur le canapé convertible, car il était suffisamment large pour pouvoir accueillir Beastlie. Ce dernier était censé rester au pied du lit, mais petit à petit, il se mit à avancer le museau jusqu'à ce que son menton repose sur la poitrine de Kip. Jill n'eut pas le cœur de lui ordonner de se pousser, pas plus que Zane, qui constata que le chien et l'enfant étaient au septième ciel.

L'obscurité favorisait une douce intimité.

— Bonne nuit, Zane.

— Bonne nuit, Kip.

— Zane ? Tu crois que l'avion va bientôt revenir ? demanda Kip d'un ton anxieux.

— Je n'en sais rien, mais en tout cas, pour cette nuit, tu n'as aucun souci à te faire.

— J'espère qu'il ne reviendra jamais et que nous resterons ici pour toujours !

— Ça te plairait ?

— Oui. Je l'ai déjà demandé au Bon Dieu.

Jill enfouit son visage humide dans son oreiller.

— Eh bien, je pense que cela règle la question, constata-t-il d'une voix rauque.

— Zane… Qu'est-ce qu'on va faire demain ?

— J'avais pensé que nous pourrions aller chercher un sapin de Noël.

— Tu viendras avec nous, Jill ?

— Je… je crois que…

— Nous irons tous ensemble, répliqua Zane sans lui laisser le temps de formuler la moindre objection.

— Zane ? Tu veux bien rester à côté de moi jusqu'à ce que je m'endorme ?

— C'était ce que j'avais prévu de faire.

— Tu connais des histoires ?

— Comme celle de *Kabloona*, par exemple ?

— C'est quoi ?

— Kabloona était un petit garçon inuit, fort et courageux comme toi, qui avait perdu sa famille lors du dégel. Il avait été emporté très loin vers le Nord. Là, il était devenu ami avec un ours blanc.

— Et l'ours, il était énorme ?

Son père laissa échapper un petit rire qui donna immédiatement à Jill l'envie de l'imiter.

— Il était si gros que quand Kabloona le vit pour la première fois, il le confondit avec un iceberg.

— Jilly a déjà vu un iceberg pour de vrai, hein, Jilly ? Et puis ?

Tandis que leur hôte continuait de lui raconter la fascinante histoire de Kabloona, Jill se rendit compte qu'elle l'écoutait, complètement captivée par son récit. A l'instar de Kip, elle avait envie de rester ici pour toujours...

La voix de Zane avait un effet hypnotique, en particulier sur son fils qui, après cette journée bien remplie, finit par succomber au sommeil. Jill, de son côté, avait les yeux bien ouverts, fascinée par le conte, et dut se retenir à grand-peine de quémander une autre histoire.

Mais le charme fut très vite rompu.

— Je pense que nous avons eu notre dose de contes de fées pour cette nuit. Voulez-vous bien me suivre dans la cuisine, miss Barton ?

6

Le moment que Jill redoutait tant était arrivé, elle ne pouvait plus reculer. Emplie d'angoisse, le cœur battant à tout rompre, elle se releva, enfila sa robe de chambre et ses chaussons, et le suivit hors de la pièce.

Quand ils furent dans la cuisine, il alluma la suspension et se posta face à elle, les mains sur les hanches, comme pour l'affronter. La lettre de Marianne était étalée sur la table.

Jill comprenait parfaitement sa souffrance et ne pouvait que compatir. Mais tout ce qu'elle pourrait dire ne servirait qu'à aggraver le cas de Marianne. Toutefois, que pouvait-il y avoir de pire que le contenu de cette lettre ? Ces mots resteraient à jamais gravés dans son esprit.

« Ma chère Jill,

» Ce que j'ai à te dire n'est pas facile : la nuit dernière, Lyle m'a demandé en mariage et j'ai dit oui. Je sais que tout ça est un peu précipité, mais je crois sincèrement qu'il est l'homme de ma vie. Le problème, c'est qu'il croit que Kip vit avec son père.

» Je n'ai pas pu dire la vérité à Lyle parce qu'il n'est pas encore prêt à avoir des enfants. Après les vacances, quand nous serons rentrés de lune de miel et que nous nous serons installés chez lui, au Texas, je le convaincrai d'inviter Kip pour qu'il visite le ranch, et petit à petit, je m'arrangerai pour lui faire accepter la situation.

» Je sais que je ne t'ai jamais parlé du père de Kip. En fait, depuis sa naissance, il me supplie de le laisser voir son fils. Mais je lui ai dit et redit qu'un camp de bûcherons n'était vraiment pas l'endroit idéal pour accueillir un enfant et que s'il voulait voir Kip, il n'avait qu'à venir à Ketchikan.

» Par chance, les vacances de Noël coïncident avec nos projets de mariage. Kip est enfin assez grand pour supporter de quitter la maison et sera fou de joie d'apprendre qu'il va aller vivre chez son père pendant quelque temps.

» Malheureusement, Zane ne m'a pas encore rappelée pour confirmer l'heure exacte de son arrivée, mais ce devrait être aux alentours de 18 heures. S'il n'est pas à l'appartement d'ici là, c'est qu'il en a été empêché par le mauvais temps. Au cas où il ne pourrait pas venir ce soir, regarde dans le premier tiroir de ma commode, tu y trouveras une enveloppe contenant deux billets aller-retour pour Kip et toi, sur le premier vol du matin à destination de Kaslit Bay.

» Dis à Kip que j'ai dû partir travailler tôt et que le Papa Noël va réaliser son souhait de voir son père. Tu n'as qu'à attendre avec lui sur le quai de Kaslit Bay, où Zane viendra le récupérer. En cas de problème, et si tu ne le vois pas tout de suite, dis à la personne qui m'a vendu les billets — le propriétaire du bazar — de téléphoner à Zane Doyle. Il se chargera de lui faire parvenir le message. Ensuite, tu pourras rentrer chez toi, dans l'Oregon.

» Il vaut mieux que je ne sois pas là quand son père viendra le chercher. J'ai rassemblé ses affaires ainsi que ses cadeaux de Noël ; tout est prêt, dans les deux valises au fond du placard.

» J'ai décidé d'appeler Kip le matin de Noël pour lui annoncer mon mariage. Je pense que ce sera plus facile pour lui d'apprendre la nouvelle s'il est avec son père, qu'est-ce que tu en dis ?

» Ne t'inquiète pas pour le loyer, les charges ou les provisions. Lyle a fait le nécessaire pour les trois prochains mois, afin de te donner le temps de trouver une autre colocataire. Evidemment, on se reverra quand je viendrai déménager l'appartement. Probablement fin janvier. Je te passerai un coup de fil avant de venir.

» Merci, Jill. On peut dire que tu m'auras dépannée plus

d'une fois. En plus, tu t'entends tellement bien avec les enfants que Kip ne s'apercevra même pas de mon absence.

» Passe un bon Noël à Salem. Peut-être décideras-tu enfin que Harris est le prince charmant de tes rêves ? En tout cas, je te le souhaite.

» Bisous,

Marianne. »

Plus elle pensait au contenu de cette lettre, plus l'horreur de Jill augmentait. Elle quêta désespérément un peu de compréhension chez son hôte.

— Zane… Je suis tellement navrée que vous ayez découvert l'existence de Kip dans de telles circonstances. J'aurais donné n'importe quoi pour vous épargner cette épreuve.

— Pensez-vous que je l'ignore ?

Il laissa échapper un juron.

— Lorsque vous avez réalisé que Marianne vous avait piégée, vous n'avez manifestement pas hésité une seconde : vous étiez prête à braver les éléments et à mettre vos deux vies en danger pour éviter de me laisser dans une situation délicate. Mais vos yeux vous ont trahi. Vos yeux et le fait que je ne connaisse personne d'autre du nom de Zane Doyle dans le coin : j'ai alors compris que je ne pouvais pas vous laisser quitter Kaslit Bay sans avoir le fin mot de l'histoire.

Elle secoua la tête :

— Malgré tout, vous avez dû avoir un choc.

— Je ne vais pas prétendre le contraire, admit-il d'une voix rauque. Mais, assez bizarrement, je ne suis pas mécontent que les choses se soient déroulées ainsi.

— Comment pouvez-vous dire ça ?

— Comme Kip ignore qui je suis, j'ai pu profiter d'un moment privilégié pour faire connaissance avec mon fils sans passer par d'inévitables instants d'embarras. Dieu sait que… si j'avais dû choisir un fils parmi tous les petits garçons du monde…

Il n'eut pas besoin de terminer sa phrase : elle connaissait le fond de sa pensée, elle lisait son émoi dans ses yeux.

— Quoi qu'ait pu faire Marianne, murmura-t-il, elle m'a tout de même donné un fils merveilleux.

— C'est vrai qu'il est adorable, renchérit Jill à voix basse.

— Il pose des tas de questions.

— Et vous n'avez encore rien vu, plaisanta-t-elle en lui adressant un bref sourire. Qui s'évanouit aussitôt qu'elle l'entendit s'interroger d'un ton angoissé :

— Que dois-je penser en voyant un petit garçon de cinq ans qui n'a mentionné sa mère qu'une fois en passant ? Il ne l'a même pas réclamée en pleurant, ce soir ! Bon sang ! s'écria-t-il, bouleversé. Mes deux nièces seraient pendues au téléphone avec Brenda si jamais elles s'étaient retrouvées bloquées ici sans leur mère. Mais apparemment, mon fils est tellement perturbé qu'il s'attache au premier homme venu qui lui manifeste un peu d'intérêt.

Son visage s'était creusé de sillons qui assombrissaient l'expression de son visage ; Jill sentit les larmes lui monter aux yeux.

— Non, parvint-elle à articuler, la gorge nouée. Ce n'est pas vrai. D'habitude, Kip est très timide avec les gens — surtout avec les hommes. En fait, le jour de la rentrée, j'ai tout de suite compris qu'il n'avait pas d'amis et qu'il ne savait comment s'y prendre pour établir une relation avec les autres.

Faute de mieux, j'ai fait appel au gardien de l'école, M. Ling, pour qu'il se lie d'amitié avec Kip. Il garde son petit chien avec lui, dans son bureau. Je lui ai demandé de prendre Toutou le jour où les enfants devaient amener un objet pour en parler à la classe. Au bout du compte, il devait désigner Kip dans le groupe, pour lui confier la responsabilité de l'aider à donner à boire et à manger à Toutou, tous les matins.

Et ça a marché ! s'exclama Jill avec enthousiasme. Kip a pris sa nouvelle tâche très à cœur et immédiatement, il s'est retrouvé entouré par les autres enfants, désireux de l'aider à s'occuper du chien. C'est ainsi qu'il est devenu ami avec Robbie, que j'ai encouragé à venir jouer à l'appartement après l'école.

Petit à petit, Kip s'est ouvert aux autres. Au début, il évitait le père de Robbie et se collait à moi chaque fois qu'il l'invitait chez eux ou pour une sortie. Jusqu'au mois dernier : Kip a accepté de se séparer de moi pour aller visiter avec eux le Saxman Native American Villageour voir les totems. Même là, le père de Robbie s'est arrangé pour que Kip me téléphone deux fois, pour qu'il soit rassuré de savoir que je n'avais pas bougé de l'appartement.

Zane serra les mâchoires :

— Et où était Marianne pendant tout ce temps ?

— A son travail.

Il se passa les mains dans les cheveux, d'un geste de frustration intense. Elle crut que son cœur allait se briser.

— Zane... il y a quelque chose d'important qu'il faut que vous sachiez : je n'ai pas la moindre preuve que quiconque ait jamais fait souffrir Kip. Marianne ne l'a jamais maltraité, ni moralement ni physiquement. Je crois très sincèrement qu'elle ne savait que faire d'un enfant. Elle a délégué le soin de l'élever à la première personne venue de son entourage.

Les yeux bleus de Zane étincelèrent de colère.

— Dieu merci, vous, au moins, vous étiez là pour lui.

L'instant était tellement chargé d'émotion qu'elle dut détourner le regard. D'une voix tremblante, elle s'entendit répondre :

— J'ai rendu grâce à Dieu à la seconde où je vous ai vu sur le quai.

— Qu'auriez-vous fait si je n'avais pas été à Kaslit Bay ? s'enquit-il, le regard brusquement redevenu morne.

— J'avais déjà prévu que nous repartirions à Ketchikan où j'aurais veillé sur Kip aussi longtemps que nécessaire. Toute la vie, s'il l'avait fallu.

Il secoua la tête, incrédule.

— Dire que j'aurais dû prendre l'avion pour Bellingham hier.

— C'est ce que m'a appris votre sœur.

— A la dernière minute, j'ai décidé de rester ici une nuit supplémentaire pour effectuer quelques travaux.

— Il fallait sans doute qu'il en soit ainsi, conclut-elle après réflexion. Vous savez, Kip a toujours rêvé de ce père bûcheron qu'il n'avait jamais vu. Quand il a cru être sur le point de le rencontrer, il a atteint des sommets d'excitation. Et ensuite, vous êtes apparu alors qu'il était accablé de déception, dit-elle dans un sanglot. A cet instant, il s'est passé quelque chose de magique. Je ne saurais l'expliquer. Tout ce que je sais, c'est que j'ai vu Kip faire le premier pas vers vous. Qu'importe que vous soyez pour lui un inconnu. Il vous a choisi vous, instinctivement, comme si au fond de son subconscient, il savait que vous étiez son père. Je n'ai jamais rien vu de tel de toute ma vie.

— Oui, c'était assez étonnant, admit-il d'une voix rauque. Surtout si l'on considère que j'ai ressenti la même attirance pour lui. Que Marianne aille au diable ! Quand je pense qu'à cause d'elle, j'ai manqué les cinq premières années de mon fils !

Elle se mordit la lèvre inférieure.

— Je sais. Mais vous avez toute la vie devant vous pour rattraper le temps perdu.

Il arpentait la pièce, mais la réflexion de Jill lui fit faire volte-face.

— Vous avez raison. Toutefois, il y a quand même un problème. Kip doit aller à l'école. Si je l'emmène vivre à l'appartement de Bellingham, il faudra que je l'inscrive à l'école maternelle du quartier et il sera séparé de vous. Je n'arrête pas de me demander si le petit garçon que j'ai vu aujourd'hui aurait réagi de la même manière si vous n'aviez pas été à ses côtés.

Bien que de plus en plus consciente de la faiblesse de ses arguments, Jill maintint sa position :

— Ce qui s'est passé entre vous deux n'a strictement rien à voir avec moi.

Une expression lointaine envahit lentement le visage de Zane qui répliqua :

— Je n'en suis pas si sûr. Vous êtes pour lui le ciment qui donne de la cohérence à son univers. Il éprouve une véritable adoration à votre égard.

— Mais vous êtes son père ! lui rappela-t-elle fermement. Quand vous lui direz la vérité, il connaîtra enfin un véritable sentiment de sécurité pour la première fois de sa vie. Moi, je ne suis que son institutrice.

Elle prononça ses dernières phrases d'une voix forte, pour tenter de se persuader elle-même de leur véracité — mais aussi de leur fragilité.

— Vous êtes bien plus pour lui qu'une institutrice ! riposta-t-il. Si vous ne m'aviez rien dit, je vous aurais pris pour sa mère.

— Mais justement, je ne suis pas sa mère, conclut-elle, avec un sentiment de vide à l'intérieur. Qu'avez-vous décidé de dire à Marianne quand elle appellera ?

L'expression de Zane vira à l'orage.

— A condition bien sûr qu'elle daigne appeler et qu'elle consente à tout expliquer à Kip. Personnellement, je n'ai pas l'intention de lui parler. Je laisserai à mon avocat le soin de la contacter. Il lui transmettra ma demande pour obtenir la garde pleine et entière de Kip. Je lui laisserai un droit de visite très souple si jamais — je dis bien si jamais — l'envie lui prenait de voir son fils.

Jill tremblait comme une feuille : pour rien au monde elle n'aurait voulu se trouver en position de subir les foudres de sa colère. Brusquement, il lui lança un regard aigu et déclara :

— Etant donné votre implication personnelle dans cette histoire, je pense qu'il est temps que vous sachiez la vérité au sujet de Marianne et de moi.

Jill secoua la tête.

— Vous ne me devez aucune explication.

Il croisa les bras et s'appuya contre le comptoir.

— Je crois que si. On ne peut pas parler de liaison entre elle et moi. Nous nous sommes connus au cours de vacances en bateau que nous avions organisées avec des amis bûcherons et leurs épouses. Nous sommes partis pêcher le saumon pendant deux semaines. Elle faisait partie de l'équipage et avait été embauchée comme cuisinière.

Le soir, quand nous étions las de jouer aux cartes, elle venait me voir. Je l'ai écoutée me raconter sa vie : ses luttes et ses épreuves. C'était la première fois que je m'intéressais à une femme depuis la mort de mon épouse. Ça venait peut-être de son accent écossais.

Jill ne pouvait qu'être d'accord avec lui. Elle-même craquait complètement pour l'accent de Marianne.

— Cependant, la vie sur un bateau ne permet pas d'aller au-delà d'une relation superficielle. J'ai couché avec elle — une fois — avant la fin des vacances, tout en sachant que c'était une erreur. Nous avions pris nos précautions, mais Kip est la preuve vivante que ça ne suffit pas toujours, murmura-t-il avec un profond mépris pour lui-même. Elle vivait alors à Craig. J'avais prévu de prendre l'avion pour aller la voir le week-end suivant, parce que je voulais faire le point sur mes sentiments pour elle et apprendre à mieux la connaître, dans un contexte différent de la fiesta permanente qui régnait sur le bateau.

D'expérience, Jill savait que Marianne n'était jamais la dernière pour faire la fête.

— A mon grand étonnement, j'ai découvert qu'elle avait déménagé sans laisser d'adresse. J'ai fait des recherches, mes amis aussi. Peine perdue : elle avait disparu sans laisser de traces, inexplicablement.

— Et hier, elle a recommencé, marmonna Jilly, effarée. Zane ? Vous dirigiez votre propre société à l'époque ?

Il secoua la tête.

— Je n'en étais qu'au stade des négociations — je m'efforçais de réunir les capitaux nécessaires pour que ma proposition soit prise en considération. Avec le recul, je me rends compte qu'elle était à la recherche d'un homme suffisamment fortuné pour l'aider à oublier la misère noire dans laquelle elle avait toujours vécu. Mais je n'étais pas cet homme-là. Du moins, pas à l'époque.

Marianne Mongrief, tu t'es vraiment conduite comme la dernière des idiotes : comment as-tu pu passer à côté d'un homme tel que Zane Doyle ?

— Etant donné qu'elle est partie comme ça, sans prévenir, sans explication, je crains que les sentiments que je commençais à éprouver pour elle n'aient été aussitôt tués dans l'œuf. Je m'estime heureux de m'en être détaché à temps, avant de trop m'impliquer sentimentalement. Inutile de préciser que je ne l'ai plus jamais revue et qu'elle ne m'a jamais donné de nouvelles. Cette histoire remonte à six ans — ce n'était plus pour moi qu'un vague souvenir jusqu'à ce que Kip m'apprenne qu'il s'appelait Mongrief.

Donc, il n'avait jamais été amoureux de Marianne. Jill en éprouva un soulagement exquis. Elle trouva finalement le courage de demander :

— Quand allez-vous avouer à Kip que vous êtes son père ?

Mais elle ne devait jamais connaître sa réponse, car ils entendirent soudain le parquet craquer. Jill tourna la tête et eut la surprise de voir Kip, les cheveux en bataille, entrer en trottinant dans la cuisine, Beastlie sur ses talons.

Le petit garçon alla jusqu'à elle et glissa sa menotte dans la sienne. Levant vers elle un regard solennel, il s'enquit :

— C'est vraiment vrai que Zane est mon papa ?

7

Jill chercha aussitôt de l'aide dans le regard de Zane. Ce dernier hocha presque imperceptiblement la tête, signe qu'il la laissait gérer la situation au mieux avec Kip.

Emue par la confiance que lui faisaient cet homme et ce petit garçon, elle s'accroupit devant Kip et posa ses mains sur ses bras.

— Depuis quand nous écoutes-tu ?

— Je ne sais pas. C'est le vent qui m'a réveillé. Est-ce que Zane est mon papa ?

— Oui, c'est lui, confirma-t-elle d'une voix tremblante. Qu'est-ce que ça te fait de le savoir ?

Le petit garçon laissa passer un silence de mauvais augure : on n'entendait plus que les hurlements du vent tourbillonnant autour de la maison. Le teint de Zane avait pris une pâleur inhabituelle.

— Je crois qu'il ne m'aime pas, Jilly, chuchota Kip.

D'une caresse, elle dégagea les boucles qui lui tombaient sur le front, certaine que la réflexion de son fils n'avait pas échappé à Zane.

— Qu'est-ce qui te fait penser ça, mon poussin ?

— Parce qu'hier, il a dit qu'il n'avait pas d'enfants.

— Tu ne te souviens pas qu'il t'a dit que sa femme était morte avant qu'ils aient pu en avoir ?

— Si.

— Eh bien, longtemps après, il a rencontré ta maman.

Cherchant désespérément une inspiration, elle poursuivit :

— Tu te rappelles l'histoire de Kabloona ? Comment il a été emporté sur un morceau de banquise sans que ses parents s'en aperçoivent ?

Kip fit oui de la tête.

— Eh bien, c'est ce qui t'est arrivé. Tes parents ne se sont connus que très peu de temps avant que ta maman ne déménage. Ce n'est que longtemps après qu'elle a su qu'elle allait avoir un petit garçon.

» Ton papa est parti à sa recherche, mais il n'a pas réussi à la localiser — exactement comme le papa de Kabloona qui n'est pas arrivé à le retrouver. Ta maman était partie depuis presque six mois et ton papa n'a jamais su où elle était. Quand vous êtes venus vous installer à Ketchikan, ton père ignorait totalement que ta mère était en Alaska et il ne savait pas non plus que tu étais né entre-temps.

» Mais, dès qu'elle a pu, ta maman a interrogé tout le monde autour d'elle et a finalement réussi à découvrir où vivait ton père. C'est pour ça qu'elle t'a envoyé lui rendre visite pour Noël. »

Il restait à espérer que ce pieux mensonge lui serait pardonné...

— Le problème, c'est que ton papa n'a appris qu'aujourd'hui que tu étais son fils. Il avait peur de te dire qu'il était ton papa parce qu'il n'a jamais eu d'enfant avant toi, et qu'il craignait que tu ne l'aimes pas.

— Mais si, je l'aime ! s'exclama Kip — c'était un cri du cœur.

— Alors montre-moi vite comment tu m'aimes, fiston.

Zane tendit les bras et le petit garçon se précipita vers lui. Quand son père le souleva de terre, Kip lui jeta les bras autour du cou et ils s'étreignirent longuement.

— J'ai toujours rêvé d'avoir un petit garçon aussi formidable que toi. Je t'aime, Kip et nous ne nous quitterons plus jamais, l'entendit murmurer Jill avant de s'éclipser de la cuisine, emmenant Beastlie avec elle.

Elle voulait les laisser seuls : c'était un moment privilégié qui n'appartenait qu'à eux. Elle refusait de laisser son propre sentiment de perte empiéter sur le bonheur de cette nuit.

Elle s'allongea sur le canapé en songeant qu'un véritable miracle avait eu lieu et que père et fils étaient enfin réunis. L'avenir de Kip était assuré. Marianne pouvait bien commettre les pires folies, Zane, lui, serait toujours là, solide comme un roc, impatient d'élever son fils et d'être pour lui l'exemple dont il avait besoin pour devenir un homme.

Elle n'imaginait que trop bien tous les projets qu'ils devaient être en train d'échafauder. C'était peut-être pour cela que Kip n'avait toujours pas regagné son lit. Après avoir passé un bon bout de temps à errer comme une âme en peine dans l'entrée et le couloir en geignant doucement, Beastlie se fit une raison : lui aussi était de trop. Il baissa la garde, se coucha au pied du canapé convertible et se mit à attendre son nouveau petit maître.

En dépit des rugissements du vent, Jill sentit finalement ses paupières s'alourdir. Elle se retourna sur le ventre et laissa échapper un profond soupir, tourmentée par ses pensées concernant la mère de Kip.

Je prie pour toi, Marianne et j'espère que tu as bien pris conscience de tes actes, parce que tu ne pourras plus revenir en arrière. Si l'histoire se répète et que tu te réveilles demain matin en t'apercevant que tu t'es également lassée de Lyle, ne t'imagine pas que tu vas pouvoir retourner à Ketchikan et reprendre ta vie au point où tu l'as laissée. Ton fils n'est plus l'enfant vulnérable que tu as abandonné et je ne suis plus la femme dévouée à qui tu as confié ton bien le plus précieux…

— Jilly ? Jilly ? Tu es réveillée ?

— Bonjour, mon poussin, murmura-t-elle, l'air hagard, avant de consulter sa montre d'un œil embrumé de sommeil. Il n'était que 7 h 30 et dehors, le vent soufflait aussi furieusement que la veille, mais Kip était bien trop heureux pour avoir conscience de ce genre de détail…

Apparemment, son père l'avait finalement mis au lit la nuit dernière, car les couvertures de l'autre canapé étaient en désordre.

Dieu du ciel ! Pourvu qu'elle n'ait pas ronflé, parlé dans son sommeil ou autre chose du même genre !

— Où est Beastlie ? demanda-t-elle en s'asseyant et en dégageant les mèches couleur de lin qui lui tombaient sur les yeux.

— Papa dit que maintenant qu'on est une famille, je suis responsable de Beastlie. Je dois le faire sortir tous les matins pour qu'il « fasse ses exercices ».

Papa. Kip prononçait ce mot de façon si naturelle. Quel bonheur qu'il ait pu se réveiller ce matin dans la maison de son papa en sachant qu'il était ici chez lui. A jamais.

Jill s'aperçut que, jusqu'à ce jour, elle avait toujours considéré la merveilleuse présence de son propre père comme une évidence. Kip était loin d'imaginer à quel point sa vie allait changer, en ayant désormais un papa tel que Zane Doyle à aimer et à imiter.

Un jour, quand il serait un peu plus grand, il se rendrait compte du père extraordinaire qui était le sien. Un homme exceptionnel. Si tous les enfants du monde avaient la chance d'avoir un père comme lui...

— Tu viens faire le petit déjeuner, Jilly ? Papa dit que ce qu'il préfère, c'est les pancakes, comme moi.

Elle se leva en soupirant, songeant amèrement au bon vieux cliché qui veut qu'une mère n'ait jamais une minute à elle.

Cinq minutes plus tard, après s'être douchée et habillée d'un jean différent de la veille et d'un chandail kaki, elle conseilla à Kip d'enfiler des vêtements chauds, puis ils se dirigèrent vers la cuisine.

— Le petit déjeuner est prêt, annonça-t-elle peu de temps après à son petit page, qui s'affairait à mettre la table et à verser du jus d'orange avec un enthousiasme qu'elle ne lui avait jamais vu.

— Je vais chercher papa ! s'écria-t-il, ravi, avant de filer hors de la pièce.

Zane devait déjà être réveillé car, très vite, il émergea du couloir, rasé de près, tenant son fils dans les bras.

C'était plus fort qu'elle : Jill ne put qu'admirer ses traits burinés, ses yeux d'un bleu intense, presque surnaturel, rehaussés par son pull irlandais écru. Son pantalon chocolat soulignait ses jambes robustes, le velours côtelé sculptant ses cuisses musclées...

Elle eut un choc en s'apercevant qu'il étudiait ses courbes féminines avec une attention égale à la sienne. Son corps tout entier en fut comme électrisé.

Le temps s'arrêta tandis que Zane laissait errer son regard sur son visage en émoi et sur ses cheveux dorés qui auraient bien eu besoin d'un coup de ciseau pour retrouver leur style décoiffé si flatteur. Leur légère tendance à boucler à hauteur de mâchoire mettait en valeur ses traits classiques et faisait ressortir le brun profond de ses yeux frangés de cils foncés.

— J'ai tellement faim que je pourrais avaler une douzaine de pancakes. Pas toi, mon petit gars ?

Jill n'entendit pas la réponse de Kip. Bien que Zane s'adressât à son fils, son regard restait rivé au sien, la forçant finalement à baisser la tête devant l'intensité de son regard pénétrant.

Elle se détourna en entendant le raclement des chaises sur le sol et commença à retirer les pancakes et le bacon de la plaque de fonte. Une fois le petit déjeuner servi, le père et le fils se jetèrent sur la nourriture, puis Zane remarqua :

— Ces pancakes sont délicieux mais question forme, c'est pas vraiment ça... Personnellement, je ne vois pas de Mickey...

Kip se mit à pouffer de rire :

— C'est vrai qu'ils ont une drôle de forme, Jilly.

Elle ne put réprimer un sourire :

— Ils étaient censés ressembler à Beastlie, mais j'ai bien peur d'avoir encore à m'exercer avant d'arriver à un résultat satisfaisant.

— Nous sommes bien contents de vous l'entendre dire, n'est-ce pas, fiston ?

— Ouais.

— Pourquoi ?

Entre-temps, elle les avait rejoints à table.

Zane encouragea son sosie miniature :

— Vas-y, dis-lui…

Elle cessa de manger, intriguée :

— Dis-lui quoi ?

— Papa et moi, on veut que tu restes ici avec nous.

— Mais je suis là.

— Non, on veut que tu restes ici avec nous pour toujours !

Quoi de plus normal de la part de Kip ? Jill s'attendait à cette réaction — mais peut-être pas si vite et pas devant son père qui d'ailleurs, ne devrait pas encourager ce genre de chimères. Mais lorsqu'elle risqua un coup d'œil en direction de Zane, elle constata que son beau visage restait de marbre, indéchiffrable.

Elle reposa sa fourchette.

— Ce serait merveilleux, Kip, mais hélas, ce n'est pas possible.

— Mais si, c'est possible ! Papa va se marier avec toi dès que « vous aurez des bancs ». Dis-lui, papa.

Se marier…

Jill sentit le sang refluer de son visage et s'agrippa au rebord de la table.

Zane s'appuya contre le dossier de sa chaise et posa une main nonchalante sur l'épaule de Kip ; son regard bleu, en revanche, trahissait une animation inhabituelle.

— Kip et moi avons bien réfléchi à la situation, cette nuit. Nous avons besoin d'une femme pour s'occuper de nous. J'ai tout à fait conscience de ne pas être un prince charmant, mais je ne demande qu'à apprendre.

— Papa va venir vivre avec nous à Ketchikan jusqu'à ce que l'école soit finie, expliqua Kip. Ensuite, tu n'auras plus besoin de travailler et on pourra tous venir habiter ici.

— A moins que vous ne souhaitiez continuer à enseigner, intervint son père. En ce cas, je m'arrangerai pour vous trouver une place à Thorne.

— Papa dit que je pourrai venir avec vous pendant votre lune de miel. On verra des icebergs, des ours blancs et des euh… morses, et en mars on ira voir le départ de l'Ididerod, la course de chiens de traîneau. Où tu as dit que ça se passait, papa ?

— A Wasilla.

— C'est ça, à Wasilla.

— Alors, vous voyez, miss Barton…, conclut Zane en haussant un sourcil. Tout est déjà organisé. Il ne vous reste plus qu'à dire oui.

8

Le cœur de Jill cognait si violemment dans sa poitrine qu'elle craignit un instant d'être au bord de la crise cardiaque.

Aucun homme sain d'esprit ne demanderait la main d'une femme, moins de vingt-quatre heures après avoir fait sa connaissance…

Or, Zane Doyle était probablement l'être le plus équilibré et le plus humain qu'elle ait jamais rencontré : cela signifiait donc qu'il vouait à son fils un amour si fort qu'il était prêt à faire passer le bonheur de Kip avant tout.

Il avait déjà connu l'amour avec sa première épouse et manifestement, n'espérait plus rien de ce côté-là. En fait, il ne lui proposait ni plus ni moins qu'un mariage de convenance. Quelle excellente idée ! Il légitimerait ainsi la gouvernante en lui passant la bague au doigt et en lui donnant son nom. Une fois marié, Zane Doyle ferait bonne impression sur le juge qui détenait le pouvoir légal de déterminer l'avenir de Kip en attribuant sa garde pleine et entière à l'un de ses deux parents.

Zane connaissait l'amour de Jill envers son fils et comme de toute façon, à ses yeux, elle s'était déjà plus ou moins installée dans un statut de vieille fille… Il devait s'imaginer que personne d'autre ne la demanderait jamais en mariage, qu'elle n'aurait jamais d'enfant, et avait donc décidé de lui faire une faveur qui, pensait-il, leur serait bénéfique à tous les trois.

Son sang se figea dans ses veines. Il avait tort.

Elle avait beau comprendre ses motivations, sa demande en mariage n'en demeurait pas moins le pire affront qu'on lui ait jamais infligé. Et d'ailleurs, jamais sans doute n'avait-il fait preuve d'une telle cruauté envers quiconque.

Certes, elle adorait Kip, mais elle ne pouvait que lui opposer un refus ferme et définitif. Il fallait le lui dire tout de suite, sans laisser place à la moindre ambiguïté.

— Mon poussin, j'aurais bien aimé que la situation soit différente, mais je ne peux pas épouser ton papa. Vois-tu, je suis amoureuse d'un autre homme.

Kip la fixa d'un regard mélancolique :

— Le dentiste, tu veux dire ?

— Oui. Il m'attend à Salem.

— Tu m'as dit que c'était ton ami.

— C'est vrai.

Et c'est vrai aussi que je l'aime, à ma façon. Mais pas comme il le faudrait. Ce qui ne regarde personne d'autre que moi.

Maintenant qu'elle connaissait le père de Kip, comment pourrait-elle jamais envisager d'épouser un homme pour lequel elle n'éprouverait pas la même folle attirance ?

Quelle ironie ! Le seul homme qui faisait battre son cœur était justement le dernier qu'elle songerait à épouser.

— Kip, mon poussin... Toi et moi, nous serons toujours amis et comme je reste à Ketchikan jusqu'en juin, quel que soit l'endroit où vous déciderez d'habiter ton père et toi, quelle que soit l'école que tu fréquenteras, tu pourras toujours m'appeler et venir me voir, le jour qui conviendra le mieux à tout le monde.

— Mais nous, on veut que tu vives avec nous... pas vrai, papa ? persista Kip.

— Oui, confirma son père d'une voix altérée. Mais peut-être que si ta maîtresse passait quelque temps avec nous, elle apprendrait à nous aimer davantage que son dentiste. Les dentistes sont des gens plutôt rasoirs...

— Pourquoi ?

— Oh, tu sais, ils restent assis toute la journée à examiner les dents des gens dans une ambiance de musique de supermarché...

Jill s'était plus d'une fois fait le même raisonnement, mais elle aurait préféré mourir plutôt que de l'admettre : cet argument ne suffirait pas à la convaincre.

— Ouais, t'as raison… Et puis ils font peur, en plus.

— Ces gens-là ont un rôle aussi important que celui des bûcherons, intervint-elle, se sentant obligée de venir à la rescousse de Harris qui n'était pas là pour se défendre.

— Peut-être, murmura Zane, mais ils ne connaîtront jamais l'exaltation qu'il y a à se lever tous les matins pour pénétrer dans la nature sauvage, un domaine où se forment les glaciers et où coulent les torrents glacés, où le vent mugit comme une créature vivante, où la forêt d'un vert unique devient un refuge où l'on côtoie aussi bien l'ours que l'élan ou la chouette tachetée. Et ça, c'est tout sauf rasoir.

— Ouais !

Jill ferma les yeux en serrant les paupières. En une phrase, Zane avait réussi à déterminer l'attitude de son fils par rapport à la vie, à la flore et à la faune, mais ses mots avaient également réveillé en elle les émotions et les sentiments qui l'avaient submergée lors de sa découverte de l'Alaska. Comme si cette seule évocation avait le pouvoir de lui faire revivre cet instant magique.

Elle les regarda — têtes rapprochées, tels des conspirateurs — et entendit Zane chuchoter à Kip :

— Tu savais que les femmes sont connues pour changer d'avis plus souvent que les hommes ?

— Alors, fais-la changer d'avis, papa.

— J'en ai bien l'intention, affirma-t-il de sa voix grave.

Sa réponse résonna comme une déclaration d'amour et, tremblant de tous ses membres, Jill sentit la peur lui transpercer le cœur : elle comprit qu'elle était bien plus sensible qu'elle n'aurait cru au charme des Doyle.

Incapable d'en supporter davantage, elle se mit à débarrasser la table pour éviter le redoutable regard de son hôte.

— Pourquoi… pourquoi n'iriez-vous pas chercher ce fameux arbre de Noël tous les deux, pendant que je nettoie la cuisine ? bredouilla-t-elle.

— Nous n'irons nulle part sans vous, déclara Zane. Donc, poursuivit-il, plein de bon sens, nous allons tous nous mettre à la vaisselle avant d'y aller.

En un rien de temps, la cuisine retrouva son aspect immaculé, manteaux et bottes furent enfilés et Jill n'eut pas d'autre choix que de rejoindre le père et le fils qui l'attendaient dans le pick-up. D'un bond prodigieux, Beastlie sauta à l'arrière et ils partirent.

La visibilité était rendue difficile par les flocons que rabattait le vent soufflant en violentes rafales, mais Jill était sans inquiétude : Zane savait exactement où il allait et elle se sentait parfaitement en sécurité avec lui. Kip ne s'en faisait pas davantage : il se trémoussait entre eux et jetait sans cesse des coups d'œil à Beastlie par la vitre arrière, tout en émaillant le trajet de ses réflexions sur le paysage.

Ils roulaient depuis environ dix minutes sur un chemin forestier qui coupait à travers la forêt, lorsque Zane s'arrêta pour leur désigner un point sur la droite.

— J'ai repéré notre arbre. Descendons ici, nous allons aller le voir.

— Où ça, papa ? s'enquit Kip en plissant les yeux pour tenter de l'apercevoir.

— Il est un peu caché, mais il t'attend là depuis un bon bout de temps.

Les yeux de Kip s'arrondirent de stupéfaction :

— C'est vrai ?

— Parfaitement. Chaque arbre a son destin. Celui-ci était fait pour être arbre de Noël. Je l'ai su dès que je l'ai découvert, il y a des années. A l'époque, ce n'était qu'un minuscule arbrisseau, un bébé arbre, qui devait te ressembler à ta naissance.

Jill sentit son cœur se serrer alors que la comparaison fit pouffer de rire le petit garçon.

— Depuis ce jour-là, je viens sans cesse contrôler sa croissance : il devient de plus en plus grand, de plus en plus gros et de plus en plus bleu.

— De plus en plus bleu ? Mais les arbres de Noël sont verts, d'habitude !

Ce fut au tour de Zane d'éclater de rire et Jill se mit aussitôt à pouffer en même temps que lui. C'était plus fort qu'elle : Kip était vraiment adorable.

— Pas les vrais, l'assura son père.

Kip considérait tout ce qui sortait de la bouche de son père comme parole d'Evangile et Jill sentit le trouble envahir l'esprit du petit garçon.

— Jilly ? chuchota-t-il. Tu as déjà vu un arbre de Noël bleu ?

Par-dessus la capuche qui recouvrait les cheveux blond foncé de Kip, elle croisa le regard rieur de Zane et cela l'emplit d'une chaleur qui irradia dans tout son être. *Je l'aime. J'aime cet homme.* Etait-il concevable qu'un sentiment si fort ait pu éclore si rapidement ?

— Euh… En fait, oui, bredouilla-t-elle comme si elle venait juste de se le rappeler. Ton père a raison. Le véritable arbre de Noël, c'est l'épicéa bleu, mais cela fait des années que nous n'en trouvons plus, ma famille et moi, et donc, nous avons dû nous rabattre sur une autre variété.

— Maman et moi, on n'avait jamais d'arbre de Noël, parce que c'est vraiment « tor de prix ». Mais Jilly nous en a offert un petit, pas vrai, Jilly ?

Cette fois-ci, le regard de Zane intercepta le sien, mais le rire qui avait éclairé son regard s'était évanoui sous le voile de la souffrance.

Sur un ton de jovialité feinte, elle fit observer à Kip :

— Songe à quel point tu as de la chance d'avoir un père comme le tien, qui connaît l'endroit exact où pousse ton arbre de Noël personnel. Et comme il est encore vivant, il va embaumer la maison d'une odeur divine.

— Je pourrai appeler Robbie pour lui parler de mon arbre ? s'écria-t-il, sans saisir toutes les implications de la remarque de Jill.

— Bien sûr, dès que nous serons rentrés à la maison.

Comme par miracle, l'aile sombre qui les avait effleurés s'éloigna et le séduisant visage de Zane s'illumina de nouveau d'un large sourire. Il ouvrit la portière :

— Va aider Jill pendant que je sors la tronçonneuse de la remorque.

Dès l'instant où ils foulèrent la fine couche de neige recouvrant le sol en y laissant leurs empreintes toutes fraîches, Jill eut l'impression de pénétrer dans un univers magique. Une fois qu'ils furent sous la protection du luxuriant bosquet de pins adultes, le vent se fit moins agressif. C'était comme pénétrer dans une cathédrale ; il y régnait d'ailleurs comme une atmosphère de recueillement. Même Beastlie semblait ne pas vouloir troubler le silence tandis qu'ils se frayaient un chemin dans la forêt profonde. Soudain le trésor tant attendu se matérialisa devant leurs yeux.

Un épicéa bleu, haut de trois mètres, de forme parfaite, orné de cônes, s'élevait parmi les cèdres et les pruches. Le paysage ressemblait à un dessin animé de Walt Disney et Jill s'attendait presque à voir surgir Bambi et Pan-Pan.

— Mais il n'est pas bleu !

Jill s'attendait à cette remarque. Son père aussi, visiblement, car son explication était déjà prête :

— Il est bleu, comparé aux autres arbres.

Il s'accroupit près de son fils.

— Regarde bien les conifères qui nous entourent. Tu vois la différence ?

Les yeux noisette de l'enfant scrutèrent avidement les arbres les uns après les autres, avec une concentration qui rappela à Jill le caractère réfléchi de Zane. Puis Kip hocha sa petite tête et passa un bras affectueux autour du cou de son père.

— C'est vraiment le plus beau de tous, papa.

— Je suis bien d'accord, répliqua-t-il d'une voix enrouée.

— Il va mourir si on le coupe ?

— Oui.

— Jilly ? fit Kip en levant vers elle un regard troublé. Tu crois qu'on devrait le tuer ?

Elle inspira profondément :

— Je pense que cette décision n'appartient qu'à toi.

— Si on le coupe, il ne sera plus là à Noël prochain ? demanda-t-il d'une voix tremblante.

Après un bref silence, son père acquiesça d'un signe de tête.

— Sinon, il va devenir de plus en plus grand chaque année, hein ?

— C'est exact.

— On est obligé de le couper ?

Zane s'éclaircit la voix avant de faire non de la tête.

— Super ! Comme ça, il sera encore là quand je serai aussi grand que toi.

— Tout à fait. Tu pourras même un jour le montrer à tes enfants.

— Oui, et il sera énooorme !

Inconsciemment, Jill laissa son regard errer vers celui de Zane. *C'est bien votre fils*, lui murmura-t-elle dans son cœur.

A un niveau subliminal, elle sentait qu'il devinait ses pensées. Des flots de non-dits circulaient entre eux, les unissant dans une muette complicité. C'était la première fois qu'elle ressentait une telle communion avec un homme et cela l'ébranla au plus profond d'elle-même.

— J'ai repéré un arbre abattu environ cinq kilomètres plus haut, finit-il par dire.

Jill l'avait également aperçu et était sur le point de le mentionner. Décidément, ils étaient sur la même longueur d'onde...

— Nous allons en couper l'extrémité et l'emporter à la maison.

Tandis que Kip et Beastlie prenaient les devants en courant, elle rebroussa chemin lentement, plus que jamais consciente de la présence de l'homme exceptionnel qui marchait à ses côtés. Elle venait de découvrir son âme, qui transcendait son physique. Elle était sûre d'une chose : elle avait rencontré le seul homme qu'elle souhaitait épouser. Quant à la seule idée d'avoir un enfant avec lui...

Elle réprima un sanglot, déplorant de ne l'avoir pas connu en d'autres circonstances. Dans la situation actuelle, il ne serait jamais capable de la considérer en tant que personne à part entière, en faisant abstraction de Kip.

Mais après tout, Zane éprouvait peut-être un certain désir pour elle ? Il y avait certains signes qu'elle ne pouvait ignorer. Mais comment distinguer, dans l'intérêt qu'il lui portait, ce qui relevait de la seule attirance ? N'y avait-il pas également une part de calcul ? Car il avait besoin de quelqu'un pour lui faciliter la tâche avec Kip… Elle n'en aurait jamais le cœur net.

Marianne ne connaîtrait jamais son bonheur d'avoir rencontré Zane dans des conditions classiques : un homme et une femme rapprochés par l'attrait physique et par le hasard des circonstances.

Si Jill avait fait sa connaissance dans le même contexte, aurait-il cherché à la revoir une fois la partie de pêche finie ? Serait-il venu à elle parce qu'il n'aurait pas pu s'en empêcher ? Parce qu'il n'aurait pas pu concevoir de continuer à vivre sans elle ?

C'était ce qu'elle ressentait pour lui. Et elle était à la torture de savoir qu'elle n'aurait jamais la satisfaction d'être désirée simplement pour elle-même…

Comment gérer ce genre de souffrance ? Elle n'en savait rien. Néanmoins, elle tenta de participer aux activités de la matinée avec son entrain habituel. Après tout, Kip venait à peine de faire la connaissance de son père. Chaque expérience constituait une première pour lui et elle refusait de laisser quoi que ce soit venir gâcher son tout nouveau bonheur — surtout la veille de Noël.

A l'heure du déjeuner, un conifère de deux mètres cinquante, fixé sur un socle de bois fabriqué en quelques minutes par Zane, trônait dans le salon.

Tout en savourant un repas composé d'une soupe bien chaude et de sandwichs, ils réfléchirent à la façon de le décorer. Zane n'avait pas prévu de passer Noël à Kaslit Bay et ne disposait donc ni de guirlandes lumineuses ni d'aucune autre décoration.

Sans se démonter, Jill suggéra une petite expédition au bazar pour voir ce qu'ils pourraient y trouver.

Zane consentit à les laisser se charger des emplettes. Ainsi, il pourrait de son côté continuer à apprêter les murs d'une des chambres du premier, avant de passer la première couche de peinture — tâche qui avait été interrompue par leur arrivée inopinée.

Ils débarrassèrent la table du déjeuner, Zane les accompagna jusqu'au pick-up. Le vent acharné hurlait toujours aussi fort et Jill dut tendre l'oreille afin de saisir ses instructions pour trouver la maison convertie en petit magasin, située à mi-chemin entre le quai et les caravanes.

Elle était sur le point de démarrer quand il tapa à la vitre. Elle vit qu'il tenait deux billets de vingt dollars à la main. Quand elle baissa la vitre, il expliqua :

— Vous allez avoir besoin d'argent.

Jill l'entendit prononcer ces mots, mais la bouche de Zane, si désirable, se trouvait tellement près de la sienne qu'elle ne pouvait se concentrer sur rien d'autre. Son envie de l'embrasser était en train de virer à l'obsession.

— C'est mon cadeau, dit-il, le souffle court, le regard comme aimanté par sa bouche à elle.

Se pouvait-il qu'il lutte lui aussi contre son désir ?

Kip choisit ce moment pour s'insinuer entre elle et le volant.

— On va revenir vite, papa.

Heureusement, son intervention dissipa la tension qui les enveloppait.

— Tu seras là quand on reviendra ?

Zane adressa à Jill un bref message muet. En même temps qu'elle, il comprit que Kip portait si profondément en lui l'angoisse d'être abandonné qu'il faudrait des années d'effort pour en venir à bout.

Mû par une subite impulsion, il contourna l'arrière du pick-up en quelques enjambées et s'installa sur le siège passager, à côté de son fils.

— Tu sais quoi, mon gars ?

— Quoi ? s'enquit Kip en grimpant sur ses genoux, ravi.

— Je viens de décider que les murs pouvaient attendre.

— Pourquoi ?

Jill brûlait de lui poser la même question, mais manqua d'audace.

— Parce que la maison va me sembler bien vide sans vous.

Sa voix grave vibrait d'émotion et attira l'attention de Jill malgré elle. Et ce qu'elle lut au plus profond de ses yeux la fit trembler de tout son corps.

9

Sur un signe de tête de Jill, Kip sortit en courant du salon et monta l'escalier quatre à quatre.

— Ça y est, papa ! l'entendit-elle s'égosiller. Tu peux descendre maintenant.

A la seconde où il disparut, elle alla déposer sous l'arbre tous les cadeaux de Noël qu'elle avait emportés dans ses bagages. Elle savait que Zane allait en ajouter d'autres après que Kip serait allé se coucher, car elle avait aperçu un échange de paquets au bazar, pendant que Kip avait le dos tourné.

Tandis qu'elle attendait, le cœur battant, que le père de l'enfant fasse son entrée dans le salon, elle se recula pour juger du résultat final. Il leur avait fallu l'après-midi et la soirée pour réaliser les décorations et les accrocher dans l'arbre. Kip avait travaillé sans relâche à la confection de guirlandes dont les maillons avaient été découpés dans du vieux papier cadeau, que Mme Ross avait en magasin depuis des années.

Il n'y avait pas grand-chose en rayon en cette saison et Jill avait dû s'accommoder de ce qu'elle avait pu trouver. Un filet de petites mandarines et une boîte de clous de girofle avaient été transformés en boules orange ornées d'yeux. Une bombe de peinture métallique destinée à la retouche de coques de chalutier et qui traînait dans le magasin avait métamorphosé l'aspect des pommes de pin qu'ils avaient ramassées. Elles brillaient comme des guirlandes sous la lumière du salon.

Une jupette en papier aluminium égayée de confettis de papier cadeau dissimulait à merveille le pied de l'arbre. Et, pour la touche finale, Kip avait ingénieusement découpé une étoile dans une chute de toile émeri scintillante qu'il avait trouvée à l'étage. L'un dans l'autre, Jill était plus que satisfaite du résultat de leurs efforts.

Beastlie, qui arborait une guirlande en papier en guise de collier, semblait apprécier les mandarines parfumées au clou de girofle, qu'il ne cessait d'aller flairer.

Elle recula pour admirer leur chef-d'œuvre. Son métier requérait une certaine créativité et en classe, elle s'adonnait souvent à ce genre d'activités de découpage et de collage, c'était la routine. Mais cet arbre-ci était différent. Elle retint son souffle lorsque Zane entra dans le salon, portant son fils dans ses bras.

Elle s'était juré de ne pas poser les yeux sur son hôte, de ne pas l'autoriser à régner sur ses rêves et ses pensées les plus secrètes. Mais il tourna les yeux vers elle et toutes ses bonnes intentions s'évanouirent au contact du bleu électrique de son regard.

— Il est beau, hein, papa ?

Quand son père répondit enfin, ce fut pour déclarer :

— Tout est si beau que j'en reste coi.

Le cœur de Jill fit un bond dans sa poitrine car Zane ne l'avait pas quittée des yeux en disant cela.

— Quoi ? Tu en restes « quoi » ? Qu'est-ce que ça veut dire ?

Comme Zane ne lui répondait pas, elle se sentit obligée de lui fournir une explication :

— Euh… Ça veut dire qu'il ne trouve pas de mots pour décrire à quel point tu as réussi la décoration de l'arbre avec ces guirlandes en papier, mon chéri.

— C'est Jilly qui a fabriqué les têtes de mandarine.

— Je m'en doute, fiston, répondit son père d'une voix rauque tout en admirant les décorations, au grand plaisir de Kip. Ça ne m'étonne pas que tous les enfants l'adorent.

— Oui ! Mais c'est moi qui l'adore le plus.

— T'a-t-elle enfin dit si elle allait vivre avec nous ?

Elle ne s'attendait vraiment pas à une telle question et saisit à peine la réponse négative de Kip. Son pouls s'accéléra follement :

ce n'était pas fair-play de la part de Zane. Elle ne l'aurait jamais cru capable de cruauté, mais son insistance à ramener le sujet sur le tapis l'obligeait à reconsidérer son jugement.

Il fallait qu'elle sorte. Beastlie devait être doué de sixième sens car il la suivit hors de la pièce.

— Où tu vas, Jilly ?

Kip n'avait peut-être que cinq ans mais il avait hérité de la perspicacité de son père.

— Je crois que je vais aller promener le chien quelques minutes avant que nous allions tous nous coucher, déclara-t-elle, prise d'une soudaine inspiration.

Et, ignorant le regard inquisiteur de Zane, elle se précipita dans le couloir vers la véranda de derrière où était accrochée sa parka.

Le vent soufflait si fort qu'elle dut retenir la porte pour empêcher qu'une bourrasque ne la fasse claquer violemment. Bizarrement, c'est avec un certain soulagement qu'elle accueillit la fureur des éléments tandis qu'elle et Beastlie se glissaient au-dehors dans le maelstöm hurlant.

Tant de pensées et d'émotions se bousculaient dans son esprit qu'elle se mit à marcher droit devant elle, sans réfléchir, dans la fine couche de neige. Beastlie gambadait dans tous les sens, visiblement enchanté par cette petite promenade improvisée, mais elle ne prêtait pas attention au chien.

A sa propre stupéfaction, elle réalisa qu'elle envisageait pour de bon la possibilité de répondre favorablement à la demande en mariage de Zane — une proposition bien peu conventionnelle. La vérité, c'est qu'elle le désirait comme une femme peut désirer un homme, de tout son corps et de toute son âme.

Comme Jill n'avait jamais réellement été amoureuse jusqu'à ce jour, elle s'était dit qu'elle n'avait pas un tempérament passionné. Mais à en juger par les sentiments que déchaînait en elle la seule évocation de cet homme, elle comprit qu'elle s'était trompée sur sa véritable nature. Elle prit brutalement conscience du fait qu'elle était aussi vulnérable à la passion que n'importe quelle autre femme.

Une telle confusion régnait dans son esprit qu'elle se mit à presser le pas, mais poussa un cri de surprise lorsque des mains puissantes l'agrippèrent brusquement par-derrière.

Zane marmonna un juron inintelligible, puis la fit pirouetter avec une telle force qu'elle vint se plaquer contre son corps.

— Pourquoi ne m'avez-vous pas répondu quand je vous ai appelée ? tonna-t-il, sa poitrine se soulevant rapidement.

Dans l'obscurité, son visage et son corps se fondaient en une simple silhouette.

— Je… Je n'ai rien entendu, bredouilla-t-elle, la respiration aussi précipitée que la sienne.

— Pourquoi vous êtes-vous enfuie comme ça ?

Il resserra sur ses bras l'étau de ses mains, ce qui intensifia en elle la sensation de son corps ferme et chaud qui frôlait le sien — c'était plus qu'elle n'en pouvait supporter.

— J'avais besoin d'être seule.

— Alors pourquoi diable n'êtes-vous pas montée vous isoler dans une des chambres au lieu de vous précipiter dehors, alors que n'importe quoi peut vous arriver ?

Sous la colère perçait son angoisse. Dans un pareil moment, la réaction de Zane ne pouvait être feinte et Jill sentit son cœur se mettre à cogner follement dans sa poitrine.

— J'avais Beastlie avec moi, protesta-t-elle d'une voix qui sonna bien faiblement, même à ses oreilles.

— Si une meute de loups avait décidé de s'attaquer à vous, même le chien aurait été incapable de vous défendre.

A la seule évocation des loups, Jill frissonna et tenta de se dégager de son étreinte, mais il la retenait prisonnière de sa poigne de fer.

— Avez-vous seulement songé au chagrin de Kip si vous veniez à disparaître ?

— Zane… Je suis désolée. Je ne voulais pas…

Mais il ne lui laissa pas la possibilité de se justifier : il se pencha brusquement vers elle et plaqua sa bouche contre la sienne. Elle ne pensa plus à rien.

Prises par surprise, ses lèvres s'ouvrirent, sous l'insistance de son baiser fougueux. A sa grande honte, elle le lui rendit avec toute la passion inconnue qui venait de s'éveiller en elle et refusait d'être plus longtemps réprimée. Depuis la veille, elle brûlait de découvrir cette volupté — depuis qu'elle l'avait vu s'avancer vers elle sur le quai et qu'il lui avait volé son cœur.

La violence des éléments était dérisoire comparée au bouillonnement de ses sens. Elle aurait dû essayer de l'arrêter, mais comment parvenir à distinguer encore le bien du mal quand chacun des baisers de Zane attisait la flamme de son désir ?

Ils semblaient ne pas pouvoir se rassasier l'un de l'autre. Ce n'est que lorsque son étreinte se fit plus ardente et qu'elle l'entendit gémir tout en dévorant sa bouche d'une multitude de baisers, qu'elle prit conscience de ce qu'elle était en train de faire.

Humiliée de lui avoir ainsi cédé — preuve qu'elle n'était qu'une pathétique femme en manque d'amour — elle trouva enfin la force de s'arracher à ses lèvres. Il émit un grognement de protestation mais, d'un mouvement de hanche, elle échappa à son étreinte et se mit à remonter la route en courant.

A l'évidence, il n'était pas disposé à voir ce petit interlude prendre fin, pas après la façon dont elle avait réagi à ses avances. N'importe quel homme normalement constitué aurait profité de l'opportunité qui lui était si généreusement offerte et n'aurait évidemment pas boudé son plaisir — Zane ne faisait pas exception.

Rouge de honte, furieuse d'avoir à ce point perdu le contrôle d'elle-même, elle fonça vers la maison en espérant l'atteindre avant lui.

Quand elle arriva à la véranda, elle entra et suivit le couloir jusqu'à la salle de bains, où elle s'enferma à clé.

— Jilly ? l'appela Kip aussitôt. Ça va ?

Elle se sentit envahie de culpabilité.

— Je vais bien, mon chéri, parvint-elle à articuler en s'efforçant de reprendre son souffle. Je sors dans une minute.

— Papa ? Jilly est malade ? l'entendit-elle s'enquérir auprès de son père qui devait avoir pénétré dans le couloir.

— Bien sûr que non. Mais elle a eu froid dehors et elle a

besoin de se réchauffer. Je vais te raconter une histoire le temps qu'elle prenne une douche bien chaude.

Jill s'appuya contre la porte close, vidée de toute énergie. *Si j'augmente encore ma température corporelle, je vais littéralement me consumer !* songea-t-elle. Une douche froide, oui ! Voilà ce qu'il lui fallait — le traditionnel remède pour calmer l'ardeur des hommes un peu trop entreprenants… C'était si humiliant de songer que Zane connaissait précisément les raisons de son émoi.

Après être restée enfermée trois quarts d'heure dans la salle de bains, temps qu'elle avait mis à profit pour prendre une douche et se mettre en chemise de nuit et robe de chambre, elle décida qu'il était temps de sortir. Sinon, lui soufflait son intuition, son hôte n'allait pas tarder à venir voir ce qu'elle fabriquait. Et Zane n'hésiterait pas à forcer la porte si nécessaire.

Elle trottina en chaussons jusqu'au salon et constata, à son grand soulagement, que le silence régnait dans la maison. Kip s'était endormi, la tête de Beastlie sur sa poitrine et Dieu merci, il n'y avait aucun signe de la présence de Zane. Il était probablement en haut, en train de travailler sur les murs, et avait déjà probablement effacé de sa mémoire le souvenir de leur voluptueux intermède dans la neige.

Elle éteignit la lumière et se glissa sous les couvertures. Les femmes étaient si différentes des hommes, songea-t-elle avec irritation en bourrant l'oreiller de coups de poing.

« L'amour d'un homme n'occupe qu'une partie de sa vie d'homme ; l'amour d'une femme occupe toute son existence » : cette citation lui trottait dans la tête de façon obsédante.

— Jill ?

La voix de Zane la fit sursauter.

— Je ne vais pas vous sauter dessus, si c'est ce qui vous inquiète, murmura-t-il d'une voix étouffée pour ne pas réveiller son fils. Je dois aller déposer quelques bricoles sous le sapin.

— Je n'étais pas inquiète.

— Oh que si !

— Ecoutez, Zane… Je pense que…

578

— Je n'ai pas l'intention de vous présenter d'excuses pour ce qui s'est passé dehors, la coupa-t-il brutalement. Nous en avions envie tous les deux. La vérité, c'est que si vous aimiez vraiment Harris, vous ne seriez jamais partie de Salem. A la façon dont vous avez réagi tout à l'heure, je peux dire sans risque de me tromper que vous ne ferez jamais votre vie avec cet homme, alors inutile de brandir cette excuse pour ne pas vous marier avec moi : ça ne marche pas !

Il fallait reconnaître une qualité à Zane Doyle : il était d'une franchise décapante. Et pour être honnête, il fallait bien reconnaître que c'était l'une des raisons pour lesquelles elle était tombée amoureuse de lui. C'est pourquoi à présent, la vérité s'imposait.

Prenant garde à soigneusement choisir ses mots, elle avoua :

— Vous avez raison. Je n'aime pas suffisamment Harris pour me marier avec lui. Mais cela ne signifie pas pour autant que je vais accepter d'épouser un homme que je ne connais que depuis deux jours — même si j'éprouve de l'attirance pour lui et même si Kip a besoin d'une mère à plein temps.

— L'attirance entre deux êtres est une chose étrange, murmura-t-il d'un ton solennel, comme s'il n'avait rien entendu de son discours. On peut difficilement s'y fier et pourtant, sans l'exceptionnelle alchimie qui nous lie vous et moi, les hommes et les femmes ne connaîtraient jamais le bonheur d'être ensemble. Vous pouvez toujours essayer de lutter contre vos sentiments, c'est comme un feu qui s'est allumé entre nous, miss Barton. Et je crains que ni vous ni moi ne soyons en mesure de l'ignorer — avec ou sans Kip. Bonne nuit.

Son avertissement l'effraya tant qu'elle en resta muette de saisissement. Bien après que le bruit de ses pas se fut éloigné, elle resta allongée dans le noir, les yeux grands ouverts, hantée par l'immensité de ce à quoi elle renonçait.

La nuit lui parut interminable tandis qu'elle écoutait le vent mugir au-dehors, entrecoupé parfois par les grognements qu'émettaient Kip et Beastlie dans leur sommeil.

Les larmes coulaient lentement sur ses joues, mouillant l'oreiller. Voilà ce qu'aurait pu être sa vie. Ce petit garçon, ce chien. Cet homme…

10

— Joyeux Noël, papa.

Kip, tout heureux, étrennant les vêtements neufs que lui avait offert Jill, équipé d'un casque et de bottes — cadeau de Zane —, et arborant à son poignet la montre fantaisie achetée par Marianne, courut vers son père, avec à la main le cadeau que lui et les autres enfants de sa classe avaient réalisé à l'intention de leurs parents, plusieurs semaines auparavant.

A travers ses cils baissés, Jill surprit l'humidité révélatrice qui mouilla les yeux de Zane lorsqu'il déballa la plaque d'argile portant l'empreinte de la main droite de Kip.

— J'en ai fait un pour toi et un pour Jilly.

La gorge nouée par l'émotion, Zane tendit les bras et serra son fils très fort contre lui.

— Je ne pouvais pas rêver de plus beau cadeau, parvint-il enfin à articuler d'une voix étranglée.

Il chercha Jill du regard et lui adressa un remerciement muet pour lui avoir offert cette parcelle du passé de Kip.

Jill esquissa un sourire en retour. Elle portait le cadeau de Zane, un splendide pull en jacquard bleu et blanc, tricoté à la main. Puis elle se leva et alla prendre un des paquets disposés sous l'arbre.

— Celui-là, c'est de ma part.

Il la regarda, médusé.

— Je vais l'ouvrir pour toi, papa.

— Vas-y, fiston, répondit-il d'une voix enrouée.

Fort de la permission de son père, Kip déchira l'emballage et souleva le couvercle.

— C'est une photo de moi, annonça-t-il fièrement. C'est maman qui a l'autre côté de ma figure.

Sans un mot, Zane examina le portrait. La silhouette noire de l'adorable profil de Kip se découpait sous le verre anti-reflet d'un cadre argenté. Dessous se trouvait un classeur réunissant toutes les œuvres de Kip effectuées en travaux manuels, sans compter toutes ses petites réalisations, que Jill avait récupérées à l'appartement pour les lui mettre de côté.

Alors que Kip commençait à étaler tous ses dessins sur le parquet pour les montrer à son père, le regard de Zane croisa une fois de plus celui de Jill. Ses yeux s'étaient assombris sous le coup de l'émotion.

Se sentant tenue de s'expliquer, Jill déclara :

— Ma mère gardait tout ce que je faisais à l'école. J'ai pensé que vous aimeriez avoir un échantillon des talents artistiques de votre fils ainsi que de sa créativité.

D'un geste vif, il lui saisit la main, lui communiquant ainsi les sentiments qu'il ne pouvait lui exprimer devant son fils. Jill savait qu'il lui était reconnaissant de sa délicate attention, elle le devinait dans son regard, le sentait dans la pression de ses doigts.

— Papa ? fit Kip en tirant sur le pantalon cargo de son père. Regarde ! Tout ça, c'est des dessins de toi !

A cet instant, Jill, luttant pour refouler ses larmes, dut se détourner. Il y avait là au bas mot une dizaine de dessins de Kip représentant Paul Bunyan. Certains au crayon de couleur, d'autres à la craie grasse ou à la gouache. Chacun le représentait effectuant une tâche différente : traînant des troncs, coupant du bois, conduisant un camion…

— T'as vu les chiens ? Ça c'est Prince, et ça, c'est King. Maintenant, il faut que j'ajoute Beastlie sur tous les dessins. Jilly, tu as un crayon de couleur ?

Il était vraiment trop craquant ! Pendant quelques secondes, elle resta muette d'émotion ; Zane était tout aussi bouleversé qu'elle.

— Je crains que non, mon chéri.

Son père s'éclaircit la voix :

— J'ai un surligneur jaune fluo dans mon bureau. Ça ira ?

— D'accord.

— Je vais te le chercher.

— Non, j'y vais, s'empressa de dire Jill.

Il lui fallait sortir de cette pièce. Elle avait les nerfs à fleur de peau, assaillie par la violence de sa passion toute neuve.

Sans attendre sa permission, elle se précipita dans le bureau et se mit à fouiller au hasard dans le premier tiroir jusqu'à ce qu'elle mette la main dessus.

— Jill…

Zane l'avait suivie.

Elle fit volte-face, le temps d'être transpercée par un éclair bleu, et se retrouva dans ses bras avec une rapidité qui lui coupa le souffle.

— Mon Dieu… Comment pourrais-je vous remercier ?

L'étau de ses bras se resserra autour d'elle — il ne devait pas avoir conscience de sa force herculéenne.

— Vous m'avez déjà remerciée en acceptant de reconnaître votre fils et en lui montrant qu'il avait sa place dans votre cœur. Kip a une chance extraordinaire de vous avoir.

Les mains de Zane remontèrent le long de ses bras et atteignirent son visage. Il plongea son regard dans le sien, ses yeux attisés par l'intensité de ses sentiments.

— Jill…, commença-t-il.

Il était sur le point de lui faire une déclaration décisive lorsque retentit la sonnerie du téléphone.

Le son discordant brisa cet instant magique et amena un rictus amer sur le visage de Zane. Il n'avait pas oublié que Marianne pouvait encore appeler. Jill non plus n'avait pas oublié, et d'ailleurs, elle n'avait pas la moindre envie d'assister à leur conversation.

Elle avait accompli son devoir. Kip et son père étaient

désormais réunis. Plus vite elle s'en irait de Kaslit Bay, et plus vite elle pourrait remettre un peu d'ordre dans sa vie.

Mais Zane la tenait toujours fermement enlacée par la taille lorsqu'il souleva le combiné pour grogner un bonjour bourru. Jill était dans un tel état de nervosité qu'elle sentait son sang battre à ses oreilles.

— Joyeux Noël à toi aussi, Marianne, railla-t-il d'un ton glacial. Et merci pour ton cadeau.

Jill ne pouvait supporter d'en entendre davantage et s'écarta de Zane, qui n'eut pas d'autre choix que de la libérer de son étreinte. Evitant de croiser son regard, elle quitta la pièce en fermant les portes derrière elle pour lui permettre de s'entretenir avec Marianne en toute discrétion.

Kip leva les yeux de ses dessins.

— C'est maman ?

— Oui.

Elle s'accroupit près de lui et lui tendit le surligneur.

— Quand ton père aura fini de lui parler, tu pourras aller lui dire un mot. Mais pour le moment, j'aimerais bien voir où tu vas insérer Beastlie dans ce dessin.

— Il va monter à l'arrière du pick-up avec Prince.

Au bout d'un quart d'heure environ, Zane réapparut sur le seuil de la porte, l'air calme et grave, et appela Kip pour qu'il vienne parler à sa mère.

Profitant de ce moment de solitude, Jill se hâta d'aller dans la cuisine pour terminer ses petits roulés à la cannelle. Les Ross les avaient invités pour le repas de Noël ; ils devaient s'y rendre à 15 heures et elle ne voulait pas arriver chez eux les mains vides.

Les Ross passaient les fêtes seuls, privé de la présence de leurs enfants et de leurs petits-enfants, qui n'avaient pas pu venir cette année. Ils avaient complètement craqué pour Kip en le voyant au magasin et, apprenant qu'il n'était autre que le fils de Zane, avaient insisté pour fêter l'événement.

Jill avait bien vu que Zane avait été touché par leur réaction chaleureuse à l'annonce de la nouvelle. Quant à elle, elle était très soulagée qu'il ait accepté leur invitation.

Tout d'abord, elle voulait prendre R.J. à part pour lui demander de la conduire à Thorne le lendemain matin à la première heure. Même si le temps ne s'était pas amélioré entre-temps, il y aurait malgré tout un vol à destination de Ketchikan. D'ici demain après-midi, elle pouvait être à Salem. Il lui fallait mettre des kilomètres entre elle et Zane. Cet éloignement était nécessaire.

Quant à la journée de Noël, elle comptait sur la bonne humeur et la gentillesse des Ross pour dissiper la tension toujours présente entre eux. Ils s'étaient beaucoup trop rapprochés l'un de l'autre ces dernières heures. Plus elle passait de temps en compagnie de Zane et plus elle sentait faiblir sa résolution de lui faire des adieux définitifs.

Tandis qu'elle disposait le dernier roulé sur la plaque avant de l'enfourner, elle eut la sensation de ne plus être seule. Elle jeta un regard par-dessus son épaule : Zane, appuyé contre l'encadrement de la porte, l'observait d'un air sombre. Il y avait un problème. Son cœur s'arrêta de battre.

— Marianne ne fera aucune difficulté pour que j'obtienne la garde de notre fils, commença-t-il, et Kip n'a pas l'air trop perturbé par l'annonce de son mariage. Il trouve supersympa l'idée d'aller lui rendre visite au ranch de temps en temps.

Elle s'appuya contre le comptoir, perplexe.

— Je... Je pensais que ce genre de nouvelle vous ferait plaisir. Qu'est-ce qui ne va pas ?

— J'essaie de comprendre comment deux individus du même sexe peuvent être l'exacte antithèse l'un de l'autre. Marianne a mis un enfant au monde mais elle est dépourvue de tout instinct maternel...

Il s'interrompit avant de reprendre :

— Et puis, il y a vous.

Jill secoua la tête et le mit en garde :

— Ne commencez pas à vouloir me mettre sur un piédestal, Zane. Des millions de femmes, qu'elles aient ou non enfanté, pourraient faire de merveilleuses mères. Celles qui s'en montrent incapables n'ont sans doute pas bénéficié d'une figure maternelle ou de l'environnement familial adéquats. Réjouissons-nous simplement que Marianne ait pris la bonne décision en vous envoyant Kip. Au fond de son cœur, elle savait à qui elle avait à faire.

L'homme le plus merveilleux du monde, songea-t-elle, *et Marianne l'a laissé s'échapper...*

— Est-ce que... euh, avez-vous encore vos parents ? Kip a-t-il une grand-mère et un grand-père ?

Zane hocha la tête en affirmant :

— Ils vont prendre un sacré coup de jeune en apprenant qu'ils ont un petit-fils !

— C'est formidable pour Kip. J'aimerais bien faire leur connaissance..., lâcha-t-elle imprudemment avant de se mordre la langue.

Un petit sourire satisfait retroussa les lèvres de Zane.

— Mais j'y compte bien, déclara-t-il avant de quitter son appui et de redresser les épaules. Ne soyez pas trop longue. Kip et moi vous attendons pour faire une partie de menteur devant le feu.

— J'arrive dans une minute.

Mais elle mentait. Dès que Zane eut quitté la cuisine, elle s'empara de son sac à main et en sortit un bloc et un stylo. Pourquoi ne pas rédiger dès maintenant la lettre qu'elle comptait laisser à Kip et à son père ? Ils la trouveraient le lendemain matin.

L'école reprenait dans à peine huit jours. Bien sûr, Kip se languirait d'elle, mais une semaine, ce n'est pas si long et Zane veillerait à occuper son fils jusqu'à la rentrée de janvier.

Restait à espérer que ce laps de temps lui donnerait le recul nécessaire pour traiter Kip comme n'importe quel enfant de sa classe, et son père, comme un parent d'élève parmi tant d'autres.

Elle n'essaya même pas d'envisager l'éventualité que Kip ne retourne jamais dans sa classe, car c'était tout bonnement inconcevable.

11

— Qu'est-ce qui se passe, Jill ? Tu es méconnaissable depuis ta dernière visite, à Thanksgiving.

— Je suis navrée si j'ai gâché ton 1er de l'an, Harris. Je t'avais prévenu que je ne serai pas de bonne compagnie.

— Qui est-ce ?

— Je préférerais ne pas en parler.

Il frappa du poing le volant de sa voiture.

— Tu vas l'épouser ?

S'il lui avait posé cette question le lendemain de Noël, elle aurait répondu non. Mais depuis son départ de Kaslit Bay, elle avait vécu la semaine la plus affreuse, la plus pénible, la plus vide de toute son existence. Si jamais sa route devait croiser de nouveau celle de Zane, elle le suivrait n'importe où, elle exaucerait ses moindres désirs... Car sans lui et Kip, la vie ne valait pas la peine d'être vécue.

Le fait est qu'elle était sans nouvelle de l'enfant et de son père. Et son instinct lui disait que Kip ne retournerait pas à Ketchikan. La situation avait viré au cauchemar.

Si seulement elle n'avait pas persuadé R.J. de la conduire à Thorne le lendemain de Noël ! Le vieil homme ne se serait jamais permis d'intervenir dans sa vie privée, mais il n'avait pas caché sa désapprobation en la voyant s'enfuir au petit matin comme une voleuse, à la faveur de l'obscurité.

Mille fois elle avait failli décrocher le téléphone, tenaillée par l'envie de leur parler. Mais au dernier moment, le courage lui avait chaque fois manqué. Zane était en train de bâtir une nouvelle vie pour son fils et pour lui-même. Elle n'avait pas le droit de venir bouleverser leur petit train-train, c'était trop tard. Les enfants s'épanouissaient dans la routine et le seul fait que Kip ne l'ait pas appelée prouvait qu'il s'adaptait merveilleusement bien à sa nouvelle existence avec son père.

— Je t'ai posé une question, bon sang !

Jill ferma les yeux en serrant les paupières. Elle n'avait encore jamais vu Harris dans un tel état. Cela ne faisait qu'accroître son sentiment de culpabilité, car tout était de sa faute.

— Je ne peux pas te répondre, Harris. Tout ce que sais, c'est que nous allons nous dire adieu cette nuit. Je t'en prie, pardonne-moi.

Elle ouvrit la portière de la voiture et descendit.

— Jill...

— Il n'y a plus rien à ajouter.

Harris était malheureux, mais elle était impuissante à atténuer sa souffrance, sa propre douleur était trop vive.

Elle referma la portière et courut vers la maison, consciente d'avoir définitivement rompu avec son ancienne vie. L'idée de retourner enseigner à Ketchikan avait perdu tout son attrait. Elle était même tentée de rompre son contrat. Bien sûr, cela revenait à saboter sa carrière, mais peut-être était-ce mieux ainsi car...

— Enfin !

Elle se figea sur la première marche du porche. Elle tourna brusquement la tête. L'homme si séduisant, aux cheveux blond foncé et aux traits burinés qui obsédait son esprit et hantait ses rêves était ici, à Salem, en chair et en os, vêtu d'un costume sombre, d'une chemise blanche et d'une cravate.

— Zane !

— Je vois que vous vous souvenez de mon nom. C'est un bon début.

Sa voix trahissait une colère difficilement contenue et Jill, vacillante, dut s'appuyer contre la porte d'entrée. Ses jambes ne la portaient plus.

— Que... Que faites-vous ici ? Où est Kip ?

— Chez mes parents, à Billingham. Il aurait préféré être ici avec moi, bien sûr, mais je lui ai dit que je devais venir vous voir seul, parce qu'il s'agissait d'une affaire entre grandes personnes.

Jill n'arrivait plus à respirer, son cœur battait trop fort.

— Il vous embrasse, d'ailleurs. De toute façon, il ne sait pas faire une phrase sans parler de vous : c'est sans cesse Jilly par-ci, Jilly par-là... Vous êtes même dans ses prières. Et dans les miennes aussi, ajouta-t-il d'une voix rauque. Revenez, Jilly, et je vous promets de passer l'éponge pour m'avoir laissé tomber au moment où j'avais le plus besoin de vous.

Elle ne savait pas où poser son regard.

— Kip avait l'air heureux avec vous... Je suis partie le cœur tranquille. Je... J'ai cru agir pour le mieux. Il y a tant de femmes qui feraient de merveilleuses gouvernantes et de... formidables nounous pour Kip.

— Je ne vous parle pas de Kip. Je vous parle de mes envies, de mes rêves à moi.

Il s'avança vers elle. Impossible de fuir. La seconde d'après, elle était prisonnière de son corps ferme et viril. Elle ne pouvait plus se mentir : ses baisers lui étaient aussi nécessaires que l'air qu'elle respirait.

Après une semaine de manque, elle ne pouvait assouvir la faim qu'elle avait de son corps. Lui non plus. Jill oublia tout, et se laissa transporter par la joie d'être tant aimée. Elle lui rendit chacun de ses baisers, jusqu'à ce que tout son être ne soit plus que désir frémissant.

— Je t'aime Zane, pleura-t-elle doucement contre ses lèvres. Il est trop tôt pour le dire, mais c'est pourtant vrai.

— Parfois, l'amour arrive sans crier gare. Il explose dans le cœur sans prendre le temps de s'épanouir. Nous faisons partie des élus qui peuvent profiter de ce miracle. Je t'aime, Jilly. Nous n'avons déjà que trop perdu de temps, ma chérie, ne gâchons pas celui qui nous reste.

— Je suis tout à fait d'accord, articula-t-elle entre deux sanglots de joie. Aussi incroyable que cela puisse paraître, je veux être ta femme. J'ai découvert que ma vie n'avait pas de sens sans toi. Je le savais bien avant de partir de Kaslit Bay.

— Dieu merci, murmura-t-il avant que le désir ne les submerge de nouveau.

Et tandis qu'elle laissait enfin libre cours à sa sensualité qui ne demandait qu'à se déchaîner, elle commença à réaliser qu'il était venu la chercher parce qu'il ne pouvait pas faire autrement, parce qu'il l'aimait.

Quel bonheur...

— Tes parents ont paru enchantés à l'idée de devenir les grands-parents de Kip et n'attendent qu'un mot de toi pour venir à Bellingham rencontrer ma famille, lui confia-t-il en couvrant son visage d'une pluie de baisers.

Jill n'en croyait pas ses oreilles.

— Tu as déjà parlé à mes parents ?

— Bien sûr.

Sa bouche si désirable s'entrouvrit en un sourire qui illumina tout son univers.

— Ils étaient ravis que je sois venu, car selon eux, j'étais le seul à pouvoir te soulager du mal qui te rongeait depuis que tu nous as quitté, Kip et moi...

— C'est vrai ! sanglota-t-elle de nouveau, écrasée par tant de bonheur.

— Alors, marions-nous dès que possible. Kip m'a déjà donné le nom de l'institutrice qui pourrait te remplacer. Quelqu'un qui devrait plaire à tous les enfants pendant que nous serons en lune de miel.

— Il doit penser à Mme Taft, murmura-t-elle, presque incohérente, incapable de se rassasier de ses baisers.

— Bien sûr, personne n'arrive à la cheville de Jilly... mais ça, je n'ai pas attendu mon fils pour le savoir, plaisanta-t-il d'une voix que l'émotion faisait trembler.

Puis il releva son menton pour mieux plonger son regard dans le sien.

— Je l'ai su avant même de quitter le quai pour vous emmener chez moi. Tu me faisais penser à un ange de Noël, tout de blanc et d'or. D'une beauté si irréelle, et en même temps, rayonnante d'enthousiasme, de chaleur et de bonté à l'intérieur. Je me suis dit que si moi, pauvre mortel, avec tous mes défauts, j'arrivais à trouver la clé de ton cœur, je serais le plus heureux des hommes.

Ces mots la transcendèrent :

— J'aimais déjà ton fils. Il ne me restait plus qu'à rencontrer son père, l'homme qui avait engendré un enfant aussi exceptionnel. Quand tu as pris le risque de nous inviter chez toi le temps que la tempête s'éloigne, parce que tu soupçonnais que Kip pouvait être ton fils, j'ai su alors que m'était donnée la chance de faire la connaissance d'un homme extraordinaire, merveilleux, comme on n'en rencontre qu'une fois dans sa vie.

Timidement, elle souffla :

— Comme j'enviais la femme qui parviendrait à conquérir ton cœur... Je n'arrive toujours pas à croire que mon rêve est devenu réalité.

— C'est pourtant vrai, chuchota-t-il avec émotion. Et, comme dirait notre fils, ça va devenir de plus en plus pour de vrai.

— Oui, c'est exactement ce qu'il dirait, mon amour, murmura-t-elle entre rire et larmes de joie, avant que la passion ne reprenne ses droits, emplie de la promesse d'un avenir radieux.

DANS LA MÊME COLLECTION
Par ordre alphabétique d'auteur

... / ...

7 TITRES À PARAÎTRE EN FÉVRIER 2008

Composé et édité par les
éditions Harlequin
Achevé d'imprimer en novembre 2007

par

LIBERDÚPLEX

Dépôt légal : décembre 2007
N° d'éditeur : 13253

Imprimé en Espagne